caosfera

Chromo noir

Bunker
Marco Caneva

ISBN 978-88-6628-650-9

Prima edizione novembre 2021

Sito web: www.caosfera.it
Pagina Facebook: Caosfera
Instagram: caosfera_edizioni

Elaborazione immagine di copertina di Gioia Bonin

Marco Caneva

BUNKER

Storia di amore e crimine

Dedicato a tutte le persone che si battono per un mondo migliore e scelgono ogni giorno di fare la cosa giusta.

La mafia uccide. Il silenzio pure.

Peppino Impastato

Che le cose siano così, non vuol dire che debbano andare così. Solo che, quando c'è da rimboccarsi le maniche e incominciare a cambiare, vi è un prezzo da pagare, ed è allora che la stragrande maggioranza preferisce lamentarsi, piuttosto che fare.

Giovanni Falcone

Il gelato color fragola
Si stempera nel tramonto
Ritrovarsi bambina
Con la vita
Ancora tutta da gustare

P. Fossati

NEL BUNKER
CAPITOLO 1

Controllo ancora una volta l'orologio. Sono solo le cinque e trenta ma la luce di queste mattine d'estate, qui al Sud, mi trae ancora in inganno. Dal finestrino dell'auto osservo il diffuso chiarore all'orizzonte, verso est, che preannuncia il sorgere dell'alba.
Il cielo rosso sangue sembra una ferita sopra le cime aguzze delle montagne che circondano la valle. Un nuovo giorno sta per cominciare nel piccolo paese di San Nicola, Aspromonte, Calabria.
Le case basse, uno, massimo due piani, mi sfrecciano di fianco. I muri senza intonaco. Si usa così qui, in una delle zone più povere della penisola italiana. Sembrano uguali, tutte grigie. Anzi no. Una grigia, una blu, una grigia, una blu. A intervalli regolari il lampeggiante montato sul tetto dell'auto le illumina con la luce blu elettrica a me familiare.
Se facessi un lavoro normale, a quest'ora sarei comodamente nel mio letto. No, preferisco essere quello che sono: Giovanni Sala, vice questore aggiunto della D.I.A. di Reggio Calabria. Mi piace pronunciare questa sigla nella mia mente. D.I.A.: Direzione Investigativa Antimafia. Il pensiero di farne parte mi riempie di orgoglio.
Mentre attraversiamo a tutta velocità la strada principale del paese ripasso mentalmente la missione che ci ha portati fuori dal commissariato all'alba. Siamo in un convoglio di altre tre vetture. Davanti due Jeep corazzate Land Rover Defender dell'Arma dei Carabinieri. Dietro la nostra, un'Alfa Romeo 159, della Polizia Stradale.
Puntiamo a un casolare abbandonato alla periferia del paese. Oggi dobbiamo catturare un boss della malavita, un pericoloso super latitante, un tizio che dovrebbe essere in carcere da parecchio tempo, invece è ancora a piede libero.
Ho un sonno tremendo. Il caffè lungo che ho buttato giù a colazione non ha fatto nessun effetto. Solo l'odore pungente del dopobarba alla menta che mi sono spalmato sulla faccia prima di uscire mi tiene sveglio.

Mi dico che dovrei essere eccitato, nervoso, su di giri. Sto partecipando all'operazione più grossa e pericolosa da quando sono qui, l'operazione *Leone*. Stiamo andando a catturare un vero delinquente, uno pericoloso, uno che cerchiamo da anni, cazzo.

Guardo di nuovo fuori. Siamo usciti da San Nicola, non manca molto a San Luca. Stiamo volando sulle curve che si succedono senza tregua sulla provinciale 72. A un incrocio svoltiamo all'improvviso a destra, col motore che grida e le ruote che stridono.

Ancora una volta ringrazio l'abilità dell'agente Luigi San Rocco. Ogni volta che usciamo lui guida e io gli devo affidare la mia vita. Conduce la vettura come un vero pilota, non lo si crederebbe da un uomo di oltre un quintale.

Al suo fianco il dottor Massimo Volturno, questore di Reggio Calabria: il mio diretto superiore. Lo osservo. Ha il volto perennemente abbronzato e l'aria da duro, con quegli occhiali da sole scuri sempre calati sugli occhi. Anche adesso, alle cinque e mezzo della mattina! Mi trovo a pensare a quanto siamo diversi, io e lui. Lavoriamo insieme, qui in Calabria, da un anno. Operiamo bene in coppia ma non siamo mai diventati amici.

Per me questo lavoro è come una missione. Io sono il buono che cattura i cattivi. Volevo farlo fin da bambino e così è stato. Un compito più morale che sociale. Quando studio i profili dei boss delle cosche cerco di capirne la mentalità, studio il loro passato per comprendere il motivo per cui abbiano scelto la strada sbagliata. Quando ho la possibilità di interrogarli, o di chiacchierare con i collaboratori di giustizia, i famosi pentiti, mi piace starli ad ascoltare, guardarli negli occhi. Spero di scorgere sempre l'ombra di un rimorso, il dispiacere per un reato grave commesso. Succede poche volte, quasi mai, ma ci provo sempre.

Per il questore Massimo Volturno è diverso. Lui, del criminale come persona, se ne fotte. È un nemico. Punto e basta.

Per lui è una guerra. Suo padre era poliziotto e da sempre, nella loro famiglia, hanno combattuto la criminalità organizzata. Qui si chiama 'ndrangheta. Hanno visto i morti ammazzati, riversi nelle pozze del loro sangue o seduti in macchina in posizioni innaturali, i volti sfigurati dal foro di un proiettile. Hanno sentito le grida disperate delle donne per strada a cui avevano appena ucciso il marito o il fratello.

Hanno respirato l'odore acre dei negozi dati alle fiamme perché non pagavano il racket. Sanno cosa sono l'omertà, le faide decennali tra famiglie o interi paesi, il sospetto, l'invidia, la vendetta.
Io vengo da un altro mondo, dal Nord, da Torino. Non sono mica un pivello, questo è sicuro. Migliore allievo del corso per Commissari. Miglior agente dell'anno, dal 2009 al 2011. Miglior tiratore al poligono, ho ancora il record di cinquantacinque centri su sessanta. Sono ancora giovane, dicono, ma ho già alle spalle una carriera brillante. Vice Commissario nel 2011. Commissario nel 2013.
Ne ho arrestati tanti, di *cattivi*. È per questo che sono finito qua. Mentre saltiamo sulle buche della strada rivedo la scena, quel giorno in cui il questore di Torino mi ha chiamato nel suo ufficio, a fine turno. Si è acceso una Marlboro e ha cominciato a parlare, serio come al solito.
«Giovanni. Sei bravo, sei tra i migliori qua. Ma potresti fare ancora molta strada. Il mio collega giù a San Luca, in Calabria, ha bisogno di nuovi uomini, esterni alla zona, per una nuova squadra voluta dal Ministero dell'Interno.»
«Una nuova squadra? Di cosa si tratta, Dottore?» chiesi, sorpreso ed emozionato.
«Non posso dirti molto, è un'informazione secretata. Sta di fatto che presto ci saranno le elezioni e il Governo ha deciso di mostrare ai cittadini che sa usare anche il pugno duro, quando vuole.»
«Per fortuna ci sono le elezioni spesso, in questo Paese, altrimenti non si farebbe mai niente» mi permisi di dire.
Il questore non badò alla mia battuta e fece un altro tiro di sigaretta.
«Laggiù hanno bisogno di gente giovane ma preparata e mi sono permesso di fare il tuo nome. Può essere una grande opportunità per te.»
«Quanto ho per decidere?»
«Se sei interessato ti darò altri dettagli e poi dovrai trasferirti. Entro un mese.»
Ho accettato dopo cinque minuti. Sono arrivato a San Luca, Aspromonte, un caldo giorno di maggio.
Nonostante la mia esperienza mi accorsi in breve tempo che non sapevo niente.
Niente di cosa vuol dire combattere ogni giorno un'organizzazione criminale da due milioni di euro a settimana.
Niente di cosa vuol dire avere interi quartieri contro.

Niente di faide decennali tra famiglie. E ho dovuto imparare in fretta. Tanto da meritare di entrare nella squadra speciale denominata *I Falchi*, creata per scovare e stanare i super latitanti dai loro bunker nascosti sottoterra. Ne ho già visti parecchi, veri appartamenti scavati sotto le case, con sistemi di allarme, telecamere, cunicoli per scappare. Ce ne sono ovunque, da queste parti. Spesso collegati tra loro, permettono ai ricercati di sparire e dissolversi in un attimo, come brutti sogni.

Tra poco ne andiamo a controllare uno. Dalle informazioni che abbiamo, dovrebbe essere occupato da un capo famiglia ricercato in tutto il mondo. Michele Forgione, detto *'o leone*. Da qui il nome dell'operazione. Per la prima volta potrei trovarmi faccia a faccia con un criminale di questo livello.

Adesso sento l'emozione, anche troppa. Mi tremano le gambe.

«Ehi Giovanni! È ancora a letto?»

Il questore si è girato e mi guarda da dietro le lenti scure. Sorride. San Rocco, di fianco a lui, pure sorride, nonostante sia impegnato con la guida ad alta velocità.

Mi accorgo di essermi semi sdraiato sul sedile, una posa da pendolare annoiato. Mi siedo composto.

«Eh magari, Dottore, magari. Pensavo a cosa dobbiamo fare. Otto mesi di indagini. Non possiamo fallire.»

«Già.»

La sua laconica risposta mi ricorda che non si fida ancora molto di me. Dice che sì, sono sveglio, che ho un buon curriculum ma a volte mi fa pesare il fatto che non sono calabrese. E nemmeno siciliano o campano.

«Che ne sai tu di mafia?» mi dice spesso, scrollando le spalle.

Ogni tanto sembra si diverta a sminuirmi. Non so se lo fa per spronarmi o perché in fondo cerca di dissuadermi, di convincermi a tornare a Torino, a fare il poliziotto normale.

A volte mi dice: «Sala, tu non ce l'hai nel DNA. Sei ancora da svezzare. Dovrai farti le cicatrici. Fuori. E dentro. Ti ci vorrà del tempo, per diventare davvero dei nostri.»

Non è mai teso, lui. O forse lo è sempre, così non si capisce mai quando si rilassa. Da sotto la giacca blu vedo il contorno del calcio della sua pistola nella fondina. Gira sempre armato fino ai denti. Una Beretta d'ordinanza 92 FS Parabellum sotto la giacca. Una M12 non ufficiale affondata nei pantaloni, sotto la cintura, dietro la schiena. Un coltello a serramanico legato al polpaccio sinistro. Io ho solo la mia Beretta in dotazione. Anche a lei affido la mia vita. Soprattutto da quando mi hanno trasferito qui a San Luca, Aspromonte, Calabria.

CAPITOLO 2

«Peppe! Peppe! Quando c'ho di bisogno non arriva mai, quel minchione. Giusè!»
«Arrivo, arrivo, Don Michele, scusatemi.»
«Lo vuoi capire che quando ti chiamo devi venire subito? Non posso mica star qui a strillare ogni volta!»
«Scusatemi ancora don Michele, ma sono le sei del mattino...»
«Ascoltami bene, Peppe. Tua figlia Maria ha trovato lavoro in Comune grazie alla mia intercessione. Tuo figlio Domenico va all'Università a Reggio senza pagare la retta perché il rettore è amico nostro. Tua moglie fa la spesa gratis nei miei supermarket. Tu... tu ti prendi un buono stipendio per star qui sopra a far nu' cazzo di niente. Quindi, se ti chiamo alle sei di mattina o alle sei di sera devi uscire di casa tua e venire qua. Subito.»
«Al vostro servizio don Michele.»
«Eh, bravo. Sto morendo di caldo qua sotto. 'Fanculo, non ho chiuso occhio, questa notte... ma non si può proprio fare nulla? Dove cazzo sono quelli del condizionatore?»
«Dicono che ora non possono venire Don Miche', c'hanno le guardie in ufficio in questo periodo per via di quell'appalto, non è il caso che...»
«Le guardie... maledetti rompicazzo. E quelle donnette dei condizionatori se la fanno sotto. Per colpa loro mi tocca sudare come un contadino nei campi. Senti qualcun altro, va', intanto trovami un ventilatore, o se no, meglio, uno di quei condizionatori portatili.»
«Va bene, don Michele.»
«Ricordati poi che va terminata l'uscita secondaria da questa stanza. Il tunnel è completo, ma manca il foro nella parete per poter scappare. Cosa succede se arrivano gli sbirri e mi trovano qui sotto?»
«Che sono guai, don Miche'.»
«Esatto Peppe. E se sono guai per me, che finisco dentro, saranno guai anche per te. Tu devi badare alla mia latitanza. Ho speso un sacco di

soldi per far costruire questo bunker sotto il deposito e poi rischiamo di farmi acchiappare così, come un topo in gabbia?»
«Non ci voglio pensare, don Miché. Cosa sarebbe il clan senza di voi?»
«Appunto. Quindi ora sparisci e vai a chiamare 'sti muratori di merda!»
«Altri lavori Don Michele? Così presto? Rischiamo di destare sospetto...»
«Peppe, tu sei un uomo fedele ma hai un grande difetto. Fai poco e pensi troppo. E pensi male. Tu sei qui per fare. Per ubbidire. Non pensare a cose che non sono un tuo problema. Trovami 'sto cazzo di condizionatore e fai venire subito i muratori!»
«Come volete, don Miche'.»
«Bravo Giuseppe. Ricordati sempre una cosa. Io sono Michele Forgione, detto 'o leone, capo della famiglia dei Forgione. Il clan, o come si dice da noi, la 'ndrina, più potente della Calabria intera. Del mondo, intero! Io comando. Gli altri ubbidiscono. Non devi temere nulla. A 'mme, non mi cattura nessuno. Chi ci prova... muore prima.»

CAPITOLO 3

Ci siamo quasi. Un'altra curva presa a tutta velocità e il nostro convoglio lascia la strada asfaltata per imboccare un vicolo sterrato. Manca qualche centinaio di metri al deposito di materiale edile a cui siamo diretti. Un aereo spia, di norma usato per i rilevamenti geografici, ha evidenziato con la fotocamera a infrarossi che, sotto il capannone adibito a magazzino, ci dovrebbe essere una stanza di quaranta metri quadri. Dalle indagini risulta che il luogo, in teoria deserto, presenta consumi quotidiani di acqua e corrente. Alcuni giorni fa abbiamo piazzato telecamere sugli alberi intorno al muro di cinta e abbiamo scoperto che almeno una volta al giorno ci viene un tizio, sulla cinquantina. Arriva a piedi, a ore diverse del giorno e della notte. Entra, furtivo come un gatto, e sparisce nel magazzino. Dopo mezz'ora, o anche solo cinque minuti, esce e se ne va. Un comportamento sospetto per un semplice custode di magazzino, no? Qualche settimana fa, un nostro infiltrato nella cosca ha riferito che il super latitante che cerchiamo è ancora in zona. Forse vive lì, sottoterra, come un topo di fogna. O come uno che è vivo ma in realtà è già morto. Tra poco lo scopriremo.

Adesso che mi sento più sveglio mi accorgo di essere anche più agitato. Da quando sono qui è il primo bunker davvero promettente che andiamo a visitare. Ne abbiamo già scoperti e fatti demolire parecchi, io e il questore Volturno. Tutte le volte che abbiamo fatto irruzione con i Falchi li abbiamo sempre trovati vuoti. Alcuni disabitati da parecchio. Un paio con ancora resti di cibo sul tavolo. Probabilmente i ricercati erano stati avvisati poco prima da una soffiata.

Non ci si può fidare di nessuno, qui. Noi guardiamo loro e loro guardano noi, come a guardie e ladri. Bene contro male. Poi c'è chi non si schiera. Per quieto vivere. O per necessità. Ho saputo anche di militari o poliziotti dalla carriera senza macchia che si sono venduti per soldi, magari in seguito a una disgrazia. Qualche volta per paura. O spesso, molto più semplicemente, per avidità.

A me i soldi non interessano. Io ho la mia missione da compiere. Ho sacrificato già tanti anni della mia vita, per questo.
Qui non ho famiglia, non ho amici. Come il questore. Forse non siamo poi così diversi.
Lui la famiglia ce l'aveva anche, ma se ne sono andati. La ex moglie e il loro bambino piccolo si sono trasferiti nel Lazio, anni fa. O, come dice lui, una vita, fa.
Ci credo. Come si fa a vivere con uno sempre in guerra col mondo?
Mi viene da ripensare alla mia ragazza di Torino. Deborah. Con l'acca finale. Bella donna. Lunghi capelli rossi, occhi verdi, uno sguardo da brividi. Ricordo il suo profumo, mi bastava sentirlo per perdere ogni inibizione.
Mi amava, credo. Anch'io, un po'. Non abbastanza da rifiutare la proposta di trasferimento.
O magari l'amavo e l'ho fatto per non condannarla a una vita al fianco di un uomo con un lavoro così difficile e pericoloso.
Se provavo davvero qualcosa per lei, beh, ormai ho deciso di non amare più nessuno.
Ricordo quando ho salutato lei, la mia famiglia, gli amici.
"*Vi vengo a trovare spesso, non fate quelle facce*" avevo proclamato.
Da allora sono tornato a Torino solo una volta, a Natale. Dovevo starci una settimana, ma il 27 dicembre ero già in ufficio, qui in Calabria. Erano arrivati importanti indizi sulla presenza a Rosarno di un ricercato e non vedevo l'ora di esaminarli.
Deborah mi aveva accompagnato alla stazione senza mai smettere di piangere. Una tortura.
Qui non voglio avere rapporti amichevoli con nessuno. Tanto meno con le donne. Le metterei in pericolo. Se qualche cosca venisse a conoscenza della mia identità, i miei affetti sarebbero i primi a essere colpiti. Già. A loro non serve ucciderti. Se ti ammazzano, il Ministero ne manda un altro come te dopo due giorni. Loro vogliono annientarti. Con la paura. Meglio un vice questore addomesticato che uno morto.
Che sciocco.
Sanno già chi sono.
Tuttavia non sono ancora addomesticato. Né tantomeno morto. Per ora.

CAPITOLO 4

«Pronto?»
«Pronto. Don Michele!»
«...»
«Pronto Don Michele, siete voi?»
«Chi parla?»
«Sono Carmine.»
«Carmine! Non ti ho forse detto di non chiamare mai a questo numero? Se mi devi dire qualcosa devi parlare con Peppe! Peppe! Cazzo! Ma di chi mi posso fidare?»
«P... perdonatemi, Don Michele perdonatemi! Non vorrei mai arrecarvi disturbo. So che vi trovate in una situazione... scomoda diciamo, ma si tratta, ehm... di una cosa... una cosa molto importante.»
«Dimmi Carmine, hai già farfugliato un mare di cazzate e ancora non hai detto niente. Muoviti, che c'è?»
«L'hanno arrestato! Hanno acchiappato Domenico.»
«Domenico chi, Carmine? Muoviti, intercettano la telefonata, Cristo!»
«Domenico, 'u Baffo»
«Come fai a saperlo?»
«Me l'ha detto mia cognata, che l'ha sentito da sua cugina. Non si poteva sapere ancora, gli inquirenti non hanno detto nulla alla stampa, ma la voce ha già fatto il giro del paese.»
«Quando?»
«L'hanno arrestato ieri l'altro, Don Miche', ma io l'ho saputo solo adesso.»
«Che quel minchione non provi a parlare o gli ammazziamo tutta la famiglia. Dove si trova?»
«L'hanno già portato in carcere, a Reggio.»
«Quell'uomo sa troppe cose. Deve sparire prima che faccia cazzate. Ci pensi tu?»

«Va bene Don Michele, conosco uno lì in carcere, una guardia. Uno... uno che fa il tifo per noi, diciamo.»
«Deve sembrare un incidente, una cosa pulita. Oppure faccio riempire di piombo pure a te.»
«Lasciate fare a me, non vi preoccupate.»
«Un'ultima cosa Carmine, stammi a sentire.»
«Ditemi.»
«Chi l'ha catturato?»
«I Falchi.»
«Ancora quei pezzi di merda. Il questore Volturno...»
«Eh... proprio lui, Don Miche'.»
«E quell'altro, come si chiama? Quello lì del Nord.»
«Sala.»
«Sala, sì. Sapete dove stanno i suoi?»
«Sì Don Miche'. In provincia di Torino. Santhià, mi sembra. Niente moglie, ha ancora tutti e due i genitori, c'ha una ragazza, Deborah. Con l'acca. Abbiamo già fatto le nostre ricerche.»
«Sappiamo chi è e dove sta?»
«Certo.»
«Ti dirò cosa fare di lei.»
«Va bene. A disposizione. I miei saluti, voi statevene lì al sicuro, Don Miche'.»
«Non ti impicciare tu. E piantala con 'sto Don Miche', testa di cazzo! Vuoi farmi arrestare?»

CAPITOLO 5

Ci siamo quasi. Le auto hanno spento il lampeggiante. Avanziamo con i motori al minimo. Non vogliamo certo che il nostro topolino nascosto si accorga del nostro arrivo. Procediamo a passo d'uomo lungo il vialetto sterrato che si addentra nel bosco. Si sente solo lo scricchiolio dei sassi sotto le ruote. L'aria è fresca. Qualche uccello, ignaro del nostro passaggio, cinguetta allegro sui rami. Per un attimo penso che vorrei essere al suo posto.

Ci fermiamo.

Squilla il cellulare del questore. Dev'essere l'informatore, Carmine. Volturno risponde. Io e l'agente San Rocco restiamo in silenzio ad ascoltare, per cercare di carpire qualcosa. Magari ci avvisa che il ricercato ha cambiato rifugio qualche ora fa e dobbiamo rimandare tutto.

«Sì.»

«Sono io.»

«Siamo in posizione.»

«Va bene. Tra poco entriamo.»

Perfetto. La nostra preda è qui. A pochi metri da noi. Nella sua tana sottoterra.

«Dimmi.»

Il questore si fa scuro in volto. Ha come un sussulto. Ora non sembra sereno.

«Ah sì? Figlio di puttana!»

Fine della telefonata. Chissà cosa gli ha detto il nostro uomo al telefono per farlo imprecare così.

Si aggiusta gli occhiali in modo che aderiscano perfettamente alla fronte. Si gira verso di noi.

«Ok signori, si balla. Pare proprio che questa volta ci siamo. Preparate le vostre armi. Il segnale lo conoscete.»

Ripasso mentalmente il piano. Appena Volturno aprirà la portiera, scenderemo tutti dalle auto e i ragazzi si schiereranno. Due sfonde-

ranno il cancello con l'ariete. Gli altri faranno irruzione. Noi copriremo loro le spalle.
Il questore sfodera la sua Beretta e controlla il caricatore. Io e San Rocco facciamo lo stesso.
Le pallottole di ottone brillano nella fioca luce del primo mattino.
Non so come mai, ma per un attimo penso a Deborah, a Torino. Mi chiedo cosa stia facendo. Si starà per svegliare. Chissà se pensa ancora a me. Se mi ama, ancora.
Scaccio subito questi pensieri dalla testa.
L'arma è in ordine.
Controllo la sicura. Click - clack.
Volturno apre la portiera.
Scendiamo.
Ora nel petto, in testa, nelle gambe, nelle orecchie, sento solo il battito del cuore.
Corre veloce.
Respiro.
Vedo i Falchi già pronti, davanti al cancello. Indossano pesanti giubbotti antiproiettile e il passamontagna nero. L'uccellino canterino si è zittito. Si vede che facciamo paura. Ora non c'è molta differenza tra noi e una banda di criminali.
Dietro di me sento ansimare l'agente San Rocco. Se la fa sotto.
Uno dei ragazzi suona a una specie di campanello ma non sentiamo niente, forse è fuori uso.
Il militare che ha suonato si gira verso Volturno, che annuisce lentamente.
Lui e un carabiniere afferrano quel grosso cilindro di ferro che è l'ariete.
Insieme lo sollevano e colpiscono con forza il cancello.
Bum!
Siamo dentro in un attimo, come acqua di un lago che zampilla dalla crepa di una diga.
I Falchi gridano.
«Carabinieri! Irruzione! Siamo armati!»
Anche San Rocco, forse per darsi forza, grida orgoglioso, ma la sua voce è stridula.
«Fermi tutti! Polizia!»

Lo guardo. Gli tremano le mani. Ha le dita quasi viola da come sono strette intorno alla pistola.
Temiamo che la soffiata sia una trappola e il luogo possa essere pieno di mine. Le comprano nei Balcani. Calpesti una di quelle e sei fregato. Se ti va male non muori, no. Resti mutilato a vita. Addio piede, gamba, palle. Mai più corse, camminate, scopate. Ovunque ci sia una guerra si sa che è meglio rendere innocuo il nemico, piuttosto che eliminarlo. I feriti costano molto di più dei morti.
Silenzio. Non si muove nulla. Ci troviamo in un vasto cortile. Ci sono diverse pozzanghere, della ghiaia sparsa qua e là. Pile di mattoni rossi, cocci e residui di cemento. Una piccola scavatrice che sicuramente deve essere stata usata per scavare o ampliare il bunker. Su di un lato del cortile c'è un grande capannone. Il questore si sta già dirigendo verso la porta d'ingresso. Cammina lento, con passo sicuro. Se non fosse per la Beretta nella mano destra sembrerebbe uno che va in ufficio.
Accorrono i Falchi, che lo circondano.
«Si faccia indietro, Commissario. È compito nostro.»
Volturno si fa da parte. Va bene sentirsi sempre in guerra ma non vuole farsi sparare in faccia. I ragazzi dei corpi speciali sono meglio preparati, a farsi sparare addosso, e meglio equipaggiati. Se non altro hanno il giubbotto antiproiettile.
Uno di loro bussa forte sulla pesante porta di ferro.
«Carabinieri! Aprite! Immediatamente! Siete circondati!»
Nessuna risposta.
Ancora.
«Carabinieri! Aprite subito! Siamo armati!»
Niente.
Questa porta corazzata non viene giù con l'ariete. Ci vuole una micro carica esplosiva. Uno dei Falchi è artificiere e sta per estrarre l'esplosivo.
Lo fissa con un adesivo. Inserisce due fili elettrici che collega a un piccolo detonatore.
«Fatevi indietro» ci avvisa.
«Fermi! Fermi, Cristo! Farete crollare tutto!» Una voce spaventata ci arriva dall'altra parte della porta.
Il questore risponde subito, deciso.

«Chiunque lei sia apra la porta! Polizia di Stato! Siete in arresto!»
«Un attimo vi prego, un attimo! Mio Dio!»
L'uomo dietro la porta sta per piangere. Probabilmente non è il nostro latitante ma il custode, il fiancheggiatore.
Il questore è determinatissimo. Potrebbe essere qui, nel bosco intorno a San Luca, o in missione a Kabul, per lui sarebbe uguale.
«Apra subito! Subito! Mani bene in vista!»
Rumore di serratura.
«Non sparate! Non sparate! Non sono armato!»
La porta si apre.
Ne esce un uomo basso di statura, tarchiato, calvo. È l'uomo che abbiamo visto dalle riprese con le telecamere nascoste. Il custode del rifugio. Dovrebbe essere un vero duro, un uomo senza timori, invece piagnucola come un bambino. Di fronte all'imprevisto, alla violenza, abbiamo tutti paura.
Gli siamo intorno, come iene a una preda ferita. Anche noi, uomini dello Stato, sappiamo diventare animali e avvertire l'odore del terrore.
L'agente San Rocco sembra essersi ripreso. Si sente forte, ora, in mezzo a questo branco di predatori.
I Falchi immobilizzano l'uomo contro la parete di cemento.
Il questore lo strattona per un braccio. È una furia.
«Chi è lei? Cosa fa qui? Nome e cognome! Forza!»
«M… mi chiamo Giuseppe Macrì. Sono il custode, non faccio nulla di male! Che volete?»
Ora sembra aver ritrovato un po' di coraggio.
Il questore gli spinge la faccia contro la porta di ferro. Il naso dell'uomo si schiaccia con un *crack* che mi fa venire un brivido.
«Faccio io le domande qui! Il custode eh? E di cosa? Di quattro mattoni! Ci pigli per il culo? Chi proteggi? Dov'è *lui*? Parla!»
L'uomo è nel panico. Se aveva bisogno di conferme, bene, le ha avute.
«L… lui chi? Non so di che parlate!»
Il questore lo afferra per il naso sanguinante. L'uomo scoppia a piangere, disperato, e cade in ginocchio.
Ora ha due possibilità: o parla e ci dice dove e come entrare nel bunker, in cambio di un piccolo sconto di pena, oppure prende un sacco di botte, lo arrestiamo e il nascondiglio ce lo troviamo da soli. Di solito preferiscono la prima opzione ma a volte hanno così paura o così

rispetto del latitante che non parlano e si fanno pestare e arrestare, nella speranza che intanto il boss riesca a scappare in qualche cunicolo, o che noi non riusciamo a trovare il bunker.
Lo guardo. È in ginocchio con le mani contro la faccia. Rivoli di sangue si fanno largo tra le dita grosse e sporche. Singhiozza. Così non è in grado di decidere nulla.
Voglio aiutarlo. È sempre una persona, che diamine. Vediamo cosa ne pensa Volturno. Ci provo, anche se la risposta sarà *Sala, tu non sei ancora dei nostri*.
«Dottore, posso parlare io con questo signore?»
«Vice questore, non è il momento dei suoi modi da diplomatico pacifista. Questo pezzo di merda ora parlerà e ci dirà dove sta il suo amichetto che cerchiamo. Con le buone o con le cattive.»
«Questore, mi permetta. Come vede questo poveraccio è sotto shock. Mi creda, gli tirerei anch'io due calci nel culo. In ogni caso, costui non è in grado di ragionare, ora, con voi che lo malmenate in questa maniera.»
Volturno sbuffa. Il custode intanto, ancora in ginocchio, continua a piagnucolare.
«Questore, la prego. Non vogliamo passare la giornata qui, a setacciare la proprietà, vero?»
Sbuffa ancora. Poi, finalmente, si decide.
«Proceda pure, Sala.»
Prendo un fazzoletto dalla tasca e lo porgo all'uomo.
«Tenga, signor Macrì. Si pulisca. Che se la vedessero i suoi figli così non ci farebbe una gran figura.»
Il custode sposta le mani dal volto e afferra il fazzoletto. Si pulisce dal sangue uscito dalla narice e si asciuga le lacrime.
«Si alzi.»
L'uomo si rimette in piedi a fatica. Non mi guarda negli occhi ma tiene lo sguardo basso, rivolto alle scarpe impolverate.
«Bene signor Macrì. Ora mi stia a sentire. Come ha capito non siamo capitati qui per una scampagnata. Sappiamo che in questa proprietà è nascosto un ricercato dal Ministero dell'Interno. Se non ci dice immediatamente dove si trova e come raggiungerlo lei verrà considerato complice, molto di più di quanto non lo sia già, e non potrà usufruire di sconto sulla pena. Pensi ai suoi figli. A sua moglie. Se ci aiuta, li rivedrà molto prima di quanto pensa.»

Sento un groppo in gola. Anche noi dobbiamo ricattare per ottenere, subito, quello che vogliamo.
L'uomo scuote la testa, sconsolato. Respira rumorosamente, emettendo un gorgoglio dal naso rotto. Poi, all'improvviso, si affloscia su se stesso, come se quello che sta per dire lo stia svuotando da dentro.
«Nel capannone c'è un piccolo ufficio. Se spostate lo scaffale dietro la scrivania troverete nel pavimento uno stretto passaggio che porta al bunker. Forgione è lì.»
Volturno mi guarda impassibile.
«Molto bene, Signor Giuseppe. Ha fatto la cosa giusta. Avrà un significativo sconto sulla pena per la sua collaborazione.»
Lui ora mi guarda dritto negli occhi. Dentro, ci vedo astio. E poi rassegnazione.
«Loro lo verranno a sapere. Mi uccideranno. Prima i miei figli, poi mia moglie. Io sarò l'ultimo. Loro non hanno pietà per i traditori.»
L'uomo ha ragione. Se il ricercato si accorge che andiamo a stanarlo a colpo sicuro capirà che il custode ha parlato. E la prima cosa che farà dalla cella sarà inviare in qualche modo un messaggio ai suoi rimasti fuori per sterminare la famiglia di questo poveretto.
Mi sento una merda. Guardo il questore, che interviene.
«Se ci racconterai tante altre belle cosette sulla cosca ti affideremo al programma di protezione, ehm… come cazzo ti chiami? Ah Macrì, sì, Macrì.»
L'uomo abbassa lo sguardo, senza dire nulla.
«San Rocco, lo porti in macchina e resti con lui, all'esterno della proprietà. Stia all'erta e ci chiami subito via radio se vede arrivare qualcuno. Non vorrei che gli uomini della cosca siano stati già avvisati del nostro arrivo e abbiano predisposto un commando per intervenire in soccorso del loro capo.»
L'agente, bianco in volto, annuisce.
«Ragazzi, entriamo nel capannone. Sappiamo dove andare. Muoviamoci, prima che quel topo di fogna ci scappi da sotto gli occhi!» ordina Volturno.
I Falchi entrano nella costruzione, armi ancora in pugno. Questa volta in silenzio. La preda è sempre più vicina. Li seguo, insieme al questore.
L'interno è un magazzino, che magazzino non è. Solo una copertura.
Lo spazio è vuoto, tranne qualche residuo di materiale da costruzio-

ne. Odora di chiuso e di polvere. Non posso fare a meno di pensare a Forgione. Un boss potente e miliardario che vive in questa topaia, sottoterra. È già un recluso, il carcere non gli farà nessuna differenza. A quelli come lui non interessano la ricchezza, la vita agiata, le belle macchine, gli yacht, le donne. Vogliono solo il potere di comandare. Per ottenerlo, e mantenerlo, hanno rinunciato a tutto il resto.
Avanziamo verso il piccolo ufficio sul lato opposto della costruzione. I Falchi calzano pesanti stivali ma grazie all'addestramento sono silenziosi come dei veri rapaci.
Il silenzio e la desolazione di questo luogo abbandonato incombono su di noi. Nonostante l'ampiezza del magazzino mi sento soffocare.
Uno dei ragazzi apre piano la porta a vetri con la scritta "*UFFICIO*". Pochi metri ormai alla tana del topolino.
Anche questa stanza non presenta nessun segnale che indichi una reale attività lavorativa. Gli scaffali di ferro sono vuoti, noto solo qualche raccoglitore abbandonato in un angolo. Afferro una delle poche carte che trovo sulla scrivania impolverata. È il documento di trasporto per un bancale di mattoni risalente a mesi fa. I Falchi intanto stanno già esaminando il pesante scaffale di legno dietro la scrivania.
Lo osservo: questo pesante armadio stona con tutto il resto che lo circonda. È l'unica cosa che appare pulita, senza un filo di polvere, come se venisse maneggiata spesso. Se il custode non ci ha mentito, dovrebbe infatti nascondere l'accesso al bunker.
Il questore e uno dei Carabinieri appoggiano l'orecchio alla parete.
Mi viene stupidamente da sorridere. Un risoluto gruppo di adulti armati che pare stia giocando a nascondino. Saremmo potuti venire qui con mezzi e uomini più numerosi, circondare tutta l'area e con un megafono intimare a fiancheggiatore e latitante di uscire con le mani alzate. Ammetto però che non sarebbe stato lo stesso. Noi siamo i Falchi e questa è una caccia all'uomo. Con il tempo ci siamo così immedesimati nella parte che non possiamo fare altro che interpretarla fino in fondo.
Due militari si appoggiano con la schiena a un lato dell'armadio. Puntellandosi con i piedi, lo spingono di lato.
Funziona. L'armadio si sposta. Sul fondo ha una piccola rotella che scorre lungo un binario nascosto nel pavimento. L'indicazione del custode ci ha risparmiato parecchio lavoro.

Dopo pochi secondi il pesante mobile si è mosso abbastanza da lasciarci accedere a una piccola botola. L'ingresso del bunker. Sembra di entrare in una piramide dell'antico Egitto. Solo che qui non troveremo tesori. Non profaneremo la tomba di un grande Faraone, ma il misero rifugio di un uomo che si nasconde sepolto sottoterra.

CAPITOLO 6

«Ehi Peppe! Che cazzo succede? Giusé! Sento dei rumori, mannaggia a te! Sei sparito? Peppe rispondimi! Sono gli sbirri? Peppe hai spifferato tu? Il tunnel non è pronto, non ho scampo, che tu sia maledetto! Te la farò pagare! No. Non *puoi* essere stato *tu*! Sei troppo stupido e cacasotto! Ah, lo scoprirò presto chi è stato! Gli farò staccare la lingua! Venite, venite pure a prendermi. Tanto per me non cambia niente, sbirri! Continuerò a comandare anche dalla gattabuia! Io sono Michele Forgione, detto 'o leone!»

CAPITOLO 7

Apriamo la botola. Una ripida scala in discesa conduce a una porta in ferro. Scendiamo, un gradino per volta, senza far rumore. Chissà se troveremo il nostro ricercato o sarà già scappato, attraverso qualche cunicolo che magari conduce dietro un cespuglio al di fuori della proprietà, o addirittura in centro paese. Lo stiamo per scoprire.
Volturno si avvicina alla porta di ferro che chiude le scale.
«Forgione! Sei lì? Apri subito! Polizia di Stato! Abbiamo un mandato!»
Niente, nessuna risposta e nessun rumore. Il questore ci riprova. Poi abbatteremo la porta.
«Forgione! Ti abbiamo preso! È finita! Ti conviene aprire o assieme alla porta facciamo saltare anche te!»
Rumore di passi che si avvicinano. Qualcuno c'è.
«Calma, calma. Sto aprendo. L'avete vinta. Questa volta.»
L'emozione mi travolge. È il mio primo arresto di un latitante di spicco. Stento a crederci.
Cigolio di chiavi che girano nella serratura. La porta si apre. Dietro scorgo, nella penombra, un uomo corpulento, sulla quarantina.
È lui. Eccolo che avanza. Ci guarda tutti. I Falchi gli puntano le pistole, per evitare che il ricercato, preso dal panico, faccia follie e inizi a sparare.
Lui invece sembra molto tranquillo, quasi a suo agio.
«Ma che bravi agenti! Hanno preso il cattivone che cercavano. Eccomi, arrestatemi. Bravi, complimenti, mi avete trovato. Tanto tra pochi giorni sarò di nuovo a spasso.»
Due carabinieri lo bloccano per le braccia e lo ammanettano. Volturno lo afferra per i capelli arruffati.
«Forgione Michele. Conferma la tua identità. Sei in arresto per associazione a delinquere, ricettazione, traffico internazionale di stupefacenti.»

«Se, se, sono io. Mi avete trovato. Eh, ma anch'io so chi siete voi. Questore Volturno, è un piacere incontrarla. E voi aspetta siete… i Falchi, ecco.»
Cerca di intimorirci ostentando tutta questa sicurezza. Ora volge lo sguardo verso di me.
«E conosco pure lei, Sala. Il bravo poliziotto venuto da Torino. E che ci fa qui? Vuole arrestare le persone per bene come me?»
Ecco, c'è riuscito, a mettermi paura. Mi conosce. Chissà se sa anche chi sono i miei, su al Nord. Deborah…
Interviene il questore.
«Zitto, Forgione, ci conoscerai pure ma non siamo amici tuoi. Andiamo.»
L'uomo non oppone alcuna resistenza e risaliamo verso l'ufficio. Alcuni dei ragazzi si scambiano strette di mano e gesti di esultanza. Lo abbiamo preso! Tanti mesi di indagini sono stati premiati.
In poco tempo attraversiamo il magazzino e ci dirigiamo verso l'esterno della proprietà. Volturno si rivolge agli altri agenti e militari.
«Voi due perlustrate l'aerea. Voi caricate questo… ehm, signore sulla volante. Complimenti a tutti. Ci vediamo in Questura.»
Mi dirigo verso l'Alfa, dove ci attende l'agente San Rocco con il custode del rifugio, Macrì. Rimetto la pistola nella fondina. Nell'emozione la tenevo ancora in mano!
«Tutto a posto, agente San Rocco? Lo abbiamo preso! È nostro.»
«Sì sì, la persona che ho in custodia è tranquilla, anche se piange. Siamo stati grandi! Tutti questi mesi di indagini! Un pericoloso criminale in meno!»
Apro la portiera della vettura. Volturno si avvicina e mi prende per un braccio.
«Complimenti anche a lei, Sala. Con le sue indagini ci ha permesso di scovare questo maledetto boss. Ma volevo dirle una cosa.»
«Grazie, questore. Mi dica pure.»
«Prima di entrare nel deposito ci ha chiamato il nostro infiltrato nella cosca, Carmine Puglisi, per confermarci che il nostro uomo era qua. Ricorda che ho risposto al telefono?»
«Sì Signor Volturno, ho visto. Avevo capito che era l'informatore. Cosa le ha detto?»
«Prima di chiudere la comunicazione ha detto che il Forgione ha dato delle disposizioni.»

«E quali, questore?»
«Di fare fuori uno della cosca che abbiamo beccato, prima che faccia la spia. E di uccidere un'altra persona. A lei vicina, credo. Purtroppo. Sicuramente vuole intimorire lei, renderla più malleabile.»
«Una persona a me vicina? E chi, questore?»
Sento un tremito da sudore freddo, adesso.
«Una donna. Si chiama Deborah. Risiede a Santhià, su in Piemonte».
Oh, mio Dio. Volevano uccidere proprio lei. Per causa mia. Per fortuna lo abbiamo preso in tempo.
«Sala. Hanno cercato di colpirla nei suoi affetti più cari. Non ci sono riusciti, questa volta. Benvenuto tra i Falchi. È davvero dei nostri, adesso.»

FUORI DAL BUNKER
CAPITOLO 1

Ti, ti, ti, ti, ti, ti...
La sveglia? È già ora?
Ancora due minuti e mi alzo. Me ne starei a letto volentieri...
È anche una brutta giornata, sembra tutto così scuro, e sono le otto. Di solito non mi alzo mai prima di quest'ora, anche delle nove. Non sono una donna che deve andare a lavorare, io!
Anche se, a dire il vero, a lavorare ci andrei. Non so proprio a fare cosa, non ci ho mai pensato. Un lavoro tranquillo, che mi faccia stare con la gente. Mi sporcherei anche le mani, soffrirei il caldo, lo stress, la fretta. Un lavoro... onesto. Un lavoro che quando torno a casa stanca la sera possa guardarmi fiera nello specchio.
Invece adesso no, non ci riesco.
Forse è proprio per colpa di quello che faccio, e che anche oggi dovrò fare, che non ho voglia di alzarmi. Tuttavia la famiglia ha bisogno di me. Mi faccio forza e scendo dal letto. Guardo il mio volto allo specchio, già stanco di prima mattina.
Laura Aloise, coniugata Forgione. Sei contenta di lavorare per la 'ndrina di tuo marito Michele, la più potente di San Luca? Abbasso gli occhi, non mi posso guardare. *No, non me ne vanto proprio. Anzi, me ne vergogno. Sono fatta così. L'unica pare, da queste parti. Una pecora nera.*
Da quando mio marito Michele è finito in galera, e ci resterà per qualche anno se non riusciamo a farlo uscire prima, tocca a me andare per negozi a chiedere *il pizzo*. Quella specie di tassa che il clan chiede ai negozianti della zona, quei soldi che mi mandano a rubare, perché è questa la parola giusta, a gente onesta che fatica da mattina a sera. Come la ricambiamo noi? Semplicemente evitando di entrare nel negozio e spaccare tutto, malmenare i gestori e prima di uscire magari appiccare un bel fuoco. Li proteggiamo praticamente da noi stessi.
Quante volte mi sono arrabbiata con Michele, perché mandava me, e non uno dei suoi scagnozzi. E lui, ogni volta, a spiegarmi che manda-

no noi donne, perché siamo ben vestite, profumate e pettinate. Perché non diamo nell'occhio. I negozianti ci riconoscono, sanno benissimo il motivo per cui siamo lì, e ci trattano pure bene!
Vorrei sprofondare ogni volta che mi sento dire: *"Ecco la busta, signora Forgione. Mandi i miei saluti alla famiglia. Gradisce un caffè?"*
Sbrighiamoci, va'. Andiamo a derubare qualche persona perbene. A chi tocca stamattina? Ah già, a quel poveretto che gestisce la lavanderia, giù in paese, insieme alla moglie. Non fanno certo affari d'oro, tirano la cinghia, e devono pure trovare i soldi da regalare a noi! Ogni tanto devono fare anche qualche lavaggio gratis di abiti con macchie, per così dire, compromettenti. Vestiti con cui si è rapinato, picchiato, magari ucciso. Una lavata e spariscono le tracce. Del sangue. Della polvere da sparo. E finisce sempre tutto con un cortese *buona giornata signora, saluti alla famiglia.*
Ci vuole proprio un bel caffè, forte, per svegliarmi del tutto. Preparo la moka e mi chiedo se ho fatto bene a rifiutare la scorta che i picciotti mi hanno proposto. Ho l'impressione che non vogliano proteggermi, ma sorvegliarmi.
Gliel'avrà chiesto il mio bravo maritino Michele, dal suo bel braccio C, settore 6, casa circondariale di Reggio Calabria. Anche da dentro, è sempre il capo dei Forgione, la sua famiglia. Chissà come sta. Beh, lo saprò nel pomeriggio, alla visita. La concedono una volta alla settimana ai delinquenti… speciali, come lui. Odio parlargli con di fianco la guardia, che ascolta tutto per evitare che mio marito mi dia gli ordini per i ragazzi. Preferivo la guardia di prima, era dei nostri e parlavamo in tutta libertà. Ora hanno messo uno nuovo, e Michele non mi dirà niente. Pazienza, bisognerà aspettare giusto qualche settimana, il tempo per insegnare al nuovo arrivato come vanno certe cose qui da noi.
Sento il caffè che borbotta. Accendo la tele, quella fiction che danno a quest'ora mi piace tanto, è così romantica. Almeno per mezz'ora ancora potrò far finta di essere una qualsiasi donna per bene che comincia la sua giornata.

CAPITOLO 2

Prima di entrare, mi fermo a leggere la targa sulla porta: "*Comando della Polizia, San Luca*". Mi rassicura quella scritta, che mi conferma che questo è il mio luogo di lavoro. Anche oggi, come ogni mattina, dovrò assicurarmi che tutti gli agenti stiano svolgendo il loro dovere nel migliore dei modi. Ogni volta so che dovrò risolvere qualche loro problema, che dovrò avere sempre risposte pronte e soluzioni. Questo è il compito che mi è stato affidato, e mi piace.

Respiro l'aria della Questura, e annuisco convinto. Accettare di essere trasferito da Torino è stata la mossa giusta. Finalmente posso impegnarmi in prima linea per combattere la piaga dei latitanti che continuano a girare liberi per il paese. Sono criminali di alto livello, ed è già difficile trovare le prove per accusarli degli innumerevoli reati di cui si sono resi protagonisti. Una volta che il giudice emette l'ordine di cattura sta alle forze dell'ordine trovarli e incarcerarli, ma spesso questi malviventi fanno perdere le loro tracce.

Sta a noi condurre le indagini, spesso molto difficoltose per l'omertà della gente, e scovarli nei luoghi più impensati. Sono fiero di comandare i Falchi.

Sono già arrivati tutti, sento vociare negli uffici. Entro nel mio.

«Buongiorno ragazzi.»

«Buongiorno vice questore Sala! Come va? Passato bene la nottata?»

«Buongiorno agente San Rocco. Sì, ho dormito bene, grazie. E lei?»

«Non molto. Ieri sera ho mangiato degli arancini di riso un po' troppo piccanti, mia moglie ci è andata giù pesante con il peperoncino, e se devo essere sincero non ho dormito benissimo, avevo caldo.»

«Ma negli arancini non ci va il peperoncino!»

«Eh, dottore, che ci volete fare, a me e mia moglie piace e lo mettiamo in ogni piatto…»

Guardo San Rocco, quei centocinque chili di bravo ragazzo trentenne, puro calabrese, e non trattengo un sorriso.

«San Rocco, sua moglie la vizia. Sappiamo, e lo dico con certezza perché me l'avete fatta assaggiare, che il suo forte è la peperonata. Stia attento però che troppi grassi non le fanno bene, se posso permettermi la vedo già un pochino... in sovrappeso.»
«Avete ragione, fate bene a ricordamelo. Però, che volete, mangiare è uno dei piaceri della vita. E io me lo ricordo ogni giorno! Già passiamo la giornata a lottare contro il crimine e abbiamo a che fare con la gente peggiore, almeno a tavola voglio essere di buon umore.»
«Il suo ragionamento non fa una grinza, ma la salute è la sua. Continui a mangiare quello che più le piace, ma con moderazione.»
«Cercherò di ricordare il vostro consiglio, dottore. Oggi cosa abbiamo da fare?»
«Più tardi andiamo per negozi. È quasi passato un mese da quando abbiamo arrestato il latitante Michele Forgione.»
«'O leone, sì. Quello che stava nascosto nel suo bunker fuori San Luca. Com'ero contento quel giorno, vice questore!»
«È stato il mio primo arresto eccellente e come inizio non è stato niente male, abbiamo catturato una delle persone più pericolose in Italia. Adesso, San Rocco, dobbiamo continuare le indagini per scoprire chi collaborava con loro e li favoriva. Spesso sono persone insospettabili, che nascondono le loro malefatte dietro un'apparente onestà. Sono avvocati, notai, banchieri, prestanome, imprenditori e usano le loro conoscenze per far sparire soldi, prove, affari illegali e farli riapparire senza nessun indizio di reato.»
«Capisco, dottore. Sono finiti i tempi dei sequestri e delle rapine agli uffici postali! Adesso i clan hanno giri d'affari da milioni di euro, che arrivano in gran parte dallo spaccio della droga, e si fanno aiutare da un esercito di uomini in giacca e cravatta per far sparire tutte le prove e riciclare i soldi.»
«Tornando a noi, il gentiluomo in questione ha smesso di fare il duro e ha chiesto uno sconto sulla pena in cambio di alcune informazioni che ci ha dato. Abbiamo l'elenco di alcuni negozianti che pagano regolarmente il pizzo alla famiglia. Dobbiamo andare da loro e convincerli a testimoniare contro il Forgione, accusandolo delle sue continue estorsioni. Non sarà facile, qui la gente sembra difendere i criminali, anche se deve sottostare ai loro soprusi.»
«Eh, dottor Sala, anche voi ormai ci siete abituato. Il criminale del

paese, la famiglia Forgione in questo caso, viene visto come una sorta di protettore. Tu sei amico loro e stai tranquillo che non ti capita niente di brutto e puoi lavorare in santa pace, senza temere rapine, vandalismi, furti. E senza temere nemmeno che i controlli sulle tasse siano… diciamo troppo severi. Eh, si, amicizia che conviene avere, e si paga…»

«Dice che mi sono abituato eh, Luigi? No, no, per me, che vengo da Torino, è difficile abituarmi a questo stato di cose. Intendiamoci, la malavita organizzata opera anche al Nord da tempo, lo sappiamo bene, ma lì penso sia più difficile avere la cortese connivenza della gente.»

«State sicuro, vice questore, che pure alla gente onesta che vive da queste parti il crimine, soprattutto quello organizzato, non piace. Lo odia. È proprio a causa sua che qui le cose non vanno bene, o come dovrebbero, e restiamo sempre una regione povera. Se non c'è sviluppo, se mancano strade moderne e sicure, è per la presenza delle cosche e l'assenza di legalità e di uno Stato in cui credere. Rispetto ai tempi dei miei genitori le cose sono un pochino migliorate, ma ormai il nuovo millennio è cominciato da anni e noi ci portiamo sempre dietro il peso di una vecchia mentalità da cambiare.»

«È per questo che ogni giorno cerchiamo di fare al meglio il nostro lavoro, Luigi. Qui abbiamo un crimine molto radicato nel territorio, e questo rende tutto più difficile. Vedrà che oggi quando andremo a chiedere ai negozianti di denunciare Forgione, non riusciremo a ottenere molto.»

«Cercheremo di essere il più convincenti possibile, vice questore. Viene anche il questore di Reggio, il dottor Volturno?»

«No, ha degli impegni in Procura, a Reggio. Meglio così, con i suoi modi troppo duri non avrebbe ottenuto niente. I negozianti, sentendosi minacciati, si chiuderebbero a riccio, invece di collaborare.»

«Eh, sì, i modi del questore sono spesso molto rudi. Sappiamo che per lui questo lavoro è come una guerra quotidiana. Però a volte questi modi servono, con la gentaglia che ci tocca arrestare.»

«Non vanno bene quando ci vuole più tatto, diplomazia. Anche quando abbiamo arrestato Forgione ne abbiamo avuto la riprova. Lui malmenava il custode del rifugio, e se non fosse stato per me che l'ho convinto con le buone a dirci dov'era il nascondiglio, saremmo ancora là a cercarlo.»

«Già, sono stato io ad accompagnare il custode in macchina, era sotto shock. Beh, diciamo che voi e il questore siete una coppia ben collaudata. Siamo fortunati noi, la mitica squadra dei Falchi, ad avervi come responsabili!»
«La ringrazio, Luigi. E quel giorno la cattura di quel pericoloso latitante mi ha fatto sentire ancora più parte della squadra, e di questa avventura nuova per me, dopo anni passati a Torino. Su, vada a prepararsi che andiamo in paese a fare quattro chiacchiere con i negozianti. Speriamo che ci diano una mano a far sì che Forgione non esca per un bel po'.»
«Con tutta la fatica che abbiamo fatto per scovarlo in quel buco sotto il deposito!»
«Già, quella volta il nostro impegno è stato ripagato.»
«E io quella sera la peperonata me la sono proprio gustata!»
«Eh sì, se l'è proprio meritata. Un delinquente pericoloso in meno per le nostre strade. Peccato che la famiglia Forgione abbia parecchi elementi dediti al crimine organizzato. Abbiamo preso il capo famiglia, ma restano a piede libero altri personaggi di spicco. Suo fratello Vittorio, per esempio, è ricercato ma di lui si è persa ogni traccia. Non abbiamo ancora idea se si stia nascondendo anche lui in qualche bunker sottoterra o in questo momento stia facendo tranquillamente colazione a casa di qualcuno che lo ospita.»
«Prima o poi farà anche lui una mossa sbagliata, un errore che ci permetterà di trovarlo e arrestarlo. Ne sono sicuro, dottore.»
«Mi fa sempre piacere il suo ottimismo. Credere di riuscire in una cosa è il primo passo per ottenerla. Poi ci vuole un grande impegno certo, e talvolta un pizzico di fortuna.»
«La fortuna va sempre dal più forte, vice questore.»
«Ha ragione Luigi, è proprio così. Bene, vorrà dire che ci impegneremo sempre per essere noi, tutori della legge, i più forti. Anche quando ci mettono i bastoni tra le ruote, o non ci aiuta nemmeno chi noi stiamo aiutando.»

CAPITOLO 3

Entro quasi di soppiatto nella lavanderia di quei poveretti. Voglio ritirare la busta e sparire. Stasera, dopo essere stata in carcere a Reggio a trovare Michele, la farò avere a Vittorio, con cautela perché anche lui è latitante e ospite della nostra vicina, una donna insospettabile. Il tempo sembra aggiustarsi, quasi quasi appena ho finito qua me ne vado in spiaggia.
«Buongiorno, Carlo.»
«Signora Forgione, buongiorno! È un piacere rivederla! Tutto bene? Come sta suo marito? Oh, sapesse quanto ci dispiace. Che ingiustizia gli hanno fatto! Un uomo che ha sempre fatto così tanto per il paese! Trattato come un vero criminale! Speriamo che la cosa si risolva al più presto! Ce lo saluti tanto.»
«Mio marito sta… ehm… bene, grazie. Gli porterò i vostri saluti.»
«Grazie, signora, ci teniamo tanto che suo marito sappia che gli siamo amici.»
«Lo sa che siete persone affidabili. E state dalla nostra parte.»
«Può scommetterci, signora. Di certo non ci stanno simpatici i Cosenza. Avevano modi troppo sgarbati. Dovevamo lavare vestiti per loro ogni giorno. Lo facevamo, senza chiedere niente, come a voi, ma non si lavorava tranquilli. Ogni tanto entrava qualche ragazzo un po' troppo su di giri e ci rapinava, o metteva tutto a soqquadro. Pensi che una volta ho preso anche un pugno!»
«Avete la busta? Ho degli impegni, sono di fretta.»
«Ma certo, signora! L'ho preparata giusto ieri sera! Chiamo mai moglie che sta di là, ce l'ha lei.»
Va nel retro bottega, lo sento dire: «Teresa? Teresa! Vieni a salutare la signora Forgione.» Torna e mi sorride. «Adesso arriva. Gradisce un caffè mentre aspetta?»
«Già preso, grazie.»
Teresa esce dal retro e mi si avvicina.

«'Giorno. Ecco la sua busta, signora Forgione.»
«Buongiorno a lei signora Teresa. Come andiamo?»
La vedo sbiancare, la mano che tiene la busta inizia a tremare. Anche il marito se ne accorge, perché le chiede: «Terè, ma che ti prende? Avanti, fai un sorriso! Non sei contenta di rivedere la bella signora Laura?»
Lei fa un cenno con la testa verso la vetrina.
«Oh mamma, Carlo, sta entrando la Polizia» sussurra.
«Tranquilla Terè, metti via la busta! Subito!»
«Buongiorno. Polizia di Stato. Vice questore Sala. Lui è l'Agente San Rocco. Dobbiamo farvi qualche domanda.»
Guarda se doveva entrare la Polizia proprio adesso. Per poco non vedevano questa poveretta darmi la busta. L'avrebbero aperta e avrebbero trovato i soldi. Come li avrei giustificati?
«B… buongiorno Agenti. Sì prego. V… volete un c… caffè?»
E questo cretino del marito che si mette paura. Finisce che ci fa scoprire. Che vita. Mi tocca fare la disonesta, proprio io che non voglio! E sembra sia l'unica, nella mia famiglia.
«No grazie. Noi siamo a posto. Invece lei la vedo un po' teso. Tutto bene?»
«Sì Commissario, grazie. È che… la vostra visita… inaspettata diciamo…»
«Non sono un Commissario, sono vice questore. San Rocco, perlustri il locale e dia un'occhiata al registro di cassa. Ci hanno segnalato che alcuni negozi hanno dei registratori di cassa irregolari e stiamo facendo un giro di controllo.»
Però, non è male questo poliziotto. Non sembra uno di qui. Sembra uno del Nord. Sala… sì, sarà sicuramente del Nord. Che sguardo. Da persona decisa e per bene. Deve essere un ottimo agente. Uno dei tanti nemici di mio marito. Vediamo fino a quando conserverà quello sguardo, da queste parti non è facile affatto. E adesso, che vuole da me?
«Buongiorno signora. Mi sembra di averla già vista. Ci siamo incontrati?»
«Buongiorno, agente. No, non credo.»
«Eravamo appostati qui fuori e ho visto che è qui da qualche minuto. Cosa deve fare?»

Quante domande. Che sospetti qualcosa?
«Sono venuta a portare dei vestiti, sono in questo sacchetto. Conosco i titolari del negozio, facevamo due chiacchiere, ecco tutto.»
«Resti pure qui. Ci metteremo due minuti.»
«Va bene vice questore, nessun problema.»
Speriamo vada tutto bene e che non mi chieda più niente. Anche se ho dovuto imparare a farlo non sono brava a mentire. Che delinquente sbagliata che sono. Per fortuna l'agente ha tolto il suo sguardo da me. Che strano però, mi ha dato l'impressione... di conoscermi.
«Allora signori, veniamo al motivo della nostra visita. È lei il titolare della lavanderia, immagino. La signora che vedo dietro al bancone?»
«Sì sono Carlo, il titolare del negozio. E lei è mia moglie Teresa.»
«Bene. Di recente abbiamo arrestato un uomo, un pericoloso latitante. Si pensa fosse a capo dell'organizzazione che comanda qui in paese. Lo stiamo verificando e abbiamo bisogno di prove. Il signore in questione ha confessato che alcuni negozi di San Luca pagavano l'organizzazione due volte al mese, con una busta di contanti. Trecento euro. Tra questi negozi sembra ci sia anche la sua lavanderia. Se mi conferma quanto ho appena detto e si offre di denunciare la cosa avremo un elemento in più per trattenere questa persona in carcere.»
Ecco, sa tutto della busta. Persino quanti soldi ci sono dentro. Se ci beccava finivamo tutti in Questura! Mi è andata bene davvero. Quanto vorrei essere fuori di qui.
«No agente, che dice? Noi non davamo nessuna busta a nessuno. Davvero! Già gli affari non vanno bene, tra costi e tasse mettiamo via giusto qualcosa per mangiare e mandare a scuola nostro figlio! Figuratevi se possiamo dare soldi ad altre persone!»
«Come la mettiamo? Allora il detenuto si sbaglia eh? Molto strano, non le pare?»
«Eh, che devo dirle agente, si vede che si è sbagliato. Sa, l'arresto, il carcere... sarà in confusione! Provate alla lavanderia più avanti.»
«Proveremo, proveremo anche se non ho il loro nominativo tra quelli suggeriti. Ho il vostro, insieme a quello di altri esercizi.»
«Non so che dirle. Noi ci teniamo alla legalità.»
«Immagino. Conferma che non ha niente da denunciare allora?»
«Niente.»
«San Rocco, tutto a posto? Ha trovato qualcosa di strano?»

«No vice questore. Devo perquisire i presenti? Anche la cliente?»
Ecco adesso perquisiscono la moglie di Carlo e trovano la busta. Lei, messa alle strette, dirà che era per me. Stasera rivedrò mio marito, ma da detenuta anch'io.
«No San Rocco, abbiamo finito qui, grazie. Bene allora, se non avete niente da dichiarare scusate il disturbo. Peccato, avrebbe potuto essere una buona opportunità per rivalersi di tanti anni di soprusi. Se voi ne siete stati immuni beh… meglio per voi. Bene, allora possiamo togliere il disturbo. Arrivederci, signor Pulvirenti.»
«Arriv… ehm buona giornata agenti.»
«Buona giornata anche a lei, signora. Mi raccomando, si comporti bene, e stia attenta. Una donna come lei non passa inosservata.»
«Lo prendo per un complimento, e la ringrazio, agente Sala. Buona giornata a lei e al suo collega.»
Si comporti bene. Chissà cosa intendeva. Se questo Sala sapesse chi sono e cosa sono qua a fare! Avrebbe potuto far chiudere la porta della cella di mio marito con una mandata in più! E avrebbe arrestato anche me.
Che, a pensarci bene, non sarebbe neanche stato male. Avrei collaborato con loro, avrei goduto del programma di protezione riservato ai pentiti e finalmente cambiato vita. Sarei sparita al Nord magari. Avrei trovato un lavoro onesto e mi sarei messa con un uomo per bene.
Avrei chiuso per sempre con quel delinquente di mio marito, con quel matrimonio combinato dalla mia famiglia, da sempre legata alla criminalità organizzata, per guadagnare ancora più soldi e importanza qui in paese. Alle spalle della ragazzina giovane e ingenua che io ero allora.
All'inizio ero contenta. Viaggi negli Stati Uniti, i migliori alberghi, le macchine più lussuose, una splendida villa in Sardegna, ora sequestrata. Anche se io, come tutto, ero una sua proprietà. I miei pensieri, i miei desideri, i miei bisogni, non contavano niente. Nel tempo sono venuta a conoscenza anche degli omicidi, delle violenze verso i miei poveri concittadini. Alcuni erano delinquenti, certo, ma altri erano persone oneste che cercavano di opporsi al sistema. Ne sono stata sempre più disgustata, a volte ho pensato di farla finita, di scappare. Almeno ne ero fuori, adesso addirittura da quando hanno preso Michele sono diventata complice!

«Figuriamoci se dico a un agente *arrivederci*! Questo mai! *Buongiorno* e *buona sera*. 'Sti impiccioni... credono di sapere tutto. Invece di dar fastidio alla gente perbene, che andassero ad arrestare i negri! Gente che ci porta via il lavoro e ruba alle donne! E le stupra pure! Vero o no, signora Forgione?»
«Sì certo, certo. Comunque gli agenti fanno il loro dovere. E cercano di farlo nel migliore dei modi. Almeno loro la sera si possono guardare allo specchio, fieri di quello che hanno fatto.»
«Fieri di rompere le scatole a persone per bene? Meglio dirigere il traffico! Teresa! Che c'hai? Su un bel sorriso! Dimentica gli agenti! Hai visto che la signora Forgione è venuta a trovarci! Sta bene, nonostante quel che sta passando suo marito!»
Quella donna mi commuove, cerco di confortarla.
«Allora, Teresa. Spero vi vada tutto bene.»
«Eh, insomma. Gli affari non vanno, a settembre nostro figlio farà le elementari e non so come faremo a comprare i libri, la divisa, lo zaino. Poi, con tutte queste spese...»
Per questo non mi sorride. Sono qui a prendere parte dell'incasso del mese. Non dovrebbero nemmeno farmi entrare, altro che caffè.
«Stia tranquilla. Parlerò con chi di dovere. Siete sempre stati buoni... delle brave persone. Vedrete che la cartoleria in centro vi farà dei prezzi molto vantaggiosi. E magari a settembre salteremo una... visita.»
«Grazie, signora. Torno di là che oggi lavoro da fare ce l'ho. Saluti.»
«Signora Teresa, farò di tutto per aiutarvi. Per quello che posso. Mi creda. Non vorrei venire qui, ma devo.»
«Ma davvero? Arrivederci signora Forgione.»
Quando Teresa scompare nel retro, Carlo scuote la testa.
«La scusi eh? Non capisco il comportamento di mia moglie. Non si sentirà bene, manco lo sapevo.»
«Non si preoccupi, Carlo.»
Non posso dirgli che io, invece, ho capito benissimo.
Lui continua, sempre con quella finta cortesia.
«Che facciamo ora? Con quelli là fuori...»
«Torno nel pomeriggio, è più sicuro. Non posso aspettare di più, devo portare tutto a... un amico.»
«Va bene, signora, la aspetto nel pomeriggio. Ha qualcosa da lavare? Lasci pure, per domani è pronta.»

Non avevo niente a dire il vero, ma gli ho portato un paio di pantaloni e due magliette che ho sporcato ieri in giardino. Avrei potuto lavarmeli io, ma lo faccio fare a loro, almeno qualche euro sarò io a darglielo. Per quello che può cambiare…

«Sì le ho portato questi pantaloni, li ho sporcati di terra, e queste due magliette. Li pago subito, quanto fa?»

«Per lei niente, signora! Che, scherziamo?»

«No no, non è giusto. Io pago come gli altri clienti. Ecco dieci euro, anzi tenga il resto.»

«Dice davvero, signora? Quanto è generosa. Lei è una persona diversa, signora Forgione. Grazie assai.»

Diversa eh? Puoi dirlo forte. Non vorrei nemmeno essere qui.

«Vado. Tornerò nel pomeriggio. Buona giornata e buon lavoro. Spero che le cose si aggiustino. Saluti Teresa e suo figlio.»

«Grazie ancora signora Forgione, grazie. Saluti suo marito. Arrivederci. Buona giornata.»

CAPITOLO 4

«Partiamo dottor Sala?»
«Aspetti un attimo qui, San Rocco, poi le spiego.»
Con il primo negozio è andata male. Vedremo con gli altri ma non ho molte speranze. Per fortuna Forgione ha ben altri capi d'accusa, anche più gravi, spaccio internazionale, omicidi di altri delinquenti; in un modo o nell'altro un po' di tempo in galera se lo farà di sicuro. Tuttavia a me piacerebbe comunque scoprire e debellare anche tutta la rete di prepotenze che la sua famiglia attuava in paese. Purtroppo l'aiuto della gente è di vitale importanza, ma la paura è più difficile da combattere del crimine stesso. Ogni negoziante sa del pericolo che corre a denunciare, a ribellarsi. E si convince che è meglio illudersi che la criminalità organizzata sia di aiuto a fare andare bene le cose, anche se questo costa.
«Ecco la cliente della lavanderia che sta uscendo, finalmente. Mi dia solo due minuti, Luigi. Signora, aspetti, un attimo!»
«Agente! Ancora qui?»
«Sì, la stavo aspettando.»
«Mi dica. Qualche problema?»
«So benissimo chi è lei, signora Forgione. L'ho riconosciuta subito in negozio. Ricordavo il suo volto, l'ho visto qualche volta nelle immagini registrate da telecamere nascoste quando tenevamo sotto controllo suo marito, prima che si desse alla latitanza. Ho preferito non dire niente perché non eravamo lì per lei, anche se vedendola sul posto ho capito subito che il negoziante non ci avrebbe detto nulla, nemmeno se aveva intenzione di farlo, cosa di cui comunque dubito.»
«Bene, mi fa piacere che mi abbia riconosciuta, agente. A una donna fa sempre piacere che il suo viso venga ricordato. Anche da un esponente delle forze dell'ordine, come in questo caso. Ho consegnato abiti da lavare, naturalmente, scambiato ancora due chiaccihere con il gestore e sua moglie e sono venuta via. Sinceramente avevo notato

che era colpito nel vedermi, come se mi avesse riconosciuta. Per me non è una novità, sono… famosa, qui in paese.»
«E vi credo. Siete la moglie del capo clan più potente qui a San Luca e di gran parte della Regione. Anche se lui è stato arrestato sappiamo benissimo che molti suoi complici sono in piena libertà di agire. I Cosenza, i vostri rivali, sono troppo giovani e disorganizzati. Inoltre, non hanno un vero capo che li guida e spesso lottano tra loro. E di lei, che mi dice? Non mi sembra certo una spacciatrice o una rapinatrice di uffici postali.»
«Non mi offenda. Non sono una delinquente. Sono una persona rispettabile, io. Mi rendo conto che forse certi elementi della famiglia mia e di mio marito non sono persone dalla vita irreprensibile ma io me ne sono sempre dissociata.»
«Immagino non sia facile rimanere onesti in un ambiente che spinge a essere l'opposto. La frutta buona va a male, se la si mette con quella marcia.»
«Niente di più vero, ma io tengo duro. Mi… mi piace guardarmi serena allo specchio, la sera, prima di andare a coricarmi.»
«Mi sembra sincera signora… Forgione.»
«Laura. Lasci perdere il cognome di mio marito. Laura Aloise. Lei invece è l'agente Sala, se ho sentito bene. Non mi sembra uno di qui.»
«Sala, esatto. No, non sono di queste parti. Sono di Torino. Se quello che sostiene è veritiero le faccio i miei complimenti, signora Laura. Si immagini che per un attimo ho pensato che l'avremmo colta in flagrante, nel negozio, se avessimo perquisito lei e i titolari. Magari sarebbe saltata fuori una busta, con dentro trecento euro, una cifra… a caso. Sarebbe stato difficile spiegare…»
«Naturalmente lei può credere ciò che vuole. E può sospettare di chi le pare, soprattutto se ha qualche elemento per farlo. Ma faccia molta attenzione. Da queste parti non è come a Torino, dove male e bene sono forse ben distinti. Da queste parti le apparenze sono molto importanti, ma niente è come appare. C'è chi può sembrare onesto, invece non lo è affatto. E anche chi può sembrare un malfattore, ma non esserlo. O essere addirittura una vittima.»
«Lo so bene. Non sono qui da molto ma sto imparando in fretta. Anche lei, come le dicevo signora Forgione, non appare certo come una perfetta criminale ma magari nella lavanderia ha appena ritirato una busta piena di contanti ed è lì, in quella borsetta.»

«Mi perquisisca, se vuole. Troverà degli occhiali da sole, lucidalabbra, fazzoletti, pochi spiccioli.»
«Di solito preferisco mettere le mani nella borsetta di una donna solo se sono sicuro di trovarci prove di qualche reato.»
«Lei è una persona intelligente e di buone maniere, vero agente Sala? Traspare subito dai suoi modi gentili. I suoi uomini sono fortunati. A Torino saranno scontenti di averla persa. A volte i rappresentanti della legge sono persone molto sgradevoli e dure. Altre volte invece sono più false e disoneste delle persone che vanno cacciando.»
«La ringrazio. Cerco di essere quello che sembro. Spero che anche lei sia così. La lascio andare, avrà altri impegni. E non guarderò nella sua borsetta. Spero di non pentirmene, un giorno.»
«Vedrà che non se ne pentirà, vice questore Sala. Le auguro una buona giornata e buon lavoro. Farò la brava, come mi ha chiesto prima in negozio.»
«Ci conto. Arrivederci.»
Bella donna. E che caratterino. Non ne sono sorpreso, Forgione era molto temuto e conosciuto, poteva avere tutte le donne che voleva. Si è scelto una moglie in grado di essere la compagna di un capo clan. E non sono del tutto convinto che lei resti davvero fuori dagli affari illeciti della famiglia. Preferisco tuttavia sia convinta che non nutriamo sospetti su di lei. Magari abbassa la guardia e potremmo sorprenderla con le mani nel sacco mentre cura qualche interesse illegale per conto dei Forgione. È una donna che potrebbe sapere molte cose.
«Tutto a posto Luigi?»
«Bene dottor Sala. Come mai avete voluto parlare ancora con quella donna?»
«È la moglie di Forgione, Luigi, non una semplice cliente.»
«Certo, lo sapevo. Qui la conoscono tutti.»Beh, è una bella femmina, posso capire che si sia scelta un uomo così ricco e potente come compagno. Anche se naturalmente sapeva che sarebbe stato molto difficile passare con lui la vecchiaia! Quelli come Forgione muoiono giovani, o si beccano un bell'ergastolo e finiscono l'esistenza in cella, al 41 bis. Secondo voi era lì per ritirare il pizzo? Strano fosse sola...»
«Mah, difficile dirlo. Lei sostiene di essere una persona perbene, che resta fuori dagli affari... non regolari. Sembrava sincera. Però lei stessa si è lasciata sfuggire che non dovrei fidarmi delle apparenze, qui

al Sud. Comunque non era certo lì a consegnare degli abiti, come ha detto. L'istinto mi dice che anche lei c'entra qualcosa con la storia del pizzo. A vederla non sembra una criminale ma ho imparato che la gente può essere molto brava a mentire con le parole, ma è dura farlo con gli occhi. I suoi erano inquieti, come se stesse davvero nascondendo qualcosa, qualcosa che le pesa e la fa sentire in imbarazzo. Può darsi che sia rimasta in contatto anche con l'altro Forgione, Vittorio, latitante da mesi. Adesso che abbiamo arrestato Michele, è lui che segue gli affari sporchi. Vedremo cosa succederà ma ho come il presentimento che la rincontreremo, nel nostro cammino.»

«Beh dottore, speriamo. Una bella signora così la interrogo volentieri!»

«Luigi! Si ricordi che è sposato! Con una brava donna e ottima cuoca, per giunta.»

«È proprio questa la mia rovina dottore! Non riuscirò mai a dimagrire.»

«Forza di volontà, Luigi, forza di volontà. Nello scovare latitanti certo, ma anche a tavola non guasta affatto.»

CAPITOLO 5

Casa circondariale Panzera, Reggio Calabria. Ogni volta che arrivo qui già solo a leggere la scritta mi vengono i brividi. E poi questi muri scuri, che trasudano sofferenza e perdizione. Persino le facce degli agenti della polizia penitenziaria sono torve e mi mettono di cattivo umore.

Mi dispiace per mio marito che dovrà passare qui parecchio tempo, ma se l'è cercata. Se avesse fatto l'impiegato al Comune o il fruttivendolo ora sarebbe a casa a pensare a cosa portare domani in spiaggia. Certo, se lui facesse un lavoro normale io non mi sarei mai sposata a bordo di una fuoriserie e non sarei andata in viaggio di nozze a Miami, ma ora sono sola e meglio un marito povero ma onesto e presente che uno ricco ma disonesto e in galera. Un tempo, quando ero più giovane, non ci pensavo. Volevo solo andarmene dalla povertà della mia famiglia e mi affascinavano la bella vita e la ricchezza. E per averle ero anche disposta a non vedere certe cose, a sopportare che mio marito fosse un pericoloso delinquente, ricercato in mezzo mondo.

«Prego, signora Laura, le faccio strada.»

«Grazie, Vito. Non c'è bisogno, la conosco bene.»

Questa volta Vito, la mia guardia del corpo, è voluto venire a tutti i costi. Sicuramente anche lui vuole vedere come sta Michele, e raccontarlo agli altri. Un leone in gabbia sembra più docile agli occhi di chi lo ha sempre temuto. Di sicuro i nostri nemici della famiglia Cosenza stanno già pensando a come prendere il suo posto. È vero, Vittorio è ancora in libertà ma lui non è intelligente come Michele. E neppure così sanguinario.

«Buongiorno signora. È qui per la visita al detenuto… Forgione, giusto?»

«Buongiorno. Esatto. Sono la moglie.»

«E il… signore?»

«Lui mi accompagna.»

«Posso dare un'occhiata alla sua borsetta?»
«Certo agente, prego.»
Che assurdità. So benissimo che prima del colloquio mi perquisiscono la borsetta, di certo non ci metto una bomba a mano dentro! Mi viene in mente il vice questore di San Luca, quell'agente Sala. Ha detto che mette le mani nella borsetta di una donna solo quando è sicuro che lo deve fare. Sembra proprio un tipo cortese, al contrario di molti suoi colleghi dai modi burberi. È anche un bel ragazzo. Spero non esageri con il suo impegno o c'è il rischio che un giorno riveda il suo bel faccino nella foto del suo annuncio funebre.
«E in quella busta di plastica?»
«Un regalo per mio marito. Una fetta di torta, della frutta.»
«Vediamola. Intanto posso farla anche perquisire personalmente dalla mia collega?»
«Certo, proceda, nessun problema.»
«Agente Lucarelli, venga a perquisire la signora Forgione.»
Che umiliazione, ogni volta. Almeno le mani addosso me le mette una donna. Per fortuna non possono perquisire la mia mente. Scoprirebbero che ho delle informazioni non proprio oneste per mio marito. E saprebbero anche che non mi piace affatto fare queste cose. La moglie del boss che vuole diventare una donna onesta. Si metterebbero a ridere raccontandoselo in pausa pranzo.
«A posto, signora, ecco la sua busta. Può andare. Solo lei. Il colloquio a detenuti come Forgione è riservato solo ai familiari.»
«Ci vediamo dopo, Vito, aspettami in macchina se vuoi. Non ci metterò molto.»
«Non c'è problema signora, faccia pure con comodo. L'aspetto in macchina così intanto faccio manovra. Mi saluti don Michele.»
«Senz'altro, a dopo.»
Vito tornerà dai suoi senza aver visto il leone in gabbia. Saranno delusi. E qualcuno di loro penserà che magari è giunto il momento di prendere il suo posto. In questo mondo non puoi fidarti neanche di chi fino al giorno prima ti era amico.
«Venga, signora Forgione. L'accompagno da suo marito. Come prescrive la legge la vostra conversazione verrà ascoltata e registrata dal personale preposto. Non è più necessario che un addetto della Polizia Penitenziaria sia presente.»

«Ah, bene. La seguo.»
Almeno non mi tocca parlare con mio marito e un estraneo di fianco. Anche se non dobbiamo dirci niente di personale: tra noi l'intimità non esiste più, l'abbiamo persa da tempo, da quando lui si era rifugiato nella sua tana sottoterra. Da quel giorno Michele è diventato come un fantasma, un'entità che c'è ma non la vedi, mai.
«Prego signora. Io sono qua fuori. Il colloquio dura dieci minuti, verrò io a chiamarla.»
«A dopo, grazie.»
Vediamo come sta il mio maritino. Queste stanze per i colloqui sono deprimenti, ma almeno non devo entrare in cella.
«Oh, eccola qua, la mia mogliettina. Che bella sorpresa. Come va? Pure tu in questo postaccio.»
«Ciao Michele. Io bene, tutto a posto. E tu? Non ti vedo male. Ti ho portato una busta: qualche fetta di torta, e un po' di pesche che ci hanno regalato. Arrivano da Francesco, il fruttivendolo in centro paese.»
«Ah Francesco, sì ce l'ho presente. E dimmi, continua a fare il bravo?»
Eccolo subito con le domande a doppio senso. E ricomincio il mio lavoro. Mio marito vuole sapere se quel poveretto continua a pagare la sua… retta di iscrizione. Devo ricordarmi di stare attenta a cosa dico, ci ascoltano.
«Sì anche questo signore continua a fare il bravo e… ci dà spesso la sua frutta. Puntuale. Sono stata anche nella lavanderia di Carlo Pulvirenti, ti manda i suoi saluti, anche sua moglie Teresa. Li ho visti stamattina, sono andata a consegnare… i Jeans. Tutto a posto, anche loro sono proprio persone con cui si ha a che fare volentieri. Ti volevo dire che purtroppo i loro affari non vanno bene, a settembre devono pure iscrivere il figlio a scuola, avranno altre spese. Due volte al mese… ehm… porto lì delle cose da lavare ma pensavo… comunque… di non andare a trovarli fino a settembre. Mi laverò i vestiti da sola, non è molta roba. Che ne dici?»
Sicuramente Michele ha capito che vorrei lasciarli stare, per un po' niente pizzo, vediamo cosa ne pensa.
«Dico che non ti devi sciupare le mani a lavare. Vai a trovarli come al solito.»
«Davvero Michele? Ma… ti ho detto che hanno così tanti… pensieri.»

«Fai come ti dico, Laura. Ognuno deve fare il suo lavoro. Loro lavare e tu... andare a trovarli.»
«Capito, caro.»
«Eh, brava. Quando vuoi sei una donna sveglia. Hai saputo se lunedì hanno festeggiato il nostro amico che compiva gli anni?»
Quale amico, e quale compleanno. Michele vuol sapere se l'agguato all'assessore di Lazzaro è andato bene. Brutta storia, una di quelle che mi fanno venire voglia di mollare tutto. Quel poveretto non ha voluto togliere il sequestro alla discarica abusiva del suo paesino fuori Reggio. Vicino ci abitano dei suoi parenti e ha paura che avveleniamo la zona. E ha ragione, ci versano dei liquami illegali, non ripuliti da sostanze tossiche. Costa. E chi se ne frega se intorno ci abita della gente. Abbiamo cercato di corrompere l'assessore ma niente, non ha voluto saperne. Allora Michele ha pensato di fargli prendere un po' di paura. Lo hanno fermato in una strada secondaria mentre rincasava, lo hanno malmenato e gli hanno bruciato la macchina sotto gli occhi, dicendogli che la prossima volta lo faranno con lui dentro.
«Sì, Vittorio ha detto che si sono divertiti e gli hanno fatto un bel regalo.»
Mannaggia! Mi sono tradita! Vittorio è latitante e io non dovrei manco sapere dove si trova! Adesso Michele si arrabbia sul serio!
«Vittorio? Chi, Laura? Ah intendi il nostro amico di... Benevento, giusto?»
Abbiamo davvero un amico che si chiama così a Benevento. Per fortuna Michele ci ha pensato subito. La menzogna ce l'ha nel DNA, lui.
«Sì proprio lui, caro! Non pensavi venisse alla festa vero? Passava da queste parti ed è venuto pure lui...»
«Bene, bene. Tu come stai? Fatto... brutti incontri?»
Adesso vuole sapere se mi hanno interrogata di recente. Mi viene in mente quell'agente di Torino, ma non mi va di raccontarglielo.
«No, niente brutti incontri. Il paese è tranquillo, la sera. L'estate è appena cominciata e chi lavora al Nord non è ancora rientrato. Si passeggia tranquilli, e i locali sono ancora vuoti. Mi dispiace vederti qui, non poter andare nemmeno a mangiarci una pizza insieme.»
«E che vuoi fare, Laure'. Almeno adesso mi hanno messo in cella con Mimmo e Antonio, due dei nostri. Prima ero con un negro che si met-

teva a pregare dalla mattina alla sera, in ginocchio, verso la… come si chiama quel posto lì, degli arabi?»
«Mecca. Pregano rivolti verso la Mecca, credo stia in Arabia, o giù di lì.»
«Eh, pregava rivolto verso il suo cazzo di posto nel deserto. Per me quello è pure uno stregone. Già tanto che non mi abbia avvelenato con qualche pozione strana, magari su mandato dei Cosenza.»
«Già, i Cosenza. Adesso che stai qui si faranno venire delle idee…»
«Che vadano affanculo i Cosenza! Quattro ragazzini! E io sono 'o leone! Non basta rinchiudere in gabbia un leone per eliminarlo! Lo si deve uccidere! E io sto ancora a questo mondo. Che non provino a fare cazzate altrimenti… non farmi dire niente, Laure'. Non devo stare a incazzarmi, soprattutto qui dentro, che non posso dire quello che voglio.»
«Quando lo fanno il processo? L'altro giorno ho parlato con Sebastiano Guerra, l'avvocato, e dice che hanno pochi elementi per condannarti a lungo. Qualcosa sì, certo, altrimenti il Giudice non ti avrebbe mai fatto ricercare, e tu non saresti dovuto sparire…»
«Che l'avvocato faccia bene il suo dovere, con tutti i soldi che gli diamo! Finirà che per qualcosa mi condanneranno, ma vedrai, Laure', che la prossima estate ce ne andremo tutti quanti a fare un giro in barca, perché me ne starò già fuori di qui.»
«Lo spero anch'io, Michele. Io non ne posso più di andare a trovare i negozianti, per… fare le commissioni. Portare i vestiti, prendere la frutta…»
«Va bene, Laura, manderemo qualcun altro, fammici pensare. Anche se adesso non mi fido di nessuno più. Devo ancora capire chi è l'uccellino che ha cantato e ha detto a quelli dove mi nascondevo! È uno dei nostri, e ho già qualche idea. Sicuramente la pagherà molto cara. Comunque l'importante è che continui a vedere… a vedere chi sai tu. Vieni, qua vicino…»
Sicuramente ha un messaggio per Vittorio e me lo vuole dire sottovoce. Si vede che non sa come usare altre parole, in questo caso.
Mi avvicino, lui mi prende le mani. Sento qualcosa che passa dalla sua mano alla mia, pare un foglietto ripiegato più volte. Ci stacchiamo. Io fingo di cercare un fazzolettino in borsetta e ci lascio cadere il biglietto.

«Vittorio sa già tutto, ho detto a Carmine di riferire. Ma tu ricordarglielo. Dagli questo biglietto» mi dice in un orecchio.
«Va bene Michele, lo vedrò stasera. Adesso meglio che vada. Mi gira la testa, sono stanca.»
«Ti gira la testa e sei stanca eh? Ma se sei qui da dieci minuti! Non hai il sangue dei Forgione tu. E quello della tua famiglia non è proprio lo stesso!»
«Non alzare la voce, adesso, ti prego. Vado. Ciao Michele, stai bene.»
«Adesso che sto qui dentro pure tu cominci a darmi ordini eh, Laure'! Vai, va'. Un momento, non mi dai neanche un bacetto?»
«No, Michele, scusami, ma ci sono quelli là che guardano e...»
«E cosa? Vabbè farò a meno. Dirò a qualche guardia mia amica di fare entrare qualche troia negra, una sera, se mi viene voglia di due carezze. Il leone in gabbia deve stare mansueto, no? Scherzo Laure', ciao.»
«Ciao Michele. Alla prossima visita.»
«Signora Forgione, il tempo è scaduto, deve... ah è già pronta? L'accompagno all'uscita, venga.»
«Grazie, agente.»
Per fortuna, non ce la facevo più a star qui dentro. Mi sentivo soffocare. Anche quando sarò uscita mi porterò dentro questa sensazione sgradevole per tutto il pomeriggio. Queste pareti mi soffocano pure fuori. Sarà perché nella mia vita mi sento sempre in prigione, ormai. Devo riportare gli aggiornamenti sugli affari loschi tra Michele e suo fratello, ritirare il pizzo da alcuni negozianti, parlare con l'avvocato. E mi sento sempre seguita, spiata, sotto esame. A volte, quando vedo in giro qualcuno dei Cosenza mi sento anche in pericolo, guardia del corpo o no, devo guardarmi sempre attorno. Quanto vorrei camminare a testa alta, sola, con la mente sgombra dai brutti pensieri! Pensare alla casa, a un lavoro onesto, magari a un figlio. Michele lo avrebbe anche voluto, prima di scomparire sottoterra me lo ha detto. Io gli ho chiesto di aspettare, che non me la sentivo di crescerlo da solo. Se Michele uscirà tra diversi anni cosa gli dirò quando sarà grande, e comincerà a fare delle domande? A chiedere dove sta suo padre. Gli dirò che è in prigione ma lui è bravo? Povera me.
«Tutto bene signora Laura? Come sta il capo?»
«Bene Vito, il capo sta bene. È su di giri proprio come un leone in gabbia. Non vede l'ora di uscire, è convinto pure di riuscirci tra non molto tempo. Vedremo cosa dice l'avvocato.»

«Su di giri? Davvero? Beh… meglio. Pensavo fosse depresso, intristito. È proprio un leone!»
«Già. Te l'ho salutato. Portami a casa Vito, per favore, sono distrutta.»
Vero, lui è proprio un leone. Io, invece, non sono una leonessa. Peccato.

CAPITOLO 6

Mentre cammino, respiro l'aria tiepida e penso che non è certo un pomeriggio da passare in carcere. Stiamo andando ancora a Reggio, Volturno ci ha convocati d'urgenza.
Stamattina era brutto tempo ma il bel sole di adesso, non ancora caldo come inevitabilmente sarà tra qualche settimana, mi invoglia ad andare al mare. Mi concederei una bella nuotata e un po' di sano relax. A Torino la nuotata potevo solo farla in piscina. Scommetto che su al Nord non fa questo bel calduccio, già tanto se è una bella giornata. Devo ammettere che mi sto abituando volentieri a questo clima del sud Italia. Le giornate uggiose e con quella nebbia fitta che c'erano a Torino sono solo un ricordo, ormai. Di certo questo tempo fa scappare la voglia di lavorare. Soprattutto se per lavoro devi andare in un carcere di massima sicurezza.
«Non è l'ideale andare in carcere con questo tempo, vero Luigi?»
«Dottore, mi togliete le parole di bocca. Mentre guidavo stavo giusto pensando che devo finire di riparare la mia barchetta che ho al porto di Pellaro. Niente di lussuoso eh, dotto'. Neanche una decina di metri ma fa il suo dovere. Mentre moglie e figlio si divertono in acqua io mi diverto a pescare.»
«Prende qualcosa?»
«No certo, finché ci sono loro che sguazzano e fanno rumore non prendo niente, ma l'importante è che passo il tempo facendo ciò che mi piace. Quando vado da solo certo che prendo, dotto', vedeste che pescioni mi mangio poi la sera a cena! Una volta vi inviterò, promesso.»
«Non vedo l'ora, Luigi, grazie. Ma diamoci pure del tu, basta con questo *dotto'*, e anch'io non ti chiamerò più con il tuo cognome. Facciamo parte dei Falchi da più di un anno, ormai. Siamo una squadra. Chiamami con il mio nome, ti prego.»
«Va bene… Giovanni. Però a me piace chiamarvi dottore. Ci conosciamo da tempo, è vero, ma siete pur sempre il mio diretto superiore.

E avete già dato prova a tutto il gruppo di meritare il nostro rispetto.»
«Chiamami pure come ti fa piacere, Luigi. E grazie dei complimenti. Se ricevuti da voi che siete degli ottimi agenti e militari sono ancora più importanti. Andiamo ora, che il questore Volturno ci aspetta.»
«Eh sì, sono curioso di sapere cosa avrà di nuovo da dirci. Spero che le prove raccolte contro il boss siano molte in modo da incarcerarlo per parecchio tempo. Personaggi come lui hanno sempre fior di avvocati, e spesso escono dal carcere prima di quando dovrebbero. Se fosse per me, butterei via la chiave.»
«Lo farei anch'io, Luigi, credimi. È per quello che stamattina siamo andati dai negozianti. Abbiamo bisogno di più prove. Le troveremo, Forgione era un boss molto potente e l'elenco dei suoi reati potrebbe essere davvero lungo.»
«Ecco il questore, dott... ehm, Giovanni. Lì, sulle scale d'ingresso. Sarà nervoso, come sempre!»
«Il questore lo conosciamo bene, è agitato anche mentre dorme! Sentiamo cos'ha da dirci, così poi ce ne torniamo a San Luca per cena.»
«Ben detto dotto'. Stasera ho la pasta al forno!»
Se il questore è nervoso tra poco lo sarà di più ancora, quando saprà che i negozianti non hanno detto nulla e non hanno voluto denunciare nessuno. Dopo la lavanderia siamo andati anche da un fruttivendolo, in un supermercato, in un negozio di abiti ma non ne abbiamo ricavato nulla. Erano nominativi datici dal Forgione stesso, per avere sconto di pena e qualche permesso, ma niente, l'omertà e la paura la vincono molto spesso sulla giustizia.
«Buongiorno questore.»
«San Rocco! Sala! Eccoli qua i nostri uomini a San Luca! Vi aspettavo.»
«Buongiorno Dottor Volturno. Comincia a fare caldo eh?»
«Io del caldo e del freddo me ne frego, San Rocco. Devo lavorare e quando sono preso non penso certo al tempo che fa. Andiamo nel mio ufficio.»
Risposta in perfetto stile Volturno. Indossa la giacca anche oggi pomeriggio. Chissà se sotto ha la sua fidata Beretta.
«Questore la vedo un pochino nervoso o mi sbaglio? Cosa la preoccupa?»
«Certo che sono nervoso, Sala. Anzi, no! Sono incazzato nero! Colpa di Forgione. Mesi per scoprire che era lui a reggere il clan che da anni

domina in Italia e fa affari con il mondo intero. Abbiamo emesso l'ordine di cattura e lui è sparito nel nulla diventando latitante, ci sono voluti altri mesi per scoprire il suo rifugio, abbiamo scomodato tutta la squadra dei Falchi per stanarlo e adesso salta fuori che possiamo incriminarlo solo per spaccio di droga! Con gli avvocati che ha, tra buona condotta e questo e quell'altro tra cinque anni è fuori! Andrei nella sua cella per strozzarlo con le mie mani!»
«E io che vorrei solo buttare la chiave, dotto'...»
«Lei è troppo buono San Rocco, troppo. Sala, è riuscito a far parlare almeno i negozianti?»
«Eh no, dottor Volturno, purtroppo non ne ho ricavato niente. O non pagavano il pizzo alla cosca o se la fanno sotto a parlare. E ci credo, sanno benissimo che il fratello di Forgione, Vittorio, è ancora latitante e a piede libero. Ci sono molti affiliati alla cosca, pronti a far saltare il negozio e anche peggio a chi possa avere il coraggio di raccontare qualcosa.»
«Incredibile. Spendono parte dei guadagni per proteggersi dalle stesse persone che pagano!»
«Lei non tiene conto di una cosa molto umana, signor questore, la paura.»
«Se si ha paura, questa gente la vincerà sempre! Sempre! Bisogna combatterli!»
«Non tutti ne hanno la forza, dottore. Spesso son persone che hanno figli, famiglia, temono anche per loro. È comprensibile.»
«Bisogna trovare qualcuno che parli e lo faccia rinchiudere per sempre, Sala. Anche il pentito che ha accusato di omicidio Forgione ha ritrattato, 'sto cagasotto. Ovvio, non basta qualcuno che apra il pentolone fumante, poi ci vorranno delle prove.»
Mi viene in mente la moglie, la signora Laura. Per me lei sa molte cose ma non parlerà mai. Sembra una tosta. Anche se in quegli occhi ci ho visto dispiacere, come una pena interiore difficile da sopportare.
«Io un'idea ce l'ho, ragazzi. San Rocco, Sala, venite che vi faccio vedere una registrazione video. Forgione ha ricevuto giusto un'oretta fa la visita della sua bella mogliettina, Laura Aloise, da qualche anno in Forgione. State a sentire.»
Anche Volturno la pensa come me, a quanto pare, senza nemmeno aver visto la donna. Sentiamo cosa si dicono, la bella e la bestia.

Persone, luoghi, interessante... non mi sembra un noioso colloquio tra coniugi.
«Bella donna. Ha buoni gusti il nostro amico. Avete sentito? Il fruttivendolo continua a fare il bravo e continua a darci la frutta, quell'altro lì... il lavandaio, continua a lavarci i Jeans. Di certo non sono discorsi normali tra un carcerato e sua moglie, di solito tra coniugi in queste situazioni si parla sempre di avvocati e processi. Penso proprio parlino del pizzo che i negozianti consegnano alla donna. Inoltre Forgione chiede se lunedì hanno festeggiato il compleanno di una certa persona e casualmente proprio lunedì scorso è stato aggredito un assessore di Lazzaro, territorio che sappiamo controllato dai Forgione. Costui aveva appena fatto chiudere una discarica abusiva.»
«Ma dottore, questi dialoghi non provano niente, non si fanno nomi e non si parla di reati in maniera inequivocabile.»
«Va bene Sala, queste parole non sono certo prove schiaccianti ma tutto fa pensare che la donna sia informata dei fatti illegali e che faccia da tramite tra Forgione, la cosca, e anche il fratello Vittorio, che vi ricordo latitante...»
«Cosa intende fare?»
«Tenetela d'occhio, lì a San Luca. Se necessario la faremo sorvegliare ventiquattrore su ventiquattro. E speriamo un giorno si tradisca, crolli e confessi tutto, dandoci delle prove.»
Meglio non dire al questore che l'ho vista proprio in uno dei negozi sospetti o andrà su tutte le furie, sapendo che non l'ho perquisita. E poi di certo non posso fargli capire che nei suoi occhi ho visto irrequietezza sì, ma anche pentimento e disagio. Lui di sicuro le avrebbe strappato la borsetta di dosso e l'avrebbe controllata da cima a fondo, magari per scoprire poi solo che marca di fazzoletti usa. O forse ci avrebbe trovato una busta con trecento euro, chi lo sa.
«A vederla sembra una dura, dubito che un giorno possa crollare e contribuire ad aggiungere altri capi d'imputazione proprio a suo marito. Magari potrà commettere un errore, questo sì, tutti i delinquenti prima o poi lo fanno. Questo perché, grazie a Dio, il crimine non è cosa normale, nemmeno da queste parti.»
«Dura o no, seguitela e se avrete sospetti fondati poi ci penserò io a interrogarla, estorcerle informazioni con le buone o con le cattive e

schiaffarla in galera. Anche se confessa si becca favoreggiamento e qualche anno di gattabuia non glielo leva nessuno.»
La legge va sempre rispettata, anche se sei una bella donna gentile, ma io questa Laura in carcere proprio non ce la vedo. Forse mi sto facendo intenerire dal suo aspetto, devo stare attento. Tuttavia ho imparato a fidarmi del mio sesto senso. Se anche fosse coinvolta negli affari loschi di suo marito e della sua famiglia non mi è sembrata una vera delinquente.
«Un'altra cosa, agenti. Il nostro informatore presso i Forgione, Carmine, quello che ha rivelato dove si nascondeva il nostro ex latitante, ci ha appena dato un'altra soffiata. Lunedì notte, sulla spiaggia vicino a Soverato, arriva il carico di droga dai bosniaci per la famiglia rivale, i Cosenza. I Forgione manderanno una squadra a fare fuori i rivali e prendersi il carico.»
«Pensa di intervenire, dottor Volturno? Devo dire ai ragazzi di prepararsi?»
«No Sala, non dica niente ai Falchi. Lasciamo che le due famiglie si facciano la guerra, e si procurino danni a vicenda. Martedì mattina avremo dei pericolosi delinquenti in meno a questo mondo. Gente di cui non sentiremo la mancanza. Non ci importa quale delle due famiglie avrà maggiori perdite, anzi se si ammazzano tutti tra loro ci fanno un favore.»
«Ma come, dottore? Noi siamo la legge, non dovremmo permettere che delle persone, seppur delinquenti, si ammazzino a vicenda!»
«Anche lei a volte è troppo buono, Sala. O forse solo un idealista, che poi resta inevitabilmente deluso. E sì che ormai dovrebbe sapere come vanno le cose, non è certo agente di Polizia da due mesi. A volte anche a noi, forze dell'ordine, conviene semplicemente lasciare che le cose accadano. Anche se queste sono dei reati e, come in questo caso, belli gravi.»
«Questore, non ha timore che magari restino uccisi anche degli innocenti?»
«Sinceramente dubito che la spiaggia di Soverato sia affollata il lunedì notte!»
«Non si sa mai, un pescatore, due ragazzi che fanno l'amore.»
«Sala, eventuali pescatori o dei novelli Giulietta e Romeo troveranno il modo di andarsene non appena vedranno una barca sospetta

attraccare in spiaggia all'una di notte. Lei non lo sa perché viene da Torino ma qui la gente conosce certe cose e sa quando è il momento di sparire! Non si preoccupi. Io non metto in pericolo i miei uomini per sedare una sparatoria tra delinquenti! Che si ammazzino pure! Ci fanno un favore.»

«Speriamo vada tutto bene, dottore.»

«Vedrà che non ci saranno vittime innocenti. Questi sono gli ordini, non interveniamo. Non ci conviene.»

«Capisco. Purtroppo il mondo gira in base a quello che conviene fare, e non a quello che è giusto fare. Come pagare una tassa alla criminalità per proteggere il proprio negozio. Anche se proprio lei prima diceva che i negozianti devono sempre ribellarsi. Anche loro fanno quello che più conviene.»

«I negozianti che pagano il pizzo e non denunciano verranno trattati come favoreggiatori. Non ho mezze misure, io, né pietà per nessuno. E tanto meno ho tempo di stare qui con lei a discutere di cosa è giusto e cosa no. Bene signori, le registrazioni le avete viste e avete sentito i miei ordini. Ora potete andare. Ancora il telefono che squilla! Oggi non vogliono lasciarmi in pace neanche un secondo! Chi sarà a rompere le palle? Pronto? Pronto!»

Volturno sta dando di nuovo in escandescenze. San Rocco mi guarda con un sorriso appena accennato. Sì, è meglio se andiamo. Guai se lo faccio arrivare tardi per la pasta al forno!

«La lasciamo lavorare, questore. La terremo informato su eventuali sviluppi. Buonasera.»

«Buonasera dottor Volturno, arrivederci.»

«Sì sì arrivederci, arrivederci, andate. Pronto! Pronto! Ancora tu? Ti ho già detto di no! No! La vuoi capire? Non posso mica fare tutto io!»

CAPITOLO 7

«Allora, Vito: come sta il grande leone? Ha già cominciato a perdere i denti, a starsene rinchiuso in gabbia?»
«Eh, mica tanto. Forgione sta bene, don Salvatore. Non ho potuto vederlo di persona, la guardia ha detto che può vedere solo la moglie. L'avevo scortata appunto con la speranza che facessero entrare anche me.»
«Ah. E che dice la moglie? Che bella femmina! Due mesi fa, in centro San Luca, la stavamo seguendo per… diciamo che stavamo pensando di usare lei per far capire a Forgione che noi non scherziamo. Poi quando l'ho vista ho pensato: quella prima o poi me la scopo, altro che farla fuori, da morta non ci posso fare niente! Alla faccia di quel pezzo di merda di don Michele! Così ho cambiato idea e l'ho lasciata stare. In cambio il giorno dopo abbiamo eliminato uno dei suoi, durante la sparatoria, giù a Taurianova. E adesso quel coglione di Forgione l'ha affidata proprio a te. Bene, vuol dire che non sa che stai dalla nostra, dalla parte giusta, quella dei Cosenza! Bravo Vito, vedrai che hai scelto per il meglio! Adesso che Michele è finito dentro sta a noi prenderci il potere qui in Calabria, in Italia e pure nel mondo intero!»
«Ne sono sicuro, don Salvatore, lo vorrei proprio. Quando stavo con loro non mi hanno mai dato incarichi di valore, sempre l'autista o stare appresso a una delle loro donne. Vito vai di qui, Vito porta la signora di là… e mai un aumento di paga, una gratifica, chessò, un bel regalo. Che si fottano.»
«Eh sì, li stiamo per fottere, tranquillo Vito. Lunedì notte arriverà a Soverato il nuovo carico di droga dalla Bosnia. Roba di prima qualità, altro che quella dei Forgione. E costa pure meno. Con quella ci prenderemo la piazza. Tutti vorranno solo la nostra roba. E noi la venderemo a quintali! Vorrei arrivare fino a Reggio. Che dico? A Milano! Basta spacciare solo nei paesini della costa sud.»

«Spero che abbiate pensato anche a me, don Salvatore. Prima o poi i Forgione capiranno da che parte sto davvero, mi dovrete proteggere. Vi farò comodo, vedrete. Sono bravo a sparare.»
«Certo Vito che ti proteggeremo! Se no ti ho preso con noi a che fare? Perché sei bello? Ho altri gusti, grazie a Dio! Da martedì ci sarà solo la nostra droga in giro! E Michele se ne andrà all'inferno, sarà la fine dei Forgione! Presto lavorerai solo per noi, Vito! Ti darò una bella paga e ti farò pure un bel regalo di benvenuto! Non la signora Laura però, eh, che ti credi, quella è già per me. Quella donna solo con un capo può stare! E della famiglia Cosenza!»
«Giusto don Salvatore, così si parla! Solo voi meritate di avere donne così tra le braccia. E meglio per lei che sia contenta di starci. È una donna sveglia, ho imparato a conoscerla. Non mi sembra spietata come altre mogli di boss che ho frequentato, ma sa il fatto suo. Da quando Michele è dentro si occupa lei di ritirare il pizzo presso i negozianti del centro, a volte l'accompagno. Di sera poi porta i soldi a Vittorio, il fratello di Michele. Sempre ben vestita e pettinata, sorridente, simpatica. I gestori sono quasi contenti quando la vedono, anche quando le devono dare una busta piena di soldi.»
«Ci starà, vedrai Vito. Le donne sono tutte uguali, più sono belle più cercano solo due cose: o il portafoglio o il cazzo più grosso. E io modestamente tengo tutti e due!»
«Non lo metto in dubbio, don Salvatore. E a me basta fargliela pagare, ai Forgione. Così si imparano a ricordarsi di me solo per portare le borse della spesa alle signore! Comunque mi ha detto la moglie che lui non ha perso i denti, per niente. Non è nemmeno triste o giù di corda. Anzi dice che è ancora più forte e incazzato del solito, proprio come un leone in gabbia.»
«E noi uccideremo 'o leone, Vito. Tra poco ci sarà spazio solo per la nostra famiglia, e per chi sta dalla nostra parte. Chi è contro, verrà eliminato. Anche le forze dell'ordine devono stare attente. Gli agenti ci pensino bene prima di farci qualche sgarbo, se vogliono rivedere i figli la sera…»
«Già dobbiamo guardarci anche da loro. Il questore di Reggio, Volturno, ha formato una nuova squadra, di certo ne avrete sentito parlare, i Falchi.»

«Sì, sì, lo so, sono quelli che hanno beccato Forgione nascosto sotto terra in un capannone fuori San Luca.»
«Sì sono loro. Sono comandati da uno del Nord, mi sembra si chiami Sala. Si dice che era uno bravo là, l'hanno scelto apposta.»
«Di certo non ho paura di uno che viene dalla pianura padana. Avrà la nebbia sempre in testa.»
«Invece dicono che sia bravo. Sembra che Forgione l'abbiano trovato proprio grazie alle sue indagini.»
«Forgione l'hanno trovato perché qualcuno dei suoi ha cantato.»
«Quelli sono i peggiori. Lavorano con te, ci mangi assieme, esci con le ragazze, dividi i proventi… e quando meno te lo aspetti te lo mettono in quel posto vendendoti agli sbirri!»
«Eh già, sono i peggiori. Venduti. Serpenti! Pure tu Vito ti sei venduto a noi, e addirittura porti in giro la moglie del loro capo. Pensa come si fidano di te! Come faccio a sapere che un giorno non mi tradirai, come hai fatto con Forgione?»
«Perché voi siete il meglio che c'è, don Salvatore. Mai vi tradirei.»
«Come insegna il detto… mai dire mai. Però è vero. Io sono il meglio che c'è. Quindi pure tu non fare giochi sporchi, a me non mi freghi. Ti taglio le palle e te le ficco giù per la gola, per farti soffocare lentamente. Un colpo di pistola non è sufficiente, per i traditori.»
«State tranquillo capo. Io starò sempre dalla vostra.»
«Vai Vito va', e prima o poi portami pure Vittorio. Lo ucciderò con le mie mani. Sarà il primo dei Forgione a dovermi supplicare. Sarà divertente. Poi mi condurrai dalla signora Laura.»
«Meritate il meglio don Salvatore. Il meglio. Vi servirò i Forgione su un vassoio d'argento. Sarà la loro fine.»

CAPITOLO 8

Questa mattina a ritirare il pizzo dai negozianti, pomeriggio in carcere da mio marito, stasera nel nascondiglio di Vittorio perché sto andando a riferire che Michele vuole che altre persone vengano uccise.
Sul biglietto che mi ha passato in carcere c'è scritto che lunedì notte a Soverato i bosniaci consegneranno la droga ai Cosenza. Vincenzo deve scoprire a che ora e mandare una squadra ben armata a far fuori tutti. Solo i Cosenza e i loro amici però, i bosniaci meglio lasciarli stare, ci possono tornare utili e non dobbiamo entrare in guerra contro di loro. Tuttavia degli altri, nessuno deve essere risparmiato. E il carico ce lo portiamo via noi.
Che giornata difficile. Adesso oltre a messaggera di soprusi porto anche messaggi di morte. Cosa mi tocca fare. Mi incammino sola verso la casa della vecchietta che nasconde Vittorio. Da quanto tempo lo vado a trovare lì, in quella taverna riadattata ad alloggio? Sì, almeno da qualche mese. Quando il giudice ha emesso anche per lui un ordine di cattura per spaccio internazionale, truffa aggravata, estorsione è dovuto sparire o adesso sarebbe a fare compagnia a Michele.
Per fortuna la casa è poco fuori paese, così non devo camminare a lungo. Abbastanza isolata, al termine di una viuzza tra i campi, è grande, ha due piani e una grande taverna con cucinino, servizi, presa dell'antenna per la televisione. È perfetta per nasconderci qualcuno che non vuole essere trovato.
Il figlio della signora anziana che lo ospita è stato ucciso più di dieci anni fa in uno scontro a fuoco tra bande rivali, una di queste da sempre amica dei Forgione. Da allora, invece di odiare tutto questo sistema che le ha portato via quanto di più caro avesse al mondo, la signora si è offerta più volte di ospitare latitanti per noi. In cambio può fare la spesa gratis in uno dei nostri supermercati. Il supermercato non ci perde più di tanto, la vecchietta mangia poco, l'ospite poco di più, e il titolare dell'esercizio è comunque felice. Infatti non deve

spendere soldi per rifare i vecchi impianti perché un ufficiale comunale che abbiamo corrotto ha fatto carte fasulle per far sì che tutto risultasse a norma.
Qui gira così. Reato chiama reato. E tutti vissero felici e contenti.
Eccomi dall'allegra nonnetta che ospita a casa sua un pericoloso ricercato.
Spero mi apra subito, che non stia già dormendo, dopo essersi scolata mezza bottiglia di vino. Da quando ha perso suo figlio ha questo vizietto.
Sento dei passi. Arriva.
«Chi è?»
«Buona sera signora Maria, sono Laura. Può aprire, non c'è pericolo.»
«Oh buonasera signora Laura! Che piacere vedervi! Venite, accomodatevi. Posso offrire qualcosa? Del tè, o un bel bicchiere di vino rosso?»
Non ha idea di quanto mi dia fastidio quel bacio umido che mi dà ogni volta sulla fronte. Mi tocca far finta di niente e rispondere.
«Grazie signora Maria, ma sono di fretta, come se avessi accettato. Come va?»
«Eh non tanto bene, mi fa male la schiena, cosa volete, è la vecchiaia. E voi? Come sta don Michele?»
«Io sto bene, grazie. Anche Michele, l'ho visto a Reggio giusto oggi pomeriggio. È furente come un leone in gabbia ma almeno non è depresso. Ho delle notizie per i suoi ospiti.»
«Prego signora Laura, vi accompagno da basso. So che conoscete la strada ma magari non vi ricordate come si fa a far spostare l'armadio, venite.»
«Grazie, signora Maria, anche se penso di ricordarmelo.»
L'accesso alla porta del bunker è coperto da un pesante armadio scorrevole. L'unico modo per farlo muovere è spostare un determinato libro. Mi sembra che anche Michele avesse un meccanismo del genere nel suo nascondiglio. Beh, non ha funzionato molto. Anche i tutori dell'ordine sanno come agire quando sono determinati e sicuri di quello che vanno cercando. Ho saputo che se ne era occupata la nuova squadra creata dal Ministero, i Falchi, mi sembra. Dovrebbero essere capeggiati dal questore di Reggio, ma anche da quell'agente Sala che ho visto stamane.

«Ecco il libro da spostare, signora Laura. Aspettate… fatto. Bussate due volte e Vittorio verrà ad aprire.»
«Grazie signora Maria, torni pure su in casa. Tra pochi minuti sarò di ritorno, così finalmente potrà andare a riposare.»
«Oh, non vi preoccupate signora Laura, con lui ci sono anche due altri ragazzi, non ricordo i nomi. Quando vengono a volte se ne stanno qui fino a notte fonda e quando escono mi svegliano. Non fa nulla, è un piacere per me aiutare voi Forgione e i vostri amici.»
«Ci vediamo dopo allora, grazie ancora signora Maria.»
Ha detto di bussare due volte. Sento delle voci provenire da dentro.
«Toc toc.»
Non risponde nessuno. Le voci si sono azzittite.
Riprovo.
«Toc toc.»
«Sono io, Laura. Tutto a posto, apri.»
Tre scatti di serratura, la porta si apre.
«Laure'! Che piacere rivederti! Fatti abbracciare che qui sotto di donne purtroppo non se ne vedono certo! Tranne la vecchia, ma quella…»
«Ciao Vittorio.»
«Entra, entra che il tuo buon profumo farà bene a questo scantinato ammuffito. Conosci Enzo e Carmine, vero? Stavamo giocando a carte, ti aspettavamo. Siediti.»
«Buonasera ragazzi. Sì Carmine, la conosco, l'ho già vista qualche volta in compagnia di Michele.»
«Buonasera signora Laura.»
«Lei invece no. Come ha detto che si chiama?»
«Enzo. Buona sera signora Forgione.»
«Sì lui è Enzo, Laure'. È uno dei ragazzi migliori. Sa sparare molto bene, anche con armi sofisticate. Era un ex militare. Presto ne avremo bisogno.»
«Infatti, Vittorio. Dal carcere Michele mi ha chiesto di ricordarti di lunedì, alla spiaggia di Soverato. Oh no! Avevo anche un biglietto da parte sua ma l'ho lasciato nell'altra borsetta! Che scema! Comunque dovresti sapere già tutto. Penso sia a questo che ti riferisci.»
«Sì, Laure'. Carmine mi ha detto tutto. Mio fratello riesce a parlare con noi anche dal carcere di massima sicurezza! Altro che leone, quel-

lo è una vera volpe! Cosa ti posso offrire? Limoncello, un amaro, una Coca fresca, magari un po' di vino. Mi trovo rintanato quaggiù come un topo ma non mi manca nulla.»
«Prendo un semplice bicchiere d'acqua Vittorio, grazie. Allora sai già tutto.»
«Proprio così. Dobbiamo dimostrare a quelli che credono di poter prendere il nostro posto, solo perché hanno beccato Michele, che si sbagliano. E di grosso. È un po' di tempo che i Cosenza ci provano, sarà la loro fine. Per questo stavolta viene pure Enzo, che con le armi da fuoco ci sa davvero fare. E tu Carmine, vedi di farti valere. Voglio vederti incazzato, lunedì notte! Non come l'ultima volta a Taurianova, che ti ho visto che sparavi alla luna! Cazzo! Uno dei nostri è morto per colpa di quelle merde di Cosenza!»
«Vittò, mi si era inceppata la pistola. Vedrai quanti ne faccio fuori, a Soverato!»
Quel Carmine, non so ma così, a pelle, non mi piace. Non ti guarda mai negli occhi quando gli parli. So che Michele ha qualche sospetto su di lui. Se scopriamo che è in combutta coi Cosenza, o peggio con la Polizia, Michele gli occhi glieli fa cavare. Che schifo mi fa questa vita, più tempo passa meno la sopporto. Non ti puoi fidare di nessuno, neanche di chi fino a ieri mangiava con te. Adesso a Carmine gli dico qualcosa, vediamo come reagisce.
«Carmine, Michele ha detto di salutarti. Dice che si fida di te e conta sul tuo operato per questo agguato. Cerca di stare attento. Abbiamo bisogno di te. E non badare ai brutti modi di Vittorio, è fatto così.»
«Ringrazi don Michele e me lo saluti, donna Laura. Gli dica che ci manca, appena lo vede di nuovo.»
«Non mancherò, Carmine, stai tranquillo.»
«È un vero peccato che l'abbiano scoperto e catturato.»
«Già.»
Sempre quello sguardo furtivo. Non mi sembra mai sincero. Dirò a Michele di starci attento. Ecco, anch'io ho imparato a comportarmi da malavitosa, qualche volta.
«Ecco l'acqua, Laure'. Non ti preoccupare dell'operato dei ragazzi, me ne occupo io. Una bella donna come te dovrebbe avere altro a cui pensare.»
«Purtroppo hai ragione Vittorio, ho altro a cui pensare, ma non sono pensieri piacevoli. I negozianti, la detenzione di Michele, l'avvocato

che lo sta seguendo. Spero che davvero lui esca presto perché non mi piace seguire gli affari, non è una cosa da donne. E da donne perbene.»
«Eh Laure', sai che l'unica persona che può vedere Michele sei tu, in quanto familiare. Sua madre è morta, e di certo non posso vederlo io. So che sei brava, e mi fido di te. Se Michele non esce per un po' di tempo magari diventerai tu la nuova reggente del clan!»
«No Vittorio, non fa per me, spero proprio che Michele esca presto.»
«Ancora una cosa Laura, ascoltami. Stai attenta alle forze dell'ordine. Sanno sicuramente di te e di tutte le cose che potresti sapere. Non mi sorprenderei se ti stessero addosso per spiarti e vedere cosa fai.»
«Immagino, grazie dell'avvertimento Vittorio.»
«E stai attenta ai Cosenza, sono loro i primi che vogliono prendere il nostro posto. Dirò a Vito di fare attenzione e di scortarti sempre.»
«Se qualcuno volesse farmi del male dovrebbe prima far fuori Vito. O convincerlo a tradirci.»
«Sai come va nel nostro ambiente Laura. Stai attenta. Non fidarti mai di nessuno.»
«È proprio questo che non mi piace, Vittorio. Non mi ci abituerò mai. Vado, vi lascio tornare alla vostra partita a carte. Non fate tardi che la signora Maria non può svegliarsi in piena notte, alla sua età!»
«Finiamo quando Carmine avrà perso tutti i soldi! Se riesco una delle prossime notti vado con i ragazzi a fare un giro che qui sotto mi stanno crescendo le ragnatele sulle palle. La vita del latitante non fa per me. Anzi magari lunedì notte ci sarò anch'io a Soverato, a fare la festa ai Cosenza. Ho proprio voglia di farne fuori qualcuno, mi manca quella sensazione che dà il riempire di piombo qualche pezzo di merda. Se ne vadano all'inferno. Ciao Laura, salutami Michele.»
«Ciao Vittorio, buona notte ragazzi.»
«Arrivederci signora Forgione, buona notte. State bene, ci saluti Michele.»
«Non mancherò di portare i vostri saluti a 'o leone. Ciao.»
Eccomi di nuovo sola, dopo aver parlato da delinquente con delinquenti di cose da delinquenti. Fatti che faranno piangere e soffrire tanta altra gente. Tutto per soldi e potere. Ah, se solo l'uomo imparasse a vivere pacificamente, accontentandosi di cose semplici. Saprebbe godersi di più la vita. E tutte le cose belle che ci offre.
Do la buona notte alla signora Maria e finalmente anch'io posso andare a casa a dormire. Spero di sognare di avere una vita diversa.

CAPITOLO 9

Il mio turno del lunedì finisce tra poco. Dovrei essere contento e pensare già a cosa mi preparerò per cena. Invece non mi sento per niente bene. Sono nervoso. Questa notte ci sarà l'agguato della famiglia Forgione ai Cosenza, per rubare il carico di droga che arriva dalla Bosnia. I Forgione ci andranno pesante. Di sicuro lo faranno perché devono ribadire la loro leadership, la droga c'entra poco. Il loro capo clan è in galera e suo fratello deve fare di tutto per far sì che le cose continuino a girare come è sempre stato. Sarà una dimostrazione di forza, con un gran spargimento di sangue. E Volturno vuole che ce ne restiamo a casa. Mi viene il vomito.

Meglio che compilo queste carte, così non ci penso.

«Io vado dottor Sala, lei non viene? È già arrivato Casati, del turno di notte.»

Controllo l'orologio al polso. Già le sette. Turno finito.

«Ehm, no io resto qua ancora un po', devo sbrigare delle faccende. A domani Roberto, buona serata.»

«Buona serata dottore, a domani.»

«Tu non vai, Luigi?»

«Eh, vorrei dotto', ma devo ancora finire di archiviare questi rapporti del fine settimana.»

«Tua moglie starà già preparando la cena, va' che se arrivi tardi si arrabbia! Scherzo dai, finisci pure con calma, tanto devo stare ancora un poco anch'io.»

«Tutto bene dottor Sala? Adesso mi fa piacere vedervi sorridere ma vi vedo nervoso. Che succede? Cosa vi preoccupa? L'incidente di ieri sera, con quel tizio a Locri che a è finito contro un furgone? Immagino abbiate saputo che gli esami hanno rivelato un tasso alcolico oltre i limiti consentiti.»

«Ho sentito, ma non è quello. Pensavo all'agguato che stasera i Forgione faranno ai Cosenza, a Soverato. E noi non possiamo fare niente.»

«Così disse Volturno! Non vuole che interveniamo con la squadra. Anzi spera che si ammazzino tutti a vicenda.»
«Lo spero anch'io sinceramente, ma noi non dovremmo permettere queste cose. Volturno ha detto che in spiaggia di notte non c'è nessuno, ma come fa a esserne sicuro? Non sono tranquillo. Non posso andare a casa e mettermi davanti alla TV come se nulla fosse.»
«Vi capisco. Pensarci non fa piacere neanche a me. Ma cosa possiamo fare? Gli ordini sono ordini, voi conoscete il questore, se disobbediamo ci farà una bella ramanzina! E magari anche una comunicazione ufficiale. Non voglio tornare a essere un semplice agente di pattuglia!»
«Ho un'idea. Stammi a sentire. Adesso usciamo io e te e andiamo a farci una bella pizza. E ci beviamo pure una birra, tanto non siamo in servizio. Non prendiamo la volante, andiamo con la mia macchina, una volta tanto sarò io a guidare. Poi andiamo a Soverato, in spiaggia, a farci una passeggiata per digerire. Vediamo che sul posto non ci sia qualche ragazzo a fare una grigliata con gli amici. Non sappiamo quando arriverà la barca dei bosniaci e a che ora ci sarà l'appuntamento con i Cosenza, e di conseguenza l'agguato, ma almeno ci saremo assicurati che non ci vada di mezzo nessuno. Poi sì, concordo con Volturno che tra di loro quei delinquenti si possono benissimo fare fuori. Solo che devo chiederti di non tornare a casa dalla tua famiglia per cena. Fai come preferisci, comunque.»
«Caspita, dottore, che bella idea! E per la cena non fa nulla, per una sera moglie e figli possono stare senza l'uomo di casa! Anzi una pizza mi farà bene, per una sera starò a dieta.»
«Ma Luigi la pizza non è certo un piatto da dieta! Poi se ti prendi come solito una di quelle belle ricche, che ti piacciono tanto...»
«Ma voi non sapete cosa mi prepara questa sera mia moglie, dotto'! La pizza è nulla in confronto, credetemi. E poi mica vi lascio solo.»
«Ti credo, ti credo sulla parola! E ti ringrazio davvero. Andiamo allora, la pizza la offro io».

CAPITOLO 10

«Luigi, pensa che l'ultima volta che sono andato in spiaggia a quest'ora ero con Deborah, la mia... ormai ex ragazza, di Torino. Eravamo a Mikonos, in Grecia. Ero ancora un agente in prova. Bei ricordi...»
«Beato voi che pensate ai bei ricordi, dottore. Io sono sfinito e sudato fradicio. Camminare a quest'ora non mi fa bene. Che dico, camminare tanto non mi fa mai bene, soprattutto dopo una bella pizza. Sudo sempre e respiro con affanno. Poi la sabbia mi entra nelle scarpe, ci volevano i sandali!»
«Su dai, alla fine ti sentirai meglio, vedrai. Comunque siamo quasi arrivati.»
Già, Deborah. Chissà come sta. Ormai sono settimane che non la sento nemmeno. Non ci siamo lasciati formalmente ma di certo non posso considerarmi ancora il suo ragazzo. Peccato, ci stavo volentieri assieme. Era bella e simpatica, con lei mi sentivo bene. Ormai però la mia vita è qui, in Calabria, a dare la caccia ai cattivi. Vero, l'amore va oltre le distanze, ma io sono troppo lontano. Non tanto per i chilometri: sono quasi mille, ma non abitiamo a continenti di distanza, con fusi orari che fanno sì che quando da te è mattino da lei è sera. È che siamo in due mondi, lontani. Due realtà completamente diverse. Le ultime volte che le raccontavo la mia vita qua lei non capiva, mi sembrava su un altro pianeta. Magari ha già un altro. Se lo meriterebbe. Se mi avesse seguito probabilmente tutto sarebbe diverso. Anche se Deborah non ce la vedo, qui al Sud. Chissà se anch'io mi abituerò del tutto a stare qui. Un giorno forse mi tornerà la nostalgia delle mie parti. E sì, magari anche della nebbia e del freddo. Potrei tornare a casa, a fare il poliziotto normale. Meglio non pensarci. Per ora io sono dei Falchi, la squadra che deve stanare i latitanti. Gente cattiva davvero. E potente. Gente che rende l'Italia un posto peggiore.
«Eccoci Luigi, siamo arrivati. Niente male la vista da questa altura, eh? Mi sembra il punto ideale per appostarci: la spiaggia è a circa due-

cento metri, e da quassù si vede molto bene anche un lungo tratto di costa.»
«Peccato che è notte, il mare è una distesa nera. Anche se mi sembra di scorgere una piccola luce, al largo. Voi vedete niente, dotto'?»
«Sì, la vedo. Sembra un'imbarcazione. Sospetta direi, visto che è da poco passata mezzanotte. Non so perché ma ho imparato a fidarmi del mio sesto senso. E in questo momento mi dice che quella è la barca dei bosniaci, non un peschereccio. Tieni il binocolo, tu sei un esperto pescatore, dimmi cosa ne pensi.»
«Mmh… vediamo… sì decisamente non è un peschereccio. E non è uno yacht da ricconi in vacanza. A quest'ora non possono che essere loro. Ma… vedo anche un'altra luce, laggiù in spiaggia, dietro quegli scogli. Sembra una torcia. Chi sarà, dotto'?»
«Una luce? Passami il binocolo, svelto!»
«Eccolo.»
«Sembrano… sembrano due ragazzi. Un uomo e una donna. Lui con la torcia sta guardando dentro uno zaino, cerca qualcosa. Muoviamoci Luigi, se i bosniaci attraccano qui, tra pochi minuti arriverà qualcuno dei Cosenza! Anzi, strano non siano già qui! Se arrivano loro arrivano pure i Forgione armi in pugno e in un batter d'occhio si scatena l'inferno! Vediamo di fare in modo che i due ragazzi non ci si trovino in mezzo, e neanche noi! Corriamo, presto!»
Neanche a farlo apposta, ecco due *novelli Giulietta e Romeo*, come li ha chiamati Volturno. Loro cercano un po' di pace per farsi due coccole, e rischiano di finire in una faida tra famiglie della 'ndrangheta. Per fortuna la spiaggia doveva essere deserta! Abbiamo fatto bene a venire per dare un'occhiata. Lasciamo pure che si ammazzino tra delinquenti, come vuole il questore, ma non se ci vanno di mezzo degli innocenti.
«Attento, San Rocco, qui si scivola.»
«Dove, dotto'? Con questo buio non vedo niente!»
Eccoci a tiro di voce.
«Ehi voi due! Venite via dalla spiaggia! Subito! Via!»
«Senta, se crede di spaventarci si sbaglia di grosso! Cosa vuole? Sono qui con la mia ragazza, non facciamo niente di male. Mica ci vuole il biglietto, per stare in spiaggia.»

«Polizia di Stato! Siamo in borghese ma ecco il tesserino, può guardarlo, se vuole.»
«N… no, no, le credo. Cosa c'è agente? Scusi ma mi ha fatto spaventare. Quando vi ho notati sull'altura pensavo foste due guardoni, poi vi ho visto correre e gridare… non abbiamo droga, se è quello che cercate.»
«Io sono Sala, il vice questore di San Luca. Lui è l'agente San Rocco. Stiamo… stiamo seguendo dei pericolosi criminali, sappiamo che presto, a minuti saranno qui. O magari stanno già arrivando, dietro quelle dune. Dobbiamo andare via, subito! Prendete lo zaino. Luigi, aiuta la signora ad alzarsi. E lei, si rivesta, presto!»
«Va bene, dottore. Venga signora, la aiuto, si rimetta i jeans, prego.»
«Andiamo Luigi, non è il momento delle buone maniere! Portala via, anche in mutande! La barca si avvicina, e vedo delle luci laggiù, sulla strada che porta in spiaggia! Stanno arrivando! Via, via!»

CAPITOLO 11

Che bello, oggi non devo fare nessuna cosa di cui vergognarmi. Niente pizzo, niente visite in carcere a familiari pluriomicidi, niente latitanti da aggiornare sull'andamento del malaffare. Oggi è giorno di mercato in paese, dopo vado a farmi un giro. Già che ci sono mi compro qualcosa di fresco per pranzo.

Per ora, una buona colazione.

Questo sì che è un cappuccino come si deve. La nuova macchina per farli è un portento. La schiuma bella cremosa, così ci vuole. È venuta bene anche con il latte tiepido, non mi andava troppo caldo, ormai è estate. Ancora qualche settimana e farò colazione con brioche e granita, come si usa in Sicilia!

Oh, la tele! Me ne stavo scordando. Tra poco comincia la mia fiction romantica. Meno male, c'è ancora il TG.

«Ancora accusato di tangenti, il parlamentare non si dimette. Sono illazioni, dice.»

Solite storie. A parole ti insegnano come ci si comporta in un paese onesto e progredito. Poi si comportano all'opposto.

«La borsa ancora a picco. Ieri giornata difficile. Ancora in calo le azioni di...»

Quando finirà questa crisi? Su dai, è ora della fiction!

«Violenta sparatoria in spiaggia, a Soverato. Dal nostro inviato in Calabria.»

Come come? L'agguato! Era ieri notte! Mi ero dimenticata! Oddio...

«Buongiorno dalla spiaggia di Soverato, Catanzaro. Questa notte una violenta sparatoria, si presume tra bande rivali affiliate alla 'ndangheta, ha causato la morte di cinque persone. Le forze dell'ordine, giunte prontamente sul posto, non hanno potuto fare altro che accertare l'identità dei deceduti. Si pensa a un regolamento di conti per il controllo dello spaccio di droga nella regione.»

Mamma mia, cinque morti. Erano delinquenti, certo non persone perbene, ma pensare che mio marito è il mandante della loro morte mi fa rabbrividire. Chissà in questo momento le loro mogli, i figli, le madri...
Se fossi qui a fare colazione con mio figlio come gli spiegherei la notizia, se mi chiedesse chi può fare una cosa così brutta? Cosa gli direi? La verità? Che erano nemici di suo padre ma che non è lui che uccide perché lui non fa queste cose? Dovrei mentire, dirgli sempre bugie. Come potrei farmi una famiglia? Quanti dubbi, quante paure. Vorrei scomparire da qui e riapparire da un'altra parte, per ricominciare daccapo, solo come Laura Aloise. Rifarmi una vita. Tuttavia non posso. Se dovessi lasciare Michele sono sicura che lui me la farebbe pagare. Mi troverebbe ovunque e mi farebbe uccidere. Per tutto quello che so dei suoi affari, ma anche solo per gelosia. Lui è un boss, comanda da sempre, e non è abituato al fatto che qualcuno preferisca svignarsela dal suo mondo. Il suo mondo, qui a San Luca, è quello di tutti.

CAPITOLO 12

«Cinque morti! Avete sentito, ragazzi? Si pensa tutti appartenenti alla famiglia Cosenza, ma magari c'era qualcuno pure di quegli altri là, i...»
«I Forgione, dottor Volturno.»
«Sì, i Forgione, grazie San Rocco, stavo per dirlo. Comunque cinque delinquenti in meno! Alla faccia delle vostre paure! Questa volta i Falchi sono rimasti al sicuro a casa, nelle loro tane.»
«Nidi, dottore...»
«Come, San Rocco?»
«I falchi stanno nei nidi, non nelle tane.»
«Ah già, va beh, sì sì i nidi, che diamine. Dicevo che questa volta i Falchi sono rimasti al sicuro, nei loro nidi, e hanno fatto bene! E nessun pescatore ubriaco si è preso qualche pallottola nel culo.»
«E per fortuna non c'erano nemmeno dei novelli Giulietta e Romeo, giù, alla spiaggia di Soverato...»
«Ma certo Sala, ormai i ragazzi non vanno più in spiaggia, a fare certe cose! Motel, ostelli, a casa... ormai anche qui ci siamo modernizzati!»
«Ci sono ancora coppie romantiche...»
«Ieri sera non c'erano! Qui stanno attenti Sala, sanno come va. Smettiamola con tutte queste paure assurde. Veniamo al motivo della mia presenza. Ho rinunciato con dispiacere a una gara al poligono per venire qui. Sono venuto a San Luca, per bere il vostro caffè che è ottimo, certo, ma anche per aggiornarvi sul caso, appunto, Forgione. Il nostro contatto nella famiglia informa che anche la signora Laura Aloise, moglie di Michele ve lo ricordo, sapeva dell'agguato, ordinato dal marito stesso! Anzi, è stata lei in persona a sentire le direttive del Forgione, durante l'ultimo incontro in cella, quello che abbiamo filmato, e riportarle a Vittorio, il cognato, attualmente latitante!»
«Ah bene, qui ci sono già dei bei reati penali eh, dotto'? Favoreggiamento, complicità... possiamo incastrarla e farle confessare tutte le malefatte del marito, che si beccherà cinquant'anni di galera!»

«Esatto. Anche un peso massimo come te, San Rocco, ci è arrivato subito. E così faremo. Tu e il vice questore terrete d'occhio la nostra bella signora. Quando entra in un negozio sospetto fate irruzione, la perquisite, trovate prova del pizzo appena ricevuto dal gestore, e arrestate i presenti. Appena eseguiti gli ordini, mi avvisate. L'interrogatorio voglio farlo di persona. Vedrete che lei, tra le lacrime, vuoterà il sacco.»
«Davvero dottor Volturno volete affidarci questo incarico? Abbiamo molto da fare in questo periodo. Perquisizioni, ordine pubblico. Giovedì c'è la manifestazione degli immigrati senza permesso. Il giorno dopo quella della popolazione contro gli immigrati, il mattino, e quella pro immigrati nel pomeriggio!»
«Farete sia ordine pubblico che sorveglianza alla signora, Sala. Non credo che qui a San Luca vi ammazziate di lavoro! Cogliete in flagrante quella donna e fatela parlare! Voglio buttare via la chiave della cella di Michele Forgione, detto 'o leone!»
«Va bene dottor Volturno, agli ordini. Pedineremo la signora e quando entrerà in qualche negozio sospetto per pagare il pizzo interverremo.»
«Bravo Sala, così mi piace. Non sopporto quando lei mi manifesta tutti i suoi dubbi. Dobbiamo essere sicuri, noi, tutori della legge. Soprattutto qui al Sud! Non possiamo fallire né tantomeno essere indecisi.»
«Non dovremmo neanche essere troppo sicuri di noi stessi, rischiando di sbagliare. O di far ammazzare dei poveri ragazzi appartati in spiaggia.»
«Ancora 'sta storia! Me ne vado a bere il caffè, o qui scoppio!»
Il Questore è bravo nel suo lavoro, coraggioso, deciso, ma a volte troppo sicuro di sé. Per lui la vita, le persone, le cose che accadono sono bianche o nere. Invece la nostra quotidianità è fatta di sfumature. Soprattutto nel mio lavoro, dove per forza di cose dobbiamo separare i buoni dai cattivi.
Si impara con il tempo che ogni individuo si può comportare in modi diversi, a seconda della situazione, del contesto.
Io stesso ho arrestato persone che erano vissute sempre nella legalità fino a quando, un giorno, sono passate nella sponda dei disonesti. Per avere di più, o semplicemente per pagare debiti causati da debolezze. Gioco, droga, donne. I motivi sono i più disparati.

Ci sono anche persone che vivono al di fuori della legalità, ma disoneste non vorrebbero esserlo. Sono finite sulla via sbagliata perché ci sono state costrette, dagli eventi, dalla famiglia. A volte anch'io, che sono un poliziotto, sono passato con il semaforo rosso perché ero di fretta! Certo, ci sono reati e reati. Non tutti per fortuna sono come i capi clan della malavita organizzata. Per loro la vita umana vale sempre meno dei soldi.

«Il Questore si è incazzato eh, dottor Sala? Che personaggio! Se sapesse che noi, contravvenendo ai suoi ordini, siamo andati a pattugliare la spiaggia di Soverato! E per fortuna, altrimenti oggi sullo stesso giornale avremmo visto la foto di quei due poveri fidanzatini. Avevate ragione voi, dotto', mai dare tutto per scontato. A maggior ragione se ci sono in gioco vite umane.»

«Conosciamo Volturno, Luigi. Hai ragione, pensa se avesse saputo che io e te siamo andati comunque a dare un'occhiata, giù a Soverato! Ci avrebbe messo di pattuglia fino a domani mattina!»

«Vero, dottore, meglio non dire niente.»

«Sai che la sfuriata del Questore mi ha messo di cattivo umore? Dopo la notizia di ieri sera, poi… quasi quasi esco e ti lascio l'ufficio, Luigi. Sei tu il capo, adesso. Prendo la volante, che magari mi capita di dover intervenire per qualche emergenza.»

«Va bene dotto', a dopo. Se ho bisogno vi chiamo alla radio.»

«Ricevuto. Vado. Resto nei paraggi. Ci vediamo pomeriggio.»

Questa mattina in centro paese c'è il mercato. Potrei passare di lì e prendermi qualcosa al volo per pranzo. Un panino con la soppressata mi andrebbe proprio. Mi piace un sacco! Un altro buon motivo per restare qui in Calabria. Potrei andare al mare e mangiarmelo su una panchina o nel posteggio vicino al faro. Magari mi risolleva il morale. Me l'ha buttato giù l'agguato, i soliti discorsi da duro di Volturno. Ho anche nostalgia di casa. La mia famiglia. E sì, anche di Deborah.

Mi piace il fatto che da queste parti non c'è mai il traffico che trovo su a Torino. Non mi manca, decisamente.

Questa notte, come pensavo, i Forgione ci sono andati pesante. Non sappiamo se hanno eliminato tutti i presenti dei Cosenza ma hanno lasciato per terra cinque persone. Nessun bosniaco però, si vede che se la sono svignata in tempo, o che i Forgione li hanno lasciati andare via.

Di certo non erano loro, il bersaglio dell'agguato.
Comprensibile, Il boss Michele ci tiene a far vedere che è ancora lui che comanda. E la famiglia lo segue. A volte quando i capi clan finiscono dentro qualcuno cerca di prendere il loro posto. Qualcuno di un altro clan nemico, certo, ma capita che sia anche qualche affiliato ad alzare la cresta. Speriamo davvero di trovare altre prove per incastrarlo.
Forgione è un uomo scaltro e spietato. Da quando c'era lui a capo della cosca la famiglia faceva affari d'oro. Droga, prostituzione, appalti edilizi, smaltimento dei rifiuti. Avevano interessi in tutti i settori dell'economia e della politica.
Adesso è tutto nelle mani di Vittorio, il fratello. La prossima volpe da stanare dal suo rifugio chissà dove.
Di certo eliminare la loro cosca non servirà a eliminare la malavita organizzata. Per quello non basta indagare, arrestare, impegnarsi. Nemmeno il pugno di ferro di Volturno. Bisogna cambiare il modo di pensare e le coscienze. Insegnare alle nuove generazioni che rispettare la legalità può giovare a loro e a tutta la comunità. Tuttavia sono decenni che ci proviamo. La malavita organizzata è radicata nell'animo di noi italiani. Un dato di fatto. C'è e basta, nessuno può farci niente. Infatti l'abbiamo esportata in mezzo mondo. A volte mi sembra di lottare contro i mulini a vento. Da queste parti far rispettare la legge non è cosa facile.
Però qui vicino c'è il mare. E che mare. Se rinasco voglio fare il pescatore. Magari alle dipendenze di San Rocco. Mi viene da sorridere. Mangerò più di lui e sarò io quello sovrappeso! Te lo immagini Luigi magro? Sto sognando.
Ecco il mercato. Posteggio la volante e faccio un giro a piedi.
La mattina sembra tranquilla.
La bancarella che vende olive e pomodori secchi! Che buoni, ne vado pazzo.
Ma cosa fa quello con le reti da pesca? Occupa il passaggio…
C'è parecchia gente. San Luca non conta molti abitanti, ci sarà anche qualcuno che viene da altri paesi.
Ehi, ma quella sembra… Non è possibile. Sì invece, proprio lei!
Laura Aloise! La moglie del Forgione! Che coincidenza. Anche se i mistici dicono che le coincidenze non esistono. Sono segnali. Sono fatti che accadono per un motivo.

Non è certo qui per il pizzo, almeno credo. Si aggira serena tra le bancarelle. Adesso la fermo e ci faccio due chiacchiere. Volturno vuole a tutti costi incastrarla e farci dare altri motivi per allungare la detenzione di suo marito. La vedo dura. Se non ne ha ragione, e crede nell'operato del suo clan, non parlerà mai. Anche solo per paura.
«Buongiorno signora Forgione.»
«Oh! Buongiorno a lei agente… Sala. Le ho già detto che può chiamarmi Laura. Non bado a questi formalismi. E poi lei è giovane, come me.»
«Come vuole, Laura. Si ricorda il mio cognome, mi fa piacere.»
«Spero che non mi stesse pedinando, vero agente? Come vede sto solo facendo spesa, come tutti.»
«Non si preoccupi. Non la seguivo affatto. Anzi a dire il vero sto cercando qualcosa per pranzo. Oggi non mi andava di fare pausa con i colleghi. Cercavo qualcosa per un panino, da mangiare poi sul lungo mare di Bovalino. Un po' d'aria ci vuole, ogni tanto, per star bene e ricominciare a lavorare, anche meglio di prima.»
«Un panino sul lungo mare! Avevo intuito subito che lei è un agente molto più romantico dei suoi colleghi! Qui vige la convinzione che voi del Nord siate, come dire? Freddini nei rapporti con le persone. E per nulla romantici.»
«Non siamo tutti uguali. Né come poliziotti né come… abitanti del Nord Italia.»
«E lei ne è la prova, agente. Mi fa piacere rivederla, senza avvertire quell'aria inquisitoria come l'altro giorno, alla lavanderia di Carlo Pulvirenti.»
«In quell'esercizio commerciale, settimana scorsa, ero con il mio collega e dovevo tenere necessariamente un approccio… duro. I negozianti devono capire che pagare la malavita per garantirsi un'esistenza tranquilla non è giusto. Bisogna reagire e denunciare.»
A volte mi esprimo come Volturno, che tristezza.
«Sono d'accordo, anche se di certo non dovrei essere io a dirlo. Ma, dove lo vuol comprare il suo panino?»
«Non so, dal primo che trovo. Anzi, lei conosce un salumiere buono?»
«Certo, il migliore del mercato.»
«Allora, come agente, le chiedo di accompagnarmi.»
«Agli ordini, vice questore!»

Che sorriso. Laura Aloise è davvero una bella ragazza. Capelli lunghi neri, occhi azzurri, bel viso. E che fisico! Un bell'esempio di classica donna del Sud. Quel vestitino rosso poi le dona.
«Non è preoccupata che la vedano con un poliziotto? Penseranno che sia sorvegliata o che sia molto furba?»
«Che pensino quello che vogliono. Sono la donna del boss, non ho bisogno di giustificarmi. Ha visto che pesce ha quella bancarella? Pescato questa notte di sicuro!»
«Speriamo non al largo di Soverato...»
«Ho sentito quello che è successo, stamattina in televisione. Mi rattrista molto. In spiaggia si dovrebbe andare solo per fare il bagno, prendere il sole, pescare o... fare l'amore.»
«Purtroppo questa notte in spiaggia non c'erano persone così... romantiche.»
«Direi di no. Ah, uomini. Rovinano sempre tutto, sempre per colpa dei maledetti soldi. Viviamo in una terra così bella, potremmo goderci la natura, la vita e gli affetti. Invece guardi cosa succede. Ma le ripeto, non parliamo di queste cose, per favore. Mi dica di lei. Come si chiama di nome? E cosa faceva a... Torino, giusto?»
«Mi chiamo Giovanni e sì, ero di servizio a Torino. Prima qualche anno di pattuglia stradale, poi il reparto investigativo, con buoni risultati, non lo nego. Un giorno mi hanno proposto l'opportunità di venire qui in Calabria. Ho accettato subito.»
«Agente, è lei che ha arrestato Giuseppe Macrì e mio marito, vero? Mi dica la verità.»
«Lo ammetto, ero lì, quel giorno. Io e la mia squadra abbiamo arrestato suo marito e questo Giuseppe, che si occupava del bunker.»
«Complimenti. Non deve essere stato facile trovare quel furbone di 'o leone...»
«Immagino che lei non sapesse dove si trovava, durante la sua lunga latitanza.»
«Non lo sapevo affatto. Mi tengono all'oscuro di tutto. Per sicurezza, dicono. E meno male. Non voglio avere niente a che spartire con queste faccende. Ormai, non ho più molto in comune nemmeno con mio marito. Prima era latitante, ora è in carcere e chissà quando ne uscirà, anche se lui è convinto di uscire presto, ma dubito.»
«E naturalmente non sa dove si nasconda Vittorio.»

«Mio cognato? Non ne ho la minima idea. E sono felice di non saperlo.»
«E ha ragione. Avrei potuto arrestarla per favoreggiamento. L'altro giorno in lavanderia mi ha detto che si dissocia da un certo operato della sua famiglia perché preferisce guardarsi allo specchio serena, la sera, prima di coricarsi.»
«Vedo che mi ha ascoltata per bene.»
«Sono abituato a ricordare tutto quello che mi dicono i… niente, lasci stare.»
«Finisca pure la frase, Sala. È abituato a ricordare tutto quello che le dicono i sospettati, giusto? Era questo che voleva dire?»
«È una donna sveglia.»
«Non è necessario essere svegli, come dice lei, per intuire che se si è moglie di un capo clan mafioso si è sempre sospettati di qualcosa. Comunque non si preoccupi, quello che sapevo, e che non sapevo, l'ho già detto agli interrogatori a cui sono stata sottoposta, a Reggio, in carcere.»
«È così, Laura, non glielo nego. Spero quel giorno in negozio di aver fatto bene ad ascoltare le sue parole e non averla perquisita.»
«Ecco il salumiere. Se non ha più niente da chiedermi…»
«No, niente. La ringrazio, Laura.»
«Va bene agente Sala. È stato un piacere, questa volta.»
Ancora quella risata. E quel sorriso. È bello vederlo. Spero davvero di non essere così coglione da aver creduto alle cose che dice questa donna. Se lo sapesse Volturno!
«Anche per me signora Laura. Spero di… di non rivederla.»
«Perché no? Se viene ogni settimana al mercato a quest'ora mi incontra di sicuro. E in spiaggia, nel fine settimana a prendere un po' di sole con le mie amiche. Anche se il sole preferisco prenderlo nel mio giardino. Lontana da tutti gli sguardi.»
«Spero di non rivederla perché non vorrei doverla convocare in Questura, magari per interrogarla…»
«Convocatemi pure dove volete, ho già detto tutto quello che so.»
«Meglio che vada. Arrivederci, signora Aloise. Un'ultima cosa. Stia molto attenta a quello che vi dite lei e suo marito in carcere.»
«Prendo atto del suo avvertimento. Il miglior salumiere del mercato è senza dubbio questo, si faccia fare un panino, non se ne pentirà. Grazie mille. Arrivederci, agente Giovanni Sala.»

Andiamo alla bancarella dei panini. Spero davvero un giorno di non dover mettere dentro quella donna. Non ce la vedo a Reggio, al braccio F!
«Un panino per favore. Con la soppressata.»
«Buongiorno, agente. Pomodori?»
«Ma sì, grazie.»
Penso che lo sbaglio più grande della sua vita sia stato sposare Michele Forgione. Magari era giovane e ingenua. Forse è stata la sua famiglia a farle incontrare il personaggio, e a spingerla verso di lui. Magari lei già sapeva che lui era un pericoloso criminale, ma una cosa è conoscere le cose per sentito dire, un'altra è vederle con i propri occhi. Svanisce quell'alone di avventura, e il fascino del proibito. E un'altra cosa ancora è finirci in mezzo. Ne ho conosciute, di mogli di mafiosi. Erano solo interessate al lusso e ai soldi. Erano presuntuose, volgari e non avevano un minimo di gentilezza. E anche a loro non sembrava importare più molto del marito. Di certo non è l'uomo che la sera ti fa compagnia sul divano, davanti alla TV.
«Ecco agente, sarebbero cinque euro ma le faccio lo sconto. Me ne dia quattro.»
«Ma no, la ringrazio, ho proprio la banconota da cinque. Se mi fa lo sconto… tenga pure il resto.»
«Grazie, gentilissimo. Arrivederci.»
«Arrivederci e grazie.»
Mangio il panino al posteggio del faro, giù a Bovalino, e torno in centrale, o tutti questi complimenti stamattina mi faranno diventare troppo buono. E non devo esserlo. Sono il Vice Questore Sala io, comandante della squadra dei Falchi.
Anche se, a volte, mi piace pensare che in spiaggia si faccia ancora all'amore.

CAPITOLO 13

«Cinque morti! Cinque! Pure mio cugino Rosario ci ha rimesso la pelle! Quei pezzi de 'mmerda dei Forgione! Non ci affrontano a viso aperto, no! Si nascondono nella sabbia! Codardi! Maledetti! Hanno aspettato che i bosniaci scaricassero la roba, li hanno lasciati tornare al largo, poi hanno aperto il fuoco sui nostri! 'Fanculo! A te è andata pure bene, vero Peppino?»
«Eh sì don Salvatore, mi sono buttato a terra dopo essermi preso la prima pallottola nel braccio! Per fortuna mi sono nascosto dietro un masso, e i Forgione non mi hanno visto. Dopo cinque minuti hanno preso la nostra droga e sono scappati lungo la litoranea, in macchina. Erano tre, forse quattro. C'era pure un certo Enzo Lisanti, lo conosco, uno nuovo che hanno preso dai militari. A questo qua piaceva giocare ai cavalli, ma perdeva un sacco di soldi. Doveva un mare di soldi alla famiglia, così questi gli hanno proposto di passare dalla loro parte in cambio dell'estinzione del debito. È uno che sa sparare bene, è stato pure in Iraq. Per quello se lo sono preso, al posto di ammazzarlo.»
«E lui ha ucciso mio cugino! La deve pagare! Lo voglio morto!»
«Adesso calmatevi don Salvatore, calmatevi. Ormai quello che è successo è successo. Non serve a niente incazzarsi.»
«Peppi' non serve a un cazzo ma io divento una bestia! Se avessi di fronte Michele Forgione gli strapperei gli occhi! E pure a suo fratello Vittorio! Dov'era quel bastardo, Vito?»
«Vittorio se ne sta bello tranquillo poco fuori paese, ma non so di preciso dove. Non sapevo che lui e Michele avessero preparato questo agguato, a me non avevano detto niente, altrimenti vi avrei avvisato, ve lo giuro.»
«Eh lo so che per i Forgione tu non conti un cazzo, Vito. Non preoccuparti. Anche tu prenderai la tua rivincita, vedrai.»
«Come facciamo a fargliela pagare, don Salvatore?»

«Ci devo ancora pensare. La devono pagare cara, molto cara! Anche per dare pace all'anima di mio cugino!»
«Potremmo fare noi un agguato dove hanno qualche piazza dello spaccio. Uccidiamo gli spacciatori presenti e ci freghiamo la droga. O meglio, ce la riprendiamo, visto che era roba nostra.»
«Eh, ci ho pensato ma che me ne frega a me della roba, e degli spacciatori dei Forgione! Io voglio punire loro! Peccato che Michele se ne sta al sicuro in carcere, altrimenti… e pure Vittorio è latitante e nessuno sa dove cazzo sta. Pure tu, che lavori per loro, non sai niente?»
«Sinceramente no. Ci va sempre la signora Laura, la sera. So che sta fuori San Luca ma non saprei proprio dove. La signora ci va sempre da sola, quella strega. Andrà a farsi sbattere da Vittorio, ora che è un po' che non scopa!»
«La signora Laura eh… quanto mi piacerebbe pure a 'mme sbattermela, lo sai.»
«Eh, bella fica sì.»
«Mmh… e se ci prendessimo proprio lei? Ma non per farla fuori subito, di più. Prima la sequestriamo. Chiediamo il riscatto ai Forgione. Soldi. Una montagna. E la nostra roba. Quando ci danno tutto la facciamo fuori lo stesso.»
«Crede che Michele acconsentirà di pagare, don Salvatore?»
«Peppino quella donna è sua moglie. Pure madre dei suoi figli e…»
«No, non c'hanno figli.»
«E vabbè comunque è sua moglie. Non credo che Michele sarà contento di sapere che sta nelle nostre mani. E pensare che ce la scopiamo a turno. Quello sta in carcere adesso, si sarà rammollito.»
«Don Salvatore, permettete. Io Michele, 'o leone, lo conosco bene. Quello non si è rammollito per niente, e non vorrà mai pagare il riscatto a voi.»
«Neanche per sua moglie?»
«A Michele Forgione interessa solo il potere. E i soldi. Non verrà mai a patti con la famiglia Cosenza. Mai. Sua moglie? Ci sta assieme solo perché, sì, è una bella donna, che sa il fatto suo. Ma di donne 'o leone ne trova quante vuole. Non così belle magari, ma a lui interessa solo svuotare le palle ogni tanto. Tutti i giorni lui vuole solo contare i soldi.»
«E noi ci prenderemo lo stesso la bella Laura. E proveremo col riscatto. Se pagano, bene. Anche se ovviamente voglio farla fuori lo stesso.

La facciamo trovare in piazza a San Luca, con la gola tagliata, sgozzata come un maiale. Forgione mi deve la vita di mio cugino!»

«Come volete, don Salvatore.»

«E ci dovrai pensare tu, Vito. Sei tu che la porti in giro a fare la spesa e a comprarsi il gelato. Lei si fida di te. Falla sparire. Portala al bunker che c'abbiamo in campagna, sotto quella casa in costruzione, adesso è vuoto.»

«E che gli dico a Vittorio se mi chiama e mi chiede dove cazzo è sparita sua cognata? Che è scappata non so dove? Quello mi prende a schiaffi!»

«La rapisci e stai tu di guardia al bunker per qualche giorno. I Forgione finalmente capiranno che adesso stai dalla nostra parte.»

«Ed è la parte giusta, don Salvatore!»

«Eh bravo, Vito, siamo la parte giusta sì. Hai visto che fine ha fatto Michele? 'O leone… mò il leone se ne sta in gabbia! Catturato da quattro poliziotti… e uno di loro pure di Torino! Aspetta comunque il mio ordine, prima di rapire donna Laura. Deve essere tutto pronto. E sta' attento, quando lo farai. Sicuramente quella è guardata a vista dalla Polizia. Se gli sbirri ti seguono e scoprono dov'è nascosta, addio sequestro. Ti schiaffano dentro... e di certo poi io non spendo un euro per gli avvocati, Vito!»

«State tranquillo, don Salvatore. So il fatto mio. Quando decidete che siete pronto, rapisco io la signora.»

«Sai dov'è il bunker?»

«Avete detto in campagna, giusto?»

«Sì. Contrada Pianura. Ci stava uno dei nostri prima, poi una notte ha deciso di uscire a farsi una passeggiata. L'hanno beccato due agenti in borghese che erano da quelle parti e l'hanno riconosciuto. 'Sto coglione.»

«Chiaro.»

«Ah e quando ce la porti, avvisami subito, che vengo lì a sfondarle il culo!»

«E farete bene! Chissà che chiappe tiene sotto, quella!»

«Sì, ci penso io, alla leonessa Laura. Michele Forgione è il leone. Bene, io sarò il suo domatore!»

CAPITOLO 14

Eccomi di nuovo davanti al carcere. Non so se essere accompagnata dall'avvocato di famiglia, Guerra, mi faccia stare meglio o peggio. La sua aria da uomo benestante, sulla cinquantina, mi rassicura. Invece il suo aspetto mi fa pena. Non molto alto, grassoccio, sempre con il gel tra i capelli portati all'indietro, per nascondere una crescente calvizie. Però, bravo è bravo, anche se costa un sacco di soldi. Ha già tirato fuori parecchi dei nostri, mentre altri non li ha fatti nemmeno incarcerare, appellandosi a chissà quali cavilli burocratici. Una volta ha aiutato pure Vittorio che era stato arrestato per rissa, quando era ancora libero di andare in giro. A lui non interessa che Michele e i suoi scagnozzi siano criminali spietati, capaci di qualsiasi reato. Non prova vergogna nel difendere persone che sa benissimo essere colpevoli. Anzi, sicuramente clienti come Michele e la sua cosca sono i suoi prediletti. Tanti reati, difesa con scarse possibilità di successo, molto alta la sua parcella.

Sentiamo cosa avrà da dire a mio marito, ho sentito non buone notizie prima, in macchina. Michele andrà su tutte le furie, poveri noi. Come se io e Vito c'entrassimo qualcosa. C'è anche lui, ma è come se non ci fosse. È rimasto in silenzio tutto il viaggio, sembra pensieroso, speriamo non mi dia problemi, che in questo periodo ne ho già abbastanza.

Già mi hanno reso insopportabile il viaggio fino a qua. Una noia mortale, tra Guerra che continuava a elencare le sue torve imprese, e Vito che già non mi è simpatico e per di più non spiccicava parola.

Questa sera speriamo che Maria e Michela abbiano voglia di uscire. Ho proprio bisogno di una pizza e di fare qualche risata.

«Andiamo signori, ci aspettano. Ci ho messo una settimana per concordare questa visita con il Pubblico Ministero. Chissà come sta 'o leone.»

«'O leone sta bene, avvocato. Tra poco lo vedrà in carne e ossa.»

Eccomi all'ingresso del Panzera. Questo poliziotto mi ricorda vagamente l'agente Sala, a San Luca, ma è meno bello, e non ha lo sguardo gentile del suo collega vice questore. Devo smetterla di pensare a quel ragazzo, è quello che ha arrestato Michele, che diamine!
«Buongiorno signora.»
«Buongiorno, agente. Lui è l'avvocato Guerra, il nostro legale.»
«Bene, può entrare. Il signore invece?»
«Il signore si chiama Vito, è il nostro… autista. So che lui non può entrare in sala visite, ci aspetterà fuori. Vito, aspettaci come solito, grazie.»
«Senz'altro signora. A dopo. Mi saluti don Michele.»
«Te lo saluto Vito, è meglio se però ti togli quel sorriso dalla faccia. Che c'hai da ridere? Siamo in un carcere, e mio marito starà qua rinchiuso chissà per quanto.»
«Mi scusi signora. Vado, vi aspetto fuori.»
Chissà cosa aveva quello lì da sogghignare. Mah.
La sala visite mi sembra più squallida del solito. Michele è già lì. Lo saluto, ma non ho voglia di parlare, lascio l'iniziativa all'avvocato.
«Buongiorno signor Forgione. Come va?»
«Oh eccolo qui, il nostro esperto di legge! La stavo aspettando! Va male perdio, sono in gattabuia, mica in Brasile, in spiaggia! Ciao Laure'. Dammi un bacio, bella.»
«Ciao, Michele. Ti trovo bene.»
«Signor Forgione, mi rendo perfettamente conto della sua situazione, non si preoccupi.»
«Mi preoccupo eccome, porca puttana!»
«Si calmi. Sono qui per aiutarla.»
«Calmati Michele.»
«È dura stare calmi chiusi tutto il giorno qui dentro, Laure'! E lei avvocato, certo che mi deve aiutare! Con quello che la pago!»
«Sono qui per aiutarla, dicevo. Prima di tutto ho una buona notizia. Il Giudice, siccome lei sta collaborando, ha tolto la restrizione del 41 bis. Ma attenzione. Ha detto che appena lei fa una cazzata… quindi niente furbate, risse eccetera… e niente cellulari per parlare con l'esterno. So benissimo che se lei lo comanda trova subito qualcuno che le fa saltare fuori un cellulare nuovo di zecca, con SIM registrata a un prestanome…»

«Cellulari? Io non c'ho bisogno, c'è qui la mia Lauretta. È lei la mia voce all'esterno.»
«Appunto, stia attento anche alle cose che dice a sua moglie, signor Forgione. È nel mirino, in questo momento. Non per molto, il processo si terrà tra una o due settimane.»
«Una o due settimane che io me ne devo stare qui senza sapere niente! Che cazzo di avvocato!»
«Mi rendo conto che non è il massimo attendere ancora per il processo e il verdetto, signor Forgione, ma i tempi sono questi. Il Giudice ha già diversi impegni antecedenti. Comunque, ho riesaminato tutte le carte. Contro di lei devo dire che non c'è molto, don Michele. L'accusa sarà di spaccio, dopo che due dei suoi, ora detenuti in un carcere tenuto nascosto, hanno confessato che la droga sequestrata mesi fa era per lei. Il quantitativo non è ingente, come ricorda, ma è stato sufficiente per emanare l'ordine di arresto, che ha portato alla sua latitanza. La sua successiva sparizione di certo non agevolerà le cose…»
«E che dovevo fare? Andare dagli sbirri e dirgli di arrestarmi? 'Fanculo! E poi noi diremo che io non sapevo nulla del mandato di cattura. Ero… all'estero, diciamogli, e sono tornato il giorno prima di venire scoperto.»
«Sì, è già stato messo a verbale. C'è di buono che quando gli agenti l'hanno trovata non ha opposto resistenza, e si è consegnato. Certo che anche le piantine che le hanno trovato nel bunker non aiutano a intenerire il giudice. Erano di marjuana, confermano le analisi chimiche.»
«Cosa vuole avvocato, pure là sotto il tempo non passava. Avevo bisogno di qualcosa per stare tranquillo.»
«Va beh. Come le dicevo, contro di lei, a parte questa detenzione ai fini di spaccio, non c'è altro. I sospetti sono tanti signor Forgione, non nascondiamocelo, e infatti il giudice aveva preso la droga come pretesto per emanare l'ordine di arresto. Con gli elementi in possesso degli inquirenti tuttavia, e per fortuna, non si può attribuirle altri reati. Certo, se non arrivano altre brutte notizie. Qualcun altro che confessa altri fatti. O nuove prove che dovessero saltare fuori a suo carico.»
«Non si preoccupi di questo, signor azzeccagarbugli. Nessuno testimonia contro 'o leone. E quei due che l'hanno fatto, beh se ne pentiranno presto.»

«Le ho detto di fare molta attenzione a cosa dice, signor Forgione. Non pronunci minacce.»
«Avvocato, io è trent'anni che rischio la vita, ogni giorno. Che ho a che fare con la peggio gente di questo mondo. E sono ancora vivo. Secondo lei sto attento a cosa dico?»
«Michele dai, l'avvocato ti sta solo consigliando per il meglio.»
«Lo dico per lei, signor Forgione. Ascolti sua moglie.»
«Avvocato, mi ascolti lei. Si limiti a fare il suo dovere. E bene. Molto bene, per quello che la pago. E sentiamo… quanto mi daranno per questa cazzo di detenzione degli stupefacenti?»
«Si va da un minimo di tre anni, don Michele, fino a dieci, undici, dipende dalle aggravanti.»
«Tre anni chiuso qui dentro! 'Fanculo! 'Fanculo! No no avvocato, lei deve fare qualcosa, io chiuso qui dentro per tre anni divento pazzo. Va a finire che ammazzo qualcuno e ci resto tutta la vita in questo schifo! Ah, se trovo chi ha spifferato il mio nascondiglio agli sbirri! Non vorrà essere mai nato!»
«Si calmi, don Michele. Sì, minimo tre anni. È la legge. Posso fare qualcosa in appello. Lei almeno ha la fedina penale immacolata, senza precedenti. Di questo il giudice deve tenere conto. E anche, come le dicevo, del fatto che una volta scoperto si è consegnato ai poliziotti senza fare follie.»
«Ero uno contro almeno dieci, avvocato. Che follie avrei dovuto fare? Non sono uno stupido.»
«Che lei non è stupido lo so benissimo. Mi trovo tante volte a cercar di difendere persone che sono finite dentro perché troppo stupide, ingenue o troppo sicure di sé. Hanno torto marcio e finiscono davanti al giudice senza attenuanti. Come posso difenderle? Mi posso solo assicurare che le cose vadano come devono, senza intoppi o altre perdite di tempo. Ma con lei qualcosa posso farlo, signor Forgione. Di certo però non devono venire fuori altre magagne. Glielo ripeto. Stia il più tranquillo possibile.»
«Va bene avvocato. Però mi raccomando. Venga, che le dico una cosa sottovoce.»
«Mi dica, don Michele.»
«Stia attento, avvocato. Per i soldi con cui la pago c'è morta della gente. Veda di farli fruttare. Se me li fa buttare, seguirà quelle per-

sone sottoterra. Ora esca un minuto, che voglio parlare con mia moglie.»
«Arrivederci signor Forgione. Ci sentiamo.»
«Vieni, Laure'.»
«Michele, conosciamo bene l'avvocato Guerra. Ci ha già seguito altre volte, è uno bravo. Lascialo lavorare tranquillo.»
«A posto Laura, a posto. Ci penso io a far capire all'avvocato come deve lavorare. Io di qui devo uscire presto. I ragazzi fuori hanno bisogno. Di mio fratello non mi fido tanto, è sempre stato un rammollito che pensa solo alla bella vita e alle donne.»
«Vittorio sta pure lui rinchiuso sottoterra. Le donne le ha scordate. Sta facendo il suo. Dopotutto ha imparato da te.»
«Conosco bene mio fratello, Laure', meglio di chiunque altro. Non durerà molto tempo nascosto nel bunker, manco se non scoprono dov'è. Ci penserà lui prima, a farsi beccare, vedrai. Anche se ho saputo che giù a Soverato…»
«Attento Michele, non dire nulla!»
«Che cazzo, proprio io che devo stare attento a come parlo. Non mi sembra vero. Vieni qui dai, te lo dico in un orecchio, come prima all'avvocato.»
«Dimmi Michele. Mi fai venire l'angoscia.»
«Laura, Cristo! Sei la moglie del capo. Svegliati. Non esiste angoscia quando parli con me.»
«Sono le cose che mi dici, Michele. Mi fanno paura.»
«La paura devi metterla da parte. In questo periodo, e finché starò rinchiuso qui dentro, tu mi devi aiutare. Piano piano vedrò come fare per parlare con l'esterno facilmente, ma per adesso mi servi tu. Stai a sentire. A Soverato Vittorio ha fatto un buon lavoro, ho sentito qui dentro.»
«Hai già saputo?»
«Le voci qui vanno veloci. Non c'abbiamo un cazzo da fare. Cinque morti, ho saputo. Bene, molto bene. Purtroppo non c'era quel coglione di Salvatore Cosenza, o avremmo fatto fuori pure lui. Ma state attenti, ora. Si vendicheranno. E lo faranno in maniera pesante.»
«Mamma mia. C'è pericolo anche per me?»
«Eh sì cazzo, ovvio, sei mia moglie. Non uscire mai da sola. Fatti sempre scortare da… quello lì, come si chiama…»

«Vito.»
«Eh sì, lui. O chi per esso, che decida pure Vittorio.»
«Mi scorta sempre lui. A volte lo vedo un po' perso, ma... mi fido. Per ora...»
«Se mi ricordo è pure un po' coglione. Parlane con Vittorio. Adesso non si scherza. Se vogliono prendersela con te hai bisogno di uno più duro, che ti sorvegli.»
«Va bene Michele, glielo dico, dai. Stai tranquillo tu, che stai qui dentro.»
«Se vogliono mi fanno fuori pure qui, Laure'. Ma non i Cosenza però, quelli non sono nessuno. E deve ancora nascere chi può far fuori 'o leone! A proposito... vieni qui, ancora più vicino.»
O mamma cosa mi dirà ancora? Voglio andarmene.
«Vai a fare una visita ai negozianti. Questa settimana giro extra. Duecento euro a negozio. Ci servono soldi per pagare questo coglione di avvocato e per comprare nuove armi, pezzi pesanti, nel caso i Cosenza vogliano farci la guerra.»
«Ma Michele, non posso. Che gli dico? Quella è povera gente.»
Qui a San Luca di certo non siamo a Beverly Hills, dove registrano la mia fiction.
«Gli dici che gli ordini sono questi. Punto e basta. Se fanno storie dillo a Vittorio, manderà lui qualcuno a fare un po' di paura, scassare qualche cosa. A proposito... l'assessore di Lazzaro, nonostante la nostra visita di ehm... compleanno, non ha ancora tolto il sequestro alla discarica abusiva. Di a Vittorio di spaccargli una gamba. Dovremmo farlo fuori, lo so, ma poi dobbiamo rifare tutto con quello che mandano al suo posto. Devono convincerlo. La capirà, vedrai. Se non la capisce... beh, lo faremo fuori. Ultimo avvertimento.»
«Va bene.»
«Vai dai negozianti martedì prossimo, che è giorno di mercato. C'è in giro più gente del solito, passerai inosservata. Con una scorta, ricordati!»
«Va bene, Michele, adesso vado. C'è di là l'avvocato che mi aspetta. Stai bene. E fa' attenzione.»
«Brava Laure'. Saluta tutti fuori. E stai lontana dagli sbirri! Dannazione! Mi sentite, bastardi!»
«Dai Michele, non gridare. E non prendertela con gli agenti. Fanno il loro lavoro.»

«Che si fottano!»
«Ciao Michele, ci sentiamo.»
Per fortuna è ora di andare. Stavo esplodendo. Quando a mio marito vengono i suoi attacchi d'ira, per carità, meglio sparire.
«Andiamo, avvocato. Perdoni i modi di mio marito.»
«Non si preoccupi signora Forgione, ci sono abituato.»
Adesso mi tocca preoccuparmi per me stessa, oltre a riferire ordini di tangenti e spedizioni punitive varie. Chissà se davvero ai Cosenza potrebbe venire in mente di prendersela con me, per fare un torto a Michele.
No, non credo, che c'entro io?
Io però ho paura lo stesso. Non conto molto negli affari di famiglia, di certo non c'ero anch'io a sparare ai Cosenza ma sono la moglie del capo. Sarebbe già sufficiente per farmi del male. Farmela pagare per cose che io non farei mai!
Fuggire… Come potrei? Dove? Per fare cosa?
E la mia famiglia cosa direbbe? Potrei confessare tutto. So che se diventi un pentito le autorità ti mettono in un programma speciale di protezione. Nuova residenza, lontano da qui, al Nord. Nuove generalità. Nuova vita. Non esisterebbe più Laura Forgione. Potrei rifarmi anche una famiglia. Tuttavia come potrei fare una cosa simile ai miei genitori? E a mio marito. Non lo amo più di certo, ma non posso tradirlo. Non ne ho motivo. Lui sarà anche uno spietato delinquente ma non mi ha fatto mai mancare nulla.
Mi ama? Non lo so.
'O leone ama solo una cosa: il potere.

CAPITOLO 15

Volturno ci ha convocato di nuovo, e con urgenza, qui a Reggio. Chissà cos'ha da dire questa volta. Che ci siano delle novità sul caso Forgione? O a proposito della rapina dell'altro giorno a Cosenza? So che hanno catturato i malviventi. Magari erano di San Luca o delle nostre parti.

«Vieni Luigi, saliamo, il questore ci aspetta nel suo ufficio.»

«Secondo voi cosa ci deve dire?»

«Eh me lo stavo chiedendo, mi leggi nel pensiero. Mi ha chiamato ieri sera alle dieci e mezza, mentre stavo per dare la prima forchettata alla pasta al sugo davanti alla TV.»

«Avete risposto mentre stavate per cenare? Ma non si fa! Vi manda il boccone di traverso! Soprattutto se è il questore a chiamare!»

«Luigi tu mi fai sempre sorridere! Tu non avresti risposto, vero?»

«Solo se sul display del telefonino ci avessi visto il vostro numero.»

«Sei gentile ma non ti credo! Tu che posi la forchetta per rispondere al cellulare? Per una chiamata di lavoro, per giunta? No, no, impossibile!»

Entriamo nell'ufficio di Volturno, sembra già agitato.

«Buon giorno, dottore.»

«'Giorno dottor Volturno.»

«Buongiorno agenti. Sicuramente vi state chiedendo perché vi ho convocati qui con urgenza. Stamane è stata qui la signora Laura Forgione, in visita a suo marito. Era accompagnata dall'avvocato. Vi faccio sentire alcuni stralci della registrazione di quello che si sono detti. I nuovi microfoni installati nella sala visite sono ultrasensibili e hanno captato tutto, un portento, anche quello che i coniugi si sono spifferati sottovoce. Vi ho convocati qui perché ci tenevo vedeste le immagini.»

«A Soverato Vittorio ha fatto un buon lavoro… Dì a Vittorio di spaccargli una gamba… Se non la capisce… beh , lo faremo fuori… Vai a

fare una visita ai negozianti. Questa settimana giro extra. Duecento euro a negozio... Gli dici che gli ordini sono questi...»
«Sentito? Bene signori, direi che non ci sono più dubbi. Anche la signora ci è dentro fino al collo. Altro che bella e brava. Se davvero i Forgione aggrediscono l'assessore di Lazzaro, o peggio lo fanno fuori, possiamo condannare Michele per omicidio premeditato. Altri trent'anni di carcere come minimo, e la signora si becca un reato di favoreggiamento grande come l'Aspromonte. Dovete fermarla. E dovete farlo quando sapete di poterla cogliere in flagranza di reato. Magari mentre ritira qualche bustarella dai negozianti.»
«Come mai dobbiamo aspettare che commetta qualche reato? Non possiamo arrestarla subito?»
«Se la arrestate subito, solo con le accuse di favoreggiamento ottenute da registrazioni ambientali, non vuoterà mai il sacco, San Rocco. Sapete come va nella malavita organizzata. Tutti i membri di una cosca, soprattutto se familiari, sono uniti tra loro. Non si sgarra. E non testimonierebbero mai e poi mai contro uno di loro. Ma noi giocheremo sulla paura, come loro fanno con i negozianti per chiedere il pizzo. Se l'arrestate per qualche reato sarà più facile farla parlare. In cambio le prometteremo uno sconto sulla pena, o i lavori socialmente utili. Tanto non è lei che ci interessa rinchiudere per il resto dei suoi giorni.»
«Non dovremmo affidarla al programma di protezione pentiti?»
«Dipende da cosa e quanto ci dice, Sala. Se accetta di diventare collaboratrice di giustizia, vedremo cosa avrà da raccontare. Se ci sono gli estremi, il Giudice l'affiderà al programma. Non che mi interessi molto, sia chiaro. È una delinquente, anche se più... morbida. Se i suoi cari amici mafiosi decidono di farla fuori perché ha parlato, beh, affari suoi.»
«Beh, se confessa è nostro dovere proteggerla...»
«Sala, se questa furbona confessa lo fa solo perché sa che le conviene farlo! Ma non ha ancora capito che questa gente non ha un minimo di coscienza?»
«Magari la Forgione una coscienza ce l'ha, solo che non può ascoltarla, pur volendolo. Può darsi che sia finita in questa situazione perché ci è stata costretta dai parenti, o dalla vita. O forse quando ha sposato un potente capo clan era solo una giovane ragazza ingenua.»

«Sala, sono stanco di tutti questi suoi forse, magari, chissà. Io guardo ai fatti. Alle prove! E queste dicono che anche questa bellezza calabrese è marcia dentro, con il suo faccino da brava ragazza! Ho deciso che dovete arrestarla per qualsiasi reato che possa commettere i prossimi giorni e lo farete!»
«Va bene dottor Volturno, non si scaldi. Faremo come ci ordina. E le porteremo qui davanti la sua scrivania la signora Laura Aloise Forgione.»
«Sì, quando l'avete arrestata portatela subito in Questura, qui a Reggio. Ora andate. Al lavoro!»
«Arrivederci.»
«Buona serata, dottor Volturno.»
E così si avvicina l'arresto anche per la povera Laura. Oddio, povera... se effettivamente sa tutte le malefatte del marito per legge avrebbe dovuto denunciarlo. È impossibile, certo, al suo posto chi lo farebbe? Ma la legge è legge, in questo caso devo dare ragione al questore, anche se a malincuore. Vedremo se la coglieremo sul fatto a ritirare il pizzo per conto della famiglia. Magari, pur temendo l'arresto, non accetterà mai di parlare e di aggravare la posizione di suo marito, così addio al piano di Volturno. E se invece decidesse di parlare? Temo per la sua vita. Se quella donna confessa e non la proteggiamo ha le ore contate. Pur essendo la moglie del boss, il clan non esiterà a emettere la sua condanna. Magari il marito stesso, dal carcere. È vero, questa gente non ha coscienza.
«Dottore, vi vedo pensieroso.»
«Eh sì Luigi, lo sono. Penso a quella donna. E non sono pensieri positivi... ma tu pensa a guidare.»
«Certo, dotto'. Tra un'ora saremo al Comando. A vedervi così coinvolto sembra che teniate alla signora Forgione in modo particolare. È vero che non la attende certo un futuro radioso. Se la becchiamo in flagrante e non confessa tutte le malefatte della famiglia si farà qualche periodo di galera, se sputa il rospo rischia di finire ammazzata. Peccato, una bella donna davvero.»
«Non è che tenga a lei, Luigi, le ho parlato... mmh... una volta sola.»
Non voglio che Luigi sappia del nostro incontro al mercato.
«Giù alla lavanderia, giusto?»
«Ehm... esattamente. Però quella volta mi ha fatto una buona impressione. Sai anche tu come sono le mogli di questi criminali. Ne

avrai conosciuta qualcuna. Sprezzanti, scortesi, piene di sé. Lei no. Mi è sembrata una persona a posto. E il mio istinto mi dice che non sbaglio.»

«Eh, vedremo, dottore. Se la troviamo con una busta di soldi appena ritirata in qualche negozio non basterà il suo bel visino a fargliela passare liscia.»

«No.»

«So che voi ci sperate sempre dottore.»

«A cosa, spero sempre?»

«Che le persone siano buone, in fin dei conti. Oppure lo possano sempre diventare. Ma credetemi, io sono nato qui e ne ho viste di tutti i colori. Ragazzini uccisi solo perché erano figli delle persone sbagliate. Mogli fatte a pezzi perché il marito aveva fatto uno sgarro a qualche potente clan. Quando sei cattivo, o lo diventi, è dura tornare indietro. È una strada a senso unico. E spesso senza uscita.»

«Vedremo Luigi, lo scopriremo presto. Ci sono anche le eccezioni.»

«Eccoci arrivati, dotto'. Posteggio la volante e vi saluto. Mi aspetta una bella insalata di polipo, questa sera.»

«Buona serata, agente San Rocco.»

«A domani, dottor Sala. Vi ringrazio, comunque.»

«E perché?»

«Perché provate sempre a farmi credere in un mondo migliore.»

CAPITOLO 16

Che giornataccia mi attende. Devo andare dai negozianti a ritirare la tassa, questa volta persino extra, come da ordini di Michele. Non so se saranno così cortesi, soprattutto alla lavanderia dei Pulvirenti. Avevo promesso di fargli saltare le rate fino a settembre invece oggi dovrò chiedere addirittura l'extra.

A Michele va bene che nessuno protesta mai, o si rifiuta. E meglio anche per me, non saprei come reagire.

E poi stasera di nuovo da Vittorio, a portargli i soldi.

Ah, prima devo passare anche da mia madre. Mi ha chiamato ieri sera, ha delle bollette da darmi. Meglio che non pensi da dove provengono i soldi che uso per pagargliele. In fondo, anch'io sono una dipendente di Michele, pagata cinquemila euro al mese. Se Sala sapesse che quei soldi arrivano da una società di copertura, creata apposta per riciclare il denaro proveniente dalle nostre attività illecite!

Perché Vito ci mette tanto? Doveva essere qui almeno venti minuti fa. Caspita, non si fa aspettare la moglie di chi ti paga per scortarla! Quel Vito mi piace sempre meno. Ogni giorno con quel sorrisetto beffardo stampato in faccia. Anche a Michele non piace. Cosa diceva in carcere? Ah, sì: che gli sembra un po' coglione. Se i Cosenza decidono di farmi fuori per rappresaglia di certo mi servirà qualcuno più capace. Se non mi capita nulla di brutto prima. Ne parlerò stasera con Vittorio. Quell'Enzo non mi dispiace, per esempio.

Basta, esco, aspetterò Vito in giardino.

Queste margherite stanno già appassendo. Comincia a fare davvero caldo, devo dar loro più acqua. Finora bastava una volta al giorno, da oggi passerò a due, mattina e sera.

Vediamo le piante aromatiche. Che bello sta diventando quel basilico! E anche il rosmarino se la cava bene. I pomodori sembrano belli succosi, ancora un po' di tempo e diverranno dell'ottimo sugo.

Una macchina. È arrivato Vito.

«Buongiorno signora, è pronta?»
«Arrivo.»
Finalmente. Mia mamma sarà già in pensiero. È così apprensiva. Da quando hanno beccato Michele è persino peggiorata. Per lei mio marito è una sorta di mito, è colui che ci ha salvati da una vita di povertà. Non importa se l'ha fatto con la pelle di famiglie innocenti. Lei è contenta della sua bella casa in collina, con giardino, un piccolo orto, un bel terrazzo. Chissà se papà ogni tanto la sorveglia dal cielo. Quanti anni fa è morto? Se ne è andato qualche mese dopo essermi sposata, ero appena tornata dall'America. Che brutti giorni, quanto ho maledetto quel tumore che ce l'ha portato via in così poco tempo. Lui era un buono, anche se ha fatto finta di nulla sul fatto che mi sposassi con un vero delinquente. Malfattore sì, ma Michele era già molto ricco. E importante. Per papà è stata come una rivalsa, dopo una vita passata nei campi.
«Buongiorno Vito.»
«'Giorno donna Laura.»
«Tutto bene?»
«Abbastanza.»
«Solo abbastanza? Tua figlia è stata promossa?»
«Sì è stata promossa. La seconda media è una classe facile.»
«Andiamo dai, portami da mia madre. Starò lì poco, poi torniamo verso piazza del mercato. Oggi non per fare compere, purtroppo, dobbiamo fare un giro dai negozianti.»
«Sì signora, lo so. Me ne ha parlato al telefono Vittorio, che ha sentito Michele dal carcere, attraverso Carmine.»
«Chissà come fanno Michele e Carmine… senza mai vedersi di persona. Vittorio ti ha detto altro?»
«Ha detto di fare attenzione, che si teme una vendetta dei Cosenza.»
«Già, siamo tutti in pericolo.»
«Sicuramente non l'hanno preso bene, quel casino giù a Soverato…»
«Vorrei vedere, cinque di loro ci hanno lasciato le penne.»
«Uno era pure Rosario, il cugino di Salvatore Cosenza.»
«Ma davvero? E tu come fai a saperlo?»
«Ehm… lo so. In paese se ne è parlato.»
«Sai addirittura come si chiamava!»
«Era un personaggio conosciuto.»

«Che faccia seria hai oggi, Vito.»
«Non si preoccupi signora. Tutto bene.»
Non mi convince. È strano. Almeno questa volta non ha il solito sorrisetto. Come fa a conoscere qualcuno dei Cosenza poi… ma no, inutile darci peso, qui ci conosciamo tutti. Malavitosi compresi. Chissà come deve essere vivere in altri paesi, e da persone oneste. Parlare di un lavoro normale, di diritti, avere dei sogni, volersi migliorare. Nella mia realtà migliorarsi vuol dire sterminare qualche banda rivale! In un'altra vita, se è vero che si può rinascere, voglio fare la maestra. Di bambini piccoli, alle scuole elementari. Insegnare a leggere, scrivere, fare di conto, la storia, la geografia. Insegnare anche il rispetto per il prossimo, per la legge. Istruire gli adulti di domani. Dire ai bambini che le persone timide o deboli di carattere vanno aiutate, e rispettate, perché anche loro hanno da insegnarci qualcosa.
Nella società moderna invece sembra che solo i prepotenti, i furbi, gli egoisti, l'abbiano sempre vinta. Non solo qui in Calabria, di certo. Un po' in tutta Italia è così. Qui magari la persona più stimata del paese è la più temuta, ma su al Nord è la più famosa, la più alla moda, la più ricca. Quella che ospitano alla TV. Fa nulla se tutti sanno che ogni sera si fa due righe di coca.
Ho letto che nei paesi del nord Europa non funziona così. Si dà vera importanza al merito. Alla bravura. Mah. Anche lassù avranno dei difetti.
Non mi devo lamentare troppo. Sono fortunata, in fin dei conti.
Non devo fare lavori umilianti, ho una bella casa, amici.
Eh sì, anche se mi tocca farmi dare soldi dalla povera gente. Senza dimenticare che ho un marito in galera.
«Donna Laura siamo arrivati. L'aspetto in macchina.»
«Ma no, vieni in casa. Ti offriamo un bel caffè.»
«Ne sarei onorato ma preferisco stare qui. Devo… devo chiamare… mia figlia, sì mia figlia.»
«Vabbè, come vuoi Vito. Ci metto mezz'ora al massimo.»
«Ci vediamo qui fuori.»
Mah, che tipo strano. Come si fa a rifiutare un buon caffè di primo mattino? Peggio per lui.
Il giardino sembra trascurato, mia madre non riesce più a curarlo come si deve. Troppa fatica. Così grande poi…

«Chi è?»
«Mamma sono Laura, apri.»
«Ciao tesoro mio, entra.»
«Ciao ma'.»
«Vuoi una tazzina di caffè? L'ho appena fatto.»
«Certo, volentieri.»
«Come va?»
«Mah, diciamo bene.»
«Il tuo accompagnatore è rimasto in macchina? Non vuole qualcosa? Un caffè, un bicchier d'acqua…»
«Gliel'ho chiesto ma preferisce restare lì dov'è.»
«Michele come sta? L'hai visto di recente? Poveraccio. Un uomo della sua tempra, starsene chiuso in cella… chissà come soffre.»
«Lo conosci mamma, più che triste è incazzato nero.»
«Quando uscirà?»
«Dipende da come andrà il processo. Per fortuna non ha molti capi d'accusa, per il momento. L'avvocato dice tra tre anni circa. Poi proverà a fargli accordare qualche attenuante, magari uno o due permessi. Già tanto che non è più al 41 bis, in isolamento. È in cella con due dei suoi.»
«Che peccato, Laura. Che peccato. Una persona così vitale, piena di iniziative. Ti ricordi quando organizzò la festa del patrono, con il parroco? Un nuovo crocifisso per la chiesa, tanto bello… e poi tutto quel ben di Dio da mangiare, ricordo i bambini come erano contenti di tutte quelle caramelle e dolci!»
«Mamma i dolci arrivavano da un negozio che gli amici di Michele hanno sfasciato e derubato, perché il gestore non si era… comportato bene. Te l'avevo già detto ma si vede che non mi ascolti.»
«Eh, va beh, se gli amici di Michele hanno fatto così avranno avuto i loro buoni motivi.»
«I motivi ce li avranno anche avuti ma', ma buoni… chissà. Per non parlare del parroco che tutte le volte che riceve donazioni è al settimo cielo, pur sapendo da dove arrivano.»
«Laura, come sei sempre negativa nei tuoi giudizi. Al parroco le donazioni di Michele servono eccome, sai che la nostra parrocchia non ha molti soldi.»
«Che vada a chiederli a Roma.»

«Fai in fretta tu, Lauretta. Roma è lontana, cosa vuoi che ne sappiano della parrocchia di San Luca? Ecco il caffè. Senza zucchero, come piace a te.»
«Grazie. Dico solo che una persona di Chiesa non dovrebbe chiudere gli occhi come fa il parroco, in cambio di qualche regalo.»
«Il parroco fa quello che può. E basta parlare sempre male di Michele. Lui è tuo marito no? Devi portare rispetto. Con tutti i regali che ti fa! Guarda che bel vestito indossi. Di certo non si compra ai grandi magazzini. L'importante è che ti rispetti e ti voglia bene.»
«Voler bene? Michele vuole bene, e tanto, solo ai soldi. Però hai ragione, meglio cambiare discorso. Hai preparato le bollette?»
«Sì sì, eccole qua. La corrente è pure aumentata.»
«Ci penso io, non ci badare.»
«Vedi anche per queste devo ringraziare tuo marito. Tu non lavori mica. E non potresti certo pagarmi le bollette.»
«Inutile che cerchi di provocare, mamma. Io un lavoro, onesto, lo vorrei pure. Solo che mi chi assume qua? Nessuno ne avrebbe il coraggio. E poi non sarebbe una vera occupazione. In ogni posto sarei una raccomandata, una che fa invidia agli altri.»
«Vedi allora che fai bene a startene a casa? C'hai pure l'orto, le tue piante, vai al mercato e in spiaggia con le amiche… se vuoi sai come non annoiarti tutto il giorno.»
«Vero. Però ogni volta che esco da casa devo essere scortata. È libertà questa?»
«Laura, Michele lo fa perché ti vuole bene.»
«Michele lo fa perché non vuole che le cose sue corrano pericolo. E anch'io sono una di quelle cose. Fammi andare, oggi ho da fare e abbiamo parlato abbastanza.»
«Ancora un po' di caffè? È ancora tiepido.»
«No mamma, vado, davvero. Più tardi viene zia?»
«Sì, passa dopo pranzo.»
«Bene non voglio che tu stia troppo da sola. Ci vediamo.»
«Ciao bambina mia, stai attenta. Abbraccia forte Michele da parte mia.»
Ogni volta mia madre riesci a mettermi di cattivo umore, come se oggi ne avessi bisogno. Sempre con questi discorsi: Michele qui, Michele là… mai una volta che abbia detto che sarebbe stato meglio per

me mettermi con una brava persona. Era stata proprio lei, ancor più di papà, a spingermi tra le sue braccia. Mi diceva che avrebbe fatto di me una donna ricca e felice. Ricca lo sono, ma felice…
Ecco Vito. Strano, ha chiuso la comunicazione appena mi ha vista.
«Tutto bene Vito? Con chi eri al telefono?»
«Ehm sì… era mia… mia figlia. Mi… mi volveva salutare, tutto qua.»
«Sta bene oggi? Con una bella giornata così merita di festeggiare la promozione con un bel bagno in mare.»
«Ci va nel pomeriggio con mia moglie. Dove l'accompagno allora? In centro paese?»
«Sì, vai verso piazza del mercato. Iniziamo dalla lavanderia dei Pulvirenti.»
«Va bene. Accendo la radio?»
«Sì, sì, un po' di musica fa piacere.»
Chissà cosa dirà adesso Carlo Pulvirenti. La prossima rata sarebbe stata a fine luglio, ma Michele vuole l'extra per le armi e questo e quello. Non basta prenderci i suoi soldi, lo prendiamo anche in giro.
«Signora pensa che il negoziante non protesterà?»
«Protesterà eccome. Ma di Michele ha paura, farà in modo di tirare fuori i soldi.»
«Quanto chiediamo?»
«Non sono affari tuoi.»
«Se non vuole pagare devo intervenire io?»
«Sì Vito. Se fa storie fai la faccia più brutta che puoi. Convincilo. Se non basta… beh vedi tu. Sei armato?»
«Come sempre, signora.»
«Non esagerare però. Fagli solo paura. Carlo è un pezzo di pane, cederà.»
«Va bene donna Laura, lasci fare a me.»
Spero veramente che l'uomo accetti subito di pagare e non faccia storie. Non voglio vedermi Vito che lo malmena davanti a sua moglie. Non potrei resistere.
Vorrei essere a casa tranquilla, nel mio giardino a prendere il sole. O in cucina a fare una bella pizza. Ormai sono diventata davvero brava a fare l'impasto, non devo più comprarlo dal panettiere, già fatto.
Adesso ho timore anche ad andare in giro a spasso, seppur in compagnia di Vito. Non mi va molto di uscire di casa. Mi viene l'istinto di

guardarmi attorno per controllare se sono seguita. Di giorno, ma specialmente la sera. Finché non si placano le acque con i Cosenza dovrò evitare di uscire ogni tanto con le amiche, nemmeno per un gelato o a bere qualcosa al bar in centro. Per far tornare tutto alla normalità dovrei sperare in qualche regolamento di conti in cui i Cosenza vengano fatti fuori, tutti.

«Tu non hai timore che i Cosenza ci facciano del male?»

«No signora.»

«Perché? L'hai detto anche tu che sicuramente sono molto arrabbiati con noi.»

«Ehm... non ho di che temere. So il fatto mio.»

«Non hai da temere per te stesso, sai come difenderti ma... per me?»

Non mi risponde. Evidentemente sono una facile preda. Se volessero potrebbero entrare in casa anche di notte e rapirmi, o uccidermi. Potrei chiedere a Vittorio se mi dà qualcuno per proteggermi anche in casa. Sì, poi addio alla privacy, oltre che alla mia libertà. No, un uomo in casa mia non ce lo voglio, magari pure un ex detenuto.

«Cosa hai detto, Vito? Stavo pensando e non ti ho sentito.»

«Ho detto che deve stare tranquilla.»

«Va bene, ti ringrazio ma cosa vuoi, ho paura.»

«Non ci pensi. Siamo arrivati, ecco la lavanderia.»

«Bene. Su, scendiamo, andiamo a fare il nostro dovere.»

Forza Laura. Bando alle preoccupazioni. Sorriso smagliante. Fare sicuro. Sono la moglie di un capo clan.

«Buongiorno.»

«Oh buongiorno, signora Forgione! Buongiorno anche a voi, che l'accompagnate. A cosa devo la visita? Non vedo... non vedo abiti da lavare... Teresa? Vieni a salutare la signora Forgione!»

«Lasci stare sua moglie signor Pulvirenti, di sicuro è indaffarata. Non ho vestiti, mi dispiace ma devo chiederle di darci un'altra busta. Duecento. Subito.»

«Oh signora, lei non sa il male che mi sta facendo. La sua richiesta è come una pugnalata. Le ho già detto che mio figlio andrà a scuola e...»

«Conosco benissimo la sua condizione, signor Pulvirenti. Gli ordini di Michele sono questi. Avevo anche chiesto di fare un'eccezione fino a settembre ma per ora le cose vanno così.»

«Oh Gesù. Come farò a pagare la nuova lavatrice? L'ho appena presa, quella vecchia ormai non voleva più saperne di andare. I fornitori non mi fanno più credito. No, non posso.»
«Senta faccia come le ha chiesto la signora, senza discutere. E in fretta, che dobbiamo andare.»
«Il mio accompagnatore si chiama Vito, lo ascolti, non è una persona a cui piace ripetere le cose. Mi dia la busta, signor Pulvirenti.»
«Tutto bene caro? Mi hai chiamata? Oh, signora Forgione. 'Giorno...»
«Sì sì, Teresa, tutto bene. Torna di là. Qui mi arrangio io.»
«Va bene...»
«Signora Forgione, le ripeto, io sto nei guai. Non saprei come... quanto ha detto che devo darvi?»
«Duecento.»
«Signora mi creda, non le ho in questo momento. Non...»
«Signor Pulvirenti, vuole che vada di là a farmi dare 'sti soldi da sua moglie? E già che ci sono le faccio un bello sfregio sul quel bel faccino che si trova. Oppure no, le spezzo una mano, così per qualche settimana non potrà aiutarla nel lavoro.»
Ecco, proprio la situazione in cui non volevo trovarmi. Minacciare di rifarsi su una donna. Che tristezza. Avanti Carlo, paga, ti prego.
«Va bene, va bene. Ecco qua. Sono duecento euro giusti giusti. Mi saluti don Michele.»
«Bravo Carlo, ottima decisione. Per settembre chiederò di nuovo se possiamo chiudere un occhio. Si riguardi. Mi saluti suo figlio e Teresa. Buongiorno.»
«'Giorno.»
Per fortuna alla fine ha desistito e ha pagato. Vito avrebbe potuto davvero far del male a lui e a sua moglie.
«Vito adesso andiamo al supermercato del signor Pastore.»
Da Pastore non mi aspetto storie. Questo negoziante è un amico di Michele, si conoscono fin da ragazzi. Michele ha fatto chiudere l'altro supermercato di San Luca, qualche anno fa, con la forza. Così il signor Pastore ha smesso di avere concorrenza.
Trrrrrr... Trrrrrr... Trrrrrrr...
«Vito ti vibra il cellulare, non rispondi?»
«Ehm... no signora, sarà qualche scocciatore.»
«E come fai a saperlo? Magari è tua figlia. Rispondi pure.»

«No signora, sto guidando.»
«Vabbè, come vuoi.»
Dopo il supermercato avremo un bar, una sartoria, un gelataio. Tutti negozi piccoli, a conduzione famigliare. Per fortuna nelle aziende più importanti vanno direttamente gli uomini di Michele. In quei posti si gioca più duro e io di certo non sono adatta.
Trrrrr... Trrrrr... Trrrrr...
«Vito ancora 'sto telefono, qualcuno che ha proprio bisogno di te. Su rispondi.»
«Va bene signora Laura, l'ha voluto lei.»
«Cosa intendi, Vito? Non capisco.»
Cosa avrà voluto dire? Stasera devo proprio parlare con Vittorio, questo tizio mi ha stancato e non mi fido più di lui.
«Pronto... Sì... È con me adesso, siamo in macchina... Davvero? Siete sicuro? Va bene non vi scaldate. Eseguo gli ordini. Dove la porto? Va bene. A dopo.»
«Vito? Ho sentito che hai detto di essere con me in macchina. Chi era? Di certo non tua figlia. Era qualcuno degli uomini di Michele? O Vittorio?»
«Nessuno che lei conosca.»
«Vito non fare il misterioso, dimmi chi era, per favore.»
«Signora Laura. Purtroppo devo darle una brutta notizia.»
«Di cosa parli, Vito? Mi fai paura. Perché prendi la pistola?»
«Faccia la brava, signora. Non vorrei doverle piantare un proiettile nella gamba per non farla scappare. Adesso lei viene con me in un posto, senza discutere.»
Di colpo capisco. Vito si è venduto ai Cosenza, ed è stato incaricato della vendetta, di farla pagare a me.
«Vito! Proprio tu! Di te mi fidavo.»
«Fidarsi! Se vi fidavate non mi davate questi lavori di merda! Accompagnare le femmine, chiedere il pizzo... basta! Don Salvatore sì, che mi farà fare cose serie. E mi pagherà a dovere.»
«Se è per i soldi, te li posso dare anch'io. Lasciami andare, altrimenti Michele ti farà cose che neanche immagini!»
«Non è nelle condizioni di potermi minacciare, signora Forgione.»
«Ti minaccio eccome! Traditore! Da quanto tempo tramavi coi Cosenza, eh? Proprio tu che eri incaricato della mia sorveglianza. Bella

roba. Vittorio dovrebbe stare più attento agli uomini che sceglie. Michele non ti avrebbe mai preso!»
«Lo so che non piaccio a ’o leone. E nemmeno lui piace a me. Non voglio più i vostri soldi. I Cosenza me ne danno un sacco per fare il doppio gioco. Peccato non sapessi nulla di Soverato, altrimenti avrei impedito quella strage.»
«Avrebbero dovuto far fuori solo te! I Cosenza sono solo dei malviventi, ma sono quelli come te che non sopporto! Falsi e traditori. Vito, fammi scendere, subito!»
«Lei non mi darà più ordini, signora Forgione. Ora sono io a comandare qui dentro! Stia buona e zitta.»
«Cosa mi vuoi fare? Ammazzarmi?»
«No, troppo facile. La porto in un posto da dove non potrà scappare. Chiederemo un riscatto a suo marito. Vedrà che si sistemerà tutto. Appena avremo i soldi la libererò, glielo prometto.»
Di male in peggio. Mi hanno rapita. Michele aveva ragione a non fidarsi di Vito. Che tristezza, mi viene da piangere, ma non voglio mostrarmi debole di fronte a questo traditore. Finirà male, lo so. In questi casi, l’ho imparato a forza di ascoltare storie di criminalità, a pagare con la vita è sempre l’ostaggio.
Non si metteranno mai d’accordo con Michele.
Lui non vorrà cedere. Ci vorrebbe un vero miracolo.
Peccato che da queste parti i miracoli non accadano, soprattutto a gente come noi. Ed è giusto così.

CAPITOLO 17

«Continuo a guidare oppure ci fermiamo, dottore? In quella via non ci sono più negozi. Questo pedinamento mi ha stancato.»
«No Luigi, fermati pure, basta così. Volevo sorprendere Laura in flagrante al prossimo negozio ma evidentemente c'è stato un cambio di programma, dopo la lavanderia. Chissà che ci vanno a fare in quella viuzza. Sono solo case, alcune ancora in costruzione.»
«Per forza, dotto'. Due anni fa il sindaco ha fermato i lavori. Appalti truccati.»
«Pure! Ma quei due che staranno facendo?»
«Magari si vanno a imboscare! Invece di scoprire un giro di mazzette scopriamo una tresca tra amanti!»
«Non si può mai dire ma dubito. Non ce la vedo, la Forgione con un tipo come quello, l'hai riconosciuto?»
«Vito Licata, come no? Conosco i suoi precedenti. Lavora per Forgione.»
«Se li beccano amoreggiare rischiano la pelle. Saranno andati a nascondere qualche sacco di soldi, o refurtiva. Magari della droga. Mah, strano comunque. Sei sicuro che non ci hanno visto e si sono insospettiti?»
«Sicuro, dottore. Non sono un pivello. Sono uno dei Falchi! Guardate, si sono fermati. Sono scesi dall'auto e vanno verso quella casa in costruzione.»
«Già, sempre più strano. Guarda come la tiene sottobraccio.»
«Interveniamo?»
«Con che motivazione Luigi? Passeggiata abusiva? No no, capirebbero che li stavamo seguendo e addio arresto in flagrante, le prossime volte che andranno a riscuotere dai negozianti. Lasciamoli qui, che se la sbrighino tra loro, qualsiasi cosa stiano combinando. Sai che ti dico? Torniamo in paese e interroghiamo quelli della lavanderia. Voglio sentire cosa ha da dire il titolare, il signor...»

«Pulvirenti.»
«Bravo Luigi. Andiamo. Puoi fare pure inversione, sono entrati.»
Laura, Laura. Cosa starai mai combinando? No, non mi dire che vuoi tradire tuo marito con quel tipo così squallido. Sei abituata a ben altro, meriti ben altro. Il fatto è che più ci penso, più non capisco perché abbiano interrotto il giro a ritirare il pizzo per infilarsi in questa stradina. Mah. Devo rassegnarmi, Laura ci è dentro fino al collo. Volente o nolente è parte attiva dei traffici illeciti dei Forgione. Sarà dura evitarle la prigione, anche se deciderà di parlare e allungare la lista di malefatte di suo marito. Con Volturno sul piede di guerra poi… poveraccia. Intanto sentiamo cosa ha da dire il lavandaio.
Non parlerà ma voglio giusto fargli qualche domanda. Capirò comunque che la signora non è passata di lì per consegnare abiti da lavare. Come sarebbe tutto più facile se avessimo la gente dalla nostra parte. Qua oltre a lottare la criminalità dobbiamo fronteggiare anche l'omertà delle persone oneste. Volturno dice che è un reato, ma come gli ho risposto non tiene in considerazione della paura a denunciare.
«Dottore siamo arrivati.»
«Bene Luigi, entriamo.»
Due domande e capirò fino a che punto il gestore ci prende in giro.
«Buongiorno. Agenti Sala e San Rocco, Polizia di Stato.»
«Oh buongiorno a voi, agenti. Vi conosco, ci siamo visti l'altro giorno.»
«Esattamente.»
«Cosa posso fare per voi? A cosa devo ehm… la visita?»
«Stiamo di nuovo controllando gli esercizi sospettati di pagare il pizzo a un clan della zona.»
«Io vi ho già detto che non pago niente a nessuno.»
«Ricordo perfettamente quello che mi disse l'altra volta, signor Pulvirenti, ma gli indizi portano a ben altro. Eravamo qui fuori quando abbiamo visto la signora Forgione entrare nel negozio senza alcun indumento e uscirne sempre a mani vuote. Viene a bere il caffè?»
«Ehm… sì sì, viene a prendere il caffè con me e mia moglie, che è nel retrobottega. Abbiamo una macchinetta che fa un caffè così buono che tutti ce lo invidiano.»
«Non siete un bar.»

«Eh ma la signora è una… una cara amica e ci viene a trovare volentieri.»
«Sicuramente sapete che, se io o l'agente San Rocco, dovessimo avere prova che voi pagate regolarmente il pizzo alla famiglia Forgione, questo sarebbe un reato anche da parte vostra. Queste cose vanno denunciate, subito. Mi rendo conto non sia facile ma sono state predisposte dallo Stato diverse associazioni antiracket alle quali ci si può rivolgere se si è vittima di estorsione. Pagare invece vuol dire essere conniventi e rafforzare la malavita organizzata.»
«Lo sappiamo bene, agente, noi non siamo conniventi in queste cose! E poi non potremmo neanche, non siamo di certo ricchi. Questi delinquenti vanno combattuti, eh che diamine!»
«Vanno combattuti, sì. Ma se li consideriamo amici? So benissimo che chi paga la famiglia Forgione riceve protezione, un aiuto negli affari e qualche… agevolazione con le tasse. Conosce il supermercato di Pastore, vero?»
«Conosco i guai del signor Michele, ma la moglie è una persona sincera e onesta, mi creda.»
«Le credo volentieri ma è dura fare la donna onesta quando si è moglie di un capo clan.»
«La signora Laura è una persona diversa.»
«Vorrei pensarla così signor Pulvirenti, davvero. Quanto le ha chiesto, stavolta? Duecento, trecento?»
«Un caffè, solo quello.»
«E va bene, come vuole. Si ricordi comunque che se dovesse ricevere intimidazioni o richieste più… pressanti sa dove trovarci. Se invece troveremo le prove che lei paga, amici o delinquenti che siano, per avere protezione, sarà denunciato.»
«Bene, grazie per il consiglio. Adesso se posso andare di là, avrei da fare…»
«Vada, vada pure. Mi raccomando. La saluto. Buongiorno.»
«Buona giornata, agenti.»
«Vieni Luigi, risaliamo in macchina e torniamo in centrale. Che cosa ti dicevo? Questo qui non parlerà mai contro i suoi amichetti Forgione. Sono i suoi amici, l'ha detto lui.»
«Eh ho sentito, dotto'. Speriamo che vada meglio con gli altri negozianti e che riusciremo un giorno a fermare la signora in flagranza di reato. Altrimenti chi lo sente, Volturno.»

Eh sì, chi lo sente Volturno. D'altronde ci tengo anch'io che Michele Forgione stia dentro per un bel po', o per sempre. È un boss sanguinario. Fermare Laura mentre ritira i soldi del racket aiuterebbe certamente a spingerla a confessare tutto quello che faceva il suo bel maritino. Avrebbe molte attenuanti, potrebbe dire al giudice che veniva costretta dalla famiglia a fare certe cose.
Non capisco perché mi ostini a volerla proteggere. È pur sempre una delinquente anche lei. Però la sento vicina. Forse sto invecchiando. O mi manca la mia Deborah. Forse, più semplicemente, mi manca qualcuno a cui voler bene.

CAPITOLO 18

«Visto? Mi sono lasciata trascinare qui dentro senza fare storie o cercare di scappare. Contento?»
«Ti conviene stare buona Laura, ti ho già detto che non ci metto niente a ficcarti del piombo in testa.»
«Ah, e così adesso mi dai anche del tu?»
«Certo! Ora non sei più la moglie del mio capo. Il mio boss è un altro e tu non vali un cazzo. O meglio, vali i soldi che Salvatore chiederà a Michele.»
«Che uomini da poco. Rapire una donna per chiedere soldi alla famiglia rivale. Non vi vergognate quando parlate con le vostre mogli?»
«Io mia moglie la tratto come deve fare un uomo, non ho un cazzo da vergognarmi.»
«Se sapesse cosa state combinando tu e il tuo amico Salvatore Cosenza…»
«Non lo sa, e me ne fotto di cosa pensa mia moglie. Lei in queste cose non deve ficcare il naso. Se lo fa, beh cazzi suoi.»
«Non sei molto diverso da mio marito. Siete rimasti a cento anni fa. E credete di giocare sempre a fare i duri, come dei cow boy.»
«Nessuno sta giocando, Laura, e meglio per te che non lo faccia Michele. Se questa cosa non funziona la prima a pagarne le conseguenze sarai tu.»
«Non ho paura. Mio marito… lui ve la farà pagare!»
«Uh sto già tremando. 'O leone sta chiuso in gabbia. Di certo non ho paura di quella mezza cartuccia di Vittorio, di Enzo e del gregge di amici suoi.»
«Un tempo erano pure amici tuoi, caro Vito.»
«Io non sono amico di nessuno! Non mi rompere le palle! E ora fammi chiamare il capo.»
Che situazione. E pensare che poche ore fa ero ancora a casa mia. Adesso sto qui, dentro a questa topaia. Anche se fuori si sta bene, fa

pure freddo. Colpa dell'umidità. Questa casa non è finita, non avranno messo neanche… come si chiama? Boh, qualcosa per l'umidità. Se Michele non paga in fretta mi toccherà farci l'abitudine. E se non paga e questi perdono la calma? Povera me. Tutto mi crolla intorno. Quanto vorrei tornare a qualche anno fa, quando eravamo in America, in viaggio di nozze. Era tutto così bello. Nuovi posti, natura, paesaggi… persino Michele sembrava un altro. Almeno in quel mese non pensava a uccidere o taglieggiare nessuno. Che tristezza. Mi scendono le lacrime. Almeno loro sono calde.

«Ehi, la finisci di frignare? Devo telefonare.»

«Pronto? Don Salvatore?»

«Sono Vito.»

«Sì, siamo nella casa in via Kennedy, dove mi avete detto.»

«Nel bunker di fianco al piano terra. È nuovo nuovo, ve lo confermo. C'è solo un frigo, un letto, una poltrona, un lavandino e un cesso, ma va bene.»

«No da qui non scappa nessuno, se chiudo bene la parete girevole. Non si può aprire dall'interno e il locale non ha finestre, naturalmente. Il meccanismo che fa ruotare la porta è ben nascosto sotto una mattonella del pavimento. Già avvisato Michele?»

«Il riscatto?»

«Anche la droga?»

«Cinquanta chili!»

«Vi saluto don Salvatore. Buongiorno, buongiorno.»

«Sentito cara? Tuo marito si incazzerà di brutto! Don Salvatore rivuole pure la droga che gli avete fregato!»

«Io non… io non ho fregato niente.»

«Tu sei Laura Forgione e c'entri con tutto quello che fa la famiglia. Quindi, mia cara, pure tu hai fregato la droga al mio boss.»

«Io sono Laura Aloise e non sono responsabile per quello che fa la famiglia di mio marito. Dovresti saperlo, ormai. Non vado certo in giro di notte a sparare in spiaggia a degli altri uomini.»

«Non mi interessa se tu sei Laura questo o quello. A me basta che sei la moglie di uno che adesso è mio nemico.»

«Già, vero. Questa è la mia sfortuna.»

«Sfortuna dici? Ma se te la sei spassata fino adesso! Case, soldi, macchine… e pure qualche tiro di coca con le amiche, vero?»

«Sì, me la sono spassata ma poi ho capito che lo facevo a discapito di povera gente. E non tiro coca, io.»
«Però il pizzo lo andiamo a prendere insieme, giusto? E mi hai chiesto pure di minacciare quello là della lavanderia! Siete tutte così, voi donne. Fate le santarelline ma poi...»
«Vado in giro a chiedere il pizzo, accompagnata da uno stronzo come te, perché ci sono costretta! Lo vuoi capire o no? Mica mi diverto. Lasciami stare, non mi piace parlare con te. Meglio stare sola.»
«Eh, cara mia, se tuo marito non paga ti toccherà stare sola per un bel po'. Se vuoi compagnia però posso farti io due carezze...»
«Vito tieni giù le mani!»
«Se no? Mi fai mangiare dal leone? Ah, ah. Io sarò il domatore del circo.»
«Tu al circo puoi fare solo ridere, sei un pagliaccio.»
«Zitta! Zitta! Tuo marito sarà anche 'o leone ma non ti ha insegnato il rispetto! Beccati 'sto schiaffo!»
«No, Vito! Ahi!»
La guancia mi brucia, non se più per il colpo o per la rabbia.
«Adesso io esco, e tu te ne stai qui, zitta e buona. Tornerò domattina con qualcosa da mangiare, prima che mi schiatti di già, che sei magra come una morta di fame. Per bere vai al rubinetto, se funziona. A domani, signora Laura Aloise Forgione. Ringrazia che non ti metto le mani, e qualcos'altro, addosso! Potrei farlo tranquillamente, sei pure una bella donna, ma io sono un gentiluomo.»
Sì meglio stare sola. Per fortuna almeno c'è quella lampada, altrimenti sarei rimasta al buio. Mi lascia senza mangiare fino a domani. Non è possibile. Se Michele non paga in fretta è meglio morire subito, prima di morire, lentamente, di fame. Magari uccidono Vito e Salvatore in una sparatoria e nessuno sa che sono qua! Murata viva! Non voglio neanche pensarci, mio Dio. Vorrei dormire un po' ma con questo freddo... spero di assopirmi comunque. Fino a domani sarà dura. Vorrei sognare. Sognare di essere una donna libera. Libera da questa casa, dalla famiglia, dalla mafia. Chiudo gli occhi e mi illudo sia possibile, anche per la moglie di un boss.

CAPITOLO 19

«Don Michele. Don Michele! Don Miche'!»
«Mimmo che c'hai da strillare? Non vedi che sono impegnato con questa bella partita a carte? Il signor Mohammed qui presente ha appena imparato a giocare, ma non è male, se la sa già cavare.»
«Don Michele mi dispiace ma è una cosa urgente e… importante.»
«E che c'è? Dimmi.»
«Ho vostro fratello in linea. Vuole parlare con voi. Dice che è urgente.»
«Vittorio? Cosa vorrà mai quel perdigiorno? Dove sta il telefono?»
«Ce l'ho qui, in tasca.»
«Passamelo. Occhio alle guardie, stanno guardando di qua. Antonio vieni qua, coprimi, stammi davanti.»
«Pronto, Vitto'.»
«Michele è successo un guaio, un guaio grosso.»
«Ti ascolto.»
«Ho paura quasi a dirtelo, ti incazzerai come non mai.»
«Vittorio vuoi dirmi cosa c'è o no? Sono in prigione, cazzo, non al bar! Muoviti!»
«Michele, hanno rapito Laura. È sparita da due giorni. L'aspettavo l'altro ieri per avere i soldi del pizzo ma non si è vista. Ho pensato che boh, che si fosse dimenticata o… non sapevo cosa pensare.»
«Come fai a dire che è stata rapita?»
«Questa mattina è arrivato uno dei nostri ragazzi, qui al mio rifugio, per portarmi un messaggio. Da parte dei Cosenza. Dicono che Laura ce l'hanno loro, in un posto sicuro.»
«Quei pezzi di merda! Cosa vogliono?»
«Vogliono che paghiamo un riscatto per liberarla.»
«Michele? Michele, ci sei?»
«Quanto.»

«Cinque milioni di euro. E pure tutta la droga che gli abbiamo fregato a Soverato. Cinquanta chili. Il fatto è che i ragazzi ne hanno già venduta quasi metà.»

«'Fanculo ai Cosenza. Se ne pentiranno.»

«E come? Povera Lauretta.»

«Fammici pensare.»

«Comincio a far preparare soldi e droga? Per i soldi non c'è problema, per la droga... vedremo di farla saltare fuori. Potremmo dargliene altra, peggiore, non se ne accorgono mica, quelli sono storditi dalla coca mattina e sera.»

«Tu non fai preparare un cazzo.»

«Come?»

«Non preparare un cazzo! Né soldi né droga!»

«Michele! E se quelli fanno fuori Laura?»

«Laura sa il fatto suo. Cosa vuoi che facciano, quei coglioni. Far fuori mia moglie? Non oserebbero mai!»

«Intanto hanno osato rapirtela.»

«Come cazzo è potuto succedere? Non doveva quello lì... come si chiama... Vito, scortarla? Che cazzo di fine ha fatto?»

«È sparito pure lui. Pensavo l'avessero fatto fuori e buttato dentro una ciminiera, ma pare che sia scappato. È in combutta con i Cosenza, Miche'.»

«Pezzo di merda! Lo dicevo io che non mi piaceva! Sentivo puzza, quando c'era lui! Colpa tua, Vittorio! Non sai scegliere le persone! Solo alle donne pensi!»

«Chi poteva saperlo che quello era un traditore? Che facciamo adesso?»

«Non possiamo cedere. 'O leone non si arrende mai di fronte a nessuno! Mai! Cercate Laura dappertutto, non può essere sparita o partita per l'America, che cazzo! Qualcuno sa sicuramente dove la tengono, quei perdenti!»

«D'accordo non possono averla portata troppo lontano, ma hanno avuto due giorni di tempo! Potrebbe essere ovunque, in una casa qui a San Luca o fuori della Calabria.»

«I Cosenza sono di qui, l'avranno tenuta in zona. Trovala Vittorio, e in fretta. Non ammetto scuse, ritardi o altre cazzate. Sguinzaglia tutti, devono trovarla. Qualcuno sicuramente sa.»

«Speriamo Miche', speriamo. È vero, i Cosenza sono della zona e avrebbero un sacco di posti dove portare la povera Lauretta. Dobbiamo trovarla, non so come, ma dobbiamo. Se quelli non vedono arrivare i soldi la fanno fuori, magari nel peggiore dei modi.»
«Sai cosa fare. Ricordati, non si paga un cazzo. Io, dare soldi a Salvatore Cosenza, mai! 'Fanculo! Adesso fammi andare che lo sbirro sta guard...»

CAPITOLO 20

Ancora sei latitanti da trovare e assicurare alla giustizia. Uno di loro addirittura ha fatto perdere le sue tracce da tre anni. Poi magari scopriremo che si nasconde qui a San Luca, come Michele Forgione. Se penso a tutte le persone che li aiutano, portano i viveri, li informano sull'andamento delle cose mi demoralizzo, sembra una battaglia persa. Meglio non pensarci, ancora due o tre scartoffie da riempire e poi andiamo a pranzare.

«Come sei messo con la fame, Luigi? È quasi ora di pranzo.»

«Dottore, è da almeno un quarto d'ora che ci penso. Ieri sera mia moglie mi ha fatto solo bistecca e insalata, le ho detto che devo dimagrire, come spesso anche voi mi consigliate. Solo che poi ho fame, mi sarei mangiato cinque frittelle a colazione! Invece mi sono accontentato di due.»

«Frittelle? Quindi ieri sera hai mangiato poco ma questa mattina ti sei rifatto, eh? Se continui così dubito che dimagrirai prima della fine dell'estate! Perché non vai a correre? Di certo ti può aiutare, in questa battaglia.»

«No, correre per me è davvero troppo. Che ci posso fare dotto', io ogni passo che faccio devo portarmi dietro cento chili! Ci ho anche provato, domenica mattina. Scarpe nuove, tuta nuova, sono andato sul lungomare. Dopo cinque minuti ero sudatissimo e stravolto!»

«Se hai sudato vuol dire che ha funzionato. Per questa volta hai corso cinque minuti, la prossima saranno dieci. Non mollare.»

«Buongiorno agenti.»

«Oh buongiorno, dottor Volturno! Quale buon vento la porta qui a San Luca?»

«Vento di guerra.»

«Ah… ma che strano.»

«Non cominci con il suo sarcasmo, San Rocco, oggi davvero non è giornata. Buongiorno anche a lei, Sala, non mi saluta?»

«Mi scusi, questore, ma ero indaffarato con queste carte, non l'ho nemmeno vista entrare.»
«Non mi ha visto entrare nel suo ufficio? Non bene, per un agente di Polizia. Veniamo subito al sodo. Ricordate la nostra testimone numero uno, o almeno, colei che lo dovrebbe essere?»
«La signora Forgione?»
«Proprio lei. San Rocco, mi stupisce oggi, con la sua perspicacia. Dovevate pedinarla per trovare le prove che è incaricata dalla famiglia di raccogliere il pizzo dai negozianti, giusto?»
«Sì, dottor Volturno. Pensavamo di seguirla martedì prossimo. È il giorno di mercato e lei va dai negozianti, approfittando del fatto che in paese c'è più gente, per passare inosservata.»
«Sarà dura seguirla, martedì prossimo, Sala.»
«Come mai dottore?»
«Perché la signora Laura Aloise in Forgione è stata rapita, signori. Spero non sotto i vostri occhi.»
«Rapita? Mio Dio, e chi può essere stato? I Forgione stessi magari, per paura che confessi?»
«No Sala. La signora è stata rapita dalla famiglia rivale, i Cosenza. Le due famiglie sono in guerra da tempo per il controllo della Regione.»
«Sì, mi ricordo. Poco tempo fa c'è stato uno scontro a fuoco tra loro a Soverato, in spiaggia, di notte. Avrei voluto intervenire con i Falchi, ma lei si è opposto. Sono morti cinque componenti dei Cosenza, si pensa per mano proprio di un commando dei Forgione.»
«Esatto. Probabilmente la signora è stata rapita come rappresaglia. Le è andata bene che non l'hanno uccisa subito, se non l'hanno ancora fatto. Hanno chiesto un riscatto ai Forgione per riaverla. Si pensa che il marito ne sia già stato informato, pur trovandosi in carcere. Chissà come cazzo fanno a comunicare con tanta facilità con l'esterno.»
«E lei come fa a sapere che è stata rapita dai Cosenza?»
«Ce l'ha detto Carmine, il nostro informatore, infiltrato nella famiglia Forgione.»
«Quello che ci ha indicato il bunker in cui era nascosto Michele?»
«Esatto, lui. Ha sentito una conversazione tra un membro della cosca e Vittorio, fratello di Michele. I Cosenza hanno fatto recapitare un messaggio con le loro richieste.»
«Sappiamo cos'hanno chiesto?»

«Sembra cinque milioni di euro e la droga che hanno rubato a Soverato, non so quanti chili fossero.»
«Un bel tesoro.»
«Esatto, San Rocco. Un bel tesoro. Dubito che Il capo clan si abbassi e paghi il riscatto. Per esperienza sappiamo che, quando succedono queste cose tra bande rivali, ci rimette sempre l'ostaggio. Sbaglio, Sala?»
«No dottore, purtroppo non sbaglia. Povera Laura. Anch'io dubito che Michele paghi il riscatto. Sono uomini che si credono persone d'onore, non si abbassano a questi ricatti. Magari in questo caso lo farà, è pur sempre sua moglie, che diamine.»
«Sala, dimentica che questa gente non ha mogli fratelli o genitori, soprattutto quando si parla di soldi!»
«No, lo so bene dottore, infatti temo per l'incolumità della donna.»
«A me dell'incolumità della donna interessa solo perché lei sia in grado di confessare tutte le malefatte del marito. L'unico modo per convincerla era proprio beccarla mentre commette qualche reato e metterle paura. Adesso il mio piano è irrealizzabile! Se la fanno fuori non testimonierà nessuno contro Forgione e tra qualche anno ce lo ritroviamo in giro per strada! Ci mancavano anche i Cosenza...»
Mi viene subito in mente l'altro giorno, quando abbiamo seguito Laura fino a quella via in periferia. Come ho fatto notare a Luigi, il suo accompagnatore, quel Vito Licata, sembrava spingerla verso una delle case. Un comportamento strano, soprattutto per chi della banda è incaricato di scortare la moglie del capo in giro per il paese. Vuoi vedere che Vito ha tradito la famiglia Forgione ed è passato dalla parte dei rivali? Sicuramente sarebbe stato gioco facile per lui rapire la donna e portarla in quel casale in costruzione. Lo dico a Volturno, con il rischio che lui si arrabbi perché lo abbiamo lasciato fare? D'altronde come potevamo sapere cosa stessero facendo in realtà?
Luigi mi guarda, starà pensando anche lui la stessa cosa.
«Dottore.»
«Che c'è, Sala? L'avverto che se è una delle sue solite storie pacifiste non è il momento.»
«Dottore, io e Luigi sappiamo dove molto probabilmente tengono sequestrata Laura.»
«Cosa? E come fate a saperlo?»

«Qualche giorno fa abbiamo visto una persona dei Forgione, Vito Licata, spingere la donna dentro un casolare alla periferia del paese. Sembrava che lei non fosse molto d'accordo. Penso che questa persona sia passata dalla parte dei Cosenza e si sia occupata di segregare Laura.»
«Sala! E me lo dite solo adesso?»
«Non sospettavamo si trattasse di un rapimento, dottor Volturno. Pensavamo fossero lì per altre faccende, anche se il comportamento dei due ci ha sorpreso.»
«Dovevate informarmi lo stesso! Comunque vi autorizzo a fare una sortita in quel casolare. Potete utilizzare anche qualcuno dei Falchi. A me non interessa chi l'abbia rapita. Voglio quella donna alla mia scrivania!»
«Va bene. Me ne occupo io direttamente?»
«Ha carta bianca. Proceda pure. Adesso vado, mi aspettano con urgenza a Reggio. Mi faccia sapere gli sviluppi. Chiunque verrà trovato in quel casolare deve essere arrestato. Arrivederci.»
Bene, sembra proprio che l'altro giorno abbiamo avuto un colpo di fortuna. Dobbiamo agire subito, prima che i Forgione decidano di non pagare e Laura venga uccisa.

CAPITOLO 21

È cominciato un altro giorno, e sono ancora rinchiusa qui dentro. Chissà che ore sono, sembra mattina. Non avere finestre, solo la luce artificiale, mi fa perdere la nozione del tempo. A pensare al paese, fuori, che vive la sua normale giornata mi viene da piangere ancora, anche se ormai non ho più lacrime. Chissà se mia madre o le mie amiche si saranno accorte che manco da casa da qualche giorno. Forse sì, ma pensano che sia scappata, magari con qualche amante. Che stupidaggine. Meglio non pensarci, in questa situazione non posso ragionare su niente. Non so neanche più da quanto sono qui, ormai.
Un rumore.
Forse… forse è la Polizia! O qualcuno dei nostri che ha scoperto dove mi tengono rinchiusa!
No, sto sognando.
Un altro rumore. Sarà quell'infame di Vito che viene a vedere come sto.
Chiunque sia, si sente che armeggia con la porta nascosta. Ricordo che Vito ha premuto qualche secondo una precisa piastrella nel pavimento, per fare aprire la parete scorrevole. È andato a colpo sicuro, non può che essere lui.
Si apre. Finalmente un po' di luce.
«Laure'! Non hai mangiato niente? Non mi costringere a ingozzarti con la forza. Ci servi viva. Su, fai la brava.»
«Non ho fame.»
«Devi mangiare qualcosa lo stesso! Adesso il panino che ti ho portato ieri è già diventato secco, affari tuoi. Quello c'è. Ti ho preso anche del formaggio. Sono qui giusto per farti una foto, per dimostrare a tuo marito che per il momento non ti abbiamo buttata ai pesci. Adesso vieni qua, prendi il giornale di oggi. Tienilo con entrambe le mani, fai vedere bene il titolo. Eccola qui, la moglie di Michele Forgione, il grande leone. Una leonessa in gabbia!»

Pure la foto con il giornale, come una delle tante vittime dei sequestri di anni fa. Chi l'avrebbe mai detto, che mi sarebbe capitata anche questa. E chissà come ne uscirò. Speriamo che Michele ordini di pagare, e in fretta, altrimenti questi bastardi mi faranno fuori di sicuro. Da un lato sarebbe anche meglio così, sono stanca, stanca di questa vita e non vedo modo di uscirne. Oh, povera me.
Trrrrr... Trrrrr... Trrrrrr...
«Pronto? Certo che sono Vito. Chi parla? Non sento bene... Ah, don Salvatore, siete voi... Come? Davvero? Non... non posso crederci... Io? Ma non... Va bene don Salvatore, lo farò... Certo, vi chiamo appena ho finito... Ditemi... Ah va bene, nessun problema. Arrivederci.»
Guardo Vittorio mentre parla, lo vedo infilarsi il telefonino in tasca. Il suo volto dice tutto. Ho capito, ma me lo voglio far dire.
«Vito, che è quella faccia? Che succede?»
«Zitta, Laura, cose che non ti riguardano.»
«Io dico di sì, invece. Avanti, parla! Sono pronta a tutto.»
«Brutte notizie. Molto brutte. Michele non vuole pagare. Che ce ne facciamo di te, adesso? Don Salvatore Cosenza ti vuole morta, se Michele non cambia idea prima di sera. Per dargli una lezione. Deve capire che noi facciamo sul serio. Salvatore ha incaricato me di farti fuori e fare in modo che ti ritrovino cadavere.»
«No! Non può... essere! Non ci... non ci credo.»
«È così. Si vede che per tuo marito l'onore della famiglia è più importante della tua vita.»
«Davvero mio marito non vuole pagare? Mio Dio, non posso, non voglio crederci.»
«Laura, le cose stanno così, purtroppo per te. Ne sei sorpresa?»
«Sì che diamine, Michele è mio marito! Non sapevo se mi amasse davvero o meno, ma caspita, pensavo ci tenesse a me!»
«Conosci benissimo il leone. La sua famiglia sono solo i soldi. Il piatto principale. Tutto il resto... è contorno.»
«Allora deve andare a finire così? Forse è meglio, smetterò di soffrire. Un colpo di pistola e via.»
«Magari fosse solo questo.»
«Cosa vuoi dire? Come mi devi uccidere?»
«È troppo brutto, Laura. Lascia perdere.»

«No, che non lascio perdere. Tu me lo devi dire.»
«Devo farti fuori e farti trovare appesa con la gola tagliata alle bandiere di qualche bagno, giù a Bovalino. I Cosenza vogliono dare un segno forte, come avvertimento, alla famiglia di tuo marito.»
Oh, povera me. È finita. Così. Io che sognavo una vita tranquilla, una bella famiglia, dei bambini. Morire con la gola tagliata e appesa in spiaggia, come il peggiore dei delinquenti. No, così no.
«Vito, per favore: mio marito magari no, ma io ti ho sempre trattato con riguardo. Uccidimi con un colpo di pistola, non farmi soffrire. Non tagliarmi la gola mentre sono ancora viva. Poi fai del mio corpo quello che vuoi.»
«Non posso, i Cosenza vedrebbero il foro e me la farebbero pagare. Don Salvatore ha detto di tagliarti la gola, e così devo fare.»
«Allora fai in fretta. Un colpo deciso, adesso. Non sopporto questa tortura.»
«Non ce la faccio, Laure'. Non ho mai ucciso nessuno. E non ho il coraggio di cominciare adesso, con te. Ucciderti come un maiale. Poi appenderti alle bandiere di uno dei bagni, che orrore. Rischio pure che mi becchino. Don Salvatore si fa troppa coca. Crede di essere Al Pacino in *Scarface*. In questo aveva ragione Don Michele, io posso solo fare la scorta alle signore quando vanno a fare compere.»
«Troppo tardi per pentirsi, adesso. Ti sei venduto. E guarda in che situazione ci hai cacciati!»
«Cosa vuoi, Laura. Nella vita si possono commettere errori. E si pagano. Non sempre si può porvi rimedio. Di buono c'è che Salvatore Cosenza mi paga molto di più. Quando sarò abbastanza ricco me ne andrò a vivere ai Caraibi e 'fanculo a tutti quanti.»
«Ai Caraibi! Vacci subito, Vito. Lasciami andare. Io ho dei soldi da parte, te li dò tutti. E scappo pure io, non mi vedranno più.»
«Come faresti a ritirare i soldi, eh? 'O leone ti fermerebbe e io sarei morto. I Cosenza o i Forgione pure all'inferno mi troverebbero!»
«Bravo. Te ne andrai all'inferno con un bel rimorso per aver ucciso una donna innocente.»
«Uh, la giovane leonessa torna a ruggire! Chi sta per andare all'altro mondo, per il momento, sei tu.»
«Spero che te la facciano pagare Vito. E così sarà di sicuro. Chi fa un errore deve subirne le conseguenze, giusto? Lo hai appena detto tu.

Bene. Questo è un errore, e bello grosso. Anche se Michele non vuole pagare non la prenderà certo bene. Dal carcere può comandare quello che vuole. E ordinerà di sgozzare pure te.»
«Una volta. Adesso quel bastardo ha trovato qualcuno che gli tiene testa. Don Salvatore sarà pure pieno di coca da mattina a sera ma è un vero boss. Non ha paura di niente. Vuole la Calabria. E il mondo intero! Saprà come proteggermi.»
«E io ci vado di mezzo.»
«Tu sei solo una pedina di questo gioco. Non conti un cazzo. Tu vai dove ti dicono ti andare. Tu fai quello che ti dicono di fare. E adesso esci dal gioco.»
«Hai ragione sai? Non mi interessa, comunque è finita. Qui c'è il mio collo. Guardalo. Tanti uomini avrebbero fatto di tutto per baciarlo. Tu invece devi tagliarmi la gola, come sei bravo.»
«Adesso piantala Laura! O il coraggio di ucciderti me lo fai trovare tu!»
«Dai retta a me Vito, cambia mestiere. Vacci subito, ai Caraibi. Vai a pescare, a vendere banane. Se fossi stato un delinquente mi avresti già uccisa. Non sei nessuno.»
«Vieni qua! Te lo sei voluto!»
Uccidimi Vito. Di questa vita terrena mi mancherà il mare. Mi mancherà il calore del sole sulla pelle. Mi mancheranno le risate. Credevo di essere una donna indipendente, non mi rendevo conto di vivere in una prigione, seppur dorata, finanziata con le disgrazie altrui. Tra poco però sarò finalmente libera.

CAPITOLO 22

«Guida piano Luigi, non è un inseguimento. Dobbiamo arrivare in via Kennedy tutti interi. La jeep dei Falchi è ancora dietro? Questa volta loro sono solo tre, più noi due siamo cinque. È sufficiente. Non dobbiamo stanare un latitante ma scoprire se Laura è detenuta in quella casa. Al massimo ci sarà un uomo di guardia, penso lo stesso Vito Licata. Non credo sia un uomo molto pericoloso, ma stiamo comunque attenti.»
«Sì i Falchi ci seguono, dottore. Scusate la velocità, è l'abitudine. Contate di trovare la signora Forgione ancora viva?»
«Lo spero. Trovarla deceduta, magari sfigurata o peggio, non mi va proprio. Nonostante ne abbia già visti parecchi, di morti ammazzati, non ci fai mai l'abitudine. Figurati una donna.»
«Siamo stati fortunati a scoprire, per puro caso, dove la tengono. Sempre che lei sia ancora lì.»
«Dubito l'abbiano spostata, i nascondigli sono molti ma non è una persona che puoi far sparire facilmente. La riconoscerebbero ovunque.»
«Pensate che sarà facile scoprire il nascondiglio? Di certo non la tengono in soggiorno.»
«Siamo già abbastanza esperti, Luigi. Se esistono vani nascosti ci sono anche indizi che portano a scoprirli. Se Laura è ancora in quella casa, la troveremo.»
Penso con tristezza alla moglie di Forgione, che ha avuto la sfortuna di finire in mezzo a questa faida, difficile ne riesca a uscire senza conseguenze. Se anche noi oggi riuscissimo a salvarla lei verrà a sapere che suo marito non ha pagato il riscatto per liberarla. Che peccato. Se davvero lei è una persona onesta si sarà resa conto di che errore sia stato sposare un capo clan. Non puoi entrare a far parte di una famiglia mafiosa e credere di stare fuori dai malaffari. Inoltre sai che tutto quello che hai, le belle cose che compri, gli sfizi che ti togli, puoi averli

solo grazie a soldi sporchi. Denaro che è costato sofferenza, a volte la vita, di altre persone. Se sei in mezzo, non te ne interessi. Se invece sei una persona di buon cuore non puoi restare indifferente. Il fatto è che non puoi più neanche tornare indietro.
«Dottore siamo arrivati. Là c'è la casa in costruzione dove abbiamo visto entrare Laura e il suo sequestratore.»
«Bene Luigi, scendiamo.»
Un soffio di aria fresca. Oggi è coperto, la temperatura è sotto la media del periodo. Eccomi ancora qui mentre sto per entrare in una casa… con sorpresa, diciamo. Sono meno eccitato e nervoso di quando abbiamo stanato Forgione. Forse sto già incominciando a prenderci l'abitudine. Questa volta poi non dobbiamo scovare un latitante ma salvare una persona. Laura, tieni duro, ci sono qui i Falchi, adesso.
«Bene signori, controllate l'armamento. Semeraro, Gentile, D'Ambrosio, voi disponetevi ai tre lati della casa, nel caso il sequestratore decida di scappare. Dobbiamo prenderlo vivo, avrà molte cose da confessare. Se però vedete che oppone resistenza, aprite il fuoco. Massima attenzione all'incolumità dell'ostaggio. Io e te, Luigi, entriamo.»
«Io e voi soli dottore?»
«Sì, noi due soli. Hai paura? Meglio, ti renderà più attento.»
«No, no, è che… niente. Va bene, entriamo.»
«Hai controllato la Beretta? Non vorrai accorgerti che è scarica di fronte al nostro uomo…»
«È a posto, dotto'.»
«Andiamo. Viva i Falchi!»
Spero proprio che questo Vito Licata non sia in vena di fare follie. Oltre a fare fuoco contro di noi sarebbe capace di eliminare Laura. Non lo conosco di persona, sappiamo solo che è un affiliato dei Forgione. O almeno lo era, a quanto pare.
Una finestra è aperta, non ne escono luci né rumori. Con Luigi mi basta un cenno del capo.
«Entrate prima voi dottore, da dentro potete darmi una mano a issarmi. La finestra non è grande e io… non vorrei restare bloccato mezzo dentro e mezzo fuori.»
«Ok. Coprimi.»
Ecco qua. Il davanzale non è nemmeno troppo alto.
Prima una gamba.

Ora l'altra.
Sono dentro! Devo fare attenzione o questo pavimento di legno ci farà scoprire, scricchiolando.
Non sento niente. Licata, se è in casa, è in soggiorno che riposa o in un locale sotterraneo con Laura.
«Vieni Luigi, forza. Prendi la mia mano. Dai, aggrappati.»
«Dottore non ce la faccio. Non riesco a salire! Andate voi. Mi dispiace lasciarvi da solo ma rischio di far rumore e vanificare tutto!»
«Luigi, mannaggia! Vado dai, ci abbiamo già messo troppo. Stai di guardia alla finestra. Se senti rumori di colluttazione o spari avverti subito i Falchi.»
Andiamo a scoprire questo nascondiglio.
Sembra una camera. Non è ancora arredata.
Apro la porta, piano.
Nessuno, neanche in soggiorno.
Entro.
Maledetta porta cigolante.
Di lì il bagno, là il cucinino.
Non c'è nessuno.
Aspetta.
Una tenda per coprire cosa, il muro?
Mmh…
Qui c'è una leggera intercapedine.
Il bunker è qui dietro, ci scommetto. Come si apre?
Un rumore. Qualcuno si avvicina dall'interno! Meglio tornare in soggiorno, subito!
«Ti è andata bene per adesso! Non ce la faccio a ucciderti, ho… devo bere qualcosa. Poi torno. Dì le tue preghiere!»
Vito Licata! Sicuramente parlava con Laura. È ancora viva!
Devo bloccarlo, ora.
«Fermo Vito! Polizia di Stato! Sei in arresto!»
«Uh? Mah… No! No! Non mi prenderete proprio adesso! Muori, sbirro di merda!»
Caspita questo pazzo si è rifugiato nel bagno! Adesso mi toccherà tirarlo fuori di lì, con le buone o…
Uno sparo! Mi ha schivato di poco. Sta commettendo un grave errore. Perché non si fa arrestare?

«Forza Vito, arrenditi! Butta la pistola! Sei fortunato che non hai ancora ucciso nessuno!»
«Arrendermi? I perdenti, si arrendono! E io non lo sono! Se mi prendete mi date trent'anni, il sequestro di persona è una reato grave! Che ti credi che non lo so, brutto sbirro?»
Accidenti, io ci provo a farlo ragionare, ma niente da fare.
«É vero, un po' di anni dentro in te li toglie nessuno, Licata, ma se collabori uscirai prima e ti potrai ricostruire una vita! Magari non diventerai mai ricco ma almeno sarai una persona degna di rispetto! Arrenditi!»
Altro sparo.
«Io il rispetto me lo compro, agente! Mi devono chiamare don Vito!»
Ora tocca a me. Sono nei guai se non faccio qualcosa, subito!
Mi dispiace davvero, caro Licata. Non vorrei, ma tu mi costringi.
Vediamo se mi ricordo ancora come si sparava al poligono. Cinquantacinque centri su sessanta!
Attendo che si scopra un attimo. Già da come l'ho visto sparare ho capito che non è certo un buon tiratore.
«Mi senti? Sbirro!»
Altro sparo. Mi ha sfiorato!
Ora si è messo di nuovo al riparo, dietro lo stipite.
Attendo che si sporga ancora, per spararagli. Lui ci ha già provato due volte, ho tutto il diritto di difendermi. Devo cercare di colpirlo in un punto che non gli sia fatale, questo tizio può rivelarci molte cose sia sulla 'ndrina dei Forgione, sia sulla famiglia Cosenza.
Lo sento.
Sta ansimando. Ha paura.
Si è sporto leggermente.
Ecco il momento giusto.
Ora.
Fuoco!
Ho sparato.
L'ho preso!
Non si alza più, sarà morto?
Esco dal mio riparo, adesso Licata non può più fare del male.
È steso su un fianco.
Quanto sangue, di già. Aveva il battito a mille.

Controlliamo se ha qualche segno di vita… no, niente da fare, è morto. L'ho centrato in pieno, nel cuore.
Peccato, ma peggio per lui. Avrebbe potuto rivelarci importanti indizi ma di certo non rischio la vita per uno così.
Ci è mancato poco. Se avesse sparato un centimetro più a destra… addio Falchi! Un bel funerale di Stato e mettiamo sottoterra il vice Commissario Sala.
«Dottore, dottore! Che succede? Abbiamo sentito degli spari!»
«Tranquillo Luigi, grazie. Ehi ma sei riuscito a entrare?»
«Sì dotto', mi hanno aiutato i Falchi. Abbiamo sentito il rumore e…»
«Eh sì, questo pazzo ha provato a farmi fuori. Non gliel'ho permesso. Non mi piace uccidere ma non potevo fare altrimenti.»
«Avete fatto bene vice questore, non ci pensate più.»
«Grazie, Semeraro. Forza ragazzi, entriamo nella stanza nascosta. Ci ha pensato Licata ad aprirla. Stava uscendo e l'ho beccato proprio in quel momento. Per fortuna, perché se fossimo entrati lui avrebbe ucciso Laura di sicuro.»
La parete è basculante. Di là, vedo una luce fioca.
«Laura?»
«Signora Forgione?»
Questa stanza avrebbe potuto accogliere qualche prossimo latitante. Per fortuna spesso ci arrivano delle soffiate, o qualche pentito confessa, altrimenti sarebbe davvero dura scoprire questi nascondigli. Sovente nascondono delle vere e proprie opere di ingegneria edile. Faremo due chiacchiere anche con la compagnia costruttrice. Sempre che non sia fallita e siano già spariti tutti.
Dove si è cacciata? Spero sia ancora qui, altrimenti rischiamo di non trovarla mai più. O di scoprirla da qualche parte, già cadavere.
Una coperta, laggiù nell'angolo.
Sotto c'è qualcosa.
Quello… ma è un volto!
Due grandi occhi azzurri.
Laura.
«Signora Forgione! Aiutatemi ragazzi, prendete la coperta!»
«Laura! Finalmente!»
«Sì, s… sono io. Siete… della Polizia? Grazie. Stavo per morire.»
«Sei… è stata fortunata.»

«Già. Solo perché questo tipo non era uno spietato assassino, altrimenti mi avrebbe già uccisa. Grazie ancora, ragazzi. Ma lei… lei è l'agente Sala? Non l'avevo riconosciuta, il terrore mi paralizzava anche i pensieri. Ho già visto anche il suo collega. Voi tre no ma… oh, vi sono debitrice. Mi avete salvata.»
«Sì sono io, Giovanni Sala. Lui è l'agente San Rocco. Loro sono i Falchi. Squadra speciale per le irruzioni nei bunker. Dovrà seguirci in commissariato, ma adesso è libera.»
«Come facevate a sapere che ero qui?»
«Glielo spiegheremo.»
«Agente Sala.»
«Mi dica.»
«Lei mi ha svegliata da un incubo. Ma adesso per me ne comincia uno nuovo. Forse sarebbe stato meglio morire…»
«Non dica così, signora Laura.»
«Mio marito non ha voluto pagare il riscatto! Ha preferito mantenere il suo potere, tenersi i soldi, piuttosto che riavermi. L'ha fatto solo per orgoglio personale. Non può essere amore, questo. Cosa farò adesso?»
«Non pensarci… ehm non ci pensi, signora Forgione. Lei ha appena vissuto un'esperienza traumatica, si deve riposare e rimettere in forze. Vedrà che le troveremo subito una sistemazione sicura. Quando vorrà, potrà tornare a casa.»
Di certo non posso dirle adesso che Volturno si precipiterà in Commissariato sul piede di guerra e le farà mille domande. Poverina, questa donna ne sta passando di brutte situazioni, in questo periodo. Devo smetterla di darle del tu, non siamo amici, caspita!
«Agente Sala?»
«Mi dica.»
«Mi abbracci. La prego. Ne ho bisogno.»
«Ma… signora Forgione io non… non è il caso, io non… non posso, davvero.»
«So che lei è un agente di Polizia, certo. E io sono la moglie di un boss. Completi comunque il suo buon lavoro di oggi. Mi abbracci. Voglio sentire ancora, per qualche secondo, il calore di una persona buona. Poi le nostre strade andranno dove devono, magari non la rivedrò mai più.»

L'abbraccio. I Falchi e Luigi non sanno cosa dire. Sono evidentemente abituati con i modi bruschi di Volturno. Sto facendo solo quello di cui questa donna ha più bisogno in questo momento.
Ha una pelle profumata anche dopo giorni di prigionia passati qui dentro. Laura è proprio una persona particolare. È la moglie di un boss ma ha un cuore grande. Sentilo, come batte.
Adesso basta o sembro troppo sdolcinato.
Alziamoci.
«Ragazzi, grazie a tutti. Complimenti, operazione conclusa nel migliore dei modi. Andiamo in Questura. Come sempre…»
«Viva i Falchi!»
Abbiamo salvato da morte certa una donna. Anche oggi abbiamo fatto il nostro dovere. Sì, gridiamolo forte, viva i Falchi.»

CAPITOLO 23

«Dov'è? La voglio interrogare subito!»
«Buonasera dottor Volturno. È di là, in sala interrogatori. La stavamo aspettando.»
«Benissimo. Ah, buonasera Sala. Complimenti per l'esito dell'operazione. Anche se non era certo difficile.»
«Grazie. Ho dovuto eliminare il sequestratore, Vito Licata. Si è opposto all'arresto e ha fatto fuoco contro di me.»
«Sì, ho saputo dalla Direzione Investigativa. Non poteva spararagli che ne so, alle gambe? Sarebbe stato meglio se lo avesse preso vivo.»
«Ci ho provato ma non avevo molta scelta, eravamo in un ambiente ristretto, questore.»
«Va bene, va bene, peggio per lui. Andiamo dalla Forgione.»
«Non sia troppo duro con lei. Non dimentichi che qualche ora fa era segregata in una casa fuori San Luca, e che suo marito non ha voluto pagare il riscatto per riaverla. È distrutta, non fa altro che piangere. È guardata a vista, speriamo non faccia follie.»
«Non sta a lei insegnarmi il mestiere, vice questore. Se è stata sequestrata dai Cosenza e suo marito non ha voluto pagare il riscatto è perché è tutta gente di quella risma. Se l'è scelta lei.»
«Le ho solo chiesto di non essere troppo duro.»
«E invece lo sarò, se mi costringe a esserlo! Piange, poverina! Lacrime di coccodrillo! Fanno i delinquenti fino al giorno prima, poi quando li arrestiamo piangono come bambini in castigo! Ne ho già visti tanti così, non mi turba affatto vederne un altro, pur trattandosi di una donna.»
«Non si dimentichi che dobbiamo convincerla a testimoniare contro suo marito, contro la sua famiglia. Se saremo troppo duri non ne caveremo niente. Non abbiamo neanche nessun capo d'imputazione allo stato attuale delle cose…»
«Lasci fare a me, Sala.»

Non saprei proprio come potrà reagire Laura. È davvero scossa ma bisogna vedere fino a che punto adesso voglia ancora difendere suo marito. Lui si è dimostrato disinteressato a lei, ma Laura potrebbe avere paura al punto tale da decidere di non dire nulla. Non è stupida, sa che contro di lei non abbiamo niente, solo chiacchiere e qualche mezza frase carpita ai negozianti o con il microfono della sala visite in carcere. Se sapremo essere convincenti, e rassicuranti, riusciremo a farle denunciare Michele. Speriamo che Volturno non esageri con i suoi modi da Rambo.
«Eccola qua. Signora Forgione! È un piacere rivederla, finalmente. Smetta di piangere, forza. Tenga un fazzoletto. E si prepari perché sto per farle domande delicate, le sue risposte decideranno il futuro suo e di molte persone a lei care. Per cui risponda con la massima attenzione a quello che dice. Buongiorno anche a lei, San Rocco. È qui per consolare la signora? Non ne ha bisogno.»
Ecco, appunto. Se Volturno comincia così, non è certo rassicurante.
«Questore le fa piacere rivedermi, in questa situazione? Non so nemmeno più se sono vittima o colpevole di qualcosa!»
«Su avanti, signora Forgione, mi fa piacere rivederla… libera. E in carne e ossa.»
«Grazie, non ci speravo. Che domande delicate intende farmi?»
«Vengo subito al punto, inutile girarci intorno. Sappiamo benissimo che lei aveva il compito di ritirare il pizzo per conto del clan di cui suo marito è a capo.»
«Ah sì? Che prove avete?»
Visto, caro Volturno? Non dimenticare che Laura sarà anche una brava persona ma non è né stupida né paurosa. Era, è, la moglie di uno dei capo clan più potenti della Regione. Forse d'Italia. Sarà dura farla confessare.
«Prove? Signora, lei non dovrebbe assumere con me questo tono, ma oggi mi è stato chiesto di essere paziente, e lo sarò. Un negoziante ha confessato che lei ritirava il pizzo, trecento euro, due volte al mese, per conto della famiglia Forgione. La persona in questione ha la nostra fiducia.»
Hai capito Volturno? Si inventa una confessione fasulla. Nessuno ha confessato niente.
«Mi accusate sulla base di confessioni spontanee? O estorte con la forza? Chi mi dice che possiamo fidarci di questo negoziante? Magari è solo una persona a cui sto antipatica.»

«Signora, mi permetta di confidarle, visto che lei pensa di sapere tutto, che i nostri testimoni sono persone motivate e controllate.»
«Sì, ma ribadisco che non avete prove.»
«Signora Forgione, mi sto già stancando. Mi dispiace per il rischio che ha corso, mi dispiace se suo marito le ha dimostrato che per lei non ha interesse. È vero, non ho prove tangibili che ci permettano di incastrarla. Quindi adesso io la rimando a casa sua. Correrà il rischio costante di finire ancora in mezzo a questa guerra tra bande mafiose. Inoltre, presto sarà costretta dai Forgione ad andare a trovare suo marito in galera. Mi divertirò a vederla dalla telecamera della sala visite, al carcere Panzera, a Reggio, mentre saluta e bacia suo marito come se nulla sia successo.»
«Quelli tra me e Michele sono fatti nostri.»
«Giusto. Se la sbrighi lei. So già che non avrà il coraggio di rimproverare niente a Forgione. Giusto, Sala?»
«Non ho niente da aggiungere dottore, l'interrogatorio lo sta portando avanti lei.»
«Ecco, meglio, non aggiunga niente. La signora qui presente tornerà a essere la brava mogliettina che esegue gli ordini e fa finta di essere amata, di vivere una vita normale, mentre gira sul suo SUV da cinquantamila euro. Tanto prima o poi la coglieremo sul fatto mentre commette qualche reato, che è stata obbligata a commettere. Finirà dentro, senza nessuna condizionale, se non che è incensurata, e andrà a fare compagnia a suo marito a Reggio, ma nel braccio F. Se non me li fornisce lei, troveremo altri elementi per dare l'ergastolo a quell'uomo.»
«Se lei è tanto sicuro di tutto perché ha bisogno di me? Cosa dovrei fare?»
«Ho bisogno di lei per accelerare le cose e far risparmiare tempo, e soldi, ai contribuenti! Mi piacerebbe che Michele Forgione, che tanto male ha fatto alla collettività, paghi finalmente per i suoi crimini. Non solo lo spaccio di droga, fosse solo quello lo avremmo già processato e condannato a dieci anni o giù di lì. No, no, tutti sappiamo che Michele Forgione, chiamato 'o leone, era ed è a capo di uno dei clan più potenti e sanguinari di tutta Italia. Io voglio condannarlo per spaccio internazionale, omicidio volontario e premeditato, per associazione a delinquere, per estorsione aggravata. Di tutto il resto mi importa meno,

con imputazioni così si becca sicuro minimo cinquant'anni di galera, o meglio, l'ergastolo. Decida lei se vuole difenderlo e passare qualche anno in carcere, senza vederlo, per poi tornare a essere la moglie libera di una persona che vedrà sempre e solo in carcere. Se è questa la vita che vede davanti a sé, benissimo. Prenda le sue cose, chiami un taxi o qualcuno della banda che venga a prenderla. Senza dimenticare che la nuova persona che le avranno messo come scorta potrà di nuovo tradirla, e farla sparire, o peggio. La prossima volta non sarà così fortunata, mi creda. Anche perché se lei viene di nuovo rapita io non avrò più alcun interesse ad autorizzare i Falchi a venire in suo soccorso.»

«Ma questore, si rende conto che se dovessi confessare crimini contro mio marito io sarei condannata a morte certa? Secondo lei, se lui non ha versato un riscatto per riavermi si farà problemi a farmela pagare se allungo la sua detenzione, incolpandolo di ogni genere di reato? Non conosce come vanno queste cose qui, mi sorprende.»

«Signora, mi sorprende lei che crede che io non abbia pensato a questo. Sono anch'io di queste parti. So benissimo come stanno le cose. Ma certo che se confessa lei verrà condannata a morte dal suo stesso marito!»

«Quindi? Come pensa di convincermi?»

«Signora se lei confessa verrà affidata immediatamente al programma di protezione testimoni, il modo inventato dal Giudice Falcone appunto per proteggere i pentiti, per convincere chi vuole finalmente passare dalla parte giusta a farlo, senza paure o ripensamenti. Il modo anche per assicurare a noi tutori della legge che il pentito non venga trovato dentro una colata di cemento.»

«Voi mi affidereste a questo... programma? E come?»

«Verrà trasferita in una località segreta, tra le tante che abbiamo, dislocate su tutto il territorio nazionale. Lei potrà anche scegliere la destinazione che più gradisce. Le verranno date nuove generalità, una nuova tessera sanitaria già collegata alla sua cartella clinica. Riceverà anche un vitalizio, che potrà sommare al reddito di un nuovo lavoro che troverà o le verrà offerto da chi collabora con lo Stato.»

«Ma mia mamma? Le amicizie? Oddio è terribile. Una vita nuova che dovrò vivere nella più completa solitudine!»

«Suvvia signora, di amicizie potrà farne di nuove. Si iscriverà in palestra, a lezione di chitarra, di poesia, di yoga, quel cazzo che vuole!

Avrà anche diritto a forti sconti su molte attività. Magari troverà anche un nuovo compagno che invece di uscire la notte per ammazzare innocenti tornerà ogni sera dal lavoro con una buona bottiglia di vino e tanta voglia di farle due carezze. È una bella donna, non le sarà difficile.»

«E mia mamma? La mia famiglia?»

«Se, e ripeto se, verrà stabilito che anche i suoi parenti stretti sono in pericolo, verranno anche loro affidati allo stesso programma di cui lei farà parte. È da verificare.»

«E se verrà deciso, da voi, che non sono in pericolo?»

«Questo è l'unico neo di tutta la faccenda. Per loro sarà come morta, non potrà rivederli mai più. Ma mi creda, lei rischia già di non vederli più a breve, perché i Cosenza la uccideranno presto, visto che non sono riusciti a ottenere dal suo sequestro quello che volevano.»

«Mio Dio. Lo sapevo che era meglio morire. Vito doveva eseguire gli ordini e basta. Ora sarei libera, uno spirito che aleggia per il creato. O, se esistono nuove vite, sarei una bambina coccolata nella sua culla.»

«Come vuole, però morta non è, ma si trova al comando della Polizia di San Luca. Non è una bambina coccolata nella sua culla ma la moglie adulta di un carcerato. Ci pensi bene signora, le lascio tempo fino a domani, se vuole. Può passare qui la notte, abbiamo delle stanze abbastanza accoglienti per i nostri… ehm ospiti inattesi. Un agente le porterà la cena e la colazione domani mattina. Io adesso torno a Reggio, ho cose urgenti da sbrigare. Sala è il comandante qui in mia assenza e ci penserà lui ad agire in base a quello che lei deciderà di fare. Ripeto, ci pensi bene. Buona serata.»

«D'accordo, questore. Dirò la mia decisione all'agente Sala domattina. Non le garantisco niente, per me la soluzione più semplice sarebbe tornarmene a casa mia. Tra qualche tempo, anche se forse mai, mi sarò dimenticata tutta questa faccenda.»

«Veda lei, signora. La decisione è sua. Buonasera. Sala viene anche lei a bere un caffè? San Rocco?»

«Io vengo, dottor Volturno.»

«Ottimo, così mi rivelerà la ricetta della peperonata di sua moglie. La mia compagna attuale è straniera e non ha la minima idea di come farla. Sala?»

«Io resto qui un attimo.»

«Ah, capisco. Adesso tocca a lei consolare la signora? Non vedo l'ora di sentirla domani, quando mi dirà cosa ha deciso. Sono sicuro che deciderà per il meglio, vero?»
«Buonasera dottor Volturno.»
«Buona sera, e buon riposo. Si rimetta. E... arrivederci. Andiamo San Rocco, sto per prendere appunti sulla ricetta!»
«Ci vediamo dopo, Dottor Sala.»
«Sì Luigi, a dopo.»
Vediamo se riesco a convincerla. Se decide di non confessare abbiamo lavorato per niente e sbagliato strategia. Possibile che voglia ancora difendere quel criminale di suo marito?
«Laura.»
«Sì, agente.»
«Come sta?»
«Come vuole che stia? Male! Malissimo. Di certo Volturno mi ha messo davanti a una scelta, ma è così difficile. Non so più di chi fidarmi, neanche di voi che dovreste essere la parte buona di tutta questa storia.»
«Immagino, Laura, ha ragione. Io posso garantirle che il programma di protezione è valido. Abbiamo parecchie persone che si sono pentite e conducono una buona vita da anni. Si sono risposate, hanno messo su famiglia, hanno davvero una nuova vita, lontano da crimini e persone disoneste e false. Hanno dimenticato la loro vecchia esistenza, come se fosse stata un sogno.»
«Posso darle del tu, agente? Lei al momento è l'unica persona di cui sento di potermi fidare.»
«Va bene, se le fa piacere. Che resti solo tra noi però per favore, non davanti ai colleghi. Le malelingue si attivano subito quando ci sono pettegolezzi da inventare.»
«Mi fa sorridere. Ne avevo bisogno. Ok, ti do del tu ma che resti tra noi, promesso. Ti chiami Giovanni, se mi ricordo bene, e credo tu abbia la mia età, o quasi.»
«Esatto, Giovanni. Coetanei non lo so, ma ti garantisco che mi sento ancora giovane, anche se questo lavoro fa invecchiare in fretta.»
«Non deve essere facile, soprattutto da queste parti. Chi è davvero onesto e combatte la criminalità muore presto. O cambia idea. Come mai non sei rimasto a Torino?»

«Abitavo in un paesino, Santhià. Desideravo combattere il crimine organizzato, i delinquenti che depredano il nostro bel paese. Mi ero stancato di qualche rapina nelle tabaccherie e delle manifestazioni contro l'alta velocità.»
«Sei un vero idealista, giusto? Complimenti. Bello sapere che ci sono ancora persone così. Sei anche un tipo simpatico. Di solito gli idealisti sono persone così seriose, preoccupate, fissate. Tu invece sembri un tipo semplice, a posto.»
«Cerco di essere fedele a come sono. Senza lasciarmi influenzare dagli altri.»
«Non è facile.»
«Già, non è facile. Per tutti.»
«È una vita che vengo influenzata dagli altri. Fai questo, devi dire quest'altro… sposa quello…»
«Mi rendo conto che non deve essere facile essere la moglie di un boss. Soprattutto se…»
«Se cosa? Continua, Giovanni.»
«Soprattutto se non si ha più piacere a esserlo.»
«Ci devo pensare. Sicuro, Michele ha dimostrato che di me non gli importa nulla. A lui interessano i soldi, il potere. Basta. Nella sua mente, nel suo cuore, non c'è posto per altro.»
«Un cuore piccolo… oh, scusami.»
«Non ti scusare Giovanni, hai ragione, ha un cuore piccolo, o non lo ha proprio. A me piacciono le persone con il cuore grande. È una virtù così importante.»
«Capisco. Adesso forse hai il modo per dare una svolta alla tua vita. Non capita a tutti. E trovare persone dal cuore grande. Ti accompagno nella stanza per gli ospiti di passaggio. Non è molto accogliente, non credere alle parole di Volturno. Di solito ci tratteniamo testimoni o fior di delinquenti, gente che certo non bada se la camera sia accogliente o meno.»
«Se mi ci accompagni tu farà un effetto diverso.»
«Andiamo.»
«Mi porterai anche la cena?»
«Vediamo. Il cameriere non è certo il mio lavoro.»
«Non preoccuparti. Mi basta il tuo sorriso!»
«Ecco la camera. Sistemati pure, di lì c'è anche un piccolo bagno. Ora vado, ho da fare.»

«Hai ragione, non è certo graziosa ma nella situazione in cui mi trovo andrà benissimo. Sono distrutta.»
«Riposati e stai tranquilla. Ci vediamo per la cena. Ti porterò qualcosa, di certo non possiamo andare fuori a mangiarci una pizza. Intanto pensa alle parole di Volturno. Il questore non scherza, mai. Se per domattina non hai deciso ti rimandiamo a casa tua.»
«Sì, ci penso. Tanto lo so che appena sarai andato mi metterò a piangere.»
«Su, Laura, non è affatto facile, me ne rendo conto, ma devi farti coraggio. Io, noi, siamo qui per aiutarti. Ti puoi fidare.»
«Grazie, agente Sala. A dopo.»
Che bel sorriso. Mi fa piacere rivederlo. Tocca a noi fare in modo che non lo perda. Speriamo che domani mattina faccia la scelta giusta.
«Ah, una cosa, Giovanni…»
«Dimmi pure.»
«Per cena gradirei comunque una pizza. Ho una fame…»
«Nessun problema. Una pizza per la nostra ospite di riguardo è il minimo che possiamo fare.»
«Con poca mozzarella, grazie.»
Come si fa a dire no a quel sorriso?

CAPITOLO 24

«Vittorio, si può sapere dove cazzo sia finita Laura? Come sarebbe che è sparita? In Calabria non sparisce nessuno se non lo decido io! Chiaro?»
«Michele, hai ragione a incazzarti ma è così, di Laura non si sa più niente. Un tizio che conosce i Cosenza dice di aver sentito che Laura non è più nella casa dove era sequestrata. Sembra che oggi ci siano stati degli spari. È sparito pure quel traditore che l'ha rapita, Vito. I Cosenza pensano che l'abbiamo liberata noi, ma io non sapevo manco dove fosse!»
«Tu non sai mai un cazzo, Vittorio! Sai solo dove stanno le passere che ti scopi!»
«Non può essere che quelli là hanno saputo che tu non volevi pagare il riscatto e l'hanno fatta fuori, per poi farla sparire? Di quella merda di Vito Licata me ne fotto. Sicuro che se lo becchiamo in giro gli strappiamo gli occhi!»
«E che ne so io? Vittorio, sono in carcere, Cristo!»
«Lì non ne sa niente nessuno?»
«No! Altrimenti non ti chiamavo!»
«Un'idea ce l'ho. E se l'avessero liberata gli sbirri? In paese si dice che hanno visto due loro mezzi nella zona, proprio stamattina.»
«Come facevano a sapere dove stava? Non lo sapevamo noi che abbiamo il controllo totale del territorio, figurati quei quattro pagliacci vestiti di blu! E se davvero l'avessero liberata loro, adesso Laura sarebbe a casa sua a vedere la televisione, no? Sarebbe già venuta a parlarmi.»
«Allora non so che dire, Michele. Ti ho avvisato subito. Era... è tua moglie. Se è ancora viva e sta da qualcuno lo sapremo presto. Magari è a casa e non ti vuole parlare perché... ha saputo che tu non volevi pagare per riaverla e si è arrabbiata.»
«Manda là qualcuno! Ti conviene venirlo a sapere subito! Prova in tutti i modi possibili e falla saltare fuori! No, Lauretta non può arrab-

biarsi con me. Figurati. Dal giorno che ci siamo sposati lei sa che è roba mia. Nessuno si incazza con 'o leone!»
«Va bene, mando là qualcuno subito. Se è a casa ti faccio sapere. Magari è solo stanca o... insomma, non ha certo passato una bella esperienza. Rapita dalla sua guardia del corpo... o forse...»
«Vittorio tu devi sapere tutto! Tutto! Comunque voglio che fai una cosa...»
«Dimmi.»
«In fretta perché sta arrivando la guardia. Vittorio, trovami quell'infame di Salvatore Cosenza e fallo fuori. Lui e chiunque trovate in sua compagnia. Mi dispiace che non li avete sterminati tutti l'altra volta, a Soverato. Ormai siamo in guerra, hanno oltrepassato il limite. Nessuno tocca la roba di Michele Forgione.»
«Giusto, Miche'. Scopriremo dove stanno lui e la sua banda di tossici e li riempiremo di piombo. Te lo prometto.»
«Non fallire, Vittorio. Da quando sto qui dentro sono successi solo casini.»
«Quando sarà il processo? Qui c'è bisogno di te, fratello mio.»
«Devo sentire l'avvocato Guerra, comunque non manca molto. Lui saprà come fare per farmi concedere tutte le attenuanti possibili. Sono fiducioso, a parte lo spaccio di droga gli sbirri non hanno niente altro in mano. Di trasmettere i miei ordini finora se ne occupava Laura, ci mancava pure 'sta storia del cazzo! Se la trovate trasferitela, non voglio che stia da sola, dopo quello che è successo.»
«E dove la mettiamo?»
«Non lo so, Vittorio! Ti devo dire tutto io?»
«E se la facciamo stare qui sopra al mio nascondiglio, dalla vecchia che mi ospita? Abbiamo sempre due o tre guardie fuori. Se c'è bisogno salgo pure io, ci metto un attimo. Ho qui pure delle armi. Laura può stare al sicuro.»
«Va bene. Trovatela e fatela stare da te! Subito! È ora di andare in mensa per la cena, la guardia è quasi davanti la cella. Chiudo. Ricorda: io starò qui dentro ancora per qualche tempo ma i Forgione devono continuare a comandare.»

CAPITOLO 25

Un'altra bella giornata volge al termine qui a San Luca, Calabria. Nel pomeriggio ha fatto molto caldo, ma adesso questo venticello fresco che viene dal mare si porta via l'ultima afa rimasta.

Il sole sta tramontando, verso ovest, e illumina i campi coltivati che circondano il paese. Sulle colline si vedono gli ultimi greggi di capre rientrare nella stalla, dopo aver brucato i pochi fili d'erba rimasti nei pascoli ormai rinsecchiti.

Rieccomi al Comando, oggi mi tocca fare gli straordinari.

Chissà come sta Laura. Per lei adesso è davvero dura. Si trova tra due fuochi. Da una parte noi e soprattutto Volturno che non vede l'ora di farla confessare, dall'altra suo marito e la sua famiglia, che di certo non la perdonerebbero mai se parlasse. Lei però ha ormai aperto gli occhi su quello che combinano i Forgione e non vuole più stare al gioco.

Se accettasse di pentirsi sarebbe un piccolo miracolo, capita davvero di rado che qualcuno della famiglia accetti di confessare, figuriamoci la moglie del capo clan. Non mi sorprenderei se mi dicesse di aver già deciso di tornare a casa da suo cognato latitante e gli altri della banda. Spero che magari una buona dormita le abbia migliorato almeno il morale.

«Buonasera dottor Sala. Come mai qui, a quest'ora?»

«Buonasera, D'Arienzo. Sono venuto a portare la cena alla nostra… ospite.»

«Ah già, la signora… come si chiama?»

«Mi dispiace ma per il momento non posso ancora rivelare la sua identità. È un'informazione sensibile, secretata dal Ministero dell'Interno. Qui lo sappiamo solo io, il questore Volturno e l'agente San Rocco.»

«Ah, capisco. Se me lo avesse chiesto le avrei portato io qualcosa da mangiare, non doveva disturbarsi.»

«Non si preoccupi, l'ho... dovuto fare. La signora è ancora sotto shock ma ne approfitto per farle ancora qualche domanda. Spero che con una buona pizza davanti si senta meglio e sia in grado di rispondere con attenzione.»
«Va bene. L'accompagno?»
«No grazie, conosco la strada.»
«A dopo, dottore.»
Di certo non è normale che il vice questore in persona porti la cena ai testimoni ospiti, ma per questa volta faremo uno strappo alla regola, e all'etichetta. L'agente di guardia non si insospettirà. Non me la sono sentita di lasciare Laura da sola, questa sera. È la sua ultima possibilità di uscire da questa condizione. Se davvero è la sua volontà, spero non si si faccia sopraffare dalla paura, o dai dubbi.
«Signora Laura? Posso entrare? Sono... ehm... Giovanni.»
«Ciao, agente Sala. Entra pure, stavo... pensavo, tutto qui. Non posso fare molto altro, ma almeno sono stata un po' tranquilla.»
«Bene, mi fa piacere. Ha dormito?»
«Sì, un po'. Ehi ma torna pure a darmi del tu, ormai siamo... ci conosciamo. Mi hai portato la pizza, grazie! Ho una fame.»
«Quella che mi hai chiesto.»
«Poca mozzarella?»
«Poca mozzarella.»
«Non sei male neanche come cameriere, allora.»
«Il mio lavoro è ricordarmi di più cose possibili.»
«Bravo! Ma tu non mangi? Avresti potuto farmi compagnia.»
«Ehm... apri la scatola di cartone.»
«Perché?»
«Aprila dai, altrimenti si fredda. Ho preso anche una bottiglia di Coca fresca.»
«Ma... due pizze! Una sopra l'altra! Perché?»
«Non volevo far notare all'agente di guardia che il suo vice questore cena tranquillamente con una testimone. La moglie di un boss per giunta, anche se lui è all'oscuro della tua identità. Così ho chiesto al pizzaiolo di mettere le due pizze in una sola scatola. Avessi visto che faccia!»
«Avrà pensato che sono tutte e due per te, perché di solito ti mangi due pizze alla volta, ma non vuoi darlo a vedere.»

«No, quello semmai è Luigi!»
«Povero Luigi. San Rocco, giusto? Sembra così buono… anche se… sì, diciamo che è cicciottello.»
«Lui però è un poliziotto efficiente e affidabile. Guida la volante come un pilota. Di certo non può fare l'agente anti sommossa ma è un buon compagno.»
«Si vede che siete affiatati. Invece noto che il questore Volturno è un uomo duro, di poche parole. Non sorride mai.»
«Lui è sempre in guerra con il mondo.»
«Ci credo, ne avrà viste di tutti i colori.»
«Anche suo padre era un poliziotto, per lui è come una missione. È nato qua, con la malavita ci convive da quando è bambino. È cresciuto combattendola, si può dire. Com'è la pizza? Mi sembra niente male.»
«Buona, anche se c'è appiccicato qualche pezzo della tua mozzarella! Ho sete, passami la Coca. Tu ne vuoi?»
«Lascia, faccio io. Ci sono due bicchieri?»
«Che agente galante… si eccoli. Bicchieri, piatti, posate. Tutto di plastica, ma non manca niente qui! Quasi quasi mi ci trasferisco, che dici?»
«Dico di no.»
«Caspita, che serietà. Sembravi più simpatico... agente Sala.»
«Simpatico o no finisci la tua pizza, cosi saluto te, l'agente di guardia, e me ne vado a casa a riposare, che sono stanco. Questa mattina è stata dura, con quel pazzo di Licata.»
«Mi fa piacere, che sia venuto tu a portarmi la cena. Come mai? Ho sentito l'agente di guardia mentre parlava con te e ti ha detto che se lo avessi avvisato ci avrebbe pensato lui… non è certo un lavoro per il vice questore.»
«Sono venuto di persona per… assicurarmi della tua salute.»
«Oh davvero? Grazie! E… te lo ha ordinato Volturno?»
«No.»
«Allora è stata una tua idea.»
«Diciamo di sì.»
«Che gentile sei. Sempre *per favore, grazie, mi dispiace*. Non hai una moglie o una fidanzata che ti aspetta a casa? Se l'hai lasciata sola per venire qua me ne scuso.»
«No, non sono impegnato, ora.»

«Ora. E prima?»
«Avevo una ragazza quando ero a Torino.»
«Come si chiamava?»
«Deborah. Con la acca finale.»
«Deborah. Forte. Che fine ha fatto?»
«Adesso basta domande. Finisci, che devo andare.»
«E tu? Ne hai ancora metà. Non la finisci?»
«Non ho più fame, e ho fretta.»
«Peccato, speravo che fossi venuto per fare due chiacchiere con me. Invece non vedi l'ora che finisca per andare subito via. Per due giorni ho parlato solo con quel… quello là, Vito. Che era pure antipatico.»
«Lo so. Mi… mi piacerebbe rimanere ma sono stanco, te l'ho detto, e poi mi sento a disagio a stare qui con te.»
«Ti senti a disagio qui? Ma è la tua Centrale! Pensa che non mi sento a disagio io! E avrei i miei buoni motivi.»
«Di norma non sto a cena con i nostri ospiti particolari.»
«Oggi per me non è stato certo un giorno *di norma*, come dici tu. Pensavo fosse così anche per te.»
«Non è stato normale.»
«Anche a me sta tornando la stanchezza. Ma non è certo una stanchezza che puoi far passare con una semplice dormita.»
«Perché?»
«Sono stanca della mia vita.»
«Quello che è capitato a tuo marito non è certo piacevole ma tu non penso te la passi male. Hai disponibilità economica, sei giovane e sana, a quanto ne so non lavori, hai delle amiche…»
«Ci sono tante cose che non sai di me.»
«Ti posso svelare un segreto, Laura?»
«Si svelamelo, mi piacciono i segreti!»
«So che non vuoi rivelare nulla della tua vita, o di quella di Michele, ma io sono abituato per lavoro a valutare le persone da come esse appaiono. Spesso vado molto vicino alla realtà. Da un gesto, una mezza frase si possono capire molte cose…»
«E cosa hai capito di me?»
«Che sei una donna dall'animo buono ma… »
«Ma?»

«Nascondi dei segreti. Cose che non ti fa piacere nascondere, ma devi farlo.»
«Può essere che tu abbia ragione, agente Sala, ma anch'io ho imparato a valutare le persone, soprattutto voi uomini. E so che non sei venuto solo per *assicurarti della mia salute* come hai detto tu, nel tuo gergo formale.»
«Sentiamo: per quale motivo sarei venuto qui?»
«Perché un po', un pochino, magari un pochino minuscolo, io ti piaccio. Me ne sono accorta già quando ti ho visto la prima volta, alla lavanderia di Pulvirenti.»
«Non può piacermi la moglie di un boss che ho appena arrestato. E ti ho detto che sapevo chi eri tu, appena ti ho vista.»
«Se ti piace una donna ti piace a basta. Di chi è moglie è secondario.»
«Può essere che mi piaccia ma… poi non ci penso più.»
«Quindi io ti piaccio! Ce l'ho fatta, a farti confessare! Ho della stoffa, si vede!»
«Prima mi hai detto che non ti senti a disagio a stare qui, adesso addirittura dici che hai la stoffa per far confessare gli uomini! Spiacente, non stiamo cercando nuovi agenti, siamo al completo.»
Non mi sembra vero di essere qui, a scherzare con la moglie di un boss che ho arrestato di persona poco tempo fa. Se mi vedesse Volturno!
«Laura cosa c'è? Cos'è quell'espressione triste?»
«Ho pensato una cosa che non posso dirti.»
«Come vuoi. Se non vuoi dirmela non fa nulla. Ricordati però che di me ti puoi fidare. Se dirla ti toglie un peso dalla coscienza, dimmela pure.»
«No. Tu sei simpatico, anche un bel ragazzo, ma sei uno sbirro, come vi chiama Michele. In certi momenti me ne dimentico. Non dovrei stare nemmeno qui, alla Polizia, con te a ridere e scherzare. Se lo sapesse mio marito mi prenderebbe per il collo. Dovrei essere a casa mia.»
«In questo momento, qui davanti a questa buona pizza, fai finta che io sia solo Giovanni. E che questa non sia una Centrale di Polizia ma un ristorantino in centro paese.»
«La pizza non è male, ma è un po' anonimo come ristorante.»
«Sì, ma per te è il ristorante più sicuro al mondo, in questo momento.»
«Pensavo a tutte le volte che Volturno, e tu, avete dovuto combattere

contro quello che combina la famiglia di Michele. Tutte le persone che avete arrestato, e tutte quelle che sono ancora in giro. Avete rischiato la vita, a volte, per colpa loro. E ogni volta che fate il vostro dovere, tutto torna come prima. Mi viene ancora da piangere.»
«Adesso hai modo di fare la tua parte anche tu. Pensaci, stanotte. Domani potrai tornare alla vita di sempre. Oppure darle una svolta importante. Non prendiamoci in giro Laura, lo sappiamo che Michele Forgione, detto 'o leone, aveva ben altri affari illeciti, oltre allo spaccio di droga. Non abbiamo le prove, le stiamo cercando ma senza riuscirci. Tuo marito è un delinquente molto furbo e attento. Ci vuole qualcuno che ce le faccia trovare. Quel qualcuno sei tu.»
«Supponi che io sappia delle cose… dovrei cambiare la mia vita, in un giorno. Ho paura…»
«Infatti se posso essere sincero dubito che lo farai. Più per la paura che per quieto vivere. È per questo che esiste la piaga dell'omertà. In questo anche Volturno sarebbe d'accordo con me.»
«Il mio non è quieto vivere, Giovanni.»
«Come ti dicevo, è la paura.»
«Potrei averne di meno se ti sentissi vicino. Mi fido solo di te. E so che di te ci si può fidare…»
«Ti ho dato e ti confermo tutta la mia disponibilità.»
«Vedo. Se… se mi dai anche un pezzo della tua pizza ti credo maggiormente!»
«Va bene, prendila pure. Hai fame eh?»
«Me le sarei mangiate io, due pizze!»
Forte, questa qua. Una donna nella sua stessa situazione sarebbe disperata, o molto rigida e sgarbata. Lei mi fa battute sulla pizza! Mi piacerebbe fare una passeggiata con lei, dopo mangiato. Poter parlare di tutto ma non di malaffare. Ridere senza imbarazzo. Il suo profumo… peccato non sia una cosa possibile. Soprattutto qui. Se uscissi con lei lo noterebbe il paese intero in cinque minuti. In un altro posto magari… ma adesso basta, mi sento ridicolo. La moglie di un boss, figuriamoci.
«Laura se hai finito io vado. Domattina verrà San Rocco a portarti la colazione, arriva alle sette. Per le otto arrivo io e mi dirai cosa hai deciso. In base a questo vedremo cosa fare, se riportarti a casa o dove vuoi oppure… andare a Reggio, da Volturno.»

«Sì, ho finito. Avrei fatto una bella passeggiata, sul lungo mare di Bovalino. Mi farebbe bene un po' d'aria fresca. Ho voglia di un gelato! Mi ci porti?»
«No.»
«Non vuoi? O… non puoi?»
«Non… non ti riguarda.»
«Ok, non puoi ma lo vorresti.»
«Vado, Laura. Buona notte.»
«Mi abbracci ancora?»
«Ti ho già abbracciata oggi, davanti ai Falchi.»
«Questa mattina era stamattina, adesso è adesso, e siamo solo io e te.»
L'abbraccio ancora.
È più forte di me, non ci penso un secondo. Come se lo avessi fatto altre volte. Mi sento… sì, adesso mi sento bene.
Ancora il profumo della sua pelle.
Mi sta guardando.
Negli occhi.
Io in questi occhi azzurri mi ci perderei.
«Buona notte Laura. Ci vediamo domani, ore otto.»
«Buona notte, agente Giovanni. E grazie.»
«Fai buoni sogni. Ne hai bisogno.»
«Sognerò che vado a prendere il gelato con il più bell'agente di tutta la Calabria.»
Ancora un secondo e la baciavo. Che attrazione. Sto perdendo la testa. Capita anche ai migliori.

CAPITOLO 26

«Questa coca non vale un cazzo, Pietro! Mi sono già fatto tre botte ma non mi sale!»

«Eh, don Salvatore, ne ho presa poca apposta dallo spacciatore nuovo, un brasiliano, per assaggiarla. I bosniaci non vogliono più venderci niente, dopo la sparatoria a Soverato si cagano addosso.»

«Vendetela comunque, tanto metà dei tossici si è già fritta il cervello, non se ne accorgerà nemmeno. Per il prossimo carico prova con quello nuovo, il tizio che viene dall'Argentina. Portamene qualche grammo, la devo assaggiare pure io. Fa' che sia buona Pietro, non farmi perdere tempo. Ho già dei casini, adesso.»

«Parlate della moglie di Michele Forgione? Ho sentito dai ragazzi che è sparita.»

«Proprio così. Michele non ha voluto pagare, e attendo da un giorno all'altro qualche vendetta. State attenti, in giro. Intanto Laura è sparita, e pure Vito, dannazione! Ho mandato questa sera uno dei nostri a cercarli, nel bunker in via Kennedy, e ha confermato che è vuoto. Hanno trovato solo una coperta.»

«E dove cazzo sono finiti?»

«Boh. In un primo momento ho pensato ai Forgione, che l'avessero liberata loro, ma poi ci ho ragionato: impossibile, non sapevano manco dove stava.»

«Che glielo abbia spifferato qualcuno? Se ci hanno tradito scopriremo chi è stato.»

«No, no, mi fido di tutti i nostri, per il momento. Tutta gente che non sopporta i Forgione, tranquillo.»

«Quindi?»

«Per me sono stati gli sbirri.»

«Loro? E come facevano a sapere dove era sequestrata Laura?»

«Più ci penso, meno trovo una risposta. Però gente in paese dice che si sono viste due volanti passare di lì, proprio questa mattina. Sai che

anche i muri hanno gli occhi. Se sapevano dov'era facile che l'abbiano liberata loro.»
«I Falchi?»
«Sì. Vito era un coglione, con le armi di certo non ci sapeva fare.»
«È sparito pure lui, dicevate.»
«Nessuno sa dove sia finito. Se lo hanno arrestato gli sbirri prima o poi lo devono dire, devono avvisare la famiglia. In un modo o nell'altro lo verremo a sapere.»
«E donna Laura? Se l'hanno liberata stamattina adesso sarà già a casa sua.»
«Ho fatto controllare. Non c'era nessuno, tutto spento.»
«Si sarà sentita in pericolo, ovvio. Sarà da qualcuno dei Forgione? Magari da Vittorio, è latitante pure lui.»
«Lo sapremo presto.»
«Magari… magari si è incazzata con Michele perché non ha voluto pagare il riscatto e è andata a confessare tutte le sue malefatte agli inquirenti! Vi immaginate?»
«No, non credo. Laura Aloise Forgione è anche una bella donna, me la sarei scopata pure io, ma è troppo buona e succube di suo marito. Dubito che possa fare una cosa del genere. Michele, 'o leone, è una bestia, se lo venisse a sapere la farebbe cercare ovunque per farle tagliare la gola. Anche perché con tutte le cose che può sapere e confessare al processo gli farebbe dare l'ergastolo.»
«Vero, vero. Si dice che lei stessa andasse a prendere il pizzo dai negozianti. Se Michele si fida così tanto, lei saprà di tutti gli ordini, anche quelli di omicidi vari. E per quelli si beccano trent'anni, o peggio.»
«E non dimentichiamo che era lei a fare da tramite tra lui in carcere e quelli rimasti fuori, Vittorio compreso. Chissà se Michele ha comandato a lei di fare la strage di Soverato.»
«Brutta storia, quella.»
«Ci è morto mio cugino, cazzo! 'Fanculo! 'Fanculo ai Forgione! Fammi fare un altro tiro di coca va Pietro, ne ho bisogno!»
«Va bene don Salvatore, ecco qua, ma avete appena detto che non sballa…»
«Fammi fare un altro tiro, qualcosa farà, Cristo!»
«Adesso?»

«Un po' meglio. Te lo ripeto. Vendetela comunque ma vai a prendere quella dell'argentino. Non possiamo stare senza, o ci roviniamo la piazza in due giorni. E io voglio vendere la droga a tutta la Calabria, all'Italia intera! Voglio sapere che qualche politico a Roma si fa i festini nella capitale con la nostra merce!»

«Giusto, don Salvatore! Quelli là sono i primi che si sballano da mattina a sera… poi vanno davanti alle telecamere a parlare di lotta alla droga.»

«E voglio far sparire dalla faccia della terra Michele, Vittorio e tutti quelli che stanno con loro! Se vorranno vendicarsi del rapimento di donna Laura gliela faremo pagare cara! Dammi altra coca, Pietro!»

CAPITOLO 27

Adesso basta piangere. Non ho dormito, stanotte. Finché Giovanni era qui sembrava tutto un gioco. Appena è andato via il mio mondo, quello da cui vorrei scappare, mi è tornato a invadere l'animo.

Svegliarmi qui, al Comando della Polizia, nella stanza riservata ai possibili testimoni da proteggere, mi ha fatto sentire ancora più triste. Ancora più sola.

Pensare che una settimana fa ero nella mia casetta a sistemare l'orto! Per fortuna non ho nessun animale da accudire, o sarebbe morto di fame. Le mie piantine, invece, saranno tutte morte, senza acqua. Sempre meglio della fine che ho rischiato di fare io per colpa di quel maledetto Vito. E anche della fine che mi farebbe fare Michele se sapesse cosa sto combinando. Io, che ceno e scherzo con il vice questore che lo ha arrestato! Mi ammazzerebbe di botte solo per questo. Figuriamoci se decidessi di confessare tutto!

Però so che questa è la mia ultima possibilità di scappare da questa realtà, che non sopporto più. Anche Giovanni me lo ha detto.

Ho l'opportunità di decidere della mia vita futura. Non capita a tutti. Mio Dio. E se confesso? Il pizzo, gli ordini di Michele, la strage di Soverato… l'assessore di Lazzaro! Ne avrei da raccontare! Volturno si fregherebbe le mani!

Non è una decisione facile. Solo Giovanni ha colto la portata del casino in cui mi trovo.

Perché non mi sono trovata un uomo così? Anche qui, non per forza al Nord.

A me piace la mia terra ma con un uomo rispettabile, onesto, sincero, sarebbe stata tutt'altra vita. Avrei dovuto pensare solo alla felicità della nostra famiglia. Non a come sopraffare il prossimo. Non a come parlare in codice per non far capire che un uomo è stato condannato a prendere botte, o morire.

Basta, basta. Sono in un vicolo cieco. Se non parlo, ritorno alla vita che non sopporto più.
Se confesso devo affrontarne una nuova, con tutti i problemi che nasceranno. Non vedrò mai più mia madre. Però hanno detto che anche lei potrebbe venire affidata al programma di protezione. Quasi quasi… magari ne parlo con Giovanni. Con lui è più facile, con Volturno avrei paura.
Michele era, è, come un mito per lei. L'uomo più ricco del paese, il più importante, addirittura un benefattore! Per favore! Solo perché donava al parroco cose rubate! Mia madre è proprio un'ingenua. Lo ero anch'io, ma anni fa.
Adesso è il momento di una nuova Laura. Aloise… e basta.
Giovanni mi può, mi deve aiutare. Spero che le sue non siano state solo chiacchiere, che delusione sarebbe! Anche se… più ci penso più mi sembra tutto così assurdo. Ho paura anche di essere io, a deludere…
Lui ci crede. Anche se mi ha detto che non pensa io possa confessare si vedeva lontano un chilometro che non ci credeva.
Quell'uomo per me è come un libro aperto.
Mi sono accorta subito che gli piacevo!
Con Michele non è così. Non so mai cosa pensa. Quando ero più giovane credevo che tutti gli uomini fossero fatti in questo modo. Duri, indecifrabili, sprezzanti. Non so neppure se era sincero mentre faceva l'amore! Se pensava a me o… alla prossima rapina. Invece sto imparando che ci sono anche uomini diversi.
No, sono impazzita. Cosa sto pensando? Non posso confessare. La mia vita è questa ormai, peggio per me. Morirò sola e vedova, se non mi ammazza Michele prima. Dirò a Giovanni di riportarmi a casa. E se i Cosenza cercheranno ancora di rapirmi? Oddio… dovrò parlarne con Vittorio. Tornare là sotto, in quel bunker…
«Signora Forgione?»
Chi può essere? Non sanno chi sono! Non mi posso fidare nemmeno degli agenti qui in Questura! Ed evidentemente non si vogliono fidare di loro neanche Volturno e Giovanni. Ah, ma che scema, forse è San Rocco. Anche lui sa tutto.
«Ehm… sì?»
«Signora Laura sono l'agente San Rocco. Ho qui la colazione. Sono le sette!»

«Luigi! Entra pur… ehm, entri.»
«Buongiorno. Ecco qua. Brioche confezionata e caffè, il nostro punto di ristoro interno non è molto fornito. Il minimo indispensabile. Ordini di Volturno, dice che questo non è un bar. Così per i cornetti caldi mi tocca andare dal panettiere…»
«Andranno benissimo, grazie.»
«Passato bene la notte?»
«Insomma.»
«Eh ma… vedo che avete mangiato una pizza ieri sera. Ottima scelta! È sempre il momento giusto per una pizza! Fa passare ogni tristezza, no? Ve l'ha portata D'Arienzo?»
Che faccio, glielo dico? Sì.
«No, me l'ha portata Giov… l'agente Sala. Il vice questore.»
«Davvero? Eh, lui è una brava persona.»
«Anche tu, Luigi. Si vede.»
«Grazie! Però a me Sala non porta le pizze!»
«Si vede che io ho altre qualità.»
«Direi… direi di sì. Voi… siete una bella donna, lo ammetto. Però Sala è gentile con tutti, è davvero un'ottima persona, prima che un ottimo agente.»
«Grazie dei complimenti. Mi fa piacere che mi abbiate salvata voi.»
«Dovere, signora, dovere. E con voi, beh sì, anche un piacere. È più facile aiutare persone gentili.»
«È più facile farsi salvare da agenti validi e uomini per bene, come voi.»
«Vi ringrazio. Finite la vostra colazione, tra non molto arriverà il dottor Sala e andremo a Reggio, prima che Volturno cominci ad andare in ansia e telefonare ogni dieci minuti! Una volta là vi diranno dove verrete trasferita, e tutte le informazioni del caso.»
«Luigi, te lo dico già. Penso di voler essere riaccompagnata a casa. Vi ringrazio della possibilità che mi date, e di come mi state vicini, ma io non… non ho niente da confessare.»
«Ah davvero? Avevo capito che… va beh, peccato. Però è nei vostri diritti, ci mancherebbe. Spero per voi sia la scelta migliore. Spero anche che i vostri familiari siano in grado di proteggervi. Sappiamo dei Cosenza, sono in ascesa nel nostro territorio. Sono spietati. Non ci penserebbero due volte a riprovarci.»

«Lo so Luigi, grazie. Vedremo come sarà. Sono pronta a tutto.»
«Mi dispiacerebbe sapere che vi hanno fatto del male. State attenta. La prossima volta non si limiteranno a rapirvi.»
«A volte la morte può essere liberatoria.»
«Ditelo alle persone che soffrono davvero, per motivi di salute o motivi gravi. Mi sembra che voi non ve la passiate male.»
«Vero, ma questo… non è un bel periodo.»
«Non vi deprimete, signora. Mi rendo conto che non deve essere facile avere un marito come Michele Forgione, adesso anche detenuto. Perdonate la mia franchezza.»
«La franchezza è sinonimo di sincerità d'animo, non ti preoccupare. Capisco cosa intendi ma questa è la vita che mi sono scelta. Devo… andare avanti.»
«Come volete, signora. Vi lascio da sola, così potete prepararvi. Sala sarà qui a momenti.»
«A dopo, Luigi. Mi raccomando non voglio andare via senza averti prima salutato con un bel bacio sulla guancia!»
«Non vedo l'ora! A dopo!»
È deciso, ormai. Devo solo dirlo a Giovanni. Sarà il momento più difficile.

CAPITOLO 28

Mattino nuvoloso anche oggi. Fa comunque caldo, queste nuvole creano una cappa di afa che ti si appiccica addosso. Speravo che qui non fosse come a Torino, il mare dovrebbe togliere umidità, invece…
Il pensiero di andare al Comando, con il condizionatore rotto e quei ventilatori che servono a poco, mi fa star male. Per fortuna la divisa estiva è bella leggera, altrimenti sai che sudate.
A pensarci è un po' che non vado in spiaggia, magari questa domenica potrei andare a prendere il sole, sarebbe la prima abbronzatura. Che poi abbronzatura è una parola grossa, con la pelle bianca da piemontese DOC che mi ritrovo mi prenderò una bella scottatura, come solito. Come invidio le persone di qua, con quella bella pelle già abbronzata di natura, tutto l'anno.
Come Laura. Certo, negli ultimi tempi ha avuto ben altro da fare che andare in spiaggia ma mi dà l'idea di una che si abbronza in un pomeriggio. Per raggiungere quel colore bruno naturale io dovrei stare un mese in vacanza!
Chissà come sta, la signora Aloise Forgione. Ormai dovrebbe aver già preso la decisione, se accettare di diventare collaboratrice di giustizia o tornare alla sua normale esistenza. Non ho molta speranza. Anche se ormai ho capito che lei è una brava donna dubito vorrà testimoniare contro suo marito, Vittorio, la famiglia Forgione. Tornerà alla sua vita di sempre facendo finta di essere una donna felice. Peccato che nella vita il fare finta non serve. I pensieri, se sono ingombranti, riescono da soli a ricordarci che le nostre pene sono tutte vere e reali. Magari le rendiamo più grandi di quello che sono veramente, ma sta a noi guarirle, o lasciare che ci tormentino dentro.
Volturno ci crede, è convinto che lei accetti di parlare, e si arrabbierà di sicuro. Tornerà a insistere con me e Luigi per coglierla con le mani nel sacco, che sia il pizzo o altre faccende losche poco importa. Il fatto è che se anche la trovassimo in flagranza di reato lei dubito parlereb-

be comunque, è una persona semplice e a modo ma è una donna di carattere.
Sono pronto. No: ho bisogno di un caffè. Questa mattina ci metto pure un goccio di latte. Chissà perché al risveglio non ho mai fame. Ci sono persone, per esempio Luigi, che appena sveglie si mangiano due o tre brioches. Sì Luigi se ne fa anche un'altra a metà mattina, poi si lamenta che è grasso. Dopo, se lei lo vorrà, riporteremo Laura a casa sua e poi ci potremmo fermare lì vicino a bere un cappuccino. In quel bar è buonissimo.
L'ho scoperto un giorno in cui ero entrato per interrogare il titolare sulla storia del pizzo. Pare che anche loro paghino la famiglia Forgione per restare tranquilli. Costui non parlava così ne ho approfittato per fare colazione. Il cappuccino me lo hanno offerto, ovvio.
Chissà se Laura ha pensato che a casa sua non sarà mai più sicura. Di certo i Cosenza non hanno preso bene il fatto che lei sia sparita e la staranno cercando.
Oggi Volturno ufficializzerà che Vito Licata è stato ucciso in uno scontro a fuoco e Laura è stata liberata dal nostro intervento.
Succederà il finimondo. I parenti di Licata vorranno sapere cosa diavolo è successo. I Cosenza rivorranno Laura per rifarsi sui Forgione. Chissà se la famiglia di suo marito penserà a qualche posto dove metterla al sicuro. Magari Laura mi smentirà e avrà deciso di confessare, ma poco probabile. Michele verrà processato solo per detenzione e spaccio, e sarà fuori prima di quanto pensiamo. Il suo avvocato, Guerra, lo conosco. È una volpe e ha già aiutato diversi esponenti della malavita a uscire prima dal carcere. È il suo lavoro, sicuramente viene pagato profumatamente per farlo, ma mi chiedo come faccia poi a fidarsi della giustizia, proprio lui che è un avvocato.
Il caffè è bollente.
Goccio di latte.
Giù, tutto di un fiato.
Andiamo. Sicuramente Luigi ha già portato la colazione a Laura. Non potevo affidargli un incarico a lui più gradito!
Comincia un'altra giornata di lotta contro il crimine, qui, a San Luca, Calabria, Italia.
Mi piacerebbe trasferirmi più vicino al mare, ci sono quelle villette nuove, giù a Bovalino, molto carine.

Ormai Deborah non la sento proprio più. L'ultima volta al telefono mi diceva che forse ha trovato un nuovo posto di lavoro, vicino a Milano. Giusto così, che persegua quello che vuole fare nella sua vita. Ormai, io non ne faccio più parte.
L'ultimo semaforo, con il solito venditore ambulante.
«No grazie, niente rose. No no, neanche l'accendino, non fumo.»
Ne arrivano di nuovi ogni giorno. Me l'ha detto un collega di Messina, al telegiornale riportano queste notizie solo ogni tanto. Per fortuna non mi hanno mai mandato all'accoglienza immigrati. Deve essere dura, laggiù.
Ecco la macchina di Luigi. È già qui, come da ordini ricevuti, ottimo. Così portiamo subito Laura a casa, se ne ha bisogno, ma scommetterei che verranno a prenderla quelli della sua banda.
Per fortuna qui ho il posteggio riservato, all'ombra, non come a casa. Altrimenti sai che gare le mattina per avere il posto al riparo!
«Buongiorno, D'Arienzo. Tutto bene? Passato bene la notte di guardia?»
Per fortuna ieri sera lo stratagemma delle due pizze in un'unica scatola ha funzionato. Chissà cosa avrebbe pensato di me, che ceno tranquillamente con una possibile testimone, la bella moglie di un capo clan agli arresti! Certamente la notizia avrebbe fatto il giro della Centrale, e questa mattina non si parlerebbe d'altro.
«Oh buongiorno, vice questore. Sì, passata bene, grazie. Per fortuna è finita, sta arrivando l'agente che mi dà il cambio, tra poco vado a casa a riposare.»
«A domani D'Arienzo, si riposi.»
«A domani, dottore. Buona giornata.»
Vediamo dove si è cacciato Luigi, in ufficio non c'è nessuno. Magari è su da Laura.
Niente, non è neanche in sala ristoro.
«Buongiorno dotto'!»
«Oh, eccoti. Quasi mi fai spaventare. Ho visto che non eri in ufficio, pensavo fossi su dalla nostra ospite… speciale.»
«No dotto', ero in bagno. Certo che un vice questore che si spaventa quando gli dici buongiorno…»
«Spiritoso.»
«Tutto bene? »
«Sì, tutto bene. Hai già portato la colazione alla signora Forgione?»
«Sì, sì. È su che vi aspetta.»

«Come l'hai trovata?»
«Un po' meglio di ieri sera, che aveva una faccia…»
«Comprensibile, con quello che le è successo. Confesserà?»
«Purtroppo no, non credo proprio. Ha detto che non ha niente da confessare, anche se tutti sappiamo del suo ruolo di primo piano all'interno della cosca, di sicuro sa molte cose che inguaierebbero suo marito.»
«Luigi, lo sai che se avessimo voluto avremmo potuto estorcergliela con le buone… o con le cattive, come piace dire a Volturno.»
«Ma la confessione deve essere spontanea, per avere una qualche validità davanti al Giudice. E poi, se la signora non vuole parlare non confessa neanche se la riempiamo di botte. Lo sapete anche voi, ormai, come vanno queste cose.»
«L'ho imparato Luigi, purtroppo. In ogni caso me l'aspettavo. Anche se Laura è una donna forte non può andare contro decenni di omertà nei confronti della malavita organizzata. Figuriamoci se, con tuo marito, ne fai anche parte…»
«Peccato, io ci speravo.»
«Eh, io non tanto. Di sicuro ci credeva Volturno, si arrabbierà un sacco, anche con noi.»
«E noi che c'entriamo?»
«Farla confessare era il nostro dovere.»
«Non si può far confessare a comando. Sarebbe tutto più facile se così fosse!»
«Già. Ormai, se ha deciso così, niente da fare. Andiamo a parlarle. Sentiamo se si è già organizzata per farsi venire a prendere, o dobbiamo riaccompagnarla noi. In tal caso verresti con me? Così poi andiamo in quella gioielleria che ha avuto minacce l'altro giorno, devono fare denuncia.»
«Va bene dotto', a dopo.»
Peccato, Laura avrebbe potuto cambiare la sua esistenza e ci avrebbe dato una bella mano a buttare le chiavi della cella di Michele Forgione. Mi ricordo i suoi occhi, ieri sera. Che sguardo… per un attimo ho sentito una forte attrazione.
A dire il vero mi è sembrato che… che le stia simpatico anch'io. In un'altra vita, magari, sarebbe potuto nascere qualcosa. Certo è una bellezza mediterranea molto attraente. Così diversa da com'era Deborah. Peccato. Con lei ora devo, e posso, fare solo il mio dovere.

CAPITOLO 29

Giovanni! È già arrivato, puntualissimo. Ho sentito la voce, è proprio la sua, sta parlando con...sembra San Rocco.
Tra poco gli dovrò dire che io non confesso niente, perché non ho nulla da confessare.
Anche se lui non ci crederà mai. Sa benissimo che ci sono dentro fino al collo. Mi tocca dirgli che ho preso questa decisione. Non si arrabbierà, no, lui non è come Michele, ma neanche come il questore Volturno. Lui capirà che per me è una scelta troppo difficile.
Io, tradire Michele, e tutto il clan. No.
Come posso? Lo farei anche, ormai sento di non aver proprio più nulla a che fare con loro. E non ne posso più di questa vita a commettere ingiustizie nei confronti della gente onesta, che non ha mai il coraggio di ribellarsi.
Ho paura di quello che vedrò nei suoi begli occhioni castani. Sarà sicuramente delusione, ci resterà male. Sicuramente mi dirà che sono pazza, che i Cosenza mi staranno già cercando. Ed è vero. Chi lo dice che Vittorio e gli altri sapranno proteggermi a dovere?
Non posso contare neanche più su Michele. Lui ha già dimostrato quanto ci tiene a me. Nulla. Non gli importa niente. Per lui è stato più importante dimostrare ai suoi rivali che non cede ai ricatti. Neanche se ci va di mezzo sua moglie!
Mi sento a pezzi. Che futuro potrò mai avere? Mi rassegnerò a fare la moglie di un carcerato, che uscirà chissà tra quanto. Posso solo sperare che Guerra faccia bene, molto bene, il suo lavoro e riesca a far dare a Michele tutte le attenuanti possibili. E poi? Quando lui sarà uscito? Ricomincerà ancora a taglieggiare, spacciare, rapinare, minacciare! Di certo non uscirà di galera cambiato! 'O leone è fiero di quello che fa, e di come lo fa. Tutto nella mia più assoluta connivenza. Nel mio più riservato silenzio.
Dei passi... qualcuno sta salendo le scale.

Mio Dio, che situazione.
Lo dicevo io, che Vito avrebbe dovuto farmi fuori subito!
«Laura? Buongiorno! Sono Giovanni. Sto per… posso entrare?»
Che faccio? Che mi invento? Magari potrei dire che ci devo ancora pensare per un po'.
E mia madre? Cosa le dirò?
Mi sento soffocare!
«Laura? Stai bene? Sto per entrare…»
«Ehm… sì Giovanni, entra pure!»
«Buongiorno! Come va?»
«Oh Giovanni, sono a pezzi. Abbracciami!»
«Ehi Laura, ma…»
Come sto bene qui, tra le sue braccia.
Mi sento protetta, come se mi fossi svegliata tra le braccia di mio papà dopo un brutto incubo.
Papà, cosa devo fare? Dimmelo tu, ti prego, da lassù. Parlami al cuore.
«Laura? Laura. Mi fa piacere abbracciarti ma tirati su dai, se ci vedono… non ho nemmeno chiuso la porta. Fatti forza, il peggio è passato. Sei libera, sei in salvo. Non pensare a come sarà domani, adesso. Come stai?»
«Grazie, Giovanni. Tra le tue braccia tutto sembra più facile. Ma quando te ne andrai… come ieri sera… tornerò ad affondare nella mia tristezza.»
«L'importante è che tu sia sicura di quello che hai deciso. Se lo sei, gli ostacoli sembreranno meno grandi, vedrai. Devi contare su te stessa. Finora ti hanno sempre detto cosa fare, come, quando, con chi. Adesso finalmente puoi scegliere. Rispetterò la tua scelta, come deve fare un buon poliziotto con una possibile testimone.»
«Non sai ancora cosa ho scelto, come puoi dire che mi rispetterai? Solo perché sei un buon poliziotto?»
«Perché sono anche una persona che cerca di capire il prossimo. Qualunque sarà la tua scelta, sarà la migliore per te. Perché è una tua decisione.»
«Sei un angelo, non solo un buon poliziotto.»
«Grazie. Anni fa me lo disse anche una vecchina alla quale trovai la borsetta dietro un cespuglio, dopo che l'avevano scippata in una strada fuori paese!»

«Sei un angelo simpatico. Anche per la vecchina, sì.»
«Quindi? Tanto la so, la tua decisione, purtroppo.»
«E qual è? Sentiamola. Vediamo se anche questa volta mi hai capito.»
«Hai deciso che… che non hai niente da confessare. Mi sbaglio? Vorrei tanto che tu collaborassi…»
«Non so, sono così indecisa.»
«Laura? Dobbiamo andare, su. Non possiamo restare qui, al Comando. Strano che Volturno non abbia ancora chiamato.»
«Infatti.»
«Quindi? Devi dirmelo ora, o mai più.»
Non ho più tempo. Vorrei aspettare ancora, mentre sento crollare tutte le mie certezze. Dieci minuti fa avevo fatto una scelta, ma ora, sotto i suoi occhi, dopo essere stata tra le sue braccia… sono al punto di prima.
Desidero da tempo dare una svolta alla mia esistenza, e dimenticare per sempre questa vita fatta di menzogne, soprusi, prepotenze. Adesso che ne ho davvero la possibilità, mi manca il coraggio di fare questo passo, di provarci davvero. Devo dire addio alla Laura che sono diventata, a questa donna sbagliata che è cresciuta così diversa da quella che avrebbe dovuto essere. Dimenticare la mia famiglia, le amicizie, la mia terra. Ne sono davvero capace?
Giovanni mi guarda. Ieri sera vedevo una luce di speranza nei suoi occhi, adesso colgo solo delusione.
Lui è la mia ultima possibilità di diventare la Laura che ho sempre saputo di essere.
«Laura?»
«Ho deciso, Giovanni, ho deciso. Ti sorprenderò, sai?»
«Davvero? Non capisco… sorprendimi.»
«Io sono Laura Aloise Forgione, moglie di Michele Forgione, attualmente detenuto nel carcere di Reggio Calabria. Per conto della sua famiglia, una cosca della 'ndrangheta, ritiro il pizzo dai negozianti, riporto le decisioni tra Michele e suo fratello Vittorio, attualmente latitante. So anche dove si trova. Michele è il mandante di diverse azioni illecite, a cominciare dalla strage di Soverato. Mi costituisco e chiedo di far parte del programma di protezione dei pentiti.»
«Laura…»
«Giovanni che hai? Ti ho lasciato senza parole?»

«No è che… non me l'aspettavo, tutto qua.»
«Ci sei rimasto male? Forse eri sicuro che avessi deciso di non confessare niente e tornare alla mia solita vita.»
«No Laura, non sapevo davvero cosa aspettarmi, ma… ma devo dire che pensavo fosse più probabile che tu rinunciassi a questa possibilità. Sono davvero felice della tua decisione! Io, la Polizia, e tutta la società possiamo solo ringraziarti! Forse non hai idea delle prove che dovrai affrontare, ma ti prometto che penseremo noi alla tua sicurezza.»
«Adesso posso piangere.»
«Brava Laura. Hai fatto la scelta giusta. Piangi, piangi pure, sfogati.»
«Mi starai vicino?»
«Certo. È il mio lavoro. E lo farò al meglio.»
«Sono nelle tue mani, agente Sala.»

CAPITOLO 30

Ancora emozionato e incredulo per la scelta di Laura, la porto con me in ufficio. Devo chiamare Volturno e avviare il programma di protezione.

Fino al processo, certo, ma anche nel periodo seguente. Michele, se verrà condannato a una pena esemplare a causa delle rivelazioni di Laura, non gliela farà passare liscia. So di alcuni regolamenti di conti avvenuti anche dopo parecchi anni. Per questa gente non è mai troppo tardi per vendicarsi, e noi non dobbiamo mai abbassare la guardia nei confronti di chi rischia la vita per aiutarci, soprattutto in questo ambiente che non conosce perdono.

«Pronto? Buongiorno questore! Sono Sala. Ho una buona notizia!»

«No, il condizionatore è ancora rotto. Questore, Laura è qui con noi!»

«Come Laura chi? Laura, la signora Aloise Forgione, la… la moglie di Michele 'o leone!»

Certe volte sembra che il questore cada dalle nuvole, ha sempre molti pensieri, e la memoria un po' corta.

«Sì, sì, proprio lei. Ha detto che confessa.»

«No, per ora lo sappiamo solo io e San Rocco.»

«Tra un'ora siamo lì a Reggio, in questura. Saluti.»

«Caspita, Giovanni, il questore non si ricordava già più di me! Cominciamo bene…»

«No Laura, tranquilla, non si è ricordato al momento, ha sempre tante cose a cui pensare. Ci sta aspettando.»

«Ho paura di fare l'interrogatorio con lui. Sarà così… umiliante. Spero si ricordi che per me è durissima. Io sto tradendo la fiducia di mio marito, e della sua famiglia. E quella non è certo gente che scherza, come sai.»

«Vedrai che Volturno sarà più calmo, adesso che hai deciso di testimoniare. Capisco che tu possa sentirti in colpa, ma ricorda che il primo che ha tradito la tua fiducia è proprio tuo marito. Poi ci sarò anch'io: se ti senti in difficoltà, lasciami fare.»

«Eh sì, signora Forgione, Giovanni sa come trattare il questore!»
«Con voi due presenti sarà sicuramente tutto più facile. Puoi darmi confidenza anche tu, Luigi. Ti prego, non chiamarmi più signora Forgione. Solo Laura, può bastare.»
«Capisco, signora ehm... Laura. Andiamo alla macchina. Direzione Reggio.»
Chissà cosa farà Volturno, adesso. Laura non è certo la prima persona che accetta di testimoniare ma con lei è diverso.
È la prima donna, che io abbia mai conosciuto, che accetta di testimoniare contro suo marito. E lui è davvero a capo di un clan potente e pericoloso.
Spero che Volturno abbia già ben chiaro in mente dove farla trasferire e che resti una destinazione segreta.
Da questa sera la ragazza verrà cercata da ogni affiliato della cosca. Michele capirà presto che lei adesso è con noi per testimoniare contro di lui. Non esiterà un secondo a mettere una taglia sulla sua testa. Questa gente non si ferma di fronte a nulla.
Il fatto è che non posso fidarmi dei miei stessi colleghi, Luigi escluso. Chi mi assicura che tra noi agenti non ci sia qualcuno che viene pagato dai Forgione per fare da informatore? Lo stipendio di un agente non fa certo diventare ricchi, e i soldi non bastano mai. Spesso quando abbiamo fatto qualche irruzione in uno dei bunker il latitante era scappato poco prima, a volte c'erano i resti di cibo ancora caldi sul tavolo. Vuol dire che qualcuno lo aveva avvisato del nostro imminente arrivo. Dobbiamo stare attentissimi. Se dovesse succedere qualcosa di brutto a Laura non potrei mai perdonarmelo.
«Come va, Laura?»
«Diciamo bene. Mi si chiudono gli occhi, il rumore della macchina concilia il sonno e questa notte non ho dormito niente.»
«Riposati pure. Non saremo a Reggio prima di un'ora. Ne approfitto anch'io, quasi quasi.»
Questa notte non ho dormito molto neanch'io. Il lavoro, il rapimento di Laura, la sua decisione se testimoniare oppure no, molti pensieri.
Eh sì, ho pensato anche a Deborah, con tristezza.
Che subdolo torpore...
Mi si chiudono gli occhi.

«Dotto', siamo arrivati.»
«Ehm? Cosa? Siamo già arrivati?»
«Sì dotto', vi siete addormentato. Lì, la Questura. Vediamo se ci aprono il cancello.»
«Mettiti davanti Luigi, ci stanno aspettando, vedrai che ci aprono subito.»
«Ci aprono, dotto'.»
«Bene, entriamo. Come va, Laura?»
«Sto piangendo da mezz'ora, mentre tu ronfavi di gusto.»
«Forza, non piangere. Prendi questo fazzoletto. Stai facendo la cosa giusta. Mi rendo conto dell'orribile situazione che stai attraversando ma ricorda che il tempo passa, anche quando si vivono brutti momenti. È uno dei casi in cui fa piacere lo scorrere del tempo. Tra un anno vedrai che sarà tutto un brutto ricordo.»
«Giovanni, anche se non sarò più moglie di Michele io sarò sempre una donna calabrese di San Luca. Ho vissuto là fino a ora!»
«Hai ragione, ma sarai una donna diversa. Finalmente vivrai nella legalità, senza più sfruttare il tuo prossimo.»
«Vero. Potrò guardarmi fiera allo specchio la sera, prima di andare a dormire.»
«Esatto. Devi pensarla così. Magari non tra un anno, ma arriverà un momento della tua vita in cui sarai una persona nuova. Con nuovi amici, un lavoro onesto, una nuova casa, una nuova… famiglia. Una nuova vita.»
«Anche un nuovo amore?»
«Meriti anche questo. Vedrai. Devi avere fiducia.»
«Stammi vicino Giovanni, ti prego.»
«Sono qui adesso e lo sarò anche domani. Di certo non potrò stare con te ogni giorno, verrai trasferita chissà dove. Ti prometto però che resteremo sempre in contatto.»
«Cosa succede se gli uomini di Michele vengono a sapere dove mi trovo? Quelli mi verrebbero a uccidere anche al polo Nord!»
«Non credo che tu venga trasferita così lontano! Siamo la Polizia di Stato, Laura, tranquilla. Non si saprà mai dove sei. E, a scanso di sospetti, pochissimi agenti sapranno dove ti abbiamo mandato. La protezione dei testimoni contro la malavita organizzata in Italia è molto efficiente. Sappiamo con chi abbiamo a che fare. Andiamo a parlare con Volturno, coraggio. Scendiamo.»

«Ok. Grazie, Giovanni.»
Spero davvero che la cosa funzioni. Chissà dove potranno trasferirla. Di sicuro, come le ho detto, da stasera sarà una persona molto ricercata.
«Ci siamo, Laura. Questo è l'ufficio del questore. Entriamo. Da ora in poi non si potrà più tornare indietro. Sei pronta?»
«Pronta.»
«Vengo anch'io dotto'?»
«Ma certo Luigi, entriamo.»
Sembrano tutti indaffarati oggi, qui in Questura. Volturno sarà pressissimo. Spero che la notizia che Laura ha accettato di confessare lo abbia tranquillizzato.
«Buongiorno questore!»
«Oh eccoli qua, quelli che ci salveranno dalle forze del male! Era ora!»
«Siamo partiti questa mattina presto, dottor Volturno.»
«Ah, se fosse stato per me avrei fatto venire qui la signora ieri sera! Non c'è tempo da perdere! Il processo a Michele Forgione non sarà tra molto. E io non voglio che sia solo un processo per detenzione e spaccio di droga.»
«Dottor Volturno, è stato lei a concedere alla signora una notte per pensarci.»
«Lo so benissimo cosa ho detto, San Rocco! Non c'è bisogno che lei me lo ripeta. Veniamo al dunque, stiamo già perdendo tempo. Allora, mi dica, signora Forgione, sono tutto orecchi.»
«Io... io... oh povera me.»
«Signora! La smetta di piangere! Siamo in Questura, non all'asilo!»
«Questore per favore, si calmi. La signora Aloise è in evidente stato di shock. È già tanto che abbia voluto venire qui. Le dia il tempo che ha bisogno.»
«Le ho già dato tutta la notte!»
«Va bene, va bene, dottor Volturno. Accetto di confessare e di entrare a far parte del programma di protezione testimoni.»
«Oh, finalmente! Avanti.»
Laura mi guarda. Che sguardo triste, poverina. Pensare che è così bello vederla scherzare, allegra. Adesso sono io che vorrei abbracciarla forte. Forza Laura, è il momento di cambiare la tua vita.
«Ripeterò le stesse cose che ho già detto al vice questore Sala. Io sono

Laura Aloise Forgione, moglie di Michele Forgione, detto ’o leone. Per conto suo, e della cosca di cui lui era… ehm… è a capo, ritiro il pizzo dai negozianti e…»

«Ci può fornire una lista di nomi di questi negozianti? Si pentiranno di non aver denunciato!»

«Sì, posso fare tutti i loro nomi ma alcune erano davvero persone per bene, che pagavano solo perché intimoriti dagli uomini di Michele, e da quello che potrebbero fare a chi si rifiuta di pagare. La prego, dottor Volturno, non se la prenda anche con loro. La colpa è mia, sono io che con Vito Licata andavo a intimorire e riscuotere.»

«Cosa faremo ai negozianti non la riguarda. E poi pensare a lei che intimorisce mi fa sorridere. Minacciava di prenderli a borsettate, con la sua borsa di Gucci? Loro pagavano perché conveniva farlo!»

«Conveniva se volevano continuare a vivere sereni.»

«Lei mi dirà questi nomi e basta. Continui.»

«Io ritiravo i soldi per conto della famiglia e li portavo a Vittorio, fratello di Michele, tuttora latitante.»

«Anche di lui ci dirà esattamente dove si trova.»

«Mio Dio.»

«E non ricominci a piangere! Altrimenti provvedo subito ad arrestarla per estorsione!»

«Vi dirò anche dove si trova Vittorio. Oltre al pizzo, Michele mi dava gli ordini da riportare a suo fratello.»

«Ordini del tipo? Rubare caramelle? Sia più chiara.»

«Michele ha ordinato l’assalto alla spiaggia di Soverato.»

«Ah, quella dove hanno fatto fuori i cinque affiliati del clan Cosenza! Oh, bene. Non avevo dubbi che lui fosse il mandante. Ha qualche prova?»

«Dovrei avere ancora in questa borsetta il biglietto, scritto da Michele, per Vittorio. I due fratelli si erano raccomandati di bruciarlo ma me ne sono dimenticata. Sul biglietto c’è scritto chiaramente di far fuori i Cosenza, a Soverato, in spiaggia, con tutti i dettagli.»

«Un biglietto? Scritto da Michele? Fantastico! Se lo sottoponiamo a perizia calligrafica può essere una prova schiacciante. Altro?»

«Anche il pestaggio nei confronti dell’assessore di Lazzaro, per la discarica abusiva. Anch’essa di proprietà dei Forgione, per mezzo di un’altra società presta nome.»

«Benissimo, abbiamo altri elementi interessanti. Penso proprio che il processo al signor Forgione non sarà più tra breve tempo. Voglio vedere la faccia che farà il Pubblico Ministero Porlezza! Penso che dovrà rimandare le ferie per aggiornare tutta la documentazione! Altro?»
«Potrei riempire un intero quaderno, come quello lì, che ha sulla scrivania.»
«Bene, benissimo! Piano piano lo riempiremo! La sua decisione mi ha molto colpito, signora. Le faccio i miei complimenti, e non sono solito dire queste cose. Ci vorrebbero molte più persone come lei. Invece pare che la cosa più importante per la gente sia il quieto vivere, anche se si sa benissimo che non riguarda tutti quanti. Nessuno fa niente per aiutare a star meglio le persone più sfortunate. Affari loro, si pensa, ma così non si migliora mai la società. Ed è un peccato, perché prima o poi capiterà anche a noi qualche disavventura e ci ritroveremo dalla parte degli sfortunati. Solo allora si capisce quanto sia importante volerci bene tutti quanti, e restare uniti, farci forza. La criminalità, soprattutto quella organizzata, è molto radicata nel nostro paese. Per ragioni storiche, ma anche perché quelli che vogliono combatterla davvero sono sempre troppo pochi. E, a volte, anche i rappresentanti dello Stato preferiscono voltare la testa dall'altra parte. O addirittura di passare dalla parte del nemico. Bene la lezione è finita, cara signora Aloise Forgione.»
«Ma, dottore, mi permetta di intervenire. La signora ha confessato, entro breve tempo partiranno altri mandati di cattura. Michele Forgione verrà informato del fatto che le accuse nei suoi confronti si sono aggravate, e di molto. Loro sicuramente sanno già che la signora è qui con noi. Dobbiamo proteggerla.»
«Suvvia, Sala, non mi faccia la solita paternale, non ne ho bisogno, mi creda. Non ho ancora finito. La signora viene affidata, seduta stante, al programma di protezione testimoni. Appena avremo finito la porterete nella sua prossima destinazione. Chiamo subito l'agente che se ne occupa. Lavora al piano di sotto.»
Lancio un'occhiata a Laura mentre Volturno prende il telefono.
«Pronto? Fortunio? Venga nel mio ufficio, subito. Porti l'elenco dei domicili attualmente disponibili per i pentiti.»
«L'agente Fortunio fa parte del servizio centrale di protezione. Le dirà quali sono le disponibilità in questo momento. Abbiamo diversi ap-

partamenti sparsi sul territorio nazionale. Lei potrà scegliere quello che preferisce.»
«Ma dottor Volturno, le mie cose? Posso passare da casa? Anche scortata?»
«Non se ne parla. Non metto certo in pericolo Sala, o i miei uomini, per lei. Se le persone sbagliate la vedessero su una volante capirebbero subito, e non esiterebbero ad assaltare la vettura. No, lascerà tutte le sue cose al suo domicilio e un agente preposto verrà incaricato di portarle al suo nuovo indirizzo. Avrà tutto il tempo per preparare una lista e farcela avere. Sala e San Rocco l'accompagneranno immediatamente, non appena avremo finito qui. Ovviamente avrà bisogno di fare una piccola spesa, pagheranno loro i negozianti. Non creda di fare shopping, solo il minimo indispensabile.»
«Questore, hanno bussato.»
«Sì, ho sentito, grazie, San Rocco, sto invecchiando ma ci sento ancora bene. Entri pure, Fortunio.»
«Buongiorno dottor Volturno.»
«Ci dica subito. Dove possiamo proporre alla signora Forgione qui presente di trasferirsi?»
«La signora Forgione? Quel Forgione?»
Speriamo che questo Fortunio sia un agente a posto. Sa già che Laura è la moglie di Michele.
«Allora, vediamo. Ci sono diversi appartamenti disponibili, attualmente. Purtroppo in questo periodo non abbiamo molte persone che hanno accettato di usufruire del programma. Ha qualche preferenza?»
«No, no. Non cambia nulla. Vivrò per sempre sola. Mi attende questa vita, dove sarà non fa differenza. Mi dica cos'ha.»
«Abbiamo un bilocale ad Anzio, vicino Roma. Quartiere residenziale, non lontano dal mare. Palazzina di sole tre unità abitative. Due famiglie, un uomo single. Poi... vediamo... un trilocale a Modena, Emilia Romagna. Quasi in centro città, immobile di cinque piani, dieci appartamenti. Famiglie, due donne single, tre coppie di anziani. Poi abbiamo un bilocale a Torino. Quartiere in zona semi centrale, quella in centro è molto cara, lo Stato non può permetterselo! Immobile di soli due piani. Il bilocale è al piano terra, un piccolo giardino. Al primo piano una famiglia e un signore vedovo. Poi... Pordenone? Troppo lontano?»

«Non so neanche bene dove sia…»
«Friuli.»
«Troppo lontano e troppo freddo. Le previsioni del tempo danno sempre brutto, da quelle parti. Morirei di tristezza. Altro?»
«Vediamo… provincia di Varese? Oppure in Brianza.»
«Signora, va bene scegliere ma non perdiamo tempo. Questa non è un'agenzia immobiliare. Decida, su.»
«Dottor Volturno sarà la mia prossima casa, chissà fino a quando! Povera me.»
«Mi permetta di suggerirle una soluzione.»
«Dica, questore.»
«Il bilocale a Torino. Conosco bene il questore della città, è un amico. Ci ha consigliato e inviato il vice questore. Sbaglio, Sala?»
«No, dottore, il questore Pirozzi è un bravissimo poliziotto. Fuma un po' troppo ma ho sempre avuto un buon rapporto. È stato lui a propormi questa nuova avventura qui in Calabria, con i Falchi. Torino è una bella città. Grande ma senza essere caotica. C'è tanto verde, bei negozi, molto servita. La consiglio, Lau… signora Aloise.»
«Sentito cosa le dice Sala? Di lui si fida molto, mi pare…»
Laura mi guarda. Torino può essere il posto giusto. Non c'è il mare ma penso che non si troverebbe male. È comunque una città, potrebbe conoscere gente nuova in fretta. E poi, la potrei andare a trovare quando avrò qualche licenza a casa. Da Santhià sono quaranta minuti.
«Di certo non muoio dalla voglia di andare a vivere su al Nord.»
«Signora Forgione, le ho già detto che se resta nei paraggi lei rischia di morire per davvero. Presto sarà molto ricercata, si fidi.»
«Non è male il fatto del piccolo giardino. Di soli due piani eh? Sì, d'accordo, va bene la casa di Torino.»
«Benissimo. Fortunio, proceda.»
«Va bene dottor Volturno, vado giù a prendere le chiavi. Avviso la mia collega di preparare tutta la documentazione che la signora dovrà firmare. A dopo.»
«Nel giro di qualche mese avrà dei nuovi documenti. Una carta d'identità e la tessera sanitaria, sulla quale verranno riportate tutte le patologie di cui ha sofferto finora. Le diamo subito una nuova SIM per il cellulare. Per ora è stata caricata con cinquanta euro. Le prossime ricariche saranno a suo carico. Ha anche la patente, giusto?»

«Sì, anche la patente.»
«Le rifaremo anche quella. Come le dicevo, le verrà versato un contributo mensile, vitalizio, ogni fine mese su un nuovo conto corrente che potrà attivare non appena avrà cambiato le sue generalità. I primi mesi, fino a quando avrà trovato un'occupazione, non pagherà le bollette. Per ora le diamo subito una busta di contanti… simile a quella che lei ritirava dai negozianti. Spero che presto possa affiancare questo reddito con un altro che proverrà dal suo prossimo lavoro. Le farò avere dettagli sulle occupazioni offerte in zona Torino da chi collabora con lo Stato.»
«Glielo chiedo ancora. Mia madre?»
«Nei prossimi giorni una commissione valuterà se anche lei debba essere inserita nel programma. Dipende se verrà giudicata un soggetto a rischio. Certo, conta anche la sua volontà. Per ora abbiamo finito, ho altre mille cose da fare questa mattina. La ringrazio ancora per la sua scelta, non deve essere stato facile. Oggi per lei comincia una nuova vita, vedrà che ne sarà soddisfatta. Non dovrà più commettere atti illeciti contro la povera gente. Su, andate. L'accompagneranno fino al nuovo domicilio sia l'agente Sala che San Rocco, mi sembra abbiate già un buon rapporto. Intanto avviso il questore Pirozzi. Fortunio vi attende al piano di sotto. Buon viaggio. Riceverà presto nostre comunicazioni. Non si dimentichi di consegnare anche il biglietto che aveva ricevuto da suo marito. È fondamentale.»
«Aspetti, ho ancora una cosa da chiedere.»
«Dica.»
«Verrò denunciata per estorsione?»
«No, visto che ha accettato di testimoniare parlerò con il Pubblico Ministero per non far emettere denuncia nei suoi confronti.»
«Grazie.»
«Su, andate adesso. Pronto? Sono Volturno. Mi passi il centralino.»
«Andiamo Laura. Scendiamo da Fortunio e poi ci mettiamo in viaggio. Non saremo a Torino prima di tarda notte, abbiamo parecchia strada da fare. Se necessario ci fermeremo da qualche parte per dormire. Luigi, sei pronto a spararti più di mille chilometri?»
«Sempre pronto, dotto'. L'importante è che non ci dimentichiamo di pranzare.»
«Tranquillo Luigi, non ci dimenticheremo.»

«Alla fine anche Volturno, a modo suo, è stato gentile.»
«Sei molto, molto importante per noi adesso. Le tue indicazioni ci permetteranno di debellare un clan che ha fatto il buono e cattivo tempo qui in Calabria, e nel mondo, per anni. Molte persone te ne saranno grate, anche se non sapranno mai che il merito è tuo.»
«Mio marito però comincerà a odiarmi con tutto se stesso.»
«Se posso permettermi… ha già dimostrato di non amarti.»
«Ma almeno non voleva uccidermi! Solo al pensiero ho paura! Non si sfugge a 'o leone!»
«Ti proteggeremo noi, Laura. Tranquilla. Fino al processo sicuramente ma anche negli anni a venire. È il nostro lavoro. Sappiamo come farlo. Il questore di Torino poi lo conosco, te l'ho detto. È una buona persona e un poliziotto esperto. Sicuramente avrà già avuto in custodia qualche altro pentito. Li trasferiamo al Nord Italia molto spesso.»
«Pentito… quindi a tutti gli effetti anch'io sono una… pentita. Che parola orribile. E pensare che non avrei niente di cui pentirmi. Ho sempre cercato di non fare del male a nessuno. A prendere il pizzo lo sai che ci ero costretta. Mi pento… di aver sposato una persona disonesta.»
«Ormai quello che è fatto è fatto e non si può tornare indietro. Ma si può cambiare. Tu hai appena iniziato a farlo. Brava ancora Laura. Forza, si parte. Destinazione… una nuova vita.»

CAPITOLO 31

«Allora, Guerra, vogliamo finirla qui o no? Che prove stanno ancora aspettando, 'sti sbirri di merda? Facciamo il processo, starò qui dentro quanto cazzo devo stare e poi me ne esco! C'è bisogno di me fuori. Mio fratello non sa fare un cazzo!»

«Si calmi, si calmi, signor Forgione. Sto facendo tutto quello che posso e…»

«Non basta! È più di un mese che sto qui dentro e ancora non si sa nulla! Vedi di fare il tuo dovere, Guerra, o non potrai lavorare mai più. Tua moglie dovrà andare a battere per mantenere quella reggia che c'hai al posto della casa.»

«Sto facendo tutto il possibile, le dicevo. E non lanci minacce qui in carcere, è molto probabile che siamo intercettati. Pare che nuove accuse siano arrivate sulla scrivania del Pubblico Ministero. Non si sa da dove provengano, ma sembra che siano molto valide. Il fatto che sua moglie sia… come dire… sparita non è certo un buon segno… ha saputo, vero?»

«Certo che lo so. 'O leone sa tutto. Tutto! Qui dentro è peggio della bocciofila giù in paese. Lo so benissimo che quella stronza s'è venduta agli sbirri. Sicuramente ora sarà con qualcuno di loro a spifferare tutto quello che sa. Vittorio dice che ce l'hanno costretta ma io Laura la conosco bene. Se non vuole fare una cosa è dura fargliela fare. Se ha parlato vuol dire che l'hanno convinta, chissà con quali promesse.»

«Nell'ambiente si dice che fosse sparita perché era stata sequestrata dai Cosenza, e lei non ha voluto pagare il riscatto per liberarla. Sicuramente non l'ha presa bene.»

«Certo che non ho pagato. 'O leone non cede ai ricatti! Che si fottano, i Cosenza. Ho già pensato a come fargliela pagare, molto cara. Salvatore, quel coglione che gioca a fare il malamente, se ne pentirà.»

«L'ho già pregata di non fare minacce.»

«Io dico quel che mi pare. Anche qui dentro. Laura dovrà stare attenta. Le piaceva fare la bella vita eh? Adesso? Adesso? Osa tradirmi? Le faccio spappolare la sua bella faccetta se osa inguaiarmi più di quanto stia già inguaiato. Cosa può fare?»
«Signor Forgione non le nascondo che se sua moglie racconta altri reati da lei commissionati o commessi, e fornisce magari anche le prove, la situazione si aggrava, e di molto. Gli inquirenti crederebbero a tutto quello che dice, è sua moglie, e se dai riscontri risultasse che è pura verità, i capi d'imputazione aumenterebbero. Certo, dipende dai reati. Io ora non le chiedo se ci sono altri fatti di cui io non sono a conoscenza, sempre per la possibilità che ci stiano ascoltando, ma se ci sono bisogna fare molta attenzione. Se sono gravi e documentati le ripeto che sono guai. Più che smentirli potrò solo cercare di farle dare tutte le attenuanti che posso.»
«Che Laura e i suoi nuovi amichetti non provino a fottermi. Io al massimo tra un anno devo stare fuori di qui o scoppia un casino. I Cosenza ci stanno provando a prendere il nostro posto ma ho già messo in chiaro le cose. Anche se io sto qui dentro non credano che io sia fuori dai giochi.»
«Non aggiunga altro, signor Forgione. In questi casi le migliori armi sono la pazienza, e lavorare bene sul codice di legge. Imprevisti a parte.»
«Imprevisti non ci saranno e non ci devono essere.»
«Però se sua moglie confessa nuovi reati…»
«Scommetto che Laura se la fa sotto, più di tanto non andrà a raccontare, sbirri o non sbirri.»
«Se le venisse in mente di accusarla di qualcosa la rivedrà in tribunale, il giorno del processo.»
«Solo all'idea le verrà voglia di fare la brava. E se si mette in testa di inguaiarmi, al processo non ci arriva, glielo garantisco, Guerra.»
«Il programma di protezione dei testimoni funziona bene, signor Forgione. Se sua moglie diventa collaboratrice di giustizia verrà trasferita chissà dove, probabilmente nel Nord. Voi non saprete mai dove si trova. Le faranno cambiare anche le generalità, Laura Aloise Forgione non esisterà più.»
«Avvocato non si preoccupi di questo. So benissimo quali pedine muovere quando voglio sapere una cosa. Non esistono segreti per 'o

leone! Se Lauretta viene trasferita, io posso sapere dove. Città, indirizzo, piano! A quale finestra si affaccia! Lei pensi solo al suo lavoro e a farlo bene. O non ci sarà nessun altro lavoro per lei. La seduta è tolta, caro avvocato. Devo andare in refettorio, è ora di pranzo. Anzi saranno già tutti là.»
«Le conviene andare subito, allora, o rischia di dover aspettare il suo turno in piedi. Il carcere è molto affollato in questo periodo.»
«Guerra, lei è uno sprovveduto. Nessuno occupa il mio posto in refettorio. È riservato, come al ristorante. Lei pensi solo a tirarmi fuori di qui. A tutto il resto ci penso io. Anche qui dentro sono sempre 'o leone.»

CAPITOLO 32

Sosta in Autogrill, per fare rifornimento e permettere a Laura di comprarsi qualcosa. Stiamo andando a Torino, verso la nuova casa, e la nuova vita, di Laura Aloise. Chi l'avrebbe mai detto. Solo qualche settimana era di fronte a me, e stava facendo il giro dei negozianti per ritirare il pizzo. Nella vita le cose cambiano in un attimo, e spesso sono le più importanti. Un secondo prima ci sei, uno dopo e sei morto. Un giorno sei un single alla ricerca dell'anima gemella, l'anno successivo sei appena diventato papà. Laura è passata in pochi giorni da essere un elemento di spicco della 'ndrangheta a diventare collaboratrice di giustizia. Dove si è cacciata adesso?

«Luigi? Dove è andata Laura?»

«Eccola, arriva. Sembra una ragazzina in gita.»

«Davvero mi stavano bene, quei jeans? Sono così aderenti, ultima moda, ma non vorrei mi facciano sembrare grassa. Già è un miracolo che sia riuscita a trovare qualcosa da mettermi, in quell'Autogrill.»

«Ti stavano bene, fidati.»

«Luigi?»

«Vi stanno da dio, signo'.»

«Ok, con un giudizio così non posso che stare tranquilla, Luigi, grazie. Due paia di pantaloni, una camicetta, una t-shirt, un paio di sneakers, spazzolino, dentifricio, una crema, lucidalabbra, due lenzuola, e persino un cuscino, che non voglio certo dormire appoggiata non so dove. Tutto in omaggio, che forza! Se decido di pentirmi ancora vi avviso subito!»

«Non prenderci troppo gusto. Volturno ha detto il minimo indispensabile. Quando comincerai a percepire la tua retta mensile dallo Stato potrai comprare ciò che vuoi. Saliamo in macchina.»

«Uffa scherzavo, come sei serioso, Giovanni.»

«Pensavo. Sali.»

«A cosa? Tu pensi un sacco.»

«Stavo pensando che qui vicino conosco un hotel, non lontano dall'autostrada. Ci conviene fermarci per cena e passare lì la notte. A Torino mancano ancora parecchi chilometri. Sei stanco, Luigi?»
«Un pochino dotto', ma posso andare avanti. Tra un po' avrò fame, questo sì.»
«Ma se a pranzo ti sei mangiato anche mezzo panino di Laura!»
«Dotto', il cibo non si butta.»
«Certamente con te non corriamo questo pericolo!»
«Sì dai, Giovanni, fermiamoci. Non ce la faccio più a star qui dietro. Ho bisogno di un po' d'aria e di fare anche due passi. Tra non molto verrà fame pure a me. Dove siamo?»
«Vicino a Bologna.»
«E come fa a sapere che qui vicino c'è un hotel, caro agente Sala?»
«Ricordi di gioventù. Molti anni fa ho passato qualche settimana in questa zona, mi avevano trasferito all'aeroporto Marconi per il controllo passeggeri, il periodo dopo le torri gemelle. Ho conosciuto una hostess di una compagnia low cost e… avete capito.»
«Ah, e così il nostro vice questore è uno sciupafemmine! Ma bravo…»
«Come no, peccato che alla mia età sia ancora single!»
«Ti manca quella giusta.»
«Arriverà, forse, un giorno. Di certo il mio lavoro non mi aiuta.»
«Dottore ma è meglio per voi! Vi mantenete giovane e in forma. Da quando mi sono sposato ho messo su più di dieci chili!»
«Non è colpa del matrimonio, Luigi. Certo, la vita sedentaria può avere questo effetto, ma sta a te mantenerti in forma.»
«Lo sapete che mi piace mangiare, dotto'. E non amo andare a correre. Sudo così tanto… a proposito, vedo le indicazioni per un hotel con ristorante, alla prossima uscita. È questo?»
«Sì, usciamo. Ceneremo qui e passeremo la notte. Arriveremo a Torino domattina, con la luce, è l'ideale.»
«Eh sì, anche perché dovrete accompagnarmi anche a fare un po' di spesa. Non mi lascerete in una casa sconosciuta senza provviste, in una città che non conosco. Mi farebbe anche piacere pranzare con voi, prima di salutarvi. Sicuramente poi non vorrò uscire per tutto il pomeriggio, lo passerò piangendo.»
«Sarà dura Laura, hai ragione. Comunque sai che noi ci siamo sempre. Puoi anche chiamarci per fare due chiacchiere, se ti senti sola. E poi non preoccuparti, che Volturno si farà vivo molto presto.»

«Sì ma voi sarete a più di mille chilometri di distanza!»
«Vero, ma ci rivedremo presto. Qualcuno dovrà portarti le tue cose, quelle che hai lasciato a casa tua, a San Luca, e che metterai nella lista.»
«Spero che me le porterete voi due.»
«Dipende da cosa decide Volturno ma noi ci proporremo. Giusto, Luigi?»
«Io un viaggio in macchina lo faccio sempre volentieri, dottor Sala. Mi piace guidare. È di volare, che ho paura.»
«Volare… se le cose da portare a Laura non saranno troppe potremmo venire a Torino in aereo. Questo viaggio è lungo, non è che abbia molta voglia di rifarlo.»
«Giovanni saranno almeno tre bauli di roba! Ci sto già pensando! Dovrete prendere un aereo merci della Polizia!»
«Tre bauli! Non esistono aerei merci della Polizia. Davvero tutta questa roba? Puoi farti portare prima il guardaroba estivo e qualche elettrodomestico, per il resto potremo fare un'altra spedizione…»
«Io sono una signora, agente Sala. E una signora come si deve ha molte cose al seguito.»
«Vedremo. Siamo arrivati, entra nel posteggio, Luigi. Lì, guarda, c'è un posto vicino all'ingresso.»
«Sembra bello. Spero si mangi bene.»
«Scendiamo. Io e te prendiamo una doppia, Laura avrà una singola. Speriamo abbiano camere disponibili.»
«Pagate voi, giusto?»
«Pagano i contribuenti.»
«Quelli che mio marito ha truffato, ingannato, prevaricato, derubato fino a poco tempo fa.»
«Esatto. Come cambiano in fretta le cose eh? Un tempo vivevi, e molto bene, grazie a queste imprese.»
«Non lo voglio più. È per questo, che ho fatto questa scelta. Non voglio più vivere alle spalle degli altri, anche se questo mi costerà la mia vecchia vita, che poi era un'esistenza falsa. Devo pagare, per tutto il dolore che anch'io ho causato, quindi è giusto così.»
Si è convinta. Non immagina che tempi duri la stanno aspettando. Non sarà facile ambientarsi in un posto totalmente senza amici, senza un compagno, una famiglia. Vedremo cosa deciderà sua madre. Laura dovrà anche cercarsi un lavoro, proprio lei che a quanto ne so non ha

mai lavorato. Anche se il momento più duro sarà rivedere Michele, in tribunale, il giorno del processo.

«Luigi, mi hai preso tu i pacchi con i vestiti? Oh sì, che galante. Sicuramente più del vice questore.»

«È un piacere, signora Laura. Sono leggeri. Sì, il vice questore non è un uomo galante. Buon poliziotto sì, ma il resto…»

«Ehi voi due, vi sento, che mi parlate alle spalle. Entriamo.»

Prendo le camere, la 11 doppia per noi e la 16 singola per Laura.

«Forza Laura, ti accompagniamo. Luigi, prendi ancora tu le sue cose?»

«Le prendo io ragazzi, non preoccupatevi. La vostra camera è prima. Sono io che vi accompagno. Sarete stanchi.»

«Grazie Laura, come preferisci. Ci vediamo tra mezz'ora, tre quarti d'ora, al ristorante?»

«Ok, a dopo. Grazie ancora. Non finirò mai di ringraziarvi. Mi fate sentire protetta.»

«Siamo noi che ti ringraziamo. Per la fiducia che dimostri di avere nei nostri confronti.»

«Devo avere fiducia, Giovanni. In questo momento posso fidarmi solo di voi due.»

CAPITOLO 33

«Giovanni posso prendere anche il dolce? Sinceramente ho ancora fame. A pranzo solo un panino e… anzi, mezzo panino, per la precisione. Metà se l'è pappata Luigi!»
«Dovevi mangiarlo tutto. Luigi non ne aveva bisogno.»
«Lo so, ma non avevo più fame.»
«Prendi pure il dolce, nessun problema.»
«E io, dotto'? Ho visto passare una crema catalana che sembrava super…»
«Luigi trattieniti dai, altrimenti ti mando a correre prima di dormire.»
«Va bene, avete ragione, dotto'. Solo un caffè allora.»
«Su, non fare quella faccia. Ti rifarai domattina a colazione. Cameriere?»
«Due caffè e… Laura hai scelto?»
«Sì, il caffè lo prendo anch'io e… una fetta di millefoglie!»
«Ci porti anche il conto, grazie.»
Eccoci qua, che bel gruppetto. La moglie calabrese, in futuro ex moglie, di un capo clan della 'ndrangheta, un vice questore della provincia di Torino, un agente scelto, calabrese anche lui. Tutti insieme a cena. Finché siamo tra noi ammetto che i problemi restano lontani. Di certo, a vederci, soprattutto stasera che non siamo nemmeno in divisa, non sembriamo proprio due agenti che stanno portando una pentita al nuovo domicilio segreto. Oggi è andata bene, Laura è allegra, ma domani?
«Oh, ecco la torta e i caffè.»
«Mmh. Sembra buona. Signora Laura… posso assaggiare?»
«Certo Luigi, me ne hanno portata una montagna! Tieni.»
«Agente San Rocco, non riesce proprio a trattenersi eh? Lei si venderebbe per due profiterole! Scherzo, Luigi…»
«Non ho saputo resistere, dotto'. Poi mi viene il senso di colpa, ci crede, signora Laura?»

«Luigi, tu, sensi di colpa? Sapessi che sensi di colpa ho io! Una pentita! Ridiamoci su, che è meglio.»
«Dovete essere fiera di quello che state facendo. Se tutti fossero come voi la criminalità organizzata non esisterebbe più.»
«Luigi ti ringrazio. Tu e Giovanni mi date la carica. E ne ho davvero bisogno.»
Eh sì che ne hai bisogno Laura, e ne avrai bisogno ancora di più quando saremo al processo. Il leone ti mangerà con gli occhi. Cercherà di intimidirti. Tu sarai la sua condanna.
«Se avete finito andiamo, domani ci aspetta una levataccia e ancora parecchia strada da fare. Soprattutto io e te Luigi, una volta a Torino ci attendono più di mille chilometri per tornare in Calabria.»
«Tranquillo dotto', vi ho detto che io guido sempre con piacere.»
«Domani sarà ancora più dura per me, quando ve ne andrete. Una casa sconosciuta, in una città che non conosco, senza familiari o amici. Morirò di depressione.»
«Laura vedrai che, soprattutto i primi tempi, avrai parecchi pensieri e cose da fare. Dobbiamo metterci in contatto con tua mamma, per chiederle se anche lei vuole entrare a far parte del programma. C'è da vedere anche la storia della tua nuova identità. Poi Volturno vorrà le prove di quello che hai confessato. Soprattutto a proposito della strage di Soverato, sarebbe già sufficiente per dare al leone l'ergastolo, o trent'anni almeno.»
«Il biglietto! Me lo sono dimenticato! Che scema…»
«Che biglietto?»
«Quello scritto da Michele, per ordinare l'agguato a Soverato! Dovevo darlo all'agente Fortunio, ma non lo avevo con me.»
«E dov'è adesso?»
«A casa, nell'altra borsa. Volturno ha detto che è essenziale. Come facciamo?»
«Tranquilla, ricordacelo quando andremo a prendere le tue cose. Lo porteremo noi a Volturno.»
«Cosa ne sarà della mia bella casetta? Se penso al mio orto mi torna voglia di piangere.»
«Verrà venduta a un prezzo ragionevole. Per quanto riguarda l'orto… ricorda che casa tua a Torino ha un piccolo giardino che potrai dedicare, in parte, a coltivare ciò che più ti piace. Anche per passare il tempo. Se avete finito andiamo in camera. Ho proprio sonno.»

«Questore, io ho finito. Sì, meglio andare, anch'io vorrei riposare. A che ora sarà la sveglia?»
«Grazie per il titolo di questore, Luigi, ma non lo sono ancora.»
«Lo diventerete presto, credetemi. Allora, a che ora sarà la levataccia?»
«Ore sei e trenta, la sveglia la punto io. Alle sette voglio fare colazione, appena apre la sala, e partire. Va bene Laura?»
«Sì va bene. Luigi, posso restare sola un attimo con Giovanni? Devo… dirgli due cose, in privato.»
«Non c'è problema signora Laura, anzi vado subito in camera che ho ehm… un'urgenza! Buona notte, a domani.»
«Buona notte Luigi. Ehi, agente Sala, possiamo parlare o anche stasera si diverte a fare lo scontroso?»
«Puoi dirmi ciò che vuoi. Non sono scontroso, solo… pensieroso, te l'ho detto. Non siamo in un viaggio di piacere. Anzi, sarebbe meglio se tu mi dicessi tutto in presenza di Luigi, chissà cosa pensa. Per fortuna di lui so che posso fidarmi. Di certo non va in giro a dire stupidaggini sul nostro conto.»
«Non posso dire tutto tutto…»
«Cosa intendi?»
«Non ho voglia di andare subito a dormire. In macchina ho riposato abbastanza. Passerei tutto il tempo a pensare a quello che ho combinato, e a tutto quello che mi aspetta. Prendiamo qualcosa al bar dell'hotel? Mi sembra carino. Così possiamo parlare di altro, io e te soli, vorrei conoscerti un po' di più.»
«Questo no, scordatelo.»
«Solo per fare due chiacchiere! Uffa. Sei scontroso, vedi.»
«Laura, per favore, non possiamo mai dimenticare, o far finta di non sapere, chi sei tu. E chi sono io.»
«Tra poco io sarò un'altra. Avrò addirittura un altro nome! Mio Dio…»
«Quando sarai un'altra beh… faremo due chiacchiere. Per ora comportiamoci da persone serie. Io e te abbiamo un rapporto… amichevole, ma di lavoro, e basta. Non siamo amici.»
«Che scorbutico… va beh, divertitevi tu e Luigi, e fate i bravi!»
«Non ti preoccupare, non è il mio tipo.»
«Ed è anche sposato.»
«Anche tu. Buonanotte. A domani.»
«Buona notte, mio bello, e coraggioso, agente Sala.»

CAPITOLO 34

«Carmine.»
«Sì don Michele, sono io.»
«Ti sembra l'ora? Nelle celle c'è silenzio, non posso parlare o le guardie se ne accorgono e mi levano il cellulare. Se il prefetto si incazza mi rimettono al 41 bis!»
«Una cosa urgente.»
«Dimmi.»
«Confermato. Laura è entrata a far parte del programma di protezione testimoni.»
«E tu come fai a saperlo?»
«Don Michele, ho le mie amicizie nelle forze dell'ordine. Mi pagate per questo.»
«Chi te lo ha detto.»
«La moglie di un agente della Questura di Reggio ha sentito dalla moglie di quello del servizio centrale di protezione, Fortunio mi sembra, che Laura Forgione è diventata una pentita. È dura tenere segreti così grossi con le proprie mogli… così lei lo ha detto all'amico mio e io ne sono stato informato.»
«E brava la nostra Lauretta. Si sa già dove sta?»
«No, questa è un'informazione top secret, l'agente in questione non lo dirà mai, neppure a sua moglie.»
«Lo vedremo.»
«Era per informarvi. Almeno lo sapete. Prevedo grossi guai.»
«Tranquillo Carmine, non so come abbiano fatto gli sbirri a convincerla ma vedrai che Laura non dirà più di tanto.»
«Speriamo.»
«Carmine io devo ancora capire una cosa. Ho un pensiero che mi gira per la testa, da quando mi hanno beccato nel bunker.»
«Ehm… cosa?»

«Devo ancora scoprire chi ha spifferato dove mi nascondevo. Potresti essere proprio tu. Conosci molti poliziotti. Chi mi dice che non fai il doppio gioco?»
«Ma… ma… leone… io… io non vi farei mai una cosa del genere.»
«Sai bene cosa ti succede, se scopro che sei stato tu.»
«Certo, certo, don Michele. Io tradirvi? Mai! Ho rispetto di voi e della famiglia.»
«Sì, ma a certa gente i soldi fanno più gola del rispetto.»
«Con me potete stare tranquillo, don Michele.»
«Tu, con me, no.»

CAPITOLO 35

«Bene Laura, e questo è il bagno. Questa sarà la tua casetta. Ti piace? Non è male...»
«Già finita? Sì, se vogliamo è anche graziosa ma sarà meno di un terzo di casa mia a San Luca! E poi il giardino... chiamarlo giardino è molto ottimistico... è grande come il mio vialetto d'ingresso!»
«A Torino non abbiamo tutto lo spazio che avete in Calabria. Per ora accontentati, siamo in questa situazione di emergenza. Quando avrai un lavoro potrai sommare il tuo stipendio al reddito che ti darà lo Stato come collaboratrice di giustizia. Niente ti impedirà di affittare, o comprare, un'altra casa. Anzi, se un giorno riconsegnerai l'abitazione ci farai un favore: la potremo riutilizzare per qualche nuovo pentito.»
«Signora Laura, le mettiamo qui le borse?»
«Luigi, ancora con la roba in mano! Sì, scusami, grazie mille, mettile in cucina, anche quella della spesa. Adesso metto subito in ordine. Devo ancora capire dove, ma mi arrangio. Allora per ricompensarmi e aiutarmi mi consegnate una casa ma... a termine.»
«Se ti piace puoi anche restare. Ai pentiti diamo case che di solito confischiamo. Non ci mancano mai. Succede molto spesso, credimi.»
«Dipenderà da come mi trovo qui. Se penso alla mia casetta... mi manca già.»
«È normale ma non dimenticare con che soldi l'ha comprata tuo marito. Hai anche altre proprietà? A San Luca, o altrove.»
«Tre appartamenti. Uno a Roma, uno a Bari, uno in Costa Azzurra. Appartamenti signorili. Percepisco l'affitto di chi ci abita. Non ne so molto, se ne occupava la società creata da Michele per riciclare. Tre commercialisti, due segretarie.»
«Ah, però. Sono intestati a te?»
«Quello di Roma sì, ne sono sicura. Quello di Bari non penso, mi sembra sia intestato alla società stessa. Quello in Francia... boh.»

«Quello di Roma ti verrà confiscato, come la casa a San Luca, e verrà rivenduto. Per gli altri due, dipende a chi sono intestati.»
«Sì, ho già capito come funziona questa cosa.»
«Hai anche altre proprietà? Investimenti, azioni, fondi… te lo chiederà, Volturno.»
«Certo. Ho il mio bel SUV, a casa. Non è intestato a me ma lo uso solo io! Speriamo ci sia ancora…»
«Quello magari convinciamo Volturno e Prefetto a lasciartelo, ma sarà dura. Poi?»
«Due conti correnti. Uno per i soldi spicci. L'altro… beh sì. Investimenti, azioni, fondi. Ma non ci capisco niente di queste cose, ci pensava il commercialista.»
«Denaro da parte ne hai sicuro. Se non te lo confiscano tutto, potrai comprati una casa migliore molto presto.»
«Per ora va bene qui, come dici tu. Almeno sono al sicuro. Spero.»
«Signora Laura posso prendere un bicchiere d'acqua? Sono sudatissimo.»
«Fai pure, Luigi. Abbiamo comprato anche una Coca e un succo di frutta. Scegli tu.»
«Prendo… il succo, grazie.»
«Giovanni?»
«Sono a posto, grazie. Luigi, bevi che andiamo. Abbiamo un lungo viaggio da affrontare. Per almeno tre giorni voglio fare in macchina solo la tratta casa lavoro.»
«Faccio un salto in bagno e sono pronto.»
«Ma ve ne andate di già? Volevo invitarvi qui a pranzo! Non mangio mica da sola tutto quel bel polletto arrosto.»
«No, Laura. Già partendo adesso arriveremo a notte fonda. Non intendo ancora fermarmi lungo la strada, vorrei dormire nel mio letto ed essere in ufficio almeno nel pomeriggio, avrò mille scartoffie da vedere.»
«Neanche due foglie d'insalata? Tre pomodori, due mozzarelle e faccio un'insalatona! Vi prego…»
«Mi dispiace. Starei qui ma davvero, dobbiamo partire. Ti lascio il numero del Comando a San Luca e il numero della Questura a Reggio, se devi parlare con Volturno. Anche se si farà vivo prima lui, vedrai.»
«Ok. Davvero posso chiamarvi in centrale?»

«Ma certo! Per ogni cosa tu ci voglia dire. Domande, dubbi, informazioni...»
«Anche per fare due chiacchiere? Mi sentirò sola da morire...»
«Anche per fare due chiacchiere. Se non siamo impegnati, volentieri. Così ci dirai come va da queste parti. Visto che Luigi come suo solito è in bagno e non ci sente ti lascio anche il mio numero privato. Se vuoi... io... chiamami pure.»
«Volentieri agente Sala! Attento che io ti chiamo anche a notte fonda! Non ti spaventerai mica, vero?»
«Chiamami quando vuoi. Il cellulare non posso mai spegnerlo, devo essere sempre raggiungibile.»
«Di donna che ti chiama a notte fonda ci devo essere solo io.»
Dubito che sentirò ancora Deborah. Altre donne che mi chiamano di notte non ne conosco.
«Sarai solo tu. Sarà un piacere sentirti. Anche a notte fonda.»
«Occhio che poi mi sogni. E nei sogni può succedere di tutto!»
«Già. Nei sogni può succedere anche quello che nella realtà non... non deve succedere.»
«I sogni son desideri. Ti ricordi Cenerentola? Io adesso sono un po' come lei. E lei, un giorno, al ballo, conosce un principe azzurro, e si innamorano...»
«Sì, ma poi lei deve scappare, e lui non sa chi è quella stupenda fanciulla che gli ha rubato il cuore.»
«Ma lei perde la scarpina e, grazie a essa, lui la ritrova... e vissero felici e contenti!»
«Ti auguro la stessa cosa. Te lo meriti. Ma la scarpina non c'è bisogno di perderla!»
«Intendi dire che il mio principe mi conosce già?»
«Intendo dire che è difficile dimenticarsi di te...»
«Però il mio principe deve essere galante. Altrimenti, che razza di principe è?»
«Il tuo principe sarà galante, vedrai.»
«Eccomi dotto', sono pronto.»
«Oh... ehm... bene Luigi.»
«Ehi ma che avete? Mi guardate strano... ho interrotto qualcosa?»
«No Luigi, tranquillo. Non hai interrotto niente. Anzi stavo giusto salutando Laura.»

«Bene, anch'io voglio salutare la signora Laura. Posso darvi due baci sulla guancia?»
«Ma certo, certo che sì! Come sei dolce! Mica come il vice questore!»
«È stato bello condividere questi due giorni. Mi ha fatto piacere esservi stato utile. Vi meritate tutto l'aiuto del mondo. Chiamate pure in centrale se avete bisogno di qualcosa! Se non c'è il vice questore potete chiedere di me.»
«Sono io che ti ringrazio, Luigi. Sei sempre carino e mi fai sentire protetta. Ne ho tanto bisogno, in questo momentaccio. La prossima volta torna anche tu a trovarmi eh? Ci mangiamo una mega pizza insieme!»
«Ah, sul mangiare non dovete certo pregarmi! Grazie per il mezzo panino, la torta… la prossima volta ci concederemo ancora qualcosa di buono insieme. Vado alla macchina, prima che il vice questore Sala si incazzi! Guardate come mi fissa! È geloso… arrivederci. Chiamateci, eh? Passate una buona giornata e non siate triste! Quando vi viene un po' di malinconia ripensate a questi due giorni. Vi aspetto in macchina, dotto'!»
«Vai Luigi, bravo, vai. Arrivo subito.»
Dietro quell'aria sorniona il nostro agente San Rocco nasconde un buon temperamento. Sono contento di averlo come spalla. È un valido appoggio. Anche lui sarebbe un ottimo questore, credo. Totalmente diverso da Volturno, certo. Forse molto meno efficace, molto meno incazzato, ma molto più umano. Ed è questo che noi, forze dell'ordine, dobbiamo ricordare. Prima di difendere la legge e la legalità, difendiamo persone. Ehi, mi stavo dimenticando di Laura! Mi fissa… chissà cosa pensa. Appena chiuderà quella porta dietro di me piomberà nella tristezza più profonda. Proprio lei. La donna più bella di San Luca. La pentita più simpatica che abbia mai conosciuto. Sono sempre i buoni a pagare. Sono gli unici che accettano di farlo. Bisogna star loro vicino. Aiutare gli altri è aiutare sé stessi.
«Laura… non so cosa dire… meglio che vada, non vorr…»
Mi ha abbracciato. Forte. Di nuovo. Profuma di buono. Mi sento così bene. Non vorrei che finisca.
«Mi dispiace da morire che ve ne andiate. Eravamo un bel trio. E mi dispiace salutare l'agente più coraggioso del mondo. Ogni giorno che passa sento di volerti bene. Tuttavia forse hai ragione tu. Non può, non deve esserci niente tra di noi. Solo… amicizia.»

«Così deve essere. Scusami se a volte ho questi modi bruschi. Che ci posso fare? Sono un poliziotto, della squadra speciale dei Falchi. Quelli che combattono i cattivi più cattivi. Mi sono abituato a trattare con la peggio gente. A volte dimentico come si trattano le donne.»
«Non preoccuparti. Hai dimostrato che tieni a me con i fatti, non a parole. Questo è l'importante. Io lo noto subito. Sono stata per tanti anni in un ambiente dove tutto è parole, illusioni, fumo negli occhi. Ed è anche meglio, i fatti sono, spesso, tremendi. Atroci. Brutali. Con te il mondo torna a essere un bel posto.»
«Mi promuovi allora? Tuo agente di fiducia?»
«Sì promosso! Agente e… amico, di fiducia. Ma sappi che io non mi accontento mai. Abbracciami ancora.»
Che faccio?
Oddio.
Cosa mi salta in mente? Non…
Mi ha baciato!
L'ho baciata.
Agente Sala! Svegliati!
«Laura meglio che vada. Non… non facciamo cose stupide.»
«Non era una cosa stupida…»
«Ti chiamo strada facendo, per sapere come va.»
«Sì agente Sala, meglio che vai. Ci sentiamo dopo. Magari ti chiamo io. Tra cinque minuti!»
«Ciao… Lauretta. Tieni duro. Sono con te.»
«Vai Giovanni. Adesso sparisci. Lasciami sola.»
Giusto. Sparire. A volte ritorna a essere la signora Forgione. Non me ne devo dimenticare. Forza, io devo tornare dai miei Falchi.

CAPITOLO 36

«Portaci altro vino, Maurizio! Stasera bisogna festeggiare!»
«Volentieri, don Salvatore. E cosa si festeggia di bello?»
«La mia amica russa qui, Olga, ha appena compiuto venticinque anni! Un quarto di secolo. Bella e giovane eh, non è un compleanno da poco.»
«Giusto, don Salvatore! Vi porto subito un vino buono buono, d'annata! Questo è solo per chi lo sa apprezzare!»
«Bravo Maurizio, portalo, portalo, che c'ho già la gola secca.»
«Avete preso già tre bottiglie ma... con lo Champagne la sete viene bevendo! Arrivo.»
«Grazie ancora don Salvatore, quanto siete generoso! Uomini così non ce ne sono più, vero Patricia? Don Salvatore, siete il migliore.»
«Puoi dirlo forte, Olga mia! In Russia saranno tutti freddi come orsi polari, mica come qui, in sud Italia! Da noi gli uomini sono belli calorosi, e sanno come si trattano le donne! O no, Vince'?»
«Certo, don Salvatore. Qui sappiamo come ci si diverte. A proposito... due righe? Di quelle giuste.»
«Dopo, dopo. Qui no, anche se Maurizio è un amico. Ci sta altra gente.»
«Ditegli di chiudere e di lasciare noi dentro, no? Così io, voi, Olga e la sua amica bionda possiamo continuare la festa come merita.»
«C'hai ragione, Vince'! Bravo! Quando torna Maurizio con le bottiglie glielo dico. E lui fa quello che gli ordino io. Così possiamo assaggiare questa coca nuova, arriva dall'Argentina! Vedrai che sballo! Te lo fa venire duro come di marmo, così anche le nostre amiche russe poi si possono divertire ancora di più.»
«Sì! Bravo, papi! Hai sentito, Patricia? Scusatela eh, ragazzi, lei non parla ancora bene l'italiano.»
«Fa nulla Olga, l'importante è che la lingua la sappia usare per fare altro.»

«Siete proprio forte, don Salvatore! Se la coca merita come dite, questa notte saranno fuochi d'artificio, con queste due bellezze del Nord.»
«Ti puoi fidare del tuo don Salvatore, Vince'! È la coca migliore dell'Italia intera! Ho sempre tutto sotto controllo.»
«Però ho saputo della storia di Laura Forgione. L'avete rapita, e avete fatto bene che 'o leone è un bastardo, ma si dice che è pure scappata. Com'è?»
«Tutta colpa di quel coglione di Vito. Ce l'aveva lui in custodia, e se l'è fatta scappare. L'hanno liberata gli sbirri, che hanno pure fatto un comunicato stampa per informare che Vito è morto in uno scontro a fuoco. Condoglianze alla famiglia, hanno scritto! Figli di puttana! Prima ti ammazzano e poi fanno le condoglianze a tua madre.»
«Ah sono stati gli sbirri, allora! E Laura dove sta adesso? È tornata dai suoi amici Forgione?»
«Nessuno lo sa. La casa è vuota e sembra disabitata da giorni. Non è andata via con il suo SUV, che è rimasto lì. Prima o poi ce lo prendiamo.»
«Starà da qualche parte con il fratello di Michele, come si chiama…»
«Vittorio. Pure lui sta latitante ma presto lo beccheranno, se non lo troviamo prima noi. Vittorio non è niente. Per me Laura se la fa con gli sbirri. 'O leone non ha voluto pagare il riscatto, stavamo per fargliela ritrovare appesa alle bandiere giù in spiaggia. Di certo lei non l'ha presa bene. Maurizio! Ti muovi con 'ste bottiglie? Mi vuoi far morire di sete?»
«Arrivo, arrivo, don Salvatore! Ancora… un minuto solo e arrivo.»
«E il leone, come sta in gattabuia? Perde i denti?»
«Ma che me ne frega ammè di Michele. Tra qualche tempo non sentiremo più parlare di lui. Se riusciamo lo facciamo eliminare in cella. Conosco chi mi può aiutare. Vuole solo un po' di bamba in cambio.»
«Quella cosa bianca smuove il mondo eh? Più della fica!»
«L'hai detto. È per questo che noi Cosenza dobbiamo controllarla. Per i Forgione è finita. Già troppo tempo che comandano. Michele s'è fatto case, barche, macchine fuoriserie. Adesso basta. Tocca a noi. Ho già detto ai ragazzi di prendere il loro posto in tutte le piazze. Ci vorrà un po', i Forgione sono molto conosciuti, e la loro roba non è male. Per forza, l'hanno fottuta a noi! Era nostra! Michele deve pagare pure questo! Io ci ho lasciato mio cugino! Pace all'anima sua.»

«Dite della faccenda di Soverato?»
«Quella! Se no quale? Quando avranno preso Vittorio, e noi fatto fuori Michele in cella, sarà scacco matto! Mi comprerò una villa a Miami, come Al Pacino in Scarface! Vieni qua, bella Olga mia! Non ho pippato ancora ma già sento una voglia… dopo ti scopo come si deve.»
«Ma… don Salvatore, perché girate senza scorta? Non avete paura della vendetta dei Forgione? Michele sarà incazzato nero di sicuro! Se ci fanno qualche agguato io solo di certo non basto, anche se mi so difendere…»
«Vince', mica ho paura io! Di nessuno! Maurizio! Mi sono rotto il cazzo di aspettare! Allora, questo champagne!»
«Ehm… arriva don Salvatore. Arriva…»
«Ehi Maurizio ma dove cazzo te ne stai andando? Qui non è rimasto nemmeno un cliente! Solo noi! E che modo è questo di tenere un loc…»
«Don Salvatore! Guardate!»
«Ma che caz… ehi ma quelle… quelle moto puntano verso il locale? Che fanno? Si sono fermate qui davanti!»
«Don Salvatore attento! Sono uomini dei Forgione!»
«O merda! Merda! Donne, levatevi dai coglioni! Vincè spara! Spara!»
«Giù, don Salvatore, giù!»
«Pezzi di merda! Non siete niente! Vi faccio vedere io chi è don Salvatore Cosenza! Io non ho paura di voi! Tenete questo! Vi piace il mio fucile a pompa eh? Vi apro in due! Tenete, Forgione! Morit… ah!»
«Bravi, bravi! Mi avete preso! Hanno beccato pure te, Vince'? Dove sei? Ma io sono ancora in piedi! Come Al Pacino! Morite!»
«Maurizio! Cane schifoso! Hai cercato di fottermi! Li aspettavi, eh? Lo sapevi! Hai spifferato tu ai Forgione che eravamo qui? Adesso ammazzo loro poi tocca a te! Sparate! Sparate! Non mi fate fuori! Io sono don Salvatore Cosenza! Io sono immort…»

CAPITOLO 37

Bene, questa sarà la mia casa, chissà per quanto tempo. Meglio che inizi ad abituarmici.
Cerchiamo di sistemare questo… giardino. Un metro di terra a lato del vialetto d'ingresso e me lo chiamano giardino, vabbe'. Chi abitava qui prima di me di certo non se ne interessava molto.
Allora, da dove comincio? Direi dal piantare i tre cespuglietti sempreverdi che ho comprato giusto stamattina, per distrarmi e stare un po' su di morale. Almeno daranno una cornice graziosa a questo pezzetto di terra.
Poi l'edera, così nel tempo si arrampicherà sulla rete divisoria, e mi darà un po' di privacy. Non ho voglia di mettermi in costume a prendere il sole e salutare i passanti!
Lì ci metto queste tre piante di roselline, in questi bei vasi. Sono carine e danno quel tocco romantico, che qui manca proprio del tutto.
Più avanti, in quell'angolino, pianterò qualche pianta di aromi: basilico, rosmarino, menta, timo. Ah, se penso al mio giardino che avevo a San Luca, che dispiacere! Cespugli di fragole, more, un albero di albicocche, due di limoni. Tutte le settimane un giardiniere veniva a tagliare il prato. Michele avrebbe preso anche un ulivo, appena prima di decidere che era meglio salutarmi e sparire sottoterra, nel suo bunker.
Su, avanti, mettiamoci al lavoro.
Questa terra sembra proprio dura, si nota che è da tanto che qualcuno non gli dà una bella smossa, o almeno la innaffia un po'.
Oggi fa pure caldo, anche qui a Torino.
Dopo mi vado a bere una bella limonata ghiacciata.
Ecco fatto il primo buco per il cespuglio. Lo posiamo con delicatezza, un po' di terra per tenerlo bene fermo, e con le mie cure crescerà in poco tempo!
Ora, avanti con il prossimo. Con tutto quello che ho da fare, non so se mi basterà la mattinata.

«Buongiorno, signora! Sono appena rientrato e non potevo fare a meno di star qui a guardarla. Si vede che di giardinaggio ne sa eh? Finalmente avremo un bell'ingresso fiorito!»
«Oh, buongiorno. Ho visto che apriva il cancelletto, ma non ci ho badato. Lei… chi è, scusi?»
«Sono Paolo, abito al primo piano. Piacere.»
«Piacere mio! Sono Laura. Non posso darle la mano, per via della rete, ma come se gliel'avessi stretta! Sono anche sporca di terra, meglio per lei se non mi avvicino troppo.»
«Non si preoccupi, signora. Le mani sporche di terra sono mani di tutto rispetto. Vuol dire che appartengono a una persona che si dà da fare. Anch'io quando ero giovane lavoravo in un piccolo campo che avevo in provincia, ma ora che sono pensionato mi sono trasferito qui in città. Qui vicino ci abita mia sorella, con la sua famiglia, e qualche amico. Così se voglio compagnia non sono costretto a restare solo.»
«Ma… scusi se mi permetto, non ha una compagna?»
«Eh, signora, la mia Milly se n'è andata anni fa. Mi guarda dal cielo. Penso a lei, ogni giorno. Anzi se qualche volta mi vedrà parlare da solo… beh sto discutendo con la mia mogliettina!»
«Oh caspita, mi dispiace. Ha figli?»
«Ho una figlia, Serena, ma è andata a vivere con suo marito, in centro Italia, vicino a Urbino. Sono nonno, sa? Hanno un bellissimo maschietto che vuole sempre giocare a carte con me, appena mi vede. Ogni tanto vengono a trovarmi. In estate sono io ad andare da loro, un paio di settimane. Anzi, a dire il vero parto già tra un mesetto. Le giornate si sono allungate, il tempo vola.»
Questo signore sembra una brava persona. Vedovo. Anche lui solo. Abbiamo qualcosa in comune. Anche se io vedova non sono, ma di certo non mi sento più la moglie di nessuno, men che meno di un uomo recluso in carcere di massima sicurezza con le accuse di spacciare droga, e presto di aver commesso o comandato omicidi.
«Come?»
«Le ho chiesto come mai si è trasferita qui. Anche lei mi sembra sola.»
Oddio, adesso che gli dico?
«Ehm… mi sono trasferita dal sud Italia. Dalle mie parti… non c'era lavoro.»

«Da dove viene? Scusi se mi impiccio, ma giù in Sicilia ho diversi amici. Ragazzi che sono tornati a casa, una volta andati in pensione.»
«No, non sono siciliana. Vengo da San... da Reggio Calabria, ecco. Sono calabrese.»
«Ah, che bella terra!»
«Grazie.»
«Anche lei senza un compagno? È una bella donna...»
«La ringrazio anche del complimento ma... no, non ho un compagno. Sono nuova di qui, dovrò farmi una cerchia di amicizie.»
«Beh, qui a Torino non le mancheranno le possibilità. È una città del Nord ma la gente è cordiale. Signora è stato un piacere conoscerla. Ora devo andare su in casa, ho da fare dei lavoretti. Se un giorno avesse bisogno di un uomo per qualche lavoro pesante nel giardino mi chiami! L'unione fa la forza! La prossima volta che la vedo la invito io per un caffè.»
Non so se fidarmi. Vedo uomini di Michele a ogni angolo. No, che stupida. Di certo non possono abitare proprio nella casa che Volturno mi ha messo a disposizione. Sto già diventando matta.
«Grazie, verrò volentieri. Mi scusi se i primi tempi mi vedrà un po' in disparte, ma questo cambio di vita è già duro di per sé, non conosco anima viva... anzi lei è la prima persona di qui che scambia con me due chiacchiere.»
«Signora, se ha bisogno di qualsiasi cosa, non si faccia problemi.»
«Arrivederci signor Paolo, a presto! Torno dalle mie piante. Buona giornata.»
Beh dai, ho già conosciuto uno dei miei vicini. Resta la famiglia del piano di sopra. Chissà se anche loro sanno di chi è davvero il mio appartamento, e chi sono le persone che periodicamente ci abitano.
Dov'ero rimasta? Ah, il secondo cespuglio.
Cos'è questo rumore? Il cellulare! Mi stanno chiamando! O non ti chiama nessuno oppure tutti assieme. Mi hanno dato una nuova SIM ma per fortuna il mio cellulare ho potuto tenerlo. Lo adoro. È così bello. Chissà perché ho voluto cambiare la suoneria! Stavo per perdere la chiamata! Dove l'ho lasciato? Ah, sul tavolo. Chi sarà mai? Questo numero lo hanno solo Volturno e Giovanni.
Prefisso di Reggio. Sentiamo.
«Pronto?»

«Pronto? Signora Forgione? Sono il questore Volturno.»
«Buongiorno, questore.»
«Come va?»
«Adesso, in questo momento, neanche male. Sto lavorando in giardino.»
«Oh, ma che brava! Ottima iniziativa. Lavorare tiene lontano i brutti pensieri.»
«Dottor Volturno, posso chiederle una cortesia?»
«Certo. Se non è troppo pretenziosa.»
«Per favore non mi chiami più signora Forgione. Dopo quello che ho appena fatto non mi sento più la moglie di Michele. Lo so che lo sono ancora per la legge, ma davvero mi chiami solo… solo Laura, come già fanno i suoi uomini, Giovanni e Luigi.»
«Va bene, signora Laura, come vuole. Anche se non dimentichi che presto dovrà cambiare generalità, così potremo farle avere i documenti nuovi. Ha già pensato a qualche nome? Niente che possa ricondurla alle generalità precedenti, ma è liberissima di scegliere nome e cognome.»
«No, non ci ho ancora pensato. Una cosa sola…»
«L'ascolto.»
«Vorrei tenere almeno il mio nome, Laura. Posso?»
«Ma certo. Mi dica comunque al più presto anche il cognome che ha scelto. Dobbiamo accelerare i tempi. In modo anche da permetterle di attivare un nuovo conto corrente, dove lo Stato verserà la sua paga mensile. Presto verrà anche qualche agente a portarle le sue cose, rimaste nella casa a San Luca. Ha già fatto una lista?»
«Veramente no.»
«Signora Forg… ehm signora Laura, avanti. Non sia pigra. Quando si sarà sistemata nella sua nuova abitazione e avrà tagliato tutti i ponti con la vita di prima sarà un bene per tutti.»
«Dottor Volturno, lei mi sta dicendo di dimenticare al più presto la mia intera esistenza! Per rimpiazzarla con una totalmente inventata!»
«Signora le sto solo dicendo cosa è meglio fare. E subito. A proposito, veniamo al motivo principale per cui l'ho chiamata.»
«Mi dica. Sto lavorando in giardino e non ho molto tempo.»
«Signora non assuma con me questo tono perentorio da capo clan. Deve essere a disposizione. Sempre. Almeno in questi primi tempi.

Suo marito verrà giudicato in tribunale, anche sulla base di quello che lei dirà in aula. Lei si trova in una posizione molto delicata. Potrà capitare che la chiami per informarla di cose urgentissime e lei dovrà essere disponibile da subito. Chiaro?»

«Chiaro. Mi scusi. Dica pure.»

«L'ho chiamata per metterla in contatto con sua madre. Il Pubblico Ministero dottor Porlezza ha stabilito che anche lei può entrare a far parte del programma di protezione. Ma deve essere una sua libera scelta, non possiamo obbligarla, in questo caso. Gliene ho parlato, questa mattina ero a San Luca. Non ne vuole sapere. Provi lei a convincerla. Sto per comporre il numero, stia in attesa. Se faccio passare la chiamata dal centralino della questura lei non sarà localizzabile. La chiamo?»

«Sì, sì, la chiami! Mamma!»

«Aspetti. Attenda in linea.»

Mia mamma! Finalmente! Sarà disperata. Chissà come ci è rimasta male, nel sapere cosa ho deciso di fare! Spero che mi abbia capita e che se ne sia fatta una ragione. Potrebbero trasferire anche lei qui, la casa è piccola ma almeno ci faremmo compagnia.

«Pronto.»

«Pronto? Mamma!»

«Chi parla?»

«Mamma sono io, Laura!»

«Laura! Svergognata! Parlo con te solo perché mi ha chiamato il questore. Ma cosa hai fatto? Non ti vergogni? Testimoniare contro chi? Per cosa? Povero Michele! Sta già nei guai! Laura torna a casa! Subito! Non fare la bambina!»

«Ma mamma… non hai capito che non voglio più essere complice di Michele? Mamma lui è… lui è un criminale, e di quelli spietati! Comanda alla gente del clan di rubare, picchiare! Ha fatto uccidere delle persone! Che padre potrà essere per i miei figli? Non è affatto un benefattore, come pensi tu!»

«A te non ti deve importare che cosa fa Michele. Tu sei sua moglie e te ne devi stare zitta, su cose che non ti riguardano!»

«Mi riguardano eccome! Andavo io da quella povera gente a chiedere i soldi da portare a Vittorio. Non voglio più fare queste cose!»

«Bastava che glielo dicevi a Michele, invece di fare questa pazzia! A te non ti deve importare degli affari di tuo marito, a te deve importare di come ti tratta lui! E di come tratta me! Guarda che bella casa che c'ho adesso, mica quella topaia dove ho vissuto trent'anni con tuo padre!»

«Sarà anche stata una topaia ma almeno papà l'ha comprata con soldi guadagnati onestamente! Papà era buono, non un delinquente come Michele! Lo vuoi capire che razza di persona è?»

«Laura finiscila. Subito. Faccio come se non avessi sentito le schifezze che hai appena detto. Non tornare mai più a San Luca! Tu, dalle nostre parti, hai chiuso!»

«Ma mamma... io ho-deciso questo solo per fare la scelta giusta. Se tutti ci ribelliamo a questo stato di cose vivremo tutti meglio! Come fai a non capirlo? Mamma? Mamma!»

«Signora Laura, sua madre ha chiuso la comunicazione. Ho sentito tutto. Mi dispiace. Le staremo vicino, non si preoccupi. Signora Laura?»

«Mi scusi, sono distrutta.»

«Capita sovente, mi creda, che i parenti di chi si offre come testimone rinuncino a diventare collaboratori di giustizia a loro volta. Non vogliono avere problemi, e per restare tranquilli non si fanno scrupoli a fare finta di non sapere. Lei si è ribellata signora, è un grande merito. Signora Laura? Mi sente?»

CAPITOLO 38

Io ci metterei ancora un pizzico di sale. Il sugo in sé non è anche male, ma è un pochino insipido. Potrei salare di più la pasta certo, ma non ha senso.
Oggi sono uscito dall'ufficio presto, e ho lavorato solo pomeriggio. Non mi sembra vero, sarebbe fantastico fare sempre questo orario part time. Alle cinque mi ero portato alla pari con le scartoffie, così ne ho approfittato per uscire. Sono andato anche a fare una bella corsa in centro paese. Ne avevo bisogno!
Il viaggio a Torino in due giorni è stato davvero pesante. Chissà come sta Lauretta. Non l'ho sentita, avrà avuto il morale a terra. Quasi quasi stasera la chiamo io.
Uh, suona il telefono. Chi sarà? Spero non l'ufficio, per oggi ne ho avuto abbastanza. Vediamo.
Il numero di Laura! Pensavo a lei e mi ha chiamato. Telepatia?
«Pronto, Laura! Che sorpresa! Come stai?»
«Ciao Giovanni. Mi fa piacere sentirti così squillante e su di giri, ma per me non è lo stesso.»
«Che succede? Sei triste? È normale…»
«Non sono triste, Giovanni. Sono a pezzi. A pezzi.»
«Sento dalla voce che sei davvero giù. Dimmi tutto.»
«Questa mattina mi ha chiamata Volturno. Non eri con lui?»
«Ehm no, ero a casa a dormire!»
«Hai capito il nostro super agente! A casa a dormire come un ghiro! Che bravo… sei tornato tardi, stanotte?»
«Eh sì, io e Luigi siamo tornati tardi. Alle tre. C'era un incidente in zona Viterbo. Sono crollato appena rincasato. Alle dieci mi ha chiamato Volturno. Che bella sveglia eh? Stranamente era tranquillo. Così, incredibile ma vero, mi ha detto di prendere la mattina di riposo. So che ha parlato con tua mamma…»
«Appunto. Ti chiamo per questo.»

«Cosa ha deciso? Viene a Torino con te?»
«No, non verrà a Torino. Non andrà da nessuna parte. Mia madre ha rifiutato di starmi vicino, in questo mio cambio di vita. Anzi, mi ha detto che non mi vuole più vedere. Giovanni, sono a terra. Non… non mi sembra vero. Tutto sta succedendo così in fretta…»
«Laura, mi dispiace. Davvero tanto. Ma vedrai che cambierà idea, anche per lei deve essere stato un trauma. Ci penserà su e capirà che stai facendo la cosa giusta.»
«Ti ringrazio, cerchi di tirarmi su di morale, ma conosco bene mia madre. Dubito cambi idea. Per lei Michele è un Dio, è colui che ci ha fatti uscire dalla povertà. Mio padre era buono, onesto, una persona semplice. Tutto il contrario di Michele. Lui è un uomo forte, capace di affascinare, soprattutto chi è debole come mia mamma. Aveva fatto perdere la testa anche a me! Ora però ho capito che razza di persona sia.»
«Ma tu non sei affatto debole! Altrimenti non avresti preso questa decisione. Devi esserne fiera. Tua madre se ne farà una ragione vedrai, le passerà.»
«Giovanni…»
«Dimmi.»
«Vorrei tu fossi qui. Ho bisogno di sentire un abbraccio forte e rassicurante, come il tuo.»
«Anch'io vorrei vederti. Non dovrei dirlo, lo so che sto sbagliando. Un vice questore non dovrebbe lasciarsi andare così. Ma che ci posso fare?»
«Segui il tuo cuore. È sempre la cosa giusta.»
«A volte però il volere del cuore è ben diverso da quello che ti dice la ragione.»
«E tu la ragione non stare ad ascoltarla. Se io avessi ascoltato quello che mi diceva la ragione sarei comodamente a casa mia, nel mio giardino, o in spiaggia, a San Luca.»
Il sugo mi sembra pronto, meglio spegnere la fiamma. Senti che profumino. Anche l'acqua bolle, posso buttare la pasta. Tra dieci minuti finalmente si cena.
«Dimenticavo: hai letto il giornale di oggi?»
«No. Cosa dice?»
«Hanno fatto fuori Salvatore Cosenza, in un bar a Bovalino, vicino al lungo mare. Lui, un uomo che era con lui, probabilmente del clan,

una ragazza di origine moldava… e quasi ucciso anche una sua amica, ora è in fin di vita, a Reggio.»
«O mamma! Michele…»
«Eh sì, non te lo nascondo, pensiamo proprio che sia lui il mandante, anche dal carcere. Doveva vendicarsi del tuo rapimento e, immagino, di altre cose. Le due famiglie sono in guerra.»
«Spero di non essere la prossima vittima. Michele si sarà già chiesto dove sia finita, sa che siete stati voi a liberarmi, e che io non ho preso bene il fatto che lui non abbia pagato il mio riscatto. Vorrà eliminarmi. So troppe cose.»
«Non ci pensare nemmeno. Parliamo di qualcosa di più allegro. Presto potremo vederci! Verremo io e Luigi a portarti le cose da casa tua. Hai già fatto la lista?»
«No, me lo ha chiesto anche Volturno. Ha detto pure di sbrigarmi! Ma io solo a pensare alla mia casetta mi rimetto a piangere.»
«Normale. Però in questo caso il questore ha ragione. Prima cominci la tua nuova vita, e tagli i ponti con quella vecchia, meglio è per te.»
«Eh va bene, la farò… stasera magari. Ho già in mente cosa vorrei portare qui a Torino. Altri vestiti estivi, le mie scarpe, qualche elettrodomestico. Posso riavere la mia macchina? Il mio bel SUV…»
«Ho chiesto ma temo di no. Sarebbe un modo facile per rintracciarti. Con la targa ti trovano in un'ora. E anche se la cambiassimo, conoscono il modello troppo bene. Non sottovalutare tuo marito… penso che i suoi occhi arrivino dappertutto. Pur essendo rinchiuso in un carcere, è sempre 'o leone. Presto potrai comprarti un'altra macchina, visto che i soldi non ti mancano. Ti hanno già dato i documenti? Puoi aprire un nuovo conto corrente dove trasferiremo i tuoi depositi.»
«No, non ancora. Devo scegliere le mie nuove generalità, ha detto Volturno.»
«Già deciso? Sophia Loren?»
«Scemo. No, ma vorrei almeno tenere il nome.»
«Si può fare. Il cognome? Non potrai più chiamarti Aloise.»
«Lo so, e non immagini quanto mi dispiace. Boh. Mi piacerebbe qualcosa che rimandi alla mia terra.»
«Uhm… Riace?»
«Ma va'. Troverò qualcosa di carino, vedrai.»
«Sono curioso.»

«Agente Sala?»
«Agli ordini.»
«L'agente San Rocco è simpatico ma la prossima volta vorrei venisse solo lei.»
«È una proposta?»
«È la richiesta ufficiale di una collaboratrice di giustizia: le tocca accettarla!»
«Mi sembra una proposta... interessante.»
«Dici? Io ho solo chiesto se puoi venire tu, senza altri agenti...»
«Vedremo.»
«Ti fermerai per una cenetta!»
«Magari. Ristorante o pizzeria?»
«Da me! Sarò la tua cuoca! Ti stupirò, vedrai.»
«Se vuoi stupire con la tua cucina sarebbe meglio invitassi Luigi.»
«Io voglio stupire te!»
«E ci sei già riuscita. Dai vediamo, Volturno ci dirà di venire a Torino in due.»
«Di' a Luigi che può anche non venire... dagli un giorno di ferie!»
«Luigi non è stupido... la cosa lo insospettirà.»
«Per me Luigi ha già capito che tra noi ci può essere... intesa.»
«Ci penso. La proposta è comunque allettante, sono sincero.»
«Bravo. Sii sincero, con me! Sempre.»
«Lo sono di natura.»
«Ti voglio bene, agente Sala.»
«Ehm...»
«Come minimo si risponde, con entusiasmo, *anch'io*! Vado, altrimenti mi torni a essere il solito scorbutico. Torno dalle mie piante, è l'ora della innaffiatura serale. Con loro mi capisco sempre.»
«Ciao Laura. Buon giardinaggio allora. Io torno ai miei spaghetti.»
«Ci sentiamo presto?»
«Ci sentiamo presto. La prossima volta ti chiamo io, prometto.»
«Sarebbe già una bella sorpresa! Significherebbe che il nostro agente e vice questore Sala si sta... ammorbidendo.»
«Con te viene più facile! Ciao e... ti voglio bene anch'io.»

CAPITOLO 39

«Quel coglione di Don Salvatore ha avuto quello che si meritava, vero Enzo?»
«Quello che meritava, Don Vittorio. Così i Cosenza imparano che non si tocca la roba di Michele Forgione. Figurati sua moglie. A proposito, ma si sa che fine ha fatto Laura?»
«Eh, questo è un altro problema. Che brutto periodo. È passata dalla parte degli sbirri.»
«Programma di protezione testimoni?»
«Esatto.»
«E testimonia contro chi? Con che accuse?»
«Lei di Michele sa tutto. Alcuni ordini importanti, tipo quello della strage di Soverato, Michele l'ha impartito a lei, che poi l'ha passato a me. Ai poliziotti Laura può interessare molto. Di certo non hanno tirato fuori Michele dal bunker per dargli solo cinque anni per spaccio.»
«E pensate davvero che lei possa testimoniare contro 'o leone? Ma va'! Laura è una donna di carattere, ma sempre donna è. Non vorrà mai testimoniare contro suo marito! Che, scherziamo?»
«Di sicuro se lei ha saputo che Michele non voleva pagare il riscatto ai Cosenza ci sarà rimasta male. Molto, male. Gli inquirenti potrebbero averla convinta a spifferare tutto, in cambio dell'immunità.»
«Se così fosse Michele la farà cercare ovunque, per eliminarla. In queste cose non ha pietà per nessuno. Una volta ha fatto seppellire vivo un suo cugino, solo perché si era messo a spacciare da solo.»
«Già, mio fratello non perdona. Farebbe uccidere pure me, se gli combinassi qualche cazzata. Beviamoci su. Prendi quella bottiglia di rosso, quella mezza piena. Poi ti racconto di che servizio mi ha fatto l'altro giorno la brunetta giù in paese, la figlia del fruttivendolo. C'ha due bocce come due meloni!»
«È venuta qui o siete uscito voi? Fate attenzione, don Vittorio. Siete ricercato.»

«Ma che, è venuta qui! Non posso mica starmene rintanato qui sotto senza fare una scopata ogni tanto! Che diamine. Di lei ci possiamo fidare, di sicuro non va in giro a dire dove mi trovo. E se lo fa, ficchiamo suo padre in una colata di cemento, gliel'ho già detto.»
«E lei che ha risposto?»
«Niente, teneva la bocca occupata!»
«È questa la bottiglia?»
«Sì Enzo, versa, versa. Ma chi cazzo è che mi chiama a quest'ora? Michele!»
«Vi sta chiamando dal carcere?»
«'O leone fa quello che vuole pure in carcere. Pronto, Miche'! Come stai, fratello mio?»
«Pronto, Vittorio. Siamo allegri eh? Scommetto che stai a bere. Magari hai appena finito con una donna. Te c'hai in mente solo la fica, te l'ho già detto.»
«Ma che donne, sono qui con Enzo! È uno dei due ragazzi che hanno fatto fuori Salvatore, come tu ci hai chiesto! Si merita un brindisi con il capo.»
«Vittorio il capo sono sempre io, pure se sto qua dentro. Non dimenticarlo, mai.»
«Hai ragione Miche', scusami. Perché hai chiamato?»
«È lì Carmine?»
«No. È un po' che non lo vedo. Quello appare, scompare… doveva esserci anche lui nel commando che ha fatto fuori Salvatore Cosenza ma non ci è andato. So che lui è pagato per fare altro, ma non mi convince, ultimamente.»
«Bravo Vittorio, a volte si vede che sei mio fratello, anche se sei più scemo. Comincio a farmi delle idee su Carmine. Non vorrei che quello stia facendo il doppio gioco. Prende soldi da noi e pure dalle autorità. Chi mi dice che non sia stato lui a spifferare dov'ero nascosto?»
«Hai delle prove?»
«No, ma le sto cercando. Se scopro qualcosa che non mi piace, prove o non prove, ti comanderò di farlo trovare con i coglioni tagliati e ficcati in gola.»
«Va bene. Tienimi informato. Hai saputo di Laura?»
«Quella cretina è passata dalla parte degli sbirri.»
«Eliminiamo pure lei?»

«Sa troppe cose.»
«E dove la troviamo? Se adesso fa la pentita gli inquirenti l'avranno già fatta sparire.»
«Ci penseremo, ma stai tranquillo. Nessuno sfugge a 'o leone, quando comincia la caccia.»

CAPITOLO 40

Alla fine devo ammettere che questa Torino non è male. Tanto verde, opere d'arte, bei negozi, molta gente per le strade. Questa mattina sono stata in Piazza Castello, carina. Uno dei prossimi giorni voglio andare al museo egizio. Mi affascina da sempre. A scuola, in storia, ero la più brava.
Devo fare il possibile per crearmi una nuova vita.
Come se fosse facile… non ho certo più diciott'anni. Potrei rispolverare le mie vecchie passioni, come iscrivermi a un corso di cucina, o di giardinaggio. Di sicuro frequentandoli potrei conoscere anche nuove persone, partendo da questo interesse in comune.
Oggi mi sento più fiduciosa, è il giusto atteggiamento da avere quando si decide di cominciare qualcosa di nuovo, peccato che io debba ricominciare a vivere.
Da un lato è molto stimolante, è una nuova nascita, dall'altro fa paura, perché quando si nasce la mamma è vicino, di fianco a te, puoi sentire il suo calore, qui invece sono totalmente sola.
Ancora il telefono che squilla. È rimasto l'unico mio compagno, il solo che abbia bisogno di me e che mi tenga compagnia. Ahia, questo è Volturno, ho imparato a riconoscere il numero.
«Pronto?»
«Buongiorno, sono il questore Volturno. Allora signora Forg… uff… signora Laura, si decide o no con queste nuove generalità? Devo avviare la sua pratica, in Calabria ho altre due persone che vogliono entrare nel programma di protezione!»
«Dottor Volturno, devo decidere del mio prossimo cognome, che porterò per tutta la vita! Non mi metta fretta!»
«Signora, le ho già detto di muoversi, e spiegato che lei mi deve ascoltare e agire di conseguenza, senza ripensamenti o perdite di tempo ulteriori. Questa è la procedura e io so come gestirla, quindi faccia come le dico. In fretta!»

«Avanti dottor Volturno, non sia sempre così scontroso. Mi rendo conto che lei sia stato un agente modello, per diventare questore in una zona così difficile come la Calabria, ma lei spesso dimentica il lato umano delle cose.»

«Lato umano… parlare con lei a volte è come parlare con Sala!»

«Ascolti di più il suo vice questore.»

«Sì, sì, lo so che voi due andate molto, o dovrei dire troppo, d'accordo. Stringiamo su, questo cognome, forza!»

«Marinella.»

«Come?»

«Marinella. Volevo pensarci ancora ma visto che mi mette fretta… è un paese vicino San Luca. Mio padre mi portava spesso lì in spiaggia, quando ero bambina. Ho dei bei ricordi. Il nome poi mi ricorda anche il mio mare. Laura Marinella. Le può andar bene?»

«Mmmh… direi di sì. Di certo suo marito, anche se aiutato, non può mettersi a verificare l'identità di tutti coloro che hanno per cognome un paese della Calabria. Finalmente. Bene, passo subito l'informazione al servizio centrale di protezione. È pronta la lista delle cose che vuole riavere da casa sua?»

«Sì, l'ho fatta ieri sera.»

«Benissimo. La invii per email all'indirizzo che le ho dato prima che partisse per Torino. Manderò qualcuno a portargliele. Non troppa roba eh? Non siamo un'azienda di traslochi.»

«La mia auto?»

«Quella verrà confiscata e rivenduta a prezzo di mercato.»

«Chi verrà qui a Torino a portare le mie cose?»

«Penso San Rocco, che è già stato lì.»

«Può venire anche l'agente Sala?»

«Ma non scherziamo, un vice questore non ha tempo per queste cose. La richiamo io appena i documenti sono pronti, glieli faremo recapitare con posta raccomandata o con l'agente San Rocco stesso. Appena ricevuti si recherà all'istituto bancario che riterrà più opportuno per aprire un nuovo conto corrente. Le verseremo i depositi che già aveva, quelli non li faremo sequestrare, e l'indennizzo mensile per la sua figura di pentita.»

CAPITOLO 41

I Falchi di nuovo in azione. Questa volta stiamo andando a scoprire se in questo bunker è nascosto Vittorio Forgione. Volturno non ce l'ha detto, ma sono convinto che Lauretta abbia rivelato dove si trova nascosto suo cognato.
Che donna coraggiosa. Sa benissimo che la famiglia Forgione avrà la certezza che dietro questa nuova soffiata si nasconda proprio la moglie, ormai ex, del capo clan.
Se arrestiamo anche Vittorio sarà un bel danno per questa associazione a delinquere, ma la banda non sarà debellata. Sospettiamo, e in fondo sappiamo, che Michele continua a muovere le sue pedine dal carcere e gli affiliati alla cosca continuano a obbedire ai suoi ordini. Questo stato di cose continuerà fino a quando i componenti della banda avranno paura che Michele possa uscire presto, e vendicarsi verso coloro che hanno osato tradire la famiglia, passando a qualche cosca avversaria.
«Vai piano Luigi, stiamo seminando la Land Rover dei Carabinieri. Dobbiamo arrivare sul posto tutti assieme.»
«Va bene dotto', rallento.»
C'è di buono che il clan Cosenza non costituisce più un serio pericolo. Il capo dell'associazione era solo Salvatore, da lui partivano gli ordini per tutte le malefatte perpetrate. Ucciso lui, sicuramente proprio dai Forgione, la cosca ha perso il suo vero e unico cervello. Gli altri affiliati erano per lo più giovani e ragazzini arruolati per le strade della Calabria. Persone che vengono da una realtà di miseria e abbandono da parte delle Istituzioni. Noi Falchi possiamo anche scovare sottoterra un latitante al giorno ma per battere la malavita organizzata occorre cominciare dalla prevenzione. Ci dovrebbe essere più lavoro, meno ignoranza, e una maggiore presenza dello Stato, soprattutto nei quartieri o nei paesi a rischio. Uno Stato rappresentato da persone che credono nei valori e nell'onestà prima di tutto, non gente che alla

minima difficoltà si tira indietro o volge lo sguardo dall'altra parte.
«Rallenta ancora, Luigi, siamo quasi arrivati. A passo d'uomo, cerca di fare meno rumore possibile. I Carabinieri sono dietro di noi?»
«Sì dotto'.»
Questa volta pare che Vittorio non si nasconda in un vero e proprio bunker. Volturno ci ha informato ieri pomeriggio che dovrebbe essere nascosto nella taverna di una casa poco fuori San Luca. L'abitazione è di una signora anziana, Maria mi sembra, che ha accettato di ospitare Vittorio, sapendo che anche lei rischia la galera. Nulla di strano, da queste parti. La signora ha perso un figlio anni or sono in una sparatoria tra bande rivali. Il ragazzo era nella cosca dei Forgione e lei, invece di odiare tutto questo sistema che le ha portato via quanto di più caro avesse al mondo, si è offerta di ospitare i ricercati della cosca. In cambio pare faccia spesa gratis nel supermercato in centro. Attività anche questa di proprietà dei Forgione, ovvio.
Non è mattina presto come in occasione dell'arresto di Michele, è quasi sera. Il cielo è ancora luminoso, pur essendo le nove passate. Dovrei esserci abituato, in questi giorni di luglio, ma mi stupisco ancora.
Ripasso la procedura. Io e Luigi parleremo con la signora, inventando una scusa per fare un sopralluogo. Gli altri membri dei Falchi circonderanno l'edificio, per evitare che il nostro latitante posso scappare, ammesso che si trovi qui. Sempre che non abbia qualche cunicolo sotterraneo che gli permetta di sparire comunque.
«Qui Luigi, la casa è questa, fermati. Scendiamo.»
Dietro di noi sento spegnersi il motore della Land Rover dei carabinieri.
«Rivolta, Semeraro, Nicotra, circondate l'edificio come abbiamo pianificato.»
«Va bene, dottor Sala. Ci lasci due minuti per prendere posizione e armarci.»
«Vieni Luigi, andiamo a fare due chiacchiere con la tranquilla nonnetta che ospita latitanti ricercati in tutta Italia.»
«Dite che farà storie?»
«No, farà di tutto per sembrare sorpresa del nostro arrivo. Dov'è il campanello? Ah, eccolo.»
«Chi è?»

«Polizia di Stato. Signora, apra per favore.»
Silenzio. Provo a chiedere ancora, questa volta in stile Volturno.
«Avanti Signora, apra. Polizia di Stato. Forza! Non ci faccia perdere tempo!»
La porta si apre. La signora Maria avrà pensato a cosa dire. Per cominciare con il verso giusto cercherò di essere gentile e di esporre il pretesto che abbiamo scelto per il nostro arrivo.
«Buona sera, signora Maria. Io sono il vice questore Sala, lui l'agente scelto San Rocco. Scusi se la disturbiamo in questo orario inconsueto. Dobbiamo fare un sopralluogo perché ci hanno segnalato che ci sono dei topi d'appartamento nella zona e volevamo assicurarci che non ci siano segni di effrazione alle finestre, tutto qui. Normali verifiche di routine.»
«Vi ringrazio agenti, ma non ho sentito nessun rumore in questi giorni.»
«Meglio se ce ne accertiamo di persona. I ladri moderni hanno... apparecchiature molto silenziose, non percepibili dall'orecchio umano. Vedesse che roba...»
«Vi credo, vice questore, ma davvero, non penso proprio abbiano cercato di venire anche da me. Sono solo una povera vecchia, che arriva a stento a fine mese con la pensione.»
«Beh i ladruncoli non sanno chi sia il proprietario di ogni abitazione. Loro entrano e arraffano quello che possono. Ci faccia entrare e verificare. È anche per la sua sicurezza.»
Di solito funziona. Se non cede mi toccherà usare le maniere forti. A ogni buon conto, trattandosi di una casa privata, ho in tasca il mandato del giudice che autorizza la perquisizione. Pensa se la vecchia mi denunciasse per violazione di domicilio! Spero che intanto Vittorio, se è davvero rintanato in taverna, non ci abbia sentito e non stia per scappare in qualche cunicolo. A volte i ricercati fanno installare veri e propri sistemi di sorveglianza all'avanguardia, con telecamere, microfoni, sensori. Non badano a spese.
«Ma certo agenti, venite, su, entrate. Scusatemi se sono stata scortese ma sapete, di questi tempi, non si sa più di chi fidarsi! Volete un caffè? Qualcosa da bere? Ho preparato un'ottima tisana, se volete ne ho anche per voi.»
Strana questa improvvisa gentilezza. Ahi ahi, temo che Vittorio ci abbia sentiti e sia scappato, oppure non sia qui.

«Grazie signora. Si deve fidare sempre delle forze dell'ordine. Per me un bicchiere d'acqua, con questo caldo… tu, Luigi?»
«Ehm… assaggio la tisana.»
«Allora un bicchiere d'acqua per il vice questore e una bella tazza di tisana per l'agente scelto! Intanto fate pure i vostri controlli, la mia casa è a vostra disposizione. Scusate se trovate un po' di polvere ma ve l'ho detto, sono anziana ormai e fare le faccende di casa è diventato faticoso.»
«Non si preoccupi signora. Cinque minuti e abbiamo fatto. Giusto il tempo di scaldare la tisana per l'agente San Rocco. Vieni Luigi, al lavoro!»
Sento che le probabilità di trovare Vittorio sono molto ridotte, ma vediamo cosa troviamo in questa taverna. Facciamo prima un finto giro per la casa, poi ci dedicheremo al piano interrato.
«Non potevi proprio bere solo un bicchiere d'acqua, vero Luigi?»
«Dotto' me l'ha offerta, sembrava gentile accettare. Anzi, magari Nonna Papera ha anche due biscotti.»
«Non c'è problema Luigi, ti conosco. Separiamoci. Fai finta di guardare un po' in giro, magari apri qualche finestra. Ci ritroviamo qui, nell'atrio, tra due minuti, poi andremo giù in taverna con qualche altra scusa.»
Vediamo… l'appartamento è in perfetto ordine, la signora è anziana ma riesce ancora a fare i lavori di casa, altro che polvere. Di sicuro Vittorio non frequentava queste stanze. Anche se si sentiva al sicuro non avrebbe mai rischiato fino al punto di esporsi alla luce del giorno. Quando li becchiamo immagino che la galera non pesi loro più di tanto, anzi per alcuni motivi può anche essere una vita migliore che stare rinchiusi, da soli, in uno scantinato.
Anche questa stanza in ordine, il bagno immacolato. Chissà se Laura si intratteneva con la signora o andava direttamente al piano di sotto da Vittorio. Sicuramente veniva qui, bella e profumata, a portare magari i soldi del pizzo e riferire gli ordini che le dava Michele durante gli incontri in carcere. Avrà portato qui anche il famoso biglietto con cui suo marito ordinò la strage di Soverato.
«A posto, Luigi? Trovato nulla di sospetto?»
«Niente, dottor Sala. L'abitazione di una signora anziana, in perfetto ordine.»

«Bene, andiamo in cucina. Mi invento qualche scusa per farci dare il permesso di scendere in taverna, anche se dubito che Vittorio sia ancora qui. Signora Maria?»
«Venite agenti, venite. Questo il suo bicchiere di acqua, e qui c'è la tisana per il suo collega. È buonissima, le piacerà.»
«Grazie signora, ma prima il dovere. Possiamo dare un'occhiata anche in taverna? Vedo delle scale in soggiorno che portano da basso.»
«La tisana si raffredderà...»
«Nessun problema, signora. Col caldo che fa, l'agente scelto la berrà anche fredda. La taverna, per favore.»
«Ma lì non ci sono finestre, agente.»
Si è irrigidita. Forse è un buon segnale. Magari Vittorio dormiva e non si è accorto del nostro arrivo. A stare rinchiusi sempre senza luce solare i latitanti perdono la concezione del tempo.
«Le credo, signora Maria, ma...»
Che le dico? Oddio dovevo preparare qualche scusa plausibile. Devo stare più attento, ultimamente sono un po'... sulle nuvole, ecco.
Ci sono. Una scusa forse credibile per una persona della sua età.
«Signora deve sapere che i delinquenti di oggi hanno molti strumenti per entrare nelle case. Sanno scavare tunnel lunghi parecchi metri! Cominciano da fuori la proprietà, e scavando e scavando riescono ad accedere a eventuali locali interrati. Massima attenzione!»
«Eh lo so, che si possono scavare questi tunnel. Come fanno... i latitanti quando scappano dalla Polizia.»
Questa signora è più sveglia di quanto pensassi. Magari ci sta anche prendendo in giro.
«Comunque se volete andare da basso, non c'è problema, andate pure. Se è per stare tranquilla... ah un momento, agenti! La porta è chiusa a chiave, vi accompagno.»
Che senso ha chiudere a chiave la porta della taverna? Eh sì, ci siamo! Penso proprio sia il nascondiglio di Vittorio.
«Ecco, qui, entrate. Vi aspetto in cucina. Agente, le tengo la tisana al caldo.»
«Grazie signora. Dottore, che sia davvero il nascondiglio di Vittorio? A me non sembra. Laura si sarà sbagliata, o il questore ha capito male.»

«Vediamo, Luigi. Di sicuro qui dentro non c'è nessuno. Dai anche tu un'occhiata e dimmi se noti qualcosa di strano. Soprattutto cerchiamo se ci sono indizi che portano a qualche cunicolo nascosto in una botola, o dietro le pareti.»
Eccolo qui, il bunker. Una normalissima taverna. Nessuna traccia di schermi, telecamere o microfoni. Io invece credo che sia comunque il posto giusto, anche se Vittorio si è volatilizzato. Chissà quante riunioni di malaffare si sono svolte tra queste mura, con la signora Maria di sopra a guardare tranquilla la TV. Laura magari ha esibito il suo fantastico sorriso anche qui sotto.
No, indizi del passaggio di altra gente non ce ne sono, tantomeno impronte sospette. Se ci sono cunicoli nascosti di certo sono pieni di terra, ne vedremmo delle tracce.
«A posto, Luigi?»
«Niente di anomalo. Non è certo il primo bunker sospetto che ispeziono, so riconoscere eventuali indizi. Può essere che Vittorio fosse realmente qui. C'è anche un bagno e un cucinino, accessori strani per una taverna. Ehi ma quel foglio sul tavolo là in fondo?»
«Giusto, mi era sfuggito, che stupido. Sarà la lista della spesa della signora, chissà da quanto è qua. Probabilmente da quando erano ancora in vigore le Lire! Vediamo... o Santo Cielo!»
«Cosa c'è scritto, dotto'?»
«Luigi, Vittorio era qui di sicuro. Poco tempo fa. Evidentemente non conosce molto bene la grammatica... leggi pure.»

"Ma che bravi i nostri polizziotti
Questa volta siete arivati in ritardo
Vaffanculo
Saluti a Laura"

«Dotto'! Era qua! Anche se non è firmato non può che essere di Vittorio! E sa già di Laura! Forse pensa che le indicazioni del bunker ce le abbia date proprio lei!»
«Senz'altro Luigi, senz'altro. Laura sarà stata qui parecchie volte. Sanno che è passata dalla nostra parte, e si sono premuniti. Ci avrà pensato Michele, quello è una volpe, altro che leone. Anche se non sanno ancora chi ci ha dato la soffiata per il suo, di bunker...»

«Carmine? Il nostro infiltrato?»
«Proprio lui, ricordi? Chiamò Volturno quella mattina per confermare che 'o leone era lì. Andiamo dalla signora, forza. Ci deve qualche spiegazione.»
Vittorio era proprio qua, peccato. Prenderlo sarebbe stata una mazzata, forse quella risolutiva, per il clan Forgione. Sicuramente gli affiliati non sarebbero diventati onesti, figuriamoci. Magari avrebbero creato per conto loro un'altra cosca. Il più forte di quelli rimasti in libertà avrebbe potuto prendere il comando delle operazioni. Avremmo dovuto ricominciare da zero, certo, ma con due pericolosi latitanti dietro le sbarre. Se non altro il vero capo è già dentro, ma chissà per quanto. Tutto dipenderà da Laura.
«Signora?»
«Venite ragazzi, la tisana si sta ancora freddando. Lasciate stare la porta, dopo chiudo io, venite.»
«Signora, devo farle una domanda.»
«Mi dica agente, che c'è? Volete due biscotti? Un po' di pane e formaggio? È il formaggio di Armando, quello che tiene le capre giù a...»
«Signora, mi stia a sentire. Di chi è questo biglietto? Era sul tavolo in taverna.»
«Uh? Chi... mah, non so. Forse... forse...»
«Forse cosa?»
«No forse è di mio nipote, veniva qui a giocare ogni tanto, fino all'anno scorso. Adesso ormai è grande, non viene più dalla nonna...»
«Suo nipote? Signora non mi prenda in giro! Ha letto cosa c'è scritto?»
«E che ne so, magari... giocava, sì giocava. I giovani, sa, hanno molta fantasia. Vedono quei film polizieschi lì alla TV e poi...»
«Suo nipote eh? I film polizieschi, vero? Ma per favore! Signora lei rischia di finire in arresto! E questa Laura? Chi è?»
«No agente, per favore, sia buono, non se la prenda con me. Non ho fatto nulla di male. Ogni tanto venivano delle persone e io... io avevo paura, scendevano, salivano... oh abbia pietà, sono anziana, non voglio finire in galera!»
«Signora, non piagnucoli. Chi viveva al piano di sotto? Cucina, bagno... chi? Confessi!»
«Non so, non so, non so nulla... aiuto, sto male...»
«E ripeto: chi è questa Laura scritta sul biglietto?»
«Laura Forgione.»

«Oh… facciamo passi avanti! Cosa veniva qua a fare?»
«È un'amica di famiglia, io conosco la madre, le portavo ogni tanto le uova che mi regalava sempre Armando, l'allevatore.»
«Ripeto. Cosa veniva qui a fare?»
«A… salutarmi. E… prendere le uova.»
Da questa qua non caveremo nessuna informazione in più. Dovrei portarla in centrale ma non fa nulla. Inutile accanirsi contro una persona della sua età. Se ci fosse stato Volturno ora sarebbe già sulla volante. Non gli dirò niente.
«Signora, farò finta di nulla solo perché qui, foglio a parte, non c'è niente altro. Sappia però che non ho creduto a una sola parola di quelle che mi ha detto. Non faccia più entrare nessuno qui, soprattutto i delinquenti ricercati dallo Stato! Se ci provano, chiami la questura immediatamente!»
«Va bene, agente, va bene, scusi ancora, e grazie, mille grazie.»
«Luigi, finisci la tisana e andiamo, sbrigati.»
«Subito dotto', finita. Torniamo dai Falchi.»
«Buona notte agenti, volete ancora un biscottino?»
«No signora, niente biscottini. Mi raccomando, non si faccia trovare ancora in difetto. Buona notte.»
Questa volta ci è andata buca. Appena Michele ha realizzato che Laura sta con noi adesso ha ordinato a Vittorio di cambiare bunker. Prima o poi lo troveremo, non dobbiamo desistere. Adesso che Laura è a Torino lui è il vero e solo tramite tra Michele e la banda. Tolto di mezzo lui, per i Forgione è finita.
«Dottore ma perché l'avete lasciata andare? Nonna Papera sapeva tutto e vedeva Vittorio tutti i giorni.»
«Cosa vuoi che ci racconti? Solo il pensiero di ammettere che il nostro latitante era qui le farebbe venire un infarto. Sai l'importanza che aveva questa famiglia per la comunità.»
«Volturno si arrabbierà.»
«Ci ho pensato Luigi, hai ragione. Ma noi gli diremo che la casa era vuota, ok? Torniamo dai Falchi.»
«Come vuole, dotto'.»
«Siamo qui ragazzi, nessuna traccia di Vittorio. Nemmeno di botole o passaggi segreti. Sarà stato avvisato per tempo del nostro arrivo. Forza Falchi, torniamo in Questura. Riunione, verbali, e poi finalmente tutti a nanna.»

CAPITOLO 42

Un rumore...
Oddio che paura...
Sembrava provenire dal giardino...
Non sento più niente, mah.
Se ricapita salgo a chiamare il signor Paolo.
Ho una fifa...
Non solo mi tocca stare qui, sola, in una città che non conosco, senza famiglia né amici, ma ho anche il terrore che qualcuno mandato da Michele, o Vittorio, mi trovi. E in due secondi mi faccia passare la voglia di confessare le malefatte della loro famiglia. Tappandomi la bocca, per sempre. Se mi devono far fuori allora avrei preferito morire a San Luca, caspita, a casa mia.
Certe volte ho di quei ripensamenti...
Non devo mollare, sto facendo la cosa giusta. Basta che mi ricordi dell'umore nero che ogni volta mi veniva al pensiero di andare a derubare delle persone oneste. La vergogna. Non potersi guardare allo specchio.
"*Vuole un caffè signora? Saluti alla famiglia!*" Dicevano. E io stavo male dentro.
Il telefono? Chi mi chiama a quest'ora? Sarà Volturno, che scema, chi vuoi che sia?
O speriamo sia... Giovanni!
«Ciao agente Sala! Ore ventidue e quarantacinque... che carino! Volevi darmi la buona notte? Quasi non ti riconosco.»
«Laura ciao! Ma come fai a sapere che sono io? Volevo farti una sorpresa.»
«Giovanni solo due persone hanno questo numero. Tu e Volturno! Ho imparato i numeri, non è difficile.»
«È vero, che stupido.»
«Agente Sala, lei mi perde i colpi.»

«Hai ragione. Ci ho pensato anche oggi. Sarà a causa di… qualche distrazione inaspettata, mettila così.»
«Non ti sarai mica invaghito di qualche bella moretta calabrese?»
«Ehm… no, non mi sono invaghito di nessuno.»
«Dove sei stato oggi?»
«Laura, purtroppo volevo solo dirti cose carine ma non riesco, sai che con te posso solo essere sincero, sempre.»
«Allora sii sincero e racconta.»
«Oggi io e i Falchi siamo andati nell'abitazione dove si nascondeva Vittorio.»
«Dalla signora Maria?»
«Esattamente. Dovevamo trovarlo e arrestarlo. Immagino che sia stata tu, a rivelare dove si trova…»
«Volturno me l'ha chiesto. Vittorio è un pesce piccolo, pensa solo alla bella vita, anche se sta chiuso dentro a un bunker pure lui. Di reati però ne ha commessi, so che era ricercato. E come è andata?»
«Non c'era nessuno.»
«È scappato in qualche cunicolo? Se ricordo bene non ce n'erano ancora.»
«No, infatti. Nessuna traccia di passaggi nascosti. Era lì, fino poco tempo fa. Ha lasciato un biglietto.»
«Un biglietto? E cosa ha scritto?»
«Era per noi. Ha scritto che siamo arrivati tardi.»
«Sai che sorpresa. Michele ormai sa che mi sono pentita. Avrà detto lui a Vittorio di cambiare nascondiglio. Suo fratello figurati se ci avrà pensato, sempre imbottito com'è di marijuana e Playstation.»
«Laura, c'è una cosa che ancora non ti ho detto.»
«Spara. Ehm… scusa, dimmi…»
«Vittorio ha scritto anche di salutarti. Ha proprio scritto *saluti a Laura.*»
«Oddio vedi! Sicuramente pensano che abbia rivelato io il nascondiglio! La signora Maria come sta? Lei è vittima di un'educazione antica, in cui la famiglia a capo della malavita locale veniva trattata come fosse un'autorità. Le si doveva obbedienza e dedizione. E lei poverina ha perso pure suo figlio, per colpa di queste tradizioni.»
«La signora sta bene, ho evitato di portarla in centrale, avrebbe passato dei bei guai. Ospitare e nascondere un latitante non è cer-

to un reato di poco conto ma ho capito che lei non è una persona pericolosa.»
«Che bravo sei. E Volturno non ha detto niente? Strano.»
«Non lo sa.»
«Non c'era?»
«No, per fortuna della signora Maria. Ma ho dovuto scrivere sul rapporto che lei non era in casa.»
Questa sera sta per arrivare un temporale. Dalla finestra vedo i rami degli alberi più alti mossi da un vento teso. Rendono l'atmosfera ancora più cupa ma almeno questa sera dormirò al fresco. Qui non ho l'aria condizionata, quando è afoso si suda anche a stare sdraiati, in questo Nord Italia.
«Mi dicevi della signora Maria. L'hai risparmiata. Rischi una bella lavata di capo per aiutare una innocente vecchietta? È proprio bravo, il mio agente Sala.»
«Stai imparando a conoscermi. A volte penso di avere il cuore troppo tenero per fare questo lavoro… in particolare, qui in Calabria. Andavo meglio lì a Torino, forse.»
«Ma non hai deciso tu di andare a comandare i Falchi, scusa? Hai anche tu dei ripensamenti?»
«In questo momento sì. Per i Falchi ho rinunciato anche a una donna.»
«Deborah, giusto? Me lo hai raccontato, una volta. Si vede che non l'amavi davvero. L'amore è una forza che va oltre ogni cosa.»
«Mah, forse hai ragione. Per me era più importante la carriera, in quel momento.»
«Forse se un giorno arriverà una donna che ti farà cambiare idea, e capire cosa è davvero importante nella vita.»
«Chissà.»
«E adesso come farete con Vittorio?»
«Lo troveremo comunque. Mi aspetto un suo errore, per troppa sicurezza, o troppo poca. Una soffiata di qualche infiltrato…»
«È così che avete beccato Michele, vero? Lui era sicuramente attentissimo, sempre. 'O leone non commette errori.»
«Diciamo che uno dei suoi non è proprio un affiliato modello.»
«Davvero? C'è un infiltrato nella banda? Mamma mia, se Michele lo scopre gli fa strappare la pelle! Chi è?»

«Non posso dirtelo.»
«Dai, non trattarmi come una pentita qualunque!»
«Meglio per te non saperlo. Potrebbe essere qualcuno che conoscevi, ci rimarresti male…»
«Ma cosa vuoi mi interessi più? Chi è, dai.»
«Carmine.»
«Carmine! Incredibile! Chi l'avrebbe mai detto?»
Ricordo ancora la prima volta che Michele mi parlò di questo tizio. Aveva molte amicizie nelle forze dell'ordine, non so se fosse parente di qualche poliziotto o carabiniere alto in grado. Conobbe mio marito al bar, una sera, quando Michele non era ancora latitante. Sicuramente sapeva che stava parlando con il capo del clan Forgione, e infatti si propose per fare da infiltrato. Non aveva debiti di gioco o bisogno di droga, lui decise di diventare affiliato solo per amore dei soldi.
«Visto? Non te l'aspettavi fosse proprio lui.»
«Giovanni, state attenti. Adesso che mi ci fai pensare ricordo che Carmine sapeva parecchie cose sui vostri movimenti… e ce le diceva. Michele lo pagava, profumatamente, per questo. Non è che fa il doppio gioco?»
«Dici? Interessante. Magari è proprio lui ad aver avvisato Vittorio. Ne parlerò con Volturno. Visto che hai della stoffa?»
«Devo trovarmi un lavoro, a settembre, ma non nella Polizia! Sarei un caso più unico che raro. Vorrei trovare qualcosa che mi faccia parlare con le persone. Mi piace la gente, ma meglio che stia lontana dai furfanti.»
«Ci penserai. Sono d'accordo con te. Aspetta settembre, hai già avuto abbastanza novità, nelle ultime due settimane.»
«Giovanni…»
«Dimmi.»
«Mi manchi. È dura stare completamente soli. Mi piace quando ridiamo e scherziamo assieme. Scompaiono tutti i brutti pensieri.»
«Ti do una bella notizia! Volturno mi ha detto che gli hai mandato la lista con le tue cose da prendere nella tua vecchia casa. Ha detto di incaricare San Rocco di portartele. Cercherò di fare come mi hai chiesto. Convincerò Luigi a darsi per malato, così non sarà in ufficio, se Volturno chiama. Io mi offrirò di sostituirlo, e verrò lì. Il furgone lo so guidare.»

«Davvero? Bella idea, bravo! Così mi piaci. Allora vedi che ci tieni anche tu, a farmi compagnia? Sarà per poco tempo però, purtroppo.»
«Arrivo venerdì sera e riparto domenica.»
«Addirittura due sere? Non vedo l'ora, che bello! Anche se è poco lo stesso.»
«Per me dopo due giorni sarai tu a cacciarmi!»
«Non ci sperare.»
«Non ci spero.»
«Venerdì sera allora preparo io una bella cenetta! Vedrai! Da leccarsi i baffi! Sabato mi porti tu in un bel ristorante. Ne ho visti di carini, qui vicino.»
«Ah, so bene dove portarti. Torino la conosco come le mie tasche. Sei in buone mani.»
«A proposito. Anch'io ho una grande novità!»
«Sarebbe?»
«Laura Marinella.»
«Eh?»
«Marinella! Sarà il mio cognome! Ho deciso! Perché ridi?»
«No è che… è strano. Perché Marinella?»
«È un paese vicino a San Luca. Mio papà mi portava lì in spiaggia, quando ero piccola. Ho dei bei ricordi. E il nome mi fa venire in mente il mio mare, che adoro.»
Solo a pronunciare questo nome mi sembra ancora di sentire il profumo del mare, misto a quello dolciastro dell'anguria che portava la mamma in spiaggia. Papà che mi chiamava e mi lanciava la palla gonfiabile che compravamo con il giornale.
«Hai fatto bene. Marinella, carino! Sei sicura che Michele non ci possa pensare?»
«Ehm… no, non credo.»
«Gliene hai mai parlato?»
«Non mi sembra, no, no.»
«Sicura? So bene che 'o leone non dimentica niente, oltre a non fare mai errori.»
«Sicura.»
«Bene. Vado dai, si è fatto tardi. Domani sveglia presto, dobbiamo andare a fare degli interrogatori in carcere, a Reggio. Buona notte, Laura Marinella.»

«A te, agente Sala. Riposati bene. Quando verrai qua non crederai di ronfare molto, vero?»
«Sei terribile, Lauretta.»
«Mi piace stuzzicarti.»
«E ci riesci benissimo… ma ricorda che io e te è meglio se restiamo solo buoni amici.»

CAPITOLO 43

«Scopa!»
«Bravo Mohammed, hai vinto. Hai imparato da qualche settimana ma te la sai già cavare, si vede che hai cervello.»
«Grazie, don Michele. Ce la metto tutta.»
«E bravo pure per il fatto che non mi fai vincere a carte, come invece fa la maggior parte dei detenuti.»
«Perché vi fanno vincere, don Michele? Hanno paura che ve la prendiate male?»
«Ma no, Mohammed, non è perché hanno paura. Mi lasciano vincere perché così credono di farmi un piacere, di fare colpo su di me. Invece, mi dimostrano solo di non avere le palle.»
«Se gioco lo faccio per vincere, 'o leone.»
«Mi piaci, Mohammed. Non sei uno dei soliti terroristi invasati, tutto scritture sacre e autobombe. Quando esco da questo cesso di carcere vedrò di fare uscire pure te. Un posto per aiutare la nostra famiglia non te lo leva nessuno.»
«Grazie don Michele, voi non siete un razzista.»
«Chi pensa che le altre razze siano inferiori o superiori non ha capito un cazzo. Il mondo è azione, e le azioni non sono fatte dalle razze, ma dalle persone.»
«Don Michele.»
«Dimmi Totò, che c'è? Sto giocando con il mio amico marocchino.»
«Un messaggio da Vittorio.»
«Che dice, quello là?»
«Ha detto di ripeterle queste parole. Non so cosa vogliano dire.»
«Lo so io. Dimmele, muoviti.»
«Dice che gli sbirri sono andati dalla signora Maria. Avevate ragione. Ora sta dove gli avete detto.»
«E certo che avevo ragione. 'O leone ha sempre ragione. Se non fosse stato per me quel coglione sarebbe già nel braccio C.»

«Il detenuto Forgione è desiderato in sala visite. 'O leone, siete lì?»
«Sì sì arrivo, Agente. Totò, sparisci. Mohammed ripassa un po' le regole e preparati, appena ho finito mi dai la rivincita. Andiamo a vedere chi è venuto a trovarmi, non aspettavo nessuno.»
«Tutto bene, don Michele?»
«Sì agente, grazie. E fuori di qui, com'è? La vedo bello abbronzato. È andato in spiaggia con la famiglia?»
«Sì, ieri ero in licenza così sono andato al lido di Marinella, con la famiglia. Bella giornata.»
«Ah bello, me ne ha parlato qualche volta mia moglie, tanti anni fa. Ci andava con suo padre, quando era piccola…»
«Prego, entri, Don Michele. L'avvocato Guerra è già lì che l'aspetta. Quando avete finito la riaccompagno in sala ricreazione.»
«Quattro tavolacci, una TV ancora col tubo catodico, due mazzi di carte… e la chiamate sala ricreazione! Come se fossimo all'ospizio! È ancora presto, per farmi ricoverare.»
«Quello che ci passa il Governo, don Miche', a dopo.»
«A dopo. Sentiamo cosa vuole Guerra. Buongiorno, avvocato! Siete venuto a portarmi buone notizie, spero.»
«Buongiorno Signor Forgione. Ehm… purtroppo no, anzi.»
«Che c'è ancora? Avvocato, le ricordo cosa le ho detto l'altra volta. Se vuole continuare a fare il suo mestiere con tutte le dita al loro posto, le conviene farlo bene.»
«Non mi minacci, per favore. Come pensavo, sono spuntati nuovi capi d'accusa. Il Pubblico Ministero mi ha parlato di imputazioni gravi.»
«Di cosa parliamo?»
«Lei probabilmente verrà accusato anche di essere il mandante della strage di Soverato. Rischia l'ergastolo, o almeno trent'anni di carcere, se vengono accettate tutte le attenuanti del caso.»
«E chi mi accusa, sentiamo. Io sto qui dentro per detenzione e spaccio.»
«Non si dimentichi che è stato anche latitante. Avrebbe dovuto consegnarsi alle autorità, invece che sparire in un bunker sotto terra. Di certo questo non aiuterà, con il giudice.»
«Deve dire che io non sapevo di essere ricercato! Ero… all'estero.»
«E come mai allora l'hanno trovata nel bunker fuori San Luca, quattro metri sotto il livello del suolo? Il giudice non è uno sciocco.»

«Il motivo lo trovi lei, avvocato. È pagato, e profumatamente, per questo. Non voglio sentire scuse. E poi bisogna vedere dove sono le prove che attestino che io sono il mandante di Soverato. Chi le ha?»
«È un'informazione a cui non posso accedere, per il momento. Ma io penso che sia...»
«Chi?»
«Sua moglie, don Michele. L'avranno messa sotto torchio. Comunque, chiunque sia l'accusante, dovrà presenziare in aula, il giorno del processo.»
«Allora stia tranquillo, Guerra. A Laura ha dato di volta il cervello, ma non oserà mai, mai, accusarmi in tribunale, mentre la guardo negli occhi.»
«È un rischio che non possiamo correre.»
«Cosa mi sta dicendo? Che devo far assassinare mia moglie? Se lo meriterebbe pure, quella puttana, ma non è un consiglio che voglio sentire dal mio avvocato.»
«Non le sto dicendo niente, e di sicuro non le chiedo di far fuori nessuno, sono un avvocato. Ed è probabile che siamo intercettati, come le ripeto sempre. Le dico solo cosa è meglio... meglio che non succeda.»
«Lei si crede molto furbo, vero, avvocato? Va bene, ho capito. Adesso vado, che devo avere una rivincita a carte. Arrivederci. Continui a lavorare, mi raccomando. Devo uscire presto. Fuori hanno bisogno di me.»

CAPITOLO 44

Questa mattina devo andare a casa di Laura a prendere le sue cose che ~~lei~~ ha elencato nella lista inviata a Volturno. Ho fretta di arrivare. Sono curioso di vedere la sua abitazione, qualche volta mentre ero in servizio ci sono passato di fianco con la volante e ricordo che ne restavo impressionato. Deve essere senza dubbio una grande proprietà, dall'esterno si vedono solo gli alti muri di cinta che lasciano solo immaginare le ricchezze custodite all'interno. Questa volta la troveremo aperta, Volturno mi ha avvisato che un fabbro che ogni tanto lavora per noi ha già provveduto ad aprire il cancello e la porta di ingresso. Con me Luigi, la sua forza fisica e le sue capienti manone saranno di grande aiuto.

«È tanta roba, dotto'? Io la lista non l'ho manco vista. Avete voluto prendere il furgone, e mi avete chiesto di aiutarvi.»

«Laura era una donna ricca, aveva molte cose. Ha chiesto degli abiti estivi, qualche elettrodomestico, i gioielli.»

«Pure i gioielli? E dove stanno?»

«Sono dentro una cassaforte, in camera da letto. Laura mi ha dato la combinazione. Non li rivuole tutti, solo quelli che si è comprata da sola, o le ha regalato qualche parente. Dice che quelli che gli ha regalato Michele sono sporchi di sangue.»

«Ha ragione, sono gioielli che magari sono costati la vita a qualcuno. Cosa ne faremo di quelli?»

«Se vogliamo sono sporchi di sangue anche quelli che si è comprata lei. Laura non lavorava, tutti i suoi averi provengono dalle imprese di Michele Forgione. Comunque, quelli che rimarranno verranno confiscati e rivenduti. Magari qualche collana o qualche anello finiranno per adornare la nuova compagna di Volturno. Sicuro è roba di valore.»

«Ah, io la roba comprata con il sangue di altra gente non la voglio, dotto'.»

«Bravo Luigi. Tutta la proprietà, ed è grande, è stata acquistata sulla pelle della gente onesta, o quella di altri criminali che magari hanno finito di espiare le loro colpe all'inferno. Siamo arrivati. Ecco, vieni, l'ingresso è di qua.»
«Per la Majella, che bel posto. Non vedo il confine del giardino dietro la casa, da tanto è grande! Se venissi con i miei figli, dopo due minuti non saprei più dove si sono cacciati!»
«Hai visto in che reggia viveva Laura? Un bel giardino mediterraneo, la fontana, un orto, un laghetto coi pesci rossi. Ecco là, pure il suo SUV, nuovo di zecca.»
«Avete visto che orto? Peccato sia tutto avvizzito.»
Inizio a pensare a come se la stia cavando Laura con il suo giardinetto di Torino, ma la voce di Luigi interrompe le mie fantasie.
«La signora si teneva bene.»
«Michele Forgione era a capo di un clan molto potente, da almeno dieci anni. Di soldi ne hanno fatti a palate.»
«Io avrei fatto pure costruire un forno, per fare il pane. E la pizza!»
«Hai detto forno? E quello cosa ti sembra? Lì, sul lato ovest.»
«Incredibile dotto'. Questo è il paese dei balocchi.»
«Guarda, Luigi. Delle impronte! Sono fresche. Qualcuno è stato qui, a curiosare. Magari cercavano proprio Laura.»
«Chi, secondo voi? I Forgione o i Cosenza?»
«Non lo so. Di sicuro non era qualcuno che voleva regalarle dei fiori. Magari era stato mandato dai Cosenza, per farla fuori una volta per tutte e far capire a Michele che loro non scherzano. Per fortuna ci ha ascoltato e non è voluta tornare a casa sua. Ora, forse, sarebbe all'obitorio, o già sotto due metri di terra. Entriamo, dai. Senti che fresco, si vede che i muri perimetrali sono belli spessi.»
«Che puzza!»
«Sicuramente cibo che è andato a male. Per fortuna non aveva nessun animale domestico, sarebbe morto di stenti. Dividiamoci. Tu vai a recuperare i vestiti. Laura mi ha detto che sono nel guardaroba, di là. Niente di particolare: gonne, magliette, camicette, maglie leggere. Riempi gli scatoloni che… che abbiamo lasciato sul furgone, mannaggia.»
«Torno indietro a prenderli.»
«Bravo Luigi, grazie. Io vado in camera, a prendere i gioielli.»

«Avete dove metterli?»
«Sì, ho un sacchetto in tasca.»
Laura mi ha spiegato che i gioielli che le hanno regalato familiari e amiche sono in una busta separata. Meno male, altrimenti avrei dovuto passare mezz'ora a fare il gioielliere. E adesso, apriamo la cassaforte.
Com'è la combinazione?
Ah, sì, la sua data di nascita. Di certo non il codice più sicuro del mondo, che tenera. Però adesso so quand'è il suo compleanno, potrò farle un… Sala, cosa vai a pensare! Concentrati.
Ecco la busta.
Quanti gioielli!
Quello dev'essere il Rolex che si è comprata, mi aveva avvisato. Lo prendo.
Solo il contenuto di questa cassaforte varrà parecchie decine di migliaia di euro. Qualcosa sparirà di sicuro, quando verranno a svuotare la casa.
«Dotto', ho preso gli scatoloni. Vado a riempirli con i vestiti.»
«Solo quelli estivi, mi raccomando. Saranno un quintale, non possiamo prendere tutto in una volta. Le scarpe, Laura si è tanto raccomandata. Prendi solo le sneakers, quelle eleganti ha detto che per ora non le vuole più.»
«Le cosa?»
«Le sneakers, Luigi, le scarpe da tennis. Adesso le chiamano così. E le ballerine, quelle a suola bassa.»
«E che ne so io di queste snicher? Non li conosco questi termini alla moda!»
«Lo so, tu te la cavi meglio con i nomi dei pesci che peschi. E dei dessert, anche quelli li conosci bene!»
«Ah ah ah, i dessert, giusto dotto'. Faccio subito.»
Ok, con i gioielli ho finito. Ho preso solo quelli che lei mi ha detto, gli altri verranno venduti e i proventi finiranno nelle casse dello Stato. Grazie, 'o leone. Lauretta ha chiesto anche due elettrodomestici. Il frullatore per fare spremute e passati di verdura. Dice che le piacciono un sacco e fanno bene alla pelle. Forse per questo ce l'ha così… e cosa voleva poi? Non mi ricordo! Adesso come faccio? Mi conviene chiamarla, chissà dov'è, si starà annoiando davanti la TV.

Proviamo...
Niente, non risponde.
Magari è in bagno.
Aspetto due minuti e riprovo.
Adesso comincia a fare caldo pure qui, sarà che abbiamo lasciato aperto la porta d'ingresso ed entra aria calda. È mattina ma si superano già i trenta gradi.
Chissà se proprio i Cosenza sono venuti a vedere se Laura era in casa. L'ha scampata bella. O magari erano i Forgione, per farla sparire, magari anche lei in un bunker sottoterra, per evitare che venisse rapita ancora, o uccisa subito.
Riproviamo a chiamare.
«Pronto! Giovanni!»
«Laura! Ma che rumore! Non sento niente! Che succede? Laura!»
«Giovanni, aspetta!»
«Ok resto in linea.»
Cosa diavolo starà combinando? Quel rumore sembrava un...
«Giovanni, mi senti?»
«Adesso sì. Che casino! Cosa facevi? Dove sei?»
«Ero in giardino. Il signor Paolo, quello del piano di sopra, mi ha regalato un tagliaerba che aveva in box. Non lo usava più. Mi stava dando una mano con le piante e quando gli ho detto che volevo tagliare l'erba, ma non sapevo come, mi ha fatto questo bel regalo!»
«Il tagliaerba! Tu non ti annoi mai! E che generoso, questo signor Paolo...»
«Ehi agente Sala, non sarai mica geloso?»
«No, tranquilla.»
«Invece sì, lo sento dalla voce! È un signore di una certa età ma è molto gentile, mi aiuta. il primo e unico amico che ho qui a Torino. Mi ha regalato il tagliaerba ma non so come usarlo! A casa mia ci pensava il giardiniere, uffi.»
«Beh, adesso ti tocca imparare anche questo. Sempre una cosa in più che sai fare, no? A proposito, sai dove sono?»
«No, dove?»
«A casa tua, con Luigi. Stiamo facendo gli scatoloni.»
«La mia casetta! Che tristezza... come l'hai trovata? Il giardino? L'orto?»

«Eh Lauretta, meglio che tu non sia qui in questo momento. In giardino le piante sono tutte morte, comprese quelle dell'orto. Stanno già crescendo delle sterpaglie.»
«I miei poveri pomodori! E la casa?»
Meglio non dirle delle impronte.
«La casa è in ordine. C'è solo un po' di odore di qualcosa andato a male. Ho visto il tuo SUV.»
«La mia bella macchinina! Me la riportate?»
«Ti ho già detto di no.»
«Vabbè. Hai trovato i gioielli?»
«Presi, quelli che mi hai detto.»
«I vestiti? Le scarpe?»
«Li sta preparando Luigi.»
«Giovanni, grazie. Non li rivoglio tutti, scegliete voi, mi fido. Hai preso anche gli elettrodomestici? Il minipimer, l'aspirapolvere... adesso devo imparare io a fare i lavori domestici, e voglio fare del mio meglio.»
«L'aspirapolvere! Ecco cos'era! Lo vedo, te lo prendo, promesso.»
«Bravo agente, efficiente come al solito, anche nei traslochi.»
«Spiritosa. Vado, che qui abbiamo finito.»
«Un momento, Giovanni! Ci stavamo dimenticando della cosa più importante! Il biglietto che mi aveva scritto Michele per Vittorio, quello con i dettagli per l'agguato di Soverato!»
«Vero Laura, che sbadati. Volturno conta molto su quel biglietto, è la prova della colpevolezza di tuo marito in quella strage. Ti ricordi dov'è?»
«Sì, dovrebbe essere rimasto nella borsetta che usavo in quei giorni, quella rosa. È sull'appendiabiti all'ingresso.»
«Fammici tornare... un attimo perché la casa è davvero grande... ecco. Vedo la borsetta rosa.»
«È lì dentro, spero, altrimenti non saprei dove sia finito.»
«Alla fine mi tocca mettere davvero le mani proprio in questa borsetta! Avevi questa, alla lavanderia di Pulvirenti, quella mattina...»
«Sì ma in questo caso sono io a chiedertelo, quindi sei scusato. Lo hai trovato?»
«Fazzoletti... lucida labbra... chiavi del SUV... preservativi?»
«Preservativi? In quella borsetta? Ma... Giovanni... non... non capisco, io non avrei avuto motivo di...»

«Sto scherzando.»
«Stupido.»
«Eccolo! Fammi leggere… è questo! Lo darò direttamente a Volturno.»
Solo a toccare questo biglietto pare che scotti. Contiene la prova concreta che Michele Forgione è stato il mandante della strage giù in spiaggia, a Soverato. Questo biglietto potrebbe far finire un uomo in carcere per sempre, e sciogliere un clan della malavita.
«Quando arrivi?»
«Venerdì sera.»
«Non vedo l'ora! Devo ancora pensare a cosa cucinare, ma vedrai, non ti deluderò.»
«Non ne dubito. Passeremo una bella serata.»
«Penso che tu sappia benissimo come trattare una donna. Sei il giusto mix tra forza e determinazione, ma anche dolcezza, capacità di ascoltare, romanticismo. Solo che non vuoi darlo a vedere, ti piace giocare a essere Rambo!»
«Come fai a dirlo? Non mi conosci ancora bene.»
«Mi basta quello che ho già conosciuto.»
«Oltre a una detective mancata saresti stata anche una buona psicologa.»
«Mi piace frequentare le persone, quando non devo derubarle. Mi diverto a capirle, da uno sguardo, da una frase, da un gesto. In questo, forse solo questo, sono come Michele. Lui deve essere sicuro di chi gli sta intorno, sempre, o rischia di finire ammazzato. Non può permettersi di sbagliare a valutare una persona.»
«Ma ha sbagliato a valutare Carmine.»
«E io ti ho avvertito di fare attenzione a quell'uomo. Informava Vittorio di tutti i vostri spostamenti.»
«Faremo attenzione.»
«Torno al mio prato adesso, vi lascio lavorare. Ricordatevi le mie scarpe da tennis!»
«Sì Luigi è di là nella stanza del guardaroba a prendere abiti e scarpe. Avresti dovuto vedere la sua faccia quando gli ho detto di prendere le sneakers! Non aveva mai sentito questo termine prima d'ora!»
«Tenero… Luigi è un uomo d'altri tempi, legato ai piaceri della vita, alla famiglia, alla nostra terra. Un vero uomo del Sud. Fa nulla se non

sa cosa sono le sneakers! A me basta che prenda le mie scarpe da tennis. Qui ho solo quelle che ho addosso in questo momento.»
«Tranquilla, puoi fidarti dell'impresa traslochi Sala e San Rocco.»
«Sono tranquillissima. Hai pensato a cosa dire a Luigi per convincerlo del fatto che vieni solo tu?»
«No, ma mi inventerò qualcosa. Mi spaventa un po' il viaggio da solo. Tutti quei chilometri...»
«Ne varrà la pena, vedrai!»
«Dovere, signora Marinella.»
«Sempre professionale, il nostro agente modello. Va beh, torno al mio prato. Ciao agente Sala. Saluta Luigi.»
«Ciao Lauretta. Buona giornata.»
Ormai anche Luigi avrà finito con gli scatoloni del vestiario. Così potremo caricare il furgone e poi venerdì porterò tutto alla bella pentita. So bene che non dovrei avere rapporti con lei, ma i sentimenti che ormai ammetto di provare sono sempre presenti nel mio animo. Ho dei sensi di colpa, ma sto imparando a conviverci. Spero che Luigi mi capisca, non mi va di dirgli delle bugie.
«Dotto', io ho finito. Camicette, gonne, le famose... snichers. C'è tutto.»
«Benissimo, ti do una mano a caricarli sul mezzo.»
«Che bel fisico la nostra Laura, eh? Per mettere questi vestiti mia moglie dovrebbe perdere almeno dieci chili!»
«Spera che non le venga in mente di voler dimagrire e non si metta a fare la dieta, se così fosse addio peperonata!»
«Oh, non vi preoccupate, a noi piace troppo mangiare.»
«Ti credo.»
«Ma, dottore, permettete una domanda?»
«Dimmi. Oh, quanto pesano!»
«Perché vi state occupando di questa cosa? Di certo non è un lavoro per il vice questore. Potevamo venire solo io e altri due ragazzi, ma scomodare voi non mi sembra giusto.»
Oddio, che gli dico adesso? Sincerità, sincerità, Giovanni.
«Vedi Luigi, senza dubbio hai ragione ma... con te voglio essere sincero, ti conosco bene ormai e so che di te posso fidarmi ciecamente. Io... Laura... noi due andiamo d'accordo, sta nascendo un bel feeling. Lei adesso è totalmente sola, e io... beh anch'io certe sere, quando tor-

no a casa a cenare, dopo una dura giornata lavorativa, mi sento solo. L'appartamento buio, silenzioso, nessuno con cui parlare... sono cose che mi mettono tristezza. Lei ha fatto una scelta molto, molto difficile e io sento che devo starle vicino. Anche perché sono io che ho arrestato suo marito, con l'aiuto dei Falchi certo, ma sono io che ho seguito le indagini. Non mi sento in colpa, questo assolutamente no, 'o leone è un pericoloso criminale, ho fatto solo il mio dovere. Sento tuttavia che non voglio abbandonare questa donna al suo destino. L'ho fatto una volta, ed è stata dura. Non voglio ripetere quella esperienza.»

«Dite di Deborah?»

«Esattamente. Sono venuto qui perché fino a ora ho sempre considerato il lavoro come la cosa più importante nella mia vita. Ho combattuto il crimine, ho accettato di comandare una squadra che stana i latitanti per impegnarmi ancora di più, ma forse non è quello che voglio, quello che mi rende felice. Così, adesso...»

«Ho capito dottor Sala. Voi siete un ottimo vice questore ma siete prima di tutto una persona. Io, quando vado a casa, ritorno in un mondo bello, quello della mia famiglia. Parlo della scuola con i miei figli, racconto la giornata a mia moglie e lei mi racconta la sua. Qualche volta litighiamo ma ci facciamo anche un sacco di risate. Ho una vita molto più gratificante di quella che conduco di giorno, quando ho a che fare con la peggio gente. Mafiosi, delinquenti, strozzini. Certo, mi piace il mio lavoro, ma a casa, quando infilo le mie ciabatte, sono solo papà Luigi. E per cena mi pappo quello che ha preparato mia moglie. Meritate anche voi queste soddisfazioni.»

«Grazie Luigi, sapevo di poter contare su di te. Ma non correre troppo, chi ha parlato di moglie?»

«Intendevo solo la mia, dotto', ah ah ah, state tranquillo!»

«Tra me e Laura c'è diciamo, una... simpatia, ma so già che presto finirà. Lei si rifarà una nuova esistenza in cui non c'è posto per un agente di Polizia. Proprio quello che ha arrestato suo marito, per giunta. Io tornerò alla mia vita e un giorno, magari, chissà, conoscerò anch'io qualcuno che mi preparerà la peperonata!»

«La signora Laura non potrebbe tornare in Calabria, voi invece lavorate qui... non potreste farvi trasferire?»

«Come sai ho scelto io di venire qui, non è stato un ordine. Catturare i latitanti, dove la lotta è più dura. I Falchi sono qui. Dovrei lasciare tutto.»

«Fate come vi sentite. Al cuor non si comanda. Ricordatelo sempre. Se vorrete andare via, tutti dovranno rispettare questa scelta. Pure Volturno se ne farà una ragione. Certo, a me dispiacerebbe un sacco…»
«Sei molto comprensivo, grazie ancora. A Volturno però non dire niente, mi raccomando!»
«State tranquillo, quello là certe cose non le capirebbe, lo so. Preferite andare a Torino da solo, immagino…»
«Mi hai tolto le parole di bocca. Sì, vorrei andare a trovare Lauretta da solo, se sei d'accordo.»
«Ma certo. Sono parecchi chilometri ma, se ve la sentite, nessun problema.»
«Per assicurarmi che Volturno non scopra che sei a San Luca, al Comando, invece di essere a Torino, se vuoi, prendi un giorno di malattia. Io dirò a Volturno che qualcuno ti deve sostituire ed è meglio che vada da solo, in modo che meno agenti possibile sappiano il nuovo domicilio di Laura. Sarà venerdì, potrai fare un bel week end!»
«Fantastico dotto', dite davvero? In questo periodo c'è molto pesce lungo la costa, potrei andarmene a pescare! Grazie!»
«Sono io che ti ringrazio Luigi. Rendi tutto più facile, un dono che hanno le persone semplici.»

CAPITOLO 45

«Certo che qui mi fa schifo, Enzo! Prima ero a casa della signora Maria e avevo tutto quello che volevo! Veniva giù a pulire, preparava la cena… un'altra vita, Enzo, un'altra vita. Adesso guarda in che cesso di posto mi tocca stare! Un solo fornello, un gabinetto che odora sempre di fogna, e nessuno che mi prepara il caffè. Che mondo è questo?»

«Eh, don Vittorio, mi dispiace. Tutta colpa dei Falchi.»

«E pure colpa di Laura, quella strega! Io l'ho sempre detto a Michele che doveva sposare una donna come si deve, una che se ne sta zitta e non si impiccia degli affari degli uomini. Guarda adesso cosa sta combinando: diventare pentita, che assurdità! L'ho detto, il mondo va a rotoli.»

«Già, per fortuna che Michele, e io, vi abbiamo avvisato di spostarvi, altrimenti adesso sareste anche voi a Reggio, in gattabuia.»

«Carmine, ci sei anche tu? Te ne stai sempre lì zitto… ti paghiamo per darci le soffiate su quello che fanno gli sbirri, hai solo fatto il tuo dovere.»

«L'importante è che ora siate di nuovo al sicuro, qui non vi troveranno mai. Cosa stanno costruendo? I lavori sono cominciati parecchio tempo fa.»

«I lavori non finiranno mai, caro Enzo mio, mai! Questa struttura avrebbe dovuto essere un nuovo centro per gli immigrati, finanziato dalla Regione. L'assessore che se ne è occupato tifa per noi, così, una volta che si è preso l'appalto, e i soldi, ha fatto costruire solo i sotterranei. Cucinino, bagno, pure la sala per fare i pesi! Al piano di sopra avrebbero dovuto costruire diverse altre stanze, una per le visite, lo studio del dottore, un'infermeria, un piccolo deposito, la mensa. Solo che ovviamente la struttura non verrà mai finita.»

«Voi e don Michele siete grandi. La famiglia Forgione è la più potente del mondo!»

«Puoi dirlo forte, Enzo. Restaci fedele e farai fortuna. Noi abbiamo bisogno di te, sei un ottimo… com'è la parola americana… killer! Sì, sei un ottimo killer e, anche tu, hai bisogno di noi, per diventare ricco.»
«Avete intenzione di restare qui a lungo, don Vittorio? O avete un altro posto dove passare la latitanza?»
«Me ne starò qui Carmine, dove vuoi che vada? In vacanza? Che cazzo.»
«Ci sono guardie qui fuori, giorno e notte?»
«Solo la notte, c'è il buon Anselmo, il figlio di Totò. Ha solo vent'anni ma sa già sparare come un cecchino. Quante domande che fai, Carmine. Che ti frega se di notte ci stanno le guardie? Non è che tu poi vai a raccontare tutto al questore Volturno, vero? Prendi i soldi da noi per darci le soffiate sui poliziotti, e prendi soldi da loro per fare l'infiltrato. Hai capito, che begli affari!»
«Don Vittorio, non dite così, mi fate dispiacere. Io sto dalla vostra, ci mancherebbe. 'Fanculo agli sbirri.»
«E ti conviene Carmine, bravo. Sai che se io o Michele veniamo a sapere che tu fai il doppio gioco ti scortichiamo vivo, vero?»
«Certo, non bisogna avere pietà con i traditori.»
«Appunto. Speriamo non lo sia proprio Carmine.»
«Tu fatti i cazzi tuoi, Enzo. Io sono fedele a questa famiglia da anni, tu non puoi dire lo stesso.»
«Oh attenzione, il nostro Carmine è un vero duro! Vuoi che ti dimostri come ti stacco la testa a mani nude?»
«Buoni ragazzi, buoni. Litigare tra di noi non serve a niente.»
«Sapete cosa ha deciso vostro fratello per la signora Laura?»
«Questo non lo so. Che ormai lei sia passata dalla parte sbagliata è un dato di fatto. L'avvocato Guerra è stato informato dal Procuratore. Non è ufficiale ma ha confermato la cosa. Sicuramente Michele ci penserà, prima del processo. Mio fratello pensa a tutto. Ah, Enzo, prima che mi dimentichi. L'ho sentito stamattina, ha chiamato con un nuovo cellulare che ha in cella, lo tiene nascosto sotto al letto un marocchino amico suo. Ha detto di farla pagare al negoziante di Palmi, Alessio Vinci.»
«Quello che vende materiale edile?»
«Esatto, proprio lui. Non vuole fare lo sconto, almeno metà prezzo, ai nostri muratori della città. Insegnagli come ci si comporta con i Forgione.»

«Va bene don Vittorio, consideratelo già fatto.»
«Portati pure uno dei ragazzi, anche due, non andare da solo. Quello faceva pugilato, è forte come un toro. Tu, Carmine, cerca notizie su Laura. Dove cazzo sta, cosa fa, il più possibile.»
«D'accordo. Sentirò qualcuno, anche se il servizio di protezione testimoni è efficiente.»
«Scopri il loro punto debole. Tutti ce l'hanno. Anche gli sbirri che lavorano al servizio centrale di protezione. Tutti hanno debolezze, vizi, scheletri nell'armadio. Tu tirali fuori.»

CAPITOLO 46

Davvero una bella giornata, l'ideale per viaggiare. Non troppo calda, cielo sgombro da nubi, poco traffico. In questo week end cominceranno a crearsi le solite code per andare al mare e nelle località di villeggiatura. Se anche fossi partito domani non avrei trovato molti incolonnamenti, di certo non c'è molta gente, in questo periodo, che dal sud Italia va al Nord per il fine settimana. Anche domenica pomeriggio, nel fare il tragitto a ritroso, sarò nella corsia opposta ai turisti di rientro nelle città.
Ho fatto bene a partire ieri sera, appena finito il turno, con il furgone della Polizia. Sono quasi arrivato.
Ecco la fine dell'autostrada Milano Torino. Tra un quarto d'ora dovrei trovarmi nel quartiere dove ha preso casa Laura. Giusto in tempo per una bella doccia e mettere qualcosa sotto i denti per cena.
Sì ma... la doccia dove la faccio?
Ho dato per scontato di farla da Laura! Non ho pensato a prenotare un posto dove passare la notte!
Va beh, facciamo così. Vado da Laura, scarico tutti gli scatoloni e mi trovo un hotel nei dintorni dove fare una doccia e dormire stanotte, non sarà difficile trovare qualche posto grazioso che abbia una camera singola libera in questo periodo. Per cena vediamo cosa decide lei, se vuole andare in un ristorante, ne conosco parecchi, o preferisce cucinare, come mi ha proposto.
Magari si stanca nello scaricare le sue cose e ci ripensa.
Anzi, forse è meglio così. Sono stanco anch'io, le lascio i suoi scatoloni e torno subito in hotel, a tuffarmi nel letto. Guidare questo furgone stanca parecchio, non è come la mia auto, o la volante.
Sarebbe bello passare la notte in un modo più... piacevole, ma basta così. Meglio affrontare questa situazione, che è già una follia di per sé, con cautela, e con i piedi per terra. Non devo mai dimenticare chi è lei e che lavoro faccio io.

Ci siamo quasi. Bel quartiere: residenziale, non lontano dal centro. Tanto verde, una zona tranquilla. Pur essendo di Torino non l'ho mai frequentato.
Chissà cosa sta facendo. Spero che sia impegnata con la casa, magari in giardino, così non le vengono in mente brutti pensieri. Sarò anche un po' geloso, non so perché, ma mi fa piacere abbia già fatto amicizia con il suo vicino. Almeno ha qualcuno con cui fare una chiacchierata ogni tanto e che può aiutarla in caso di bisogno. Certo che se Michele e i suoi assassini la trovano ci vuole ben altro di un attempato signore per proteggerla. Per fortuna, il servizio centrale di protezione è affidabile.
La casa dovrebbe essere… se ricordo bene… quella!
C'è qualcuno in giardino.
Ehi, ma è lei! Con ovviamente il signor… il suo vicino.
«Laura!»
«Giovanni! Ciao! Ti aspettavo! Vieni, entra, vengo ad aprirti. Come è andato il viaggio? Continui lei ad annaffiare, signor Paolo, grazie.»
«Ciao Lauretta.»
«Ciao mio bell'agente. Che bello vederti, mi sei mancato.»
«Sempre al lavoro eh? Ma ti riposi, ogni tanto?»
«Che ci vuoi fare, a me non piace starmene senza far nulla. Poi, sai, fossi in spiaggia… ma non è proprio così. Ti presento il signor Paolo, abita al primo piano.»
«Piacere, agente Giovanni Sala.»
«Piacere mio, agente, mi chiami pure solo Paolo. Stavo dando una mano a Laura con il giardino. Finalmente abbiamo qualcuno che se ne prende cura!»
«E lei mi chiami pure Giovanni. Non potevate trovare nessuno di più adatto, Laura ci sa fare.»
«Che bello, addirittura due uomini galanti che mi fanno i complimenti! Per il momento ho finito signor Paolo, la ringrazio ancora. Vuole qualcosa di fresco?»
«No Laura, grazie, è ora che torni su in casa. Devo stendere il bucato! Normale amministrazione di un uomo… come si dice adesso… single.»
«Ah sull'essere single siamo proprio uguali. Ci aiuteremo a vicenda. Arrivederci, buona serata.»

«Buona serata a te, e anche a lei, Giovanni. Arrivederci.»
«Come è andato il viaggio, agente Sala?»
«Ci aiuteremo a vicenda signor Paolo, gné gné gné…»
«Vedi che sei geloso! Fai bene, il mio vicino è una persona di buone maniere, molto gentile. E solo Dio sa quanto ho bisogno, adesso, di modi gentili…»
«Tutte le donne hanno bisogno di modi gentili.»
«Bravo agente Sala, così mi piaci!»
«Mi aiuti a scaricare il furgone? Dentro ci sono tante belle cosine tue.»
«Sneakers comprese?»
«Sneakers comprese! Andiamo, e piantala con 'sto agente Sala.»
«Ok… ti ho chiesto come è andato il viaggio, prima che tu cominciassi a fare il gelosone.»
«Bene, bene. Sono partito ieri sera, appena finito il turno. Mi sono fermato in zona Salerno. Dormita, altri novecento chilometri ed eccomi qui.»
«Mi ricordo, quanta strada… tutta da solo, e guidando un furgone. Mi fa piacere che tu lo abbia fatto per me, però mi dispiace anche farti subire tutti questi sbattimenti. Hai già rischiato la vita, una volta, quando mi hai liberata.»
«Questo è il mio lavoro, me lo sono scelto. Avrei potuto restarmene a Santhià, a firmare i ritiri della patente degli automobilisti indisciplinati.»
«Già ma come avrebbero fatto i Falchi? Loro hanno bisogno di te.»
«Avrebbero avuto un altro capo. Nessuno è insostituibile.»
«Un altro ma non… bello come te.»
«Adulatrice. Prendi quei due scatoloni, altrimenti non mi sbrigo più.»
«Urca, come pesano. Facciamo con calma, non c'è nessuna fretta. Cosa devi fare, scusa?»
«Appena li abbiamo portati dentro vado a cercarmi un hotel dove passare la notte e, per prima cosa, fare una doccia fresca e riposarmi. Per cena, se vuoi, poi ti vengo a prendere, hai già pensato a cosa fare?»
«Che vuoi fare tu? Passare la notte in un triste albergo, da solo?»
«Ce ne sono anche tanti non tristi…»
«Ma non scherzare, agente Sala! Se vuoi puoi fare qui la doccia, e anche stare a dormire! Sei stanco, ti devi riposare, io dormirò sul divano!»

«Figurati se faccio dormire una donna sul divano, mentre io mi rotolo beato sotto le sue coperte! Non se ne parla Laura, nessuno dormirà su nessun divano, mi cerco un hotel e basta, davvero. Dove li metto?»
«Di là, mettiamoli nel ripostiglio, poi mi divertirò i prossimi giorni a mettere tutto a posto. Uff, che fatica. Per fortuna il bilocale non è certo grande com'era casa mia, anche se non è poi così piccolo.»
«Torniamo al furgone. Ancora due scatoloni a testa e abbiamo già finito.»
«Oh, bene, sono già stanca morta! Senti, dopo facciamo così. La doccia te le fai qui. Non si discute. Non puoi fare diversamente, scusa. Guarda come sei conciato! Sudato, impolverato, e hai persino quel ciuffo di capelli all'insù! Se ti presenti alla reception di un hotel penseranno che sei un senza tetto alla ricerca di un riparo per la notte, travestito da agente di Polizia! La camera te la cercherai con comodo… dopo cena! Se ne avrai ancora voglia…»
«Non mi sembra il caso Laura, dai… non siamo in spiaggia, è casa tua.»
«Avanti, sono qui da così poco che mi sembra ancora di essere in vacanza, altro che casa mia! Quindi… sì, farai finta di essere in un bel villaggio alle Maldive! Scusa, non hai visto che bel giardino tropicale?»
«Non ti arrendi mai eh? Prendi quei due, pesano di meno.»
«Ok. Esatto, Laura non si arrende mai, colonnello!»
«E quello sarebbe mettersi sull'attenti? No, non fa per te.»
«E poi ti sei già dimenticato il mio piano? Si cena qui, ho di là tutto pronto, devo solo cucinare! Non vorrai certo rimetterti in macchina subito. Ti leccherai i baffi… che non hai! Insomma agente Sala, tu devi imparare a goderti la vita.»
«Dai Laura basta con 'sto agente Sala, per favore! Godermi la vita. Dici? Ah, con te e Luigi ho degli ottimi maestri.»
«Appunto. Vedrai come imparerai in fretta! Eccoci qua. Mettiamoli di fianco… quanto pesano… ok, finito. Aperitivo?»
«No Laura dai, vado.»
«Almeno l'aperitivo! Ho preso una mezza bottiglia di un buon prosecco apposta, per festeggiare il tuo arrivo. Quando c'è un motivo per festeggiare inutile tirarsi indietro. Su, non farti pregare per tutto. Un bicchiere e poi farai quello che vuoi.»

«Va bene… dammelo bello fresco.»
«Sarò subito da lei, signore. Si accomodi. Per ora non posso farla accomodare in giardino, non ho né tavolo né sedie, ma rimedieremo. Vado in cucina e stappo. Arrivo.»
«Ehi, che gentilezza in questo locale. E le cameriere non sono niente male! Tornerò senz'altro.»
«Perfetto, quello che voglio sentir dire! Un'ultima cosa, Giovanni.»
«Torna qui Laura, non ti sento.»
«Scusa, eccomi.»
«Dimmi. Uh, che faccia seriosa, così all'improvviso.»
«Ti sei ricordato i miei gioielli?»
«Ah brava, sì, certo. Non erano nei sacchi, sono nella borsa con le mie cose. Non mi fidavo. Qui. Eccoli.»
«Oh, finalmente. Mi siete mancati. Fammi vedere se c'è tutto… sì, sì, anche il mio Rolex d'oro. Grazie!»
«Ti si è illuminato il viso, vedo che ora sei davvero contenta. Ah le donne, tutte uguali.»
«Uffa, io non sono uguale alle altre. Io sono una regina. Una regina è sempre una regina, anche se non ha più il suo castello.»
«Caspita, lo vedo. Che grinta. Quando fai così mi fai quasi paura…»
«Non avere mai paura di me, Giovanni. Mai. Molta gente ne aveva, senza motivo. Io sono una persona buona ma ho sposato un leone, ho imparato a tirare fuori gli artigli. Vado a prendere il vino. Dobbiamo festeggiare. Poi ceniamo, è già quasi pronto, la doccia la farai più tardi.»

CAPITOLO 47

Alla fine sono rimasto qui a cena, ospite della bella pentita che dovrei proteggere. Ho cercato davvero di non cedere ai suoi inviti ma non c'è stato niente da fare. Laura sa essere molto convincente, e io con le donne a volte sono debole. Non ho il coraggio di dirglielo, ma certi momenti, quando dopo una vivace conversazione restiamo in silenzio, a lanciarci qualche sguardo furtivo, penso che dovrei salutarla e uscire immediatamente, facendo un mezzo sorriso, e pronunciando un freddo *buona notte signora Aloise.*

Ho sempre cercato di eseguire gli ordini, di rimanere un poliziotto freddo di fronte alla violenza, alle tentazioni del denaro e della corruzione. Ci sono sempre riuscito senza problemi, d'istinto ma adesso ho conosciuto questa donna che sa farmi perdere la mia distante professionalità, con un sorriso.

Ora mi accorgo che tra me e questa donna si sta creando una relazione che va ben oltre il rapporto di lavoro. Sto sbagliando, forse, ma a volte è bello anche commettere errori, se è il cuore che ce lo suggerisce, ed è dura non ascoltarlo.

Eccola che torna dalla cucina tutta soddisfatta, sembriamo già una coppia come tante altre. Quando sto con Laura mi sento bene, mi sento… a casa.

«Allora, com'era la cena? Buona? Non hai avanzato niente, lo prendo già per un sottinteso sì.»

«Devo farti i complimenti Lauretta, sei un'ottima cuoca. E gli spaghetti? Buonissimi! Non mangio frutti di mare così buoni neanche in riva al mare in Calabria.»

«Beh, ti ringrazio, ma niente di paragonabile con la cucina delle mie parti. Comunque sì, il pesce era fresco, incredibile trovarne di questa qualità, così lontano dal mare.»

«Devi sapere che il primo pesce pescato sulle coste liguri o romagnole viene inviato subito ai mercati di Milano e Torino.»

«E si sente! Lasciamo perdere i prezzi però, quando il commesso della pescheria mi ha fatto il conto ho pensato di aver preso frutti di mare d'oro.»
«Bisogna pagare i camionisti che fanno la spola. Poveretti, alle quattro del mattino sono già in viaggio. Anche il vino era buono, un ottimo bianco, bello secco, come piace a me.»
«Era il Cirò, tipico delle nostre parti. Ho fatto fatica a trovarlo ma poi qui vicino ho scoperto un'enoteca fornitissima.»
«Cominci ad ambientarti eh? Brava.»
«Giovanni, vado in giro e mi do da fare per non avere il tempo di pensare a questa storia. Certe notti piango disperata, vorrei che non fosse successo niente. Invece l'arresto di Michele, quei guai con i negozianti per il pizzo, il rapimento di quel farabutto di Vito, Volturno, il pentimento, la fuga qui a Torino... solo a pensarci mi gira la testa, riuscirò mai a riavere una vita normale? Senza dimenticare che mia madre non vuole più parlarmi, e ho perso le mie amicizie.»
«Laura, con te voglio essere chiaro.»
«E sincero. Ci tengo, lo sai.»
«Sì, sincero, soprattutto. Tu sei una donna forte, e sai come farti volere bene dalla gente. Ti ricostruirai una vita, spero in fretta, ma sono sicuro che per molto tempo ancora appena sentirai un rumore di notte, uno scricchiolio, una telefonata anonima di qualcuno che ha sbagliato numero, avrai paura. Paura che gli uomini dei Forgione ti abbiano trovata e che te la possano far pagare cara, paura che qualcuno faccia la spia raccontando alle persone sbagliate dove sei andata a vivere. Questo è normale, normalissimo. Anche tra vent'anni ci sarà qualcosa in te ancora di Laura, sì Aloise, ma soprattutto Forgione. Non preoccuparti se ogni tanto avrai ancora crisi di pianto, improvvise melanconie. Ricorda sempre che tu hai fatto la cosa giusta. Ti servirà per riprendere coraggio, e fiducia, nel domani. Vedrai. Se tutti facessero come te la criminalità organizzata sarebbe solo un ricordo, in tutta l'Italia. Invece purtroppo è ancora una piaga che non riusciamo a sanare. Il compito delle persone di buona volontà è questo, non mollare mai. Andare sempre dritti per quella strada che, hanno capito, è quella giusta. Spero che tu possa conoscere persone valide, che sappiano darti la sicurezza e la felicità che meriti.»
«Una l'ho già trovata. Tu. Se non mi fossi stato vicino nei giorni appena dopo la mia liberazione probabilmente sarei tornata a casa mia.

Sarei andata a trovare Michele a Reggio, facendo finta che il riscatto, per riavermi, lo avesse pagato. Sarei stata ancora una donna che vive la sua vita come in un film, in una parte che non è la sua. E, con il tempo, mi sarei convinta che le cose stanno così, e non si possono cambiare. Giovanni, mio marito in un bunker ci è andato a vivere davvero, per un po' di tempo, e per sua volontà. Io, da quando l'ho sposato, in un bunker ci ho vissuto, ogni giorno, senza saperlo. Un bunker senza pareti, senza ingressi nascosti, senza passaggi segreti ma che, pur proteggendomi, mi impediva di essere libera.»

«Una brava persona tu lo sei sempre stata, Lauretta. Eri prigioniera di una realtà che non è la tua. Dire che le cose non si possono cambiare è solo una scusa che ci diamo quando non riusciamo, o in fondo non vogliamo, farle cambiare. Costa fatica e impegno costante ma quando si decide, non si torna più indietro.»

«Non lasciarmi sola, Giovanni. Mai. Anche se qualche volta sarai indaffarato, o non avrai voglia di ascoltarmi, o di sentirmi piangere, non farmelo mai avvertire. Illudimi sempre che per te sono importante. Dopo anni di matrimonio ho scoperto che per mio marito non valgo niente. Mia madre mi ha ripudiata in nome del quieto vivere. Ho avuto almeno la fortuna di trovare te. Un uomo come si deve. Deciso, sicuro, positivo. Ma anche gentile. E pure bello! Vorrei che questa fortuna non finisse mai.»

«Laura, te lo confesso, anche se ormai lo sai. Io con te sto bene, mi diverto, parlo di tutto, ma ho paura. Paura che un giorno tutto questo finisca. Dicevi che al cuor non si comanda, che bisogna ascoltarlo e fare come ci dice. Lo pensa anche Luigi… però, quello che vorrebbe il cuore, non è sempre realizzabile. È… un sogno. A volte mi sveglio, e allora ti accorgi che cerco di mantenere le distanze tra noi. Cosa può nascere dall'amicizia tra un agente di Polizia e una moglie, o ex moglie se vogliamo, di uno dei delinquenti più pericolosi in Italia? Te lo dico io, cosa. Un mare di guai.»

«Forse hai ragione, ma per ora accantona questi dubbi. Tu non lasciarmi sola adesso, senza pensare al domani. Se questo è anche quello che vuoi tu, a me sta bene.»

«Non voglio lasciarti sola. Tu sei quello che mi manca. Una persona al di fuori del mio lavoro, con cui poter parlare di leggerezze, divertirmi, stare bene. Una… una cara amica, ma niente di più. Per non soffrire

quando quel domani ci sarà, ed è solo questione di tempo. Sentirci e vederci ogni tanto, quando torno a Torino, e fare una bella cenetta, come stasera.»
«Già, e peccato che la serata sia finita. Avrei cucinato altre tre portate solo per farti stare qui di più! Invece te ne vuoi andare in hotel tutto solo... uffi.»
«Eh sì, meglio così. È giusto che tra noi resti solo una bella amicizia, credimi.»
«Potresti almeno dormire sul divano...»
«No, vado, devo ancora farmi la doccia.»
«Ok agente Sala. Come vuoi tu. Agli ordini. Vado a prenderti il giubbotto.»
«Ma che giubbotto Laura, sono venuto senza, non ricordi? Ci sono trenta gradi, siamo in estate!»
«Ah, è vero, che scema. Allora... allora ti saluto e basta.»
«Meglio così, Lauretta. Se rimanessi qui ancora un solo minuto... non so cosa potrebbe succedere.»
«Succede che ti abbraccio forte.»
«Lo stai già facendo...»
Ecco.
Ancora.
Ci stiamo abbracciando.
Lo sapevo! Un'amica. Chi voglio convincere?
Io mi ci perdo, in questi occhi azzurri.
In questo profumo.
Laura sei una favola.
Le tue mani...
«Vuoi ancora andare in un triste hotel, tutto solo?»
«Sì, vado. Dopo...»
Mi ha baciato.
Le sue labbra... così morbide.
Il suo sapore.
Mi piace.
La bacio io, adesso.
Mi vengono i brividi. Non provavo questa sensazione meravigliosa da tempo.
Un altro bacio, ancora più sensuale.

Le accarezzo la lingua con la mia.

Un gemito.

Lei mi accarezza i capelli e il viso.

Mi sto eccitando, in maniera prepotente.

La spingo contro il muro.

L'afferro forte.

Mi fermo. Cosa sto combinando?

«Non fermarti Giovanni, prendimi, sono tua adesso. Facciamo l'amore. Se non lo vuoi vattene, ora. O mai più.»

«Mai più.»

L'ho detto. Senza pensarci un attimo.

Le mie mani si muovono da sole, lungo il suo corpo.

Dalla schiena scendo sul sedere.

Lo afferro a piene mani.

È bello sodo.

Ora poso una mano sul suo seno.

Le alzo la maglietta leggera.

Sposto il reggiseno, non voglio neanche slacciarlo.

Le stringo il capezzolo.

È turgido.

Lo bacio.

Sono eccitatissimo.

Il mio pene ora è in una prepotente erezione. Mi sembra quasi di non averlo mai sentito così.

Laura si è accorta.

Slaccia i bottoni dei pantaloni della divisa.

Lei, la moglie del capo clan, sta per fare l'amore con un poliziotto.

Mi stringe tra le mani il membro eretto.

Si inginocchia.

Chiudo gli occhi.

CAPITOLO 48

«Vittorio, devi farli sparire dalla faccia della terra, ti ho detto.»
«Ma Michele, adesso che pure i Cosenza non fanno più paura, dopo che abbiamo fatto fuori Salvatore, non dobbiamo più temere nessuno.»
«Io non temo mai nessuno. Un leone non teme gli altri. Mai. È il re. Tutto è suo. Però sai anche tu, che non capisci un cazzo, che per ogni famiglia rivale che fai fuori ce n'è subito un'altra pronta a prenderne il posto.»
«Sì ma… Miche' se i Cosenza non contavano un cazzo, figurati questi Pasculli.»
«Qui girano voci che sono… che possono essere degli avversari insidiosi. Sono in tanti, ben organizzati e molti uniti tra loro. Due, tre famiglie, con molti affiliati. Niente a che vedere con quei buffoni di Cosenza.»
«Di dove sono?»
«Di Corigliano. Il loro boss, Antonio, è diventato ricco costruendo case popolari al Nord. Per ogni immobile avrebbe dovuto spendere fior di soldi per renderlo antisismico, perché sono in una zona dichiarata sensibile ai terremoti. Già parecchi anni fa avevano subito delle forti scosse. Lui se n'è fottuto e ha tirato su le case senza accorgimenti, e un funzionario corrotto gliele ha certificate. Altro che antisismiche, quelle case di merda vengono giù se tira vento forte. Tutti i soldi che ha guadagnato li ha investiti nella droga. La va a prendere in Nord Africa, attraverso un Generale dell'Esercito, corrotto pure lui. Questo qua compra la roba dai guerriglieri, pure tu sai che là è zona di guerra, e la rivende al miglior offerente, ovvero proprio Antonio Pasculli, che la piazza sul mercato a poco meno della nostra. Dicono pure che non è male, come qualità. Intervieni.»
«Se lo dico a Enzo, che stava pure lui nell'Esercito, lo fa fuori con piacere. E sicuramente, a sapere questa cosa, gli farebbe comodo pure

uccidere questo Generale qua. Magari è uno che qualche volta gli ha dato una punizione, o negato la licenza.»

«Degli affari di Enzo me ne fotto. E pure tu dovresti. Tu devi pensare solo a noi. Come deve fare Enzo. Siamo noi che lo paghiamo. Che non faccia cazzate. Un conto è uccidere un rivale, ben altro è far fuori un Generale dell'Esercito. Rischi di tirarti dietro mezza Polizia di tutta Italia. Pure i servizi segreti. Non è il caso. Pensate a far fuori Pasculli e basta. Manda un commando a Corigliano, capeggiato da Enzo. Scoprono dove sta Antonio, lo fanno fuori, tornano a San Luca. Senza farsi beccare, mi raccomando. Ho già i miei casini qua dentro, non c'è bisogno che mi attiri altri sospetti.»

«Se anche li beccassero mica vanno a raccontare che sei tu, il mandante. Tranquillo, Miche'. I ragazzi sono affidabili.»

«Meglio così. Guerra mi ha già informato che c'è qualcuno pronto a testimoniare contro di me, reati pesanti, come già sai.»

«Laura, lo so. Ho già incaricato Carmine di scoprire dove sta.»

«Bravo, per una volta ti sei attivato in tempo. Quando lo scoprite avvisatemi e vi dirò cosa fare. Stai attento sempre a Carmine, quello puzza.»

«Gli ho già detto che se fa cazzate lo scuoiamo vivo.»

«I soldi sono più convincenti anche della paura. Se gli sbirri lo pagano per fare l'infiltrato lui se ne fotte delle tue minacce. Ah, non dimenticare di dare una regolata al commerciante di Palmi, quello che non ci fa sconto sul materiale edile. Ricorda: cinquanta per cento, per gli amici nostri.»

«Sì mi ricordo. L'ho fatto mettere sotto controllo, quello sta sempre con altre persone. Appena troviamo un momento che è da solo faccio intervenire Enzo.»

«Bravo, tienilo d'occhio ma non fate niente quando è tra la gente. Rischiamo che becchiate pure qualcuno che non c'entra. La popolazione deve avere paura di noi ma non ci deve odiare.»

«Ok, stai tranquillo.»

«Una cosa. Stai già lì nel nuovo nascondiglio?»

«Certo, me lo hai detto tu.»

«Non far stare di guarda il figlio di Totò, quello è un ragazzino. Metti qualcuno di più esperto.»

«Dicono che sa sparare bene.»

«Un conto è sparare a una lattina, un altro è uno scontro a fuoco con dei cristiani!»
«Va bene.»
«Don Michele, don Michele, la guardia! Presto!»
«Chi era?»
«Mohammed.»
«Ah, l'africano?»
«Sì, lui. Un bravo ragazzo. Un tipo sveglio, non uno di questi soliti pecorai. Mi tiene nascosto il cellulare. Ora vado. Non fare cazzate nemmeno tu, Vittorio. O il leone sbrana pure te.»

CAPITOLO 49

Una bella mattina di sole, qui a Torino. Fa già caldo.
Mi trovo in una casa che non è la mia, in un letto che non conosco ma so di essere nel posto giusto. Di fianco a me, la donna di cui mi sono innamorato. Il suo profumo è ovunque, tra queste lenzuola che ora sanno anche un po' di noi.
«Ma buongiorno, agente Sala...»
«Mmmh... buongiorno a lei, signora Marinella.»
«Dai, non chiamarmi così, non ci sono ancora abituata. Almeno io ti chiamo con il tuo nome vero.»
«Ma se mi chiami sempre agente Sala! E poi, scusa, ti ci devi abituare, prima o poi. Non ti ho forse detto che è carino? Fa venire in mente il mare, come hai detto tu stessa. Come hai dormito?»
«Bene, anche se ho fatto fatica ad addormentarmi. Avevo un po' di pensieri. Tu invece ti sei addormentato subito, dopo che abbiamo fatto l'amore la seconda volta! Dovevi sentire come russavi beato. Altro che agente speciale: signori, qui abbiamo un vero ghiro! E anche un po' cicciottello, senti qua!»
«Dai lasciami, mi fai il solletico! Davvero russavo? Scusami ma ero davvero stravolto. Il viaggio, gli scatoloni, la cena... per non parlare di quello che è successo dopo, la cena. Davvero stancante.»
«Però è stato bello. Mi sembra che ti sia piaciuto.»
«Baci che è una meraviglia.»
«Davvero? Michele non me l'ha mai detto.»
«Non parliamo di lui. È stato bello, sì.»
«E tu che volevi andare in hotel da solo! Non ci ho creduto nemmeno un istante! Io invece ti volevo qui con me, stanotte.»
«Sai sempre bene quello che vuoi. E come ottenerlo.»
«Ormai dovresti conoscermi. Dammi un altro bacio, che poi vado in bagno, devo fare pipì.»
«Solo uno? Vieni qui.»

«Sì, solo uno. Non ti è bastata stanotte?»
«Delle cose belle non si ha mai abbastanza.»
«Vado in bagno o me la faccio sotto! Tu aspettami a letto, se vuoi. E non tornare a russare!»
«Ok, ti aspetto volentieri. Dove potrei andare di più bello?»
«In hotel, da solo! Arrivo…»
Ecco, alla fine è successo quello che temevo.
O forse, quello che, in fondo, volevo.
Laura mi piace un sacco.
Sono rimasto affascinato dal primo istante che l'ho vista, alla lavanderia giù a San Luca.
Bella e simpatica, con un gran carattere. Una principessa. No, una vera regina, come dice lei.
Chi l'avrebbe mai detto, che in meno di tre mesi mi sarei svegliato nel suo letto, e per giunta a Torino! In un'altra casa, un'altra realtà. Lei era in Calabria a chiedere il pizzo, io a indagare su suo marito. Adesso è una collaboratrice dello Stato. E abbiamo fatto l'amore.
Come cambia la vita, in poco tempo. Basta un istante e tutte le nostre certezze, le nostre sicurezze, svaniscono, o si tramutano in qualcosa di diverso. E non devo mai dimenticare che, soprattutto nel mio lavoro, anche la vita stessa ti può lasciare da un secondo all'altro. Basta che ti sparino addosso, e il proiettile invece di finire contro il giubbotto ti arrivi dritto in faccia e addio mondo, sarà per un'altra volta.
Certamente, finché sono qui, e stiamo insieme, sembra tutto bello, come essere in vacanza. Vorrei non finisse mai. So che sarà dura, domani, quando ci saluteremo, e metteremo mille chilometri tra le nostre vite.
Dura: figuriamoci quando arriverà il giorno del processo! Sicuramente Laura sarà chiamata a testimoniare dal PM, vedrà Forgione negli occhi. Speriamo che non le manchi il coraggio proprio in quel momento, o tutto sarà stato inutile. Mah, ci penseremo quel giorno. Cercherò di essere presente al processo, e di esserle vicino. Di certo ci sarà Volturno, carico più che mai. Spero che non intimidisca la mia Lauretta più del dovuto.
La mia Lauretta… guarda un po' cosa sto già pensando.
Mi sembra sia passato così tanto tempo, dall'ultima volta che ho salutato Deborah. Adesso sarei potuto essere nel suo, di letto. O nel mio, a

Santhià. O… nel nostro. Si vede che non era destino. Come dice Laura l'amore può vincere tutte le difficoltà, se è vero e profondo.

«Cosa facciamo oggi?»

«Già finito?»

«Sì. Ti sono mancata?»

«Da morire.»

«Urca, per due minuti di pipì, che esagerato! Però mi piaci, così. Udite udite, l'agente Sala sta diventando ormai sempre meno Rambo e sempre più… il mio agente preferito! Lo sapevo che c'era un cuore morbido, sotto quella corazza…»

«Eh sì, mi hai scoperto.»

«Avanti. Alzati e dammi un altro bacio.»

«Dammelo tu, non ho voglia di alzarmi. Vieni qui…»

«Ok. Ehi, non vorrai mica ricominciare!»

«Perché no? Sei profumata anche di primo mattino. Adoro l'odore della tua pelle.»

«Io adoro le tue braccia. Così forti. E le tue mani, così delicate. Sono proprio come te.»

«Mi fai impazzire, signora Laura.»

«Ehi sbaglio o qualcuno laggiù si sta risvegliando? Alziamoci dai, o io e te stiamo qui fino stasera!»

«E cosa ci sarebbe di male, scusa?»

«Ah di male niente ma ho voglia di fare due passi! E ho una fame! Tu no?»

«Al mattino io prendo un caffè forte e basta.»

«Rieccolo, l'agente Rambo! Io invece ho fame, famissima, quindi adesso ti alzi, caro il mio ghiro. Letargo finito.»

«Dove andiamo?»

«A fare colazione. Purtroppo qui a casa non ho molto. Ho voglia di un bel cappuccino e di una brioche fragrante. Alla… marmellata! Fare gli straordinari notturni stanca molto, o no?»

«Cappuccino e brioche? Mi hai convinto. Faranno bene anche a me, per una volta.»

«Usciamo, dai. Tanto possiamo recuperare stasera. A meno che tu non ci ripensi… l'hotel è sempre aperto!»

«No, non ci ripenso. Cosa vuoi fare dopo colazione?»

«Dopo… vediamo. Devo fare un po' di spesa per tutti e due: il pranzo, domani colazione. Stasera usciamo a cena?»

«Si può fare. Mi dici cosa preferisci mangiare e vedo dove portarti. E dopo la spesa che si fa?»
«Visto che sei qui, e conosci la città, mi farai da cicerone, caro agente Sala. Che ne dice di accompagnare una donna calabrese nuova del posto?»
«Dico che è un'ottima idea. Torino è una bella città, con tante cose da vedere. Arte, storia, monumenti famosi. E poi delle belle piazze, le vie del centro, negozi, qualche bel locale.»
«Una guida del posto, bella e aitante. E pure gratis! Oggi sono fortunata.»
«Beh, gratis proprio no, ma ti sei già sdebitata con la cenetta di ieri.»
«Mi farai vedere tutte queste cose con solo una cenetta in cambio? No no, la cenetta era già offerta volentieri per il tuo arrivo. Visto che stasera usciamo a cena mi sdebiterò in un altro modo.»
«Interessante. Non vedo l'ora di scoprirlo. Non fa già mezzanotte quell'orologio?»
«Stupido. Mi alzo, e mi vesto. Puoi andare in bagno.»
«Una bella rinfrescata ci vuole, per togliermi del tutto questo torpore. Però prima un altro bacio.»
«Ancora? Uno e poi basta. O mi ci potrei perdere, tra quelle labbra.»
«Io nelle tue mi sono già perso.»

CAPITOLO 50

Piazza Castello. Una delle piazze più belle della città. Sto osservando Laura che si guarda intorno, beata. Quando è con me la vedo davvero felice, rilassata e senza pensieri, mi fa piacere. Non so se è amore questo, o solo affetto e attrazione fisica, ma di sicuro le fa bene.
Siamo fortunati, anche oggi è una bella giornata, calda ma non afosa. L'estate corre veloce, tra poco saremo ad agosto.
Giù a San Luca saranno presto tutti in vacanza, nelle spiagge vicine o in altri luoghi di villeggiatura, per chi se lo può permettere.
In Meridione non è come da noi al Nord, dove c'è una fuga massiccia dalle città. Ci sono meno soldi da spendere ma per fortuna le spiagge sono molto belle, non c'è bisogno di andare troppo lontano per passare delle belle vacanze al mare.
Finalmente anch'io avrò un paio di settimane di licenza. Di sicuro passerò qualche giorno a Santhià, a trovare i miei genitori. Poi non ho ancora idea di cosa farò. Un anno fa ero andato in Toscana con Deborah, le nostre ultime vacanze, chi lo avrebbe mai pensato. Quest'anno penso che le trascorrerò da solo. Le potrei passare in Puglia, nel Salento. Me ne ha parlato molto bene l'agente Chimienti, originario di Brindisi. Oppure potrei andare in Sicilia, a San Vito, vicino a Trapani. Potrei trovare ancora qualche camera libera. Il vantaggio di non essere in coppia è che trovi sempre camere singole disponibili!
Ammetto che sarebbe bello passare le vacanze con Laura. Una intera settimana insieme. Partirei domani. Anche vicino. Potremmo andare in Liguria, o perché no, in Costa Azzurra.
Che sogni… e che dubbi. Questa relazione non è certo semplice, non so mai se vale la pena crederci, o se sarebbe meglio lasciare perdere tutto. Fa bene a me, e anche a Laura, ma oggi. Domani? Chissà.
«Stai pensando?»
«Come Laura? Scusa, ero sovrappensiero.»

«Appunto ti ho chiesto cosa stessi mai pensando. Ti ho visto con quell'espressione così assorta. Mi piaci quando hai quell'aria pensierosa. Sembri un poeta.»
«Un poeta! Questo davvero non me l'aveva mai detto nessuno. Ti piace questa piazza?»
«Bellissima. In Calabria abbiamo il mare, la natura, ma caspita, qui che opere d'arte avete. Si vede che è una città ricca di storia. Mi piacerebbe anche vedere Milano, Venezia!»
«Mai stata? Milano non so, ma Venezia è davvero imperdibile.»
«No, Michele non poteva viaggiare certo per fare il turista. È già tanto che siamo andati negli Stati Uniti in viaggio di nozze, da amici suoi. Non andare lì, non chiedere niente a questo qua, fai finta di niente se… anche lì capitavano cose strane, ed ero tenuta sotto controllo. Sono stata solo a Roma, tanti anni fa, con i miei, quando c'era ancora mio papà. Siamo andati a trovare una nostra zia che abita a Tivoli. Mi ero divertita un sacco, e che mangiate!»
«Solo a sentirtelo dire con questo entusiasmo mi fai venire fame.»
«Vuoi già tornare a casa? Abbiamo preso delle belle bistecche, ti faccio quelle, se vuoi.»
«No, quelle possiamo mangiarle domani a pranzo. Se ti fa piacere restare ancora un po›a spasso ci fermiamo in un locale qui vicino. Vedi quanti ce ne sono sotto questi portici? Prendiamo magari un panino o una focaccia, qualcosa da bere e poi continuiamo il nostro giro turistico.»
«Bella idea! Facciamo così, allora. Sosta per riprendere le forze e poi si riparte. Ti meriti un bacio grande.»
«Lo accetto volentieri. Vieni qua.»
«Stringimi tra le tue braccia forti, mio bell'agente Sala.»
Sembriamo una coppia romantica, a spasso. E pare che stiamo insieme da un po' di tempo. Invece siamo una coppia da soltanto un giorno. Un bel pensiero ma di certo non potrò tornarmene lunedì, in ufficio, annunciando la buona notizia, come nulla fosse. I colleghi penserebbero che sono impazzito! Per non parlare poi di Volturno. Chissà cosa ne pensa Luigi. Per me, l'altra volta, quando gli ho confessato la mia intenzione di venire qui a Torino da solo, si è fatto una bella risata, di nascosto.
«Adoro averti qui al mio fianco, Giovanni, e sentire che mi stringi. Baciami.»

Sempre questo profumo inebriante.
«Laura non finirei mai di baciarti.»
«Allora continua.»
«Basta dai, ci sono bambini che ci guardano.»
«E allora? Mica facciamo niente di male. Quand'ero bambina mi piaceva guardare gli innamorati che si baciavano. È tanto romantico. I bambini devono imparare cos'è l'amore. Sono ben altre le cose da cui devono stare alla larga.»
«Sono d'accordo ma proseguiamo, forza. Conosco un buon posto qui vicino dove fanno delle focacce super e servono vino buono. Ti va?»
«Certo che mi va. Qui sei tutto per me, finalmente. In questi due giorni non voglio farmi mancare niente. Neanche qualche sorso di vino buono. Anzi no, farei meglio a non berlo, oggi.»
«Perché oggi no? Non capisco.»
«Perché ne berrò tanto domani sera. Un'intera bottiglia!»
«Domani? E perché?»
«Per non pensare che il nostro week end sarà finito, e tu te ne sarai già andato.»
«Un pensiero carino ma non è il caso di buttarla sull'alcolismo, Lauretta. Non pensiamo a domani. Abbiamo tutta la giornata davanti.»
«Stringimi e baciami ancora, agente Sala. Baciami come se non ci fosse un domani. Perché, del domani, io ho paura.»

CAPITOLO 51

«Enzo.»
«Don Vittorio, che c'è?»
«Dove stai?»
«Sono in giro qui a San Luca, sto bevendo una cosa con i ragazzi.»
«Lascia perdere. È arrivata una soffiata. Il commerciante, quello di Palmi…»
«Sì.»
«Andate là, subito. Oggi è sabato. Di solito la sera esce con il suo cane. Con lui c'è sempre sua moglie e una coppia di loro amici che abitano di fianco, pure loro con il cane. Stasera la moglie non ci sta, è con un'amica per un addio al nubilato. La coppia di amici non c'è, non so dove sono, ma stasera lui esce da solo di sicuro. È il momento giusto.»
«Va bene. Lo facciamo fuori?»
«No, no, non deve morire. Deve capire che ai nostri amici si fa lo sconto pattuito. Niente scuse. Digli che ti manda 'o leone, capirà.»
«E il cane? Se è grosso e ce lo scatena contro?»
«Ah già, bravo. Se lo libera accoppatelo. Così si sentirà male per un po'. E capirà che la prossima volta potrebbe toccare a lui, o a sua moglie.»
«Chiaro.»
«Non fatevi beccare, mi raccomando. Michele si è molto raccomandato. Non fate casino.»
«Consideratelo già fatto.»
«Bene, bravo Enzo. Sto tranquillo. Un'ultima cosa…»
«Dite.»
«Lunedì andate a Corigliano. È il momento di far fuori Antonio Pasculli. Quello si crede intoccabile e invece che starsene nascosto nel suo bunker se ne va in giro, la sera, sicuro che in paese non lo tocca nessuno. Lo trovate al bar in centro. Eliminatelo.»
«Vi saluto, don Vittorio. Buona serata. Domani e martedì vi sveglierete con una buona notizia da leggere sul giornale.»

CAPITOLO 52

«Hai visto che faccia che ha fatto, quando gli ho chiesto dov'era la Mole Antonelliana? Ce l'avevo di fronte! Che figura!»
«Tranquilla Laura. Avrà capito che non sei della città. Avrà pensato che sei una del Nord Italia.»
«Io del Nord? Giovanni! Ti pare che una donna calabrese possa sembrare della pianura padana? Di certo le donne di quelle parti non sono abbronzate come me, e non hanno i capelli neri come i miei! Magari gli occhi azzurri, quello sì.»
«È vero, che stupido! Eh già, i tuoi capelli… che belli sono. Neri come il cielo notturno. Stanno proprio bene con i tuoi occhi.»
«Grazie! Però stai attento: per il colore degli occhi io sono una principessa, ma so anche diventare una perfida strega dai capelli corvini!»
«Così mi fai paura…»
«Tu, paura? Non ci credo.»
«Fa paura ciò che non si conosce.»
«Ormai mi conosci.»
«Vero. So che sei una persona buona. Ma so anche cos'eri in grado di fare. Con il tuo bel sorriso avrai di sicuro minacciato chi non pagava il pizzo…»
«Certamente. Ci ero costretta.»
«Scommetto che la parte ti veniva bene. Sai recitare benissimo, quando vuoi.»
«Con te non recito, mai. Anche tu devi fare lo stesso con me. Se mi accorgo che mi stai mentendo ti cancello seduta stante.»
«Mi piaci anche quando fai la dura con me, lo sai? Sei così sensuale…»
«Invece tu mi piaci di più quando con me ti mostri bravo e affettuoso, non rigido come il faro giù a Tropea. Io non sono un latitante appena scoperto nel bunker.»
«Io, bravo e affettuoso, lo sono davvero. Con te mi riesce più facile esserlo, non ho bisogno di indossare maschere.»

«Spero sarà sempre così. Se dovessi dirmi una cosa brutta, una che tu sai mi farebbe dispiacere, me la diresti lo stesso?»
«Ci penserei, perché vederti soffrire non mi piace. Poi… sì, te la direi lo stesso, se fosse per il tuo bene.»
«Bravo Giovanni, è quello che voglio. Parliamo di altro, dai, la conversazione sta diventando troppo seria. Era buona la pizza?»
«Sì, qui la fanno come piace a me, alla napoletana. Bella morbida, con una crosta…»
«Ma no, quale crosta! Si chiama cornicione. Io sulla pizza potrei prendermi una laurea!»
«Dovrei farti gareggiare con Luigi. L'indovina pizza!»
«Vinco io.»
«Che sicurezza.»
«Cosa vinco?»
«Mmh… un bacio?»
«Già fatto una scorpacciata di baci tuoi, oggi. Altro?»
«Ehm… io ho finito. Niente dolce, o mi viene la pancia. Se andiamo a casa ti faccio vedere cosa vinci.»
«Andiamo. Il tuo dolce sarò io.»

CAPITOLO 53

«Gennà, fermati, ecco il nostro uomo. Giù dalla macchina, ragazzi. Occhio al cane. Non conosco le razze ma è bello grosso. Forse pure cattivo.»

«Tranquillo Enzo. Sai che con noi stai in una botte di ferro. Andiamo.»

«Scusi?»

«Come? Sì, mi dica...»

«Che bel cane.»

«Bello eh? Grazie.»

«Che razza è?»

«Un Amstaff.»

«Sono cattivi?»

«No, non esistono cani cattivi, anche se questa razza, un tempo, come quella dei Pitbull, veniva selezionata per i combattimenti. È un cane buono. Forte e coraggioso, molto equilibrato. È addestrato. Se gli do un ordine vi attacca, certo. L'ho preso per questo, non si sa mai, al mondo di oggi. Accarezzatelo pure, se volete. Non sul muso, sul dorso. Avete un cane anche voi? Non vi ho mai visto da queste parti.»

«No, io non ho cani. Nemmeno i miei amici.»

«Ah. Beh, continuo il mio giro. Lucky, ringrazia il signore per i complimenti! Buona serata.»

«Un'ultima cosa.»

«Dica.»

«Lei è Alessio Vinci?»

«Come sa il mio nome?»

«Come lo so non la riguarda. Lei è il proprietario della Vinci materiale edile?»

«Sì, è la mia ditta. È un cliente? La conosco?»

«Lei non ci conosce, ma conosce molto bene chi ci manda qui.»

«Chi?»

«’O leone.»
«Ah, vi manda quel farabutto! Ma non sta in carcere, adesso? Cosa vuole ancora? Dite al vostro capo che i prezzi sono quelli, nessuno sconto! Figuriamoci, mica lavoro gratis!»
«’O leone ha detto di chiedervelo per l’ultima volta. Sconto cinquanta per cento per chi acquista per la famiglia Forgione.»
«E io dico ancora no! Non ho paura di quelli come voi!»
«E di questa non ha paura?»
«Non ho paura nemmeno delle pistole! Sguinzaglio il cane?»
«Ho visto di peggio.»
«Vai, Lucky!»
«Genna’, fallo fuori.»
«No! No! Vi prego! Lucky! No! Cosa ti hanno fatto! Mio Dio! Aiuto! Aiuto! Oh, Lucky!»
«Faccia come le dice ’o leone. O la prossima volta la pallottola Gennaro ve la ficca in mezzo alla fronte.»
«Va bene, va bene! Andatevene! Lucky! Lucky! O Dio Dio Dio…»
«Che non le venga in mente di raccontare questa cosa alla Polizia. Come ha visto, sappiamo tutto. Andiamo ragazzi. Chi offre da bere?»

CAPITOLO 54

Già terminato questo primo week end con Laura. Finiamo di pranzare e poi mi rimetterò in marcia, questa volta per tornare in Calabria. Laura mi guarda, con un'espressione davvero affranta. È bella anche così.
«Non mangi?»
«No, non ho fame.»
«E ci credo. Da quando sono qui ti vedo mangiare senza sosta.»
«Hai ragione, sto mangiando tanto. Sarà per scacciare la noia, e la tristezza.»
«Occhio che così diventi come in quella vecchia pubblicità, tutta ciccia e brufoli.»
«Vero.»
«Come mai quella faccina triste? Cerco di farti ridere ma non sto andando molto bene.»
«E me lo chiedi? Certo che sono triste! Tristissima! Dopo pranzo tu mi saluterai con un bel bacio, due paroline dolci, uscirai da quella porta e te ne andrai tutto fiero, dall'altra parte dell'Italia. In un luogo che era casa mia. Io invece resterò qui, sola, in una casa che non mi sono scelta, in una città che non è la mia, senza conoscere nessuno.»
«Laura, me ne rendo conto ma lo sapevi a cosa andavi incontro, quando hai fatto la scelta di passare dalla parte giusta. Scelta di cui la comunità non finirà mai di ringraziarti.»
«Sì lo so che l'ho voluto io! Ma tra il dire e il fare… guarda in che bella situazione mi trovo adesso. È pure estate, e io invece di essere con le mie amiche in spiaggia sono qui a coltivare due fiori in un minuscolo giardino a Torino! Le mie amiche… ormai non più! Tutti sapranno cos'ho fatto! E tutti mi staranno odiando! Mi viene da piangere, Giovanni.»
«Non tutti. C'è anche gente, quella onesta, che è molto fiera della tua scelta. Vorresti tornare indietro ora, a un mese dal processo? In teoria potresti farlo.»

«Mi prendi per stupida? Secondo te adesso chiamo Volturno e gli dico che ci ho ripensato?»
«Volturno è un questore e deve rispettare il tuo volere. Se vuoi puoi ritrattare e finisce tutto così.»
«Ho già confessato molti dei crimini di Michele! Assassinii, estorsioni, minacce… secondo te adesso mi metto a smentire tutto? Penseranno che sono matta! L'unica che potrebbe far finta di niente è mia madre, che al massimo mi sgrida come se avessi tre anni! O magari due ceffoni me li tira pure lei!»
«Faresti contento solo Michele…»
«Ma va'. Lui sa benissimo che ho cantato. Anche se sono sua moglie, una spia non la passa liscia, mi capisci? Il leone non perdona! Mai! Nessuno!»
«Non gridare dai, ti fa diventare brutta.»
«A chi vuoi che importi?»
«A me.»
«Sì bravo, dici così adesso. Poi quando tornerai a San Luca non penserai più a me fino a quando non ti tornerà la voglia di fare l'amore.»
«Sei cattiva…»
«No! Sono disperata! E tu di certo non mi aiuti dicendomi queste fesserie! Immagina la scena. Pronto? Volturno? Sono Laura Aloise. Non confesso più un bel niente. Anzi, ritratto. E non sono più Laura Marinella, voglio tornare a essere Laura Aloise Forgione, intesi? Ti immagini la sua faccia? Lo chiamerò quando sarò sicura che ci sei tu davanti, così la potrai vedere tu stesso.»
«Dai Lauretta, calmati. Vieni qui, fatti abbracciare forte.»
«Mi sento tanto male. Non lasciarmi qui da sola.»
«Sai che lo vorrei. Invece devo tornare a San Luca, è il mio lavoro. È già tanto che sono riuscito a venire qua, per questo bel fine settimana.»
«Sono stata bene, mi piace stare con te. Mi fai ridere, ma anche riflettere, sempre in modo costruttivo. Con Michele si rideva poco. Dovevi pensare, e agire, come voleva lui. Sapessi quante volte mi sono vergognata delle mie azioni.»
«Ogni esperienza, anche se negativa, serve a farci crescere come persone. A renderci migliori. Le difficoltà, le incertezze, le sfortune, noi le viviamo come un problema. Molto spesso più grave di quanto lo sia

davvero. Ci arrabbiamo, ci deprimiamo, ci roviniamo l'animo. Invece ogni volta dovremmo capire che tutto quello che ci capita ha un senso, un motivo, che va sempre a nostro favore.»

«Anche le cose brutte?»

«Soprattutto quelle. È da quel genere di esperienze che si impara di più. Anche tu diventerai una Laura migliore di quella che viveva a San Luca, e andava per negozi a compiere estorsioni. Un giorno penserai al tuo passato e lo capirai chiaramente. E, magari, ti verrà da sorridere.»

«Bacio.»

«Volentieri.»

«Sto già meglio. Visto? Tu hai la capacità di farmi star bene con due frasi. Parole giuste al momento giusto. Ti voglio bene, agente Sala. Anzi, se ci penso bene, direi che mi sto...»

«Alt! Fermati, Lauretta. Non dire quella parola.»

«Ahi, ahi, sull'attenti! È tornato il vice questore, che mi intima di fermarmi! Volevo dirti una cosa bella, bellissima...»

«Non corriamo, Laura. Non corriamo. Sai che arriveranno tempi ancora più duri, e non si sa come ne usciremo. Non dobbiamo ancora dimenticarci chi sei tu e chi sono io.»

«Vorrai dire chi ero.»

«Laura, in questo momento tu sei ancora la moglie di Michele Forgione, detto 'o leone. Io sono il poliziotto che lo ha arrestato.»

«Giusto. Non vedo l'ora del processo. Poi chiederò il divorzio. Quando pensi che mi daranno le nuove generalità? Anche questo servirà per cambiare vita una volta per tutte.»

«Con il tempo necessario per tutte le autorizzazioni, dopo il processo.»

«Come, Volturno mi ha fatto fretta per decidere il mio nuovo cognome! E adesso mi dici che devo aspettare la fine del processo?»

Forse Laura credeva di aggiustare tutto in qualche settimana, e di cominciare la sua nuova vita con facilità. La protezione dei pentiti è vitale per dare un senso alla possibilità che accettino di denunciare anni di soprusi e malefatte, pur rimanendo nell'anonimato o conservando le nuove generalità che sono state loro assegnate. Per questo dobbiamo muoverci con estrema cautela, anche a costo di impiegarci molto più del previsto.

«La burocrazia richiede il suo tempo, e in Italia non è certo veloce. Inoltre non potranno certo farti entrare in aula chiamandoti già Laura Marinella, danneggerebbe la tua sicurezza. Sappiamo entrambi che Michele sarà furente, quando il Giudice leggerà la sentenza. Non è certo uno che si pente. Spero che venga condannato all'ergastolo. I primi tempi sarà ancora molto pericoloso. Sappiamo che, anche adesso, non si sa come, è sempre in contatto con Vittorio e i membri del clan.»
«Vorrà vendicarsi.»
«Esatto. E tu sarai proprio una delle persone più a rischio.»
«Voglio che sia tu, a proteggermi.»
«Non posso Laura, lo sai. Se sarà necessario verrai messa sotto scorta. Lo deciderà Volturno.»
«Spero proprio di no. Da essere guardata a vista dagli uomini di Michele passerò a quelli di Volturno. Sai che affare. Quando potrò essere davvero libera?»
«Ci vorrà del tempo, e il tempo, per fortuna, passa. Non lo vorremmo, quando stiamo bene. Ma lui se ne frega di come stiamo e passa comunque.»
«Spero faccia in fretta. Adesso la mia vita attraversa un periodo orribile, arrivato in così poco tempo. Per fortuna ci sei tu.»
«Anche tu mi fai stare bene. E tra poco dispiacerà anche a me da morire dover andare via. Per fare tutta quella strada poi…»
«Mi fa un grande piacere che entrambi abbiamo rivelato il sentimento che proviamo uno per l'altro. Fare finta di niente non era bello, e proseguendo di questo passo non era possibile. Sapevo che prima o poi sarei caduta tra le tue braccia, mio bel principe!»
«Sì, anch'io non riuscivo più a non pensarci. Sapessi di tutte le nottate che ho passato, pensando a noi.»
«Non mi sembra vero di sentire queste parole dallo scontroso agente Sala.»
«Una cosa però, Lauretta, te la devo dire. Ieri sera mi hai chiesto di dirti tutto, anche se so che ti farà male.»
«Uffa, cosa c'è ancora di brutto?»
«Laura, non dobbiamo rivelare a nessuno di quello che c'è tra noi. Non adesso. E per un bel po'. Quindi non fare follie, e soprattutto non chiamarmi al cellulare in orari di ufficio. In ogni caso sarei molto

distaccato, ma è una parte che non voglio recitare davanti ai miei colleghi. Ti ho detto che solo Luigi sa. O immagina. Anche a lui dirò che non c'è stato niente. Anzi gli dirò che sei noiosa e antipatica.»
«E va bene, farò come dici. Pure noiosa e antipatica, ma senz'altro hai ragione. Allora per non correre pericoli ti chiamerò in piena notte, buttandoti giù dal letto!»
«Fai pure, tengo il cellulare sul comodino, devo solo allungare il braccio. Chiama pure quando vuoi, la sera, di solito sono da solo. Lo terrò acceso, sempre, promesso.»
«Attento. Se ti chiamo tardi e non mi rispondi poi divento gelosa!»
«Gelosa! E di chi? Di Luigi? Ti ho già detto che non è il mio tipo!»
«A San Luca ci sono tante belle donne... e tu sei proprio un bel poliziotto! Quando sei in divisa poi, davvero figo.»
«Tanto lo sai che io sono uno, come dici tu, scontroso.»
«Ecco, bravo! Con tutte le donne del mondo, tranne me e tua mamma, devi essere scontroso.»
«Ok, me lo ricorderò. Adesso è ora che mi prepari. Vorrei essere in Campania, o anche più giù, questa sera.»
«Ecco. Il momento che non volevo è arrivato. Stringimi e dammi l'ultimo bacio! Ma attento, non so se poi ti lascerò andare!»
«È un rischio che corro volentieri.»

CAPITOLO 55

«Buongiorno, signor Forgione.»
«Buongiorno un cazzo, avvocato. Cos'è questa storia che mi hanno rimesso al 41 bis? Cos'è questa storia che il processo è stato anticipato perché si farà per direttissima? Si può sapere cosa succede?»
«Immagino la sua rabbia, signor Forgione, ma come sospettavo ci sono stati sviluppi per niente positivi. Il Pubblico Ministero ha confermato che ci sono state nuove accuse, provenienti da questo super testimone che le dicevo la volta scorsa. Come pensavo pare proprio che si tratti… di sua moglie.»
«Lo so cosa ha fatto, quella stupida. Lo so. Laura si è venduta agli sbirri. Non so se ce l'hanno costretta, o è stata una sua bella iniziativa, ma non cambia la questione. Che pericoli corro, adesso?»
«Pericoli gravi, don Forgione, gravi. Se sua moglie confessa altri reati, di cui io non sono a conoscenza, la pena che verrà proposta dall'accusa sarà di gran lunga più pesante di qualche anno per detenzione e spaccio di stupefacenti. Dipende tutto dalle prove che sarà in grado di fornire a sostegno delle sue parole e dai reati stessi. Ripeto, io non ne so nulla, ma se si tratta di roba grossa tipo omicidi, da lei effettuati o anche solo commissionati, rischia l'ergastolo, don Forgione. Lei può darmi ulteriori informazioni? A questo punto, glielo consiglio.»
«Ma come, avvocato? Adesso non c'è più la possibilità che siamo intercettati?»
«Se i reati sono veri e le prove fornite saranno sufficienti, sarà inutile negare l'evidenza. A questo punto meglio che mi dia tutti gli elementi per preparare una strategia difensiva ben definita.»
«Avvocato, lei sa chi sono io e qual era il mio ruolo nella famiglia.»
«Certamente.»
«Ecco. Secondo lei posso essere responsabile solo di un banale spaccio di stupefacenti? A diciott'anni, forse, anche se penso che a quell'età avevo già tolto di mezzo qualche rompi scatole. Non sono certo cose che

devo spiegare a uno con la sua esperienza. Sta di fatto che io non devo passare ancora troppo tempo qui dentro, o succederà un casino. Un casino enorme. A prendere il nostro posto ci hanno provato i Cosenza, e sono stati sistemati. Ho già sentito di altre famiglie che si stanno facendo sotto, e ho già preso le mie contromisure. Fino a quando riuscirò a mantenere il controllo? Qui rischiamo una guerra, avvocato, come il suo cognome. E quando c'è la guerra è difficile separare i buoni dai cattivi, i colpevoli dagli innocenti. Si rischia tutti di lasciarci la pelle, da un momento all'altro. Noi non vogliamo che questo succeda, giusto?»

«Sicuro.»

«E non lo vogliono neanche le forze dell'ordine. Quindi è meglio che tutti siano a conoscenza di quello che stanno per fare.»

«Certo che se il super testimone rinunciasse a parlare, o non potesse più farlo... cambierebbe tutto, come le suggerivo.»

«Non si preoccupi di mia moglie. Ci penso io. Lei pensi solo a tirarmi fuori da questo casino dello spaccio. Il resto parole, solo parole sono! Io sono il leone, a me le parole non mi possono fermare!»

«Certo don Michele, si calmi. Io però devo pensare anche al peggio, ovvero che il super testimone faccia quello per cui è stato protetto. Mi scriva una bella confessione di tutti i reati che avrebbe commesso, e che questo testimone potrebbe raccontare. Pensi se ci possono essere pure delle prove. Io studierò le contromosse. Magari ammettere tutto davanti al Giudice potrà servire come attenuante.»

«Io non scrivo nessuna cazzo di confessione.»

«Signor Forgione, mi permetta. Se io non studio il caso, al termine del processo potrò solo appellarmi alla clemenza della Corte. E, in una faccenda come la sua, la Corte non sarà per nulla clemente. Se il testimone va fino in fondo qui si rischia grosso.»

«Guerra, lasci fare a me. Mia moglie non parlerà, glielo garantisco. Scoprirò dove si trova e la farò stare zitta. Per sempre, se necessario.»

«Signor Forgione, stia attento! Non sia così esplicito! Le ho già detto che siamo a rischio nel dire queste cose. Se continua così io mi dimetto dall'incarico.»

«Io parlo come voglio e lei non si dimette da niente. Decido io, cosa fa lei. Ormai l'ho incaricata di seguire il mio caso. Continui il suo lavoro, e nel migliore dei modi. O non avrà altri casi da seguire, garantito. Nella foresta non cade nemmeno una foglia, se il suo re non lo vuole.»

CAPITOLO 56

Rieccoci al Panzera, io e Luigi. Chissà cosa vuole Volturno. Ieri sera, quando ci ha convocati, era più nervoso del solito, il che è tutto dire. Come solito poi queste mura consumate dal tempo non mettono di certo di buon umore. Anche oggi ho visto i volti torvi e rabbiosi di alcuni uomini appena arrestati e scesi dalla camionetta della polizia penitenziaria, ancora con le manette ai polsi. Avranno di certo tutto il tempo per far sbollire l'ira e meditare sulla loro condotta. Peccato che la maggior parte delle volte scontino la pena e tornino in libertà per nulla ravveduti, anzi, molto spesso determinati a continuare con ancora più convinzione sulla strada della delinquenza.
Beh, ecco lì il questore, tra poco ci dirà il motivo di tanta agitazione.
«Ma si può sapere cosa diavolo sta succedendo? Avete sentito gli inquirenti? E il telegiornale? Qui sta per scoppiare un casino. È proprio per questo che vi ho convocato oggi! Avevo appuntamento con il Consigliere Regionale, come ogni martedì mattina, ma niente, sono dovuto venire qui. Buongiorno, per cominciare.»
«Buongiorno dottor Volturno, ho letto sul giornale che c'è stata una sparatoria ieri sera nella periferia di Corigliano. Lo ha annunciato anche la televisione nel TG regionale. Si pensa fossero uomini di Forgione, inviati per far fuori un rivale.»
«Esatto, Sala. Ne siamo quasi certi. Ho già parlato con i vostri colleghi di quella zona. Hanno beccato uno spacciatore che fa parte di una cosca, i Pasculli. Sotto interrogatorio ha confermato che erano uomini di Forgione, inviati per far fuori Antonio, il loro capo che opera nel luogo. Sembra proprio che questa famiglia stia accrescendo la sua importanza, e pericolosità. Pensiamo si occupino soprattutto di traffico di droga, proveniente dal Nord Africa, non dalla solita America del Sud. Con il casino che c'è da quelle parti, a causa dei terroristi dell'ISIS, sempre in guerra e a caccia di soldi per finanziarsi, non mi sorprende che quei paesi stiano diventando un nuovo e fiorente mercato della droga.»

«E come fanno, dotto'? Di certo tra le dune africane non si può coltivare né la coca né l'eroina! Al massimo la marijuana.»
«San Rocco, che domanda. A parte che in Africa non ci sono solo deserti ma hanno anche foreste, savane eccetera... a volte mi sembra che lei sia poliziotto solo da qualche settimana. La droga non la coltivano lì, ma arriva dal Medio Oriente. Afghanistan, Iraq, Siria... altre belle zone dove non puoi uscire a berti una spremuta senza aver paura che qualche pazzo faccia saltare per aria la sedia dove ti sei seduto. Chi coltiva la vende a intermediari, altra bella gente che ha deciso di arricchirsi con la delinquenza. Avete visto eh, la globalizzazione, questo termine tanto di moda? È stata applicata anche dalla malavita. Questi signori si occupano di portarla in Nord Africa. Da quelle zone la droga attraversa il Mediterraneo e arriva nelle tasche dei nostri figli, grazie alla delinquenza organizzata made in Italy. Preso appunti? La prossima volta la interrogo, San Rocco.»
«Sì sì ho capito, dotto'.»
«Dicevo, i Pasculli. Stanno arricchendosi velocemente, e stanno diventando potenti. Tanto, si vede, da impensierire il nostro buon detenuto Forgione. Costui pare abbia comandato ai suoi rimasti ancora in libertà di togliere di mezzo subito questi rivali, ma gli è andata male. Avete sentito anche quel che è successo a Palmi, sabato sera?»
«No, che è successo a Palmi? Tu hai sentito qualcosa, Luigi?»
«No, no, dottor Sala.»
«A Palmi hanno trovato, sabato notte, un commerciante, titolare di un negozio di edilizia, in stato di shock, riverso in mezzo alla strada. Il poveretto era inginocchiato di fianco al suo amatissimo cane, ucciso con una pallottola nel cervello.»
«Oh mamma, che brutalità! E chi è stato a fare una schifezza del genere?»
«Non si sa. Il commerciante, quando si è ripreso, non ha voluto sporgere denuncia, nonostante i vostri colleghi abbiano insistito.»
«Omertà.»
«Esatto. Noi non possiamo fare finta di niente, quindi ho fatto condurre anche lì delle indagini, e messo sotto torchio il negoziante stesso. Pare che costui non volesse fare degli sconti importanti agli uomini di... indovinate un po'?»

«Di Forgione, certo. Quell'uomo è un pericolo vivente, riesce a dirigere la cosca anche dal carcere. Non è certo il primo che lo fa, purtroppo, ma a lui riesce davvero bene.»
«In questo caso sono d'accordo con lei, agente Sala. Sappiamo bene che Forgione riesce ancora ad avere contatti con il mondo esterno. Lo aiuterà sicuramente qualcuno, sto cercando di capire chi. Adesso l'ho fatto rimettere al 41 bis.»
«Addirittura? E come ha fatto? Non ci sono gli estremi per rimetterlo a un regime di carcere duro.»
«Naturalmente grazie alle confessioni di Laura, sua moglie. Il Pubblico Ministero dottor Porlezza si è impressionato nel leggere tutte le nuove accuse mosse contro il nostro capo clan, e senza pensarci su troppo ha deciso per il ripristino di una reclusione cautelativa importante, appunto il 41 bis. Avete saputo che il processo adesso si terrà per direttissima, agli inizi di settembre. Fino ad allora la super testimone, ovvero la signora Laura Aloise in Forgione, non dovrà correre rischi. Adesso è a Torino, nell'abitazione in cui l'avete portata voi due. Il suo vicino, il signor Paolo, conosce tutto e collabora con noi. Sa benissimo che l'appartamento del piano terra è di proprietà dello Stato, e viene usato per ospitarci i collaboratori di giustizia. Se nota qualcosa che non va, o se vede aggirarsi lì intorno gente sospetta, ci avvisa sempre. Lo avete conosciuto?»
«Ehm… sì, di sfuggita.»
Il suo vicino sa tutto, non credo tuttavia lo abbia detto a Laura, per mantenere i rapporti in una semplice confidenza tra vicini. È molto più semplice tenere d'occhio chi non sa di essere spiato.
«Bene, la prossima volta che andrete là lo conoscerete meglio. È un uomo affidabile.»
«Dobbiamo tornare dalla signora Lau… ehm, dalla Forgione?»
«Ma certo, San Rocco! Dovrete portarle il resto della sua roba rimasta qui, nella casa di San Luca. Di sicuro andrete anche a prenderla il giorno prima del processo. La signora dovrà essere presente in aula, in quanto supertestimone. A meno che il Pubblico Ministero non decida di farla testimoniare in collegamento video, presso un'altra sede, per preservare la sua sicurezza. Tutto chiaro?»
«Sì dottor Volturno, tutto chiaro.»
«Spero proprio che il processo a quel figlio di puttana si concluda con una bella condanna all'ergastolo. Sarebbe pericoloso anche tra

trent'anni. Certa gente il crimine ce l'ha nel sangue, e svanisce solo quando entra nella bara. Nei prossimi giorni proveremo a convincere anche il commerciante di Palmi a parlare e sporgere denuncia. Sala, San Rocco, andate voi a fare qualche domanda al Forgione, avanti. Io tra qualche minuto mi devo vedere qui a Reggio con i Questori di Napoli e Palermo, per una riunione... adesso si dice... com'era... una parola inglese, e chi se la ricorda.»

«Meeting?»

«Esatto Sala, meeting. Bravo, promosso in inglese. Devo vedere i miei colleghi per una riun... un meeting sulla criminalità organizzata nel nostro paese. Andate voi per favore a parlare con il detenuto Forgione. Sarà contento di rivedervi.»

«Ehm... va bene. Andiamo a vedere come sta il nostro amico, Luigi.»

«Un'ultima cosa, molto importante.»

«Diteci, dotto', io e il vice questore siamo tutt'orecchi.»

«Adesso sappiamo dove sta Vittorio, il fratello di Michele. Ricordo che l'ultima volta che siete andati nell'abitazione segnalata da Laura lui era appena scappato. Chissà chi lo ha avvisato. Sala: so benissimo che l'anziana proprietaria della casa non poteva non sapere chi ospitava, e solo grazie alla sua bontà, sempre fuori luogo, ha evitato di finire sotto processo.»

«Dottor Volturno, sono d'accordo ma le sembra giusto prendersela con la donna? Sarà stata mossa dalla paura di dire no, come succede di solito.»

«Lasciamo perdere. Non l'ho fatta arrestare solo perché, come dicevo, Carmine, il nostro infiltrato, ci ha avvisato della nuova... dimora di Vittorio. È un immobile in costruzione. Dovrebbe diventare un centro di accoglienza per immigrati ma vari problemi burocratici hanno bloccato i lavori. Nel piano interrato ci sono diverse stanze già pronte, con la fornitura di corrente elettrica e acqua. Abbiamo controllato e anche lì, come fu per 'o leone, risultano consumi anomali di energia. Sala, con i Falchi è autorizzato a un'irruzione. Stavolta non potete, e non dovete, lasciarvi sfuggire il nostro latitante. Se arrestiamo anche Vittorio il clan Forgione non avrà più un capo, e presto si disperderanno anche gli ultimi affiliati. Quando avrò l'autorizzazione dal Ministero, e l'ok da parte di Carmine, vi darò l'ordine. State pronti. Fate attenzione. Carmine ha riferito che attorno all'edificio ci sono una o

due vedette di guardia. Forse sono armate. Ora andate, ho molte cose da fare, buona giornata.»
«Bene, dottor Volturno. Aspettiamo la sua chiamata, allora. Adesso andiamo da 'o leone e poi torniamo a San Luca. Forza, Luigi. Buona giornata.»
«Arrivederci dotto', buon giorno.»
A quanto pare i Falchi torneranno presto in azione. Sento già che questa volta non sarà facile. Se ci sono davvero delle vedette intorno alla casa dove si nasconde Vittorio ci sarà da aprire il fuoco, se non si arrendono. Con il rischio che l'uomo, allarmato dagli spari, possa scappare dentro qualche cunicolo che magari ha già fatto scavare sotto la proprietà. Ci dovremo preparare con attenzione. Dovremo studiare anche il luogo con una bella gita turistica da quella parti. Per ora andiamo da Michele. Se sapesse di me e Laura…
«Chissà come sta 'o leone. Sicuro sarà incazzato nero, al 41 bis è dura.»
«Lo stiamo per scoprire, Luigi. Vedrai che sta bene, l'erba cattiva è molto resistente.»
«Buongiorno, vice questore.»
«Buongiorno, agente Fanti. Dove possiamo interrogare un detenuto?»
«Qui, vice questore, si accomodi in questa saletta. Ve lo chiamo. Chi desiderate?»
«Forgione Michele.»
«Arriva, due minuti e sarà da voi.»
Si ricorderà sicuramente di me. È passato qualche mese ma sembra ieri, quando lo abbiamo tirato fuori da sotto quel deposito di materiale edile. Chissà se avevano già acquistato qualcosa da quel poveretto di Palmi, a cui hanno ammazzato il cane.
«E così il questore vuole che andiamo nel nuovo nascondiglio di Vittorio. Speriamo di trovarlo, questa volta. Dipende se la soffiata che ci ha dato il nostro infiltrato è giusta. Di sicuro non sarà una passeggiata. Avete sentito dotto' cosa ha detto Volturno?»
«Sì, mi preoccupano le vedette di guardia. Andremo a fare un giro perlustrativo nei dintorni domani, magari quando fa buio. Vedremo se ci sono davvero delle sentinelle appostate lì vicino. Ci conviene andare in borghese, senza mezzo della Polizia. Studiamo la situazione e facciamo un bel piano di intervento. Domani o questa sera avviserò i Falchi.»

«Semeraro, Gentile… quanti ne convochiamo, stavolta?»
«Almeno quattro, uno per ogni lato dell'edificio, e altri due con me e te, totale sei. Ci vuole una bella squadra. Questa volta Vittorio non deve sfuggirci, o non lo beccheremo più. Guarda Luigi, è arrivato 'o leone.»
«Oh, ecco chi mi ha fatto chiamare! I Falchi! Ma che bravi sbirri! Buongiorno! Sala e… un altro sbirro di cui non ricordo il nome.»
«Buongiorno, signor Forgione. Le ricordo che siamo agenti della Polizia di Stato, la parola sbirri non esiste.»
«Esiste, esiste, agente, se lo dico io esiste. Che volete? Stavo riposando. Come se avessi altro da fare, in questo dannato settore dove mi avete rinchiuso!»
«Volevamo farle qualche domanda.»
«Oh, ma che bello. Io vi do qualche risposta, e ci facciamo due risate.»
«Non credo che abbiamo cose divertenti da dirle, Forgione.»
«Le cose che mi chiederete no, non sono divertenti, lo so. I divertenti siete voi. Uno sbirro che viene dal Nord, Torino mi sembra, convinto di essere il nuovo Clint Eastwood, e il suo assistente, che dalla stazza si direbbe che più che con le armi è bravo con la forchetta.»
«Meglio mangiare dolci che uccidere innocenti, leone.»
«Lascia parlare me, Luigi, non cedere alle provocazioni da quattro soldi di questo signore.»
«A lei piace fare il duro, agente Sala. Che paura! Da Torino ci hanno mandato un vero giustiziere! Vediamo quanto durerà, questa sicurezza. Forza, fatemi queste domande. È vero, non mi sto già più divertendo. La mia pazienza finisce in fretta.»
«Lei conosce Alessio Vinci?»
«Vinci? Questo nome non mi dice niente.»
«È un commerciante di Palmi.»
«Non tengo affari a Palmi, io. Che mi chiedete a fare?»
«Alessio Vinci è stato ritrovato, nella notte di sabato scorso, riverso sulla strada in stato di shock. Accanto a lui giaceva il suo fidato cane, poveraccio, freddato con un colpo alla testa. Cosa mi sa dire? Chi si è reso responsabile di una simile schifezza?»
«E che ne so io? Quello avrà fatto, come lei, un po' troppo il duro, e sarà stato castigato da qualcuno più duro di lui, e del suo cane. Impari la lezione. Può tornarle utile.»

«Beh, di solito queste questioni si sistemano in altro modo, magari con una bella dose di botte, ma sparare di sera a un cane inerme, in una zona densamente abitata, mi sembra un po' strano. A me pare più una intimidazione. O, forse, una vendetta.»
«Si vede che il proprietario del quattro zampe non ha rispettato, o non vuole farlo, dei patti ai quali avrebbe dovuto sottostare.»
«Siamo in un paese libero, signor Forgione. Si può anche non accettare di fare accordi, se non li riteniamo soddisfacenti.»
«Dipende da con chi si fanno, gli accordi. Lei, Sala, mi sembra un uomo intelligente. Sa benissimo, o l'ha imparato, che a volte bisogna sottostare a certe richieste, anche se non ci piacciono, quando provengono da certe persone. Si chiama saper vivere.»
«Si chiama non volere guai.»
«Lo chiami come vuole. Non cambia il risultato. Io comunque non uccido cani, a me piacciono. Ne avevo un paio quando ero ragazzo. Poi me li hanno fatti fuori. Persone alle quali non volevo concedere dei favori. Piccolo il mondo, vero? Comunque adesso sto qui dentro, e di certo non posso andarmene in giro a sparare, come nei film del vecchio West. Ve ne sareste accorti.»
«Le indagini dicono che sono stati i suoi uomini a chiedere favori particolari, ai quali il commerciante ha risposto con un secco no.»
«I mei uomini, come li chiama, sanno cosa fare da soli. Senza bisogno che glielo dica io. Quindi, io non sono il mandante di nulla. Come potrei comunicare con l'esterno? E poi bisogna dimostrare che erano davvero persone mandate da me.»
Niente, di qui non si passa. Dovremo trovare il modo di farci raccontare la faccenda per filo e per segno dal commerciante. Proviamo un'altra strada.
«Che mi dice invece della sparatoria a Corigliano? Anche in questo caso non ne sa nulla?»
«Bravo, Sala! Vede che capisce? Non ne so niente. Però posso dirle che a Corigliano c'è gente che non mi sta simpatica.»
«Ve bene, ho capito che interrogarla non serve a niente. Ma non creda di poter prendersi gioco di noi per sempre, don Michele. Prima o poi i nodi vengono al pettine. Tutti.»
«Agente, le sue minacce non mi fanno paura, ho sentito ben di peggio, da persone cattive davvero.»

«Forgione, le prometto che faremo di tutto per aumentare le accuse verso di lei per il giorno del processo. Sia io che il questore Volturno abbiamo rischiato la vita per tirarla fuori da quel bunker. Non vogliamo che lei esca di carcere tra breve. Glielo dico sinceramente. Sarebbe bello che lei restasse qui al Panzera per sempre.»
«E per riuscirci non avete esitato a portarmi via la mia Laura, vero? Complimenti. Come uomini siete una delusione.»
«Laura ha deciso in maniera autonoma. Ne sono contento, ha fatto la scelta giusta.»
«Sì, in maniera autonoma, non ci credo. Chissà di cosa l'avete minacciata, lei e il suo capo Volturno, detto Rambo due la vendetta. Voi forze dell'ordine, quando volete, diventate peggio dei criminali che arrestate. Io però sono tranquillo, tranquillissimo. Laura non dirà niente su di me. E, se l'ha già fatto, dovrà venire a testimoniare al processo.»
«Esatto. Sarà proprio lei a rompere la chiave della sua cella, per sempre.»
«Laura non parlerà, garantito.»
«Facciamo a gara a chi lancia più minacce? Laura è una persona nuova adesso e parlerà, ha già cominciato quella che per lei è una nuova vita. Presto tutti questi anni saranno solo un ricordo, che sbiadirà nel tempo.»
«Vedremo chi ha ragione. Di solito ho sempre ragione io, caro il mio bravo agente di Torino. Non le chiedo dove si trova mia moglie ora, ovviamente non me lo direste mai, anche se starò qui dentro per ancora altro tempo. Comunque me la saluti tanto, quando la rivede. E le dica che il leone pensa sempre a lei. Ora più che mai.»
«Non mancherò.»
«Ancora una cosa, Sala, prima che ritorni nella mia gabbia di sei metri quadrati. Anche se quella sciocca gioca a fare cose più grandi di lei è ancora mia moglie. Mia. Capito? La mia roba non si tocca. Altrimenti sono guai. Guai seri. E dicendo che mia moglie non si tocca intendo in ogni modo. So quanto è bella. So quanto gli uomini vorrebbero scoparsela. Non la deve toccare nessuno. Né come sbirro, né come amante. Sono stato chiaro?»
Oddio, che abbia già qualche sospetto? Che sappia qualcosa della nostra relazione? Come può essere? Che ci abbia visti qualcuno? Vuoi dire che lui sa benissimo dov'è, e la stia già facendo seguire? Magari

Laura è in pericolo proprio adesso!
«Certo che non la tocca nessuno, Forgione. Non capisco cosa intende.»
«Sala, la vedo preoccupato, adesso. Ho fatto centro? Dove se n'è andata tutta la sua sicurezza? Io so tutto, Sala, sempre. Tutto! Devo essere così, se voglio restare tra i vivi. Nel mio… chiamiamolo settore, chi non sa cosa fanno gli altri è perduto. Stia attento. L'ho avvisata.»
«Signor Forgione, non sono venuto qui ad ascoltare le sue minacce o i suoi avvertimenti. Si preoccupi lei del processo a cui andrà incontro. Le ripeto la mia, di minaccia. Faremo di tutto per accusarla di tutti i crimini che lei ha commesso.»
«Arrivederci, agente Sala. Ci vedremo in aula. Salutatemi la vostra brava pentita. Buona giornata, sbirri.»

CAPITOLO 57

Notte fonda. Io e Luigi stiamo controllando se questo centro di accoglienza per extracomunitari non nasconda davvero il nuovo rifugio di Vittorio Forgione, come sospettiamo. Appena fuori paese, senza altre abitazioni intorno, raggiunto da una strada asfaltata che porta direttamente allo svincolo autostradale, è il luogo adatto a ospitare un criminale ricercato dalle forze dell'ordine.

La serata è tranquilla, spira una leggera brezza che porta da lontano il profumo del mare. Intorno a noi non c'è anima viva, a esclusione di un grillo che fa sapere al mondo della sua presenza.

«Luigi quel ragazzino non sta qui intorno per caso, alle due di notte.»

«Vedo, vedo, dotto'.»

«Sarà già la decima sigaretta che si accende. Continua a guardarsi intorno. Anche se fa l'indifferente sta tenendo d'occhio la zona, e sembra che stia aspettando qualcuno. Probabilmente ha finito il suo turno di guardia e attende chi gli darà il cambio. Se ho ragione presto vedremo qualcuno arrivare e mettersi al suo posto.»

«Pensate che davvero Vittorio si stia nascondendo in quella costruzione? Non vedo luci.»

«Hai sentito cosa ha detto Volturno. Chi lo sa quando, ma un giorno sarà un centro di accoglienza per extracomunitari. Al momento sembra che Vittorio lo abbia occupato per nascondere la sua latitanza, ma solo il piano interrato. Per questo dall'esterno non si vedono luci. Vittorio non sarà temibile come suo fratello ma non è nemmeno uno stupido.»

«Ma scusate dotto', non ci vanno gli operai a lavorare?»

«No, i lavori sono fermi. Non mi sorprenderei nel sapere che li ha fatti interrompere qualche assessore in combutta con i Forgione. Se l'appalto non verrà mai terminato la costruzione diventerà un buon rifugio per tutti i prossimi ricercati della famiglia.»

«Hai capito. E come faremo a entrare senza fare troppo rumore?»

«Senz'altro dovremo neutralizzare la sentinella, nel modo più silenzioso possibile. Per fortuna che uno dei Falchi, Gentile mi sembra, è esperto in tecniche militari di immobilizzazione a sorpresa. Ci servirà la sua abilità. Una volta resa innocua la vigilanza faremo irruzione nel piano terra, da una finestra. Sempre nel massimo silenzio. A quel punto dovremo essere molto bravi a raggiungere il piano interrato nel più breve tempo possibile.»
«Per evitare che Vittorio scappi da qualche cunicolo, giusto?»
«Esatto, anche se credo che per ora non ce ne siano. Studieremo la piantina dell'immobile. Ti occupi tu di chiederla domani in Comune?»
«Consideratelo già fatto, dotto'.»
«Bene, io penso ad avvisare i Falchi. Appena Volturno ci darà l'ordine faremo scattare l'operazione… come la chiamiamo? Dammi qualche idea.»
«Uhm… vediamo… quattro stagioni?»
«Ah ah ah! No dai, Luigi, seriamente.»
«Fatemi pensare… ci sono!»
«Dimmi. La sentinella intanto si è accesa un'altra sigaretta.»
«È da stamattina che il questore mi ha fatto venire voglia di cucina cinese. Mi sono ricordato il nome degli involtini, i Wan Ton! La potremmo chiamare così.»
«Ma non stiamo mica per arrestare cinesi!»
«Eh, cosa vi devo dire dotto', questo è il nome che mi è venuto.»
«E va bene dai, la chiameremo Operazione Wan Ton, che ci frega! Luigi occhio, è arrivato un altro ragazzo in motorino.»
«Lo vedo. Si è fermato. I due stanno parlando.»
«La nostra sentinella se ne va sullo stesso motorino. Il ragazzo che lo conduceva è sceso e si è messo davanti all'ingresso. Bingo! È la prossima sentinella. Possiamo rientrare.»
Ora ne siamo sicuri. Per fortuna, solo una. Lì dentro c'è il nostro latitante. Domani prepariamo il piano, poi i Falchi entreranno in azione. Dopo quella di tuo fratello anche la tua libertà ha le ore contate, caro Vittorio.

CAPITOLO 58

Ancora un rumore.
Sì, sì, ne sono sicura.
Mi tremano le mani…
Quanto è buio, fuori non si vede niente.
Ehi mi sembra che… che quell'ombra si sia mossa.
Non vedo bene se è una persona, o…
Sì, si è mossa! Dietro la colonna del cancello!
Sta trafficando con la serratura.
Sembra un uomo…
Oddio, cosa faccio adesso?
Potrei chiamare il signor Paolo, ma non mi sono fatta dare ancora il suo numero di telefono!
È vero, potrei uscire di nascosto e andare a suonare al suo campanello…
E se l'ombra… quella persona entra e mi trova sulle scale?
Cosa faccio? Resto qui o esco?
Non so cosa fare!
Ho paura.
Giovanni dove sei? Adesso lo chiamo.
Che scema, cosa può fare lui? Lo metterei solo in ansia, è a mille chilometri da qui!
Me la devo cavare da sola. Sono o non sono… ero, piuttosto la moglie di un boss della… lasciamo perdere va'.
Forza Lauretta! Coraggio!
Potrei chiamare comunque il 113.
No no, meglio che non chiami nessuno. Se quello entra e mi sente parlare sa che sono qui, se sto zitta potrei far finta di non esserci, che ne sa?
E poi chi l'ha detto che deve entrare, per venire da me…
Magari… magari è il padrone di casa del primo piano, quel signore con la famiglia, che è uscito con i colleghi e si è dimenticato le chiavi!
Sì, sarà così.

Torno a dormire, domani voglio alzarmi presto per andare a correre con un po' di fresco.
Caspita com'è duro, questo cavolo di materasso. A San Luca avevo un bel lettone morbido, grande. Qui, invece, mi tocca dormire su questa brandina. Appena mi accreditano i miei soldi per prima cosa mi compro un letto nuovo.
Un altro rumore!
La persona è entrata! Sta camminando lungo il vialetto.
Sta già aprendo la porta d'ingresso.
Calma Laura, calma. Vedrai che adesso sale al primo piano.
No!
È qui fuori! Non è salita! Oddio!
Sta toccando la mia porta. Ok, è qui per me. Se è qualcuno mandato da Michele è finita, quella gente non sbaglia. Come avranno fatto a trovarmi? Non era un indirizzo segreto?
Mi devo nascondere... oddio dove? Questa casa è minuscola!
In bagno? O in cucina?
Sta aprendo la porta di casa!
Si è aperta!
Mi nascondo sotto il letto. Piano... piano... magari non mi vede e se ne va.
Forse è solo un ladruncolo che pensa che in casa non ci sia nessuno. Sono andata a letto presto, a leggere, non ha visto luci accese in soggiorno o in cucina e crede che sia uscita.
Che situazione. Strisciare come una lumaca sotto al letto di camera mia! Come sono ridotta! Dovrei essere sul lungomare ora, a mangiarmi una bella granita, invece guardami.
Sta venendo proprio qui, sento i passi. Devo muovermi!
La porta si apre!
«Laura! Eccoti! Vergognati! Ti saluta tuo marito Michele.»
«No, no! Non mi uccidere!»
«Sono venuto per questo.»
«Ti prego...»
«No! Muori!»

Oh mamma! Era un incubo! E che incubo! Ho sognato che mi stavano per uccidere!
Mi viene da piangere. Chiamo Giovanni. Che ore sono? Le tre e un quarto! Sicuro dorme, povero.
Va beh, provo lo stesso dai, ha detto di chiamarlo quando voglio, e che ha il telefono di fianco al letto, almeno non devo farlo alzare. Ho tanto bisogno di sentire una voce buona. Ho bisogno di calore.
Suona.
«Mmh… pronto?»
«Pronto! Giovanni! Sono Laura!»
«Che succede? Ti sento agitata. Che ore sono?»
«Ciao amo… ehm, ciao. Sono le tre passate. Scusa l'ora ma sono agitatissima! È… è entrato qui a casa, ha spalancato la porta, voleva uccidermi! Oddio, Giovanni, aiutami.»
«Che succede? Chi era? Laura! Stai bene?»
«Sì Giovanni adesso sì, ma sapessi che roba! Sono morta di paura!»
«Ma chi è entrato in casa tua? Quando? Cos'è successo? Calmati, forza.»
«Giovanni, è stato un incubo! Ho sognato che un uomo armeggiava con il cancello fuori, è entrato, ha rotto pure la porta d'ingresso, non so come ma me lo sono trovato in casa! Mi sono nascosta sotto il letto ma lui mi ha trovato lo stesso, voleva uccidermi, ha detto che mi salutava Michele oddio Giovanni!»
«Calma, calma Lauretta, respira. Tutto a posto. È stato solo un incubo. Mi stavo spaventando. È brutto, lo so, l'altro giorno ho sognato che tutti i detenuti del Panzera erano scappati e dovevamo riacciuffarli!»
«Sì ma non volevano uccidere te!»
«Hai ragione, ma tutto è passato. Sei a casa, nessuno è entrato, nessuno vuole ucciderti.»
«Questo lo dici tu. Io… io… oh povera me.»
«Laura non piangere, a che serve? Lauretta?»
«Ok, adesso la pianto, va bene. Scusa se ti ho chiamato a quest'ora, per questa cavolata. Come stai tu? Stavi dormendo?»
«Certo che dormivo, sono le tre passate! Sono tornato da non molto, ero stravolto.»
«E dove sei stato fino quest'ora? Da qualche altra bella moretta? Dimmelo, prometto che non ci resto male.»

«Mi fai ridere. Come si fa a promettere di non restarci male, se ci dicono qualcosa di brutto? O si diventa tristi, o ci si arrabbia, ma non si può promettere di controllare un'emozione spontanea.»
«Vero, hai ragione, caspita, come sempre. Come quando ti ho visto la prima volta alla lavanderia Pulvirenti. Mi sei piaciuto subito, anche se, essendo tu un poliziotto, avrei dovuto odiarti.»
«Visto? E io cosa avrei dovuto pensare di te?»
«Che sono una donna terribile, che riscuote il pizzo dai negozianti.»
«Appunto. Quello che ho pensato.»
«Davvero?»
«Ma no, sto scherzando. Ho pensato che non eri affatto male. E hai gli occhi che esprimono bontà.»
«Per fortuna. Però non mi hai detto dove sei stato fino a tardi.»
«Sono stato a spiare l'abitazione dove pensiamo Vittorio abbia il nuovo bunker. Volturno è determinatissimo ad acciuffare pure lui.»
«Sapete dov'è adesso? E come? Vittorio non è furbo come Michele, esegue gli ordini di suo fratello come comandamenti della Bibbia. Se ha cambiato nascondiglio è perché glielo ha detto lui.»
«Ce lo ha riferito Carmine, l'infiltrato, ricordi? Sicuramente è un ordine che arriva da Michele.»
«Ti ho già detto non fidarvi di Carmine. Riferiva al mio ex tutte le vostre mosse.»
«Sì, me ne ricordo. Infatti sono andato a verificare di persona. C'era fuori un ragazzo, messo lì chiaramente di guardia. Fumava sempre. È arrivato un altro tizio losco in motorino, si sono dati il cambio, e quest'ultimo ha preso il suo posto. Il luogo dovrebbe essere disabitato, è un centro per extracomunitari ancora in costruzione. Invece presenta consumi di acqua e corrente. Vittorio è lì. E, se non è lui, è sicuro qualcuno di importante che ci si nasconde, per avere una sorveglianza ventiquattr'ore su ventiquattro.»
«Cosa pensate di fare?»
«Tra due giorni, con i Falchi, entriamo. Volturno ha detto di non farsi scappare questo ospite misterioso.»
«State attenti, Giovanni. Vittorio sarà pure stupido, ma è innocuo solo in apparenza. Quello se si spaventa può diventare pericoloso. È mezzo matto, e si fa di coca.»

«Grazie dell'avvertimento ma sappiamo il fatto nostro. Tranquilla. Ti sei già agitata abbastanza, per questa notte.»
«Giovanni?»
«Dimmi, bella.»
«Mi manchi.»
«Anche tu. Ora che me lo dice la tua voce ancor di più.»
«Vorrei sentire le tue mani che mi accarezzano, le tue braccia che mi stringono, la tua bocca che mi bacia con passione.»
«Piacerebbe anche a me.»
«Quando torni?»
«Presto, Lauretta, presto. A metà agosto sono in ferie. Faccio dei lavoretti qui a casa, vado a trovare i miei a Santhià, poi…»
«Poi?»
«Potremmo passare qualche giorno al mare, insieme. Ti va?»
«Se mi va? Ma certo Giovanni, che bello! Già non vedo l'ora! Ma… possiamo?»
«Basta non dirlo a Volturno. Ricorda che io e te siamo solo un agente e una collaboratrice di giustizia.»
«Uffa. Va beh, l'importante è stare assieme. E se Volturno mi chiama?»
«Se ci chiama lo fa al cellulare no? Che ne sa lui se sei nel tuo giardino o in spiaggia? Di certo non gli dici che sei con me sotto l'ombrellone.»
«Vero, che scema. E dove andiamo?»
«Vicino, da quelle parti, di certo non possiamo andare in Egitto o alle Maldive. Liguria, o al massimo Toscana. Ti va? O in montagna.»
«No, montagna no, va bene che adesso sono una cittadina di Torino ma mi manca il mare, da morire. Liguria o Toscana è uguale, fai tu. E grazie.»
«Grazie a te.»
«Per cosa?»
«Che ti fidi di me, mi ascolti, mi sopporti. E mi baci.»
«Certo, mi piace stare con te.»
«Io sono quello che ha arrestato tuo marito.»
«Tra poco sarai solo quello che ha arrestato un pericoloso latitante, non mio marito. Appena cambio identità Volturno ha detto che potrò chiedere il divorzio, ci penserà lui a parlare con chi di dovere, e preparare le carte. In questo mi darà un bell'aiuto.»

«Devi solo pazientare, vedrai che tutto si aggiusterà.»
«Lo so. Lo spero. L'importante è che ci sarai tu, con me. Senza di te non so come potrei fare ad andare avanti.»
«Lo dici adesso. Magari tra un anno avrai trovato tu un bel morettone, e addio all'agente Sala.»
«Io non cerco nessun morettone. Mi basti tu. Ma di certo non possiamo stare insieme così, a questa distanza. Non voglio pensarci adesso dai, mi sta tornando sonno.»
«Oh bene, vuol dire che ti è passata la paura. Fai una bella dormita ok? Vedrai che domani non ti ricorderai più del brutto sogno.»
«Spero di sognare te, adesso. Di noi. Che facciamo il bagno al mare. E io che ti spruzzo l'acqua salata in faccia. Tu ti arrabbi, mi prendi forte e… e mi baci.»
«Sogna Laura, sogna. Di noi, di vacanze, di mare, di baci e di un mondo senza cattivi, che ti vogliono fare del male.»

CAPITOLO 59

«E così quel bastardo di Pasculli è riuscito a scamparla, vero Enzo?»
«Mi dispiace don Vittorio, ma è proprio così. Quegli schifosi hanno risposto al fuoco, e hanno coperto la fuga del loro boss con armi automatiche, AK47, roba da guerra. Erano ben equipaggiati e ben addestrati. Mentre noi gli scaricavamo addosso un quintale di piombo Pasculli se l'è data a gambe.»
«Non l'avete inseguito? Il bersaglio era lui, non la sua banda.»
«Ci abbiamo provato ma è svanito nel nulla.»
«Don Vittorio, perché non andate a prenderlo direttamente a casa sua? Lo sanno tutti che quello, pur essendo ricercato in tutta Italia, se ne sta tranquillo al suo domicilio, per dimostrare che a lui non lo arresta nessuno.»
«Perché casa sua è una fortezza, Totò, dovresti saperlo. Due guardie per ogni lato, mine antiuomo in giardino, due guardie del corpo sempre in casa. E se si accorge del pericolo scompare sotto terra, nel bunker che di solito non usa.»
«Ma se non sta nascosto nel bunker perché nessuno lo va ad arrestare?»
«Eh, eh, Carmine, sei un pivello. Perché nessuno lo va ad arrestare? Chiedilo agli sbirri amici tuoi.»
«Non sono amici miei, ci parlo perché mi pagate per farlo.»
«E ti conviene. Comunque, bisogna trovare il modo di farlo fuori, Michele è stato chiaro. Li teme, sono una famiglia forte, il vitello va ammazzato finché è giovane. Totò, prendi due dei tuoi e fallo sorvegliare, dobbiamo sorprenderlo qualche volta che è in giro per Corigliano. A quel bastardo non basta starsene a casa sua, alla luce del sole, ma ogni tanto va pure a fare bisboccia in paese con le donne e qualche affiliato. È uno potente, ve l'ho detto. La prima minaccia, ora, per noi Forgione.»
«Certo, don Vittorio, lo terremo d'occhio. Porto pure mio figlio?»

«No Totò, serve qui di guardia.»
«E quando Pasculli esce di casa chi avviso?»
«Enzo. Ci pensa lui poi a preparare un bello squadrone e venire a Corigliano in poco tempo.»
«I miei sono sempre pronti, capo.»
«Bravo Enzo, lo so. Siamo in guerra, e tu te ne intendi.»
«Come sta Michele?»
«Michele è incazzato nero. Lo hanno rimesso al 41 bis, deve stare in isolamento, non gli passa. Può parlare con me solo una volta al giorno, mentre è all'ora d'aria e c'è il cambio della guardia. Il marocchino amico suo fa saltare fuori un cellulare e lo dà a un agente della Penitenziaria corrotto, che glielo fa avere per sessanta secondi. E poi è incazzato anche perché il processo adesso sarà per direttissima, ai primi di settembre.»
«Per colpa di quella stronza di Laura?»
«Non parlare così, Totò, è sempre la moglie di Michele! Mia cognata! Ti taglio la gola!»
«Scusate, don Vittorio, scusatemi.»
«Comunque sì, è una stronza. Denunciare suo marito, che schifo. Stiamo cercando di scoprire dove sta. Carmine, hai scoperto qualcosa o no? Che ti paghiamo a fare?»
«Qualcosa ho scoperto, don Vittorio. C'è uno sbirro al servizio centrale di protezione che ha un figlio malato, non so di preciso cos'abbia ma sta di fatto che deve subire un'operazione. Se va con il servizio sanitario deve aspettare sei mesi, e suo figlio peggiora, se la fa privatamente lo ricoverano in una settimana. Solo che questo ricovero privato gli costerebbe almeno diecimila euro, che non ha perché gli piace giocare ai cavalli, e perde sempre, così tanto che le banche non gli fanno manco più i prestiti. Possiamo usare questa cosa per convincerlo a rivelare, se lo sa, il domicilio di Laura, penso sia al Nord.»
«Questa è una buona idea, Carminuzzo, mi piace… potremmo dargli noi i diecimila, in cambio dell'indirizzo di Laura. Non può certo rifiutare, se c'è in gioco la salute del pargolo. Oppure potremmo fargli fare a suo figlio l'operazione subito, e gratis, da qualche dottore che ci deve un favore. Ne parlo con Michele e ti dico.»
«Don Vittorio, io dovrei andare. Domani mi aspetta una giornata faticosa.»

«Che devi fare, Totò?»
«Devo andare nelle piazze a verificare cosa combinano gli spacciatori. Abbiamo preso dei ragazzini nuovi e non vorrei stiano regalando la roba a tutte le loro amiche, nella speranza di una scopata gratis.»
«Sì bravo Totò, vai, vai a vedere cosa combinano i ragazzi, che abbiamo bisogno di più soldi. Il processo a Michele ci costerà un sacco, e forse avremo bisogno di liquidi da dare a quello sbirro per trovare mia cognata.»
«Saluto mio figlio che sta su di guardia e vado. Ci vediamo dopodomani, don Vittorio.»
«Ok, ciao. Ah Totò, aspetta! Non dovevi portarmi un po' di polverina magica? L'ho finita e dopo devo giocare a Playstation, senza quella cosa lì non riesco a farlo come si deve.»
«Oh scusate capo, me ne stavo dimenticando. Sì sì l'ho portata, un bel sacchettino così vi dura per un po'.»
«Oh, bravo Totò, bravo, butta qua. Vai ora su, sparisci. E di' a tuo figlio di stare sempre con gli occhi aperti.»
«Certo don Vittorio, buona notte.»
«Capo, devo andare anch'io, c'ho... mia moglie sta male e devo andare a casa a mettere a letto i bambini.»
«Carmine, pure le cose da donne fai? Una spia, una femminuccia... bravo bravo, va dai tuoi figli, e crescili bene, prima che diventino come te.»
«Buona notte, don Vittorio. Enzo, vieni pure tu?»
«Cazzo te ne frega, Carmine, di cosa faccio io? Comunque subito no, ma tra dieci minuti vado, sono stanco. Pure io domani avrò da fare fuori paese, fino a notte fonda, che ci sono alcune sale da gioco che devono pagare il pizzo.»
«Ok. Buona notte. Saluti ancora, don Vittorio.»
«Sì Carmine, sparisci pure tu, vai dai bambini, vai.»
«Ah, buona, 'sta bamba qui. Enzo, siamo rimasti io e te. Prendi due bicchieri che ci facciamo un sorso di amaro, su. Fammi ancora compagnia, che domani mi lasciate tutti da solo. Non può venire manco Carmela a succhiarmelo.»
«Verso io, boss?»
«Sì fai tu.»
«Buono, ci voleva. Alla vostra salute, viva la famiglia Forgione.»

«Salute, a noi. Enzo, Enzuccio, fammi fuori quella merda di Pasculli, così almeno Michele si calma un po'. Vuoi un tiro?»
«No, io no, mi piace avere sempre il controllo.»
«E che vuoi che sia, Enzo! Dai fai un tiro così poi vai a casa a soddisfare tua moglie!»
«No don Vittorio, davvero, grazie. Sentite: se riuscissimo a scoprire dove sta la signora Forgione che si fa?»
«Che si fa? Vai tu, ti porti chi vuoi, e le spari in faccia.»
«Come? Ma non avete detto che...»
«Io dico tante cose, Enzo. Dipende cosa decide Michele, ma lui mi dice che non si fida più. Quello ormai è diventato matto, non si fida più manco del suo uccello. Michele vuole uscire, a lui interessa solo questo. Per il leone l'unico-pensiero è comandare.»

CAPITOLO 60

«Pronto.»
«Chi è?»
«Questore, sono Carmine.»
«Che vuoi?»
«Il nostro uomo domani sarà da solo. Tutto il giorno, credo, fino a sera. Via libera.»
«Bene. Guardie?»
«Solo due, dei ragazzini. Non assieme, si danno il cambio, quindi una.»
«Nessun pericolo?»
«Solo il nostro uomo. È sempre pieno di cocaina, ma non così tanto da essere rincoglionito. Attenti.»
«Avviso i Falchi. Vai Carmine. Grazie.»
«Vengo domani in Questura per la paga?»
«Sì, al solito.»

CAPITOLO 61

Ancora una bella lucidata e la mia Beretta è pronta. Si torna in azione, cara mia.
Ieri sera mi ha chiamato Volturno, l'infiltrato ha dato l'ok per fare oggi irruzione nel bunker di Vittorio. L'operazione *Wan Ton* sta per incominciare.
Se i Falchi o Volturno sapessero che il nome l'ha inventato Luigi, e cosa significa, scoppierebbero a ridere!
No, Volturno no, lui non ride mai.
Ho deciso che agiremo tra poco, prima di cena, orario insospettabile. Il nostro uomo dovrebbe essere da solo, e a quell'ora starà cenando, di sicuro non si aspetterà il nostro arrivo. Questa volta non possiamo sbagliare, e deludere il questore. Vittorio deve andare a fare compagnia a suo fratello, in carcere. Quello è l'unico posto dove non può nuocere a nessuno, se non ai compagni di cella. Sarà una bella batosta per la famiglia, e il clan. Speriamo di sciogliere questa associazione a delinquere una volta per tutte. Peccato che gli affiliati di sicuro non torneranno a una vita onesta. Andranno a lavorare per qualche altra cosca, o diventeranno normali delinquenti, rapinatori di gioiellerie e uffici postali.
Sarà una bella serata, l'avrei passata volentieri in altro modo. Sarei andato sul lungomare, a fare una passeggiata, con un buon gelato. E con Laura. In sua compagnia mi sarei accontentato anche di un giro in centro Torino, o addirittura a Santhià. Niente sottofondo di onde di risacca, o profumo di mare. Una serata normale, in un posto normale, ma con una donna speciale.
Inutile pensarci. Non è la mia vita, quella che mi sono scelto. Potrei cambiarla ma… lasciamo perdere, meglio.
Chissà cosa sta facendo Lauretta, in questo momento. Sarà in giardino. O a correre, le piace tanto. O magari, poverina, è lì, davanti al televisore, a pensare a cosa fare della sua nuova vita.

Lei sì, che ha avuto il coraggio di cambiare. Di tornare una persona semplice, ma onesta. Un'esistenza più adatta a lei. Speriamo che riesca a riempire questa nuova vita con l'affetto che merita, con l'uomo che merita.
A volte sogno di essere io... che assurdità. Finché resto qui lei non potrà mai raggiungermi. Potrei tornare, un giorno, dalle mie parti, ma dovrei abbandonare i Falchi, Luigi, la Calabria. Il bello è che l'ho scelto io, di venire qua. Volevo combattere il crimine in prima linea, espormi al rischio, anche a costo di non formare una famiglia, avere una compagna. Anche a costo di perdere Deborah. Me ne sto pentendo, ora, con l'avvento di questa donna che mi ha rubato il cuore?
Avanti agente Sala, ora di entrare in azione. Andiamo dai Falchi. Basta pensieri scomodi.
Anche loro non vedono l'ora di arrestare Vittorio. Eccoli lì, in sei, come da piano.
«Allora, ragazzi, siete pronti per acchiapparne un altro?»
«Sì, vice questore, prontissimi. Armamento, granate stordenti, radio, passamontagna, giubbotti antiproiettile... c'è tutto. Che strano, il nome dell'operazione, sembra cinese. Cosa vuol dire?»
Adesso che gli dico? Luigi sorride.
«Sì, è cinese, vuol dire *questa volta non hai scampo*, Semeraro.»
Me la sono cavata!
«Ma, dottor Sala, non arresteremo un cinese!»
«Vero ma... mi piaceva questo nome, l'ho sentito in un documentario. Il morale, come sta, ragazzi? Carichi?»
«Il morale è altissimo. Domattina ci sarà in giro un pericoloso criminale in meno!»
«Siamo carichi, vice questore!»
«Luigi?»
«Anch'io sono pronto, dotto'.»
«Bene. Avete studiato la piantina dell'immobile? Appena arrivati, lo circonderemo, rimanendo nascosti. Ci sarà solo una guardia, un ragazzino, per fortuna. Io e Luigi abbiamo fatto un sopralluogo l'altra sera, ed è proprio così. Quattro di voi resteranno appostati per impedire qualsiasi tentativo di fuga. Tu, Gentile, ti occuperai di neutralizzare la guardia, per te non dovrebbe essere un problema. Al tuo segnale, io, Luigi e Semeraro entreremo dalla finestra a nord, senza

rompere il vetro, per non fare rumore. Tu ci coprirai le spalle. Una volta dentro noi tre scenderemo al piano di sotto, lungo le scale, dove vive Vittorio Forgione. Ovviamente non sapremo dove si sarà rintanato, lo scopriremo al momento. I locali sono quattro.»

«Non ci saranno porte da sfondare per entrare nel bunker?»

«No, la costruzione è un rifugio per immigrati, non ancora ultimato. Nessun bunker, o almeno credo, e nessuna porta da sfondare.»

«Immagino che il nostro uomo sarà armato. È pericoloso?»

«Ha con sé delle armi, di sicuro. Vittorio, mi diceva Lau… ehm, per quel che ne sappiamo, non è un tipo sanguinario, o abituato agli scontri a fuoco, ma è cocainomane. Può essere che sarà fatto proprio nel momento del nostro arrivo. Quindi o sarà completamente inerme, o sarà combattivo e imprevedibile. Massima attenzione.»

«Dotto' ci sarà qualcun altro con Vittorio? Spero di no o altrimenti si farà dura.»

«No, dovrebbe essere da solo. Io e il questore abbiamo aspettato questo momento apposta. Se ci fossero altri affiliati nel bunker l'operazione diverrebbe troppo rischiosa. L'esito di uno scontro a fuoco in un ambiente così ristretto sarebbe imprevedibile. Ci tengo, alla nostra sicurezza.»

«Grazie dotto', non siamo pagati per morire. La sera anche noi vogliamo tornare dalle nostre famiglie.»

«Anche questa sera tornerai in tempo per dare il bacio della buona notte a tua figlia, Luigi. Bene, se è tutto chiaro possiamo andare.»

«A posto.»

«Pronti.»

«Ok dotto'.»

«Avanti, due con me e l'agente San Rocco, gli altri quattro sulla Land Rover.»

«Gentile, Gonzales, andate voi con il vice questore. Gli altri con me, guido io.»

«Bene Semeraro, andiamo. Forza ragazzi, tutti insieme… viva i Falchi!»

CAPITOLO 62

Sta per cominciare l'operazione *Wan ton*. Mi trovo sdraiato lungo la salita di una collinetta alle spalle di questo centro per immigrati non terminato. Dovrei essere teso e nervoso, questa volta dovremo acciuffare un latitante che potrà essere imprevedibile nelle sue reazioni ma la voglia di acchiapparlo è così tanta che non vedo l'ora di entrare. Arrestare Vittorio potrebbe far terminare del tutto il regno della famiglia Forgione.

«Avete visto? Continua ad andare avanti e indietro lungo il perimetro est, quello di ingresso. Gli altri lati non sono sorvegliati. Come vigilanza lascia molto a desiderare.»

«Passatemi ancora il binocolo, dottore. Sì lo vedo, è proprio un ragazzino.»

«Falchi, mi sentite? Restate in posizione, anche se la sentinella è solo nel lato est. Stiamo per entrare, state pronti a coprirci.»

«Ricevuto!»

«Gentile, la palla passa a te. Immobilizzalo, ovviamente senza ucciderlo. Assicurati che non possa gridare o Vittorio si metterà subito in allarme.»

«Nessun problema. So come fare. Il soggetto non mi impensierisce di certo. Vado. Appena immobilizzato vi faccio un segnale con la mano.»

«Ok. Appena siamo entrati poi seguici, ci devi coprire le spalle.»

«Cosa ne faccio della sentinella?»

«Stordiscila, in modo da essere sicuri che non possa nuocere. Poi cerca di nasconderla alla vista e seguici.»

«Vice questore.»

«Dimmi, Gonzales, ti sento.»

«Cosa facciamo se arriva qualcuno mentre siete dentro?»

«Se arriva qualcuno dovrete cavarvela. Chiamate subito i rinforzi e tenetelo occupato. Ci sono due volanti in pattuglia qui vicino, sono allertate, arriveranno in meno di un minuto. Una volta che siamo den-

tro non voglio uscire se non con Vittorio ammanettato, non possiamo fallire o rischiamo che sparisca di nuovo.»
«Ricevuto.»
«Siamo pronti. Gentile, tocca a te, vai. Aspettiamo il tuo segnale.»
Speriamo non si faccia male nessuno. Mi auguro proprio che Vittorio non voglia opporre resistenza. Se iniziamo a sparare in quelle salette non so come ne usciremo.
Luigi sembra tranquillo, ricordo che quando abbiamo arrestato Michele gli tremavano le mani. Anche lui sta facendo esperienza con i Falchi, sta imparando a dominare le emozioni.
Forza Gentile, metti il ragazzo fuori combattimento. Prima ho visto le sue fattezze nel binocolo, avrà sì e no sedici anni. Uno della sua età a quest'ora dovrebbe essere a casa a studiare, invece di essere qui a fare la guardia a un pericoloso latitante. Se li cresciamo così, non possono che diventare altri delinquenti, una volta adulti.
Spero che Gentile non abbia problemi, o dovrà usare le maniere forti.
Eccolo.
È salito sul muretto, con l'agilità di un gatto.
Si sta arrampicando dietro al balcone dove in questo momento c'è la sentinella, che sta fumando l'ennesima sigaretta.
Gli è dietro.
Lo ha bloccato!
Nessun grido.
Non so che mossa di quale arte marziale gli abbia fatto ma il ragazzo dorme già come un angioletto.
Il segnale. Bravo Gentile, ottima operazione.
«Luigi, Semeraro, andiamo. Con calma, la priorità è non fare rumore.»
«Penso io alla finestra a sud?»
«Sì, come stabilito nel piano. Ti seguiamo.»
«Luigi come va?»
«Bene dotto', bene. Anche se me la faccio sotto. Se Vittorio è uscito per caso a fumare pure lui, ce lo ritroviamo alle spalle. E quello di certo non ci grida mani in alto. Spara e basta. Addio mondo, addio bambini, addio moglie. E addio pure alla peperonata.»
«Tranquillo, di sicuro Vittorio non esce a fumare. E poi ci avviserebbe subito uno dei Falchi.»

Gli ho mentito, so benissimo che Vittorio potrebbe sorprenderci alle spalle in qualche altro modo e non ci chiederebbe con cortesia di lasciare il suo nascondiglio. Questi bunker nascondono tranelli peggio delle piramidi egiziane.
«Dottor Sala, via libera, la finestra è aperta.»
«Ottimo. Entro prima io.»
Ogni volta che faccio questa cosa immagino che il nostro latitante sia appoggiato alla parete, con in mano un'accetta, pronto a tagliarmi la testa. Non so fino a quando resisterò, non potrò fare questo lavoro per sempre. Soprattutto se formassi una famiglia. Io i mei figli voglio vederli crescere, senza la paura che qualche malavitoso mi faccia fuori da un momento all'altro. Tanti miei colleghi non ci pensano e sono sempre in pericolo, li ammiro per questo. E ammiro anche le loro famiglie.
Ecco, sono entrato. Nessun rumore, perfetto.
C'è silenzio.
Ah no, aspetta…
Rumori. Da dietro quella porta chiusa, al piano di sotto.
Uno sparo! Che…
Una televisione o…
«Venite qua, pezzi di merda! Vi ammazzo tutti, ah ah ah!»
Vittorio! Siamo nel posto giusto! Nessun pericolo, sta vedendo un film oppure giocando a un videogioco. È distratto, perfetto. Avviso in Falchi, sottovoce.
«Avanti ragazzi, tutto ok, entrate.»
«Bravo Luigi, questa volta senza fatica.»
«È la paura dotto', fa diventare più svelti.»
«Bene, scendiamo, senza fare rumore. La porta è quella. Vittorio è lì dietro. Armi in pugno. Seguitemi.»
Da qui la ripida rampa di scalini che porta al piano inferiore.
Manca l'aria e fa caldo. C'è odore come di ambienti chiusi dove non circola mai aria fresca.
I latitanti… uomini spesso miliardari che sono costretti a vivere come prigionieri. Sono ricchi, ricchissimi, ma già privati della loro libertà, in nome di un potere che è solo nella loro testa.
Ora massima attenzione.
Un gradino alla volta…

Piano, piano.
Ancora uno…
Piano…
Ci siamo. Faccio un segnale di arresto.
Fermi tutti.
«Entro io e subito dopo voi due. Copritemi.»
Se Vittorio ha vicino un'arma, ed è veloce a prenderla, può spararmi in faccia.
Lauretta, proteggimi.
Spalanco con un calcio la porta socchiusa ed entro.
Ora!
«Vittorio Forgione, fermo! Polizia di Stato! Sei in arresto!»
«Fermo, fermo!»
«Mani in alto!»
«Uh? Ecco, lo sapevo, era solo questione di quando. Ragazzi, dai, almeno fatemi finire la partita.»
«Vittorio, tu non finisci un cazzo. La tua partita è già finita, termina qui. Sei in arresto. Alzati e girati. Non provare a prendere quella pistola, non provarci nemmeno o ti faccio saltare la mano.»
«Ah però, che duri. Siete i… come vi chiamate… i corvi!»
«Falchi, Vittorio, Falchi. Semeraro, prendi in consegna il qui presente signor Forgione e ammanettalo. Leggigli i capi d'accusa e i suoi, pochi, diritti.»
«Qua la mano, dotto', ne abbiamo preso un altro, senza sparare un colpo!»
«Sì, è andata bene Luigi.»
«Bravi bravi, stringetevi la mano. I Falchi, che forza. E tu sei di sicuro il vice questore Sala. Allora siete davvero preparati come dicono. Che fine ha fatto il figlio di Totò? Era qui fuori, di guardia…»
«Neutralizzato. Noi non scherziamo.»
«Ah. Lo diceva Michele di mettere qualcun altro di guardia, al posto del ragazzino. Quel bastardo ha sempre ragione, sembra che predica il futuro. Adesso, non appena saprà che avete beccato pure me, andrà su tutte le furie. Mi converrà che mi mettiate in isolamento, non voglio vederlo!»
«Non ti preoccupare Vittorio, in isolamento ci finirai di sicuro. Luigi, avvisa i ragazzi rimasti di copertura. Operazione compiuta.»

«Mi piacerebbe sapere chi vi ha fatto la soffiata. Anche se ho qualche idea. E scommetto che è la stessa che verrà a Michele. Questa volta non è stata Laura, quindi non rimane che un sospetto. A proposito. Come sta mia cognata? Adesso gioca alla poliziotta, ah ah ah!»
«Non ti riguarda.»
«Mi riguarda eccome! Di sicuro quella troia spifferera qualcosa pure su di me.»
«Non ci sperare, non sei così importante.»
«Beh, se per trovarmi si sono scomodati i Falchi qualcosa l'avrò fatto pure io. Andiamo. Ho sentito che al Panzera si mangia bene. Tre pasti al giorno, un letto caldo. Non si starà male.»
«Se fosse per me ti sparerei in fronte, così non saresti più un costo per le persone oneste che lavorano, per mantenere pure quelli come te.»
«Uh, ma che paura. Tanto lo so che il vero cattivo tra voi è il questore Volturno. Vi conosco tutti, di fama, ma che me ne frega. Voi vi vantate tanto di essere la legge, ma non potete fare quello che vi va. Eseguire gli ordini, obbedire sempre e stare zitti. Io sono un uomo libero, finora nella mia vita non ho dovuto mai sottostare agli ordini di nessun altro. Tranne a quelli di quel matto di mio fratello, certo. Mi fate ridere.»
«Prima di tutto uomo libero non lo sei più da qualche minuto, e adesso dovrei ridere io, ma non mi va. Comunque, caro Vittorio, tu credi di sapere tutto, ma ti sbagli. La vera libertà è sì fare quello che si vuole, ma sempre nel pieno rispetto degli altri. Quello che fate tu e la tua cosca è prevaricare, approfittandovene della paura delle persone oneste. Anche tua cognata Laura l'ha capito, o forse l'ha sempre saputo, e quando si è resa veramente conto di quello che combinavate ha avuto il coraggio di ribellarsi. Ora ha la coscienza pulita.»
«La coscienza pulita! Con tutto quello che Michele le ha comprato! Questa bravata è l'ultima che fa, ve lo garantisco, agente Sala!»
«Tu non puoi garantirmi un bel niente. Portatelo via, ragazzi, mettetelo sulla Jeep perché se me lo ritrovo nella mia macchina non so cosa potrei fargli!»
«Sì, sì, portatemi via, questo posto non mi piaceva. Un po' di vacanze a spese dello Stato è quello che ci voleva. Contro Michele non lo so, ma contro di me non avete niente, tra poco sarò già libero!»
«Va bene dottor Sala, nessun problema. Questo signore viene con noi.

Adesso lo portiamo al Comando, qui a San Luca, e domani lo trasferiamo a Reggio. Volturno non vedrà l'ora di interrogarlo. Dentro Forgione, o ti prendo a pugni!»
«Entro, entro. Vediamo se è comoda la Jeep dei Carabinieri.»
«Entra, o ti metto nel bagagliaio!»
«Dottore, cosa ne faccio del ragazzino?»
«Ah Gentile, eccoti. Ehi ragazzo, hai preso una bella botta in testa eh?»
«Mi fa male.»
«Come ti chiami?»
«Diego.»
«Quanti anni hai?»
«Quindici.»
«La prossima volta ti conviene stare a casa, caro Diego, a fare i compiti.»
«Non vado più a scuola.»
«E perché? Non ti piace?»
«Mio papà dice che non serve a niente.»
«Eh sì, e hai visto che uomo di successo è diventato a pensarla così? Se ci fosse stato pure lui qui lo avremmo arrestato e messo in prigione. La scuola serve a garantirci un futuro migliore, trovare un'occupazione seria e onesta. Fare la guardia a un latitante, che occupazione seria sarebbe? Sparisci va, io non ti ho mai visto. E mettiti a fare un lavoro vero, se non vuoi più andare a scuola!»
«Come, agente? Posso andare? Non mi arrestate?»
«Vai su, in fretta, subito, prima che cambi idea!»
«Grazie agente, grazie.»
«È sempre una persona di cuore, il nostro vice questore.»
«Ma sì, tanto cosa volete che ci avrebbe rivelato il ragazzo? Fino a che ora Vittorio rimane sveglio a giocare a Playstation?»
«Ha fatto bene, dottor Sala. Magari si spaventa e si mette a fare il bravo.»
«Magari Semeraro, magari, ma dubito. Grazie Gentile, grazie Gonzales, grazie ragazzi. Bravi, bravi tutti. Anche tu, Luigi. Missione riuscita perfettamente, in pochi minuti. Un altro pericoloso delinquente in meno per le strade. Viva i Falchi!»

CAPITOLO 63

In televisione non c'è niente di interessante, in giardino ormai è buio e non c'è nemmeno il signor Paolo.

Cosa faccio?

Che noia…

Sarei uscita per una passeggiata ma non c'è in giro nessuno, non conosco le strade, non mi fido.

Quasi quasi chiamo Giovanni, chissà cosa fa.

Suona… spero non sia troppo indaffarato.

«Pronto?»

«Ciao, mio bel cavaliere!»

«Ciao Laura.»

«Che c'è? Non sembri contento di sentirmi. Se vuoi ti chiamo in un altro momento.»

«No, tutto bene. È che sono un po' indaffarato, tutto qua. Sono appena tornato a casa.»

«Così tardi? Sono le dieci passate, cosa hai fatto? Eri in servizio?»

«Laura, abbiamo preso anche Vittorio.»

«Davvero? Come è andata? Stai bene? Raccontami tutto.»

«Sì, sto bene, grazie. L'operazione è andata alla grande. In pochi minuti abbiamo beccato lui e un ragazzino che stava fuori a fare la guardia.»

«Chi era?»

«Boh, un certo Diego, il figlio di Totò, dice.»

«Ah. Questo Totò mi sembra di ricordarlo. Gestiva le piazze dello spaccio.»

«E mette suo figlio minorenne a fare la guardia a un latitante. Un genitore modello.»

«Sì infatti. Come tutti gli amici di Michele, gente poco raccomandabile. E Vittorio come l'ha presa? Non dirmi che ha opposto resistenza, quel matto.»

«No anzi, era tranquillo. L'unico suo pensiero era che 'o leone si sarebbe arrabbiato, una volta saputo del suo arresto.»
«E ti credo. Adesso Michele con chi parlerà fuori per dirigere il clan? Lo sai che usava me per portare messaggi ai suoi, ma i messaggi erano soprattutto per Vittorio. Che casino. Michele sarà furente! Staranno meditando vendetta di sicuro. Dite al vostro infiltrato di stare attento! Quei due penseranno subito a lui!»
«Carmine è viscido come un serpente, ma sa il fatto suo. È da un po' che lavora per noi.»
«Attenti Giovanni, chi è abituato a non essere sincero mente sempre, su tutto.»
«Immagino. Tu cosa hai fatto oggi?»
«Oggi sono andata col signor Paolo a comprare dei nuovi fiori per il giardino. Siamo stati al mercato. Abbiamo preso il tram, fatto un bel giro… mi sono divertita!»
«Quel signor Paolo mi fa ingelosire. Quanto lo invidio, per stare con te deve solo scendere le scale. Lo sai vero, che lui sa tutto?»
«Tutto… cosa?»
«Sa che tu sei una pentita. Volturno mi ha detto che Paolo sa che l'appartamento dove abiti tu è di proprietà dello Stato, e la Polizia o le forze governative ci ospitano i collaboratori di giustizia.»
«Ma dai, non me lo ha mai detto! Quindi sa tutto di me!»
«Esatto. Volturno si fida di lui, dice che è uno a posto. Se non ti senti sicura per qualcosa vai pure da lui.»
«Sì, il signor Paolo mi ispira fiducia. Che bello però se ci fossi tu, al suo posto. Avrei davvero un vicino di casa carino e mi farei portare di qui, di là… fino notte fonda!»
«Addirittura. Stasera ti sento carica. Mi fa piacere.»
«Macché. Anzi, sono un po' triste.»
«Cosa ti rattrista oggi?»
«Sai che mi hanno chiuso il profilo Facebook?»
«Oh, chissà che perdita.»
«Stupido. Ci sono rimasta male, oggi, quando me ne sono accorta.»
«Hanno dovuto farlo. Se vi accedi ti potrebbero localizzare.»
«Ma sì, meglio così. Magari gli amici di Michele me l'avrebbero riempito di insulti e minacce.»

«Brava. Che fenomeno, questo dei social. Ha cambiato le nostre vite. Pensa che a volte li utilizziamo anche nelle nostre indagini.»
«Lo credo. La gente è pettegola, e il computer è il nuovo posto dove sfogarsi. Non ti vede nessuno, non può controbattere nessuno e puoi pigiare i tasti del computer comodamente in vestaglia, tutta spettinata sul divano. Comunque sì, penso che i social siano validi, se usati nel modo giusto.»
«Molte cose, se usate nel modo giusto, possono essere valide. Però, per usarle nel modo corretto, è necessario che le persone siano dotate di capacità critica, e di buon senso.»
«Quanto mi piaci quando fai l'uomo saggio, agente Sala! Vorrei baciarti, adesso.»
«Quando metti giù immagina di farlo.»
«Uffa no, non voglio immaginare un bel niente. Anzi quando chiudiamo la chiamata tornerò triste.»
«Dai su, resisti. Tra poco si va in vacanza.»
«Davvero possiamo?»
«Tranquilla. Io a Volturno non dirò niente, promesso. Hai deciso dove vuoi andare?»
«Eh, non so. Se fossi ancora a San Luca ce li avrei un po' di posti dove andare! Ma qui… boh.»
«Senti, io ho una proposta.»
«Me la dica, agente.»
«Conosco un posticino carinissimo, da vecchia cartolina, in Liguria. Si chiama Riomaggiore. È in una zona che si chiama Cinque Terre. Mai sentita?»
«Sì, ho capito. Ho letto una volta un articolo dal parrucchiere. Sembrava carino sì. Erano foto scattate in inverno, magari un po' freddino, ma che romanticheria! Dai dai, va bene.»
«Affare fatto, allora. Non ci sono le spiagge della Calabria ma è un posto molto caratteristico. La cosa più importante è che non sia troppo lontano da Torino. Ci penso e ti dico quando. Tieniti pronta.»
«Ok. Qualche soldino ce l'ho ancora, di quelli che mi ha dato Volturno. Andrò a comprarmi un costume. E le ciabatte nuove per la spiaggia. Di che colore lo vuoi, il costume, mio bel cavaliere?»
«Posso scegliere io? Che onore.»
«Devi.»

«Vediamo... bianco?»
«No, no, mi piaceva indossare capi candidi ma sono diventata grassa, non posso.»
«Grassa tu? Non dire stupidaggini.»
«Dici così per essere gentile, ma è vero. Che ne dici di rosso?»
«Da favola. Una mora con gli occhi azzurri e il costume rosso. Dovrò tenere a bada gli altri maschietti.»
«Se gli altri maschietti vogliono guardare che facciano pure. Io adesso sono tua, ricordalo.»
«Dimmelo ancora.»
«No. Le cose belle non si ripetono.»
«Allora non ci vedremo più. Anche quella era una cosa bella.»
«Bella sì. Come la notte scorsa.»
«Adesso è meglio se non ci penso io...»
«Quando potremo dirlo, a tutti?»
«Cosa?»
«Che ci piacciamo.»
«Deve restare ancora tra noi, per un po'. E poi non ne vedo tutta questa fretta. Anche perché ti ricordo che siamo...»
«Sì la solita storia del bravo poliziotto, la moglie del detenuto... già sentita.»
«È come stanno le cose. E come devono essere.»
«Hai rovinato questa bella telefonata.»
«Io che c'entro? Hai cominciato tu a chiedere quando potremo dirlo.»
«Perché voglio stare con te, alla luce del sole. Ma sembra che a te non interessi.»
«Mi interessa Lauretta, ma per ora non si può. Non fare la bambina dai, pensa a cosa dici.»
«Di non fare la bambina me lo diceva sempre Michele.»
«Cosa c'entra Michele? Adesso sei tu, che rovini la telefonata.»
«Dai basta, mettiamo giù. Sono stanca, scusa. Ti mando un bacio.»
«Come vuoi. Bacio preso e rispedito indietro.»
«Ciao Giovanni.»
«Buonanotte Lauretta. Ti chiamo io ok? Ciao ciao.»
Sì, chiamami tu, quando ti ricordi di me, bravo.
E io che sto qui a fare la carina.

È ora che pensi solo a me stessa. Laura Aloise o Marinella che sia, chissenefrega. Sta nascendo una nuova Laura. Migliore di prima. Buonanotte Lauretta. Smetti di fare brutti sogni.

CAPITOLO 64

Guarda se stamattina ci deve essere questo traffico. Fa pure un caldo afoso, strano. Mi sembra quasi di essere a Torino, anche se qui in Calabria la luce è diversa.
Avanti ragazzi, diamoci una mossa. E quello dietro che suona il clacson. Cosa suoni, che non serve a niente.
Oh, finalmente si va.
Ah è vero, è la manifestazione contro i nuovi centri di accoglienza per immigrati, ecco perché questa ressa. Se la gente sapesse che in uno di questi si era nascosto nientemeno che uno dei Forgione…
Di sicuro lo sapevano in molti.
Mi devo sbrigare ad arrivare in Centrale, prima che arrivi Volturno. Appena ha ricevuto ieri sera la conferma che abbiamo arrestato Vittorio ha detto che sarebbe venuto subito a San Luca per interrogarlo. Pomeriggio il nostro ospite eccellente verrà trasferito a Reggio, spero senza di me. Con questo caldo non ho voglia di farmi un altro viaggio in macchina.
Non vedo l'ora che venga il fine settimana, così andrò in ferie anch'io. Due giorni a Santhià, per salutare i miei, e poi vado a prendere Laura e ce ne andiamo al mare, finalmente.
L'hotel che ho trovato a Riomaggiore sembra proprio bello, con una fantastica vista sul mare. Eh sì, questa volta non ho badato a spese. Di certo Lauretta non frequentava le pensioni a due stelle, non volevo sfigurare pur non essendo io un milionario come 'o leone.
Svolta a destra, ed eccomi arrivato.
Spero che Volturno non sia già qui ma, conoscendolo, quello sarà partito da Reggio stamattina alle cinque.
Quasi quasi lascio i finestrini un po' abbassati, per fare entrare un po' d'aria fresca… come non detto, oggi l'aria fresca non soffia da queste parti.
Forza, cominciamo questa giornata.

«'Giorno, vice questore.»
«Buongiorno agente.»
«Buongiorno, dottor Sala!»
«Ah c'è anche lei Fortunio, bene. Come va?»
«Eh, insomma.»
Caspita, mai nessuno che ti dica, con un bel sorriso, che va tutto alla grande. Sarà perché l'uomo tende a pensare sempre a quello che manca, non a quello che ha.
«Che le succede?»
«Mio figlio.»
«Mi sembra di ricordare che non stesse bene.»
«Eh sì. Non riesce a guarire.»
«Cos'ha? Se posso…»
«Certo che può chiedere, non è mica un segreto. Ha una rara disfunzione cardiaca, dovuta a una malformazione congenita, che lo rende sempre debole, apatico, magro… niente di grave ma, poveretto, non può vivere una vita normale, da bambino vivace, come dovrebbe essere. Dovremmo fargli un'operazione, ma non tutti gli ospedali della zona sono attrezzati. Ho già chiesto a Reggio e Cosenza, ma non essendo grave il tempo di attesa è lungo.»
«Quanto lungo?»
«Sei mesi, faccia lei. Uno paga le tasse e poi, quando ha bisogno, così stanno le cose. Avrei voluto fargli fare l'intervento prima dell'estate, così durante le vacanze si sarebbe ripreso e avrebbe ricominciato l'anno scolastico in forma, invece…»
«Mi dispiace Fortunio, tenete duro, lei e sua moglie. Se posso fare qualcosa…»
«Eh, se avesse diecimila euro da prestarmi sì! Farei fare a mio figlio l'intervento in una clinica privata, in una settimana! Invece, mi tocca aspettare.»
«Diecimila, caspita, mi dispiace ma non li ho.»
«Dicevo per dire, dottor Sala, come se me li avesse dati. Lei è sempre così generoso. Peccato che quelli generosi non hanno mai tanti soldi, no?»
«Ha proprio ragione. Vado in ufficio, mi aspettano. Sa se è già arrivato il questore?»
«Volturno? Doveva venire qua? Io non l'ho visto. Tu, Chimienti?»

«Il questore di Reggio? Ma certo che è già qui! È arrivato come una furia stamattina alle sette e mezza, ha chiesto subito dov'era il latitante che i Falchi hanno preso stanotte. Non lo sapevo e si è messo a strillare. Sta dentro, andate, andate.»
Cominciare la giornata con Volturno già nervoso non è il massimo. Spero che Vittorio non crei problemi, o andrà per le lunghe. Converrebbe anche a lui non far troppo arrabbiare il questore, se vuole andare tranquillo in carcere con le buone maniere.
«Avanti, Vittorio! Come posso credere che non sapevi di essere ricercato? Cosa ci facevi allora abusivamente in un centro per immigrati in costruzione? Non farmi incazzare! È solo peggio per te!»
Bene, l'atmosfera si è già riscaldata. E non per colpa di questa cappa di calore che c'è oggi.
Entriamo.
«Buongiorno a tutti. Buongiorno, dottor Volturno. Ciao Luigi.»
«Sala! Dove si era cacciato? Sono già qui da un'ora, a dar retta a questo delinquente!»
«Questore, sono in ritardo solo di qualche minuto. C'era traffico per via della manifestazione, ma questo è il mio orario solito.»
«Il solito? Ieri sera avete arrestato un altro pericoloso latitante, qui di solito non c'è proprio un bel nulla!»
Lasciamo perdere, meglio non ribattere o adesso si sfoga pure con me.
«Ciao Luigi. Già qui, bravo. Tutto ok?»
«Tutto bene, dotto', un po' stanco, fa caldo.»
«E a me non mi salutate, dottor Sala? Ci sto qui pure io, e di certo non sono invisibile, magari! Ah ah ah.»
«Vittorio non siamo al bar! Piantala di ridere!»
«Eh, che maniere, questore. Stavo solo salutando il suo vice, che ieri è stato tanto bravo! I Falchi! Per fortuna che in Italia c'è ancora gente che fa bene il proprio lavoro!»
«Ridi ancora una volta e ti faccio portare subito al Panzera, in isolamento! Ti faccio schiaffare nella peggiore cella che abbiamo! Forza! Dimmi come hai fatto la prima volta a sapere che ti stavamo venendo a prendere, quando eri a casa della signora… non mi ricordo. Chi ti ha avvisato del nostro arrivo? Parla! Ora!»
«Maria, questore, signora Maria.»
«Sala! Non interrompermi!»

Niente, questa mattina Volturno è fuori di sé. Non ne sono sorpreso, Vittorio ha sempre quel modo di fare strafottente.

«Non lo sapevo del vostro arrivo. Nessuno mi ha detto niente. Ho deciso di cambiare posto perché la signora cucinava da schifo. E poi lì non avevo l'aria condizionata. Adesso fa caldo.»

«Ma figuriamoci. Cucina buona o meno, so benissimo che la signora ti trattava come un figlio. Sapeva chi sei e perché stavi da lei. Non avresti avuto motivo per andartene da lì. Chissà da quanto ci stavi. Chi ti ha aiutato? Parla!»

«Nessuno, ve lo ripeto, dottor Volturno. Nessuno. Ma le do un consiglio. State attenti a chi prendete per fare la schifosa spia.»

«Tu non mi devi consigliare niente! Pensa a tutti i reati di cui ti accuseranno! Faccio buttare via le chiavi della cella!»

«Mi dispiace, ma non ci credo. Non avete niente di significativo contro di me. Tra qualche mese io starò ancora in giro, e le offrirò volentieri un caffè, quando la vedrò giù in piazza, al bar di Mimmuzzo, ah ah ah!»

«Da te non accetterei niente Vittorio, mi fai schifo. Comunque ti beccherai tutta la complicità di tutti i reati commessi da Michele. Sono tanti, credimi, non uscirai così presto! Avanti, sappiamo benissimo che Michele parlava con te, dal carcere. Ti dava gli ordini, ti diceva chi colpire, dove, come, quando. Come faceva? Chi era il tramite?»

«L'unica persona che parlava con me e Michele era Laura, questore. Quella che adesso è diventata vostra amica. Chissà che belle feste che avete fatto con lei, vero? Ve la siete sbattuta?»

«Laura attualmente è sotto il servizio centrale di protezione. Non abita più in Calabria e nessuno se la sbatte, caro Vittorio.»

«Oh, scusate, agente Sala, se ho parlato male della vostra amichetta. Scusate tanto. E, se davvero non se la sbatte nessuno, vuol dire che siete tutti dei culattoni ah ah ah!»

«Basta Vittorio, ti ho promesso che se ti avessi sentito ancora ridere ti avrei mandato subito al 41 bis, a Reggio. San Rocco, lo porti via, su. Subito in carcere. Ci pensi lei.»

«Questore lo mettiamo sulla sua vettura, o ne prendiamo un'altra?»

«Un'altra! Non ce lo voglio quel pidocchioso sulla mia volante! Chissà quanto è che non si lava! E lo ammanetti dietro, per sicurezza. Tra

quindici minuti nel piazzale, pronti a partire. Si faccia accompagnare da un altro agente.»
«Questore per favore non fatemi vedere mio fratello, o quello mi strozza con le sue mani!»
«Mi hai dato un'idea… comunque tranquillo, per un po' non vedrai proprio nessuno perché ti mettiamo in isolamento, fino a quando non ti si scioglie la lingua. Con voi bisogna sempre arrivare al ricatto, per farvi parlare. E pensare che confessare vi conviene pure, per farvi dare le attenuanti. Ne parlerai con il tuo avvocato, avrete tutto il tempo. Sala, resti pure qui, non c'è bisogno di lei a Reggio, adesso. Vada a vedere cosa combinano i manifestanti in paese. Adesso che Vittorio è uscito dal mio ufficio le posso dire un'altra cosa. Avvertirò la signora Aloise per informarla che abbiamo catturato anche il fratello di suo marito. Ci dovrà dare una mano a trattenere pure lui in carcere, il più a lungo possibile. Ci teniamo in contatto. Adesso vado giù agli affari esteri a vedere due carte, non sono venuto qui solo per Forgione. Poi partiamo per Reggio, stia pronto, San Rocco. Arrivederci. Buon lavoro.»
«Buona giornata questore, buon rientro.»
No. Non è decisamente il caso di dirgli che Laura sa già di Vittorio, perché l'ho informata io… la notte scorsa! Mi dispiace che più tardi non potrò fare due chiacchiere con Luigi. Tra andare in carcere, fare tutte le pratiche per la detenzione e tornare, gli ci vorrà tutto il giorno.

CAPITOLO 65

«Agente, mi faccia telefonare, subito. Devo ordinare fuori cosa devono fare, adesso che hanno beccato pure quel coglione di mio fratello.»
«Qui, don Michele, prendete. L'ho appena caricato. Sessanta secondi.»
«Bravo, da' qua.»
«Pronto. Enzo? Sono Michele.»
«'O leone! Sapete di…»
«Certo che lo so. Gli sbirri hanno passato il segno. Bisogna dare loro una lezione. Dura. Subito. Stanno giocando con un pesce troppo grosso. Stai a sentire. Carmine va eliminato. È lui che ha detto agli sbirri dove stava Vittorio, e adesso sono convinto che abbia spifferato pure dove stavo io. Fa il doppio gioco. Fallo fuori. Tagliagli le palle e ficcagliele giù per la gola. Tutti dovranno capire che merda di uomo era.»
«Siete sicuro?»
«Certo che sono sicuro. Sono in pochi, molto pochi, quelli che sapevano dove stava adesso Vittorio. Poi mio fratello mi aveva già messo in guardia. Carmine faceva troppe domande, e poteva riferire tutto agli sbirri. Fagli male. Fallo soffrire, prima di mandarlo all'inferno. Un'altra cosa. Sappiamo chi potrebbe conoscere dove sta Laura. È un agente del servizio centrale di protezione, di stanza qui in Calabria, proprio lì a San Luca. Trovalo.»
«Sapete come si chiama?»
«Fortunio.»
«Quando lo trovo cosa devo riferire?»
«Digli che un amico gli può dare i diecimila euro che servono a far operare, o visitare, non lo so, suo figlio. In cambio questo amico vuole sapere dove sta Laura, la moglie di Michele Forgione.»
«Se non parla?»
«Convincilo. Con le buone o…»
«Lasciate fare a me.»

«Pensaci tu Enzo, io devo uscire di qui al più presto. L'avvocato dice che, se la mia posizione non si aggrava, tra ricorsi, appelli, prove costruite si può pensare di farmi rilasciare tra diciotto mesi. Qualcuno non deve fare cazzate.»
«Laura?»
«Esatto. Le devo tappare la bocca. Se necessario, per sempre.»
«Ricevuto.»
«Vado Enzo, sta arrivando la sorveglianza. Raduna tutti gli affiliati e tienili d'occhio tu. Adesso tu sarai la mia voce e le mie orecchie fuori. Restiamo in contatto. Falla pagare a quella merda di Carmine. Prima di ucciderlo, digli che lo saluta 'o leone.»

CAPITOLO 66

Vestiti per la città, quelli per il mare, costume, scarpe leggere, infradito, libro, smartphone con le canzoni che sento in questo periodo. Tutto è pronto. Domani si parte, direzione casa!

Non vedo l'ora. Sarà bello prima di tutto riabbracciare i miei, cenare assieme, dormire nel mio vecchio letto. Mamma lo tiene in perfetto ordine, con le stesse lenzuola, lavate e profumate, che avevo da bambino. Tornare da loro è come andare indietro nel tempo. Farà loro piacere, soprattutto a mia madre che è sempre in pensiero per il mio lavoro.

Ho già avvisato Volturno, e gli altri. Pure Luigi prenderà le ferie, lui due settimane. Per me è troppo, una decina di giorni basteranno. Mi dispiace tornare subito dopo Ferragosto ma al rientro qui a San Luca avrò parecchie carte da vedere, dovrò interrogare alcuni commercianti della zona, verificare che abbiano distrutto tutta la marijuana sequestrata a un clan di Capo Rizzuto... normale amministrazione. Il tutto in attesa dei primi di settembre, quando verrà il gran giorno del processo ai Forgione. Vietato pensarci adesso, da domani sono in vacanza.

Chissà Laura. Sarà tutta contenta. Quando è felice quella donna diventa un ciclone. Si vede che è stata per tanti anni la donna che non era, sempre repressa nella realtà di tutti i giorni. Mentire, comportarsi da dura, stare attenta sempre con chi parli, a cosa dici, a cosa fai... non faceva proprio per lei.

La chiamo. L'unico modo che abbiamo per sentirci è con il telefono, spero che la cosa non ci stanchi.

Giovanni! Che bella sorpresa!»

«Ciao bella mora. Cosa facevi? Disturbo?»

«No, anzi! Non indovineresti mai cosa stavo facendo!»

«Dimmelo tu allora, se non posso indovinare...»

«Stavo provando il costume per... come si chiama quel posto?»

«Riomaggiore. Ci andrai in vacanza tra due giorni e non te lo ricordi?»
«Non mi veniva in mente il nome! Esatto, provavo il costume per la mia prima vacanza da donna libera. E, finalmente, non in compagnia di un pericoloso criminale. Non dovrò stare più attenta a chi mi fa un complimento altrimenti Michele lo fa picchiare, a cosa mi dicono, a chi mi fa le foto, a quello che mi guarda male, a come sono vestita, la guardia del corpo che mi spia il sedere… evviva!»
«Pensavo le stesse identiche cose…»
«A volte sono proprio contenta, e tanto, di questa nuova vita. Mi sento più giovane, una donna nuova. Libera e… vera. Peccato che in tanti altri momenti sono così triste, impaurita, che vorrei sparire per sempre. Per fortuna ci sei tu al mio fianco! Vuoi vedere come mi sta il costume? Ce l'ho addosso in questo momento.»
«E come?»
«Faccio una foto e te la mando, stupidotto.»
«Ok, volentieri.»
«In che posa mi metto?»
«Quella che vuoi.»
«Aspe'… vediamo… così! Ancora un secondo… fatto! Te la mando.»
«Aspetto con ansia…»
«Arrivata?»
«Eccola! *Uau*! Che schianto. Ti sta bene il rosso, il colore giusto per la tua carnagione. Anche se io ti preferisco senza niente addosso…»
«Hai capito il nostro agente modello! Un bel furbetto!»
«Sono di carne e ossa, e non resto insensibile di fronte a una simile bellezza. Complimenti.»
«Ma non vedi che sono grassa?»
«Dove? No, no, mi sembri in formissima.»
«Qui, sul sedere. E mi sta venendo pure la pancetta, come a una vecchia zitella!»
«Non si vede nessuna pancetta, tranquilla. Hai preparato già la borsa?»
«Sì, non sapevo cosa fare pomeriggio, così mi sono portata avanti. Hai prenotato l'hotel? Quello che mi hai detto sembra così bello.»
«Sì, camera per due prenotata. Vista mare. L'hai visto? Come hai fatto?»

«Volevo vederlo dallo smartphone ma ho finito i Giga della mia promozione. Mi andava di uscire così sono andata in un internet point qui vicino, anche se un po' squallido. L'hotel l'ho guardato bene, mi piace! Poi mi sono letta qualche guida on line del posto.»
«Perché non ti è piaciuto l'internet point?»
«Era pieno di extracomunitari. Non sono certo razzista eh, il mondo non lo divido per razze, ma persone, di buon cuore o meno. Non è stato un gran che perché appunto era strapieno. Di fianco a me pensa che c'era un tizio, forse cinese o giù di lì, che strillava come un pazzo! Chissà cosa diceva!»
«Vedila in modo positivo, adesso sai anche qualche parola di cinese. Hai visto che possibilità ti può dare una grande città?»
«Cinese? Ma se non ho capito un accidenti!»
«Scherzavo.»
«Piuttosto: ho visto qualche bella passeggiata da fare. Il sentiero degli innamorati, mi sembra. Tutto a picco sul mare! Romanticissimo. Vero, a San Luca è tutt'altra spiaggia ma anche qui sarà bello, così caratteristico, piccolo, arrampicato sulle rocce…»
«Sì lo conosco bene, ti ho suggerito questo posto apposta.»
«Eri già andato con Deborah?»
«Mmh… sì, qualche giorno.»
«Sempre così, vuoi uomini. Se siete stati bene in un posto con una donna, ce ne portate pure un'altra. Vi dà sicurezza.»
«Non sapevo che fossi anche psicologa!»
«Vi conosco, voi maschietti.»
«A parte Michele hai avuto tante altre esperienze?»
«Qualcuna sì. Non sono poi così brutta!»
«Mai pensato. Anzi. Storie serie?»
«No, no, avventure. Una quasi seria, era un mio compagno di classe. Dopo la scuola si è trasferito all'estero, voleva diventare pilota di aeroplani, non l'ho più visto.»
«Si vede che il suo desiderio era più importante dello stare con te.»
«Eh sì, se voleva fortemente quella cosa ha fatto bene a inseguirla, anche senza di me. Non avrei mai voluto impedirgli di realizzare i suoi sogni.»
«Come io ho fatto con Deborah.»
«Già. L'importante è che ne fossi convinto. Lo sei ancora, vero?»

«Sì. Quello che faccio in Calabria è quello che voglio. O meglio, è quello che volevo finora.»
«Non starai cambiando idea?»
«Vorrei una famiglia, un giorno. Il lavoro non è tutto. So benissimo che la mia missione coi Falchi mi espone sempre al pericolo, non vorrei far stare sempre in pensiero le persone a cui voglio bene.»
«Dovrai trovare una donna che accetti comunque di stare al tuo fianco. Per amore. E purtroppo non potrei essere io, perché non posso certo tornare in Calabria. Peccato.»
«Oppure potrei lasciare i Falchi. Vivere più serenamente, senza essere sempre in prima linea a cercare latitanti.»
«Pensaci Giovanni, pensaci bene. Le persone più importanti al mondo siamo noi stessi, la vita è la nostra. È giusto perseguire quello che ci rende felici e in questo momento, così difficile, stare con te mi rende felice. Non vedo l'ora di andare al mare, noi due, come una coppia qualsiasi di innamorati. Ho anche tanta voglia di normalità, dopo una vita che normale non lo era affatto.»
«Vedrai che ci divertiremo. Ho bisogno anch'io di staccare la spina.»
«Giovanni, ti devo dire una cosa.»
«Dimmela. Non fare la misteriosa.»
«Mi sono tolta il costume… non ho più niente addosso. Devo fare la doccia.»
«Mamma mia! E… si può vederti anche adesso?»
«No. Non pretendere troppo! Mi vedrai come mamma mi ha fatta a tempo debito, con i tuoi occhi. Per ora accontentati dell'immaginazione. E di qualche ricordo dell'altra sera…»
«Prima mi provochi e poi ti neghi eh? Così mi fai impazzire.»
«Già. Mi piace un sacco!»
«Quando ci vediamo recupererò il tempo perso.»
«Una promessa?»
«Una certezza.»
«Ora vado dai, voglio andare a farmi una bella doccia.»
«Buona doccia. Pensa a me che ti stringo.»
«Certo. Pensaci anche tu. Ciao, mio bel poliziotto.»
«Ci vediamo tra due giorni. Non ti dico di farti bella perché lo sei di natura. Buona serata.»
«Ciao. Bacio.»

Che donna. Per lei davvero potrei decidere di cambiare tutto, ancora una volta. Inutile pensarci. Devo sempre, sempre ricordare come ci siamo conosciuti.
Il cellulare.
Un messaggio.
Laura.
La foto.
Senza costume.

CAPITOLO 67

«Ecco il suo aperitivo, signore. Fanno cinque euro.»
«Ve li do quando vado, e che diamine, mica scappo. Non lascio in giro debiti.»
«Ne sei proprio sicuro, Carmine? Signorina, il conto lo pago io.»
«Cosa ci fai qui, Enzo? Se avessi voluto bere con te ti avrei invitato no? Signorina lasci stare i soldi del signore, ecco i miei cinque euro.»
«Signorina prenda i miei, su. Il signore è maleducato e non sa che non si rifiuta, quando un amico ti offre da bere.»
«Tu non sei mio amico, Enzo. Il fatto che sei diventato il preferito dei Forgione non ti autorizza a essermi amico.»
«Non mi autorizzi? Parli proprio come uno sbirro!»
«Parlo come voglio. Vai Enzo, mi hai già stancato.»
«Anche se fai il duro io ti offro l'aperitivo lo stesso e ti invito a venire con me a fare un giro.»
«Con te non vengo da nessuna parte.»
«No no, tu ci vieni. Ordine di Michele.»
«Quando il leone ha ordini per me li dice direttamente, sa come fare, non ha bisogno di nessun portavoce.»
«Ora che anche Vittorio è finito dentro gli ordini Michele li dà a me, e solo a me. Me lo ha detto lui in persona. Alzati, muoviti, usciamo.»
«Chiamerò Michele e lo farò presente! Trattato come un affiliato qualunque, dopo tanti anni che si lavora insieme! Una vergogna!»
«Sì certo, come no. Le cose sono cambiate, caro Carmine. Adesso che entrambi i fratelli sono al Panzera qualcun altro deve dirigere la cosca. Questo qualcun altro sono io, lo hanno deciso loro. Quindi tu fai come ti dico io. Andiamo.»
«Dove cazzo mi vuoi portare?»
«Tra poco lo vedrai. Statti zitto.»
«Io parlo quanto voglio. Già mi è toccato salire in macchine con te, adesso devo pure restarmene buono e zitto. Michele questa me la

paga. Adesso l'ultimo arrivato viene qui e mi dà ordini, ma pensa! Io non ho tempo di andare in giro con voi tirapiedi, sono una persona per bene.»

«Persona per bene un cazzo, uno che fa la spia… sei la feccia dell'umanità. Per soldi non esiteresti a far uccidere tua madre.»

«Non ti permetto di parlarmi così!»

«Stai buono, Carmine, buono, da bravo bambino. E poi tu sei persino peggio di una spia. Tu fai il doppio gioco, sei un venduto, da ogni parte ti si guardi.»

«Adesso basta, fammi scendere! Ehi ma dove siamo?»

«Siamo in un vecchio cantiere, vicino al porto. Scendi.»

«Che siamo venuti qui a fare? Ti ho detto che non ho tempo da perdere!»

«In questo ci hai proprio azzeccato. Tra poco non avrai più tempo da perdere. Scendi con le buone, da solo, o ti faccio scendere io.»

«Scendo, scendo, tranquillo. Non far guizzare i tuoi muscoli per niente. Eccome, se scendo. Ho capito dove siamo, qui vicino abita un mio amico, mi riporterà lui in paese. Poi chiamerò Michele e faremo i conti.»

«Tu non vai più da nessuna parte.»

«Cosa vuoi dire? Ehi ma questo posto lo conosco. È dove Michele portava quelli da eliminare! Un buco in fronte e i cadaveri venivano fatti sparire nelle colate di cemento! Ma cosa…»

«Dopo che ne hai visti tanti è venuto anche il tuo momento, doppiogiochista del cazzo! Ti piaceva prendere i soldi sia dai Forgione che dalla Polizia, vero? Michele ha scoperto tutto!»

«Ma che dici? Come ti permetti? Adesso chiamo Michele, ho il numero che usa in carcere!»

«Ti sbagli, tu non chiami nessuno, tantomeno Michele. È proprio lui che ha ordinato di farti sparire. Come ci spieghi il fatto che gli sbirri sapevano dov'era il nuovo rifugio di Vittorio? Gli unici a conoscere il nuovo bunker eravamo io, te, e Totò! Totò è fidatissimo, è un parente di Michele. Quindi chi resta?»

«Resti tu! Che ne sanno i Forgione di chi ha parlato? Perché non potresti essere proprio tu? Cosa vuoi da me? Metti via quella pistola, subito!»

«Andiamo Carmine, tu parlavi con gli sbirri! E ti dimentichi che quando hanno preso Michele io ancora non lavoravo per la famiglia!

Come potevo sapere dove stava 'o leone? Come vedi resta una sola persona che può avere parlato, e sei proprio tu! Michele sentiva già che puzzavi, e ha fatto le sue verifiche. Un agente in carcere gli ha rivelato, non so in cambio di cosa, che tu eri un informatore! Prendi, pezzo di merda!»

«Ahia! Ahi! Lasciami stare!»

«Ma che lasciarti stare! Io devo farti sparire! Qui, subito! Non lo hai ancora capito?»

«Enzo senti qua. Aspetta, non facciamo precipitare le cose. Ti faccio un'offerta. Un'ottima offerta.»

«Parla.»

«Posso… posso mettere una buona parola per te con la Polizia, pure con il questore Volturno e con Sala, quello dei Falchi. Dico loro che ti sei pentito, che da ora farai anche tu l'informatore per lo Stato. La tua testimonianza darebbe il colpo finale alla detenzione dei Forgione! Quelli hanno le ore contate ormai, rischiano l'ergastolo. Cosa farai mentre marciranno in galera? Di certo non ti assume nessuna famiglia rivale, lo sai questo? Se accetti di parlare, la Polizia avrà un occhio di riguardo per i tuoi reati, e in qualche anno sarai un uomo libero. O magari neanche ti metteranno dentro, ma ti daranno qualche lavoro socialmente utile, e dormirai a casa, in libertà vigilata. Non ce l'hai una famiglia? Pensa a loro! Fa la cosa giusta. Ritorniamo in paese, dai. Adesso te lo offro io da bere.»

«Un pentito eh? Come Laura, la moglie di Michele? L'unica mia famiglia è quella per cui lavoro. Della pietà degli sbirri me ne fotto. Anzi, adesso che reggo io la cosca, fino a quando non esce uno dei due Forgione, diventerò ricco, finalmente. E sarò io a dare ordini, io a comandare, dopo tanti anni passati nell'esercito a mettermi sull'attenti. Adesso basta. Non ti uccido subito però, Michele ha detto di farti soffrire, spione, e io mi voglio divertire.»

«No! No, Enzo ti beccheranno, pensaci!»

«Dove vuoi che ti spari? Nella gamba? Nel braccio? Implora pietà! In ginocchio! Chiedi scusa a Michele e a Vittorio che sono in carcere per colpa tua, uomo di merda!»

«Pietà Enzo, pietà. Io a te non ho fatto niente!»

«Solo questione di tempo. Prima o poi, quando sarei diventato un pesce grosso anch'io, avresti fatto beccare pure me. Ho deciso! Ti sparo in mezzo alle gambe!»

«No no!»
«E di che hai paura? Tanto tu le palle non le hai!»
«Ah! Pietà! Pietà.»
«Vieni qua, adesso te le taglio e te le ficco in bocca! La fine di chi fa la spia! Con tanti saluti da 'o leone.»

CAPITOLO 68

È meglio che mi alzi, ancora dieci minuti e sono cotto. Non vorrei prendermi una bella insolazione, come ogni estate. Colpa della mia pelle chiara da torinese. Soprattutto qui, sulla fronte. Non vorrei sembrare un turista tedesco distratto. Potrei anche andare qualche domenica a prendere il sole, in spiaggia giù in Calabria, ma dovrei andarci da solo e non ho mai voglia, non è proprio nel mio carattere.
Beata Laura, con la sua carnagione non sa cosa vuol dire scottarsi. Anzi, in due giorni è già diventata bella scura.
Dove cavolo è finita? Quando comincia a nuotare non si ferma più, avrebbe dovuto andare alle Olimpiadi.
Adesso fa davvero caldo, ma qui al mare non si soffre di certo l'afa, come in città. L'altro giorno, a Santhià, si sudava persino distesi sul divano.
È stato bello, rivedere i miei. Mia mamma ogni volta che mi rivede scoppia a piangere, che tenera. Per lei è come se fossi in guerra in Iraq. Certo, il mio non è il classico lavoro da ufficio, e spesso le persone con cui ho a che fare non sono persone perbene, ma non corro il rischio di lasciarci la pelle ogni giorno. A volte sì, soprattutto quando io e i Falchi facciamo irruzione nei bunker, ma in questi casi particolari evito di tenerla informata, non riuscirebbe a rimanere tranquilla. Il mio babbo invece è sempre sereno, lui è un uomo molto pratico, che al pericolo del mio mestiere non pensa nemmeno. Almeno riesce a infondere sicurezza a mamma.
Chissà quando li rivedrò, non penso prima di Natale. Anche dopo il processo ai Forgione ci saranno altri latitanti da scovare nei loro più disparati nascondigli.
«Ehi ti sei scottato il naso! Se è rosso adesso chissà questa sera! Chiamate i pompieri!»
«Eccoti qua, ma dov'eri finita?»

«Ho nuotato fino laggiù ma sono tornata a piedi, lungo la battigia. Mi piace da morire passeggiare sulla sabbia. Andiamo a fare un giro? Non fa più tanto caldo.»
«Devo? Sto bene qui, sdraiato all'ombra.»
«Alzati dai, pelandrone! O la divisa non ti andrà più bene quando tornerai in servizio. È la cura Laura!»
«Ok, andiamo, una passeggiata non può che farmi bene.»
«Evviva! Cosa cerchi nello zaino?»
«Il cellulare.»
«Giovanni, ma siamo al mare, in spiaggia! Non fare anche tu come la mia amica Simona, che il telefono se lo portava anche in bagno! Lascialo qui, chi vuoi che te lo freghi? Quel modello avrà almeno cinque anni!»
«Devo portarlo, Laura. Anche in vacanza io devo essere sempre raggiungibile.»
«Dai agente, impari a rilassarsi! Dammi qua, adesso te lo frego!»
«Laura no, dai, lascia il tel... ecco, vedi? Mi chiamano.»
«Sarà un rompiscatole, Giovanni, non rispondere.»
«Hai ragione è proprio un rompiscatole, è Volturno.»
«Visto? Avresti dovuto spegnerlo.»
«Meglio rispondere o quello mi fa cercare persino qui in spiaggia. E ti ricordo che non dovrei proprio essere in tua compagnia, quindi silenzio.»
«Fa come vuoi, io arrivo a quel molo e torno. Salutami il questore.»
«Spiritosa. Pronto?»
«Pronto! Sala! Dove è finito? Quanto ci vuole per rispondere?»
«Questore, mi scusi ma sono in vacanza, almeno adesso non voglio tenere il cellulare sempre in mano.»
«Vacanza? Ecco perché non l'ho trovata in centrale a San Luca! E chi le ha dato il permesso?»
«Lei, dottore, chi se no?»
«Io? Ah, va bene. Comunque c'è poco da starsene a poltrire. Un agente della Polizia di Stato è sempre in servizio.»
Adesso gli attacco in faccia, così sbraita con qualcun altro. Respira Giovanni, un respiro bello lungo.
«Mi dica il motivo di questa chiamata.»
«Brutte notizie Sala. Molto, brutte.»

«Cos'è successo?»
«Hanno fatto fuori Carmine, l'informatore. Lo hanno ritrovato stamattina, fuori San Luca, vicino a un cantiere. Il poveraccio aveva un bel buco in fronte e i genitali ficcati in gola. Ho evitato di farlo vedere ai suoi, in obitorio. Era messo male. Chi l'ha ucciso è un animale furioso.»
«È un avvertimento. Chi l'ha fatto fuori sapeva che era un informatore.»
«Esatto Sala, corretto. Vedo che sta imparando. Chi lo ha condannato a morte sapeva del suo… lavoro.»
«I Forgione?»
«E chi, se non quei bastardi? Sarà la vendetta per aver arrestato anche Vittorio. Non so come, ma hanno saputo che era Carmine a comunicarci il luogo dei loro nascondigli.»
«Strano che non abbiano pensato a Lau… ehm, alla signora Forg… Aloise.»
«La signora Aloise è stata già condannata a morte dal suo bravo maritino, stia sicuro. Michele avrà capito che è stata lei a indicarci l'abitazione della signora Maria. Ci andava ogni giorno. Adesso che se ne è andata di casa non poteva sapere del nuovo rifugio di Vittorio, quindi hanno scoperto che è stato Carmine, a darci questa informazione, e hanno agito di conseguenza.»
«Povero Carmine, che brutta fine.»
«Povero un cazzo, Sala. Questo brav'uomo non era un agente della Polizia di Stato e si faceva pagare per fare la spia.»
«Beh almeno era dalla nostra parte.»
«Chi le dice che non facesse il doppio gioco? Magari si faceva pagare anche dai Forgione, per dargli delle soffiate sui nostri movimenti, come per esempio proprio l'irruzione con i Falchi a casa della signora Maria. Comunque ora non è più tra noi, starà subendo il suo processo all'inferno. Adesso non posso andare a San Luca, ma le do già l'incarico di scoprire chi lo ha ucciso, in maniera così brutale poi.»
«Va bene dottor Volturno, se non è urgente, e non mi sembra, ci penserò non appena tornerò in servizio, due giorni dopo Ferragosto.»
«Se è urgente o meno lo decido io, Sala!»
«D'accordo. È urgente?»
«Sì, ma ha ragione. Dopo aver preso i due Forgione un po' di vacanza se la merita. Incarico qualcun altro e poi si farà aggiornare al rientro.»

Mi viene subito paura per Laura. Se, non so come, i Forgione vengono a sapere dove è stata trasferita, rischia grosso anche lei. Il servizio centrale di protezione funziona bene, ma ho imparato che, come in ogni cosa in Italia, ci possono essere delle falle. Il mio lavoro mi insegna a non restare mai tranquillo, a non dare niente per scontato.

«Sala? Dov'è finito? È ancora lì?»

«Sì dottore. Secondo lei anche la signora Aloise corre pericolo?»

«No, l'abbiamo affidata al servizio centrale, nessuno sa che è a… dove cavolo è andata?»

«Sul molo.»

«Cosa?»

Oddio, mi stavo per tradire da solo.

«Ehm… sulla Mole, nel senso che è a Torino.»

Mamma, che gaffe! Spero che non se ne sia accorto.

«Ah già. No, nessuno sa niente, solo chi è preposto a saperlo, l'agente Fortunio e i suoi colleghi. Stia tranquillo, che la sua bella è al sicuro.»

«La mia cosa?»

«Sala, sono un poliziotto, e dicono anche bravo. Ho visto che vi facevate gli occhi dolci. Non provi ad andare a trovarla per favore, anche se adesso sta dalle sue parti, lì al Nord. Non è professionale. Lei è un agente di Polizia, e la signora la moglie di un capo clan! Non faccia il furbo.»

«Conosco benissimo la situazione. Non faccio gli occhi dolci a nessuno.»

«Bene. Si goda pure le sue ferie, ma resti a disposizione. E se la chiamo risponda subito!»

«Va bene, dottor Volturno. Le auguro una buona…»

Ha già messo giù. Sempre cortese.

Lauretta sta già tornando, perfetto, le vado incontro.

«Laura? Arrivo, aspettami lì.»

Quanto è bella. Guarda guarda quel tipo ciccione come le fissa il culo. Che sfacciato. Adesso mi faccio sentire.

«Dove vai in giro da sola, bella moretta? Vuoi attirare sguardi indiscreti? I guardoni sono sempre numerosi.»

«Perché, non dovrei? Fa sempre piacere.»

«A me no.»

«Urca! Il nostro agente di Torino sta diventando addirittura geloso, come un perfetto uomo del Sud! Bene, ti voglio così. Dammi un bacio.»

Ammira che bacio, panzone. Non è roba per te.
«Ah, però, che bel bacio appassionato. Devo lasciarti solo più spesso!»
«Mi lasci solo già fin troppo.»
«Non certo per colpa mia.»
«Sì, lo so, non parliamo di questo, dai. Facciamo questa bella passeggiata, adesso si è alzato anche un po' di venticello.»
«Volentieri. Oddio, arrivati là dovremo già tornare indietro, non è certo una spiaggia lunga chilometri. Cosa voleva Volturno?»
«Brutte notizie, purtroppo.»
«Oh mamma, cosa è successo ancora?»
«Hanno ucciso Carmine, l'infiltrato.»
«Santo cielo!»
«Eh, sì. Lo hanno trovato fuori San Luca, in una spiaggia vicino a un cantiere.»
«So dov'è, purtroppo. Michele faceva portare lì quelli da eliminare. Il cantiere è di una società prestanome, tutta roba sua. Li faceva sparire nelle vasche di acido, o nel calcestruzzo, una fine orribile. Ma in questo caso il corpo lo hanno ritrovato, giusto?»
«Sì, ci tenevano a dare un avvertimento.»
Meglio se non le dica il particolare dei genitali in gola.
«Strano che non gli abbiano ficcato le palle in bocca. È l'esecuzione per chi fa la spia.»
«Non so niente dei particolari. Sai chi può essere stato?»
«Mah, i tirapiedi di Michele erano tanti, ci penserò.»
«Fammi sapere se ti viene in mente qualcuno. Un tipo sicuramente freddo e crudele. Se lo arrestiamo, è un'altra persona che può accusare 'o leone.»
«Mah, non ci sperare, non tutti sono come me. Giovanni, ho paura.»
«Di cosa?»
«Che scoprano dove sono. Michele avrà già condannato a morte anche me, di sicuro. Se mi scoprono mandano qualcuno fino a Torino per farmi fuori.»
«Tranquilla Laura, nessuno può accedere a questa informazione.»
«Michele sì. Lui può tutto.»
«Dai, mica è il Padreterno.»
«Non sottovalutarlo, Giovanni. Mai. Per me quello ha già mosso le sue pedine.»

«Tranquilla. Mi fido dei miei colleghi.»
«Io no Giovanni, io no, scusami. Non pensiamoci adesso, siamo in vacanza. È già tanto questo, non roviniamolo con i brutti pensieri. Chissà se passeremo ancora del tempo assieme. Aperitivo?»
«Ok, aperitivo. Offro io.»
«Facciamo che offre l'ultimo che arriva al bar! Pronti? Via!»
Partita. Corre anche come una gazzella. È rimasta una bambina. Mi piace da matti.
Quasi mi sto innamorando.
No questo no.
Non posso.
Non devo neanche pensarci.

CAPITOLO 69

«Enzo.»
«Chi parla? Non sento bene.»
«Michele.»
«Ditemi, leone.»
«Ho saputo di quel pezzo di merda di Carmine. Ben fatto. Qui dentro non si parla d'altro. Servirà di lezione. A tutti.»
«Cerco di eseguire al meglio ogni vostro ordine. Vittorio è stato vendicato. Come sta?»
«Che ne so. È al braccio C. Non lo vedo mai. Pure lui è al 41 bis.»
«Pure lui? Siete ancora in custodia cautelare restrittiva?»
«Sì.»
«Come fate a chiamare?»
«So il fatto mio.»
«Avete altri ordini?»
«Ricordati dello sbirro, Fortunio. La Polizia mi ha dichiarato guerra. Errore molto grave. Non devo correre pericoli per il processo. Fatti dire dove sta Laura.»
«E quando lo so?»
«Vai là con uno dei miei uomini e assicuratevi che stia zitta.»
«Come faccio a esserne sicuro?»
«Toglila di mezzo.»
«Sicuro, don Michele? È vostra moglie.»
«Lei non è più nessuno.»

CAPITOLO 70

«Guarda. Quella è l'Orsa Minore, detta anche Piccolo Carro, e più in basso puoi vedere la famosa Stella Polare, quella che indica il nord. Vedi il puntino luminoso laggiù? Quella è Sirio, una delle stelle più luminose del cielo.»
«Guarda Giovanni, una stella cadente! Finalmente!»
«L'ho vista, è stato un lampo ma com'era brillante! Anche se la notte di San Lorenzo è passata da qualche giorno è ancora possibile vedere la coda della scia di meteoriti. Su, avanti, esprimi un desiderio.»
«Caspita, così all'improvviso, non saprei cosa chiedere.»
«Su, ci sarà qualcosa che vuoi più di ogni altra.»
«Mmh… ci sono! Te lo dico?»
«No, no, non si può rivelare. Lo devi conservare nel tuo cuore. Se si avvera lo saprai solo tu.»
«Ti voglio svelare almeno che anche tu fai parte di questo sogno.»
«Davvero? Grazie. Così però mi fai incuriosire.»
«Eh no, niente da fare! Mi hai detto che non si può dire quindi me lo tengo per me. Se si avvererà te lo dirò, così sarà una sorpresa.»
«Va bene, spero che si avveri o mi resterà per sempre la curiosità.»
«Spera che si avveri perché se succede vorrà dire che quel giorno saremo felici, e ancora insieme. Vieni più vicino, ti voglio abbracciare forte. Qui è così romantico, è come essere in un sogno. Grazie Giovanni, con Michele non ho mai passato dei momenti così dolci. Ti conosco da così poco e mi hai cambiato la vita. Sto vivendo esperienze che mai avrei pensato prima.»
«Ti ho già detto che devi ringraziare te stessa. Tutto è partito dalla tua decisione di cambiare vita. Se non avessi intrapreso questo passo, ora saresti a San Luca.»
«Esatto, dalla signora Maria a riferire ordini di morte e sopraffazione. Domani non so, ma in questo istante posso dire che sono felice. Stringimi forte Giovanni, fa freddino adesso, voglio sentire il tuo calore.»

Che bella serata. Il mare, il cielo luccicante di stelle, una bella donna al mio fianco, che ho capito di amare. Noi, qui distesi sulla spiaggia, appoggiati a uno scoglio, i piedi nudi nella sabbia calda. Non si vede anima viva, sembra che tutti abbiano voluto regalarci la possibilità di restare soli.
«Ehi, uomo delle stelle, baciami, l'abbraccio non mi basta.»
Adoro le sue labbra morbide.
Le bacio. Quando si avvicinano alle mie sento come una forza irresistibile che mi attrae.
Già, irresistibile. Io, il comandante dei Falchi, qui sdraiato in spiaggia al fianco di una pentita.
Un altro bacio caldo, avido, adesso ti mangio, Laura.
Con le mani le sfioro i fianchi snelli. Lei è sempre in movimento, non si ferma mai, a volte ha un entusiasmo nel fare le cose così coinvolgente.
«Adoro quando mi tocchi così Giovanni, fallo ancora.»
La sfioro ancora.
Un gemito.
Adesso la stringo forte.
Di più.
Ancora un bacio.
Un altro.
Ancorancorancorancora.
Sono già eccitatissimo, in pochi secondi.
No, forse ci stiamo baciando da dieci minuti.
«Facciamolo Giovanni, qui, ora, adesso. Toglimi tu le mutandine, o quasi già vengo prima di sentirti dentro di me.»
Le tolgo.
Un gemito più forte.
Siamo una cosa sola.
I dubbi, le paure, le incertezze, i sensi di colpa, si dissolvono. Tutto è lontano, quello che esiste è questo asciugamano dove siamo distesi, la sabbia sotto la mia schiena, un panorama stupendo, come in uno di quei poster che tenevo in camera quando ero ragazzo.
«Fammi tua, fammi sentire il vigore della tua passione.»
In questo istante siamo solo un uomo e una donna che fanno l'amore, in spiaggia, una sera d'estate.

CAPITOLO 71

Ferragosto.
Sera.
Ristorante fronte mare.
Una leggera brezza che sa di salsedine.
Pelle che ancora brucia sulle spalle.
Capelli arruffati.
Polo leggera, pantaloni corti, scarpe comode.
Mi sento molto bene. Questa è vita. Qualche giorno di vacanza ci voleva davvero. Come mi sembrano lontani, ora, la Calabria, I Falchi, le urla di Volturno, Michele 'o leone, i latitanti, i bunker.
Peccato che sia finita, domani si torna a casa.
Laura, davanti a me, fa fatica a finire questa deliziosa cenetta.
«Lauretta che c'è? Li stai torturando, quei poveri gamberi. Sono già morti da diverse ore e quindi non li stai facendo soffrire ma ormai si saranno raffreddati.»
«Hai ragione Giovanni, ma caspita, che faticaccia! Uh, è vero, si sono raffreddati, ormai.»
«Scusa perché non usi le mani? Cosa te ne frega, non siamo in un ristorante di lusso. Non ti guarda nessuno, coraggio.»
«Posso?»
«Ma certo! Non c'è bisogno di chiedermelo.»
Molti anni in veste di moglie di un capo clan e ancora un po' in pubblico mi chiede se può andare in bagno. Venire controllati ogni istante per ogni cosa può diventare davvero una prigione invisibile ma dalle sbarre molto resistenti.
«Michele non voleva, le volte che uscivamo. Diceva che mangiare con le mani non si addice alla moglie di un boss.»
«Non si addice condurre una vita di prepotenze e malefatte, come la sua. Invece di preoccuparsi di come mangia sua moglie avrebbe dovuto riflettere sul suo comportamento. Mi sbaglio?»

«Hai ragione. Lui stava attento sempre alle apparenze. Le considerava fondamentali. Anche se avevamo passato il pomeriggio a litigare poi dovevamo uscire come nulla fosse. A volte tornava nella notte sporco di sangue, non so di chi, si faceva la doccia e voleva, pretendeva, di fare l'amore. Io non volevo, solo al pensiero di cosa avevano potuto toccare quelle mani mi veniva il vomito. Ma con Michele non esisteva la parola no.»
«Altrimenti?»
«Altrimenti erano botte.»
«Ti ha mai picchiata?»
«Forte forte no, per fortuna. Non era necessario. Bastava che lui pronunciasse due parole, con quel tono così tagliente da freddarti il sangue nelle vene, per farti fare come voleva lui. Solo un paio di volte mi ha dato un ceffone.»
«A te? Ma come si fa, incredibile.»
Quando certi uomini non sanno come reagire con le parole, purtroppo lo fanno con le maniere forti. Non sono solo le nostre azioni a definirci, ma anche le reazioni. La violenza e la prepotenza sono le armi di chi non ha altri argomenti, e spesso ne sono vittima le donne. Cercare di aver ragione con il dialogo non è così semplice, quindi non resta che avvalersi della sicurezza che può dare solo la consapevolezza di essere più forti fisicamente.
Nella mia carriera mi è successo molte volte di soccorrere una donna che aveva appena denunciato una violenza. Esperienze forti, che ti restano impresse. Il volto tumefatto, il sangue, le mani che tremano. Vedere i segni fisici ed emotivi nelle donne che hanno subito violenza è una prova dura, ma la cosa che più mette tristezza è lo sguardo delle vittime. Sono persone che più di ogni cosa soffrono nell'animo, perché sono state ferite proprio dalle persone che più amavano. Brucia, e fa male, ancor di più che sulla pelle.
«E come mai un paio di volte ti ha picchiata? Una reazione simile è strana per un personaggio come 'o leone. Lui vuole sempre dimostrare di avere il controllo di tutto e di tutti, usare le mani significa solo che non si hanno più difese.»
«Una volta perché secondo lui avevo guardato troppo il fabbro che era venuto a montare la porta nuova del cancello. Non era vero ma lui si era convinto, era nervoso per non so quale affare andato male, così me la fece pagare.»

«Pazzesco. L'altra?»
«Gli avevo detto che solo i codardi se la prendono con la moglie di un altro uomo.»
«Immagino Michele Forgione come possa arrabbiarsi, nel sentirsi dire una cosa del genere, se riferita a lui stesso. Cos'era successo?»
«Non te lo dico. Ho paura che qualcuno mi senta.»
«Adesso mi hai incuriosito. Chi vuoi che ti senta? La famiglia seduta a quel tavolo sta festeggiando il compleanno del papà, lì non c'è nessuno e il cameriere non torna finché vede i gamberoni rimasti nel tuo piatto. Forza.»
«C'era un pugile, un ragazzo di Cosenza. Doveva affrontare un avversario in un combattimento, per non mi ricordo quale titolo. Questo ragazzo era molto più forte del suo avversario, un sudamericano, e avrebbe vinto facilmente. Michele invece aveva scommesso contro di lui, una grossa somma, perché ovviamente la vittoria del sudamericano era pagata molto bene, essendo appunto sfavorito. Il ragazzo di Cosenza sarebbe dovuto andare al tappeto, a metà incontro.»
«Un match combinato.»
«Esatto. Questo qua non accettava, diceva che vincere sarebbe stato importante per la sua carriera. Michele non voleva sentire ragioni così fece rapire la moglie del pugile, come ostaggio. Quando me l'ha raccontato mi è venuto da vomitare.»
«Come è finita?»
«La donna è stata rapita, il pugile di Cosenza ha perso all'ottava ripresa, sua moglie è stata rilasciata, mio marito ha guadagnato più di quanto puoi fare tu in un anno a scovare bunker e ha regalato una bella sommetta al pugile. Tutti felici e contenti.»
«Viva lo sport. E come mai tu hai preso il ceffone?»
«Perché quando Michele mi ha rivelato il suo piano gli ho detto appunto quella frase, dandogli del codardo. Michele non si arrabbiava, non gridava, non metteva il muso, mai. Mi ha dato un ceffone, così senza dire niente, e se ne è andato. È tornato alle quattro del mattino, tutto puzzolente di fumo, sarà andato a giocare a carte. Io ero rimasta tutta la notte a letto a piangere.»
«Mi dispiace.»
«L'ultimo gambero non mi va più. È freddo»
«Non ti preoccupare. Parliamo di cose belle, ti va?»

«Magari. Di cosa? Questo ricordo mi fa tornare in mente quelle brutte.»
«Parliamo di… ci sono! Il sentiero degli innamorati! Ti è piaciuto?»
«Tantissimo. Tutto a picco sul mare. Le onde che si infrangevano sugli scogli. È stato forse il posto più romantico che abbia mai visto. E con l'uomo giusto.»
«Magari lo avresti apprezzato ugualmente anche con un altro uomo.»
«Adesso ci sei tu, non penso agli altri.»
«È un onore, grazie. Il momento giusto per farti una sorpresa.»
«Davvero? Cosa, cosa.»
«Questa mattina, mentre tu sei andata a correre, sono uscito e ti ho preso un pensierino. Tieni.»
«Ma dai, grazie! Giovanni, non dovevi! Anche il pacchettino hai fatto!»
«Mica l'ho fatto io, ma il commesso del negozio. Cameriere? Può portare via, grazie.»
«Gradisce un caffè?»
«Sì, grazie. Macchiato, per me. Laura?»
«Espresso normale, grazie. Il mio regalo, che bello, è tanto che non mi fanno sorprese! Cosa sarà? Che emozione, mi sembra la mattina di Natale!»
«Esagerata. Dovrebbe piacerti…»
«Vediamo… il braccialetto di corallo che ho visto ieri in quel negozio! Mi piace sì, lo sai! Grazie, mio bel poliziotto! Grazie! Lo provo subito.»
«Com'è? Stretto?»
«No no, è giusto, ma se anche fosse stato stretto sarebbe andato bene. Voglio sentirmelo sempre addosso. Così so che ci sei, sempre. Mi dà coraggio.»
«Presto ne avrai bisogno.»
«Lo so. Non farmici pensare adesso. Caspita io non ho niente da regalarti, uffa. Ci resti male?»
«Ma no. Tu hai già fatto un regalo grande, a tutti noi.»
«Quel regalo l'ho fatto a me, prima di tutto. Mi sdebiterò, vedrai.»
«Come vuoi.»
«Tanto per cominciare non credere che domani mi riporti a Torino e te ne vai subito, eh? A che ora saremo a casa?»

«Per pranzo. Se vuoi mangiamo un panino per strada.»
«Ma che panino. Compriamo qualcosa e preparo io. Cosa ti va?»
«Ci penso.»
«Ma davvero dobbiamo già tornare? Uffi, domani è solo il 16 agosto...»
«Eh sì, ti ho già detto che ho diverse cose da fare. Parto con calma domani pomeriggio, mi fermo a metà strada per la notte, come l'altra volta. Il diciassette sono in ufficio.»
«Giovanni...»
«Dimmi. Che faccia seria.»
«Ti voglio baciare. Qui. Ora. Davanti a tutti.»
«Allora fallo. Qui, ora, davanti a tutti.»
Devo essere impazzito, o vittima di un sortilegio. Io ci provo anche, a rimanere distaccato, professionale, ragionevole, ma niente da fare. Alla fine il cuore vince sempre sulla mente. È la strada per la felicità.
«Giovanni, quando me lo dici?»
«Cosa?»
«Che mi ami. Tanto lo so, ormai. È evidente. Ammettilo, agente Sala.»
«Signori, ehm scusate, il caffè.»
Uffa, salvato in calcio d'angolo, come si dice in gergo calcistico. Il nostro rapporto è appena iniziato, nonostante tutte le difficoltà e i dubbi, ma forse è presto per pronunciare quella parola.
«Oh, grazie.»
«Vi lascio lo zucchero. Lo gradite un amaro? Offre la casa.»
«Volentieri. Laura?»
«Perché no. Avete l'Amaro del Capo? È un amaro tipico della Calabria.»
«No. Montenegro, Sambuca, limoncello?»
«Preferisco il limoncello.»
«Va bene allora, un amaro per il signore e un limoncello per la signora. Torno subito.»
Di nuovo soli. E adesso? Cosa le rispondo?
«Ti sei salvato ancora, eh? Non ti rifaccio la domanda, ormai è passato il momento giusto.»
«Come?»
«Non fare il finto tonto.»
«Hai ragione.»

«Tanto prima poi dovrai dirmelo. Si vede che sei pazzo di me, mio caro. Si vede. Io te l'ho già detto, che mi piaci. Ma non ti dirò mai che ti amo, finché non sarai tu a dirmelo per primo, come un vero cavaliere.»

«Laura, un giorno mi piacerebbe venire al castello, rapirti e portarti via. Perché è così che dovrei fare. Io però sono un cavaliere di un regno che fino a poco tempo fa era il tuo più grande nemico.»

«Ora io non ho più nemici.»

«Io sì, e anche tu. E il più pericoloso è un uomo che è ancora tuo marito.»

«Un giorno, spero presto, non lo sarà più.»

«Ma il mio reame sarà sempre troppo lontano per te. Un luogo che era il tuo mondo, ma non potrai mai più tornarci.»

«Un giorno dovrai scegliere. O l'amore, o il regno, proprio come in certe fiabe.»

«Cercherò di scegliere per il meglio.»

«Una volta hai già scelto, tra la tua ragazza e il tuo lavoro, e non ho ancora capito se per te è stata la scelta giusta.»

«Ho scelto quello che volevo, in quel periodo, quindi è stata la scelta giusta. Adesso… beh, a volte non so.»

«Ricordatelo sempre, Giovanni. L'importante, alla fine di una favola, è scrivere che tutti vissero felici e contenti. Fai in modo che la tua scelta ti faccia vivere felice e contento. Per ora viviamo il nostro presente nel migliore dei modi. E adesso dammi un altro bacio.»

CAPITOLO 72

«Sì Luigi, tranquillo, lunedì sono a San Luca. Vedremo questa cosa assieme, quando torni anche tu dalle ferie.»
«Dotto' ci sarà anche da scoprire chi ha fatto fuori Carmine! Volturno è furioso, quello a cui ha affidato l'indagine in vostra assenza non ha cavato un ragno dal buco.»
«Infatti. Ci penso appena arrivo.»
«Va bene dottor Giovanni, fate un buon viaggio. Non correte troppo, anche se le autostrade sono ancora deserte. Ci vediamo settimana prossima. Buona giornata.»
«Anche a te, Luigi, goditi l'ultima settimana di ferie. Ciao ciao.»
Mi ha chiamato dottor Giovanni, incredibile. Chissà quando la smetterà con questo *dotto'*. Forse mai. Gli ho già detto che non è necessario ma si capisce che gli viene d'istinto.
Ho già tanti di quei pensieri. Un giorno dopo Ferragosto e mi tocca pensare al lavoro. E lasciare Laura qui da sola.
«Tieni Giovanni: subito dopo pranzo, mentre tu ronfavi, ti ho stirato qualcosa con questo bel ferro da stiro nuovo! Pensa che io non ho stirato mai in vita mia, ma qualche giorno fa ero al super con il mio ferro nel carrello, e lo guardavo felice come una bambina! Qualche pantalone, due magliette, una polo. Le camicie no, quelle non mi vengono bene, mi sa che è meglio se le porti a far stirare.»
«Fa nulla Laura, tanto giù in ufficio saremo in pochi, nessuno baderà alla mia camicia. Ti ringrazio comunque per le altre cose, non dovevi. E poi siamo in estate, le magliette d'ordinanza andranno benissimo, anche se non è l'abbigliamento più indicato a chi comanda la centrale.»
«Ci tengo che tu sia vestito bene, mio bell'agente. A vederti partire mi viene un po' tristezza, ma cerco di trattenermi. Non vorrei che tu pensassi che sono una piagnucolona.»
«Non lo penso. Anch'io sono un po' triste sai? La settimana è volata, sempre così quando si è in vacanza.»

«Ti sono piaciuti gli spaghetti? Ho fatto del mio meglio!»
«Erano buonissimi, brava. Il sugo ai formaggi era super.»
«Ma quello lo abbiamo preso in gastronomia, non ti ricordi? Io non ho fatto molto. Ci ho messo giusto qualche ingrediente segreto!»
«Ingrediente segreto approvato.»
«Ma che bel sorrisone. Come mai?»
«Ehm… niente!»
«Dimmelo dai. Qualcosa c'è sotto. Ti conosco ormai, agente Sala.»
«Pensavo a questa notte. Come farò senza i tuoi baci? E senza le tue mani che mi accarezzano i capelli? Sarà dura.»
«Ah, non dirlo a me. Ho paura, che venga stanotte. Dopo una settimana a dormire assieme, mi sembrerà così strano, e triste. Tutta sola, silenzio, buio, nessuno in giro.»
«Se vuoi chiamami. Per le dieci faccio una pausa e mi fermo per la notte, non so dove.»
«Ok.»
«Sono pronto, prendo le borse e vado.»
«È stato bello Giovanni, bellissimo. Con te sto davvero bene.»
«Anch'io. Ci voleva, a entrambi.»
Adesso viene a me da piangere. Il capo dei Falchi, il vice questore, quello che trova i delinquenti ricercati nei bunker, che si fa scappare una lacrima. Per la moglie di un ex latitante! Sembra una barzelletta.
«Vado dai.»
«Ok. Stai attento. Ti apro.»
«Ciao Lauretta.»
«Ciao Giovanni.»
«No Laura, dai, non piangere! Me lo hai promesso!»
«Non ti ho promesso un bel niente. Uffi, mi viene da piangere sì, ecco. Stringimi.»
Non posso andarmene così.
Non ce la faccio.
Ecco, sono diventato un sentimentale del cavolo.
«Laura.»
«Che c'è ancora?»
Glielo dico? Sì, voglio lasciarla così. Basta far finta di nulla, devo credere a quello che mi dice il cuore.
«Laura. Io… io mi sono innamorato di te.»

«Finalmente! Hai aspettato l'ultimo secondo eh? Tu sei matto, ma mi piaci così! Che bello, che bello! Anch'io ti amo, ti amo, ti amo! Oh stringimi forte!»
Lo ammetto, non vedevo l'ora. Mi sento più leggero. Ti amo, mia bella principessa, venuta da un piccolo paese lontano. Un giorno ti avevano rapita e ti ho liberata, ora sei tu a rapirmi il cuore.

CAPITOLO 73

«Insomma, Guerra, mi pare di capire che la stiamo pagando per niente. Questa è la mia conclusione. Sappia che ci saranno delle conseguenze.»

«Don Michele, sto facendo il possibile, davvero. So benissimo che ne va pure della mia incolumità, anche se così non dovrebbe essere. Faccio il mio lavoro, cerco di farlo al meglio, ma la situazione è difficile.»

«È per questo che la pago un mucchio di soldi avvocato, ma se lei non li merita mi riprendo tutto. E voglio gli interessi.»

«Bravo Michele, ben detto.»

«Vittorio, tu zitto. Di sicuro non ci voleva che gli sbirri prendessero pure te. Ti avevo consigliato o no di mettere di guardia qualcuno di più esperto? Sei una testa di cazzo, te l'ho sempre detto. Statti zitto.»

«Anche questo non ci voleva, ha ragione, signor Forgione. Se gli inquirenti hanno le prove che lei e suo fratello eravate in combutta, ci scappa anche l'associazione a delinquere, brutta cosa. È un'aggravante mica da ridere, per entrambi.»

«E le prove dove stanno?»

«Non dimentichiamo che queste prove potrebbe fornirle sua moglie, in qualità di supertestimone.»

«Ci ho pensato, certo, ma le ho già detto che non deve preoccuparsi di mia moglie. Non parlerà. Volente o...»

«La interrompo subito. Mi fa piacere la sua sicurezza don Michele ma me ne preoccupo. La deposizione di sua moglie sarà essenziale. Ho pensato una cosa.»

«Dica.»

«Chiederò al giudice di farla presenziare in aula. Di sicuro, vista la rapidità con cui è stato allestito il processo, a Laura Aloise non sono ancora stati modificati i dati anagrafici, e il suo aspetto. Il giudice non potrà rifiutarsi perché non ci sarà niente da nascondere. Non ci sono gli estremi per autorizzare una testimonianza in videoconferenza da

qualche posto protetto. Il Pubblico Ministero Porlezza dovrà accettare la decisione del giudice, senza troppe proteste. A questo punto sua moglie dovrà avere un bel coraggio per deporre contro di lei, mentre la starà guardando negli occhi, don Michele. Dipende dal rapporto che aveva con sua moglie, e dal carattere di lei. Pensa di riuscire a intimidirla in qualche modo… legale?»
«Certamente. Mia moglie mi ubbidiva, e lo farà ancora, anche se gli sbirri si sono messi in mezzo, non so con quali promesse. Comunque non è detto che ci sarà, al processo. Magari riusciamo a farla desistere prima ancora di venire qui a Reggio, o no, Vittorio?»
«Giusto. Avvocato vedrete che se la signora pentita tornerà in Calabria sarà solo per chiedere scusa. Altrimenti… non la rivedremo mai più.»
«Bene, non so come abbiate questa idea, e non voglio saperlo, ma se sarà così, meglio per tutti. Ora vado signori, ma prima: come ci mettiamo a posto per il compenso? Se vi ricordate ho chiesto un anticipo prima del processo, devo pagare i miei collaboratori per tutte le ricerche che stanno facendo, mi capirete…»
«La capisco un cazzo. Io la pago, caro Guerra, ma comincio a pensare che siano soldi buttati. Comunque fuori c'è un mio uomo, Enzo. Adesso si occupa lui dei miei affari, visto che questo coglione di mio fratello adesso sta qui dentro con me. La contatterà.»
«Bene. Buona sera don Michele, buona sera don Vittorio, arrivederci.»
«Tutti uguali, gli avvocati. Azzeccagarbugli. Fanno di tutto per tirarla per le lunghe così il loro onorario aumenta di pari passo. Dicono di essere dalla parte della legge, e poi sono peggio dei criminali che difendono.»
«Appunto Michele, cosa dice Enzo? Sei riuscito a parlarci? Dobbiamo sapere dove sta Laura! Se aspettiamo Guerra ci daranno l'ergastolo a entrambi!»
«Sì, certo. Enzo si occuperà di quell'agente lì del servizio centrale di protezione. Sa come farlo parlare. E se quello non vuole, sa come convincerlo.»
«Cosa le farai quando sapremo dove si è nascosta?»
«Anche se accettasse di ritrattare tutto, Enzo la deve far fuori comunque.»

«E allora perché Enzo le chiederà di ritrattare? Se vuoi eliminarla digli di farlo e basta.»
«Per metterla alla prova. Mi ha tradito, voglio sapere fino a che punto arriva.»
«E se ritratta? Magari torna qui per chiederti scusa.»
«Sì, e il processo? Il Giudice se ne fotte delle sue scuse.»
«Al processo andrà a dire che si è inventata tutto perché… boh perché tu ti sei scopato un'altra ed era impazzita dalla gelosia. Laura è bella e sa il fatto suo. È vero, l'ha combinata grossa, ma se la perdoni poi ti adorerà per tutto il resto della vita. Farà sempre quello che le dici, senza discutere. Che vuoi di più?»
«Il tradimento non lo perdono a nessuno. Figuriamoci a mia moglie.»

CAPITOLO 74

Quello che ha conciato così Carmine è uno davvero cattivo. Come lo hanno trovato, quel poveraccio. Ho letto i risultati dell'autopsia. Un braccio rotto, due costole incrinate, naso fracassato, un occhio a penzoloni, sangue dappertutto... e poi quel particolare dei genitali giù per la gola, che schifo.
Dobbiamo trovare questo animale. Magari Laura ha idea di chi può essere stato. Uno così va fermato, al più presto.
Vedremo come andrà il processo, ormai ci siamo. Il pubblico ministero Porlezza è convinto di avere le prove per andarci pesante, ma anche lui sostiene che la testimonianza di Laura sarà fondamentale. Ancora non si sa se lei presenzierà in aula, oppure sarà collegata in videoconferenza da qualche parte. Se verrà convocata sarà dura confessare tutto mentre suo marito la guarda. A 'o leone basta lo sguardo, per farti paura. Non voglio nemmeno pensare al fatto che possa venire scoperto il nuovo domicilio. Se Michele lo venisse a sapere la vita di Laura sarebbe in pericolo, quella gente non perdona, figuriamoci una cosa così grave.
Allora, veniamo alle altre carte che ho qui. Ah, domani devo andare a verificare se hanno bruciato quella marijuana sequestrata. Di solito ne sparisce un po', e qualcuno si fa una serata diversa dal solito, spero almeno non un poliziotto, anche se a volte so che succede.
Poi... ma quando torna Luigi? Di sicuro dopo due settimane a panzerotti e supplì avrà preso qualche altro chilo.
A cosa pensavo? Mi torna in mente ancora l'assassinio di Carmine. Dall'autopsia... dove ho messo le carte? Uffa, che disordine. Eccole qui.
Dall'autopsia risulta che i tagli effettuati nella zona dei genitali sono molto precisi, e realizzati non certo con un coltello da cucina. Si pensa addirittura a qualcuno che proviene dall'ambiente militare, o sanitario. O'leone sceglie bene i suoi sicari. Magari ha assunto qualcu-

no che proviene dai corpi speciali o dalle truppe di pace. Qualcuno che voleva arrotondare lo stipendio. O forse qualche dottore di pochi scrupoli, ma dubito che un medico possa diventare un assassino letale, di certo Carmine non era il primo arrivato. Dobbiamo beccarlo, a tutti i costi. Ne parlerò con Volturno, potremmo seguire la pista dell'ambiente dell'Esercito. Anche tra delinquenti ci si conosce tutti, sentiremo i detenuti in cella, in cambio di qualche favore. Il mondo va così, nessuno da niente per niente.
Chissà chi regge la cosca, adesso che Michele e suo fratello sono dentro e Laura è passata dalla nostra parte. Sarà qualche altro familiare dei Forgione o qualcuno di molto fidato. Magari proprio l'assassino di Carmine. Di sicuro Michele spera in qualche modo di avere una pena mite, per poi tornare a comandare la sua cosca. I Pasculli, il nuovo clan rivale, passeranno presto all'attacco, dopo il tentativo fallito di far fuori il loro boss. Ci mancava anche questa. Abbiamo dovuto fronteggiare la guerra tra i Forgione e I Cosenza, per poco non ci lasciava la pelle proprio Lauretta. Come al solito negli affari di malavita chi rischia di più è la parte più mite.
Torniamo al lavoro, va'. Non vedo l'ora che arrivi stasera, quando sentirò ancora la mia bella pentita.

CAPITOLO 75

«Dopo vai a dare una pulita anche nella sala del bunker sottoterra, tu, come cazzo ti chiami, negra?»
«Ursula.»
«Ok Ursula, e togli bene la polvere. Se ho bisogno per qualche motivo di scendere non voglio vivere in mezzo allo schifo!»
«Va bene don Antonio, io finire qui e poi scendere.»
«Brava, tu finire lì.»
«Alla fine ci volevano 'sti immigrati o no, don Antonio? Altrimenti a chi li davamo questi lavori?»
«Eh sì, Lino, a volte mi sembra di essere uno di quelli che avevano le terre in America, nel milleottocento. Loro sono i nuovi schiavi. Se vogliono stare in Italia da qualche parte devono pur cominciare.»
«Ben detto don Antonio, vi manca solo il cappello da cow boy, come nei film!»
«A me piace solo la coppola, Lino.»
«Giusto, da perfetto gentiluomo calabrese! Mi fa piacere che non dobbiate starvene nascosto sottoterra, voi sì che siete un boss potente. Mica come Forgione 'o leone! E li hanno trovati lo stesso, a lui e a suo fratello, nei bunker, che coglioni!»
«Adesso la famiglia Forgione non è più un problema per noi, è giunto il momento che i Pasculli prendano le redini del potere in Calabria.»
«Anche se ci hanno provato, a farvi fuori.»
«Eh sì, idioti anche in questo. Potenza di fuoco notevole, roba militare anche loro, ma senza un piano preciso. I nostri ragazzi se la sono cavata alla grande.»
«Non è meglio se per la vostra sicurezza restate giù nel bunker pure voi?»
«Lino ma che dici? Mi ci vedi, a me, nascosto sottoterra da mattina a sera? Non sono mica un topo di fogna! E poi stare qui è sicurissimo,

con tutte le guardie intorno, le mine in giardino… sono in una botte di ferro, no, ma che dico: di acciaio.»
«E gli sbirri? Se passano di qui e fanno irruzione che gli dite, che siete passato a prendere una cosa?»
«Gli sbirri non sono un problema. Di qui non passano. Non devono, non possono. Lasciamo che si sfoghino coi Forgione, così sono contenti, fanno bella figura con il paese e ci fanno un favore pure a noi. Tanto ormai adesso che hanno beccato anche Vittorio la cosca ha perso la sua testa.»
«Ben detto, don Antonio. La sapete lunga voi. Gli affari con la droga del Nord Africa come vanno?»
«A gonfie vele. Presto saremo i padroni del mercato.»
«Allora me ne posso andare in vacanza tranquillo.»
«Sì Lino, vai a rilassarti. Quando torni avrai una cosa importante da fare.»
«Cosa? Comandate e sarà fatta.»
«Devi scoprire chi guidava il commando mandato qui dai Forgione, per farmi fuori. Quando lo hai scoperto non lasciargli scampo. Nessuno ci deve provare.»
«Sguinzaglio i miei ragazzi e ve lo servo su un piatto d'argento, don Antonio.»
«Bravo Lino, guadagnati la paga. Allora negra, hai finito giù? Portami da bere, ho caldo, schiava!»

CAPITOLO 76

«Buongiorno, agente.»
«Buongiorno a lei.»
«È l'agente Fortunio, giusto? Della Polizia di Stato.»
«Sì, sono io.»
«Come sta suo figlio?»
«Mio figlio sempre peggio, sempre peggio. Ma lei chi è scusi? Ci conosciamo?»
«Lei non mi conosce ma io conosco lei. Per la precisione, il mio capo la conosce.»
«Il suo capo? E chi sarebbe, scusi?»
«I nomi non hanno importanza.»
«Beh, vorrei sapere chi ho il piacere di conoscere. Come fa a sapere di mio figlio?»
«Gliel'ho detto. Il mio capo sa tutto. Sa che suo figlio è malato, e non c'è tempo da perdere. Sono qui per questo.»
«Non voglio niente da lei, mi scusi ma non la conosco. Arrivederci.»
«Aspetti almeno di sentire cosa ho da dirle.»
«No, sono di fretta, buona giornata.»
«Ho detto di aspettare.»
«Mi sta minacciando? Sono un poliziotto, stia attento.»
«Le devo ripetere ancora che so benissimo chi è lei? Mi lasci spiegare perché l'ho disturbata.»
«Avanti, mi dica, svelto, e poi se ne vada.»
«Il mio capo è molto dispiaciuto per quello che sta capitando al suo bambino, e vuole farle una proposta.»
«Il suo capo chi è? Un benefattore? Non ce ne sono, da queste parti.»
«Diciamo che è un benefattore. Vuole proporle uno scambio. La vede questa borsa? Dentro ci sono diecimila euro. Con questi potrebbe fare operare suo figlio privatamente nel giro di una settimana. Via il dente, via il dolore.»

«Ah e così il suo capo mi donerebbe questi soldi.»
«Un regalo.»
«Un regalo un cazzo. Cosa vuole in cambio?»
«Solo una piccola un'informazione.»
«Che genere di informazione per così tanti soldi?»
«Lei lavora nella Polizia al nucleo centrale di protezione.»
«Si chiama servizio centrale di protezione. Sapete anche questo?»
«Voi siete a conoscenza di dove vengono trasferiti i collaboratori di giustizia, i cosiddetti pentiti?»
«Sì, esatto.»
«Vogliamo sapere dove è stata trasferita Laura Forgione. Lei ci dà l'indirizzo, e io le do questa borsa, subito.»
«Ma si rende conto di cosa mi ha appena chiesto? Vedere mio figlio soffrire mi è insopportabile, è vero, ma questa è corruzione bella e buona! Si vergogni! Vada via o chiamo subito i miei colleghi e la faccio arrestare seduta stante!»
«Facciamo così, agente Fortunio. Io le ho fatto la mia proposta. Ci pensi su, e mi richiami al numero che c'è scritto su questo biglietto. Le lascio il tempo di decidere ma non troppo. Lei deve sapere che il mio capo è una persona molto generosa, ma non gli piace né aspettare, né sentirsi dire di no. Lui può aiutarla a risolvere il problema con suo figlio nel migliore dei modi, oppure nel peggiore.»
«Cosa vuole dire?»
«Voglio dire che il problema il mio capo glielo risolve. O lei ci dà l'informazione e io le do i diecimila per l'operazione, oppure lui farà smettere di soffrire suo figlio, per sempre. Mi ha capito? Ci pensi. Non racconti a nessuno di questa chiacchierata. Buona giornata, agente.»

CAPITOLO 77

Caspita, sta quasi finendo l'estate. È volata in un baleno. E pensare che la stagione è iniziata più o meno quando abbiamo arrestato 'o leone.

Quante cose sono successe da allora! Le prime indagini, i sospetti su Laura, poi lei è stata rapita, si è pentita, è andata a Torino. C'è stata la faida tra i Forgione e i Cosenza, l'arresto di Vittorio, l'assassinio di Carmine. Tra poco ci sarà il processo e forse metteremo la parola fine a tutta questa storia. E su tutto, questo amore tra il vice questore dei Falchi e la moglie di un latitante che lui stesso ha arrestato. Mi viene da sorridere, che strana è la vita.

Oggi è stata dura, qui il caldo è insopportabile. Ho deciso, il fine settimana lo passerò in costume, in spiaggia qui a Bovalino. Per fortuna lunedì torneranno Luigi e gran parte dei ragazzi della centrale. Purtroppo tornerà in servizio anche Volturno. Non ho idea di dove sia andato ma questa settimana senza di lui che telefona venti volte al giorno è trascorsa nella calma più assoluta.

Adesso una bella doccia e poi vediamo cosa c'è in frigo per cena, stasera ho voglia di qualcosa di fresco. Sarei più contento con uno dei manicaretti che sa fare Lauretta ma ahimè, mi toccherà aspettare.

Il telefono vibra. Chi sarà adesso? Sono in mutande…

O Santo cielo, Volturno. Pensi a lui ed ecco che si materializza il suo nome sullo smartphone.

«Pronto? Buonasera questore.»

«Sala? Buonasera. È ancora in ufficio?»

«No dottore, giornata finita. Stavo per fare la doccia. Mi dica pure, ma spero sia una cosa breve.»

«Certo che sarò breve. Sono in vacanza e non voglio sentire lei, Sala, più del necessario. Lunedì rientro alla base. Mi aspetto che abbiate delle risposte su chi ha fatto fuori il povero Carmine.»

«Non ancora dottore, qui siamo a metà organico. Non è rientrato nemmeno San Rocco. Da lunedì cominceremo le indagini, anche se abbiamo già i primi indizi da seguire.»

«Ovvero?»

«Dalle ferite inferte si pensa sia un uomo esperto con le armi da taglio, in questo caso riconducibili a lame non di certo da cucina. Forse un dottore, o qualcuno con preparazione professionale, tipo quella dell'Esercito.»

«Mi vuole dire che i soli indizi che avete porterebbero a un dottore o a un soldato? Cominciamo bene. Come cercare chi ha rubato le ciabatte in una piscina comunale. Sala, questa indagine sarà il mio primo pensiero quando rientro in ufficio. Vi chiamo lunedì sera, spero di avere risposte più complete. Buona sera.»

«Buonas…» Vabbé, come al solito ha già chiuso la comunicazione.

Dubito che già lunedì sera potremo avere dettagli in più. Dura scoprire un assassino solo dalle informazioni che abbiamo sulla sua presunta preparazione professionale. Mi devo già aspettare di sentire gli strilli di Volturno, che bella prospettiva. Ehi, non ho chiesto a Laura! Magari lei ha qualche idea, se ci fornisce un nome facciamo un bel passo in avanti. La chiamo, posso rimandare la doccia di qualche minuto.

Non risponde.

Chissà dove sarà mai, o in quale diavoleria sarà impegnata.

Avanti…

«Pronto Giovanni? Non pensavo di sentirti così presto. Facciamo passi da gigante!»

«Ciao bella. Sentirti è sempre come… come bere una coca ghiacciata in un caldo giorno di agosto.»

«Tutto qui? Come paragone è efficace ma dovresti fare ancora qualche lezione, al corso di poesia! Però vedo che ti impegni, bravo.»

«Spiritosa. Disturbo? »

«No, ero in giardino col signor Paolo, è tornato anche lui dalla sua vacanza al mare da figli e nipoti.»

«Non penseresti mai che questa volta sono io a chiamarti in mutande…»

«La comunicazione si fa interessante.»

«Sì ma io mica me le tolgo mentre sono al telefono!»

«Che problema c'è? Io giro spesso in casa nuda.»

«La prossima volta che vengo lì metto una telecamera nascosta, mentre dormi. Così posso godermi questo spettacolo quando voglio.»
«Non mi piacciono i guardoni ma mi piace quando sono nuda e mi guardi tu.»
«Lo rifarò ancora. Senti, purtroppo ti ho chiamata per una cosa seria.»
«Aspetta che mi siedo. Sono tutta orecchi.»
Forza Laura, se ci dici anche il nome del killer dei Forgione il questore sarà felice come un bimbo. Se lo incastriamo, con le sue confessioni di omicidi comandati dai fratelli la pena dell'ergastolo è sicura.
«Ti ricordi della fine del povero Carmine?»
«Certo, anche se vorrei dimenticarmene.»
«Dobbiamo scoprire chi è stato. Volturno mi sta già mettendo pressione, anche se a dire il vero non vedo l'ora anch'io di sbattere in cella l'assassino. Tu hai idea di chi può essere stato?»
«E come faccio? Ovviamente non parlo più con nessuno della cosca. Non avete nessun indizio?»
«Se ti dico: qualcuno che è stato un dottore o qualcuno che era nell'Esercito?»
«Caspita! Indizi chiari e prove schiaccianti!»
«Mi ha risposto male già Volturno, ci manchi tu che fai le battute.»
«Beh, come indizi ne converrai che non è molto. Anche se un'idea ce l'avrei.»
«Grande! Lo sapevo.»
«Una volta Vittorio, tutto eccitato, mi parlava di uno che hanno preso dall'Esercito. Continuava a dirmi quanto è bravo, quanto è preparato, quanto è freddo… una macchina da omicidi. Infatti gli facevano fare il killer per la famiglia. Non sbagliava mai, eseguiva sempre gli ordini con successo. L'ho conosciuto una sera di sfuggita, quando ero andata dalla signora Maria. Uno pericoloso, Giovanni. Pensate possa essere stato lui?»
«Non lo so, ma anche tu ci stai portando verso la pista dell'Esercito. È troppo chiederti se ti ricordi come si chiama?»
«Purtroppo questo non me lo ricordo. Aveva un nome che inizia per vocale, mi sembra. Antonio, o Ernesto. Sì forse Ernesto. Mi sembra proprio con la E.»
«Bravissima! È un inizio molto più promettente di quello che avevo in mano finora. Da lunedì mi metto al lavoro.»

Questi indizi permettono già di fornire alle indagini una strada da seguire. Se non potremo dire a Volturno il nome dell'assassino almeno potremo dargli dei dati più convincenti.
«Che fai stasera, signora Marinella?»
«Vado al cinema.»
«Tutta sola? Sicura? Torino è una città tranquilla ma non mi va tanto che tu te ne vada in giro la sera, soprattutto se mi dici che è ancora deserta.»
«Sì, tutta sola. Mi fa piacere che ti preoccupi ma tranquillo, il cinema è qui dietro a due passi, e lo spettacolo è in prima serata, prima delle undici sarò a casa. Ci vado perché appunto, oltre a essere sola, non ci sarà nessuno in sala. Potrò sgranocchiarmi i popcorn o stiracchiarmi senza avere paura che quello dietro si lamenti.»
«Sei la prima che sento che si preoccupa di non fare rumore al cinema perché mangia i popcorn.»
«Sono la prima a cui dà fastidio. Certe volte al cinema sembra di essere in autogrill.»
«Cosa vedrai di bello?»
«Ho trovato un bel film d'amore che mi incuriosisce. Roba di Hollywood ma senza attori famosi. Speriamo.»
«Sempre romantica, la mia moretta.»
«Per me l'amore è tutto nella vita.»
«Senti che frase, pronunciata da una donna che fino qualche mese fa era il terrore dei negozianti!»
«Mai stata il terrore di nessuno.»
«Io lo vorrei essere ogni tanto, ma non ci riesco.»
«Ti ho già detto che l'essenziale è essere sempre se stessi.»
«Dipende da chi hai davanti.»
«L'importante è che sarai sempre sincero con me.»
«Certo. Con te è impossibile fare diversamente. Sei riuscita a far diventare un romanticone anche un duro come me.»
«Ma che duro, tu romanticone lo sei sempre stato! Per questo mi piaci. Un leo… ehm un bel tigrotto, con gli occhi da gatto!»
«Un leone. Ti sei corretta subito eh?»
«Già. Devo stare attenta… agli animali che scelgo!»
«Vado a fare la doccia, io in mutande non sono un bello spettacolo.»
«Per me sì, con quei muscoli che si ritrova, agente Sala, vederla è sempre un bello spettacolo.»

«Mi fai arrossire.»
«Quello che voglio. Ciao, romanticone, ti chiamo stasera, così ti mando un bacio e ti auguro la buonanotte.»

CAPITOLO 78

«Don Michele?»
«Chi parla?»
«Sono Enzo.»
«Dimmi.»
«So dove sta Laura.»
«Quello del servizio di protezione si è preso la borsa con i soldi?»
«Certo.»
«Benissimo. Scegli chi vuoi e vai là. Dove sta?»
«Torino. Quando andiamo?»
«Il giorno prima del Processo. È importante. Non troppo presto o mi faranno sputare sangue in aula, perché ovvio, sarò il primo indiziato.»
«Sappiamo come fare.»
«Non lasciate nessuna traccia. Fate che sembri un incidente.»
«La facciamo fuori e poi apriamo il gas. Cinque minuti e la casa salta per aria. I pompieri non potranno che pensare a una fuga e sarà impossibile fare un'autopsia sul corpo. Don Miche'…»
«Cosa?»
«Se ci abita altra gente? Se è in casa rischia grosso, don Michele.»
«Affari loro se sono lì. Posto sbagliato al momento sbagliato. Procedi.»

CAPITOLO 79

Finalmente queste rose sono a posto. Perdevano le foglie, i fiori non sbocciavano. Adesso che le ho ripiantate in quel lato di giardino meno esposto al sole, mi sembrano già in condizioni migliori.
Giardino… se si può chiamare così questa striscia di terra tra la strada e il vialetto di ingresso.
Uffa, oggi è domenica, e come ogni domenica tornano a galla brutti pensieri e mi viene una profonda tristezza. Qui da sola, per di più in una città deserta. Saranno tutti a San Luca! O perché no, a Marinella, quello che sarà il mio nuovo cognome! Che situazione assurda, ma so di aver preso la decisione giusta.
Oggi la vita che ho passato con Michele mi sembra più che mai una vita finta, che non mi apparteneva davvero. Quando mi troverò un lavoro e questa situazione si sarà normalizzata mi piacerebbe comprare un'altra casa, con un giardino vero.
Anche la macchina, non posso vivere senza! Pensare che avevo il mio bel SUV… ma Volturno quando mi dirà che posso aprire il conto corrente nuovo? Non posso finché non ho il nuovo cognome! Adesso quasi quasi chiamo la Questura giù a Reggio e chiedo di parlare con il questore.
Che scema oggi è domenica e lui non sarà al lavoro, anche se Giovanni mi ha detto che Volturno lavora anche mentre dorme.
Facciamo così, chiamo Giovanni, chissà dov'è ora il mio bel poliziotto.
«Pronto? Ah ciao.»
«Che entusiasmo… non hai voglia di sentirmi?»
«Sì, scusa Laura ma mi ero appisolato, mi hai sorpreso.»
«Fa nulla, scherzavo. Dove sei?»
«In spiaggia.»
«Eh? E me lo dici così?»
«Me lo hai chiesto tu.»

«Vero. Mi fai invidia, tutto qua. Al mare, al sole, sulla sabbia… io sono qui, in piedi, in questo giardino minuscolo! E non si sente volare una mosca! Dove cavolo sono tutti?»
«Calma, calma. È la prima domenica dopo Ferragosto, ovvio che Torino sia ancora deserta. Nelle città del Nord è così. Cosa ti aspettavi?»
«Non mi ci abituerò mai.»
«Vedrai che in serata tanta gente comincerà a tornare. Non mi hai detto che è già rientrato anche il signor Paolo?»
«Sì, ma oggi non c'è neanche lui, è andato sul Po con dei suoi amici, a fare una grigliata.»
«E tu? Non ti ha invitata?»
«Sì, me lo ha chiesto ieri. Mi ha invitata, ma sapevo già che oggi sarei stata di cattivo umore, quindi ho rinunciato subito.»
«Se non vuoi sentirti sola devi accettare gli inviti di chi ti sta almeno un po' simpatico, come appunto il signor Paolo. Conoscere altra gente e vedere nuovi posti non ti può che fare bene.»
«Giovanni, il signor Paolo è un brav'uomo ma mi ci vedi in compagnia di una combriccola di anziani che bevono il vino rosso e quando non pescano giocano a carte?»
«Ehm… no.»
«Appunto. Volevo occuparmi un po' del giardino ma mi ha fatto ricordare il mio a San Luca, quello che hai visto anche tu.»
«Normale. Quello era un super giardino.»
Che dispiacere pensare alla mia povera casa, ormai sarà un rudere abbandonato alle intemperie. Chissà che fine ha fatto anche la mia macchina. Tutta la mia vita precedente cancellata in un paio di giorni. Certe volte penso a ciò che ho fatto e credo di essere impazzita. Forse, in quei giorni, oltre al mio giardino è morta anche la vecchia Laura, e non tornerà mai più. A volte se sposti una pianta in un altro terreno cresce in maniera differente, come se capisca che è cambiato il luogo dove affonda le radici. Può crescere meglio, con nuovo vigore, oppure peggiorare, e morire lentamente. Io le mie radici le ho perse, sono stata trapiantata in un altro giardino, molto più piccolo del precedente, e sento che sto già cambiando il mio modo di essere. Spero sarà un cambiamento in positivo. Voglio essere una Laura migliore.
Per fortuna c'è Giovanni, l'unico che riesce a tenermi ancorata a qualche certezza.

«Laura? Sei ancora lì?»
«Giovanni puoi chiedere tu a Volturno quando arrivano i documenti del mio nuovo cognome? Così apro il nuovo conto corrente. Voglio comprarmi un'altra auto, non posso fare tutto a piedi.»
«Sì, più che giusto. Te l'ho detto, aspettano il processo. Fatto quello, vedrai che il servizio centrale provvederà a sistemare tutta questa burocrazia.»
«Non vedo l'ora. Ma mi chiedevo se dovrò essere presente in aula, quel giorno. Solo il pensiero mi fa rabbrividire. Testimoniare contro Michele, mentre lui mi guarda negli occhi, *brrrr*!»
«Pensa che adesso, forse, ci sarà anche Vittorio. Comunque di solito no, i pentiti fanno la deposizione da un luogo nascosto e protetto, collegati in aula in videoconferenza. Vedremo cosa stabilirà il giudice.»
«Speriamo che mi facciano collegare da qua, così non devo neanche tornare in Calabria. Sarebbe davvero troppo.»
Solo il pericolo di incontrare fuori dal tribunale persone che fino poco tempo fa erano la mia famiglia mi mette l'angoscia. Laggiù nessuno avrà capito la mia scelta, verrò considerata solo una traditrice, mi copriranno di insulti.
Più di tutto, ho già il terrore di dover rivedere Michele. Quel giorno potrò tentare di essere più sicura possibile di me stessa, ma so già che basterà un suo sguardo per farmi crollare, come una bimba che è stata scoperta mentre combina qualche marachella.
«Dubito che la videoconferenza avvenga da lì, non hai neanche gli strumenti per collegarti. Dove sono la videocamera, la connessione internet o l'antenna?»
«Vero, non ci avevo pensato. Se purtroppo dovrò tornare in Calabria verrai ancora tu qui a prendermi?»
«No, verrà qualche altro agente, io non ho tempo.»
«Non hai tempo per me? Giovanni! Mi deludi.»
«Ma sì che verrò io, scherzavo. Volturno permettendo, ma saprò far volgere le cose in questo senso. Magari vengo lì con Luigi, per avere il cambio al volante e compagnia all'andata.»
«Così però non puoi dormire qui. Immagino che Luigi non sappia di noi, o sbaglio?»
«Ha capito che c'è del tenero, ma di certo non immagina che facciamo l'amore. O forse sì, non è uno stupido, ma non me lo chiede certo.»

«Diglielo tu. Ti vergogni di me?»
«Non è quello Laura, lo sai bene, su. Cosa fai pomeriggio?»
«Niente, cosa vuoi che faccia, mentre tu te ne stai bello spaparanzato al sole? Dormirò, per far passare il tempo. Sto dormendo più di un bambino di tre anni. Farò finta che le quattro piante che ho qui abbiano bisogno di me. Almeno loro.»
«Anch'io.»
«Non mi sembra.»
«Tu sei quello che mi manca nella mia vita di severo vice questore. Sono contento del mio lavoro qui, l'ho scelto io di stare in prima linea. Mi manca solo una cosa, ma la più importante: l'amore.»
«Aspetta che ti registro! Almeno mi hai fatto sorridere. Vado a preparare il pranzo.»
Un uomo, un poliziotto, che mi parla di amore, di sentimenti. Non mi era mai successo prima, tanto meno con Michele. Giovanni è una persona fuori dal comune, con una sensibilità che non è facile trovare negli uomini. Ho sempre cercato qualcuno di particolare nella mia vita, credevo che Michele fosse la persona giusta, mi ha conquistata la sua sicurezza in se stesso, ma poi piano piano ho capito che nascondeva una realtà atroce, crudele. Alla fine la persona diversa l'ho incontrata in una lavanderia di San Luca, giunta dall'altra parte d'Italia, una mattina tra le tante.
«Laura? Cosa fai di buono?»
«Poca roba fresca, prosciutto e melone, un po' di insalata. Almeno il fruttivendolo vicino casa non ha chiuso. Vado là ogni giorno! E tu?»
«Panini.»
«Vedi, che hai bisogno di me?»
«Vero. Laura uno Giovanni zero.»
«Ti batto sempre, su ogni cosa! Dovrei essere io il vice questore.»
«Adesso ti registro io. Poi ti faccio ascoltare in aula da 'o leone!»
«Spiritoso. Ricordati di chiamare Volturno per quelle cose là.»
«So che questa settimana il Pubblico Ministero dottor Porlezza definirà tutto. Il processo sarà ai primi di settembre, pare. Presto questa storia vedrà una fine e potrai finalmente ricostruirti la vita che meriti.»
I primi di settembre. Da questo autunno in poi potrò cominciare la mia nuova esistenza. Sarà una rinascita. Non vedo l'ora, ma la cosa mi fa ancora paura.

«Una vita con te, Giovanni?»
«Vorrei che fosse con me, ma come ti ho spiegato dovrei lasciare tutto qua, e tornare a fare il poliziotto normale, dalle mie parti o in qualche altro posto, ma non di certo in Calabria.»
«Come ti ho spiegato decidi bene, Giovanni. E se per te l'amore è davvero la cosa più importante sai dove trovarlo, ma non farlo aspettare troppo, oppure un giorno si stancherà e se ne andrà.»
«Certo, hai ragione. Mi sono accorto che ci sto pensando, sempre di più. Quanti dubbi, a volte non riesco ad addormentarmi.»
Sapessi quanti dubbi e quante paure ho io, Giovanni. A volte troppi, per la mia età e per il mio modo semplice di essere. Devo ammettere che questo rapporto che sta nascendo è difficile da gestire, veniamo da mondi diversi, ma l'attrazione è così forte, fortissima.
«Vai a dormire tardi e poi ti addormenti in spiaggia, bravo, bravo.»
«Ti addormenteresti anche tu. Si sta bene, non fa caldissimo, il mare è una ninna nanna...»
«Difficile addormentarsi quando ti sono sdraiata di fianco, coperta solo da un costume rosso...»
«Non cominciare a provocarmi, ti prego.»
«Sai che mi piace.»
«Dai che presto ci vediamo.»
«Vieni qui da solo.»
«Agli ordini, bella moretta calabrese.»
«Quanto mi piace quando mi chiami moretta! È tenero.»
«Moretta moretta moretta.»
«Adesso mi provochi tu.»
«Per così poco?»
«Con te mi basta poco. Ciao, mio bel principe. La principessa va a preparare l'insalata! Tu torna a dormire.»
«Certo, con piacere. Spero di fare un bel sogno.»
«Quale?»
«Io e te.»
«E basta?»
«È tutto quello che voglio.»

CAPITOLO 80

Finalmente al comando di Polizia di San Luca oggi è tornata gran parte dei colleghi. Volti abbronzati, barbe ancora un po' incolte, c'è ancora aria di ferie ma bisogna ripartire con il lavoro, i latitanti non sono mai in vacanza, e l'unico posto dove meritano di stare e in cella. Sono sulla volante con Luigi e lo guardo. Ho fatto caso che a ogni semaforo si aggiusta la cintura dei pantaloni. Mi ha già chiesto se lo vedo ingrassato.

«Vuoi che ti risponda sinceramente, Luigi?»

«Sì, sì, sincerissimo, dotto'.»

«Beh due settimane è troppo poco per notare grande differenza, e per mettere su tanti chili, ma sì, lo ammetto, un pochino ingrassato ti vedo.»

«Ecco, lo sapevo. Mannaggia. E dove, dove?»

«Sui fianchi.»

«Lo dicevo a mia suocera di smetterla di fare i babà, ma lei niente, almeno ogni sera ce ne offriva tre o quattro, e di quelli grossi, avesse visto che roba, dottò.»

«Avresti potuto anche rifiutare.»

«Che ci volete fare, dotto'. Mia suocera è di Torre del Greco, e le piace un sacco fare i dolci. Così ogni anno che andiamo là a passare le vacanze si deve per forza sbizzarrire con questi benedetti babà. Ne fa di ogni tipo, vedeste che roba, dotto'. Con la crema, il limoncello, il rum. E io come faccio a dire di no ogni volta? Mi conoscete... se ci si mettono anche i miei figli poi, è davvero dura rifiutare, dotto'.»

«Calmati, Luigi, altrimenti mi piazzi la parola dotto' ogni due termini che usi, e non si capisce più niente. Un po' hai fatto bene a godertela, altrimenti non è vacanza. Adesso ti rimetterai a dieta, qualche corsetta, e vedrai che smaltisci pure i babà.»

«Eh, corsetta, dieta! Parole lontane da me, dot... ehm, Giovanni.»

«Tranquillo, vedrai, basta un poco di impegno.»

Povero Luigi, se sapesse che in realtà non vedo nessun deposito di ciccia in più! Lo faccio per il suo bene, così continuerà a fare un po' di esercizio fisico, tenendo conto che di sicuro durante le vacanze non ha mosso un muscolo.
Oggi fa meno caldo, ieri spirava una brezza quasi fresca. Giornata giusta per andare fino a Nicotera. Abbiamo dovuto attraversare l'Aspromonte, di quelle strade! Tra buche, curve, segnaletica mancante da anni ci mancava solo di morire dal caldo.
«Non ho capito come mai stiamo andando a Nicotera, dotto'. Di sicuro me lo avete già detto, ma sono tornato ieri e ho il cervello ancora a riposo.»
«Ci stiamo andando per saperne di più sul conto del misterioso assassino di Carmine.»
«Ah già, quello che lo ha conciato così male. Ho letto il rapporto stamane, roba da brividi lungo la schiena, nonostante la calura.»
«Non voglio che un personaggio simile vada in giro indisturbato. Ora che Michele e Vittorio sono dentro, costui potrebbe diventare una scheggia impazzita. Anche Volturno è sul piede di guerra, ti avevo già avvisato. Ho sentito Laura e...»
«La signora Forgione?»
«Sì. Ha confermato che Michele e Vittorio avevano arruolato un tizio che proveniva dall'ambiente dell'Esercito, per fargli fare tutti i lavori più violenti e gli omicidi per conto della cosca. Solo che i suoi ricordi erano vaghi, non si ricorda manco il nome.»
«Uno dell'Esercito, pensa un po'. Come mai andiamo proprio a Nicotera? Siamo quasi arrivati.»
«Perché laggiù troveremo un ragazzo che prima spacciava per i Forgione. Forse lui può dirci qualcosa di più.»
«E come contate di farlo parlare? Se è uno fedele a 'o leone non parlerà mai.»
«No, affatto, lui non è più fedele a Michele. L'ho arrestato personalmente una volta, durante operazioni antidroga, perché colto in flagrante mentre spacciava appunto per i Forgione. Processato immediatamente, Michele non ha voluto pagare la cauzione, così il ragazzo si è fatto qualche settimana di carcere. Era incensurato, così è uscito poco dopo con la buona condotta, lo hanno mandato ai lavori sociali. Una volta tornato in piena libertà gliel'ha giurata a morte, passando

alla concorrenza. Per questo adesso sta a Nicotera, lavora per un'altra famiglia di altra brava gente malavitosa.»
«Può darsi che non vi dica niente comunque, magari per paura di qualche vendetta.»
«Questa volta saremo noi i furbi, e i bugiardi, caro Luigi. So benissimo dove spaccia. Noi arriviamo là a sirene spiegate, sgommata, e scendiamo subito dall'auto. Il ragazzo sarà sicuramente lì, e anche se non ha in mano niente o in quel momento sta solo fumando una sigaretta, noi lo malmeniamo un po' e ci inventiamo che lo abbiamo visto spacciare. Lo minacciamo di arrestarlo ancora, e con l'aggravante della recidiva sa che questa volta non gli danno la libertà vigilata.»
«Così, senza prove? E se non abbocca?»
«Tranquillo, agente San Rocco, lo conosco bene. Se la fa sotto per qualsiasi cosa, non ci vorrà molto per farlo cedere e rivelarci se sa chi può essere il nostro misterioso e sanguinario killer. Gira di là.»
«Caspita dotto', a volte siete più furbo e spietato di un vero boss della 'ndrangheta. Siete sicuro di essere piemontese?»
«Sì sicurissimo, sono uno della pianura padana, uno che mangia polenta, come sento dire qui.»
«Da quando ci siete voi i Falchi sono diventati una bella realtà, dottor Giovanni. Ci voleva qualcuno tra voi e il questore. Sempre agitato, sempre nervoso, sempre così rigido. A volte con la gente ci vuole gentilezza, in altre il pugno di ferro. Bisogna sempre capire con chi si ha a che fare, e come agire per far sì che la persona ci dia retta, e alla fine faccia come vogliamo noi. A fare muro contro muro si rischia solo che tutto vada in pezzi.»
«Bravo Luigi, quel che dici è molto giusto. Quando si ha a che fare con le persone, soprattutto in un lavoro come il nostro, bisogna sempre mettersi sulla stessa lunghezza d'onda di chi ci sta davanti. Questo non è essere deboli, anzi, è dimostrare di essere forti e di essere in grado di assumere diverse personalità, a seconda delle occasioni. Dopo la rotonda gira a destra, entriamo nella zona vecchia del paese.»
«Vi seguo dotto', ma allora se ho capito bene non si può mai essere trasparenti, veri, sinceri.»
«Questi atteggiamenti li manteniamo con quelli a cui vogliamo bene, Luigi. A loro non si mente.»

«Ah, a mia moglie no di sicuro. Mi scopre sempre subito quando dico qualche bugia. Soprattutto quando mi chiede cosa ho mangiato a pranzo.»
«Fa bene a tenerti d'occhio. Siamo arrivati. La piazzetta che vedi lì davanti è quella dove spacciano. Vedo un gruppetto di ragazzi indaffarati. Accendi le sirene Luigi, e arriva con una bella sgommata.»
Speriamo che il ragazzo caschi nel tranello. Mi spiace dover inventare accuse ma in questo caso è a causa di forza maggiore.
«Luigi, frena! Il ragazzo è lì, l'ho visto.»
Comincia la recita.
«Fermi tutti, Polizia! Che nessuno si muova!»
«Polizia, fermi, fermi!»
«Tu, puoi andare, non cerchiamo te! Sparisci. Nicola! Ci si rivede eh?»
«Cosa volete da me, agente Sala? Non facevo niente. Ero qui con gli amici a parlare di ragazze.»
«A parlare di ragazze una cavolo, Nicola, non fare il furbo. Agente San Rocco, ammanettalo.»
«Ma come, cosa ho fatto? No vi prego, lasciatemi stare! Io in carcere non ci voglio tornare, sono a posto adesso!»
«Ma chi ti crede Nicola, fai il bravo, su. Sappiamo che in questa piazza si fa dello spaccio, e tu non puoi esserne estraneo. Confessa e fai il nome anche dei tuoi amici, se non vuoi farti dieci anni di galera! Questa volta saresti pure recidivo, e non ci sarà neanche cauzione da poter pagare!»
«No, no io non ho niente da confessare! La prego agente Sala, la prego, sono sincero, o Dio.»
«Facciamo così. Agente San Rocco, aspetti ad ammanettare questo signore. Tu adesso ci dici una cosa, un'informazione che cerchiamo. Se quello che rispondi è soddisfacente, ti lascio andare. Tanto ti becco in flagranza di reato quando voglio.»
«Va bene agente, v-va b-bene.»
«Bravo, ottima scelta. Ti ricordi quando lavoravi per Michele Forgione 'o leone?»
«Certo che mi ricordo di quel pezzo di merda. Tanti anni a spacciare per lui e poi non ha i soldi per tirarmi fuori dal Panzera.»
«Quindi non ti darà fastidio dirmi una cosa sul suo conto…»
«Farei qualsiasi cosa per nuocere a Michele Forgione.»

«Ti ricordi se lui aveva arruolato, per gli omicidi della famiglia, uno pericoloso, uno che magari viene dall'Esercito?»
«Mi sembra… sì, lo conosco. Non era ancora nella banda quando c'ero io ma so chi è, tra noi ci si conosce tutti. Uno sbruffone, pensa di sapere tutto lui. Dov'era quando a sedici anni svaligiavamo le gioiellerie della provincia? A fare la guardia a qualche deposito di scope! Magari sa anche usare bene le armi, ma è un bullo, un chiacchierone.»
«Come si chiama?»
«Enzo.»
Inizia con la *E*: bingo!
«Cognome?»
«Lisanti.»
«Età?»
«Sulla trentina.»
«Aspetto fisico?»
«Alto, robusto, capelli castani, occhi scuri.»
«Dove lo possiamo trovare?»
«So che va sempre a un bar, giù a San Luca, quello nella piazza principale. Non ricordo come si chiama, ma non potete sbagliare, c'è solo quello.»
«Va bene, basta così Nicola. Sparisci adesso, via!»
«Bene dotto', adesso sappiamo sia chi è quello che stiamo cercando, sia dove lo possiamo trovare!»
«Domani andremo a cercarlo al bar in piazza. Ora torniamo a casa. Strada facendo chiamo Volturno, che oggi mi ha già cercato tre volte. Sarà contento, una volta tanto.»

CAPITOLO 81

«Il bar dovrebbe essere quello, dotto'.»
«È questo Luigi, in piazza non ce ne sono altri. Andiamo vedere se troviamo questo signore, scendiamo.»
Non so che genere di persona mi debba aspettare. Vediamo cosa riusciamo a carpire con qualche domanda. Per procedere contro di lui poi dovremo avere delle prove.
«Buongiorno.»
«Oh, buongiorno agenti, cosa vi posso offrire? Paga la casa.»
«Davvero? Grazie. Per me un caffè lungo, per te Luigi?»
«Un cappuccino. E una brioche.»
«Bene, ve li porto subito. Accomodatevi se volete, c'è il tavolino vicino all'ingresso.»
«Grazie. Sì, ci accomodiamo qui. La brioche per forza, vero?»
«Eh dotto' è metà mattina, ora della pausa, devo mettere qualcosa nello stomaco.»
«Hai visto qualcuno che corrisponde alla descrizione che ci ha dato Nicola?»
«Sì dotto', dietro di voi. Continua a guardarci, me ne sono accorto già un paio di volte, e lui ha spostato lo sguardo.»
«Cosa fa?»
«Legge il giornale.»
«Lascia fare a me. Ho pensato a come distrarlo.»
«Ok dotto'.»
Cerchiamo di saperne di più da questo signore.
«Luigi ti ho già detto che ha vinto tre a zero, non due! Ok il goal era su fuorigioco ma l'arbitro l'ha dato, dai retta a me! Adesso ti faccio vedere. Scusi, quando ha finito può darmi quel giornale? Il mio collega non crede che ieri il Cosenza abbia vinto l'amichevole con tre goal di scarto.»
«Certo, nessun problema, agente. Anzi, me ne stavo andando, tenga.»
«Grazie. Ehi, ma aspetti, io l'ho già vista. Ci conosciamo?»

«Non credo proprio, di norma non frequento le forze dell'ordine.»
«Eppure a me sembra di averla già vista. Adesso ricordo! Lei per caso è il signor Lisanti? Lavorava nell'Esercito? Ci ha presentati un amico in comune che appunto lavora nell'Esercito, tanti anni fa.»
«Sì sono Enzo Lisanti ma le confermo che non l'ho mai vista. Mi permetta, buongiorno.»
Ci siamo. È il nostro uomo.
«Aspetti, aspetti. Anch'io lavoravo nell'Esercito, prima di passare alla Polizia. Ah, quelli erano bei tempi. Lavora ancora nell'arma? In quale caserma? Mi scusi se le sembro invadente ma forse vede ancora il mio amico, è tanto che non lo sento, magari me lo può salutare.»
«No, non sono più nell'Esercito.»
«E come mai? Non sono molti gli italiani che lasciano un lavoro garantito per lo Stato.»
«Faccio... altro.»
«Ah, che peccato. E da quando?»
«Le rispondo solo perché è della Polizia, di norma non mi intrattengo con gli estranei. Ho lasciato l'Esercito due anni fa.»
«Caspita, davvero strano. Se ha lasciato la divisa militare spero che sia stata la scelta giusta. Se non vuole dirmi cosa fa di bello adesso mi dica almeno cosa faceva sotto le armi! Magari lavorava con il mio amico...»
«Ero nei corpi speciali.»
«Ah però, nei corpi speciali! Hai sentito, Luigi? Abbiamo qui un vero soldato! E cosa faceva nei corpi speciali? Il tiratore scelto? No perché deve sapere che ultimamente ho notato che i nuovi agenti hanno problemi a sparare con precisione, magari le interessa un lavoro da istruttore. Che ne dici, Luigi?»
«Eh ci vorrebbe sì, le nuove reclute quando vanno al poligono sparano alle stelle!»
«Ero tiratore scelto ma anche esperto di armi. Non mi interessa nessun lavoro. Ora mi scusi ma devo andare, mi aspettano per un appuntamento. Buona giornata.»
«Buongiorno a lei, signor Lisanti! Mi ha fatto piacere incontrarla, arrivederci.»
«È lui Luigi, lo senti anche tu? Era nell'Esercito, si intende di armi, non ha voluto dirci né cosa fa adesso, né perché ha voluto lasciare

l'Esercito. Quello lavora per Michele, potrei scommetterci. Caspita, hai già finito la brioche? Che fame!»
«Eh sì dotto', era piccola. Anche a me quello non piace, si vedeva lontano un chilometro che stava sulle spine a parlare con noi. Cosa facciamo adesso?»
«Torniamo alla centrale. Chiederò l'autorizzazione per farlo mettere sotto controllo. In particolare, chiederò che venga verificato se possiede un cellulare. In tal caso faremo intercettare e registrare le sue chiamate, sia in entrata che in uscita, per vedere se in qualche modo si mette in contatto con Michele. A quel punto potremmo già arrestarlo e interrogarlo.»
«Bene dotto'. Ho finito pure il cappuccino. Torniamo alla base. Buona questa idea di controllare i sospettati al bar. Davanti a un croissant alla crema tutto riesce meglio.»

CAPITOLO 82

«Allora, signori Forgione, ormai siamo in conclusione. La data del processo è stata fissata per i primi di settembre, senza ulteriori perdite di tempo. Il Giudice ha considerato che siete entrambi al 41 bis e siccome io ho detto che questa detenzione così restrittiva non ha motivo di esistere, ha accordato di anticipare i tempi per il processo e quindi la sentenza.»
«Almeno questa volta ha fatto qualcosa, Guerra. Prima facciamo il processo, prima mi becco la condanna, prima comincio a scontarla. Mi ricorda le imputazioni?»
«Quelle che sono servite per emettere l'ordine di cattura e venire ad arrestarla nel bunker, don Michele.»
«Me le ripeta.»
«Associazione a delinquere finalizzata allo spaccio, estorsione. Poca roba, siccome lei è incensurato se fossero solo queste accuse conterei di farla uscire tra al massimo due, tre anni ma la bella notizia è che potrei farle dare gli arresti domiciliari.»
«Almeno me sto a casa e non qui dentro. In qualche modo gli affiliati mi vengono a trovare e riprendo il comando. E se ci fossero anche altre accuse? Parli chiaro con me, Guerra, sono stanco di questa storia.»
«Eh se ci fossero altre imputazioni, magari più gravi, cambierebbe tutto. Se davvero questo super testimone, ovvero sua moglie, tira fuori che lei è stato mandante di qualche omicidio sono guai seri. Anche per lei don Vittorio. Il Pubblico Ministero dottor Porlezza è un osso duro, cercherà il massimo della pena per entrambi, e se si parla di omicidio premeditato si rischiano trent'anni, o addirittura l'ergastolo.»
«Quella stronza non deve tornare qui in Calabria a sputtanarci tutti! O no, Michele? Che cazzo di moglie che ti sei trovato! Maledizione!»
«Vittorio zitto perché se sei qui anche tu è solo colpa tua. Carmine ha messo nei guai me e l'ho sist…»

«Don Michele, per favore, se siamo registrati non è il caso di farci dare un'altra aggravante proprio adesso, moderi i termini e stia attento a cosa dice.»
«Ho… ho saputo che Carmine ha avuto il fatto suo, è a causa di quel mezzo uomo se io sono qui ma tu te la sei cercata Vittorio, coglione come sei. Guerra, mia moglie non parlerà, dia retta a me.»
«In tal caso molto meglio. Sono riuscito a convincere il giudice a costringerla a venire in aula, non vi accuserà dietro una telecamera, collegata da chissà dove. Potrete guardarla negli occhi.»
«Non ci sarà bisogno avvocato, vedrete che Laura non presenzierà nemmeno. Voi assicuratevi di fare tutto il possibile per farmi dare meno anni di carcere per i capi d'accusa esistenti. Tra uno o due anni io devo essere fuori, e pure mio fratello, altrimenti questo è l'ultimo caso per cui lavorerete, garantito.»
«Dipende tutto da sua moglie, don Michele.»
«Anche la vostra vita, avvocato. Adesso è mia, e ne faccio quello che voglio.»

CAPITOLO 83

Adesso che io e Luigi siamo vicini alla centrale di Reggio sento salire la preoccupazione. Il questore ci ha chiamato per una convocazione urgente, senza darci ulteriori dettagli. Penso che la data del processo ai Forgione sia stata confermata, vorrà fare il punto della situazione. Spero che acconsenta che sia io ad andare a prendere Lauretta e non voglia mandare qualche altro agente. Se lo comanda anche a Luigi me la vedrò io con lui, come l'altra volta. Sono certo che Luigi ha già capito tutto, di quello che c'è tra me e Laura. Tutto tutto forse no, ma io stesso gli ho detto che c'è del tenero tra noi. Per fortuna con Luigi posso stare tranquillo, non è tipo da spifferare la notizia.
«Il questore vorrà dirci come stiamo per il processo a 'o leone, vero dottor Giovanni?»
«Presumo di sì. Avrà ricevuto la conferma della data dal Giudice. Ci dirà anche se e quando Laura sarà da andare a prendere, per portarla in aula o in qualche luogo protetto, da dove potrà testimoniare senza doversi far vedere da Forgione.»
«Allora dite che dovremo tornare a Torino.»
«Già.»
«Non ne ho molta voglia, dotto', ve lo confido. La strada è tanta, mille e trecento chilometri, e poi lì al Nord tutti guidano come pazzi, sempre di fretta, che diamine.»
«Non so cosa deciderà Volturno ma se vuoi vado solo io da... dalla signora Forgione.»
«Come volete voi, dottor Giovanni, siete il capo. Io faccio quello che voi comandate.»
«Vediamo dai, se non vuoi venire basta che me lo dici e ti ordino... di non venire!»
«Fossero tutti come voi i questori, dottor Sala! Sarebbe tutto più facile. Spero che restiate con noi Falchi a San Luca, per molto tempo.»
«Vice questore Luigi, vice.»

Eh, restare qui per molto tempo. Meglio non raccontare dei miei dubbi, della scelta che mi suggerisce Laura, della mia voglia, a momenti, di tornare dalle mie parti a fare il poliziotto normale. Non so se capirebbe. Forse sì, Luigi è un uomo che ama la vita e sa godersela, non pensa certo solo a lavorare. Si vive per fare esperienza, migliorare, imparare, ma bisogna farlo nel modo che più si addice alla nostra essenza. Vivere solo per il proprio lavoro sarebbe riduttivo e si rischia che, se il lavoro va male o viene a mancare, la nostra vita diventi un'esistenza senza uno scopo. Spesso chi ha vissuto solo per il lavoro quando si ritira in pensione non sa più cosa fare, e vive nell'attesa di finire sotto terra, senza rendersene conto.
«Eccoci qua, dotto', solito posto.»
«Dai che prima di cena siamo a casa. Appena torniamo a San Luca potrai andartene subito.»
«Speriamo che il Giudice condanni i due fratelli all'ergastolo. Non voglio trovarmeli ancora in giro tra qualche anno!»
«Mah, Vittorio sarà difficile, forse Michele. Volturno ci sta per dire tutto. Vedremo come andrà a finire.»
Mi devo ricordare di chiedere le informazioni che ha chiesto Laura. Le nuove generalità, la macchina, il conto corrente, altrimenti chi la sente.
«Buongiorno, agente Merlo. Dov'è Volturno?»
«Buongiorno dottor Sala. In sala riunioni, al secondo piano. Vi attende con il Pubblico Ministero.»
«Ah bene, c'è anche Porlezza.»
«Conoscete il Pubblico Ministero?»
«Ci ho parlato una volta ma la sua fama lo precede. È un mastino. Entriamo.»
Porlezza sarà la nostra arma in più. È un duro, abituato a processi a persone di questa risma. Conosce molto bene la legge e le possibili scappatoie che il legale di Michele proverà ad attuare. L'avvocato di 'o leone non ne sarà contento. Ecco la sala riunioni.
«Buonasera. Questore, tutto bene? Dottor Porlezza, è un piacere rivederla.»
«Piacere mio Sala. Buonasera, agente… non la conosco.»
«San Rocco, piacere. Sono l'assistente del dottor Sala, vicecomandante dei Falchi.»

«Dei Falchi? Benissimo. Sono sempre aggiornato sulle vostre imprese. Complimenti per aver catturato Vittorio Forgione, ottimo, ottimo. Senza dimenticare Michele, il boss della cosca.»

«Siamo una bella squadra.»

«Lo so, Sala. Mi fa piacere che lei e Volturno siate riusciti anche a convincere la moglie di Michele, Laura Aloise, a confessare tutte le malefatte del marito.»

«È bastata una notte. Lei era già propensa a cambiare vita e non abbiamo dovuto insistere molto.»

«Bene. È una cosa davvero rara che la moglie di un boss accetti di testimoniare contro il marito. Segno che forse qualcosa sta cambiando nella mente della gente. La strada per sconfiggere la criminalità organizzata è ancora lunga, ma dai tempi dei giudici Falcone e Borsellino le cose sono migliorate.»

«Avanti Porlezza, basta con le chiacchiere, non abbiamo tutto il pomeriggio. Illustri a Sala e San Rocco come stanno le cose.»

«Volentieri. Il giudice ha fissato il processo per i primi di settembre. I capi di imputazione verso Michele Forgione non sono molti, e non molto gravi: associazione a delinquere finalizzata allo spaccio, resistenza all'arresto, poco altro. Anche a Vittorio verranno imputati gli stessi reati.»

«A quanti anni di carcere si pensa possa essere la condanna?»

«Troppo pochi, San Rocco. Il fatto che Michele Forgione sia incensurato non potrà che aiutarlo. Il suo avvocato è Guerra, lo conosco, non è la prima volta che difende personaggi del genere, è un uomo esperto, senza scrupoli, un perfetto avvocato. Sicuramente l'aver trovato i due fratelli nascosti è un'aggravante, ma Guerra farà in modo che i suoi assistiti dimostrino che non sapevano di essere ricercati, è una prassi che non ci vuole molto a rendere credibile.»

«Quindi? Dobbiamo aspettarci di vedere tra breve tempo al bar in paese Michele e Vittorio Forgione fare bisboccia come nulla sia successo?»

«Sala, tutto dipende da cosa confesserà la moglie di Michele. Volturno mi ha già detto che l'ha interrogata più volte, e ha confermato che intende denunciare il marito come mandante della strage di Soverato. Dovrebbe avere anche un biglietto che lo conferma, scritto dal Forgione. La donna potrà citare altri reati, come le estorsioni che lei doveva

attuare nei confronti dei negozianti di San Luca, su ordine proprio del marito. Se fosse così potremmo avere gli elementi per consentire al Giudice di condannare Michele all'ergastolo, o minimo a trent'anni.»
«Laura dovrà comparire in aula o si collegherà in videoconferenza da un luogo protetto?»
«Nota dolente. Guerra ha chiesto al giudice la presenza della signora Forgione in tribunale. Lo ha fatto perché spera che la signora, di fronte al marito, che di sicuro non è un pezzo di pane, si intimidisca e rinunci a confessare. So che Laura non ha ancora cambiato generalità e aspetto, quindi il giudice purtroppo ha dovuto accettare.»
«Perché, Laura potrebbe anche non dire niente?»
«Ma certo. La signora sul più bello può anche restare zitta e dire che non ha niente da confessare.»
«Ma a me ha detto tutto, Porlezza, a me, davanti ai miei occhi o al telefono da Torino, non scherziamo!»
«Dottor Volturno, conta quello che lei dirà davanti al giudice. Guerra può sostenere che la sua assistita nel suo ufficio ha confessato per paura, o a causa delle vostre minacce, e adesso vuole ritrattare.»
«Maledizione!»
«Eh sì, la presenza, e la convinzione, della signora Aloise saranno determinanti. Vi invito fin da subito ad andare a prenderla e assicurarvi che stia bene, e sia determinata a confessare, fino al giorno del processo.»
«Sala, San Rocco, pensate voi a questo. Partite la mattina, in modo da essere a Torino in serata. Andate a trovare la pentita per assicurarvi che stia bene e sia pronta a partire il giorno seguente. Dormite in un hotel lì a due passi, e il giorno dopo la prelevate presso la sua abitazione e tornate in Calabria. Il viaggio è lungo, vi fermerete per la notte, e vi farete trovare direttamente in Tribunale.»
«Ricevuto dottor Volturno, andiamo io e San Rocco.»
Inventerò qualcosa con Luigi il giorno prima per poter andare da solo. Laura sarà impaurita e distrutta, meglio darle la possibilità di confidarsi con me. Dormirò da lei, la mia presenza anche durante la notte non potrà che farle bene, e far restare più tranquilli noi.
«Io ho finito questore, ha qualcosa da aggiungere?»
«Bene, Porlezza. Signori, adesso anche voi due avete ben presente il quadro generale. Come avete capito la testimonianza della Forgione

sarà essenziale per far buttare via la chiave della cella dei due fratelli. Se ce la faremo, una pericolosa cosca verrà definitivamente debellata. Mi raccomando, che non succeda nulla alla signora fino al processo. Ho piena fiducia nel servizio centrale di protezione, nessuno di quei farabutti può sapere l'indirizzo di Laura, quindi sto tranquillo, ma fate attenzione per strada, al ritorno. Gli amici dei Forgione rimasti fuori sapranno benissimo che porterete Laura fino all'aula bunker del Tribunale, non è detto che non preparino un agguato nelle vicinanze. Sono persone pericolose, sappiamo che usano armi militari, gente che ci va pesante e di solito non sbaglia. Quando sarete in Calabria vi manderò incontro i Falchi a farvi da scorta. Non possiamo fallire. La seduta è tolta. Altro?»

«Sì questore, io ho delle domande da parte della nostra pentita.»

«Avanti Sala, mi dica cosa vuole sapere la nostra bella ex malavitosa, ormai so che siete amici.»

Sempre con questa battutina, ormai Volturno si è fatto questa idea e continua a punzecchiarmi.

«La signora Forgione chiede quando potrà definitivamente cambiare vita, a cominciare dalle nuove generalità, con cui potrà aprire un nuovo conto corrente...»

«Caro Sala, la sua amica già riceve lo stipendio da collaboratrice di giustizia, e vive in una casa non sua, della quale non paga l'affitto.»

«Mi sembra il minimo dopo la decisione che ha preso. Non si dimentichi che ora vive completamente sola in una città a lei sconosciuta, senza parenti, amici, conoscenti...»

«Lo so benissimo, non mi dimentico niente, io. La signora però dovrebbe ricordarsi che anche lei era una malavitosa, e fino a poco tempo fa taglieggiava i commercianti e viveva nel lusso con i soldi della gente per bene. Ha deciso di collaborare con la giustizia, bene, ne prendo atto, ma questo non la fa diventare certo una santa. Anzi, se non avesse confessato e accettato di passare dalla nostra parte si sarebbe fatta un bel periodo in prigione.»

«Non certo una decisione facile.»

«Facile oppure no, la bella Laura Aloise in Forgione deve aspettare con pazienza l'evolversi degli eventi. Non ha avuto ancora le nuove generalità ma a quanto ne so non si è degnata comunque nemmeno di cambiare il suo aspetto, o mi sbaglio?»

Annuisco senza rispondere. Non voglio che Volturno sospetti che io abbia visto Laura di recente.
«Ecco, allora adesso dovrà aspettare la fine del processo per darci la possibilità di procedere con tutte le scartoffie. Quando il suo maritino si sarà preso cento anni di galera potrà giocare a fare la donna onesta. Glielo riferisca. Possiamo andare. Se volete offro il caffè a tutti. San Rocco, non speri di trovare bomboloni alla crema giù al bar, li hanno finiti.»

CAPITOLO 84

«Ciao bella moretta.»
«Oh, il mio bell'agente! A cosa devo la sorpresa? Sì, sì, la metta pure lì nel lavandino, dopo ci penso a lavare tutto.»
«Chi c'è lì con te?»
«Il signor Paolo. Stamattina mi ha aiutato con le piante, e abbiamo parlato di cucina calabrese, così stasera l'ho invitato ad aiutarmi a preparare il sugo con la 'nduja, perché vorrebbe imparare a farlo anche lui. Già che ci siamo sta qui con me a mangiare.»
«Se vuoi ti chiamo in un altro momento.»
«No, aspetta. Signor Paolo se vuole può tornare su a casa, prima di mezz'ora non sarà pronto. L'aspetto dopo!»
Non dovrei ma solo a sentirla parlare così con il vicino mi ingelosisco, e a lui invidio che può stare con Laura senza pensieri.
«È andato? Posso parlare?»
«Sì, sono sola. Come va?»
«Notizie importanti in arrivo».
«Davvero? Cosa? Il processo?»
«Eh sì. Sarà i primi di settembre, non so ancora se il due o il tre.»
«Oh, bene, anche se ho una fifa blu prima lo facciamo meglio è. Non devo essere presente in aula, vero?»
«Purtroppo sì, Lauretta. Quel furbone di Guerra, l'avvocato dif…»
«Sì so bene chi è Guerra, Giovanni. È un furfante, come quelli che difende, fate attenzione.»
«Infatti ha presentato al giudice domanda per chiedere che tu sia presente in aula il giorno del processo. Porlezza, il Pubblico Ministero dell'accusa, dice che è una mossa per spingerti a non confessare. Anche lui sa che non sarà facile per te parlare mentre Michele ti guarda negli occhi.»
«E ha ragione. A Michele basta guardarti, per farti paura. Anche se tu non lo vedi senti il suo sguardo su di te. Una volta non ero andata a

chiedere il pizzo come mi aveva ordinato e anche se avrei voluto mentirgli e dirgli che ci ero andata gli è bastato guardarmi nel suo modo, per farmi confessare!»

«Di certo non sarà facile. Ci saremo noi a proteggerti, io di sicuro ma anche Luigi e i Falchi, gente a posto. Anche Porlezza è uno di cui ci si può fidare.»

«Volturno?»

«Ci sarà anche lui, ovvio ma, tranquilla, quel giorno ce l'avrà con Michele e vorrà sbranarlo, anche se di soprannome fa 'o leone! Il questore vuole assolutamente che gli venga dato l'ergastolo, cercherà di metterti a tuo agio e proteggerti. Pensa che ha già predisposto una scorta che ci verrà incontro non appena entreremo in Calabria.»

«Però! Quel giorno sarò un personaggio importante!»

«Non immagini quanto, Lauretta. Le tue parole saranno determinanti, dovrai essere coraggiosa, come lo sei stata finora.»

«Verrai tu a prendermi? Con Luigi o senza? Non ho niente contro di lui, lo sai, è un uomo buono e simpatico ma io quella notte non chiuderò occhio e vorrò stare tra le tue braccia.»

«Volturno lo ha detto anche a Luigi ma vedrai, io e lui ci capiamo, farò in modo di venire da solo come l'altra volta.»

«Bravo. Al solo pensiero mi tremano le gambe, chi l'avrebbe mai detto? Io, in un'aula di tribunale, a testimoniare contro Michele! Mi sembra un sogno, un brutto sogno!»

«Hai fatto la cosa giusta, Laura. Un giorno ci penserai e ti potrai guardare fiera allo specchio.»

«Guardarmi fiera allo specchio. Quello che pensavo la mattina quando non volevo andare a prendere il pizzo!»

«Sarà così, come è giusto che sia. Se tutti facessero la loro parte, nel rispetto della legalità, non esisterebbe la malavita organizzata in Italia. Lo sai che si basa sulla connivenza della gente.»

«Giovanni, però devo dire che a volte i clan fanno funzionare le cose, al posto dello Stato. Soprattutto nel Meridione. Una volta, qualche anno fa, ricordo che dei camionisti erano a casa nostra e si lamentavano con Michele. Gli riferivano che non potevano consegnare la merce, non ho idea di quale merce stessero parlando, perché la strada era crollata dopo una tempesta e nessuno dava il permesso, e i soldi, per farla ricostruire. Michele l'ha fatta sistemare di tasca sua, ha fatto un favore anche alla collettività. Avresti dovuto sentire mia madre, lo avrebbe fatto beatificare dal Papa!»

«Dici la strada che da San Luca porta a Natile?»

«Sì bravo, proprio quella. La conosci?»

«Me lo raccontava una volta Luigi.»

«E beh? Che c'è da ridere?»

«Sì da ridere non ci sarebbe niente. Michele avrà anche fatto ricostruire quella strada ma lo ha fatto fare da operai inesperti, senza un minimo di riguardo per le norme e attenzione alla sicurezza. Dopo qualche anno la strada è crollata di nuovo e per poco un signore anziano in bicicletta ci stava lasciando la vita.»

«Davvero? Non ricordavo che fosse crollata ancora, ma che farabutto.»

«E non l'ha fatto di tasca sua, come ha detto a te. Ha unto le ruote giuste e fatto sbloccare l'appalto. Penso che Michele non abbia mai fatto niente che non servisse a riempire le sue tasche, altro che collettività.»

«Vero, puoi dirlo forte. Ma non solo per questo. Se penso a tutte le persone che ha ucciso, ingannato, sopraffatto. Giusto che se ne stia in galera per sempre. Chissà come ho fatto a sposare uno così, com'ero stupida, Giovanni.»

«Ora hai la possibilità di rifarti.»

«Io non voglio rifarmi di niente, Giovanni. Voglio solo cambiare vita, voglio un'esistenza di cui possa andare fiera, e non vedo l'ora di cominciarla.»

«Ormai siamo agli sgoccioli di questa storia, tra due settimane inizierà il processo e la sera prima ti verrò a prendere io da solo, promesso.»

«Giovanni?»

«Dimmi, moretta.»

«Non siamo agli sgoccioli della nostra storia, vero? È appena cominciata, e ne sono così contenta.»

«Dipenderà da noi. Anch'io ne sono contento.»

«Dipenderà da te. Sai che non possiamo stare insieme, con questi mille chilometri a separarci… prima o poi ce ne stancheremo, e tutto finirà.»

«Ci saranno diverse cose importanti da decidere, Lauretta. Non pensiamoci adesso, viviamo giorno per giorno. Per me già sentire la tua voce, la tua risata, quello che mi racconti, è sempre bello.»

«Ma io vorrei sentire anche le tue braccia che mi stringono forte.»
«Devi aspettare solo due settimane. Oppure chiedilo al tuo ospite per la cena di stasera…»
«Sei proprio un gelosone.»

CAPITOLO 85

«Fai il caffè Ursula, muoviti, lascia perdere lì. Come ti ho insegnato eh, non fare cazzate, che l'ultima volta era imbevibile.»
«Va bene don Antonio, fare subito.»
«Allora Lino, siamo riusciti a scoprire chi era a capo del commando incaricato di farmi fuori? Dammi buone notizie.»
«Certamente don Antonio. Si chiama Lisanti. È uno che i Forgione hanno assoldato da un po' di tempo, e non fa parte della famiglia. Proviene dall'Esercito, corpi speciali. Uno che sa sparare, lottare, uno che ha sangue freddo… un ottimo killer. Michele si è scelto l'uomo giusto per certi incarichi.»
«Sapete dove sta?»
«Passa il suo tempo in un bar in centro San Luca. Sappiamo che adesso coi due fratelli dentro è lui che gestisce la cosca, anche se ripeto, non fa parte della famiglia. 'O leone non si fida più di nessuno, ma si vede che ha considerazione per questo qui.»
«Fatelo fuori, alla svelta. Me la deve pagare. Se non fosse stato per i ragazzi ora sarei sottoterra.»
«Datemi il tempo di radunare quattro dei nostri, uomini preparati, non pivelli strafatti di crack. Questo qui non scherza, dobbiamo stare attenti. Sa sparare e di certo non è uno che se la fa sotto.»
«Quando siete pronti vai da lui e piantagli una pallottola in fronte. Fallo di giorno, o prima di cena, un orario in cui tutti vedano. I Forgione sono finiti, adesso ci siamo noi, devono saperlo. Lì le tazzine Ursula, sveglia!»

CAPITOLO 86

Sabato. Di nuovo a Torino. Ancora senza Luigi, per fortuna non si sentiva neanche molto bene, così gli ho dato un giorno di permesso, pregandolo di fare attenzione che Volturno ne resti all'oscuro, o saranno guai per entrambi. Queste due settimane sono volate e siamo già a settembre. Questa volta la mia missione è ancora più importante. Tra qualche giorno sarà la data del processo e Laura non devo correre pericoli, ne in casa sua, ne domani quando saremo in viaggio per tornare in Calabria.
Mi godo un istante di attesa, davanti alla casa di Laura, la donna che tra meno di quarantotto ore sarà una delle pentite più importanti d'Italia, per un giorno almeno. Di sicuro sarà in ansia, mi fa piacere essere riuscito a venire da solo e starle vicino. Lunedì sarà uno dei giorni più importanti della sua vita, o almeno il giorno più importante della sua nuova vita.
È il momento. Suono, e non vedo l'ora di rivedere i suoi occhi azzurri.
«Sì?»
«Laura sono io, apri.»
«Giovanni! Stai lì, ti vengo incontro!»
Dal tono, bello e squillante come al solito, sembra tranquilla. Eccola: è stupenda come sempre.
«Ciao mio bell'agente Sala! Hai portato anche le borse che ti avevo chiesto, fantastico!»
«Per lei signora questo e altro.»
«Sei gentilissimo. Hai bisogno di una mano? Entra.»
«No, ce la faccio.»
«Hai preso anche il mio maglioncino di cotone? Adesso certe sera fa già freddino.»
«Sì, l'ho preso, ma se fa fresco basta non uscire la sera.»
«Mi hai preso per una vecchietta?»
«Per essere una vecchietta non sei niente male. Vieni qua, che ti bacio.»

«Cosa fa agente, adesso bacia le vecchiette?»
«Mi basta baciarne solo una.»
Questa notte dormo qui e partiremo domani, il più presto possibile. La aspettano giornate campali, questo è sicuro.
Speriamo segni davvero il momento di un suo nuovo inizio. Con me o senza di me, ancora non lo so. Non ho idea neanche di come Volturno voglia organizzare il suo rientro a Torino, per l'ultima volta. Per lei sarà già difficile tornare nella sua terra, chissà quando dovrà salutarla per sempre.
«Mi hai sentita?»
«Eh? No scusa… pensavo.»
«Ti ho chiesto se per caso hai preso anche le scarpe rosse con il tacco. Erano le mie preferite, vorrei rimetterle ogni tanto, quando voglio essere vestita carina.»
«Tu carina lo sei sempre.»
«Grazie, ma non sempre ci credo. Quelle scarpe mi aiutano a convincermi.»
«Sì, le ho prese. Sono in quella borsa.»
«Grazie! Le cerco subito! Stasera se ti va di uscire le voglio mettere!»
«Cena o dopocena? Come vuoi, io sono un po' stanco ma se non ti va di cucinare ti porto in un bel posticino non molto lontano da qui.»
«No, facciamo dopocena, almeno ti riposi. Ti ho preparato qualcosa di sfizioso, ti fidi?»
«Ciecamente.»
«Anche perché poi domani mangeremo qualcosa di leggero, strada facendo. Vuoi andar via domattina, giusto?»
«Sì, prima partiamo meglio è. Per la notte vorrei fermarmi vicino alla Calabria, in modo da essere per le dieci e trenta di lunedì in tribunale, quindi avremo molti chilometri da fare. Ieri ti ho detto che Porlezza vuole vederti una mezz'oretta prima che il ballo inizi.»
«Sì, mi ricordo. Giovanni, almeno per oggi possiamo non pensarci? Oggi vorrei solo pensare a noi due, e passare una buona giornata. Per me domani, e soprattutto lunedì, sarà come andare all'inferno.»
«Ti staremo vicino Laura, vedrai. La tua deposizione non penso possa durare più di una mezz'ora, in un attimo sarà finito tutto. Per l'ora di pranzo anche questo processo sarà già nei ricordi, e tu finalmente potrai cominciare davvero la tua nuova vita.»

«Volturno ti ha detto quando riceverò finalmente le mie nuove generalità?»
«Sì, mi ha confermato che le riceverai subito dopo il processo.»
«Giovanni, ho il terrore dello sguardo di Michele che avrò addosso lunedì.»
«E tu non guardarlo. Mica sei obbligata.»
«Questo è vero ma non dimenticare che lui è ancora mio marito, mi verrà istintivo guardarlo. Ho paura anche che tra il pubblico ci possa essere qualche suo parente, pronto a insultarmi e minacciarmi.»
«Mi sembra che il pubblico non sarà ammesso. Porlezza dovrebbe averla avuta vinta, almeno in questo. È già tanto che Guerra sia riuscito ad avere la tua presenza in aula.»
«Ne stiamo già parlando troppo. Raccontami di San Luca invece, e accomodati. Come sta Luigi? Come hai fatto a venire da solo, senza farlo insospettire?»
«Sono stato fortunato che non si sentiva molto bene, così gli ho dato un permesso, raccomandandomi di non riferire niente al Questore. Ha accettato senza pensarci un secondo.»
«Come va a San Luca?»
«A San Luca il solito, ormai sono tornati tutti, l'estate è finita. Abbiamo scoperto di recente una nuova discarica abusiva, vicino Locri.»
«E le indagini? Cosa fate adesso di bello, processo a parte?»
«Come ti raccontavo l'altra volta stiamo cercando di beccare il killer della famiglia Forgione, questo Enzo Lisanti.»
«Ecco come si chiama! Mi ricordavo solo che il nome inizia con la *E*.»
«Tutti gli indizi dell'esecuzione di Carmine portano a lui. Siamo anche riusciti a farci due chiacchiere ma è un tipo furbo, che sa il fatto suo. Per metterlo con le spalle al muro ci vorranno prove concrete.»
«Se non lo trova prima qualche famiglia rivale. Adesso che anche Vittorio è finito dentro la cosca non ha più una testa. Gli avversari di Michele lo sanno benissimo e vorranno mettere la parola fine al regno dei Forgione, eliminando uno per uno gli esponenti più pericolosi.»
«Speriamo che non lo trovi prima qualcun altro allora, far confessare Lisanti sarebbe un altro giro di chiavi alla cella dei fratelli.»
«State attenti Giovanni, tenetelo d'occhio. Adesso basta dai, sarai stanco. Vai pure a farti una doccia, così non ci pensi più.»
«Non corro il rischio di trovarci il signor Paolo, nascosto in bagno?

Siete sempre assieme.»
«Scemo. Visto che me lo chiedi comunque lo vedrai stasera, ho invitato anche lui a cena. Finalmente potrai conoscerlo bene e non sarai più geloso. È ancora presto, se vuoi dopo ti faccio vedere le mie nuove piante in giardino.»
«Volentieri. Sapessi quanto invidio quelle pianticelle, che possono ricevere le tue cure ogni giorno. Vorrei essere al loro posto.»
«Piacerebbe anche a me vederti ogni giorno, lo sai. Dai vieni qui che ti do un bacio, poi fila a lavarti!»
«Va bene, signora maestra.»
Chissà perché, ma con Laura sembra sempre che dall'ultima volta che ci siamo visti siano passati cinque minuti. Mi trovo subito a mio agio. Sarà per il sentimento che ci lega ma anche lei è molto brava a metter-mi subito in una situazione confortevole. Senti che buon profumino si respira già, quel sugo sarà una delizia.
Non ci voleva quel rompiscatole del signor Paolo. Sarei anche rimasto solo con lei sul divano, come una coppia qualsiasi. Dopo cena le proporrò di andare da qualche parte, non ho intenzione di stare tutta la sera a tavola a parlare col suo vicino del più e del meno.
Carina questa doccia. Meglio se non penso all'altra volta, quando ci siamo entrati assieme. Cosa abbiamo combinato! Chissà se il suo vicino si comporta in modo così affabile solo perché è davvero un tipo gentile o sotto sotto ha qualche pensiero un po' più audace. Ok, è un signore attempato ma Laura farebbe venire pensieri piccanti a chiunque. Questa sera avrò modo di scoprirlo. Non devo dimenticare che lui sa tutto, come mi ha raccontato Volturno.
Ah, che fresca quest'acqua, ci voleva.
Certo che una casa così per Lauretta è poco, lei era abituata a vivere in una reggia.
Chissà se un giorno riuscirà a comprarsi una casa più spaziosa, con un vero giardino.
Chissà se quel giorno io sarò ancora al suo fianco.
Quanti dubbi. A volte mi piacerebbe conoscere il futuro. O forse, forse no, meglio non sapere niente. Per ora mi accontento di essere qui, in compagnia della donna della quale mi sono innamorato. Domani… chissà.

CAPITOLO 87

«Oh, signor Paolo, sarei dovuto venire con il mio collega Luigi, lui sa tutto della pesca! Io al massimo conosco il nome dei pesci che mangio al ristorante, o che cucina Laura.»
«Ah beh, il fine ultimo è proprio quello, farli finire in padella! Se mai verrò in Calabria a trovarla vorrà dire che mi farà conoscere il suo collega. Io però faccio pesca d'acqua dolce, il suo collega sarà molto più bravo, da buon calabrese vissuto sempre al mare.»
«Bene, mentre qui si parla di pesca io sparecchio, una cosa in cui mi trovo di sicuro molto più a mio agio.»
«Bisogno di aiuto?»
«No Paolo, la ringrazio, non c'è bisogno. Voi uomini restate pure lì a chiacchierare, arrivo subito.»
«Laura sa cucinare molto bene, sicuramente se ne sarà già accorto, Giovanni.»
«Oh sì, ho già assaggiato di quei manicaretti.»
«Scusi la franchezza ma non è un comportamento usuale per un questore.»
«Vice questore.»
«Comunque è insolito. Come dicevo prima anche a Laura, so benissimo che questo appartamento è di proprietà dello Stato, e viene utilizzato per ospitare i collaboratori di giustizia, i così detti pentiti.»
Ho già detto a Laura che il signor Paolo è un collaboratore della Polizia. Vediamo se ha tenuto questa informazione per sé.
«Laura allora lo sa già?»
«Eh sì, gliel'ho rivelato io questo pomeriggio. Ne ho già visti diversi, di inquilini. Sono rimasti qui chi pochi mesi, chi qualche anno, poi non so dove siano andati, probabilmente a rifarsi una vita da qualche altra parte. Ogni tanto passavano di qui degli agenti di Polizia, ma sempre diversi, e molto formali. Lei no, le ripeto. Perdoni la franchezza, ma lei mi sembra un amico che viene a trovare la mia nuova

vicina. La prima volta che l'ho vista non avrei nemmeno immaginato che fosse un poliziotto, e mi ero sorpreso, perché è difficile che questi inquilini speciali ricevano subito delle visite.»
«La sua franchezza mi fa piacere signor Paolo, la trasparenza è sempre una buona dote. Non le nascondo che... sì io oggi sono qui in veste di vice questore, ma ho instaurato un buon rapporto con Laura.»
«Non deve essere stato difficile, è una persona squisita e Dio solo sa quanto ha bisogno adesso di avere degli amici sinceri, e fidati.»
«Ehi, voi due chiacchieroni, volete il caffè?»
«Io sì. Lei lo prende signor Paolo?»
«Sì, volentieri, finché il mio cuore me lo permette.»
«Due, Lauretta, grazie. Eh sì, Laura ha molto bisogno di persone valide che le stiano accanto. Sa del suo percorso, sicuramente lei gliene avrà parlato.»
«Me ne ha parlato. Probabilmente la moglie di un boss della 'ndrangheta non era il ruolo giusto per lei, né una vita che potesse condurre senza problemi. Anch'io ho capito che Laura è una donna buona, di principi, proprio non ce la vedrei andare per negozi a chiedere il pizzo, ma neanche starsene a casa serena mentre suo marito mette a ferro e fuoco il mondo intero.»
«Ora più che mai bisogna starle vicino. Come dicevo, lunedì ci sarà il processo, che potrà condannare suo marito addirittura all'ergastolo. Io e i miei colleghi faremo di tutto per proteggerla, e incoraggiarla.»
«Non ho dubbi, conosco il valore di chi si occupa di queste cose nella Polizia. È tanto che fa questo mestiere?»
«Il poliziotto sì, quasi dieci anni. Invece il responsabile dei Falchi no, da poco più di un anno. Prima ero un normale agente di stanza qui vicino, a Santhià, il mio paese d'origine. Siccome dicevano che ero bravo, modestia a parte qualche risultato l'ho ottenuto, il mio questore mi ha chiesto se volevo far parte di questa squadra, e di cominciare questa nuova avventura.»
«I Falchi mi diceva, giusto?»
«Esatto. Non ci ho pensato molto, volevo impegnarmi in prima linea nella lotta contro la criminalità organizzata, questo fardello che l'Italia si porta dietro da troppo tempo. Così, nel giro di qualche settimana, sono stato trasferito a San Luca, dove ho l'ufficio adesso, al Comando di zona. In un anno abbiamo già scovato diversi latitanti, a

cominciare dai fratelli Forgione. Michele è il criminale più pericoloso che sia riuscito ad acciuffare.»
«Bene, complimenti ai Falchi allora. Spero che sia contento e ancora convinto della scelta che ha fatto.»
«Mah, voglio essere sincero con lei signor Paolo, anche se la conosco da così poco. A volte vorrei mollare tutto e avere un'occupazione più normale, un lavoro che mi permetta di avere anche una famiglia e del tempo libero. In questo stato di cose non me la sento nemmeno di avere una compagna, non vorrei farla vivere sempre in apprensione.»
«Certo, la capisco, un discorso molto giusto. L'importante è essere felici, il lavoro non è tutto, l'ho imparato diventando vecchio, e soprattutto quando mi ha lasciato mia moglie.»
«Ho saputo di questo suo dolore, mi dispiace molto. Le confesso che negli ultimi tempi non è il primo che mi consiglia di scegliere con attenzione cosa fare della mia vita. Comunque al momento sono contento e realizzato nella posizione che ricopro, più avanti si vedrà.»
«Le do un consiglio da uomo anziano, Giovanni. Faccia attenzione, perché Laura non l'aspetterà per sempre.»
Lo guardo con meraviglia. Finora mi ha definito amico, ma o lui è molto perspicace o il mio sentimento verso Laura è troppo evidente. Forse è così, visto che anche Volturno mi fa le sue battute. Amare… senza darlo a vedere, molto difficile.
«Ecco qui i caffè per questi due omaccioni! E uno anche per la cuoca! Qui c'è lo zucchero, servitevi da soli.»
«La cuoca se lo merita proprio. La cena è stata fantastica Laura, complimenti! Noi… beh, ci siamo impegnati solo a mangiare.»
«E dice *solo a mangiare* signor Paolo? È la cosa più importante! Quello che mi gratifica di tanto lavoro. Mi fa piacere che la cena le sia piaciuta, grazie per i complimenti. Non come Giovanni, lui mangia e basta.»
«Non è vero Lauretta, dico sempre che sei un'ottima cuoca. L'ho appena riferito anche al signor Paolo, lui può confermare.»
«Confermo, confermo. Mi ha fatto piacere questa serata, i miei figli sono lontani e ho perso molti amici con cui passare del tempo. Sono stato bene, voi due siete una bella coppia.»
Una bella coppia. Che sguardo mi ha lanciato Laura! Adesso scoppio a ridere…

«Ora vado, vi lascio un po' soli, lei Giovanni sarà sicuramente molto stanco.»
«Non si preoccupi, signor Paolo. È vero, sono un po' stanco, ma non penso di andare a letto subito. Beviamo un amaro? Laura? Prendi quello che ho portato io, l'Amaro del Capo, sorpresa!»
«No, grazie ragazzi, davvero, basta così, non voglio esagerare. E poi voi due meritate un po' di tempo da soli. Laura, domani passa a salutarmi, mi raccomando. Ti voglio fare un augurio grande per il processo. Quello che stai facendo è un esempio per tutti. Ti ringrazio ancora per la cena davvero squisita. Buona notte, a domani.»
«Buonanotte signor Paolo, a domani! Aspetti, si merita un bacio sulla guancia, così la ringrazio per l'aiuto che mi ha dato anche oggi con il giardino.»
«Il bacio lo accetto volentieri, come rinunciare a un simile piacere?»
«Buonanotte signor Paolo, è stato bello conoscerla.»
«Il piacere è mio, Giovanni. Conoscere di persona voi delle forze dell'ordine, che fate tanto per proteggerci, è sempre un onore. Soprattutto nella difficile mansione che lei svolge. A domani. Buona serata.»
Finalmente soli. Non mi aspettavo certo di cenare anche con il vicino di Laura ma mi ha fatto piacere, dopo quello che mi disse Volturno ero incuriosito.
«Allora agente gelosone, ti piace un po' di più il signor Paolo?»
«Mah sì, mi sembra un tizio cortese e a posto. Poi è rimasto qui poco, e quando ha detto che abbiamo bisogno di tempo per stare soli ha guadagnato mille punti! Ha già capito tutto.»
«Tutto cosa? Mi siedo sulle tue gambe, posso?»
«Vieni qui che ti voglio abbracciare come si deve.»
«Quello che aspettavo.»
«Il signor Paolo ha già capito che io non sono un normale agente in missione, ma un poliziotto che… che ti vuole molto bene.»
«Si vede così tanto?»
«L'ha capito dalle mie parole. E poi so che ti ha confessato di sapere tutto del tuo ruolo.»
«Eh sì, e per fortuna. Non mi andava di recitare ancora una parte. Voglio vivere in modo trasparente. Ho scelto di pentirmi per questo. Adesso so che di lui posso fidarmi ciecamente, agente Sala.»
«Fino a quando mi chiamerai così?»

«Fino a quando lo vorrò. Adesso però ti bacio, tanto ormai lo sanno tutti che ci amiamo.»
«Beh tutti tutti no, o devo chiamare anche Volturno per dirglielo?»
«Uffi, hai sempre in mente quello là.»
«È il mio questore, il mio capo, lo sai? Se vuoi lo chiamo e te lo passo, così gli dici che stanotte dormo con te, invece di starmene in un anonimo hotel a due stelle.»
«Spiritoso. Cosa facciamo? Usciamo? O volevi bere un amaro qui?»
«Se ti va bene io starei a casa. Bevi con me?»
«Sì dai, ubriachiamoci!»
«Calma, cerca di non stare male.»
«Quando sto con te è impossibile stare male.»
«Dipende da quanto bevi…»
«So controllarmi, agente Sala, non si preoccupi. Versa.»
«Un brindisi?»
«A cosa?»
«A due che si amano, anche se è un amore difficile.»

CAPITOLO 88

«Enzo.»
«Don Michele, comandi.»
«Siete a Torino?»
«Sì.»
«State andando dove vi ho detto?»
«Come avete ordinato. Mezz'ora e siamo lì.»
«Chi c'è con te?»
«Mario. Uno bravo a entrare negli appartamenti senza far rumore.»
«Mi raccomando, non fallite. Fate come abbiamo detto: soffocatela, niente spari, niente grida, inscenate la storia del gas e del finto incidente.»
«Potete considerarlo già fatto. Ci sarà qualcuno di guardia?»
«Chi se ne frega, se c'è fate fuori anche lui ma state attenti, di sicuro sarà un poliziotto, quindi armato.»
«Da domani sarete di nuovo signorino, don Michele, dormite tranquillo.»
«Prima di ucciderla ditele che non si tradisce la fiducia del proprio marito, soprattutto se si chiama 'o leone.»

CAPITOLO 89

«Giovanni?»
«Giovanni!»
«Che c'è Laura?»
«Non riesco a dormire.»
«È tardi, cerca di addormentarti, avanti. Pensa a qualcosa di bello.»
«Non ci riesco.»
«Abbracciami, dai.»
«Ok.»
Si è già riaddormentato. Beato lui, che se la ronfa beato. Io penso che non chiuderò occhio tutta la notte. Spero di dormire un po' almeno domani in macchina, o lunedì arriverò al processo in uno stato pietoso.
Comunque, non vedo l'ora. Bene o male, questa storia sarà finita. Se anche non si becca una pena pesante dubito che a Michele venga concessa la libertà in poco tempo. Con Vittorio è più facile, ma di lui non ho nessun timore.
Ancora quel rumore.
Questa volta non sto dormendo, non può essere un incubo.
Sì sì, l'ho proprio sentito ancora.
Sembra ancora il rumore di qualcuno che sta armeggiando con il cancello.
Giovanni sta proprio dormendo, non voglio svegliarlo.
Sarà che ho le allucinazioni, è tutta una mia invenzione.
Ancora.
Eh no, caspita, il rumore l'ho sentito nitidamente.
Cosa faccio?
Mi alzo?
Sì mi alzo, Giovanni non si accorgerà, e se per caso si sveglia gli dico che devo fare la pipì.
Se mi sporgo dalla finestra vedo l'ingresso.

Finalmente saprò chi…
Ehi, ma sono due persone! Quello più piccolo sembra stia scassinando la serratura!
«Ehi voi! Chi siete? Cosa state facendo con il cancello?»
Il signor Paolo! Ha sentito anche lui e si è messo a gridare dalla finestra!
«Ehi, vi ho detto di piantarla! Va bene, vengo lì così mi dite proprio…»
No signor Paolo, stia attento!
È rientrato in casa! Non vorrà mica scendere davvero? Devo svegliare Giovanni, subito!
Oddio, sento il cancello aprirsi, sono entrati.
«Giovanni svegliati! Sono entrati due nel vialetto d'ingresso!»
Giovanni si stropiccia gli occhi. In quel momento sentiamo la voce del signor Paolo in giardino, poi un grido soffocato, un tonfo. Giovanni si alza, corriamo alla finestra.
«Giovanni, li vedi?»
«Sì, sono in due, e il tuo vicino è lì a terra, sembra senza conoscenza. Al secondo piano chi ci sta?»
«Una famiglia, ma è via. Guarda! Stanno scassinando il portone. Giovanni ho paura!»
«Calma, Laura, calma. Dammi modo di pensare un secondo a cosa fare.»
«Ma che pensare! Spalanca la finestra e sparagli!»
«Laura, non siamo nel Far West. Non vorrai mica che ci mettiamo a fare la guerra qui, con te in mezzo, vero?»
«Hai ragione, ma io ho paura.»
«Vai in bagno. Sdraiati nella vasca e stai lì. Dove cavolo ho messo la mia pistola d'ordinanza?»
«Sotto il comodino, nel ripiano più basso, ricordi?»
«Trovata. Tu vai in bagno, subito.»
«Giovanni mio Dio, sono terrorizzata. Cosa faccio se vi mettete a sparare?»
«Se senti che la situazione precipita esci immediatamente dalla finestra, salta giù, tanto siamo al pianterreno, e comincia a scappare a gambe levate. Ferma il primo passante che vedi e chiedi aiuto. Sei troppo importante per il processo, non deve succederti niente. Prendi il tuo cellulare, tieni, e vai di là subito.»

«Giovanni e tu? Scappiamo, insieme.»
«No Laura, questi sono capaci di inseguirci e mettersi a sparare per strada, con il rischio di beccare qualcuno che non c'entra. Già è andata male al tuo vicino, speriamo che sia in buone condizioni.»
«Non si muove più.»
«Cosa ci fai ancora qui? Fila in bagno!»
O mamma, mamma, mamma. Mi hanno trovata! Lo sapevo. Sarà colpa di quelli là, quelli del servizio protezione. Michele avrà trovato il modo di farsi rivelare da qualcuno dove mi trovo, quell'uomo è il demonio in persona.
Povero Giovanni, metterlo ancora in pericolo, sempre per colpa mia, sempre.
Dovevo lasciar perdere tutto e tornare a casa dopo il rapimento dei Cosenza.
Come è fredda la vasca. Ci saranno venticinque gradi ma qui dentro fa freddo.
Di notte, sdraiata in una vasca da bagno, come se fossi pazza! Ci mancava anche questa.
Hanno aperto anche la porta di ingresso del condominio! Li sento che si muovono come serpenti!
Chissà Giovanni, che paura! Mio Dio, fa' che stia attento.
Sono arrivati davanti alla porta di casa. È finita. Spero almeno che Giovanni si salvi. Io alla fine sono solo una che prendeva il pizzo, e anche se mi sono pentita ero una delinquente, questa è la fine che mi merito.
Chi l'avrebbe mai detto. Trucidata, qui a Torino, perché ho accettato di denunciare mio marito!
Adesso non sento più niente.
Chissà cos…
Stanno aprendo la porta di casa! Perché alle case dei pentiti non mettono le porte blindate?
Attento, mio bel cavaliere! Hai scelto la principessa sbagliata, sbagliatissima.
Ecco, mi sembra che siano entrati.
Cosa faccio?
Oh Dio…
Sì, sono in soggiorno. Ci saranno dieci metri a separarci, e per Giovanni ancora di meno!

Speriamo che lui sappia bene cosa fare.
Devo fidarmi.
«Fermi, Polizia!»
«Non ci fermi certo tu, sbirro di merda! Muori!»
O mamma mia, stanno sparando!
Cosa ci faccio qui nella vasca? Adesso esco e lo vado ad aiutare!
Sì, e come? Lui ha detto di scappare dalla finestra ma non voglio lasciarlo qui da solo!
«Venite fuori ho detto! Mani bene in vista!»
«Zitto, sbirro, zitto! Molla la donna che cerchiamo e scappa, sbirro, sei ancora in tempo!»
«Lisanti! Ti ho riconosciuto! Dovevo arrestarti subito, in quel bar a San Luca! Stai commettendo l'errore più grande della tua vita! Lascia stare o ti metto dentro per tentato omicidio, per giunta di un poliziotto! Ti daranno l'ergastolo!»
«Muori, sbirro!»
«Non mi lasciate altra scelta!»
No no, ho troppa paura, dove scappare? Se uccidono Giovanni per colpa mia è giusto che muoia anch'io. Resto qui nella vasca. Spero non diventi la mia tomba.
Un altro sparo!
«Aargh! Sbirro infame! Prendi questo! Ehi Mario, dove te ne scappi? Vieni qui o…»
Uno è scappato! Oh Dio, fa che non abbiano ucciso Giovanni!
Silenzio.
Non ce la faccio più.
Cosa ho combinato… tutta colpa mia.
Sento dei passi che si avvicinano.
Non riesco più a respirare. Mi tremano le mani.
Qualcuno ha aperto la porta del bagno!
Chiudo gli occhi, aspetto il colpo di grazia. Addio, Giovanni. Speravo di viverla meglio, questa vita.
«Lauretta. Non ti avevo detto di scappare?»
«Giovanni! Sei vivo! E non ti hanno colpito!»
«Eh sì, non ce l'hanno fatta nemmeno questa volta, a togliermi di mezzo. Vieni qui bella moretta! Fatti abbracciare.»
«Sì sì sì! Oh Giovanni che bello, ti amo!»

«Abbracciami forte, me la sono vista brutta, ho sentito un proiettile sibilarmi di fianco alla testa, questo Lisanti sa davvero sparare con precisione, mi è andata bene.»
«Enzo! Quel farabutto! Ti dicevo che era uno pericoloso! E dov'è adesso?»
«È scappato. L'ho colpito al braccio, quello con cui sparava. Il suo socio si è spaventato ed è fuggito, Lisanti lo ha seguito, non riusciva più a reggere la pistola.»
«Oh mio Dio, hai corso un bel rischio. Quanto sangue, lì per terra! Andiamo a vedere come sta il signor Paolo, presto!»
«Giusto, corriamo, seguimi.»
Spero davvero che stia bene. Non voglio vedere un altro ferito, o peggio, per colpa degli uomini di mio marito.
Si muove, per fortuna. Deve aver preso una bella botta in testa ma si è già messo seduto, appoggiato al cancello.
«Signor Paolo, come sta? Quei due delinquenti l'hanno picchiata, erano qui per me, quanto mi dispiace!»
«Eh insomma, Laura. Mi hanno colpito alla nuca con non so che cosa, devo aver perso conoscenza per un poco. Non è nulla, vedrai, un po' di ghiaccio e torna tutto a posto. A lei come è andata, Giovanni? Li avete presi?»
«Purtroppo se la sono data a gambe, ma almeno Laura è illesa. Era lei l'obbiettivo, si vede che qualcuno non la vuole al processo.»
«Eh, immaginavo. Laura hai visto cosa è successo? Lunedì fagliela pagare, le persone che hanno incaricato questi due furfanti di venire qui meritano di marcire in carcere. Mi rendo conto, e me ne dispiace tanto, che una è tuo marito, ma non si può amare chi fa del male al prossimo.»
«Signor Paolo, io non amo più mio marito. Lei non c'entra niente in questa storia, mi creda, sono mortificata.»
«Tranquilla, Laura. Non è colpa tua. Signor Paolo, chiamo il 113. Lei sporge denuncia e si fa accompagnare al pronto soccorso.»
«Ma no, già la serata non si è conclusa nel migliore dei modi, voglio solo tornare a dormire.»
«La capisco, ma non posso soprassedere. Sono un agente, e ho l'occasione di incastrare Lisanti, che è un pericoloso killer. E poi, se la botta in testa le avesse causato un trauma cranico? Non si scherza con queste cose.»

«Signor Paolo, Giovanni ha ragione. Venga dentro, le offro un tè, o un bicchiere d'acqua.»
«Grazie Laura, accetto il bicchiere d'acqua.»
«Quando finirà tutto questo? Mi viene da piangere, sono stanca e spaventata.»
«È quasi finita Lauretta, me lo sento. Chiamo il 113, spero che venga qualche agente che conosco, avevo parecchi amici qui alla Questura di Torino. Racconto ai miei colleghi chi siamo e cosa è successo, loro fanno il verbale, diamo una pulita e in un lampo verrà mattina. Tu cerca di riposare ora, sistemo io questo casino.»
«Ma Giovanni devi dormire anche tu, domani devi guidare tutto il giorno!»
«Tranquilla, sono abituato. Tu vai di là in camera e riposa un poco, domani e dopo saranno i giorni più lunghi della tua giovane vita.»

CAPITOLO 90

Dopo lo spavento che ci siamo presi la nottata è volata. Una pattuglia di zona è arrivata dopo pochi minuti e ha redatto il verbale. Il signor Paolo, anche se riluttante, è stato accompagnato al Pronto Soccorso. Immagino la faccia di Volturno quando verrà a sapere cosa è successo. Non so cosa dirò se mi chiederà dov'era Luigi, devo sentirlo e mettermi d'accordo. Sto facendo cose non da vice questore, un tempo non me lo sarei nemmeno sognato, Laura mi dà alla testa.

Ora siamo in macchina, per tornare in Calabria, l'ultimo viaggio che Laura potrà fare nella sua terra.

«Giovanni…»

«Cos'hai, adesso? Non mi dire che hai dimenticato qualcosa! Non farmi tornare indietro a metà strada, mi raccomando, ci aspettano molti chilometri, siamo solo a Parma.»

«No, ho tutto.»

«Sicura?»

«Sicura. Manca solo una cosa.»

«E cosa? Lo sapevo…»

«Non ho preso il coraggio.»

Sorrido.

«Quello ti verrà, vedrai. Tieni a mente che quando sarà finito il processo finalmente potrai chiudere questo capitolo e incominciare davvero la tua nuova vita.»

«Lo so, ma al processo avrò paura. Mi terrai la mano?»

«Non posso, saremo in un'aula di tribunale, non al parco.»

«Ci sarà anche la stampa?»

«Fuori sì, ma non in aula, il giudice non vuole troppa gente ai suoi processi.»

«Giovanni, io ho paura di quando Michele mi guarderà negli occhi.»

«E tu non guardarlo, te l'ho già detto. Non ti darò la mano ma sarò dietro di te a incoraggiarti.»

«Non so se basterà...»
«Deve bastare. Tranquilla dai, se non fossimo in macchina ti avrei già abbracciata.»
Laura Aloise. Che donna. Così forte a volte, ma anche così fragile. Stento ancora a credere che sia la stessa persona che andava per negozi a compiere estorsioni. Di certo questa sarà la prova più dura.
«Cosa faremo quando sarà finito il processo?»
«Sarà ora di pranzo, andremo a mangiare, credo.»
«Intendevo se dovremo tornare a casa subito.»
«Penso di sì, deciderà Volturno ma non vedo cosa debba chiederti ancora. Di certo non potremo tornare nella stessa abitazione, ormai il tuo nascondiglio è stato scoperto. Gli uomini di Michele questa notte hanno fallito ma di certo non si arrendono. Torneranno, qualsiasi sarà l'esito del processo, non voglio proprio trovarmeli di fronte.»
«Che tristezza, Giovanni, mi stavo abituando a questa sistemazione, e devo cambiarla di nuovo. Avevo anche cominciato ad abbellire quel piccolo giardino, per niente...»
«Immagino la tua delusione ma dobbiamo farti cambiare domicilio per forza. E con Volturno dovremo anche scoprire come ha fatto 'o leone a sapere dove eri stata trasferita.»
«Una talpa nel servizio centrale di protezione?»
«Proprio quello a cui sto pensando. Una cosa molto grave. Se non possiamo essere sicuri dei nuovi domicili dei pentiti tutto il sistema non sta in piedi. Verranno presi provvedimenti seri e urgenti.»
Chissà chi può essere stato a far trapelare dove si era nascosta Laura. Anch'io, fino a ieri notte, mi fidavo ciecamente dei miei colleghi che hanno una mansione così delicata. Bisogna stare sempre in guardia. Il crimine organizzato in Italia riesce ad arrivare dove vuole, in tutti i settori. Questo a causa di troppe persone che sono oneste solo in apparenza, o che non hanno valori morali. Conducono una vita normale ma basta poco perché diventino disonesti. Purtroppo l'interesse personale è sempre al primo posto. Sarà istinto di sopravvivenza, ma quando pagano gli innocenti e gli inermi non è più sopravvivenza, è sopraffazione.
«Giovanni?»
«Dimmi. Comincia a far caldo, il sole batte proprio sul cruscotto, aumento l'aria condizionata.»

«Solo quando saremo tornati nella mia nuova casa, a Torino o dove sarà, potrò dire che è finita. Sto già male al pensiero di quando dovrò salutare la Calabria, per l'ultima volta nella mia vita. Mi porterai al mare, prima di riprendere l'autostrada? Per favore… voglio salutarlo.»
«Non so quanto dista dal tribunale. Se fosse troppo lontano… non è molto sicuro farti passeggiare da quelle parti. Ci penseremo. Parliamo di altro, tempo ne abbiamo.»
«Meno male che il signor Paolo è tornato dal pronto soccorso prima che partissimo.»
«Mi sembrava si fosse ripreso, no? Quando l'ho salutato aveva già la nuca meno gonfia. Se non è stato male questa notte non è in pericolo.»
«Per fortuna. È stato così bravo a intervenire, qualcun altro si sarebbe barricato in casa e pazienza per quello che succede agli altri.»
«Su questo ragionamento si fonda la criminalità. Tutti sanno ma nessuno fa qualcosa.»
«Giovanni…»
«Dimmi.»
«Devo dirti una cosa.»
«Dimmela.»
«Non sono sicura…»
«Avanti Laura, su, non fare la bambina, sentiamo cosa hai da dirmi.»
«Ci ho pensato tanto una notte, quando ero da sola. Faceva caldo e non riuscivo a dormire, così mi sono alzata e mentre guardavo in giardino ho riflettuto su questa cosa.»
«Dimmela.»
«Giovanni, non so se sarò in grado di confessare proprio tutto su Michele. Soprattutto la storia di Soverato.»
«Cinque morti ammazzati.»
«Giovanni, quella è la cosa più grave che ha fatto Michele, o almeno quella più grave in cui sono stata coinvolta anch'io, dovendo portare il biglietto a Vittorio. Se confesso questa faccenda, e saltano fuori pure le prove, Michele si becca l'ergastolo, il carcere a vita.»
«È così che deve andare. Pensaci Laura, di sicuro tuo marito ha commesso, in prima persona o come mandante, numerosi omicidi. Secondo te perché era così temuto da tutti, anche dai delinquenti stessi?»
«Perché con lui non si poteva sbagliare. E chi sbagliava pagava un conto, spesso molto salato.»

«Appunto. Se non si merita il carcere duro a vita lui, allora chi?»
«È pur sempre stato mio marito, Giovanni. Tra un po' otterrò anche il divorzio, va bene, ma per adesso lui è ancora mio marito. Non me la sento di farlo incarcerare per sempre.»
«Che ripensamenti sono questi, Lauretta? Adesso tutto all'improvviso provi compassione per 'o leone?»
«Mi ha sposata Giovanni, ha scelto me, tra tutte le donne che avrebbe potuto avere. A parte il controllo quasi maniacale che attuava sulla mia vita non mi ha fatto mancare mai nulla. Avevo una bella casa, un giardino enorme, il SUV, gioielli, vestiti, tempo libero... all'inizio l'ho anche amato, anche se forse non sapevo ancora cosa vuol dire amare.»
«Laura, lo sai che tutta quella roba era solo un modo per far vedere a tutti che lui era il capo, il più ricco, il più potente. Dubito ti regalasse tutte quelle cose per farti in piacere, lui il piacere lo faceva a se stesso. E poi non dimenticare da dove arrivano i soldi che lui ti faceva spendere.»
«Penso solo che adesso, dopo aver goduto di tutti questi favori, mi metto a denunciare proprio l'uomo che mi ha fatto fare una vita agiata, senza pensieri.»
«Se tuo marito ti avesse amata davvero, con tutti i soldi che aveva, avrebbe pagato il riscatto all'istante.»
«Sai bene che quella gente è crudele, i Cosenza mi avrebbero uccisa anche se avessero ricevuto i soldi, e Michele lo sapeva benissimo.»
«Non puoi ragionare su come sarebbero andate le cose, ma puoi sapere con certezza che lui il rischio non ha voluto nemmeno correrlo, ha deciso di non pagare e basta, e ha pure fatto fuori Salvatore Cosenza per vendicarsi.»
«Vero.»
«Quello non era amore Laura, era solo possedere la donna più bella di San Luca, in fondo lo sai anche tu.»
«Sì ma io non so se me la sento di mandarlo in carcere per tutta la vita. Tutta la vita, ci pensi, Giovanni?»
«Ripeto che sarebbe quello che si merita.»
«Non ti garantisco nulla, quando verrà il momento non sono in grado di prevedere come mi sentirò.»
«Invece è molto probabile che il giudice, o Porlezza, ti chiedano proprio di dire se è vero che Michele Forgione è il mandante della strage

di Soverato. È la loro arma per togliere alla corte ogni dubbio sulla condanna alla detenzione all'ergastolo.»

«Lo so. Secondo te se Michele si beccasse magari venti o trenta anni quando uscirà sarà una persona più buona? Non ha neanche quarant'anni, avrà il tempo per ripensare a tutte le sue malefatte e pentirsi.»

«E tu pensi davvero che lui si penta, e che i suoi nemici lo lasceranno vivere sereno? I figli di coloro che ha ucciso diventeranno grandi, e vorranno vendicarsi.»

«Questo è vero, e lo so bene, ma almeno non sarò io a condannarlo.»

«Pensaci, Laura. Se tuo marito esce a sessant'anni cosa farà per mantenersi? Non ce lo vedo, a chiedere l'elemosina. Sempre se, ripeto, non lo fanno fuori il giorno dopo che è uscito.»

«Sei un illuso, agente Sala! Michele ha depositi in molte banche, anche all'estero, non sarà mai povero. Se anche dovesse uscire di galera a sessant'anni andrà a riscuotere qualche deposito o investimento, e tornerà a essere il più ricco del paese. Io ci spero che lui un giorno si ravveda, e diventi un uomo pacifico. Io questa opportunità gliela voglio dare, come è stata data a me.»

«Pensa a tutti i padri che ha ucciso o fatto uccidere. Ha negato ai loro figli la possibilità di crescere con un papà di fianco. Mi sembra abbastanza per negare anche a lui una nuova possibilità. Ma cosa ci fa tutta questa gente qui in coda?»

«Rallenta e usciamo a pranzare dai, lì c'è un autogrill.»

«Affare fatto, magari più avanti c'è un incidente, ci meritiamo una pausa. Pensaci bene Laura, te lo ripeto. È tutto nelle tue mani, o meglio, nelle tue parole. Decidi in base a come ti senti, quello che stai facendo è già una cosa grande. Se resto tutta la vita in Calabria però sappi che spero di non incontrare Michele al bar, tra venti o trent'anni.»

«Perché davvero tu pensi di vivere per sempre in Calabria?»

«Dipende. Potrei restare con la squadra ma venire trasferito, anche se la maggior parte dei bunker è qui in Calabria, ma di certo ce ne sono numerosi anche in Sicilia e Campania.»

«Giovanni, tra qualche decennio sarai troppo vecchio per i Falchi. Davvero vuoi vivere per sempre così? Quelle operazioni pericolose, l'impossibilità di fare una famiglia, gli appostamenti notturni, le continue menzogne, i segreti da conservare...»

«Devo ammettere che a volte non sono più così sicuro. Per ora va bene così, sono forte e giovane, ma un domani? Devo pensare anche al mio futuro, alla mia vecchiaia. Non sarà bello rimanere da solo…»
«Io desidero che la vecchiaia tu la possa passare serenamente con me ma attento Giovanni… non posso aspettarti per sempre. Te lo ha detto anche il signor Paolo… vi ho sentiti sai? A una donna certe cose non possono sfuggire.»

CAPITOLO 91

«Don Michele, don Michele, è per voi.»
«E bravo il mio agente di fiducia, dammi qua, posso parlare con l'esterno solo in questa maledetta ora d'aria. Continua a tenere il cellulare per me e vedrai che ti diamo ancora un po' di quella polverina bianca gratis. Pronto, chi parla?»
«Don Michele, sono Enzo. Come state? Oh quanto mi dispiace che state ancora lì dentro e...»
«Muoviti Enzo.»
«Don Michele, di sicuro sapete già quello che è successo, perdonatemi don Michele, io ho fatto del mio meglio, ma quello sbirro infame si è messo a sparare e...»
«Zitto, Enzo. So già tutto. Mi hai chiamato per cacciare queste scuse? E poi ti avevo ordinato di telefonare subito questa mattina, non adesso.»
«Avete ragione don Michele ma lo sbirro mi ha colpito, sono ferito, per fortuna qui a Torino ho un mio conoscente, sto ancora qua con il mio socio, ho perso molto sangue.»
«Chi era lo sbirro?»
«L'agente Sala, il comandante dei Falchi, quello lì del Nord, l'ho riconosciuto.»
«Sicuro? Lo hai visto in faccia?»
«Sì, sono sicuro don Miche'. Giusto l'altro giorno è venuto da me giù al bar per fare delle domande, mi stanno tenendo d'occhio. Insomma quel bastardo ha risposto al fuoco, e mi ha pure preso, per fortuna al braccio, o sarei già morto. Ora sto meglio.»
«Cosa me ne frega di come stai! Avete fallito dannazione! Laura adesso è in viaggio per venire in Calabria. Domani sarà al processo, quello che proprio non deve succedere. Dovevi pensarci tu.»
«Datemi un'altra possibilità don Michele, vi prego.»
«Parti subito e torna in Calabria. Intercettate quella maledetta strega per strada e fate in modo che non arrivi in aula.»

«Ma, don Michele: io non posso guidare, non ce la faccio, e poi domani vostra moglie sarà di sicuro scortata da altri poliziotti, non sarà una cosa così semplice.»
«Fai guidare il tuo socio, quello che ti sei portato con te. Quando siete qui in Calabria armatevi e caricatevi in macchina pure qualcun altro, se tu sei ferito non servi a un cazzo. Laura e quell'agente Sala stanno tornando e si fermeranno per la notte, domattina potete arrivare prima di loro nella zona del Tribunale e tendere un agguato. Anzi, aspettateli al casello di Reggio. Usate i mitra, fate pure un bel casino. Come lo fate non mi interessa, so che non sarà semplice ma tu non sei pagato per fare le cose semplici, Enzo. Trovateli e fate fuori la signora Aloise. Chiaro?»
«Tutto chiaro, 'o leone, chiarissimo. Questa volta non falliremo.»
«E vi conviene Enzo, o mi arrabbio sul serio, e quando devo punire qualcuno io non fallisco mai.»

CAPITOLO 92

Castrovillari, tre ore di macchina e domani raggiungeremo Reggio. Finalmente sarà il giorno del processo, e adesso che sono in Calabria con Laura al mio fianco comincio a essere teso. Lei è nel mirino, e lo sono anch'io, come è successo la notte scorsa.
«Ci fermiamo in questo motel? Sono stravolto.»
«Immagino, hai guidato per quasi mille chilometri. Io mi sarei addormentata dopo Salerno.»
«Ti sei addormentata mia cara, e ben prima di Salerno, questa volta eri tu che ronfavi.»
«Davvero? Allora spero di addormentarmi ancora stanotte. Domattina a che ora ripartiamo?»
«Sveglia presto e partenza per le sette, sette e mezza. Dobbiamo essere là un po' prima, perché…»
«Il Procuratore vuole vedermi, me l'hai già detto.»
«Ci verrà incontro Luigi con qualcuno della squadra, ci devono scortare, meglio prendere tutte le precauzioni. Ho sentito Volturno prima, mentre dormivi. Lui ci aspetterà direttamente in Tribunale, con Il Procuratore, i giudici, qualcuno della stampa. Ah, ci sarà anche Guerra, l'avvocato di tuo marito, la difesa diciamo. Tutto questo bello spiegamento di persone. In più, ovviamente, anche Michele e suo fratello.»
«Anche Vittorio? Mi viene già la tremarella.»
«Una bella doccia e una buona cena ti toglieranno qualsiasi tremarella, andiamo.»
«Siamo in camera assieme? »
«Ma no Lauretta, cosa ti salta in mente? Io sono in divisa come vedi, e se dovesse esserci bisogno di un agente mi verrebbero a chiamare, che figura faccio se mi trovano in camera abbracciato con te?»
«La figura di quello che mi ama.»
«Ma dai…»

«Sto scherzando, stupidotto! Certo che me ne starò in camera tutta sola, agente, anzi meglio così, non faccia il furbo!»
«Oddio a essere sincero avrei altri piani per questa sera…»
«E quali?»
«Di restare tutta notte tra le braccia di una dolce moretta calabrese, ma mi accontenterò…»
«Di dolce ti dovrà bastare quello che prenderai dopo cena.»
«Agli ordini signora.»
«Ah adesso sarei io quella che dà gli ordini? Beh, non è poi così male…»
«Non prenderci troppo gusto.»
«Ti preoccupi eh?»
«Un pochino.»
«Non preoccuparti, la Laura che impartiva ordini non c'è più da qualche mese.»
Una bella camera pulita e fresca è proprio quello che ci vuole dopo una giornata in macchina. Non ho nemmeno molta fame, non vedo l'ora di andare a riposare e svegliarmi per affrontare finalmente il giorno del Processo. Ci conviene mangiare e riposare bene. Questa notte non si è chiuso occhio, grazie agli uomini di Michele.
Non so perché ma ho come il presentimento che già arrivare al Tribunale sani e salvi sarà difficile. Il killer mandato da Michele ha fallito, ma dubito che 'o leone si sia arreso. Sarebbe capace di scatenare la guerra lungo la strada, pur di far fuori la nostra sorvegliata speciale. Converrà tenere gli occhi ben aperti domattina. Per fortuna ci verrà incontro Luigi con i Falchi. Lui sa guidare ottimamente ed è il pilota migliore che potrei avere nel caso dovessimo fare una fuga improvvisa.
Anzi adesso quasi quasi lo chiamo.
«Pronto? Dottore!»
«Ciao Luigi. Stai meglio?»
«Io sto un pochino meglio dotto', e per fortuna la giornata è stata tranquilla. Voi come state? La signora Laura? Ho saputo dai notiziari che questa notte ve la siete vista brutta, mi è spiaciuto non esserci, mannaggia a me.»
«Eh già, questa notte hanno cercato di farci fuori, ma non ti preoccupare, me la sono cavata. Ricorda di non riferire a Volturno che sei rimasto in Calabria, grazie.»

«Certo dottò, siamo d'accordo.»
Adesso gli racconto che ho dormito in un hotel lì vicino, come ordinato da Volturno, e mi sono precipitato da Laura non appena mi ha chiamato, allarmata da due tizi che armeggiavano all'ingresso.
«Laura mi ha... chiamato subito non appena ha intravisto due uomini trafficare con il cancello, mandati di sicuro dal Forgione, uno l'ho riconosciuto, era Enzo Lisanti, quello che abbiamo interrogato l'altro giorno al bar, ricordi?»
«Ma certo, quel farabutto che si pensa sia stato l'esecutore di Carmine! Avremmo dovuto arrestarlo con qualche scusa.»
«Non avevamo nessun elemento Luigi, ma adesso sì, e anche bello grave. Appena finito il processo dobbiamo trovarlo e sbattere dentro anche lui per tentato omicidio di un agente.»
«Volentieri dotto', a me quello proprio non piaceva.»
«Domani ci vengono incontro i Falchi per fare da scorta, mi ha confermato Volturno.»
«Dove volete che ci troviamo?»
«Io sono già in Calabria, a Castrovillari per la precisione. Direi di incontrarci con i Falchi domattina ore sette e trenta al casello di Sibari, poi insieme si va tutti a Reggio. Va bene?»
«Va benissimo.»
«Semeraro e Gentile verranno con la jeep dei Carabinieri, e ci aspetteranno dopo il casello. Tu fatti trovare all'autogrill che si trova cinquecento metri prima. Ti carichiamo sulla volante con noi, così quando i Falchi ci vedranno già insieme non si faranno domande.»
«Va bene dotto', tutto chiaro. Arriverò presto, mentre vi aspetto mangerò una brioche.»
«Perfetto, questa volta te la meriti proprio. Grazie Luigi, è un sollievo sapere che ci sarete anche voi, sinceramente sono un po' in pensiero.»
«Preoccupato che Michele cerchi di portare a termine il lavoro?»
«Proprio così. Se Laura racconta tutta la verità dubito che lui potrà rivedere ancora il mondo esterno.»
«Ma no, il leone avrà già i suoi bei grattacapi, e poi come fa a sapere dove siete ora, e a che ora vi metterete in viaggio domani?»
«Se vuole Michele riesce a sapere tutto, come abbiamo visto. Dovremo anche capire come ha fatto a scoprire la residenza di Laura.»

«In ogni caso dormite sonni tranquilli dotto', i Falchi vi proteggeranno, pronti a entrare in azione, se dovesse servire.»
«Lo so Luigi grazie, lo so, ma spero davvero che non ce ne sia bisogno.»

CAPITOLO 93

«Hai visto o no che belle chiappe che c'ha Ursula, Lino? Vieni qua negra, fammele strizzare un poco.»
«Va bene signore.»
«Ué don Antonio, adesso vi scopate pure la negretta? C'ha proprio un bel fisico, quanti anni può avere?»
«Quanti anni hai Ursula? Lo sai?»
«Io non sicura, ventisei anni forse.»
«Forse! Questa non sa manco quanti anni ha, don Antonio!»
«Ma sì, a me interessa solo che sappia fare i lavori di casa e che ogni tanto mi faccia toccare quelle chiappe sode. Sono sempre qui da solo, Lino, che devo fare? Io sono ancora giovane, devo scaricarmi ogni tanto no? E chi se ne fotte di mia moglie. Non la vedo da almeno dieci giorni. Adesso che non posso più stare in giro, è sempre nei negozi a spendere i miei soldi.»
«Giusto don Antonio, giustissimo. Le mogli… guardate cosa ha combinato quella di Michele Forgione, donna Laura, lo sanno tutti ormai. Infamato dalla propria moglie… e questo sarebbe 'o leone?»
«Leone in gabbia, ormai. Forse per sempre, a causa proprio della moglie.»
«Eh, già. Il processo è domani, se ricordo bene.»
«Ricordi bene, Lino. Anzi, stammi a sentire. Ho saputo che lui ha cercato di far fuori donna Laura stanotte ma ho sentito anche che gli è andata male. Non so come abbia fatto a farsi dire l'indirizzo di dove sta adesso, indirizzo protetto ovviamente, trattandosi di una pentita. Il killer che lui ha mandato a… Torino mi sembra, ha fallito. La signora era sorvegliata da uno o due poliziotti, che sono riusciti a far scappare l'uomo di Forgione.»
«Al leone ormai non ne va più bene una.»
«Pare che il killer fosse proprio Lisanti, quello che ha cercato di uccidere pure me.»

«Esattamente, siamo sicuri che c'era lui a capo del commando, l'altra volta a Corigliano.»
«Sempre le nostre fonti mi informano che 'o leone non si è arreso, e ha comandato a Lisanti di appostarsi per un agguato domani, prima che sua moglie arrivi in aula. Trovatelo e uccidetelo. Il mio consiglio è di aspettarlo al casello dell'autostrada, a Reggio. Se deve tendere un agguato alla signora e alla sua scorta penso proprio che cerchi di intercettarli lì. A me non frega niente della donna di Michele Forgione, voglio che uccidiate il suo killer numero uno per fare capire a tutti che adesso comandiamo noi.»
«Giusto don Antonio. Consideratelo già fatto. Domani prendo tre dei nostri e aspettiamo la macchina con la signora Forgione all'uscita dell'Autostrada. Li seguiamo e quando intercettiamo Lisanti lo facciamo fuori. A che ora dite di appostarci?»
«Dubito siano a Reggio prima delle dieci, il processo è alle undici.»
«Noi ci appostiamo dalle sette, per essere più sicuri. Preferite che uccidiamo Lisanti prima o dopo che lui abbia cercato di far fuori la moglie di Michele?»
«Uccidetelo prima. La Forgione in aula ci deve arrivare, conviene a noi. Se testimonia altre malefatte di suo marito quello si prende l'ergastolo, ciò che vogliamo. Così ce lo togliamo dai piedi una volta per tutte, e di questo ringrazieremo gli sbirri.»
«D'accordo don Antonio.»
«Bene Lino. Questa partita deve finire. E noi dobbiamo vincerla.»

CAPITOLO 94

«Sapevo che sarei riuscita a convincerti.»
«A te non si riesce mai a dire di no.»
«Vedrai che questa notte non ci sarà nessuna emergenza. Cosa vuoi che succeda in questo motel perso lungo l'autostrada? Può stare tranquillo, agente Sala.»
«Sì Lauretta, però tutta la notte no. Starei volentieri qui con te fino domattina, credimi, ma non è proprio il caso. Anzi adesso torno in camera mia, anche tu devi riposare bene. Domani è il grande giorno.»
«Come vuoi. Finalmente domani potrò liberarmi di questo peso e provare a ricominciare.»
«Hai pensato a cosa dire se il giudice ti chiede della strage di Soverato?»
«Ci ho pensato. A essere una persona seria e davvero per bene dovrei confermare tutto e far dare a Michele l'ergastolo, ma solo la parola mi spaventa. Per fortuna non abbiamo mai avuto un figlio, altrimenti come avrei potuto far condannare suo padre a una detenzione a vita?»
«Probabilmente non ti saresti neanche pentita, e avresti continuato a crescere vostro figlio nella menzogna, facendogli credere che suo padre fosse una persona rispettabile.»
«Già e magari sarebbe cresciuto seguendo le sue orme, per portare avanti gli affari sporchi della famiglia. Mio figlio, un capo clan, non voglio nemmeno pensarci, ma mi hai insegnato che non serve a niente pensare a come sarebbero potute andare le cose agendo diversamente.»
«Eh sì, ormai siamo in ballo, quindi si balla. Vedrai che pomeriggio arriverà in un attimo, martedì saremo nel nuovo alloggio che ti assegneranno.»
«E sarà l'ultima volta che ci vedremo.»
«Perché dici così? Non ti fidi di me? Mi sembra di averti già detto che ti amo, e a te ci tengo.»

«Sì, ma la verità è che tu tieni più al tuo lavoro e ai Falchi. Giusto così, è proprio l'atteggiamento che deve avere un vice questore con una mansione delicata come la tua.»
«Come fai a dirlo?»
«Si vede Giovanni, da tante piccole cose.»
«Tipo?»
«Tipo che non pensi mai se chiedere un trasferimento, per potermi stare vicino. Dici che mi ami, prometti che staremo insieme, ma solo a parole. Sai benissimo che in Calabria io non ci posso più stare.»
«Laura, io non ti ho promesso niente, la situazione è questa, e non è per niente facile. Non dobbiamo correre, non siamo una coppia come tante, ricordalo sempre. Io ho arrestato tuo marito.»
«Questo lo so, e mi fa dispiacere. In tutte le storie il periodo più bello è proprio all'inizio, quando si pensa solo a stare insieme e a essere felici. Noi invece abbiamo mille pensieri. Giusto, sbagliato, il futuro... è tutto così difficile.»
«I traguardi più belli sono quelli più difficili da raggiungere.»
«Ti voglio credere Giovanni, almeno per stasera ancora. Dammi un altro bacio, poi vai e lasciami sola.»
«Buonanotte Laura, cerca di restare serena e di riposare bene. Vengo a bussare alle sette. A domani.»
Finalmente posso andare a dormire. Domani sarà una giornata campale anche per me, è il primo processo a un latitante di questo livello che ho contribuito a far arrestare.
E poi, una volta finito il processo, saprò dove riportare Laura. Volturno ha già verificato nuove possibili abitazioni con un incaricato del Ministero dell'Interno, non possiamo rischiare che a causa di un'altra fuga di notizie si venga a sapere dove si trovano i nostri pentiti. Nel servizio centrale di protezione è stata istituita d'urgenza una task force per cercare di scoprire chi ha rivelato dove si trovasse Laura. In questo momento gli agenti della sede di Reggio Calabria sono stati tutti sospesi dall'incarico, e credo proprio vengano sostituiti.
Ah, che bel letto morbido, spero proprio di riposare bene anch'io. Per fortuna c'è anche una bottiglia d'acqua nel frigo bar, ho una sete...
Domattina il tragitto tra il casello autostradale dove ci attenderanno i Falchi e il Tribunale sarà ad alta tensione. Se gli uomini di Michele vogliono riprovare a uccidere Laura colpiranno proprio lungo quel percorso.

Povera Lauretta, fino a pochi mesi fa non avrebbe immaginato cosa le stesse per capitare. Per fortuna sono andato a prenderla sabato, altrimenti adesso sarebbe all'obitorio e il processo a Michele si sarebbe trasformato in una farsa.
A dire il vero mi sorprende la forza e il coraggio con cui Laura sta vivendo questo periodo, ma temo per il gran finale. Se davvero rinuncerà a confessare la strage di Soverato dubito che a 'o leone verrà dato l'ergastolo, abbiamo troppo poco contro di lui per condannarlo alla massima pena. Tutti sanno chi era e cosa faceva quell'uomo, tutti conoscono la gravità dei danni che ha creato alla collettività, ma senza prove non si può procedere.
Le prove deve fornirle chi le possiede, ma spesso ci si nasconde dietro un muro di omertà. Questa è l'Italia. Solo Laura può davvero sancire la fine del clan Forgione ma spero non si faccia intimorire, vanificando tutti i nostri sforzi.
Se Michele non verrà condannato all'ergastolo mi impegnerò ancora di più per trovare altre prove, non voglio trovarmelo tra qualche anno di nuovo in giro per San Luca grazie ai cavilli della legge e all'abilità di Guerra.
Rispetterò la scelta di Laura ma se decide di non confessare tutto ne resterò deluso. Suo marito non ha voluto liberarla quando era sequestrata, ha cercato di ucciderla una volta, spero non anche domani, perché mai lei dovrebbe salvarlo? Va bene il buon cuore, ma bisogna fare attenzione a chi lo si dona, o è amore sprecato. Già ce n'è in giro poco, meglio conservarlo per chi se lo merita.
Chissà se tra qualche anno sarò ancora a San Luca. Dipenderà anche da come si evolverà il mio rapporto con Laura. Lei vorrebbe che dopo il processo pensi già a chiedere un trasferimento, ormai sappiamo del sentimento che proviamo uno per l'atro, ma dovrei lasciare i Falchi, cambiare di nuovo vita. Lei lo ha fatto, ha avuto il coraggio, ma perché sentiva che la sua esistenza non era quella giusta, e dopo il sequestro da parte dei Cosenza ne ha avuto la prova.
Io sono contento del mio lavoro qui, non avrei motivi per andarmene, se non quello di voler vivere con una donna che forse mi ha rubato il cuore. Ci conosciamo da così poco tempo, se rinunciassi ai Falchi per lei e poi le cose andassero male e ci lasciassimo? Lei si farà una nuova vita, ma dubito che io avrò ancora possibilità di fare parte della

squadra di Volturno. Se me ne vado lui di certo non la prenderà bene, dal momento successivo alla mia domanda di dimissioni non sarò più nessuno.

Quanti pensieri. Ora meglio cercare di dormire.

Sono un vice questore che si è fatto rubare il cuore da una ex malavitosa, la moglie del capo clan. Non è certo un bel biglietto da visita, forse è proprio un indizio che mostra la via migliore per me. Laura mi ha insegnato proprio che l'amore è la cosa più importante, quella per cui vale sempre la pena affrontare qualsiasi sacrificio.

CAPITOLO 95

Lunedì. Il gran giorno del processo. Ora tutta questa faccenda avrà la sua conclusione, spero sia la migliore possibile. Abbiamo lasciato le camere in perfetto orario, ora siamo in auto, ormai in prossimità del casello dove ci aspettano i Falchi.
«Come mai ti fermi all'autogrill? Devi fare pipì?»
«No. Qui ho appuntamento con Luigi. Lo carichiamo sulla volante con noi, così i Falchi non noteranno nulla di strano.»
«Giusto, le pensi tutte. Rivedo volentieri Luigi, un volto amichevole è quello che ci vuole per incominciare bene questa giornata.»
«Non ti è bastato il bacione appassionato che ci siamo dati quando sono venuto a chiamarti per la colazione?»
«No.»
«Come no? Avessi visto la faccia della cameriera che passava in corridoio proprio in quel momento! Chissà cosa ha pensato, che figura.»
«Non l'ho vista.»
«Ho capito, non sei di buon umore. È comprensibile. Io ci provo, ma dentro mi sento già nervoso.»
«Già.»
Ecco lì Luigi, che si mangia la brioche, bello contento, e ci saluta con la sua manona. Fa piacere anche a me rivederlo, quando c'è lui ho la sensazione che tutto vada per il verso giusto. Fermiamoci.
«Buongiorno dotto'! Signora Laura! È davvero bello rivedervi! Ho saputo di sabato notte, mannaggia. Per fortuna che eravate lì con il dottor Giovanni, altrimenti non so come sarebbe finita. Quanto mi spiace non essere venuto anche io ma non stavo bene e...»
«Tranquillo, nessun problema. Sarebbe finita che ora non sarei qui, ma all'obitorio. Come stai?»
«Meglio signora Laura, grazie. Inutile chiedersi chi ha mandato quegli assassini, giusto?»
«Inutile.»

«Oggi potete fargliela pagare signora Laura, per tutte le malefatte. Ricordo ancora come vi abbiamo trovata in quella casa, quando vi avevano rapita. Sotto una coperta, tremante. Chi le ha fatto questo ha già avuto quello che si meritava, oggi la pagherà anche chi in quella condizione ha voluto lasciarvi, senza muovere un dito per venire in vostro aiuto.»

«Forza Luigi, sali in macchina, così attraversiamo il casello e ci incontriamo subito dopo con Semeraro.»

«Subito dottor Giovanni, non vedo l'ora di essere in Tribunale.»

Mi sento a disagio, nel mentire ai mei colleghi. Non è certo il comportamento che deve assumere un vice Questore. L'ho fatto per amore, e questo sentimento ci fa perdere di vista la realtà delle cose. È anche vero però che è quello che lo rende speciale, ci fa commettere azioni di cui non avremmo mai il coraggio, per paura o per pigrizia.

Ecco il casello di Sibari, siamo arrivati. Subito dopo ci aspettano i Falchi. Poi tutti insieme riprenderemo l'autostrada e andremo fino a Reggio. Quello più vicino al Tribunale è il casello Santo Spirito ma in questo periodo è chiuso per lavori, dannazione. Sarei rimasto ancora in autostrada, è più sicura, ma ci tocca uscire qui. In ogni caso basteranno circa dieci minuti per arrivare al tribunale.

Laura ieri sera aveva ragione, per stare con lei l'unica soluzione sarebbe abbandonare il gruppo e tornare a Torino, per fare il Poliziotto normale. Questo pensiero comincia a torturarmi, vorrei stare con Laura ma come posso lasciare qui tutto? Meglio non pensarci proprio adesso.

«Ecco la Land Rover dei Carabinieri.»

Solo a vedere i miei uomini mi sento più al sicuro. Mi organizzo con la scorta e partiamo immediatamente.

«Oh, buongiorno ragazzi! Semeraro, Nastasi… è un piacere vedervi, come sempre. Soprattutto oggi.»

«Siamo qui apposta, dottor Sala. Con noi siete in una botte di ferro, come si usa dire. Buongiorno signora Aloise. Agente San Rocco… bentornati in Calabria.»

«Buongiorno ragazzi, gli agenti Sala e San Rocco sono una forza, ma con voi la scorta è al completo, mi sento ancora più al sicuro.»

«È quello che vogliamo signora Aloise, lei oggi deve sentirsi più tranquilla possibile.»

«Andiamo ragazzi, non siamo in gita di piacere. Sono passate le sette, abbiamo circa tre ore per arrivare al tribunale. Abbiamo tutto il tempo, ma non perdiamoci in chiacchiere.»
«Giusto, dotto'. Lasciate guidare me. Semeraro e Nastasi ci precederanno con il Defender.»
«Ok Luigi, ottima idea, ti lascio il posto di guida volentieri. In marcia.»
«Prego, signor...»
«Oh ma che galanteria, addirittura aprire la portiera, grazie Luigi.»
«La volante della Polizia non è certo la carrozza di una principessa, ma oggi questa abbiamo!»
«Andrà benissimo. Anzi sono già su questa macchina da molte ore, sonno escluso.»
«Eh mi ricordo che razza di viaggio signora... quando l'altra volta siamo venuti a Torino non si arrivava più. Partiamo dotto'?»
«Vai pure Luigi, non correre e tieni d'occhio i Falchi. Se vedi qualche auto sospetta che ci segue avvisami subito. Anch'io starò attentissimo.»
«Siete proprio convinto che qualcuno degli uomini di Michele ci possa seguire?»
«Hai conosciuto anche tu che razza di persona è il nostro detenuto, non è certo uno che si dà per vinto facilmente.»
«E cosa può fare? È lunedì mattina, ormai le ferie sono finite, guardate che traffico. Persone che vanno al lavoro. Di certo non possono far scoppiare un casino qui.»
«Sarò tranquillo solo quando saremo arrivati.»
«In ogni caso abbiamo anche due Falchi dalla nostra.»
«Non potevamo avere scorta migliore.»
«E anch'io mi so difendere bene. Lo sapete che l'altro ieri al poligono ho fatto ventitré centri su trenta?»
«Davvero? Ottimo Luigi, ottimo. Appena vedi il casello del porto di Reggio usciamo. Da lì al Tribunale saranno una decina di chilometri. Adesso concentrati, fai bene attenzione. Il tratto forse più pericoloso comincia qui. Se qualcuno ci aspetta per farci la festa, non può che essere da queste parti.»

CAPITOLO 96

«Totò, come sta tuo figlio? Come si chiama… ah sì, Diego. Ho saputo che si è preso una bella ripassata dai Falchi, quando hanno arrestato don Vittorio. Era lui di guardia, che sfortuna.»

«Sta bene, grazie Enzuccio. Gli è andata bene che non lo hanno arrestato. Gli hanno detto di studiare o trovarsi un lavoro vero, e fare il bravo ragazzo, quante cazzate. Di studiare non ha voglia, che va a scuola a fare, e io non voglio vederlo invecchiare e farsi la gobba a portare sacchi di cemento. Non so come finirà con i Forgione, ma se la 'ndrina si scioglie lavoreremo per qualcun altro. Ma guarda un po' se dobbiamo stare qui, in tre, all'uscita del casello di Reggio, fin dalle sette del mattino. Che ore sono.»

«Quasi le dieci. Ci va bene che il casello di Spirito Santo è chiuso per lavori, o non avremmo potuto prevedere da quale uscita Laura e gli sbirri avrebbero lasciato l'autostrada, e ci saremmo dovuti appostare nei pressi del Tribunale, troppo rischioso. Se non li fermiamo siamo fottuti, Totò. Mario, tieni pure tu gli occhi aperti.»

«Eh già, Enzo mio, adesso che tutti e due i fratelli Forgione sono al Panzera gli affari non vanno. I ragazzi dello spaccio sanno che la cosca non ha più capi in libertà, e stanno cominciando a fare di testa loro, e pure a litigare. L'altra sera alla piazza di Gioia Tauro gli spacciatori si sono divisi in due fazioni e si sono messi a fare a coltellate, invece di vendere la droga alla gente. Risultato? Sono scappati tutti e non si è venduto niente.»

«Non mi sorprende. Almeno uno dei due Forgione dovrebbe uscire in fretta, o qui le cose si mettono male.»

«Uscire in fretta? Dubito.»

«Vedremo, pensiamo adesso alla nostra missione. Che armi abbiamo, killer?»

«Eccole, questi bei fucili a pompa. Nuovi nuovi, numero di serie cancellato, grande potenza di fuoco.»

«Riesci a sparare con quella spalla ferita? In ogni caso ci siamo portati pure Mario.»
«La spalla mi fa ancora un po' male ma ci riesco eccome. Anche perché voglio fargliela pagare a quello sbirro infame, per poco non mi mandava all'inferno.»
«Allo sbirro voglio spararglì pure io, avrebbe potuto colpire me.»
«Mario, che cazzo, avresti dovuto spararglì l'altra notte a Torino, invece di scappare ai primi colpi!»
«Quel bastardo sapeva sparare bene, non si è fatto intimorire dal nostro arrivo. Ho capito subito che non era possibile far fuori Laura senza scatenare tutte le pattuglie della città.»
«Ha detto don Michele che l'importante era far fuori Laura, adesso sta incazzato nero.»
«Col cazzo che rischio decenni di galera per far fuori quella puttana di pentita. Prima di sparare lo sbirro avrà sicuramente chiamato i rinforzi. Ci avrebbero beccato.»
«Tra poco lo sbirro lo togliamo dalla circolazione. È uno del Nord, lo rimandiamo da sua madre in una bara.»
«Scusa ma le auto di Polizia e Carabinieri non sono mica antiproiettile?»
«Sì, certo, ma la blindatura non resiste a questi bei pallettoni sparati a bruciapelo. Visto come sono grossi?»
«Va bene Enzo, sto ai vostri comandi.»
«Bravo Mario, ascoltami e vedrai che andrà tutto bene. Non provarci a scappare ancora o il fucile te lo scarico nella schiena. Questa volta non dobbiamo fallire oppure Michele ce la farà pagare, e pure a te, caro Totò.»
«Non falliremo. Sono pronto.»
«Lo sbirro si pentirà amaramente di averci sparato addosso, e la signora Laura rimpiangerà di non essere più dalla nostra parte.»
«Enzo guarda, gli sbirri. Sono usciti adesso dal casello.»
«Una Land Rover dei Carabinieri che precede un'Alfa 155 della Polizia di Stato. I Falchi. La donna seduta dietro, sulla macchina della Polizia, deve essere Laura. Seguili Mario, vai, vai!»
«Li raggiungo subito?»
«Sì, stai dietro alla macchina della Polizia, ma senza farti vedere, lascia qualche vettura tra di noi, mescolati con il traffico.»

«E come faccio a seguirli, Enzo? Hanno appena acceso la sirena.»
«Hai ragione. Ti guido io. Conosco una scorciatoia che ci eviterà tutto questo traffico. Ci apposteremo qualche minuto prima in una via laterale, appena arrivano li blocchiamo e li riempiamo di piombo.»

CAPITOLO 97

«Don Antonio non capisco come mai siete voluto venire pure voi. Non c'è bisogno della vostra presenza per uccidere il killer di Michele. È pure rischioso. Se ci fermano a un posto di blocco e vi riconoscono?»

«Tranquillo, Lino. Se vedi un posto di blocco basta che non ti fermi. Tempo che gli sbirri decidano cosa fare e saltino in macchina e siamo già spariti. E poi avevo davvero voglia di uscire, mi pesa starmene chiuso in casa come un topo. Ho ragione o no, Anselmo?»

«Voi avete sempre ragione, don Antonio.»

«Vi va già bene che non dovete stare sottoterra in qualche bunker.»

«Quello lo faceva Michele 'o leone. Adesso un latitante come si deve a pranzo se ne sta al tavolo di casa sua.»

«Siete grande, don Antonio, grande!»

«E poi, caro Anselmo, non dimenticare che voglio ficcarglielo pure io un po' di piombo nella zucca a quel Lisanti. Quel bastardo ha cercato di farmi fuori, non posso certo perdonarlo.»

«Vi capisco don Antonio, cercare di uccidere una persona per bene come voi, no, non si fa. C'ero anch'io quella notte. Ricordo che avevano anche armi pesanti ma a noi non ci fa paura niente.»

«Mi avete coperto bene e sono riuscito a svignarmela. Bravi ragazzi, siete i migliori, degni della 'ndrina Pasculli.»

«Dove si saranno cacciati? Siamo qui da ore, il Tribunale è poco più avanti, devono passare di qua per forza e ancora non si sono visti Poliziotti.»

«Arrivano, arrivano, non ti agitare Lino.»

«Al limite se non li vediamo sappiamo dove beccare Lisanti, nel bar in centro San Luca che vi ho detto.»

«No no, Lino, ricorda che dobbiamo impedire a Lisanti di uccidere Laura o tra qualche anno 'o leone è fuori. Dobbiamo trovarlo prima che lui trovi la donna, o almeno prima che la faccia fuori.»

«Parlate del gatto… eccoli! Scommetterei che sono loro.»
«Una Jeep dei Carabinieri, seguita da una volante della Polizia, a sirene spiegate. Sì, ho sentito che questi Falchi del cazzo si spostano così, fanno operazioni congiunte tra Polizia e Carabinieri. Segui loro, e troveremo anche Enzo e gli uomini dei Forgione. Parti Lino, senza sgommare o ci notano tutti.»

CAPITOLO 98

«Come va signora Laura? Siete nervosa, immagino.»
«Me la sto facendo sotto.»
«Su su, so che per voi non conta ma ricordate che non siete certo la prima pentita che testimonia in Tribunale. Vi proteggeremo e vi staremo vicino, ci siamo abituati ormai. Non tanto il dottor Sala, ma io di processi ne ho già visti parecchi, qui a Reggio.»
«Sì ma probabilmente sono la prima a testimoniare contro mio marito.»
«No, che dite? La prima pentita della 'ndrangheta è stata è stata la signora Lea Garofalo. Hanno ritrovato il suo corpo senza vita a Monza, su al Nord, uccisa perché aveva deciso di confessare tutto sulla cosca di suo marito. Bastardi.»
«Mamma mia, come me.»
«Luigi, se racconti queste cose adesso però non aiuti certo Laura, anzi, me la terrorizzi.»
«Oh scusate dotto', e scusate anche voi signora Laura, non volevo, era solo per...»
«Tranquillo Luigi, lo so che mi vuoi far forza. Anzi sapere che non sono la prima pentita mi dà fiducia. Manca tanto al Tribunale? Non vedo l'ora di arrivare, deporre, e tornarmene alla mia nuova vita, al Nord. Ah no, prima Giovanni ha promesso che mi porta a vedere il mare, l'ultima volta che lo vedrò qui in Calabria.»
«Io non ho promesso niente.»
«Dai... non farti pregare.»
«Vediamo Laura, vediamo. Oggi non è proprio la giornata giusta per fare i turisti. Adesso scusami ma sono un po' teso, non vedo l'ora di vedere il Tribunale. Lì saremo al sicuro.»
«Dotto', tra poco saremo nell'aula bunker, rilassatevi.»
«Non sono ancora tranquillo.»
«Vedrete che non succederà nulla. 'O leone è al 41 bis, non può parlare con nessuno all'esterno.»

«Sicuro? Conosciamo bene il nostro uomo ormai, riuscirebbe pure a parlare con il demonio in persona.»
«Sicuro sicuro… no.»
«E fai bene. Anche perché ho adocchiato una Fiat Punto grigia che ci segue da almeno cinque minuti.»
«Ragazzi, così mi fate paura.»
«State tranquilla signora Laura, e anche voi dotto'. Dal casello al centro di Reggio c'è solo questa strada principale, sarà un caso.»
«No, tiene costantemente la nostra velocità, come se avesse paura di perderci, ma si mantiene anche defilata, come per non farsi notare. Non deve essere facile, c'è molto traffico ma abbiamo le sirene. Se è qualcuno che davvero ci segue, di sicuro lo sa fare molto bene. Prima hai accelerato per sorpassare qual camion di frutta, e anche la Punto ha fatto lo stesso. Si mantiene sempre alla stessa distanza, dai trenta ai cinquanta metri. Quell'auto mi dà proprio l'idea di qualcuno che ci segue.»
«Lavorate troppo dotto'. Volturno avrebbe dovuto concedervi qualche giorno di vacanza in più. Che ne dite, signora Laura?»
«Su questo non posso che essere d'accordo con te, Luigi.»
«Ehi, ma vedo che un po' abbronzata comunque lo siete, pur abitando a Torino. Da quelle parti puoi anche stare tutto il giorno sotto al sole e mica ti abbronzi. Un mio amico poliziotto è stato trasferito in zona Novara e con il passare degli anni sta impallidendo, gliel'ho detto che deve tornare a casa più spesso!»
«Eh sì, un po' di colore me lo sono fatto.»
«Non penso proprio che siete stata al mare, quindi come fate?»
«Al mare, ehm… no, prendo il sole in giardino.»
Brava Laura, risposta esatta. Non è certo il momento di rivelare al mondo che siamo stati in vacanza assieme, anche se solo per qualche giorno.
«Ah, ecco spiegato. Poi voi siete già di carnagione scura, è più facile.»
«Vedrai tra qualche anno come mi sarò sbiancata anch'io! Farai fatica a riconoscermi.»
«Quello magari perché avrete cambiato qualcosa del vostro aspetto. Dopo il processo dovrete farlo. Ci avete già pensato?»
«Volevo farmi bionda.»
«No! I vostri bei capelli corvini! Non fate una simile sciocchezza! Avete gli occhi azzurri, i capelli neri stanno da favola.»

«Ragazzi non vorrei disturbare le vostre profonde discussioni ma la Punto grigia è ancora dietro. Peccato che con il riverbero del sole non riesca a vedere chi c'è dentro. Tu lo vedi Luigi?»

«Provo dallo specchietto di sinistra. Sì, qualcosa si vede. Sembrano adulti, uomini. Sono in tre.»

«Stai attento adesso, Luigi. Tra trecento metri finisce la provinciale e ci ritroviamo a quella rotonda. Vedo alcune auto in fila. Se è qualcuno che ci vuole fare un agguato, quello sarebbe un ottimo posto.»

«Siete davvero efficiente, dotto'. Pensate proprio a tutto. Vedrete che adesso superiamo la rotonda nella massima tranquillità.»

«Io li tengo d'occhio. Rallenta...»

«Dove sono?»

«Quattro macchine dietro la nostra. Stanno rallentando anche loro.»

«Ragazzi, ho paura! Giovanni non farmi agitare.»

«La prudenza non è mai troppa, soprattutto in questi casi.»

«Ok... siamo fuori. Visto dotto'? Tutto tranquillo.»

«Sì vedo, ma non distraiamoci. Laura anche tu guarda in giro e dimmi se vedi qualcosa di strano.»

«Cinquanta metri e siamo a un'altra rotonda, dotto'.»

«Attenzione...»

«Dobbiamo fare così fino al tribunale?»

«Se necessario sì. Non sono tranquillo, come se avessi un presentimento. E quella Punto non mi aiuta a rilassarmi. Per fortuna i Falchi sono sempre davanti a noi.»

«Con loro siamo in una botte di ferro, dotto'. Si rilassi, che poi in Tribunale l'aria si farà pesante.»

«Quando sono per le strade con questa auto e questa divisa addosso non sono mai tranquillo Luigi, soprattutto qui in Calabria».

CAPITOLO 99

«Mi sembra che ci abbiano visto, Enzo. Continuano a guardare dietro. Ecco, lo sbirro al volante ha guardato dal retrovisore sinistro.»

«Ancora qualche secondo, Mario. Sto aspettando il momento giusto. Ci vuole una rotonda tipo quella che abbiamo appena superato, però in cui la corsia di fianco agli sbirri sia vuota. Appena la vediamo ti affianchi e sterzi all'improvviso, spingendoli verso il marciapiede, così si devono fermare per forza. Mario, tu spara dal finestrino dietro.»

«Sono pronto.»

«Io invece cerco di sparare da qui davanti. Se ti affianchi alla loro sinistra io sono dal lato giusto e non ho problemi ad aprire il fuoco. Prima la donna, mi raccomando.»

«Cerco di affiancarmi alla loro sinistra.»

«Ti conviene, così almeno non devo scendere. Eccoci a un'altra rotonda...»

«Questa sembra libera. Siamo i Falchi e noi.»

«Prepara il tuo fucile Mario. Attento, Totò.»

«Ancora qualche secondo...»

«Perfetto. Affiancati Totò, uccidiamo quella puttana e il suo amico sbirro, facciamoli fuori tutti, ora, vai!»

CAPITOLO 100

«Eccoli don Antonio, gli sbirri! Dietro alla jeep dei Carabinieri c'è anche una gazzella della Polizia. Mi sembra di scorgere una donna seduta sul sedile posteriore.»
«Sono loro. Stai a distanza e vediamo se passano pure gli uomini dei Forgione. Quella notte a Soverato non l'ho visto in faccia, ma conosco il volto di Lisanti, ho chiesto informazioni in giro ed è saltato fuori che stava nell'esercito. Ho fatto fare altre ricerche a un amico al ministero e ho ricevuto foto sue di quando era soldato. Tu, Anselmo, lo sai riconoscere?»
«Certo don Antonio. L'atra volta io l'ho visto bene, e non dimentico il volto di chi ha cercato di farmi fuori.»
«Guardate quella Punto grigia, don Antonio, arriva a tutta velocità, e punta proprio verso le macchine degli sbirri!»
«Don Antonio, il passeggero a lato del guidatore, l'ho visto, è Lisanti!»
«Bloccali subito Lino, vai! Dobbiamo eliminarli prima che loro uccidano Laura.»
«Don Anto', adesso dobbiamo pure proteggere i pentiti e aiutare i poliziotti?»
«Ehi sì Anselmo, per oggi stiamo con le forze dell'ordine. Noi si fa quello che più conviene al clan Pasculli. Il resto non conta.»

CAPITOLO 101

«Eccoci all'altra rotonda, dottor Giovanni. Ora con calma la superia...»
«Attento Luigi! La Punto è ripartita sgommando sull'altra corsia! Sta arrivando a tutta velocità!»
«Uh? Dove? Ah sì dotto' l'ho vista, arriva!»
«Togliamoci subito di mezzo! Laura buttati giù, sdraiati sul pavimento!»
«Oddio ancora! Quando mi lasceranno stare?»
«Hai visto, Luigi? Quello di destra è Enzo Lisanti, e imbraccia un fucile.»
«Non riesco a togliermi, dotto', quei due davanti non si spostano! Sono fermi pure i Falchi!»
«Sterza sull'altra corsia, non farti affiancare. Se quelli hanno armi pesanti ci bucano la blindatura. Chiamo subito i Falchi, si metteranno tra noi e loro.»
«Mi butto contromano, speriamo nella sirena dotto', che Dio ce la mandi buona!»
«Vai Luigi, a tutto gas! Ragazzi mi sentite?»
«Sì vice questore.»
«Bloccate la punto grigia! È dei Forgione!»
«Ricevuto.»
Schiviamo un furgone, rientriamo nella corsia. La partenza a tutto gas di Luigi ci ha dato qualche metro di vantaggio.
Bruciamo un semaforo rosso, facciamo una rotonda contromano. Guardo dietro, i Falchi si sono messi tra noi e la Punto, forse anche questa volta l'abbiamo scampata. Provo a sentire Semeraro via radio.
«Semeraro. Dove siete? Semeraro?»
Mannaggia non mi sentono. Il segnale radio in questo punto è disturbato. Lì ci sono delle colline, forse fanno interferenza. Riprovo.
«Semeraro! Dove siete?»

«Alla rotonda. Abbiamo speronato la punto, che ha imboccato questa strada laterale. Stiamo inseguendo… Cazzo!»
«Che succede?» Lo chiedo anche se sento i colpi nella radio.
«Sparano. Grosso calibro, non riusciamo a stargli dietro.»
«Lasciateli andare, non rischiate. Puntavano a Laura. Li abbiamo riconosciuti, Enzo Lisanti e uomini dei Forgione. Sul primo pende già un mandato di cattura. Appena ne parlo con Volturno smuoverà mezza Calabria per farlo arrestare.»
«Voi come state? La signora Forgione?»
«Noi bene. Anche la collaboratrice di giustizia. Ci vediamo in tribunale.»
«Ricevuto. Avvisateci se ci dovessero essere altri problemi.»
«Certo Falchi, ci avete salvato ancora una volta.»

CAPITOLO 102

«La Jeep dei Falchi l'abbiamo seminata, ma Laura è scappata! Ci è andata male ancora! 'O leone sarà furente, dannazione!»
«Già, se non troviamo Laura saranno guai seri per noi. Ho un'idea. A questo punto la volante sarà già lanciata verso il Tribunale, ma io so una scorciatoia per arrivare. Totò, gira di là e alla seconda svolta a sinistra. Da ragazzo avevo una fidanzata che abitava proprio da queste parti. Tutto può tornare utile.»
«E quando arriviamo al Tribunale che facciamo?»
«La uccidiamo prima che salga le scale ed entri in aula.»
«Enzo, così ci beccheranno! Io non voglio finire dentro!»
«Mario, preferisci finire ammazzato, su ordine di Michele? Non so come, né a chi lo farebbe fare, ma se falliamo anche questa volta quello ci fa buttare in pasto ai maiali!»
«Speriamo di arrivare in tempo.»
«Se Totò fa la strada che gli dico arriviamo prima noi, vedrai.»
«Enzo, hai visto che ci segue una Mercedes? La conosci?»
«No, mai vista prima. Hanno i vetri scuri. Vedo solo l'autista, ma non lo riconosco. Il passeggero di fianco ha il volto nascosto da un cappellino.»
«Ci seguono da un po', non so se fin dal casello.»
«Guarda, segnalano con i fari, vogliono che ci fermiamo. Che faccio?»
«E chi cazzo sono? Lascia stare, e muoviti, Vito! Dobbiamo beccare Laura prima che entri in Tribunale o Michele ci fa staccare la testa!»
«Enzo adesso ci sparano addosso! Hanno beccato una gomma, la macchina sbanda, mi devo fermare!»
«Attento Enzo, può essere una trappola! Si sono fermati dietro di noi. La gente sta scappando da tutte le parti! Con tutto 'sto casino presto arriveranno di nuovo gli sbirri!»
«Mario ti ho già detto che non ho paura di nessuno. Tu, levati quel cappello! Assaggiate questi pallettoni!»

«Attento Enzo, rispondono al fuoco! Stai giù, giù, maledizione!»
«Giù un cazzo! Adesso ci sto io a capo del clan Forgione, nessuno mi può fermar… Ah! Mi hanno preso! Sono scesi dall'auto!»
«Lisanti, ti ho beccato! Ragazzi, freddate gli altri due, ma questo lasciatelo a me.»
«Va bene, don Antonio. Tutto vostro.»
«Lisanti. Enzo… Enzo… eri tu a capo del commando che ha cercato di togliermi di mezzo, a Corigliano. Credevi di farla franca?»
«Don Antonio Pasculli… mi avete trovato, finalmente. Sapevo che dal momento che siete scappato mi avreste cercato fino all'inferno, per farmela pagare. Sono un morto che cammina, lo so benissimo. Uccidetemi, fate subito. Fatemi morire da militare.»
«Ti accontento. Saresti potuto essermi utile, ma hai scelto il clan sbagliato, quello che perde. Il clan dei Forgione non esiste più.»

CAPITOLO 103

Eccoci al Tribunale di Reggio, finalmente. È solo metà mattina ma ho già perso anni di vita, con quella fuga a tutta velocità tra le macchine. Per certi versi è meglio entrare nei bunker. Almeno lì c'è da stare attenti solo che il latitante non ti spari addosso. Ben diverso dallo schivare auto che arrivano contromano da tutte le direzioni. Pericoloso per noi tutori della legge, e anche per gli ignari automobilisti. Ho perso di vista l'auto dei Falchi, spero sia tutto a posto.
«Siamo arrivati, dottor Giovanni, posteggio nel posto riservato alla Polizia?»
«No Luigi, vedo già un sacco di gente dei media, ci salteranno addosso. Fermati proprio davanti alle scale di ingresso. Io e Laura scendiamo, poi tu vai a posteggiare. Speriamo di prenderli di sorpresa. Laura, sei pronta? Il ballo sta per cominciare.»
«Ci sono anche le TV! E quanta gente! Caspita Giovanni, non lo avrei mai pensato!»
«Michele era un uomo conosciuto, è normale che il giorno del suo processo ci sia una massiccia presenza della popolazione e dei media.»
«Sono qui anche per me?»
«Sicuramente sanno che in aula parlerà anche la signora Laura Aloise, moglie dell'uomo sotto processo. E sanno che questa moglie confesserà le malefatte della cosca, quindi puoi immaginare il loro interesse. Sì Lauretta, sono qui anche per te.»
«Non voglio parlarci! Non avrei mai pensato neanche di essere avvicinata dai giornalisti, figurati in una situazione come questa.»
«Non preoccuparti, penserò io a farti da bodyguard. Tu tieni la testa bassa, non guardare nessuno e non parlare con nessuno, neanche se ti fa domande.»
«Non ho mai tenuto la testa bassa davanti a nessuno, io.»
«Laura su, non è il momento di mettersi a fare la boss del crimine. Guarda i tuoi piedi e camminami di fianco, senza fermarti. Scendiamo.»

«Stringimi prima la mano, due secondi.»
«Oh Lauretta, caspita, mi fai commuovere. Dammi la mano, te la stringo forte. Coraggio, non manca molto.»
«Forza signora Laura! Non è niente. Entrate, parlate, uscite, tutto finito. Due minuti. E se ve lo dice un fifone come me, potete crederci.»
«Grazie Giovanni, grazie Luigi, vi voglio bene. Scendiamo, forza. Laura Aloise cammina a testa alta, in qualsiasi situazione.»
«Bene. 3,2,1… si dia inizio alle danze!»
Siamo subito circondati da giornalisti, microfoni, telecamere. Urlano domande che non comprendo, se non a spezzoni. Qualcuno riconosce Laura, le si avvicina, le chiede se davvero accuserà il marito. Lei lo fissa con sguardo fermo, io lo sposto con il braccio. I flash ci accecano, ma continuiamo a salire. A tre gradini dalla cima il tono cambia. Rabbia, insulti. La chiamano puttana, svergognata. Lei, la mia Laura. Mi faccio forza per non menare le mani. Gridano che 'o leone non si tocca. Questa è la gente contro la quale combattiamo. Ne sposto un paio con brutalità, uno cade, mi minaccia, ma ormai siamo dentro.
«Eccoci al sicuro. Metti la borsa nel metal detector ed entra. Non hai altri oggetti proibiti, giusto?»
«No, bazooka a parte. Ci mancava anche quella gente che mi insultava! Stavo per mettermi a piangere.»
«Chi erano?»
«Amici di Michele, qualcuno l'ho riconosciuto. C'era anche la nostra ex cuoca e domestica. Non l'ho mai sopportata. Mi ha dato della puttana e mi ha detto che me la farà pagare. L'hai sentita?»
«Se vuoi puoi denunciarla per minacce.»
«Ma che mi frega Giovanni, anzi, spero di non rivederla mai più.»
«Come vuoi. Riprendi la borsetta, non te la dimenticare qui. Siamo in un Tribunale ma se la lasci incustodita tra dieci minuti è sparita, fidati. Seguimi, la porta è questa. Dentro ci aspettano come ti ho detto Volturno e Porlezza, il Pubblico Minis…»
«Il Pubblico Ministero, l'accusa, ormai ho imparato. Andiamo.»
Il questore sarà carico come non mai, vorrà sentire un verdetto di ergastolo, almeno per Michele. Non immagino cosa potrebbe succedere se Laura decidesse di non confessare, ma inutile pensarci adesso, ci siamo ormai.

«Oh finalmente! Ben arrivati! Cominciavamo a stare in pensiero. Il Pubblico Ministero stava per andarsene in spiaggia…»
«Lasci perdere le battute, Questore. Buongiorno, dottor Porlezza. All'uscita dell'autostrada ci hanno teso un agguato. Una Punto con a bordo tre uomini, erano armati. Se fossero riusciti ad affiancarci l'avremmo vista brutta. Per fortuna che l'auto dei Falchi si è messa in mezzo e siamo riusciti a scappare.»
«Ho fatto bene a darvi una scorta.»
«Sì, per fortuna c'erano i ragazzi. Lo hanno speronato loro, e sono partiti all'inseguimento.»
«Chi erano quei bastardi?»
«Uno l'ho riconosciuto, Enzo Lisanti, l'uomo di Forgione. Strano, vero?»
«Ancora quel farabutto! Appena finisce il processo schiaffiamo dentro pure lui! E voi come siete scappati?»
«Con la guida veloce di Luigi siamo riusciti a far perdere le nostre tracce nel traffico. A proposito, eccolo.»
«Buongiorno dottor Volturno. Buongiorno dottor Porlezza. Che caldo fa, il posteggio era a venti metri dall'ingresso ma ho sudato per fare solo questi quattro passi.»
«Buongiorno San Rocco. Ho saputo che la sua guida da pilota ha conservato l'incolumità della nostra pentita, bravo. È pronta, signora Forgione?»
«Sì.»
«Spero che davanti al giudice sia più loquace…»
«Dirò quello che mi chiede.»
«Non basta! Le cose che dirà dovranno essere quelle giuste! Avanti Porlezza, spieghi alla signora due cosette ancora, che tra poco arriva il giudice e si comincia.»
«Allora signora, buongiorno. Vengo subito al sodo. Come sa, abbiamo abbastanza capi di imputazione per incarcerare suo marito per parecchio tempo. Associazione a delinquere, la latitanza, che l'avvocato difensore cercherà di non far imputare, detenzione e spaccio, anche internazionale, estorsione, abbandono di rifiuti pericolosi, sfruttamento della prostituzione, possesso di armi, vari tentativi di corrompere pubblici ufficiali o assessori comunali, alcuni per altro andati a buon fine, riciclaggio, ricettazione, eccetera. Noi però voglia-

mo far condannare l'imputato all'ergastolo, e non sarà facile. Forgione ha un avvocato difensore, Guerra, furbo come una volpe, avvezzo a questi tipi di processo. Tenterà di metterle pressione, di intimidirla. A tal fine avrà sicuramente istruito il suo cliente, quindi, attenzione. I nostri bravi agenti sono qui per proteggerla e darle forza, sono degli ottimi poliziotti, ma sul palco a testimoniare ci dovrà andare da sola.»

«Cosa dovrò fare?»

«Niente di complicato. Io elencherò tutte queste accuse, e le chiederò se sono fondate. Ovviamente lei dovrà rispondere in maniera affermativa. Poi viene il bello.»

«Sarebbe?»

«Le chiederò se suo marito le ha detto di ordinare ai suoi uomini rimasti a piede libero in quei giorni, tra i quali l'altro imputato Vittorio Forgione, di uccidere i rivali della cosca Cosenza, mentre ritiravano in spiaggia della droga, a Soverato. Lei risponderà ancora in maniera affermativa. A quel punto io tirerò fuori il biglietto che lei stessa ha dato a Volturno, scritto proprio da suo marito. La perizia calligrafica non è andata bene, non ha confermato al cento per cento che l'ha scritto proprio lui, purtroppo, quindi resta un semplice pezzo di carta.»

«Non l'ha confermato?»

«Sfortunatamente no. Sarà lei a confermarlo. A quel punto il giudice non potrà che condannare all'ergastolo Michele, dubito suo fratello, ma va più che bene. Sono morte cinque persone quella notte. Erano anche loro pregiudicati, certamente, ma spetta solo alle forze dell'ordine fare giustizia.»

«E se non confermo?»

«Cosa vuol dire non confermo? Signora!»

«Si calmi questore, la signora Aloise ha posto una giusta domanda. Lei è liberissima di dire quello che vuole. I due fratelli hanno abbastanza capi d'imputazione per prendere diversi anni di carcere, come le ho detto, ma noi puntiamo all'ergastolo. Signora, le ricordo però che se ulteriori indagini confermeranno che il mandante della strage sia stato proprio il signor Forgione, e lei ne fosse a conoscenza, dovremo procedere anche contro di lei, pur avendo accettato di divenire collaboratrice di giustizia. In ogni caso, legge e burocrazia a parte, non dimentichi che se suo marito verrà rilasciato tra pochi anni la sua incolumità sarà ancor più messa a rischio, dubito che l'imputato

voglia perdonarla. Signora Aloise, con tutti gli sforzi e il dispendio di energie e denaro profusi per catturare il signor Forgione sarebbe davvero un peccato non riuscire a condannarlo alla massima pena. Deve confessare tutto quello che sa, e se ha qui le prove, fornirle.»
«Sono confusa, mi gira la testa, mi siedo un attimo, fatemi schiarire le idee, per favore.»
«Questore, a lei la parola.»
«Grazie, Porlezza. Signori, è arrivato il giudice. Ora entrerà in aula la giuria al completo, io, il dottor Porlezza, l'avvocato difensore Guerra, gli imputati, la giuria popolare, qualcuno della stampa ufficiale che è riuscito ad avere l'accredito per l'ingresso, qualche altro testimone. Quando sarà il momento chiameranno la signora a testimoniare. Lei entrerà, non guardi gli imputati mi raccomando, andrà al microfono, risponderà, con giudizio spero, alle domande e potrà uscire. Tutto qua. Ci siamo. Io entro, aspettatemi qui. Signora, non mi deluda, confessi tutto quello che sa o abbiamo messo su questo processo per nulla.»
Volturno e il PM sperano proprio che Laura dica tutto, e anche di più, vogliono l'ergastolo per Michele. Come le ho già detto avrebbero anche ragione, ma tutto dipenderà da quello che lei vorrà dire. I dubbi che mi ha manifestato ieri mi preoccupano, ma a questo punto non posso fare più nulla.
«Tutto chiaro, signora Aloise?»
«Tutto chiaro. Sono leggermente più tranquilla. Come ha detto Luigi entro, rispondo, e me ne vado. Devo solo ricordarmi di non guardare mio marito negli occhi o scoppio a frignare come una bambina.»
«Dai che è finita.»
«Facciamo il tifo per voi, signora Laura.»
«Grazie ancora, ragazzi. Senza di voi non sarei qua ma a casa a San Luca, a fare finta di essere la donna che non sono mai stata.»

CAPITOLO 104

Non capisco quanto ci stiano mettendo. Il processo è iniziato da mezz'ora e ancora non mi hanno chiamata. Che attesa snervante, peggio di essere all'esame di maturità.
È uno dei momenti più importanti della mia vita. Sto per rinascere, in una nuova esistenza. La mia vita di prima mi appare già lontana. Non vedo l'ora di deporre e sparire da qua.
«Secondo voi cosa stanno combinando? Dietro questa pesante porta non si sente niente io non so più cosa pensare e poi non vorrei che mi dimentico e…»
«Calma Laura, calma. Ci chiama il giudice. Ti accompagniamo dentro io e Luigi, uno per parte.»
«Come se fossi una delinquente.»
«Lo eri Laura, e saresti accusata di esserlo anche oggi, se non avessi accettato di collaborare. Il questore era stato molto chiaro con te a proposito di questa cosa.»
«Sì, lo so, è vero. Non avrei sopportato di essere chiamata come accusata. Per crimini che mi hanno costretta a fare, io di certo non volevo commetterli. Uffi, non vedo l'ora di entrare e farla finita.»
«Ci chiamano quando meno te lo aspetti, vedrai.»
«Volete una focaccia per ingannare l'attesa, signora Laura? Quelle che hanno giù al bar non sono male.»
«No, Luigi, grazie, ma non riuscirei a buttar giù manco uno spillo.»
«Vedrete, quando sarà tutto finito, che fame vi verrà.»
«Non lo metto in dubbio.»
«Anche se siete una donna siete pure una che mangia parecchio, ho visto.»
«Sì, una donna del Sud! Da noi mangiare è far festa!»
«Eh lo so bene signora Laura, e lo sa pure mia moglie.»
«E si vede, Luigi.»

«Giovanni non ti intromettere con le tue battutacce quando parlo di cibo con Luigi!»
«Ok signora, agli ordini!»
Non potevo capitare meglio. Mi sono innamorata davvero di questo Giovanni Sala, da Santhià. E questo agente Luigi San Rocco mi fa fare un sacco di risate. Pochi minuti fa ero tesissima, due battute e sono riusciti a farmi sorridere. Di sicuro se non avessi sentito la loro vicinanza non sarei mai arrivata fino questo punto.
«Capito Laura?»
«Cosa?»
«Ha chiesto Luigi quando farai assaggiare qualche tuo manicaretto anche a lui. Gli ho raccontato degli spaghetti che hai cucinato l'altra sera e ha già l'acquolina in bocca.»
«Si può fare! Cosa vorresti?»
«Aspettate, si sta aprendo la porta!»
«Benissimo, può andare, signor Pulvirenti, grazie per la testimonianza. La prossima testimone, la signora Laura Aloise. Avanti.»
«Andiamo, Lauretta.»
Oddio! Adesso! Che paura!
«Un attimo Giovanni prendo… prendo la borsetta e…»
«Laura riesci a farmi sorridere anche adesso! Puoi lasciarla qui, non te la ruba nessuno! Non si va a testimoniare con la borsetta! Andiamo su, il giudice ci attende. Forza Luigi, di là.»
Mamma mia, mi sento come una condannata a morte che va al patibolo. In fondo oggi è un po' come se morissi davvero. La mia vita di prima è finita, non posso più tornare a casa. Come se fossimo a un tavolo da gioco. Uno di quelli che ho visto qualche malaugurata sera che ho accompagnato Michele. Le carte vengono distribuite, le guardi, sai quali sono in tuo possesso e viene il tuo turno. Questa è la cosa più importante che faccio nella vita. Finora, ritiro del pizzo a parte, erano tutte frivolezze. Vivevo in una nuvola. Sopra di me c'era il sole, sotto pioveva forte. Fortissimo. Ora basta. Deve tornare il sereno.
«Signora Forgione!»
E adesso chi è che mi chiama?
«Signora Forgione! Si è già dimenticata di me? Eh sì che ci vedevamo spesso, ed eravate voi a venire da me, in negozio.»

O mamma, Pulvirenti, il titolare della lavanderia a San Luca dove andavo a ritirare il pizzo! Il luogo dove ho conosciuto Giovanni! Tutto è iniziato lì. Può sembrare una coincidenza ma ho imparato che le coincidenze non esistono. Sono segnali che ci dà la vita. Sta a noi riconoscerli e agire di conseguenza.

«Signor Pulvirenti.»

«Eh sì signora, sempre io. È così strano trovarsi qui, no? In qualità di testimoni poi… se voi foste stata qui come accusata nessuno si sarebbe meravigliato, giusto?»

«Direi di no.»

«Io ho fatto anche il suo nome pochi minuti fa, signora. Non potevo non dire che eravate voi che venivate nel mio esercizio a spillarmi soldi!»

«Adesso non è più così.»

«E per fortuna sua! Avrei fatto di tutto per far accusare anche voi.»

«Me lo sarei meritata.»

«No. Ha sempre avuto modi gentili, affabili… pensavo fosse una maschera, che lei sapesse recitare molto bene invece già allora aveva capito cosa è giusto e cosa è sbagliato. Se tutti facessero il proprio dovere, indirizzando le proprie azioni verso il bene, la malavita non esisterebbe più. Vi saluto signora e state attenta… suo marito vi sta aspettando in aula, ed è molto arrabbiato.»

«Forza, Pulvirenti. Lasci passare la signora e i due agenti che la scortano, avanti.»

Quanto è grande quest'aula, non pensavo. Ecco la giuria popolare… il giudice… Volturno e il Pubblico Ministero e… e là in fondo vedo Michele con Vittorio e Guerra. Non devo guardarli, si sono raccomandati tutti. Devo resistere. Quanta gente!

Sento gli occhi di Michele fissi su di me.

Quegli occhi che hanno visto morte, violenza, paura.

Mi si gela il sangue nelle vene.

È come se fosse qui di fianco.

È mio marito, dovrebbe essere l'uomo che più mi ama al mondo, peccato che quest'uomo non sappia cosa vuol dire amare.

Gli ho voluto bene, ma adesso è venuto il momento di voler bene a me stessa, e fare giustizia a tutti coloro che hanno subito le prepotenze di Michele Forgione, detto 'o leone.

«Avanti signora, si accomodi. Quando è pronta me lo dica, così comincio con le domande.»
«Lauretta, dobbiamo lasciarci. Forza e coraggio, mi raccomando. Siamo tutti con te. Io e Luigi siamo qui dietro. Ti amo.»
«S… sono pronta, signor Giudice.»
«Benissimo, iniziamo. Lei è la signora Laura Aloise in Forgione? Dica solo sì.»
«Sì.»
«Giura di dire la verità, solo la verità, niente altro che la verità? Dica lo giuro.»
«Lo giuro.»
«È qui in qualità di collaboratrice di giustizia? Risponda sì o no.»
«Sì.»
«Bene. L'avvocato Porlezza le farà alcune domande. Lei dovrà rispondere solo se quello che chiede è vero o falso.»
«Va bene.»
Ci siamo. Sto per morire. Speriamo di rinascere, migliore di com'ero prima.

CAPITOLO 105

«Quella è sua moglie, signor Forgione.»
«L'ho vista benissimo, Guerra. Risparmi il fiato.»
«Sono sorpreso. Avevo capito che… che non sarebbe stata qui.»
«C'è stato qualche intoppo.»
«Intoppo che le costerà molto caro. Temo che dirà tutto. Anche di Soverato. Se lo fa, siamo spacciati.»
«Lei faccia del suo meglio avvocato, o questo sarà il suo ultimo processo.»
«Cercherò di metterle paura.»
«Se Laura crede in quello che fa non c'è paura che tenga.»
«Mi sembra giusto, era la moglie di un boss… e lo è ancora…»
«Io non ho più moglie. Di sicuro non può esserlo una donna che sta per farmi condannare all'ergastolo. Comunque se lo fa ci andrà prima lei all'inferno, di me. Garantito.»
«Sarebbe stato meglio pensarci prima.»
«Le ho già detto che c'è stato un intoppo!»
«Ora non ci resta che ascoltare quello che dirà. Spero per lei che non dica proprio tutto.»
«Lo spero anch'io per lei, Guerra. Se finisco all'ergastolo le ripeto che questo sarà il suo ultimo processo.»
«Zitti, il Pubblico Ministero sta per iniziare con le domande.»
«Vittorio, preoccupati anche tu. Se io resto dentro per molto ancora il clan è finito. Tu uscirai sicuro prima di me, ma non so quando. Anche se a te converrebbe stare in galera, o appena esci i Pasculli ti staccheranno la testa.»
«C'è pure quella merda di sbirro che mi ha arrestato!»
«Sì l'ho visto. Sala, quello del Nord. I Falchi. Tutto 'sto casino è iniziato per colpa sua. Se quel coglione di Enzo avesse fatto il suo dovere avrebbe riempito di piombo pure lui, la scorsa notte. Invece, eccolo qua.»

«Non doveva rimediare stamattina?»
«Infatti. So che si sono messi in mezzo i Falchi. Chissà dov'è adesso. Questa sera appena rientriamo al Panzera senti qualcuno fuori. Ha sbagliato, deve pagare.»
«Eh ma Michele se facciamo fuori pure lui chi ci resta fuori di fidato? Non dirmi quella mezza sega di Totò. I nostri parenti sono morti tutti, o in carcere.»
«Il clan è finito, Vittorio, solo tu non ti sei ancora accorto. Sarà tutto da rifare.»
«Lo rifaremo Michele! Meglio di prima! Fratello mio, tu sei sempre 'o leone!»

CAPITOLO 106

«Quindi ammette che era lei, ad andare per negozi a ritirare il pizzo.»
«Vero.»
«Ma lei non ci andava di sua iniziativa. Era costretta da suo marito, il qui presente Michele Forgione, capo della cosca che ha preso il suo nome. Lui dava tutte le direttive ai membri del clan.»
«Vero.»
«Signor Giudice, non scherziamo. Quello che dichiara il Pubblico Ministero è una bugia bella e buona. Il mio cliente prima non era in zona, come ho già dichiarato, e poi si trovava in carcere. Come avrebbe potuto comunicare con l'esterno? La signora gestiva i traffici della cosca da sola, in prima persona, il mio cliente non c'entrava più niente! Sta cercando di addossare a lui tutta la colpa! La signora è una strega!»
«Non interrompa, avvocato, e faccia attenzione a come parla. Continuiamo. Avanti, Porlezza.»
«Oltre al pizzo suo marito le ha ordinato di riferire ai suoi altri incarichi.»
«Vero.»
«Le ha ordinato anche di far malmenare l'assessore di Lazzaro per ottenere un appalto.»
«Vero.»
«Quindi ha cercato di corrompere un funzionario dello Stato, e so che ci è riuscito. Bene. La cosca di suo marito si occupava anche di altri traffici. Spaccio di droga, lo smaltimento dei rifiuti, gli extracomunitari.»
«Vero.»
«Il nuovo centro di accoglienza, ancora purtroppo in costruzione, ospitava il fratello di Michele, Vittorio, anche lui latitante, prima che venisse arrestato.»
«Vero.»

«Andava lei a trovarlo, per comunicare gli ordini che riceveva da suo marito.»
«Vero.»
«Ma questo è il colmo, signor Giudice. Al tempo di questi fatti il mio assistito era già in carcere, e addirittura al 41 bis. Come avrebbe potuto parlare con la signora? Si sta inventando tutto, come potete credere alle sue conferme? Signor Giudice! La donna è in evidente stato confusionale! Si comporta così solo per precedenti screzi che ha avuto con il mio cliente, e adesso si vuole vendicare!»
«Le ho già intimato il silenzio, avvocato Guerra. Lasci parlare la signora, liberamente.»
O mamma, sento ancora addosso lo sguardo di Michele. Trapassa le mie difese, si sta insinuando dentro di me. È come se… come se mi afferrasse. Per ogni *vero* che pronuncio lui resterà in carcere altro tempo. Spero sia finita perché non ce la faccio già più.
«Benissimo, il quadro è quasi completo. L'ultima cosa, la più importante. Mi dica, signora. Suo marito l'ha incaricata di ordinare ai suoi sicari di tendere un agguato sulla spiaggia di Soverato, per rubare della droga e uccidere i membri di una cosca rivale, i Cosenza. Il questore Volturno mi ha consegnato anche un bigliettino, che appunto riporta queste istruzioni. Sfortunatamente, dalla perizia calligrafica non si riesce a stabilire chi davvero lo abbia scritto. La corte presume che lo abbia scritto proprio Michele Forgione, quindi che lui sia il reale e unico mandante della morte di cinque persone, ma non abbiamo le prove. Ci conferma che gli assassini erano uomini mandati da suo marito?»
Oddio. La domanda più importante. Se rispondo che è vero il processo finisce adesso, ma Michele rischia il carcere a vita. Cosa faccio? Devo guardarlo. Non posso infliggergli una condanna simile senza guardarlo negli occhi. Non devo avere paura, io. Mai, mai più. E non mi devo più vergognare delle mie azioni.
Eccolo.
È lì.
Anche se non è certo alto adesso mi sembra un gigante.
Riempie l'aula.
Sento il suo respiro.
Ovunque.

È lontano ma ora lo sto guardando negli occhi.

Mi sta guardando anche lui, non riesco nemmeno a muovermi.

Mi dispiace sia finita così, ma lo hai voluto tu, Michele.

Almeno vedessi l'ombra di un pentimento…

Forse…

Mi sta indicando! Ce l'ha con me!

«Signor Giudice, posso prendere la parola?»

«No signor Forgione, il suo turno viene dopo, non le ho chiesto niente.»

«E io parlo lo stesso. Laura! Ricorda sempre che ti ho fatto fare la bella vita. Non eri la persona giusta per tenere le redini della famiglia, è vero, e ho sbagliato a farti fare certe cose. Qualche volta ti ho trattata male, e me ne dispiace, ma non ti ho mai fatto mancare nulla. Non ho pagato il riscatto ai Cosenza perché ti avrebbero uccisa lo stesso! Lo sai come vanno queste cose no? Pensa bene a quello che stai per dire.»

«Silenzio, signor Forgione, silenzio. Silenzio in aula! Allora, signora, non abbiamo tutto il giorno.»

Ho deciso. E ho deciso da sola, finalmente, con la mia testa.

Ne sono sicura.

Sicurissima.

Mio marito, anche se forse solo per un giorno, o una notte, mi ha amata.

No, mi sbaglio, 'o leone non ha mai amato nessuno. Mi ha forse solo desiderata. Mi ha scelta. Mi ha voluta. Una tra tante. Ero una sua proprietà, è vero, ma non mi ha mai fatto mancare nulla. Il suo debito è verso la società, non verso di me. E io l'ho amato, seppur nella mia ingenuità di donna che ancora non sapeva cosa vuol dire amare. Questo però io non lo sto facendo per me, ma per tutte le persone che hanno subito questa realtà sbagliata, questo sistema che mantiene il nostro paese ancorato al passato. Solo l'onestà d'animo e il coraggio di chi sceglie di fare la cosa giusta fino in fondo possono cambiare questa realtà. Non voglio più restare in silenzio. Io ci voglio provare.

«Signor avvocato…»

«Dica. È sufficiente che mi risponda vero o falso.»

«L'ultima cosa è… è…»

«Avanti signora, parli pure liberamente.»

«La strage di Soverato è stata ideata da Michele Forgione, che ha inca-

ricato me di riportare gli ordini di eseguirla a Vittorio Forgione, suo fratello, in quel periodo latitante.»
«Sicura di quello che ha appena detto? Guardi che le confessioni sono registrate, non si torna più indietro, adesso. Silenzio in aula! Silenzio!»
«Sicura. Michele è il mandante di quella strage.»
«A sostegno delle sue accuse ha consegnato al Questore di Reggio Calabria dottor Volturno un biglietto, datole dal Forgione durante un colloquio in carcere, che riportava questi ordini da consegnare al fratello Vittorio Forgione?»
«Vero.»
«Dalla perizia calligrafica non si evince che il biglietto sia stato scritto davvero da Michele Forgione. Conferma che lo ha scritto lui?»
Ci siamo. La domanda finale. Quella che a seconda della mia risposta stabilirà la condanna per Michele. Il mio buon cuore mi dice che forse dovrei salvarlo, ma sento più forte il bisogno di fare finalmente quello che è più giusto. Voglio poter tornare a guardarmi allo specchio, fiera di quello che sono.
«Vero signor giudice, il biglietto lo ha scritto mio marito.»

CAPITOLO 107

La deposizione di Laura è appena terminata. In aula il Giudice non riesce a far cessare il rumoroso vociare che ha seguito la sua testimonianza. Ho visto Vittorio che si è alzato in piedi e ha cominciato a insultarla, mentre Guerra faticava per tenerlo al suo posto.
'O leone è rimato immobile, impietrito dalle parole di sua moglie che molto probabilmente gli causeranno il carcere a vita. Era un boss sanguinario, se lo merita, non ho creduto un solo secondo che un giorno possa ravvedersi.
Laura si è tolta un bel peso dall'animo, è uscita dall'aula in lacrime. Sta ancora piangendo.
«Tenga, signora Aloise, un fazzoletto. Si asciughi le lacrime, avanti.»
«Grazie, Luigi.»
«Le siamo tutti riconoscenti signora Laura, ha fatto la cosa giusta. E da queste parti non succede spesso. Finalmente Michele ha avuto quello che si meritava, e tutte le sue vittime innocenti hanno avuto giustizia.»
«Ti porto un bicchiere d'acqua?»
«Grazie, Giovanni, adesso smetto di piangere, promesso.»
«Sfogati Laura, piangi pure quanto vuoi. Butta fuori tutta la tensione e la sofferenza che hai accumulato in questo periodo. Il processo è finito. Stanno arrivando Volturno e Porlezza.»
«Non è ancora finito tutto quel vociare. Per fortuna il Giudice ha concluso ed è andato con la giuria in camera di consiglio in fretta, là dentro mi stava venendo mal di testa.»
«Come è andata, dottor Porlezza?»
«Bene direi, Sala. Il Giudice mi sembra convinto di tutte le testimonianze e prove che ha raccolto. Tra non molto uscirà per dare il verdetto. Sono quasi sicuro che sarà l'ergastolo per Michele, non so come andrà a suo fratello.»
«Per fortuna ha detto tutto, signora Aloise, se non avesse confessato anche della strage di Soverato l'avrei fatta togliere dalla protezione

testimoni. Non abbiamo accettato il suo pentimento per sentire cose che sapevamo già.»
Eh sì, se non avesse confessato tutto e avesse risparmiato a Michele la condanna più giusta ci sarei rimasto male anch'io. Finora l'ho sempre considerata una donna che sa quello che vuole, ed è determinata a raggiungerlo; se avesse ritrattato, per paura o per un ripensamento, tutto il nostro lavoro sarebbe stato sprecato.
«Questa protezione non ha funzionato molto bene, dottor Volturno, visto che hanno tentato di uccidermi. Dove andrò adesso?»
«Non nego che sia stato un duro colpo per la nostra sicurezza, abbiamo già preso provvedimenti. Tutti gli agenti del servizio protezione di stanza in Calabria sono stati sospesi e in breve verranno sostituiti. Le ho selezionato personalmente con il Ministero una nuova abitazione.»
«Dove si trova?»
«Sempre in Piemonte, così non sarà troppo complicato fare un nuovo trasloco da Torino. Avrà un'abitazione simile alla precedente. Si faccia accompagnare da Sala e San Rocco, con loro credo di poter star tranquillo. Nei prossimi giorni manderò qualcuno per trasferire le sue cose.»
«Va bene, in ogni caso non ho scelta.»
«Un'ultima cosa, prima che rientri la Giuria.»
«Mi dica, Questore.»
«Voglio ringraziarla personalmente, e non è una cosa che faccio spesso. Credo proprio che Forgione non potrà più nuocere alla collettività, il clan verrà disperso. Questo è in gran parte per merito suo. Mi ha sorpreso, credevo che non avrebbe accettato di pentirsi e confessare.»
«D'ora in poi voglio prendere in mano la mia vita, e gestirla a modo mio. Sentivo di essere in debito verso i miei concittadini, un debito che solo io avrei potuto pagare, rinunciando per sempre alla mia esistenza di prima.»
«Vedrà che è stata la scelta migliore.»
«Giovanni?»
«Dimmi Laura. Per fortuna hai smesso di piangere...»
«Sono finite le lacrime.»
«Bene. Devi ricominciare con il sorriso. Cosa volevi dirmi?»
«Portami a salutare il mio mare, per l'ultima volta.»

CAPITOLO 108

«Uh, che spruzzo! E come è fredda! Abbiamo fatto proprio bene a venire qua, il mare è fantastico! Vado fino lì, su quello scoglio! Vieni?»
«Fai attenzione Lauretta, non vorrei dovermi buttare per venirti a salvare!»
«Lo faresti?»
«Ma certo.»
«Allora mi tuffo, così ti metto alla prova!»
«No Laura!»
«Scherzavo, credulone. Rimetti pure i tuoi bicipiti a riposo, agente Sala. Anche se a dire il vero un bagnetto lo farei, è così invitante.»
«Ma come, non hai paura? È molto mosso oggi.»
«Io paura? E perché? Dimentichi che sono una provetta nuotatrice.»
«No, non mi dimentico ma non si sa mai.»
«Ti va bene solo perché non ho il costume altrimenti mi sarei già tuffata.»
«Non hai paura di niente. Dai, ancora cinque minuti e andiamo. Qui si sta bene, è vero, ma vorrei essere al Nord prima che diventi notte. Cena e dormita da qualche parte lungo la strada e domattina saremo in Piemonte.»
«Va bene, dammi ancora due minuti! Uh! Un altro spruzzo! Qui la corrente è forte e le onde si abbattono sugli scogli! Adoro quando il mare mostra tutta la sua potenza! Guarda Giovanni, mi si è posata una goccia sulla guancia! Forse è l'ultima. Tieni, te la faccio assaggiare! Lo senti il sapore del mare? Abbracciami!»
«Uh, come è salata!»
«Bello eh, il mio mare? Come farò ora a salutarlo per sempre, per andare a vivere al Nord, con la spiaggia più vicina a non meno di due ore di macchina?»
«Ti ci abituerai, ci vorrà solo un po' di pazienza. E poi di mari ce ne sono così tanti, così come posti stupendi dove vivere.»

«A me piacerà solo dove ci sei tu.»
«Eh, vedremo Lauretta, vedremo. Andiamo dai, abbiamo molta strada da fare.»
«Come hai fatto a convincere di nuovo Luigi a non venire?»
«Me lo ha chiesto, se avessi bisogno di lui, ma ho risposto di no. Credo che ormai abbia capito che abbiamo una relazione. È rimasto a Reggio, va a trovare un parente oggi pomeriggio e poi si fa riaccompagnare all'autogrill per riprendere la sua macchina. In serata sarà a San Luca. Era contento, domani se ne può andare a pescare, è iniziata la stagione delle sardine. Possiamo partire?»
«Un attimo che mi preparo. Non hai qualcosa per asciugarmi i capelli?»
«Sì, in macchina. Te lo prendo.»
«Grazie.»
«Tieni. Ho solo questo panno, ma andrà bene. È pulito adesso, ma di solito lo usiamo per pulire la scena del crimine.»
«Davvero? Ma che schifo.»
«Sto scherzando, adesso sei tu la credulona!»
«Quanto resterai con me nella nuova casa? Non pensare che mi accontenti solo di questa notte… sono di nuovo in luogo che non conosco, e devo ancora ricominciare tutto daccapo.»
«Non resterò Laura. Pomeriggio conto di ripartire. Ho tanto lavoro da sbrigare, e poi non vorrei che l'assenza mia e di Luigi desti sospetti.»
«Pensi ancora a non destare sospetti, lo stare insieme viene sempre in secondo piano. Non vuoi proprio che si sappia della nostra relazione. Tanto lo so che questa molto probabilmente sarà la nostra ultima notte insieme. Domani te ne ritornerai dai tuoi Falchi, e non ti rivedrò mai più.»
«Andiamo Laura, saluta il tuo mare, per l'ultima volta.»

CAPITOLO 109

«Ergastolo! Il carcere a vita! A me solo dieci anni perché i reati erano meno, ma a te è andata proprio male, Michele!»
«Non poteva andare peggio, Vittorio...»
«E come faremo con il clan? Hai sentito che i Pasculli hanno fatto fuori pure Enzo!»
«Ci avrei pensato io. Quel coglione si è fatto sfuggire Laura per ben due volte, e a proteggerla c'era solo quell'agente del Nord e qualcuno dei Falchi. Era roba per ragazzini e lui ha sbagliato. Avrei dovuto fargliela pagare, ma ci ha pensato prima qualcun altro. Adesso Antonio Pasculli ha in mano la cosca più potente di tutta la Calabria, ma ci rifaremo, Vittorio, ci rifaremo. Anche dal carcere posso controllare l'operato degli uomini rimasti in libertà. C'è quel marocchino, Mohammed, che è un tipo sveglio e riesce sempre a procurarmi un cellulare per chiamare fuori dal carcere.»
«E il 41 bis?»
«Guerra è riuscito almeno a farmi togliere questa misura restrittiva.»
«Che dobbiamo fare con lui? Mi dicesti che lui ti aveva promesso una pena mite, qualche anno, invece non è andata così. Lo dobbiamo pagare? O lo dobbiamo uccidere?»
«No, ucciderlo ormai non serve a un cazzo. Non pagatelo e dategli una lezione. Spezzategli le dita.»
«E cosa facciamo con Laura?»
«Lasciamola stare.»
«Ma come, Michele, non ti riconosco più! Non vuoi più fargliela pagare per il suo pentimento?»
«No. Ha fatto quello che sentiva giusto, senza paure e senza voltarsi indietro al suo passato. Così deve fare la moglie di un boss, come le ho insegnato. Adesso se ne è andata con gli sbirri, ma con me in carcere per tutta la vita meglio che se ne sia fuggita dalla Calabria, e che si rifaccia una vita. Laura è una brava donna, se lo merita. Qui in Calabria

nessun uomo libero avrebbe voluto stare con lei, sapendo che io sto in carcere. Diverso il discorso se fossi morto, ma sono vivo. Avrebbe potuto mettersi con qualche capo clan di una famiglia rivale, ma sarebbe stata solo un trofeo. Meglio che non senta più parlare di lei, e che si rifaccia una famiglia con un bravo impiegato piemontese.»
«Caspita Michele, stai già diventando un uomo più buono.»
«Ora mi devo concentrare solo sul rimettere a posto la cosca. Tutto il resto è solo distrazione. Un vero leone capisce quando è l'ora di combattere, e quando è l'ora di pensare al suo branco. Mi tocca stare qui dentro fino alla fine dei miei giorni, voglio trascorrere questo tempo nel migliore dei modi.»

CAPITOLO 110

Quanto è bella.
Quegli occhi, così intriganti.
E la bocca, così sensuale.
Fluenti capelli corvini.
Pelle come seta, perennemente abbronzata.
E poi riesce sempre a farmi ridere. A volte, a impressionarmi, con il suo carattere. Timida ma estroversa, buona ma severa. Modesta, ma una regina.
Dove la trovo un'altra così? Che ricambi il mio sentimento? Sono impazzito, impazzito.
«Perché adesso mi guardi in quel modo, mio bell'agente?»
«Guardavo le tue labbra.»
«Cos'hanno? Sono screpolate?»
«No. Sono stupende. Io ci morirei su quelle labbra. Baciami, baciami ancora.»
«Solo uno poi basta. Ne hai già avuti troppi, questa notte.»
«Perché troppi? I baci non sono mai troppi.»
«Sono troppi perché tu non te li meriti.»
«Ah, questa è bella. Perché non me li merito?»
«Perché tu parli tanto, ma fai poco.»
«Come? Che faccia seria. Pensavo scherzassi...»
«Abbiamo fatto l'amore due volte questa notte, è stato bello, bellissimo, ma io non scherzo per niente, adesso.»
«E perché dici che parlo ma faccio poco?»
«Te l'ho già detto.»
«Ridimmelo.»
«Questa notte siamo insieme. Domani, pure. Mezza giornata. Poi tu ripartirai, e io resterò qui sola, a fare la Cenerentola. Chissà quando... anzi, se ci rivedremo. Se ti chiamo e sei in ufficio, non puoi rispondere. A volte perché stai lavorando, ci mancherebbe, ma in realtà non

lo fai perché hai paura che i tuoi colleghi scoprano di noi. Come se fossi un'amante. A te non cambia niente, lo so. Vieni qui, mangi con me, ti senti figo perché sei accompagnato da una bella donna, ti fai la tua scopata, dormi e riparti. Zero impegno, zero problemi, zero interesse. Io non voglio questo. Io con te ci voglio stare davvero, ma non così. Ho già vissuto con un uomo che per me era diventato come un fantasma, quando era latitante. Lo sentivo, prendevo gli ordini, riportavo le informazioni per lui, ma non lo vedevo mai, se non solo dopo l'arresto, nella cella di un carcere di massima sicurezza. Non lo abbracciavo mai. Non lo baciavo, mai. Non mi addormentavo con lui, facendomi stringere al suo petto. Non voglio più una storia così.»

«Laura ci sono dei problemi, è vero, ma io voglio stare con te, lo sai.»

«Non così.»

«Hai ragione, finora non ho fatto molto per risolvere questa cosa, ma ero preso. Il processo, le indagini, Volturno… è stato un periodo difficile, ma vedrai che appena…»

«Appena cosa? Non si tratta di risolvere un problemino, o di sbrigare una faccenda. Si tratta di cambiare la tua vita. Come ho fatto io. Completamente. Ripartire da zero.»

«Non dire così dai, stai esagerando…»

«Esagerando un cavolo. Giovanni, non prendiamoci in giro. Finché tu te ne stai con i Falchi, devi lavorare in Calabria. Io in Calabria non ci posso più tornare. Hai visto come è semplice? Niente giri di parole. Tutto nero su bianco. Punto.»

«Sì, lo so, Lauretta. Non è facile. Io potrei anche chiedere di venire rimosso da questo incarico, con qualsiasi scusa. I Falchi sono un corpo speciale segreto, non sono tenuto a starci per forza. Potrei tornare a essere un poliziotto normale, essere trasferito dove voglio o quasi, ma non è così semplice. Dammi il tempo e…»

«E cosa? Come non è facile? Lo dici tu stesso, che puoi fare secondo la tua volontà! Allora non è che non puoi, non vuoi!»

«Laura, e tutto il lavoro fatto fino adesso? Chi lo porta avanti? Non credere che dopo Michele e Vittorio Forgione non ci siano più latitanti da mettere in galera! Dobbiamo fare altri sopralluoghi nelle prossime settimane, perquisizioni… un altro latitante, Alessandro Carta, è stato individuato nei dintorni di Rosarno. Chi va ad acciuffarlo? Chi mandiamo se non guido io la squadra? Luigi? Capisco i tuoi

sentimenti, mi fa piacere vedere quanto tieni a me, ma non affrettare le cose.»
«Giovanni, se te ne vai tu trovano un altro da mettere al tuo posto in una settimana. Non so niente io della Polizia ma non sono stupida, e immagino quanti siano i ragazzi che vogliano fare carriera e che vorrebbero il tuo posto! Farebbero la fila! La verità è che tu non vuoi lasciare il tuo incarico con i Falchi! Ma a me sta bene, sai? Non devi rinunciare ai tuoi sogni per stare con me. Però devi essere sincero. Non promettermi cose che non vuoi fare. Ci siamo trovati, abbiamo passato momenti splendidi, ma ora basta. Continuare così mi farebbe solo male. Non ho accettato di lasciare la mia vita per viverne un'altra ugualmente triste, e ugualmente falsa!»
«Caspita, Laura, ci frequentiamo da qualche mese, come puoi chiedermi di mollare tutto per stare con te? E se io lo faccio davvero e poi tra sei mesi non ci amiamo più? Ci hai mai pensato?»
«Io ho pensato solo che ti amo. Adesso. E vorrei continuare ad amarti, ma solo se questo ha un senso.»
«Potresti amarmi solo per vivere questo sentimento. Hai rovinato la bella atmosfera di questa serata.»
«Sì! L'ho rovinata! Ma tu, con i tuoi ripensamenti, le tue paure, le false promesse stai rovinando la nostra storia! Spero che non te ne pentirai, un giorno. Adesso dormo, sono stanca. Ti direi di andartene ma non ti lascio dormire in macchina.»
«Ah grazie, ma ti ricordo che la camera di questo hotel l'ho pagata io! O meglio, i contribuenti.»
«Ah, già, è vero, che scema. Beh, stai qui, ma dalla tua parte. Basta baci e carezze. Domani mi accompagni in questa nuova casa del cavolo, da bravo poliziotto, mangi con me a pranzo, questo te lo offro io, e sempre da bravo poliziotto pomeriggio te ne puoi andare. Così non dovrai mentire ai tuoi colleghi e non dovrai avere paura che si insospettiscano, come dici sempre. Buonanotte.»
«Buonanotte Lauretta.»
Un anno fa ero assorbito al cento per cento dal mio lavoro. Avevo lasciato Deborah, senza rimpianti. Ero appena diventato il comandante dei Falchi. Avevo una missione da compiere. Michele Forgione era ancora nascosto nel suo bunker fuori San Luca.
Ora è tutto diverso.

Avevo cambiato la mia vita per il lavoro, ora è il lavoro che non mi permette di cambiare vita. Starò sbagliando?
È vero, di Laura Aloise non me ne capiteranno più. Fin dal primo momento che l'ho vista sono rimasto abbagliato. Quando l'ho baciata, mi sono innamorato. Tutto così naturale. Tutto così vero.
E adesso sto rovinando tutto.
Che ci posso fare? Quanti pensieri…
Dedicare la mia vita al lavoro che mi piace, o dedicare la mia vita all'amore che vorrei? Ci mancava anche questa, adesso. No, no. Devo resistere. Devo concentrarmi sul mio lavoro. Devo essere uomo. Se Laura vuole aspettarmi bene, altrimenti può pure scomparire. È stato bello, grazie e tanti saluti. È entrata nella mia vita per caso, da un momento all'altro. Se un giorno ne uscirà, pazienza. Me ne farò una ragione. Il tempo guarisce tutto.

CAPITOLO 111

«Com'era la bavarese? Ci ho messo pure il latte di mandorla che abbiamo preso in quel negozio, dovrebbe sentirsi il suo gusto un po' dolce.»
«Buona! Brava Laura, sei un'ottima cuoca. Con questo dolce ti sei superata! È difficile farla?»
«Ma no. Il difficile è stato arrangiarmi con le poche pentole e padelle che abbiamo qui, ma basta un po' di cioccolato bianco, zucchero, panna montata, un goccino di latte di mandorla e il gioco è fatto! Ho anche qualche altro segreto ma non te lo rivelo!»
«Tranquilla, so a mala pena fare il budino confezionato, non posso competere, e non ci voglio provare neanche.»
«Non si sa mai. *Sii maestro, ma non fare scuola*, insegna un detto popolare.»
«Non lo avevo mai sentito, ma può avere ragione. Come ti sembra questo appartamento?»
«Peggio di quello di Torino. Niente giardino, anche se siamo al piano terra, e con una strada proprio qui di fronte. Come senti c'è sempre rumore. È più piccola e messa peggio, ma non ho scelta. Caffè?»
«No, grazie. Durante il viaggio sarò da solo e mi verrà sonno, meglio se lo prendo dopo.»
«Già. Facevo finta di non pensarci. Tra quanto vai?»
«Tra poco. Per ora di cena vorrei aver superato la Toscana. Però prima faccio un salto a Santhià.»
«Come mai? Non è certo di strada.»
«Voglio passare a trovare i miei, ma soprattutto vorrei andare a trovare il mio vecchio questore. Ho saputo che tra pochi mesi andrà in pensione e vorrei riuscire a salutarlo, per l'ultima volta. È un uomo di poche parole e fuma un sacco ma mi ha sempre trattato bene, ed è lui che mi ha proposto a Volturno per comandare i Falchi.»
«Quindi è grazie a lui se ci siamo conosciuti.»

«Esattamente.»
«Magari potresti chiedergli se ti fa trasferire qui vicino…»
«No, Laura.»
«Ah, già, che stupida, non vuoi stare con me.»
«Non pensare a quello che ci siamo detti stanotte. Vedrai che ci rivedremo, al più presto. Ho ancora diversi giorni di licenza da sfruttare, poi viene il periodo di Natale e sicuramente tornerò a visitare i miei, e… poi…»
«*Ssst*! Non dire nient'altro. Sono solo parole.»
«Io so solo che non posso più stare senza i tuoi baci.»
«Pensa che questo che ti sto per dare potrebbe essere l'ultimo.»
«Non voglio pensarci.»
«Nemmeno io, ma vedrai che ho ragione.»
«No, non hai ragione su questo. Non subito, certo, ma questo autunno ci rivedremo. Scoprirai cosa vuol dire il vero freddo! Già a novembre certe mattine si gela!»
«Vieni pure a trovarmi ma non pensare che io me ne stia qui due mesi ad aspettare te tutte le sere, sospirando alla luna. Poi, anche quando verrai, il giorno dopo sparirai ancora, e io dovrò aspettare, aspettare, fino all'infinito! Magari prima di questo autunno avrò trovato qualcun altro che mi vuole stare vicino davvero. Non un super poliziotto come te, ma a me va bene anche il fornaio o il postino. Mi basta che sia un uomo che ogni sera sia con me a tavola a cenare e a ridere di noi. L'importante è che tra noi ci sia del sentimento.»
«Se è quello che vuoi, lo spero anch'io.»
«Sai benissimo cosa voglio. Voglio te.»
«Allora ti conviene aspettare e non entrare troppo in confidenza con il postino. Vado subito, che è meglio così.»
«Giovanni. Io voglio te ma non ti aspetterò per sempre. Ricordalo, domani, quando arrivi in Calabria. Adesso vai, va' per la tua strada, e non pensare a me.»

CAPITOLO 112

Rieccomi, per così dire, a casa, al Commissariato di Polizia di San Luca.
Il viaggio di rientro è stato lunghissimo. Un po'è colpa mia, mi sono intrattenuto a lungo con il mio ex questore e sono riuscito ad arrivare a sera inoltrata solo in zona Bologna. Per fortuna ho trovato un buon Bed and Breakfast lungo la strada. La prossima volta che torno a casa lo farò sicuramente in aereo, non ho più intenzione di sorbirmi un simile viaggio in auto.
Il mio ex questore, brav'uomo, non vede l'ora di ritirarsi. È un amante della montagna e finalmente potrà andarsene a fare le sue gite quando più gli pare. Mi ha informato che il nuovo questore di Torino non è stato ancora deciso, e mi ha chiesto se può fare il mio nome. Quando gli ho risposto che io non sono ancora questore si è messo a ridere, e mi ha detto che può farmi avere subito una promozione in modo da poter ricoprire questa carica quando lui avrà lasciato. Ha aggiunto che ha saputo degli ottimi risultati che sto raggiungendo con i Falchi, gli dispiacerebbe spostarmi da un incarico che sto eseguendo così bene ma avrebbe comunque piacere a lasciare il posto a qualcuno che conosce e apprezza.
Le sue parole sono state lusinghiere, ma mi hanno sorpreso. La più contenta sarebbe proprio Lauretta. Potrei lavorare a Torino e starle vicino. Ne sarei contento anch'io, certo, potrei finalmente stare con la donna che amo davvero, senza problemi o distanze chilometriche a tenerci lontano. Tuttavia avrei bisogno di più tempo per pensarci, e il questore lascia tra meno di due mesi. Forse è già troppo tardi. In ogni caso la mia priorità ora è stare qui con i Falchi e catturare il nuovo latitante, questo Alessandro Carta, senza pensare troppo ad altre distrazioni.
Finalmente una mattina fresca. Senti qua che profumino di brioche, Luigi è sicuramente già arrivato.

«Buongiorno ragazzi, è un piacere rivedervi.»
«Buongiorno vice questore.»
«Oh ciao Fortunio, tutto bene? Come sta tuo figlio?»
«Ehm… sì, bene. Lo operano settimana prossima. Ho sentito quello che è successo l'altra sera, sono desolato per l'accaduto.»
«Ci è andata bene…»
«Già.»
«Chissà i Forgione come hanno scoperto che Laura era a quell'indirizzo di Torino…»
«Davvero. Ehm… devo scendere al piano di sotto, mi aspettano all'ufficio… ehm… un altro ufficio.»
«Ok, buona giornata.»
«Buongiorno dotto'! Volete un pezzo di questo croissant?»
«No Luigi, grazie, ho appena fatto colazione al bar. Che strano Fortunio, sembrava non vedesse l'ora di andare via. Mah, dirò a Volturno che per me è meglio se lo teniamo d'occhio. È uno dei pochi che sapeva il primo domicilio di Laura, è il primo indiziato, sono certo che Volturno ci ha già pensato. Come va?»
«Bene dotto', ieri è stato un giorno ideale per le sardine, ho fatto scorta per due settimane. Nessuno sa che non ero con voi a riaccompagnare la signora Laura.»
«Cominciato con le indagini su Alessandro Carta? Avete sentito Volturno, prima di fine anno vuole anche lui in cella.»
«Sì abbiamo già qualcosa tra le mani ma poca roba. Avete sentito la condanna di Forgione? Ergastolo! E dieci anni a suo fratello!»
«Sì ho sentito, se lo meritavano.»
«Ne sono contento, almeno non ci toccherà più vedere 'o leone per le strade di San Luca. Peccato abbiano dato una pena mite a suo fratello Vittorio, mi dava sui nervi con il suo modo di fare baldanzoso. La signora Laura si era scelta proprio una bella famiglia. A proposito dotto', come sta?»
«Bene, per quanto possa stare bene una donna nella sua situazione. Se non altro adesso ha la mente sgombra, condizione necessaria per poter ripartire con una nuova vita.»
«Eh sì, deve essere dura. Ammirerò sempre quella donna per la scelta che ha fatto, confessare contro il marito, un capo clan della 'ndrangheta, roba rara.»

«Già. Laura è una donna forte. L'ha dimostrato, riuscirà a rifarsi una vita di sicuro.»
«Le ci vorrà affianco un uomo per bene...»
«Speriamo che lo trovi.»
«Perché non ci state voi, dotto'? È una donna molto attraente...»
«Ma cosa dici, Luigi? È vero, non nego che Laura sia molto affascinante ma come potrei? Io vivo qui e lei in Piemonte, ci siamo scambiati la residenza! Non potrebbe mai avere neppure solo il pensiero di venire a trovarmi, visto che in Calabria non ci può tornare.»
«Andate là voi.»
«Ma certo, un'ora di aereo e sono là, ma questo, ne converrai anche tu che hai una bella famiglia, non è stare assieme. Ti vedi uno, due giorni, stai bene ma poi ogni volta sarebbe straziante andarsene.»
«Questo sì, ma dipende da quanto è grande il sentimento. Se è grande, lasciarsi ogni volta sarebbe doloroso, e non so se ne valga la pena. Diverso se il sentimento è meno forte...»
«Ma se fosse meno forte sarebbe più difficile farlo durare, in una situazione così!»
«Vero, dotto', come diceva la canzone. La lontananza fa dimenticare chi non si ama. Però può fare anche guastare il rapporto con chi si ama davvero. L'importante è essere d'accordo entrambi. A parte questo, so che avete parlato con il vostro questore di un tempo, prima di venire a dirigere i Falchi.»
«E tu come fai a saperlo?»
«Me lo avete detto voi, dotto', all'uscita del Tribunale di Reggio, prima di salutarci! Cosa vi ha raccontato il vostro ex capo a Torino?»
«Tra due mesi andrà in pensione e mi ha proposto di sostituirlo. Mi promuoverebbe questore e potrei prendere il suo posto.»
«E cosa aspettate ad accettare? Avete anche questo colpo di fortuna! Venite promosso, tornate a casa da questore, potete lavorare e stare vicino alla vostra famiglia... a Laura Aloise... auguri e figli maschi!»
«Caspita Luigi, non ti avevo mai sentito così esperto in questioni d'amore.»
«Ho due figli che adoro e una donna che amo da tempo. Sto imparando cos'è l'amore ogni giorno che passa, e purtroppo i giorni passano in fretta.»

«Bravo. Questo ti fa onore. Beh, comunque meglio se tra me e Laura non ci sia proprio alcun sentimento. Non so perché tu mi stia facendo questo discorso.»
«Via, dotto', si vede lontano un chilometro. O almeno, io lo vedo chiaramente.»
«E cosa?»
«Che c'è una bella simpatia tra voi due, e forse anche qualcosa di più. Per questo vi faccio questi discorsi, e non mi dispiace lasciarvi da soli. Vi vedrei bene assieme, sareste una bella coppia.»
«Ti ringrazio della tua premura, ma tra me e Laura non c'è proprio alcuna simpatia, solo un rapporto di lavoro tra agente e collaboratrice di giustizia, come tanti altri. No, come tanti altri no, ti ho confessato che c'è simpatica reciproca, ma questa volta ho messo le cose in chiaro.»
«Andiamo dotto', ve lo dico con sincerità, anche se siete il mio responsabile.»
«Dimmi Luigi, tra noi niente segreti.»
«Quando vi guardate si vede proprio che più che simpatia c'è una vera e propria attrazione. Non vi siete accorti, ma ho notato questa cosa più volte. E vi avevo già detto che preferivo farvi andare a Torino a prendere Laura da solo per questo, immaginavo che se foste state un po' soli… così non ci ho pensato due volte anche quando avete voluto portarla nella nuova casa.»
«Oh, questa è bella. Sei diventato Cupido?»
«La cosa mi diverte. Un vice questore che si innamora, ricambiato, della moglie del detenuto ex latitante che ha fatto arrestare, con la Calabria e la lotta alla criminalità sullo sfondo. Sembra un romanzo!»
«Va bene Luigi, lo ammetto, con te voglio essere sincero. Sì, tra me e Laura è nato qualcosa, un sentimento che va oltre la simpatia o la cordialità professionale. Insieme parliamo di tutto, ridiamo, ci confrontiamo. Mi trovo molto a suo agio in sua compagnia.»
«Eh, lo sapevo! L'allenamento da poliziotto dà i suoi risultati, ma non sarebbe stato difficile per chiunque!»
«Però questo non vuol dire che io ci debba stare assieme davvero.»
«Sì, ma sarebbe uno spreco! Non si trova tutti i giorni una persona giusta per noi, che ricambi il nostro affetto! Per esempio io mi sono illuso tante volte che un'amica, la vicina, la donna dietro di me alla

cassa del supermercato fosse la donna della mia vita, ma quella manco mi guardava! Vi siete trovati, vi piacete, lei è davvero una donna bella e affascinante, cosa aspettate ad andare a prendervela? Lei non aspetterà per sempre, e non ditemi che prima viene il lavoro! Sono molto contento che ci siate voi alla guida dei Falchi, ma siccome vi voglio bene, dotto' vi auguro il meglio! E per voi cosa ci sarebbe di meglio che stare finalmente con la donna che amate? Metterete su famiglia, e tra qualche anno anche voi mangerete peperonata la sera a tavola! Non rinunciate a questa possibilità, se è quella che sentite che fa per voi. Se vi sarete sbagliato avrete fatto comunque una bella esperienza che vi avrà fatto crescere, e rimarrete pur sempre questore. Nella vita le decisioni prese con la mente forse sono quelle più giuste, ma quelle prese con il cuore sono quelle che danno più soddisfazione, e quasi mai rimpianti.»

«Non so Luigi, non so. Il tuo discorso fila alla perfezione, e forse Laura è la donna che fa per me. Tuttavia dovrei pensarci, ho accettato solo da un anno di venire qui in Calabria con i Falchi, adesso dovrei disfare ancora tutto e tornare in Piemonte? No no, non è possibile.»

«Fate come credete dotto', ma pensateci. Come si suol dire i treni non passano mai due volte. Quando si fermano o ci saliamo, o diciamo addio per sempre. Come con questo cornetto, vede? O me lo mangio adesso o diventa secco, e non posso più mangiarlo. Invece io decido di papparmelo adesso.»

EPILOGO

Bella, questa villetta. In campagna, luogo non troppo isolato ma tranquillo, con un bel giardino. Laura ne è entusiasta.
«Come ti sembrano queste rose Giovanni? Stanno crescendo rigogliose. Due settimane ancora poi sospendo questo concime speciale.»
«Sembrano belle davvero. Hanno questo bel colore rosso intenso. Il colore della passione.»
«Mi piace, la passione.»
«Anche a me. Soprattutto quella per te. Anzi quella è una vera e propria droga.»
«Su non dica così agente Sala, lei è un pubblico ufficiale, per giunta Questore da poco.»
«Lo so ma di fronte a lei sono solo Giovanni, signora Aloise.»
«Marinella! Ma-ri-nel-la! Non ti sei ancora abituato?»
«A volte mi torna alla mente il tuo cognome di un tempo, che poi è quello vero.»
«Non dirlo a nessuno! Sarà per sempre un segreto tra me e te, qui solo noi due lo sappiamo.»
«Non lo rivelerò a nessuno, prometto.»
«A cosa pensi?»
«A niente.»
«Eh, a niente. Io lo so a cosa pensavi: ai Falchi.»
«Cosa te lo fa pensare?»
«Hai quell'espressione tutta seriosa che avevi quando eri comandante dei Falchi. Mi sembra già trascorso così tanto, da quella vita! Quanto tempo è passato dal processo a Michele?»
«Più di sei mesi. Erano i primi di settembre, siamo quasi a maggio.»
«Già. Chissà come sta, adesso.»
«Ho sentito Luigi, l'altro ieri.»
«Davvero? E come va?»

«Benone. Dice che il nuovo comandante della squadra è uno bravo. Un ragazzo delle vostre parti, un tipo serio e preparato che vuole debellare il crimine dalla vostra terra.»
«Ottimo. Sono sicuro che farà bene. Se è originario della Calabria ci terrà in maniera particolare a svolgere un ottimo lavoro, e anche Volturno ne sarà soddisfatto. Abbiamo bisogno di persone così. Luigi ti ha detto come sta Michele?»
«Sì, ne ha parlato con Volturno. Ci credi che è diventato un detenuto modello? Gioca a carte tutto il giorno, si occupa dei bisogni degli altri carcerati, è diventato amico e protettore anche dei detenuti extracomunitari. Sembra sereno.»
«Ma dai, incredibile. Che cambiamento.»
«Forse anche lui era stanco di una vita da capo clan della 'ndrangheta.»
«Di certo non è una vita semplice, e di solito finisce in carcere, o sotto terra, prima di diventare vecchi. E Vittorio?»
«Vittorio è stato trasferito in un altro carcere, non ricordo dove. So che ha beneficiato già di uno sconto della pena, uscirà tra un paio di anni.»
«Lui faceva il delinquente solo per emulare suo fratello, non è una persona pericolosa. Mi fa piacere che forse non lo sia più neanche il mio ex marito.»
«Ex marito… finalmente puoi dirlo eh? Quando hai ricevuto i documenti della separazione?»
«Venerdì scorso. Non ti ricordi? Ti ho detto che adesso sono tornata signorina!»
«Mi ricordo, mi ricordo. E so benissimo che quando ti ho chiesto se volevi festeggiare mi hai risposto con una certa notizia…»
«Esatto. Tra qualche mese dovremo festeggiare molto, ma molto di più! Vado a finire con le rose, dai, che tra un po' è ora di cena.»
«Cosa si mangia?»
«Una cosa che ti piacerà senz'altro, vedrai! Ti fidi?»
«Mi fido sì, e te ne ho dato la prova.»
«Ti ricordi quando ti chiesi se volevi andare in hotel per la notte? Eravamo a Torino, mi ero trasferita da poco. Eri venuto per portarmi il grosso delle mie cose lasciate a San Luca. Ti dissi: *se vuoi andare fallo adesso, o mai più* e tu mi rispondesti *mai più.*»

«Così è stato. È quello che volevo, io ti amo.»
«Anch'io. Un bacio e vado.»
Quanto è bello vederla così felice. Non è più costretta a vivere una vita che non era quella adatta a lei, quel bunker con le pareti fatte di paura, di sospetti, di segreti, di menzogne, si è dissolto.
Con i suoi risparmi non confiscati si è comprata questa villetta, la sua vita da moglie di capo clan è solo un ricordo, ormai. Anche la mia esperienza con i Falchi. Sono tornato in Piemonte e sono il questore di Torino, adesso. Quando il mio ex questore mi ha telefonato per dirmi che sarebbe stata l'ultima possibilità non ci ho pensato un secondo di troppo.
Aveva ragione Luigi.
Eh sì, ho deciso di tornare dalle mie parti, a fare il poliziotto normale, per amore. Addio latitanti, addio Falchi, addio Calabria, addio bunker. Non sono più un agente impiegato in prima linea. Dicevano che ero bravo, che laggiù c'era bisogno di persone così.
Ho scelto.
Ho scelto quello che per me ritenevo fosse la cosa migliore.
C'è chi dice che ho avuto paura, che ho rinunciato, che ha vinto la malavita, che ha vinto la morte.
No, io ho scelto l'amore.
Da qualche settimana Laura aspetta il nostro bambino.
Ha vinto la vita.

RINGRAZIAMENTI

Desidero ringraziare tutti coloro che hanno partecipato alla creazione di questo libro, senza nominare in particolare nessuno, perché chi ha contribuito con il proprio tempo, con il lavoro, le proprie idee e suggerimenti sa quanto è stato prezioso. Leggere le poche righe di questa pagina è il risultato finale di quanto è stato fatto, detto, pensato da tutte queste persone.
Ringrazio gli editor che con pazienza, metodo ed esperienza si sono prodigati per rendere questo manoscritto un lavoro migliore.
Ringrazio i miei lettori test per i preziosi consigli e il tempo dedicatomi a rileggere appunti, frasi e capitoli, spesso da me consegnati senza ordine e senza sapere in quale direzione stesse andando questa storia.
Ringrazio le persone che con il loro modo di essere mi hanno ispirato, spesso senza saperlo, i personaggi di questo libro e sarà bello se potranno riconoscersi.
Ringrazio infine chi ha sempre creduto in quest'opera e in chi l'ha scritta, dando il necessario incoraggiamento e la fondamentale fiducia utili a trasformare un'idea in un libro.

INDICE

Questo volume è stato stampato presso
MDF Print - Ariccia (RM)

Distribuzione Cinquantuno.it
www.cinquantuno.it - ordini@cinquantuno.it